KB048589

다크

다크

에마 호턴
장선하 옮김

THE DARK

청미래

The Dark
by Emma Haughton

역자 장선하(張善河)
성심여자대학교에서 영어영문학을 전공했다. 현재 캐나다에서 살면서, 번역 에이전시 엔터스코리아에서 번역가로 활동 중이다. 옮긴 책으로는『이웃집 커플』,『킬링 케이트』,『집 안의 타인』,『클락 댄스』,『뉴트의 마법 가방』,『무비 매직 : 신비한 동물들과 그린델왈드의 범죄』,『왜 반대편을 증오하는가』 등 다수가 있다.

다크

저자 / 에마 호턴
역자 / 장선하
발행처 / 도서출판 청미래
발행인 / 김실
주소 / 서울시 용산구 서빙고로 67, 파크타워 103동 1003호
전화 / 02 · 739 · 1661
팩시밀리 / 02 · 723 · 4591
홈페이지 / www.cheongmirae.co.kr
전자우편 / cheongmirae@hotmail.com
등록번호 / 1-2623
등록일 / 2000. 1. 18
초판 1쇄 발행일 / 2022. 8. 16

값 / 뒤표지에 쓰여 있음
ISBN 978-89-86836-81-3 03840

내가 가장 사랑하는 사람들께 바칩니다.

말하지 않아도 누군지 아실 것입니다.

차례

다크 …… 9

감사의 말 …… 489

옮긴이 후기 …… 491

2월 12일

백색. 끝도 형체도 없이 감각이 무뎌질 정도로 지루하기 짝이 없는 백색. 눈을 찌르는 듯한 눈부신 백색의 세상은 아름답고도 무서웠다. 나는 마침내 지구의 끝, 아니 지구의 최남단 끄트머리에 도착했다.

그리고 그곳엔 아무것도 없었다. 아무것도.

"괜찮아요?"

짐의 목소리가 윙윙거리는 바슬러 비행기의 엔진 소리에 묻혀 잘 들리지 않았다. 나는 고개를 끄덕였다. 비록 거짓말이었지만. 사실 지칠 대로 지쳐서 뼈마디가 쑤시고 당장이라도 머리가 터져버릴 것처럼 피곤했다. 출발한 지 3일째인 오늘은 모든 것이 비현실적으로 느껴지기 시작했다.

솔직히 말해서 비현실적이라는 말이 딱 들어맞았다. 대륙의 심장부를 향해 점점 더 깊이 들어갈수록 산봉우리와 빙하들이 점차 기이한 모양의 얼음덩어리들로 바뀌더니 마침내 평평하고 드넓은 돔 C(남극 빙산에서 해발 고도가 높은 몇 개의 정상 혹은 돔 중 하나로 해발 3,233미터이다/

옮긴이)로 잦아들었다. 바닷물이 얼어붙은 듯 표면이 들쭉날쭉한 눈밭이 사방팔방으로 펼쳐져 있었고 어디를 봐도 똑같은 풍경이었다. 지구상에서 가장 춥고 가장 황량한 남극은 가히 눈 덮인 화성이라는 별칭이 붙을 만했다.

앞으로 열두 달 동안 내가 지낼 곳.

히스로 공항에서 뉴질랜드의 크라이스트처치행 비행기에 몸을 실은 이후 처음으로 의심이 솟아오르면서 잔뜩 부풀었던 기대감에 작은 구멍이 생겼다.

따뜻하고 안전한 브리스틀의 집에서 구인광고를 읽을 때만 해도 더할 나위 없이 좋은 기회라고 생각했다. 남극 극지 관측소의 담당 의사로 1년간 근무한다는 것 자체가 모험적인 도전으로 느껴졌고, 나는 모든 자격 조건을 갖추고 있었다. 응급의학 분야에서 다양한 경험을 쌓았을 뿐만 아니라 기본적인 외과적 훈련도 받았고, 체력 조건에도 아무 문제가 없었다. 더구나 당장 근무를 시작해야 한다는 필수 조건마저도 내 상황과 완벽히 맞아떨어졌다.

아무리 그래도 이렇게 작은 비행기에 실려 얼음 위를 끝없이 날아가게 될 줄은 정말 몰랐다. 남극 기지의 일자리는 전 세계 누구나 지원 가능한 자리였으니 과연 내가 뽑힐 확률이 얼마나 되었을까?

그러나 모든 어려움을 극복하고 나는 지금 여기에 있다.

기대감과 두려움이 뒤섞인 복잡한 마음을 안고서.

"두 시간 후면 도착할 거예요."

짐이 내 좌석 뒤로 손을 뻗어서 샌드위치를 꺼내 그중 하나를 내게 건넸다. 나는 기운 없이 포장을 벗겼다. 이틀 전 뉴질랜드에서 출발할 때만 해도 싱싱하던 양상추와 토마토는 축 늘어졌고 빵도 눅눅해서 조금도 식욕이 동하지 않았다.

불평하지 마, 케이트. 억지로 샌드위치를 밀어넣으며 나를 타일렀다. 비행기 뒷자리에 실린 상자에 담긴 채소가 다 떨어지면 앞으로 몇 달간 신선한 생채소는 구경하기도 힘들 테니 이것도 감지덕지했다. 내가 타고 있는 비행기는, 줄여서 좀더 친근하게 유나(UNA)라고 부르는 유엔 남극 기지(United Nations Antarctica station)로 향하는 마지막에서 두 번째 비행편이었다. 다음 주에 마지막 비행기가 와서 기지에 남아 있던 하계 대원들을 모두 태우고 나가면 앞으로 6개월 넘게 이곳을 찾을 사람은 아무도 없었다.

그런 생각이 들자 뱃속이 울렁거렸다. 과연 내가 잘 적응할 수 있을까? 마찬가지로 나머지 열두 명의 월동 대원들도 과연 잘 적응할 수 있을까? 제네바에서 4주간 집중훈련을 받을 때는 충분히 해낼 수 있을 것 같았다. 물론 그때 배운 내용은 주로 이론에 치중한 학문적인 것들이어서 그랬을 수도 있다. 그러나 막상 광활한 남극의 황야를 마주하고 보니 내가 무슨 짓을 저질렀는지 냉혹한 현실이 실감 나기 시작했다.

이곳 생활에 대해 여기저기서 들은 얘기들도 한몫했다. 고립된 생활과 끝없는 어둠, 적은 수의 사람들로 구성된 작은 사회 속에 갇혀 지내면서 압박감에 시달리다가 점점 변해가는 사람들에 대한 소문이 적지 않았다. 대규모 미국 기지인 맥머도의 요리사는 동료에게 장도리를 휘둘렀고, 한 오스트레일리아인 대원은 걷잡을 수 없이 난폭해지는 바람에 몇 달 동안 창고에 갇혀 있었으며, 술에 취해 홧김에 전기기술자를 칼로 찌른 러시아인의 얘기도 들었다.

그러다 보니 새로 들어오는 대원들과 돌아가는 대원들이 서로 만나지 못하도록 금지한 기지들도 있었다.

으악!

갑자기 엔진이 쿨렁거리더니 비행기가 급강하했다. 탑승 전에 진정제를 먹었는데도 순간 숨이 턱 막혔고, 당장이라도 무자비한 얼음덩어리 위로 곤두박질칠 것 같은 엄청난 공포감에 사로잡혔다.

잠시 후 비행기는 안정을 되찾았다.

"에이, 긴장 풀어요." 짐이 손을 뻗어 내 팔을 꽉 잡았다. "가끔 그럴 때가 있어요. 엔진에 냉기가 스며들어서 그래요."

나는 대수롭지 않게 설명하는 오스트레일리아인다운 그의 태도에 미소를 지었다. 바깥은 무려 영하 40도인데. "미안해요. 비행기 타는 걸 안 좋아해서요."

"괜찮아요." 그가 씩 웃었다. "그 정도면 훌륭한 거예요. 작년에 탔던 남자는 엔지니어라기에 그래도 어느 정도 비행술을 이해하겠거니 했는데, 돌아오는 비행기 안에서 내내 흐느껴 울더라고요. 그에 비하면 당신은 아주 잘하고 있는 거예요."

나는 짐에게 고맙다는 눈빛을 보냈지만, 심장은 여전히 쿵쾅거렸다. 만약 무슨 문제라도 생겨 추락하거나 불시착하게 되면 구조될 가능성은 매우 희박했다. 몇 분 내로 얼어 죽을 수도 있었다.

나는 떨리는 손을 허벅지 아래로 밀어넣으며 애써 진정하려 했지만 메스꺼움이 스멀스멀 차오르기 시작했다. 신이시여, 제발 여기서 토하지 않게 해주세요. 나는 눈을 질끈 감고 얼음에 반사되는 강렬한 햇빛을 막으며 천천히, 깊게 숨을 쉬었다.

쏘는 듯한 헤드라이트 불빛에 나를 보던 여우의 번뜩이는 눈빛이 떠오르자 다시 머릿속이 요동치기 시작했다.

그만해, 케이트. 나는 그 눈빛을 밀쳐내며 낮은 소리로 자신을 질책했다.

제발 그만해.

"앞으로 살게 될 곳이 궁금하지 않아요?"

짐의 목소리에 잠에서 깨었고, 잠들었었다는 사실에 놀랐다. 나는 창문에 얼굴을 바짝 붙이고 짐이 가리키는 곳을 쳐다보며 눈을 찡그렸다. 푸른 하늘 아래 펼쳐진 백색의 세상은 아까와 다를 바 없어 보였다. 그러나 점차 눈이 빛에 적응되면서 저 아래 광활한 평지 위에 모여 있는 몇 채의 건물이 눈에 들어왔다. 그 건물들 너머 조금 떨어진 곳에는 높은 은색 탑이 서 있었다.

도착했구나, 나는 긴장감으로 몸이 떨렸다.

극지 관측소.

아무것도 없는 텅 빈 황야에 자리 잡은 작은 오아시스.

비행기가 점점 더 가까이 날아가자 다른 건물보다 조금 더 높은 연회색 건물 두 채가 눈에 들어왔다. 그 주변으로 작고 낮은 구조물들이 흩어져 있고, 사이사이로 사람들이 오간 흔적들이 눈밭에 새겨져 있었다.

옆자리 조종석에 앉은 짐이 초집중한 모습으로 계기판의 다이얼과 스위치를 이리저리 조작하자 곧 비행기가 활주로를 향해 하강하기 시작했다. 활주로라고 부를 수 있는지 모르겠지만. 착륙을 준비할 때 내려다보니 그저 단단하게 다져진 눈밭이 길게 뻗어 있는 것에 불과했다. 다시 한번 공포가 밀려와 목을 죄는 것 같았다. 점점 땅이 가까워지자 나는 힘껏 의자를 움켜잡았다.

"걱정하지 말아요." 짐이 힐끗 나를 보며 미소를 지었다. "수천 번도 넘게 해온 일이니까요."

바퀴가 얼음 땅에 닿자 작은 비행기 몸체가 기우뚱하며 흔들렸다. 나는 안도의 한숨을 내쉬었고 비행기의 속도가 빠르게 줄어들다가 마침내 중심 건물들에서 몇백 미터 떨어진 곳에 완전히 멈춰섰을 때 비로소 온몸의 긴장이 풀리는 것 같았다. 가까이서 보니 두 채의 큰 건물은 3층짜리 건물이었지만 쌓이는 눈에 덮이지 않도록 거대한 철제 다리 위에 지어져 있어서 더 높게 보였다. 건물의 계단을 내려와 우리를 향해 다가오는 두 사람의 모습이 보였다.

"자, 도착했어요." 짐이 등받이에 몸을 기대며 목을 주물렀다. "행복한 보금자리요."

나는 힘없는 미소를 지었고, 무사 착륙의 기쁨으로 솟구치는 아드레날린 덕분에 심장이 두근거렸다.

"준비됐어요?" 짐이 두꺼운 파카의 지퍼를 올리며 물었다.

"뭐가요?"

잠시 후 그 말이 무슨 뜻이었는지 깨달았다. 짐이 비행기 문을 열자 갑자기 말도 못 하게 차가운 공기가 훅 쏟아져 들어와 폐가 쪼그라드는 것 같았다. 오리털 재킷과 두툼한 작업복으로 무장을 하고 있었지만 갑작스러운 공격을 받은 것 같기도 하고, 뭔가에 부딪친 듯한 느낌이었다. 최대한 고르게 숨을 쉬려고 했지만 숨을 들이쉬는 것 자체가 고통스러웠다. 단단한 땅을 밟고 싶은 간절한 마음에 자리에서 일어나자 코와 눈, 입술 주위의 수분이 순식간에 얼어붙는 게 느껴졌다. 고글을 쓰고 있는데도 눈밭에서 반사된 햇빛은 앞이 보이지 않을 정도로 강렬했다.

추위 다음으로 깨달은 것은 정적이었다. 질릴 정도로 깊은 정적.

그야말로 아무것도 없는 텅 빈 곳의 소리였다.

나는 몇 발자국을 내딛다가 비틀거렸다. 어지럼증이 나고 어디가 어딘지 분간할 수가 없었다. 내 팔을 잡는 손이 느껴졌다. "가만히 있어요. 잠시 적응하고 나서 움직여요."

고개를 들어 나를 내려다보는 얼굴을 보았다. 아니, 얼굴이라기보다는 아주 조금 노출된 피부와 까칠한 수염만 눈에 들어왔다. 그 부분을 제외하고는 머리에서 발끝까지 방한 장비로 무장하고 커다란 반사 고글로 눈을 가리고 있었다. 그래도 잘생긴 남자라는 걸 느낄 수 있었다. 그의 말투나 자신 있는 몸가짐에서 풍기는 게 있었다.

"앤드루예요." 그가 나를 향해 장갑 낀 손을 내밀었다. "하지만 모두 드루라고 부르죠."

나는 힘없이 손을 맞잡고 흔들었다. "케이트예요."

"세상의 밑바닥에 오신 걸 환영합니다." 그가 미국식 악센트의 부드러운 말투로 인사를 건네고 옆에 있는 사람을 향해 몸을 돌리며 말했다. "이쪽은 알렉스예요."

알렉스는 나를 향해 가볍게 고개를 까딱하고는 비행기 뒤쪽으로 가서 수화물 상자를 내리는 짐을 도와주었다. 나는 알 수 없는 실망감 같은 기분이 드는 걸 무시했다.

뭘 기대한 거야? 거창한 환영 퍼레이드라도 있을 줄 알았나?

"안으로 들어가죠." 드루가 말하고 조종사를 향해 물었다. "좀 있다 갈 거죠?"

짐이 고개를 끄덕였다. "곧 들어갈게요. 차 마시게 주전자 좀 올려줘요.” 드루가 내 무거운 가방을 아무렇지 않게 번쩍 집어들고는 가장 가까운 건물을 향해 걷기 시작했다. 나도 그의 뒤를 따랐다. 걷는 느낌이 이상했다. 가끔 집에서 보던 부드럽고 질퍽한 눈과 사뭇 달랐고, 완전히 성질이 다른 괴물 같았다. 딱딱하고 크리스털처럼 맑고 걸을 때마다 부츠 밑에서 삐걱거리는 소리가 났다.

그러나 이곳에 눈이 오는 경우는 드물었다. 돔 C는 강수량이 매우 적어서 사실상 사막과 같았고, 어쩌다 내린 눈은 쌓인 채로 굳어서 수천 년에 걸쳐 깊이가 몇 킬로미터에 달하는 거대한 얼음덩어리가 되었다.

기지에 가까워지자 허허벌판의 깊은 정적은 기지 내부의 움직임을 느낄 수 있는 웡웡거리는 소리와 소음으로 바뀌었다. 생명의 소리. 발전기와 기계들을 비롯해 이렇게 적대적인 환경에서 살아남는 데 없어서는 안 될 모든 것의 소리였다. 이런 장비들이 없다면 우리는 죽은 목숨이었다.

“여행은 괜찮았어요?” 드루가 잠시 멈춰서 내가 따라오기를 기다렸다. 이렇게 짧은 거리를 걷는데도 숨을 헐떡거렸다. 나는 고도가 높다는 사실을 떠올렸다. 우리는 해발 3,800미터에 있었기 때문에 혹독하게 추울 뿐 아니라 공기도 희박했다.

“런던에서 왔죠, 맞죠?”

나는 고개를 끄덕였다.

“남극은 처음인가요?”

말할 수도 없이 숨이 가빠서 고개만 끄덕였다.

“곧 적응될 거예요.”

가장 가까이 있는 건물에 다다랐을 때 드루는 잠시 멈춰서서 문 위에 걸린 깃발들 가운데 영국 국기를 가리켰다. "이제 당신이 왔으니 앨리스와 둘이네요."

"저건 당신인가요?" 내가 맨 끝에 걸린 미국 국기를 가리켰다.

"맞아요. 중부에서 나고 자랐죠."

나는 아무 생각 없이 주머니에서 휴대전화를 꺼냈고, 도착 순간을 남기고 싶어서 장갑을 벗고 카메라 아이콘을 눌렀다. 그러나 한 장을 채 찍기도 전에 휴대전화 화면이 가벼운 서리로 뒤덮이며 얼어버렸다.

"세상에." 믿을 수 없어서 전화기를 들여다보다가 다시 주머니에 쑤셔넣었다. 추위 때문에 벌써 손가락이 아렸다.

"이런 온도에서는 작동이 잘 안 돼요." 드루가 말했다. "걱정하지 말아요. 곧 괜찮아지니까."

우리는 열두 개의 알루미늄 계단을 올라 정문에 다다랐는데 그 정도만으로도 머리가 어질어질했다. 다음 순간 나는 각종 야외 장비가 즐비한 꽤 널찍한 방에 들어서 있었다. 코트와 파카들이 고리에 걸려 있고, 그 아래로 크고 작은 스노부츠들이 줄지어 서 있었다. 고글과 안전모들은 선반 위에 쌓여 있었다.

한쪽 구석에 세워진 스노보드 한 개와 여러 쌍의 스키가 보였다. 나는 어리둥절해서 얼굴을 찡그렸다. 이런 평지에서 탈 수나 있나?

드루가 내 시선을 따라갔다. "스키두 뒤에 매달려서 타는 걸 즐기는 사람들이 몇 명 있어요. 나중에 직접 해봐요." 그가 남색 크록스 신발을 건네주었다. "이 정도면 맞을 거 같은데요."

나는 비어 있는 벤치에 앉아 코트와 부츠를 벗었고 이를 딱딱 부딪치며 크록스로 갈아 신었다. "고마워요. 짐을 다 풀고 나면 돌려줄게요."

"그냥 신어도 돼요. 어떤 하계 대원이 두고 간 거예요. 주인 없는 물건들이 방 하나에 차고 넘칠 정도예요. 필요한 게 있으면 라지브에게 물어보세요. 우리의 식탁을 책임지는 요리사면서 물품 담당이기도 해요. 다시 말하면 우리 기지에선 신과 같은 존재죠."

그 말에 미소가 지어졌고, 드루를 빤히 쳐다보지 않으려 했다. 장비를 벗은 그의 모습을 보자 내 예상이 틀리지 않았음을 알았다. 그는 당황스러울 만큼 미남이었다. 짧게 친 어두운 금발 머리에 큰 키. 깊은 갈색 눈동자와 잘 다듬어진 외모는 고급 잡지에 나와도 손색이 없을 정도였다.

문득 나는 그의 시선을 느끼고 본능적으로 시선을 피해 뺨을 반대쪽으로 돌렸다. 그러다 멈췄다. 뭐하러 감추려는 거지? 그가 못 봤을 리 없는데.

"자, 가서 따뜻한 차 한 잔 마셔요." 드루가 어설프게 영국식 악센트를 흉내 내며 말했다.

"그거 좋죠." 어찌나 몸이 떨리는지 마치 충격에 빠진 사람처럼 목소리까지 떨렸다.

"일단 몸 좀 녹이면서 다른 사람들과 인사해야죠. 카로가 당신을 위해 케이크를 구웠어요."

그를 따라 부트룸(영국에서 집안을 드나들 때 신발이나 옷, 장비를 입고 벗는 공간을 부르는 이름. 미국에서는 머드룸이라고 한다/옮긴이)에서 나와 흡사 병원을 연상시키는 단조로운 색의 복도를 이리저리 지나갔다. 앞으로 내년까지 함께 갇혀 있을 사람들을 만날 생각에 묘한 긴장감을 느꼈다.

그들이 날 안 좋아하면 어쩌지?

터무니없는 소리 마, 케이트. 여긴 학교가 아니야. 도대체 널 안 좋아할 이유가 어딨어?

드루가 공용 휴게실인 듯한 큰 방으로 나를 안내했다. 큼지막한 창문들 너머로 광활한 빙판이 보였다. 군데군데 놓여 있는 소파와 안락의자들, 책과 손때 묻은 잡지들이 쌓여 있는 책장들과 램프 등 실내의 따스한 온기와 편안함은 바로 창문 하나를 사이에 둔 바깥의 매서운 추위와 극명하게 대조적이었다.

열두어 명 정도 되는 사람들이 우리를 올려다보았고, 드루가 자연스럽게 내 소개를 할 때 나는 어정쩡한 미소를 띤 채 얼음처럼 굳어 있었다. 한 사람씩 자리에서 일어나 나와 포옹을 하거나 악수를 하며 인사할 때 각자의 이름과 담당 업무, 얼굴을 연결해 기억하려 애썼다. 요리사인 라지브 샤르마는 짧게 자른 수염과 단정한 파란색 터번 덕분에 기억하기 쉬웠다. 캐나다인 기상학자 소냐 오벵의 따뜻한 환영 인사는 단번에 내 긴장감을 누그러뜨렸다. 루크 드 비스는 덴마크 출신의 기지 전기기술자로 팔을 쭉 뻗으면 천장에 손이 닿을 것처럼 키가 컸다. 카로 힌즈는 뉴질랜드 출신의 배관공이고, 앨리스 먼로는 에든버러에서 온 대기 과학자였다. 수줍어하는 듯한 뮌헨 출신의 데이터 매니저 톰 베버는 나와 눈도 잘 마주치지 못했는데, 유일하게 안경을 끼고 있었다. 오스트레일리아 출신의 통신 매니저 롭 황은 몸에 꼭 맞는 검정 옷과 탈색한 금발 머리가 흡사 패션 디자이너 같았다. 덩치 큰 40대의 아르카디 바실리에프는 수염이 무성한 러시아인으로 발전기를 관리했다. 다음 주에 기지를 떠날 예정인 마지막 남은 하계 대원들도 몇몇 있었다.

기지의 대장인 샌드린 마틴은 보이지 않았다. 밖에서 만난 알렉스도 없었다.

소개가 끝나고 나자 어색한 침묵이 흘렀다. 모두 내 왼쪽 뺨을 쳐다보지 않으려고 조심하는 눈치였다.

"차 마실래요?" 내가 빈 의자에 앉을 때 드루가 물었다. "어떻게 마셔요?"

"설탕은 말고 우유만 넣어주세요. 고마워요."

"미안하지만 가루우유예요." 앨리스가 내 흉터를 흘낏 보고는 시선을 돌렸다. "하지만 곧 익숙해질 거예요." 어두운 금발 머리와 창백한 푸른 눈동자의 앨리스는 드루와 남매라고 해도 믿을 것 같았고, 감탄이 나올 만큼 아름다웠다. 섬세한 이목구비에 날씬하고 스코틀랜드 악센트가 약하게 남아 있는 말투였다.

"보나 마나 피곤해 죽을 지경일 거예요." 그녀의 말에 얼굴이 찡그려졌다. 지금 내 몰골이 얼마나 형편이 없을지 안 봐도 뻔했다. 히스로 공항을 떠난 후부터 거의 잠을 못 잔데다 짐이 조종하는 마지막 비행기를 타기 전에는 화장을 할 만한 여력도 없었다. 하긴 그래봐야 무슨 소용이 있을까? 얼굴의 흉터를 가릴 방법은 없는데.

그러나 지금 생각하니 약간의 노력이라도 할 걸 싶었다. 3일이나 씻지 못한 탓에 찝찝하고 땀 냄새가 나는 것 같고, 머리는 기름져 있었다. 뜨거운 물을 가득 받아 느긋하게 몸을 담그고 모든 걸 잊고 싶은 마음이 굴뚝같았다.

하지만 그것도 불가능했다. 기지에서는 물과 전기가 제한적으로 공급되기 때문에 느긋한 목욕은 꿈도 꿀 수 없었고, 이틀에 한 번씩 2분간의 샤워만 가능했다.

또 하나 익숙해져야 할 사항이었다.

"괜찮아요?" 카로가 나를 환영하는 뜻에서 구웠다는 초콜릿케이크한 조각을 내밀며 물었다.

“많이 지쳤어요.” 내가 솔직히 말했다.

“그럴 만도 하죠.” 그녀가 의자를 끌어당겼다. “난 여기 도착했을 때 15시간이나 쓰러져 잤어요. 오클랜드에서 왔는데도요.”

난 그러지도 못할 거라는 생각이 들었다. 마지막으로 8시간이라도 푹 자본 것이 언제였는지 기억도 나지 않았다. 응급실에서의 고된 업무 탓도 있었지만 사고 이후로는 좀처럼 푹 잠들지 못했다.

“오클랜드 출신이에요?” 펑크족 같은 짧은 머리모양과 귀와 코에 한 피어싱을 보며 물었다. 앨리스만큼의 미모는 아니어도 친근하고 예쁘장한 얼굴이었다. 꽃무늬 상의와 검은 레깅스 차림의 앨리스와는 대조적으로 카로는 헐렁한 멜빵 작업복과 색이 바랜 주황색 티셔츠를 입고 있었다.

카로가 머리를 저으며 말했다. “더니든 근처예요. 부모님이 거기서 소 목장을 운영하세요. 난 지난 5년간은 퀸스타운에서 살았어요.”

루크가 카로 옆에 털썩 주저앉아 긴 다리를 쩍 벌리는 바람에 카로는 소파 끝 쪽으로 옮겨갔다. “어디서 왔어요?” 그가 케이크를 우물거리며 물었고, 내 얼굴 흉터에 대한 호기심을 감추려고 하지 않았다.

“영국 남서쪽에 있는 브리스틀이요. 하지만 서리에서 자랐어요.”

내 말이 아무 의미도 없겠지만 그는 고개를 끄덕였다. “난 암스테르담이요.” 내가 묻기도 전에 그가 말했다. “어머니는 영국인이에요.”

흔해 빠진 상투적인 대꾸가 아닌 말을 찾느라 애쓰며 미소를 지었다. 머리가 멍해지고 심한 두통이 시작되는 게 느껴졌다. 약을 먹고 침대에 기어들어가 곯아떨어지고 싶은 마음이 간절했다. 잠이 들든 말든 시도라도 하고 싶었다. 하지만 그러는 대신 드루가 건네준 컵에 든 차를 홀짝거리고 카로가 만든 케이크를 조금씩 먹었다. 너무 지쳐서 배가 고픈지도 몰랐지만.

그래도 노력해야지, 나는 자신을 다그쳤다. 첫인상이 중요하다고들 하잖아.

그때 몸가짐에서 어떤 권위가 느껴지는 말쑥한 차림의 50대 여자와 검은 머리의 남자가 휴게실에 들어오면서 다행히도 수다가 중단되었다. 기지 대장인 샌드린이 틀림없었다.

나는 일어서서 손을 내밀었다. "안녕하세요, 케이트예요."

"알고 있어요." 딱 부러지는 프랑스어 악센트 때문에 어쩐지 그녀가 더 어렵게 느껴졌다. "유나에 온 걸 환영해요." 그녀가 몇 초간 내 뺨에 있는 흉터를 빤히 쳐다보더니 뒤에 서 있는 남자를 소개했다. "이쪽은 라파엘로 드마르코예요, 당신의 전임자예요."

라파엘로가 환한 미소를 띠며 나를 보았다. "만나서 반가워요." 그가 완벽한 영어로 말했다. "이렇게 급히 떠나게 돼서 정말 미안해요."

"그게 무슨 말씀이세요?" 나는 영문을 몰라 당황했다. 그는 다음 주에 오는 마지막 비행기를 타고 떠날 예정이었는데.

의사가 눈에 띄게 당황스러워하며 힐끗 샌드린을 보았지만, 그녀는 아무 말도 하지 않았다. "아무도 얘기 안 하던가요?" 그가 물었다. "난 오늘 떠나요."

나는 어안이 벙벙해서 멍하니 그를 쳐다보았다. **지금 떠난다고?** 라파엘로는 일주일 동안 내게 인수인계를 해주고 적응을 도와줄 예정이었다. "아니요, 아무도 말 안 했어요."

"라프의 아들이 아파요." 샌드린의 목소리는 무미건조했다. 그녀는 무덤덤하게 내 반응을 살피고 있었다. 마치 비난이라도 하는 것처럼 느껴질 정도였다.

"아, 안타까운 일이군요." 나는 실망감을 감추려 애쓰며 더듬거렸다.

"심각한 건 아니지만 수술을 받아야 해서 아내가 빨리 집으로 돌아와주길 바라요." 라파엘로가 또 한 번 미안해하며 미소를 지었다.

"그렇군요." 내 귀에도 무성의하게 들리는 대답이었지만 너무 충격을 받은 나머지 더 공감하는 척할 수가 없었다. 업무 요령을 가르쳐줄 사람도 없이 도대체 나 혼자 어떻게 하라는 거지?

갑자기 짐이 휴게실로 들어오며 컵에 든 차를 꿀꺽 마시고 말했다. "미안해요." 그가 의사의 등을 두드리며 말했다. "지금 당장 출발해야겠어요. 기상 상황이 악화된다는 예보가 들어왔어요."

라파엘로가 급하게 사람들과 포옹을 나누고 악수를 하며 마지막 인사를 나눴다. 그리고 배낭을 집어들며 나를 보고 말했다. "책상 위에 파일을 올려놨어요. 어디에 뭐가 있는지도 자세히 적어뒀어요. 장-뤼크가 워낙 완벽하게 기록해뒀기 때문에 별문제 없을 거예요."

장-뤼크 베르나. 두 달 전에 빙판에서 목숨을 잃은 프랑스인 의사. 그래서 내가 여기 오게 됐지.

"고마워요." 나는 반사적으로 대답했다. "아들 수술이 잘 되길 바랄게요."

라파엘로가 고개를 끄덕이고는 사라졌다. 샌드린도 더는 아무 말하지 않고 뒤돌아서 나갔다.

나는 복잡한 감정의 소용돌이를 느끼며 그대로 서 있었다. 여기에 도착하면 각종 의학 실험의 진행방법을 알려주고 무사히 적응하게 도움을 줄 사람이 있을 거라 굳게 믿고 있었는데. 바보처럼 버림받은 느낌이었다. 버려진 느낌. 물론 누구의 잘못도 아니었다.

그 순간 두 사람을 쫓아 나가서 내 마음이 바뀌었고 집으로 돌아가고 싶다고 우기고 싶은 충동이 일어나는 걸 가까스로 억눌렀다. 나는 허공을 응시하며 감정을 수습하려 애쓰다가 드루가 조심스럽게 나를 살피고 있다는 걸 깨달았다.

두 뺨이 달아올랐다. 내가 무슨 생각을 하고 있는지 꿰뚫어보는 것 같았다.

"가요, 케이트." 그가 한쪽 구석에서 내 가방을 챙기며 부드럽게 말했다. "이제 좀 쉬어야죠."

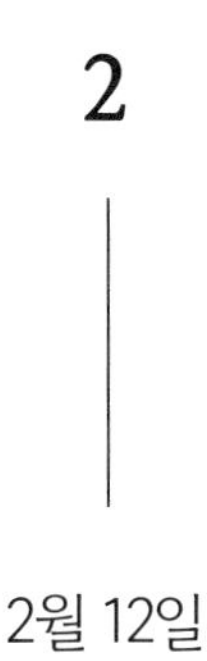

2

2월 12일

"이 방이에요."

드루가 복도 맨 끝에 있는 방문을 열고 내게 손짓하며 작은 방으로 안내했다. 정돈된 2층 침대가 한쪽 구석을 차지하고 있고 두툼하고 어두운 합판으로 만든 옷장과 단순한 책상, 책상에 밀어넣은 의자가 전부였다.

"당신은 운이 좋아요." 드루가 책상 위에 가방을 내려놓으며 말했다. "당신 룸메이트가 지난주에 떠나서 이 방은 당신 혼자 쓸 거예요."

작은 감방처럼 좁고 빈약한 공간을 훑어보며 다른 사람과 이 방을 함께 쓰는 걸 상상했다. 도대체 프라이버시라는 게 있을 수 있을까?

"난 그만 갈 테니 짐 풀어요." 드루가 방에서 나가며 말했다. "괜찮으면 저녁 먹기 전에 기지 구경을 시켜줄까요?"

나는 고개를 끄덕였다. "고마워요."

"그럼 한 시간쯤 있다 올까요?"

흘깃 손목시계를 보았다. 지금 이곳 시간이 3시 15분이니까 브리스틀은 자정쯤 되는 시간이었다. "그 정도면 충분해요."

내가 고개를 들자 그의 시선이 황급히 내 얼굴을 피했다. 그의 잘못이 아니었다. 만나는 사람 모두가 그랬다. 언제나 사람들의 시선은 내 왼쪽 뺨에 들쭉날쭉 길게 그어진 희부연 흉터에 고정되기 마련이었다. 이젠 그런 시선에 익숙해졌다고 말하고 싶지만 날카로운 통증 같은 자의식은 지울 수 없는 흉터처럼 시간이 지나도 완전히 사라지지 않았다.

"느닷없이 이렇게 돼서 당황스럽겠어요." 드루가 말했다. "라프가 너무 갑작스럽게 떠나서 말이에요."

눈물이 핑 돌았고 불쑥 짜증이 났다. 동정은 질색이다. 사람들이 나를 안쓰럽게 생각하는 건 지긋지긋하게 싫었다.

난 동정 받을 자격도 없다.

"곧 적응하겠죠." 다소 퉁명스럽게 대꾸하며 몸을 숙여 꾹꾹 눌러 담은 배낭을 들어 책상에 올려놓았다.

"샤워하고 싶으면 왼쪽으로 세 번째 문이 화장실이에요. 컨디셔너는 절대 사용 불가예요. 용수 재활용 장치를 망가뜨리거든요."

그 말을 남기고 드루는 사라졌다. 아무 생각도 안 나고 손가락 하나 까딱할 수 없이 지쳐서 그대로 아래쪽 침대에 쓰러지고 싶은 마음이 굴뚝같았지만, 꾹 참고 그대로 서 있었다. 갑자기 벤이 떠올라 마음속을 가득 채웠고 마치 어제 일처럼 그가 사무치게 그리웠다. 기분이 좋거나 혹은 짜증스러울 때 코끝을 씰룩거리던 습관, 길고 부드럽게 휘어지는 척추의 느낌, 내 안에 들어와 있는 그의 감촉, 부드럽게 나를 누르며 이 세상의 모든 나쁜 것으로부터 따뜻하고 안전하게 나를 지켜줄 것만 같았던 기분.

젠장. 쓸데없는 생각 마.

새롭게 시작하는 거야, 잊었어?

나는 배낭의 짐을 풀어놓고 물도 없이 알약 두 알을 꿀꺽 삼켰다.

그리고 나머지 알약은 흔하게 볼 수 있는 커다란 비타민 통에 감춰서 옷장 안쪽에 숨겨놓고 잠시 바깥 경치를 살폈다. 내 방은 기지 뒤편에 있어 시야를 가리는 건물 하나 없이 뻥 뚫려 있었지만……볼 것은 아무것도 없었다.

아득하게 이어지는 평평한 빙판과 눈부시게 푸른 하늘에 깔끔하게 칼로 그은 절개선 같은 지평선이 보이고, 빙판 위에 쌓인 눈은 바람에 의해 기다란 파도 같은 모양을 그리고 있어 어둡게 그늘진 곳은 묘하게 바닷물처럼 보일 정도였다.

즐길 수 있을 때 즐겨, 나는 다시 한번 상기했다. 이제 몇 달만 있으면 태양이 완전히 사라질 테니까. 마지막으로 해가 지고 나면 그 후 몇 주 동안은 어둠만이 가득할 터였다. 그 생각을 하자 저절로 몸이 떨렸다. 나는 오래 전부터 어둠 공포증에 시달리고 있지만 유나에는 일절 언급하지 않았다. 절대 발설하지 않을 다른 일들과 마찬가지로.

이 일자리 제안을 받아들일 때는 나를 괴롭히는 걱정거리들이 어쩐지 멀게만 느껴졌고, 충분히 감당할 수 있을 것 같았다. 하지만 지금, 이곳에 서서 앞으로 끝없이 이어질 밤들을 생각하니 또 한 번 의심의 불씨가 타올랐다.

이곳에 오기로 한 것이 정말 잘한 결정이었을까?

그 선택의 밑바탕에는 나도 힘을 보태고 싶다는 마음도 있었다. 생긴 지 3년이 채 안 된 유나는 전 세계의 과학자들을 모아 기후 변화를 연구하고, 지구의 기상 시스템에서 남극이 차지하는 매우 중요한 역할을 지속적으로 연구하기 위해 설립된 곳이었다. 그래서 유나에는 과학자들뿐만 아니라 배관공, 전기 기사, 엔지니어, 정비 기사, 요리사, 그리고 의사까지 다양한 분야의 사람들이 필요했다.

하지만 더 깊이 내려가보면 좀더 이기적인 이유가 있었다. 벤이 없다는 사실을 매 순간 느껴야 하는 일상에서 어떻게든 도망치고 싶었고, 언니와 엄마, 동료들, 간호사들, 심지어 보조 직원들에 이르기까지 끊임없이 나를 살피는 주변 사람들의 걱정 어린 시선으로부터 벗어나고 싶었다. 변함없는 염려와 동정은 상황을 더 악화시킬 뿐이었다. 그래서 매력적인 고립상태가 보장되는 이 거대한 대륙이야말로 내가 숨을 수 있는 최적의 장소라고 느꼈다.

하지만 정말 그럴까? 그저 부서지고 얼어붙은 내 심장을 마주하게 될 거울은 아닐까?

그만하자, 나는 창문의 블라인드를 내려 불쾌할 정도로 눈이 부신 빛을 차단하며 스스로에게 말했다.

너무 피곤해서 그래. 내일이면 모든 게 다르게 느껴질 거야. 나는 여행 가방의 지퍼를 열어 옷가지와 물건들을 꺼내 작은 옷장과 서랍장에 옮겨놓았다. 꺼내고 보니 과하게 많아 보였는데 대부분 유나에서 지급한 물품들이었다. 점프슈트 두 벌을 비롯해 몇 벌의 오리털 재킷과 레깅스는 눈밭에서 가장 눈에 띄는 잘 익은 토마토 같은 빨간색이었다. 몇 벌의 보온 내의, 각각 두께가 다른 손가락 장갑과 손모아 장갑 여섯 켤레, 따뜻한 플리스 스웨터 세 벌과 모직 스웨터 하나, 양말 일곱 켤레, 면바지 세 벌. 거기에 극지용 부츠와 안감, 여벌의 깔창, 고글, 모자와 선글라스들까지.

넣을 수 있는 만큼 최대한 옷장에 욱여넣었지만, 옷장은 턱없이 비

좁았다. 그래서 자리를 찾지 못한 나머지 물건들은 비어 있는 2층 침대 위에 가지런히 늘어놓으며 이 좁은 방에서 도대체 어떻게 두 사람이 지내라는 건지 다시 한번 의문이 들었다. 숨만 쉬기에도 좁은 공간인데. 옷을 벗고 두꺼운 플리스 가운을 입으니 예상외로 상당히 덥게 느껴졌다. 냉랭한 빅토리아풍 우리 집에서 생각했을 때는 꼭 챙겨와야 할 품목이었는데. 외부 온도는 영하 30도에 육박하겠지만 기지 내부는 꽤 훈훈한 탓이었다.

나는 재빨리 샤워를 끝내고 수건으로 머리만 말리고 방으로 돌아왔다. 잠시 후 노크 소리가 들렸다.

"옷 갈아입었어요?" 드루가 물었다.

설마. 벌써 한 시간이 지났다고? "잠깐만요." 나는 손에 잡히는 대로 깨끗한 옷으로 갈아입었다. "들어와요."

그의 머리가 문 안으로 쑥 들어왔다. "지금 한번 돌아볼래요?"

나는 흥미를 보이는 척하며 고개를 끄덕였다. 몇 시간만 버티면 잘 수 있을 거라고 나를 다독였다.

이곳으로 오기 전에 미리 기지의 배치도를 보기는 했지만 실제로 본 기지는 생각했던 것보다 훨씬 더 크고 더 복잡했다. 드루는 미로 같은 복도들을 돌고 돌며 곳곳을 안내했는데 어떤 복도는 두 사람이 나란히 지나가기도 어려울 만큼 좁았고, 천장이 낮아서 터널 같은 느낌이 들었다. 드루는 기지 안의 모든 것이 공간의 효율성 극대화에 중점을 두고 배치되었으며, 단열 처리도 완벽해서 무려 100도가 넘는 내부와 '저 바깥'의 온도 차에도 끄떡없을 만큼 외벽이 두껍다고 설명했다.

우리는 본관 건물에 자리한 생활관인 알파를 먼저 돌아보았다. 드루는 하나도 빠짐없이 구석구석 안내했다. 20개의 침실과 4개의 화장실, 부엌과 식당, 널찍한 휴게실, 당구대와 테이블 축구대가 놓인 게임방, 가끔 작은 영화관 역할도 하는 도서관, 작지만 운동기구가 잘 갖춰진 체육관, 몇 대의 세탁기와 건조기가 배치된 세탁실, 그리고 마침내 내가 사용할 진료실과 옆에 붙은 수술실까지.

알파에 이웃한 기술동 베타는 알파와 내부 복도로 연결되어 있었다. 끝없이 웅웅거리는 기계음을 배경 음악처럼 들으며 우리는 무선통신실과 스카이프 통화실을 비롯해 다양한 과학 실험실을 둘러보았다. 그 아래 1층에서 드루는 차량 정비소와 작업장, 식자재 창고, 그리고 발전기와 용수 재활용 시설을 안내해주었다.

비교적 질서정연한 알파와 달리 베타는 전반적으로 산업시설 같은 분위기였다. 각종 파이프와 외피에 쌓인 굵고 꼬인 전선들이 철제 바닥 위에 어지럽게 널려 있을 뿐 아니라 벽을 타고 이어지기도 하고, 천장에서 아래쪽으로 매달려 있는 것도 있었다. 복잡한 미로 같은 복도 벽에는 여러 가지 안내판과 지도가 붙어 있으며 고리마다 야외 장비들이 걸려 있고, 줄줄이 늘어선 선반에는 각종 폴더와 설명서, 다양한 종류의 하드웨어와 장비들이 담긴 상자들이 빼곡하게 쌓여 있었다.

나는 드루를 따라다니며 마치 미궁에 빠진 것 같았다. 이런 곳에서 어떻게 길을 잃고 헤매지 않는지 신기할 따름이었다. "이런 것들이 다 수압 펌프예요." 드루가 어떤 작업장을 가로질러 건물 끝을 향해 걸어가면서 말했다. "건물들이 얼음 밑으로 파묻히지 않는 게 다 수압 펌프 덕분이에요. 저게 없다면 아마 일이십 년 내로 모두 지하로 가라앉고 말 거예요."

언젠가 보았던 남극 어딘가에 있는 오래된 철제 오두막 사진이 떠올랐는데 오두막 역시 쌓이는 눈에 무너지지 않게 목재가 지지하고 있었다. 도대체 초기의 탐험가들은 이처럼 사람이 살기 어려운 환경에서 그렇게 희박한 자원만으로 어떻게 버텼을까? 기지에 도착한 후로 매 순간 우리가 생존을 위해 얼마나 기술에 의존하고 있는지를 뼈저리게 느끼고 있었다. 만약 어느 것 하나라도 문제가 생기면 우리는 얼마나 큰 위험에 처하게 될까.

"오늘은 시간이 충분하지 않지만, 내일은 바깥도 둘러볼 수 있어요. 물론 당신이 원한다면요." 드루가 용수 재활용 시스템에 관해 설명하고 나서 덧붙였다. "건물 바깥에도 흥미로운 것들이 꽤 많아요. 그리고 여기에 불이 날 경우를 대비해서 응급 약품들은 여름 캠프에 보관하고 있거든요. 그게 어디에 있는지 당신이 알아야 할 거고요."

"좋아요." 오늘 기지 구경은 이걸로 끝이고 저녁 식사 전에 조금이라도 방에서 쉴 수 있기를 간절히 바랐다. 그러나 알파로 돌아오자 드루가 내 진료실에서 가까운 어떤 문 앞에서 멈춰섰다. 기지 대장이라는 표지가 붙어 있었다.

드루가 노크를 한 후 방문을 열고 얼굴을 들이밀었다. "잠시 케이트를 보자고 하셨어요?"

나는 그렇다는 샌드린의 대답을 듣고 드루를 따라 안으로 들어갔다. 그녀는 책상에 앉아 커다란 노트에 뭔가를 적고 있었다. 완벽한 화장과 깔끔한 옷차림처럼 주변의 모든 것이 단정하고 질서정연했다. 어쩐지 남극이라기보다는 파리에 가까운 분위기였다.

"짐은 다 풀었나요?" 샌드린이 묘하게 김빠진 목소리로 물었다.

"네, 감사합니다."

"잘됐네요."

그 뒤로 이어진 침묵에 무슨 말을 해야 할지 막막했다. "나도 열쇠가 필요할까요?" 내가 물었다. 드루가 우리의 대화에 관심을 보인다는 게 느껴졌다. 침실을 비롯해 열쇠가 있어야 들어갈 수 있는 방이 몇 개 있다는 건 알고 있었는데, 내 진료실과 통신실, 그리고 샌드린의 사무실이 그랬다.

"아, 맞아요." 샌드린이 자리에서 일어나 책상 뒤에 있는 튼튼한 나무 벽장을 열고 열쇠 꾸러미를 건네주었다. "또 필요한 게 있으면 알려줘요."

사무실에서 나오는데 기분이 또 한 번 착잡했다. 물론 떠들썩한 환영식을 기대한 건 아니었지만 그래도 이보다는 좀더 따뜻하게 맞아줄 줄 알았는데.

"염려 말아요." 복도를 걸어가며 내 표정을 읽었는지 드루가 말했다. "점점 좋아질 거예요." 그의 말이 맞기를 바라며 어설픈 미소를 지었다.

"그리고 열쇠 잘 챙겨요. 샌드린이 몇 달 전에 잊어버렸는데 그걸 새로 하는 게 보통 힘든 일이 아니거든요."

"그럴게요." 그 말이 마지막이기를 간절히 바랐다. 서 있기도 힘들 만큼 피곤했다. 약효도 떨어지기 시작했는지 조금씩 불안감이 스며드는 게 느껴졌다.

"그건 그렇고." 드루가 덧붙였다. "이제 제일 근사한 게 남았어요."

이럴 수가. 나는 억지로 관심 있는 척하며 그를 따라 또다른 토끼굴 같은 복도를 걸어갔다. 잠시 후 우리는 기지의 맨 끝에 있는 어떤 방에 도착했는데, 좁고 긴 공간 위에 눈부신 LED 조명이 빼곡하게 매달려 있었다.

"짜잔!" 드루가 눈부신 조명 아래 듬성듬성 웅크린 식물들을 가리키며 씩 웃었다. "내가 키우는 애들이에요."

나는 쓸쓸해 보이는 채소들을 살펴보았다. 몇 종류의 상추와 루콜라, 케일이었다. 이렇게 황량한 백색 대륙 한복판에 있는 황량한 백색 방에서 채소가 자란다는 게 어쩐지 어울리지 않았다.

"겨우내 보게 될 유일한 푸른 채소예요." 드루가 완벽한 미소를 날리며 자랑스럽게 말했다. 짧은 머리모양과 이틀 정도 자란 까칠한 수염까지, 그는 정말 스포츠 용품이나 아웃도어 의류 광고에 등장하는 남자 모델 같은 분위기를 풍겼다. "한 달 전에 씨를 심었어요. 몇 주 있으면 첫 수확을 할 수 있을 거예요."

한 끼 먹을 양도 안 될 것 같았지만 애써 감탄하는 척했다.

"이제 대충 다 봤어요." 드루가 시계를 확인하며 말했다. "저녁 식사 시간까지 30분 남았네요. 나중에 식당에서 봐요."

나는 손을 뻗어 돌아서는 드루의 팔을 건드렸다. "고마워요, 드루. 일부러 시간을 내줘서."

"천만에요." 드루의 시선은 사무적이지만 친근하고 따뜻했다. "여기 온 걸 진심으로 환영해요."

내가 식당에 도착했을 때는 이미 여섯 명이 네 줄로 깔끔하게 배치된 테이블 이곳저곳에 앉아 있었다. 드루는 아직 보이지 않았지만 카로가 일어서서 나를 맞으며 손을 흔들었다. 삐죽삐죽 솟은 머리모양 때문에 마치 요정 같았다.

"구경은 잘했어요?" 카로가 나를 배식대로 안내하며 물었다.

나는 고개를 끄덕이며 말했다. "아주 복잡하던데요."

"나도 처음 왔을 땐 열두 번도 넘게 길을 잃었다니까요. 하지만 곧 익숙해져요."

나는 배식대 위에 준비된 음식들을 살폈다. "알아서 덜어 먹으면 되나요?"

"원하는 대로 가져다 먹으면 돼요. 먹을 복 있네요. 오늘은 금요일이라 피시 앤 칩스거든요."

"정말요? 국제 기지에서도 그걸 먹는다고요?"

"우리 모두가 돌아가면서 라지브를 도와 저녁 식사를 준비해요." 카로가 설명했다. "금요일은 영국과 아일랜드, 뉴질랜드와 오스트레일리아 담당인데 우린 생선 위주로 요리해요. 프랑스랑 벨기에는 일요일 담당이고, 이탈리아와 스페인 담당인 토요일에는 주로 피자나 파에야가 나오죠. 미국과 캐나다가 맡은 화요일에는 보통 버거가 나오는데 소냐가 만드는 매운 프라이드치킨도 기가 막히게 맛있어요. 러시아와 발트 해 국가들이 수요일, 목요일은 원래 남아메리카 담당이었는데 이제 하계 대원들이 거의 떠났기 때문에 비었죠. 아, 월요일은 인도와 아시아 지역 담당이에요." 카로가 배식대 뒤에서 바쁘게 움직이는 라지브를 향해 고갯짓하며 덧붙였다. "라지브가 만드는 카레는 기지에서 최고로 맛있는 음식이에요."

나는 음식을 덜어서 카로를 따라 테이블로 왔고 아르카디와 누군지 잘 생각나지 않는 또다른 남자에게 인사를 했다. 아르카디는 아크라고 부르라고 고집하며 반가운 듯 활짝 웃었는데 옛소련 시절에 해넣은 것 같은 두 개의 금니가 번쩍거리며 마치 007 영화에 나오는 악당 같은 분위기를 풍겼다. 그러나 또다른 남자는 짧게 고개만 끄덕했다. 알렉스구나, 비행기에서 내렸을 때 드루와 같이 나왔던 남자라는 걸 깨달았다.

최소한 지금은 얼굴을 볼 수 있었다. 아크를 비롯해 대부분의 남자 하계 대원들이 남극에서 기른 수염으로 포틀랜드 힙스터(개성을 중시하고 독립적이며 진보적, 창의적인 성향을 지닌 젊은이들을 힙스터라고 부르며 특히 포틀랜드가 힙스터의 도시로 불린다/옮긴이)처럼 보이는 것과 달리 알렉스는 깔끔하게 면도한 얼굴이었다. 어중간한 길이의 짙은 색 머리와 말끔한 피부, 외부 활동으로 가볍게 그은 얼굴이 소년 같은 느낌의 미남이었다. 20대 중반 정도로 보였고 내일 그의 의료 파일을 확인해봐야겠다고 생각했다. 그를 보며 미소를 지었지만, 그는 미소를 짓는 둥 마는 둥 고개를 돌렸다. 어쩐지 차가워 보이는 표정에서 샌드린이 떠올랐다.

"아크가 지난주에 보르시(비트 뿌리를 넣고 끓여 붉은색을 띠며 러시아와 폴란드 등 동유럽 국가에서 즐겨 먹는 우크라이나식 수프/옮긴이)를 만들었어요." 카로가 나와 마주 보고 앉으며 말했다. "아주 맛있었어요."

아크가 그녀를 향해 엄지손가락을 치켜들었다. "당신이 만든 트라이플(진한 커스터드, 과일, 스펀지 케이크, 과일 주스 또는 젤리나 젤라틴, 휘핑크림으로 만든 영국식 디저트/옮긴이)보다야 훨씬 낫죠." 아크가 강한 러시아 악센트가 섞인 말투로 말했다. "도대체 그 쓰레기 같은 음식은 뭐였어요?"

카로가 웃음을 터뜨리며 아크에게 손가락 욕을 날렸다. "쓰레기 같아서 두 번이나 먹었어요?"

"어쩌겠어요? 난 늙은 뚱돼지거든요." 아크가 불룩한 배를 쓰다듬으며 껄껄 웃었다.

"돌아가면서 음식을 담당하는 건 사람들이 많은 여름에 더 좋긴 해요.” 생선튀김을 깨작거리는 내게 카로가 말했다. “하지만 우리 나름대로 다양하게 변화를 주려고 노력하고 있어요. 누구도 향수병에 걸리길 바라지 않으니까요.”

“여기서 어떤 일을 담당해요?” 나는 알렉스에게 물었다. 그는 마치 굶어 죽기 직전인 사람처럼 먹는 데만 몰두해 있었는데 대화를 피하려는 심산인 것도 같았다.

그가 갈색 눈을 들어 힐끗 나를 보았다. “현장 보조요.”

마침내 그의 악센트를 파악할 수 있었다. “뉴질랜드에서 왔어요?”

“네. 도니골이요.”

“그렇군요. 그쪽으로 캠핑 간 적 있어요.”

알렉스의 얼굴에 뜻밖이라는 표정이 스쳤다. “비 좀 맞았겠는걸요, 그렇죠?”

“조금요.”

그가 희미하게 미소를 짓다가 음식을 가득 담은 식판을 들고 우리 쪽으로 걸어오는 드루에게 시선을 돌렸다. 드루가 내 옆자리에 앉아 음식이 줄지 않는 식판을 향해 고갯짓하며 말했다. “배 안 고파요?”

“입맛이 별로 없네요.” 내가 말했다.

카로가 잽싸게 나를 훑어보고 말했다. “좀 먹어도 되겠는데요.” 그러고는 씩 웃으며 농담이라는 표시를 했다.

“아마 너무 피곤해서 그런가 봐요”라고 둘러대며 간신히 감자 칩 몇 개를 더 먹고는 식사를 마쳤다. 솔직히 말하면 사고 이후로는 맛있는 음식을 먹으며 느끼던 즐거움도 사라져버렸다.

물론 내가 먹는 약도 식욕에 도움을 주는 것 같지는 않았다.

“나한테 줘요.” 아크가 내 접시를 가져가 남은 음식을 자기 접시에 쏟았다. "음식을 버리는 건 낭비죠."

내 옆자리에 앉아 있던 알렉스가 자리에서 일어나 빈 접시와 물컵을 배식대 옆에 내려놓고 아무 말 없이 자리를 떴다. 카로의 시선이 그를 따라갔고, 드루는 그저 눈썹만 치켜올리고는 아무렇지 않게 나를 보았다.

"그래서 지금까지 느끼기엔 여기 어때요?"

나는 물을 한 모금 삼켰다. "좋아요. 좀 막막하긴 하지만 곧 괜찮아지겠죠."

"우린 모두 대환영이에요." 카로가 내 팔을 친근하게 꽉 잡았다. 별거 아닌 제스처였지만 그녀의 호의에 내 마음이 움직였다. 카로와 드루가 마음에 들었고, 안도감을 느꼈다. 최소한 두 명의 친구가 생겼으니까.

지금 이 자리에서 내 전임자에 관해 물어도 될까? 나는 궁금했다. 프랑스인 의사 장-뤼크가 목숨을 잃었기 때문에 지금 내가 이 자리에 있는 셈이었지만 나는 그에 대해 아는 게 거의 없었다. 등산용 로프를 타고 하강하다가 사고를 당해 목숨을 잃었다는 정도가 다였다.

하지만 어쩐지 모두 그 얘기를 꺼린다는 느낌이 들었다. 어쨌거나 남극은 매우 위험한 곳이고, 그 부분만큼은 원격 의학에 관한 유나의 집중훈련 과정을 통해 분명히 인식하고 있었다. 이곳에서는 무슨 일이든 일어날 수 있지만, 너무 외진 곳에 떨어져 있다 보니 유사시에는 외부의 도움을 받기가 쉽지 않았다. 제네바에서 훈련을 받을 때 유나에 소속된 한 의사는 한겨울에 여기서 누군가를 데리고 나가는 게 국제 우주 정거장에 있는 사람을 데려오는 것보다 더 어렵다고 말했다.

지금 이곳에 있는 사람들 중에 그런 부분에 대해 나처럼 불안해하는 사람이 또 있을까?

힐끗 주변을 둘러보았지만, 식당에 모인 20여 명 정도의 사람들은 편안하고 태평해 보였다. 혹시 겉보기와 달리 속으로는 완벽한 고립 상태를 두려워하고 있다면, 속마음을 아주 잘 감추고 있는 셈이었다.

아무래도 그게 가장 좋은 대처 방안이라는 생각이 들었다. 그저 마음속에서 몰아내고 생각하지 않는 것.

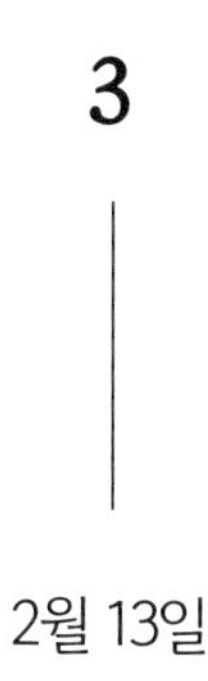

3

2월 13일

도대체 내가 어디에 있는 거지?

반쯤 닫은 블라인드 사이로 스며든 빛으로 어슴푸레한 방 안에서 잠을 깬 나는 혼란스러웠다. 잠깐 다시 옛날로 돌아가 사고 직후 병원에서 정신이 들던 그때로 돌아간 것 같았다. 시간이 멈춘 것 같은 느낌, 혼란스러운 느낌까지 똑같았다. 그리고 조금씩 떠오르던 기억.

헤드라이트에 번쩍이던 여우의 눈빛, 눈앞으로 달려들던 나무들.

그러나 다행히도 충돌하던 순간의 기억은 없었다.

충돌의 여파에 대한 기억도.

하지만 여긴 병원이 아니다. 나는 남극에 있다. 어제 비행기를 타고 도착했고 앞으로 열두 달 동안 이곳에서 지낼 것이고, 그중 여덟 달은 열두 명의 대원들과 생활할 예정이다.

그런 생각이 들자마자 불안감이 엄습하며 갑자기 속이 메스꺼워졌다. 나는 서둘러 침대를 나와 복도를 뛰어서 간신히 작은 화장실에 들어가 변기에 토했다.

세상에. 나는 흰 타일 벽에 기대어 힘겹게 숨을 쉬었다. 머리가 깨질 것처럼 아프고 어지럼증까지 겹쳤다. 잠시 화장실이 빙글빙글 도는 것 같아 이대로 정신을 잃는 건 아닐까 걱정했지만, 깊이 숨을 들이쉬고 내쉬기를 몇 번 반복하자 그런 느낌은 가라앉았다.

고산병. 이곳에 도착하면 누구나 경험하는 병이지만 이 증상이 더 나빠지지 않도록 주의해서 지켜봐야 했다. 드물기는 하지만 고도가 높은 곳에서 생길 수 있는 합병증인 폐렴에 걸렸다가는 큰일이었다.

나는 겨우 몸을 일으켜 세워 세면대로 가서 손으로 물을 받아 입을 헹구고 얼굴에도 뿌리며 거울에 비친 내 모습을 외면했다. 사고 이후 회복하는 동안 생긴 버릇이었다. 가능한 한 얼굴에 남은 상처와 망가진 얼굴을 내 눈으로 확인하고 싶지 않았다. 나를 본 사람들의 반응을 감당하는 것만으로도 버거웠다.

다시 방으로 돌아온 나는 숨겨두었던 약병에서 하이드로코돈 두 알을 삼키고 시간을 확인했다. 새벽 5시 46분. 일곱 시간 동안 잤다니. 몇 달 만에 가장 긴 수면시간이었다.

운동복 바지와 가벼운 티셔츠로 갈아입는데 타다닥 소리를 내며 작은 불꽃이 일었다. 내가 미처 예상하지 못했던 기지의 또다른 특징이 정전기였는데, 대기가 무척 건조하다 보니 정전기가 매우 자주 발생했다. 어제 드루가 기지 구경을 시켜주면서 발전기들이나 건물의 다른 접지 부분들 주위의 모든 책상마다 붙어 있는 알루미늄 테이프를 가리키며 컴퓨터나 다른 민감한 장비를 만지기 전에 정전기를 '방출하는' 용도라고 알려주었다. 또 팔꿈치를 벽에 대고 문질러서 쌓인 정전기를 소멸시키는 방법도 일러주었는데, 그 방법이 손가락 끝에 찌릿한 통증을 느끼는 것보다 훨씬 나았다.

식당에 들어서자 놀랍게도 아침을 먹으러 온 사람이 내가 처음이 아니었다. 알렉스가 혼자 웅크리고 앉아 책을 읽고 있었다. 나는 커피마저 게워내지 않기를 바라며 커피를 따랐다. 커피보다는 물을 마셔야 하지만 입안에 남은 찝찝한 뒷맛을 없애고 정신을 차리기 위해선 카페인이 필요했다.

"재밌어요?" 나는 알렉스 앞에 앉으며 고갯짓으로 책을 가리켰다.

"네. 꽤 오싹해요." 그가 미셸 파버의 『다크 매터』라고 적힌 책 표지를 보여주고 나서 책을 덮고 뒤로 기대어 앉았지만, 여전히 내 시선을 피했다.

알렉스에게는 뭐라고 딱 집어낼 수 없는 분위기가 있었다. 긴장감이 배인 태도랄까, 일종의 경계심 같기도 했다. 그가 마지막 토스트 조각을 삼킬 때 오른쪽 다리를 떨고 있는 게 눈에 들어왔다.

"그래서 기분은 좀 어때요?" 그가 성가신 듯한 손길로 이마에 흘러내린 머리를 넘기며 드디어 내게 물었다. 충분히 예의를 갖춘 질문이었지만 그저 형식적인 물음이라는 느낌이 드는 말투였다.

나는 얼굴을 찡그렸다. "좀비가 된 것 같아요."

현장 보조의 얼굴에 그늘이 지나갔다. 그는 눈을 깜빡거리더니 시선을 피했다.

"고산병 증세가 좀 있는 것 같아요." 내가 재빨리 덧붙였다. "곧 괜찮아지겠죠."

"그래도 걱정 없잖아요? 당신이 의사니까요." 그가 입을 다문 채 미소를 짓고는 자리에서 일어났다. 한시라도 빨리 자리를 뜨고 싶어 안달이 난 사람 같았다. "가봐야 해요. 샤워기에 문제가 있어서요. 사람들이 불만을 쏟아내기 전에, 카로가 수리하는 걸 돕기로 했어요."

나는 축 처져서 커피를 한 모금 마셨고, 알렉스는 접시와 식기류를 산업용 식기 세척기에 넣었다. 아침 식사 설거지는 각자 알아서 한다는 것도 드루가 어제 알려주었다. 그외에는 돌아가며 당번을 정해서 치운다고 했다. 식당에서 나가는 알렉스의 뒷모습을 지켜보며 내가 이곳에 온 것을 못마땅해하는 듯한 느낌을 털어낼 수 없었다. 하지만 왜? 내가 그를 기분 나쁘게 한 일도 없는데?

"당신이 케이트군요."

고개를 돌리자 키가 크고 건장한 남자가 서 있었다. 알렉스와는 딴판으로 나를 만나서 진심으로 반가운 듯한 표정에 친근한 미소까지 띠고 있었다. "난 아르네예요. 어제 인사 못 해서 미안해요. 캣에 문제가 있어서 오후부터 저녁 내내 손보느라 바빴거든요."

"캣이요?" 나는 이마를 찌푸리며 악수를 하려고 자리에서 일어났다. 기진맥진해서 미세하게 손이 떨리는 것을 그가 느끼지 못하기를 바랐다. "남극에 동물 반입은 금지인 줄 알았는데요."

그가 웃으며 말했다. "캐터필러를 줄여서 그렇게 불러요. 마실 물을 만들기 위해 눈을 모으는 데 쓰는 트랙터예요." 스칸디나비아 억양이 살짝 섞인 말투였다.

"아. 그럼 꼭 필요한 장비군요."

"고양이보다는 훨씬 더 필수적인 존재라는 건 분명하죠."

나는 아침 식사를 챙기는 그를 지켜보았다. 30대 후반쯤 되어 보였고 짧게 자른 짙은 색 머리는 양옆으로 조금씩 머리가 세었고, 앞쪽에는 한 움큼 정도 흰머리 뭉치가 있었다. 그게 가장 도드라지는 점이었다. 엄마가 봤다면 살짝 깎아내리며 "그런대로 보기 좋게 생겼다"라고 말할 것 같았다.

"그럼 차량 관리를 하나요?" 그가 뮤즐리와 유통기한이 긴 오렌지 주스를 가지고 자리로 돌아왔을 때 물었다.

"기지 차량 정비를 담당하고 있죠. 다른 대원들도 도와주고요. 기본적으로 엔진과 관련된 일은 뭐든지 합니다." 그가 내 앞에 외로이 놓인 커피잔을 고갯짓하며 말했다. "그게 아침 식사예요?"

"고산병 때문에 속이 불편해서요. 괜찮아요."

"그거 아주 고약하죠." 그가 아침을 먹으며 말했다. "나랑 같이 도착했던 남자 대원은 일주일 만에 비행기에 실려 다시 나갔어요. 그것 때문에 심하게 아팠거든요. 뇌 뭐라더라……."

"뇌부종이요?"

"맞아요, 그거요. 꽤 심각했어요. 다행히 크라이스트 처치에 도착하고 나서 회복되었다고 하더라군요."

"어디서 왔어요?" 나는 제네바에서 받은 월동 대원 목록을 떠올리며 물었다. "미안해요. 미리 알고 있었어야 하는데 어제 도착해서 아직 컨디션 회복 중이거든요."

"아이슬란드요."

"그렇군요"라고 대답하며 내 무덤덤한 반응을 자책했다. "여기 온 지 얼마나 됐어요?"

"몇 달 됐어요." 그가 주스를 한 모금 마시고 말했다. "전에도 온 적 있어요. 맥머도요."

"거기가 파티 중심지라고들 하던데요." 미국의 남극 기지인 맥머도는 가장 규모가 컸고 술을 많이 먹는 걸로도 유명했다. 여름에는 천 명이 넘는 대원들이 모이다 보니 거의 작은 마을에 육박하는 규모여서 ATM 기계와 볼링장도 있었다. 심지어 폐쇄한 원자로도 있는 모양이었다.

아르네가 미소를 지었지만 별다른 대꾸는 하지 않았다. 그가 내 비위를 맞추고 있다는 느낌이 들었다. 새로운 여자 대원이어서일까, 별로 탐탁지 않은 역할이었다.

"그럼 기지에 대해선 줄줄이 꿰고 있겠군요." 30초 정도 어색한 침묵이 흐른 후 내가 물었다.

"그렇죠." 그가 한숨을 쉬었다. "딱 그 말이 맞아요."

"무슨 뜻이에요?"

"아직 밖에 안 나가봤어요?" 그가 눈을 들어 밝은 빛이 들고 있는 창문을 보았다.

"비행기에서 내려 기지로 들어오면서 본 게 전부예요."

"기지 주변에 매여 있는 밧줄 봤어요?"

나는 고개를 저었다. 드루 뒤를 쫓아가면서 얼어 죽지 않으려고 서두르느라 다른 데 신경 쓸 겨를이 없었다.

"날씨가 몹시 험한 날이나 깜깜한 밤에 손전등을 떨어뜨려도 길을 잃지 않도록 밧줄이 매여 있어요. 그 줄만 잘 잡고 따라오면 기지까지 돌아올 수 있게요. 그래야 엉뚱한 방향으로 가서 헤매지 않을 테니까."

"그랬다간 큰 문제가 생기겠죠."

"당신은 의사니까 잘 알 거예요. 영하 60도에서 사람이 얼마나 견딜 수 있는지 말해봐요."

"얼마 못 가죠." 솔직히 정확히 얼마나 버틸 수 있을지 나도 궁금했다. 10분? 20분? 상상만 해도 무서웠다.

"어쨌든 그런 일은 일어나지 않을 거예요." 아르네가 자리에서 일어섰고, 그가 얼마나 큰지 또 한 번 실감했다. 족히 180센티미터는 되어 보였고 그보다 더 클 것도 같았다. 하지만 루크와는 달리 큰 키가 부담스러워 보이지 않았고, 자기 자신에게 만족하는 사람 같았다. "일반적인 주의사항만 잘 지키면 별일 없을 거예요."

"장-뤼크 베르나처럼요?" 내가 불쑥 물었다. "그에게 무슨 일이 있었던 거예요?"

아르네가 멈춰섰다. 나는 그가 다시 자리에 앉아 내 질문에 대답해 주기를 기다렸지만, 그의 얼굴에 긴장감이 감돌았고 대화를 끝내고 싶은 표정이 떠올랐다. "그저 불행한 사고였어요."

곧바로 아르네는 사라졌다.

다시 내 방으로 돌아오는 길에 잠시 멈춰서서 본관 복도 벽에 걸린 사진들을 살펴보았다. 액자에 끼워진 섀클턴의 나무 오두막 사진에서 옛날 난로와 오래된 보급품 깡통이 올려진 선반들도 볼 수 있었다. 그 옆으로 유나의 규정 색깔인 빨간색 옷을 입고 얼음 벌판에서 찍은 대원들의 단체 사진들도 걸려 있었다.

밖에서도 맨얼굴을 드러낼 수 있는 여름철에 찍은 사진들이라 잠시 머물며 살펴보았다. 드루와 카로가 보였다. 아크는 카메라를 향해 엄지손가락을 치켜세우고 있었고 그의 텁수룩한 수염에 붙은 얼음 조각들이 햇빛에 반짝거렸다.

그 옆에 걸린 사진 속에는 두 남자가 카메라를 보며 환하게 웃고 있었고 빨간색 재킷의 붉은 빛이 맨얼굴에 드리워져 건강해 보였다. 둘 중 하나가 알렉스였다. 지금과는 전혀 다른 모습이었다. 들뜬 표정에 근심 걱정 없이 태평해 보였으며 심지어 더 어려 보이기까지 했다. 이후 몇 달간 무척 힘든 일에 시달리기라도 한 걸까. 불쑥 오늘 아침에 그를 보았을 때 어떤 느낌이 들었는지 깨달았다. 정확히 말로 표현할 수 없는 어떤 불행한 느낌, 바로 그런 느낌이었다.

알렉스 옆에 서서 그의 어깨에 팔을 두르고 있는 사람은 40대 정도로 보이는 잘생긴 중년 남자였다. 짧은 은발 머리에 그은 얼굴로 활짝 웃고 있었고, 뭔가 재미있는 것을 발견한 것처럼 눈에 잔뜩 주름을 잡으며 웃고 있었다.

그 밑에 파란색 볼펜으로 쓰인 글씨가 있었다. 나는 뚫어지게 글씨를 들여다보았다.

RIP

편히 잠드소서. 이 사람이 장-뤼크 베르나가 틀림없었다. 내 전임자.

뭔지 알 수 없는 찌르르한 기분이 들었다. 슬픔? 동정심? 나는 방으로 돌아와서 그의 죽음이 기지에 있는 대원들에게 어떤 영향을 미쳤을지 곰곰이 생각했다. 모두 큰 충격에 빠졌을 것이 틀림없었다. 그리고 두려움에 휩싸였겠지. 유나가 다급하게 임시로 후임을 구하는 사이에 몇 주간 의사 없이 지내야 했으니 매우 불안했을 터였다.

모두가 그 얘기를 꺼리는 것은 당연했다.

전임자의 친근한 얼굴을 떠올렸다. 지금보다 훨씬 행복해 보이는 알렉스의 얼굴. 모두가 장-뤼크를 좋아했고, 그의 죽음을 깊이 애도했을 것이 분명했다. 알렉스가 나의 등장을 달가워하지 않을 만도 했다.

나는 한동안 침대에 걸터앉아 마음을 가다듬으려 했지만 내가 가짜인 것 같은 느낌과 불안감을 떨쳐버릴 수 없었다. 이성적으로는 터무니없는 생각이라는 것을 알고 있었다. 제네바에서 3일간의 혹독한 인터뷰와 평가를 거쳐 당당히 이 자리를 따냈을 뿐 아니라 철저한 건강검진과 체력 검사도 통과했다. 나는 여기 있는 다른 사람들과 마찬가지로 충분한 자격을 갖추고 있다.

그런데도 다른 대원들과 잘 알고 지냈고 아마도 사랑받았을 전임자의 처량한 대타에 지나지 않는다는 기분이 드는 건 어쩔 수 없었다.

라프는 내게 말했던 대로 모든 것을 잘 정돈해두었다. 진료실 책상에 놓인 파일에는 어디에 무엇이 있는지 자세하게 적혀 있었고, IT 시스템에서 의료 자료에 접속하고 검색하는 방법과 모든 실험의 최근 정보까지 정리되어 있었다.

라프는 처음 도착했을 때 어떻게 적응했을까? 그에게는 방법을 일러줄 사람도 없었을 텐데. 나를 예전의 자신과 똑같은 처지로 만들지 않기 위해 더 세심하게 노력을 기울인 그에게 감동했다.

"내가 더 도와줄 일이 있으면 주저하지 말고 연락하세요"라고 완벽한 영어로 적은 라프의 자필 메모가 있었고, 그 밑에 나폴리에 있는 병원의 이메일 주소가 적혀 있었다. 나는 온라인에 접속하는 대로 곧바로 감사 인사를 보내야겠다고 마음먹었다.

다시 한번 밀려오는 어지럼증과 메스꺼움을 애써 누르며 내 작은 근무 공간을 돌아보았다. 두 개의 방이 양쪽으로 열리는 이중문으로 연결되어 있었다. 하나는 진찰대와 의료 장비의 대부분이 놓인 수술실이었고, 다른 하나는 의약품들이 보관된 사무실이자 진료실이었다. 장비들은 제법 잘 갖추어져 있어 산소호흡기와 마취 기계, 산소통을 비롯해 각종 수술 및 치과 치료용 도구들, 엑스레이를 찍을 수 있는 시설과 간단한 혈액 및 소변 분석 시설까지 있었다. 내가 보기에 충분한 기능을 갖추고 있는 것 같아 안심되었다.

치과용 겸자를 집어들며 제발 이 기구를 사용할 일은 없기를 간절히 바랐다. 스위스에서 집중 교육을 받기는 했지만, 이쪽 분야의 경험은 충분치 않았다.

잘할 수 있을 거야, 스스로를 다독였다. 어쨌거나 24시간 중 언제라도 제네바 대학병원에 있는 유나 팀과 직통으로 연락할 수 있었기 때문에 내가 잘 모르거나 분명하지 않을 때는 그들에게 도움을 받을 수 있었다. 물론 치과 쪽도 마찬가지였다.

나는 열쇠로 벽장을 일일이 열어 꽤 많은 양의 의약품이 비축된 것을 확인했고, 특별히 벤조(신경안정제에 속하는 향정신성 의약품의 하나로 1993년에 처음 합성되었다/옮긴이)와 아편이 함유된 강한 진통제가 상당히 많다는 것을 깨달았다.

그중 한 통을 꺼내 봉인을 뜯고 손대지 않은 작은 알약들이 들어 있는 포장 용기를 살폈다. 간절하게 솟아오르는 열망을 억누르며 다시 약을 제자리에 집어넣고 벽장을 잠그며 나 자신과 했던 약속을 다시 한번 상기했다. 내가 가져온 약이 다 떨어지고 나면 그것으로 그만, 기지에 있는 의약품에는 절대 손을 대지 않겠노라 다짐했다.

나는 다른 생각을 하기 위해 의료 기록들을 살펴보았다. 유나는 컴퓨터에 저장된 내용을 인쇄물로도 주었다. 한장한장 넘기며 신속하게 훑어보았다. 몇몇 대원들의 이름도 보였다. 알렉스와 앨리스, 톰은 장-뤼크가 죽은 후 수면제를 처방받은 기록이 있었다. 밤에도 지지 않는 태양 때문에 생체 리듬이 엉망이 되어서였을까? 아니면 장-뤼크 박사의 죽음과 더 밀접한 관련이 있는 걸까? 그렇다면 겉으로 보이는 사교적인 모습 뒤에는 훨씬 더 어두운 감정이 흐르고 있다는 뜻일까?

머지않아 알게 될 거라는 생각이 들었다.

혼자서 하던 진료실 점검을 잠시 멈추고 내 상태를 확인하려고 몇 가지 검사를 했다.

손가락에 맥박 산소측정기를 대고 측정하니 혈중 산소 포화도가 89퍼센트로 떨어졌는데 헤모글로빈 수치가 고도로 인한 저기압의 영향을 받은 탓인 것 같았다. 정상 수치인 97-98퍼센트에 한참 부족한 수치였다. 분당 박동수는 109로, 맥박수도 지나치게 높았다. 앞으로 며칠간 지켜볼 필요가 있었다.

"안녕하세요?"

깜짝 놀라 꺅 소리를 지르며 돌아보자 드루가 문간에 서 있었다. "미안해요." 그가 당황한 표정으로 말했다. "놀라게 할 생각은 아니었어요."

나는 미소를 지으며 말했다. "내 잘못이에요. 딴생각을 하느라."

"여긴 다 잘 정돈돼 있어요? 그 뭐라고 그러죠? 쉽셰이프……." 그가 말을 멈췄다.

"브리스틀 패션이요?"

"맞아요, 그거요. 난 무슨 뜻인지 모르겠지만요."

"나도 잘 몰라요." 내가 인정했다. "브리스틀에 사는데도 말이에요."

"나중에 같이 구글에 검색해봐야겠군요." 그가 말했다. "망할 인터넷에 접속할 수 있으면 말이죠."

나는 어제 저녁 식사 후에 톰과 나눴던 대화를 떠올리며 얼굴을 찡그렸다. 그는 인터넷에 접속하는 방법을 알려주면서 속도가 느리다고 귀띔해주었고, 꼭 필요한 이메일과 통신에만 사용하도록 제한되어 있다고 차근차근 설명해주었다.

"SNS 중독을 치료할 기회라고 생각하세요." 또박또박 끊어지는 독일식 악센트가 섞인 말투가 꽤 진지하게 들려서 농담인지 진담인지 판단할 수가 없었다. 그는 여전히 내 눈을 마주보기 힘들어했다. 어쩌면 정말 지독하게 수줍은 성격인지도 몰랐다.

"라프가 숙제를 엄청 남겼네요." 드루가 책상 위에 펼쳐져 있는 파일을 고갯짓으로 가리키며 말했다. "방해하지 않을게요. 혹시 점심 식사 후에 밖에 나가보지 않을래요? 마침 날씨도 좋은데."

"고마워요." 내가 다시 미소를 지었다. "좋은 생각이네요."

몇 시간 뒤 나는 다시 부트룸에서 방한 장비들을 착용하고 있었다. 지금은 내부의 열기 때문에 숨이 막힐 듯 답답하게 느껴졌지만 일단 밖으로 나가면 추위에 간신히 버틸 수 있는 정도일 터였다.

옷을 단단히 여미며 반복해서 확인하고 모자와 고글을 점검했고 따뜻한 보호막을 떠날 생각에 불안해하며 드루를 따라 기지를 나서 햇빛이 환히 빛나는 밖으로 나갔다. 당장이라도 모든 것을 얼려버릴 것 같은 공기가 폐부를 찌르며 겉으로 드러난 얼굴 피부를 사정없이 공격했다. 발을 내딛기가 무섭게 코털이 딱딱하게 얼어붙었다.

넌 괜찮아, 천천히 숨을 들이쉬고 내쉬려고 애쓰면서 기운을 북돋웠다. 나쁜 일은 일어나지 않을 거야.

"스키두를 타고 가죠." 드루가 계단을 내려가며 말했다. "아무래도 적응될 때까지는 많이 걷지 않는 게 좋겠어요."

이런, 내가 그렇게 약해 보이나? 아직 멀미 기운은 좀 남아 있지만, 진통제 덕분에 두통은 나아졌다. 그래도 여전히 피곤해 보일 수밖에.

드루는 나를 데리고 베타 건물의 옆쪽으로 돌아 넓은 격납고로 향했고, 그곳에는 검은색 설상차가 몇 대 서 있었다. 그가 가장 가까이 있는 설상차에 올라타더니 내게 뒤에 타라는 손짓을 했다. 나는 두툼한 패딩 바지를 뚫고 스며드는 찬 기운을 느끼며 어설프게 뒷자리에 올라탔다.

"꽉 잡아요!"

그가 엔진을 켜고 빙판을 가로지르며 출발했을 때 나는 그의 허리를 꽉 붙잡았다. 기분이 묘하고 겸연쩍었지만 알파와 베타 건물에서 둥그렇게 곡선을 그리며 주변의 다른 건물들과 연결된 밧줄을 피해 휙휙 방향을 틀면서 불안할 만큼 빠른 속도로 기지 전체를 한 바퀴 돌았다. 전에 아르네가 말했던 밧줄이었다.

"저기가 비상용 발전기를 보관하는 곳이에요." 가장 큰 창고 앞을 지나가며 드루가 뒤에 앉은 나를 향해 크게 소리쳤다. 또 디젤이 가득 담긴 거대한 연료 탱크를 알려주고 그 앞을 미끄러지듯 지나 좀 멀리 보이는 작은 오두막으로 향했다.

알파와 베타를 뒤로 하고 점점 더 멀리 광활한 백색의 빙판으로 나아갈수록 커지는 불안감을 억누르려 애썼다. 이 얼어붙은 망각과도 같은 땅에 마련된 작은 은신처를 떠나는 것이 너무 두려웠다. 어쩐지 다시는 못 돌아올 것 같아서.

갑자기 스키두가 빙판 바닥에 난 홈에 걸려 덜컹거렸고 나는 깜짝 놀라 비명을 지르며 드루에게 더 힘껏 매달렸다.

"괜찮아요?" 그가 엔진 소리를 뚫고 큰 소리로 물었다.

"네!" 거짓말. 나는 극도로 겁에 질려 있었다. 만약 떨어지기라도 하면 최소한 뇌진탕이나 골절을 입기에 십상이었다. 나는 눈을 질끈 감으며 그 사고를 떠올리지 않으려고, 차가 도로를 벗어나 공중에 뜨는 순간 느껴지던 갑작스러운 무중력 상태를 기억하지 않으려 애를 썼다.

넌 괜찮아, 케이트. 드루는 아마 천 번도 넘게 운전해봤을 거야.

잠시 후 우리는 작은 건물 앞에 멈췄다. "여기가 기상학관이에요." 아직 무사하다는 사실에 감사하며 엉거주춤 스키두에서 내릴 때 드루가 말했다. "거의 소냐만의 공간이라고 할 수 있죠."

우리는 안으로 들어섰다. 스키두를 타는 내내 얼굴을 때리고 코 위로 꽁꽁 싸맨 목도리까지 뚫고 들어오던 차가운 바람에 시달리고 난 직후라 놀랄 만큼 따뜻하게 느껴졌다. 눈에 보이는 난방기구도 하나 없는데 아늑하게 느껴질 정도였다. 구석에 있는 파라핀 히터도 꺼져 있었다.

"여기 있는 건 대부분 눈 표본과 오존 생성 농도 측정에 쓰는 것들이에요." 드루가 생소한 장비와 용기들이 올려져 있는 긴 의자를 향해 손짓하며 말했다. "하지만 소냐는 매일 풍선을 띄우러 여기까지 걸어와요."

"풍선이요?"

"헬륨 풍선이요. 온도와 습도 같은 걸 측정하는 기구가 실려 있어서 반경 약 150킬로미터 내의 데이터를 기지로 전송하죠."

"소냐가 그걸 하러 매일 여기까지 온다고요?" 허구한 날 이 혹독한 백색의 세상에 맞서는 그녀의 용기를 상상해보려 했다. 이렇게 적대적인 풍경에 아랑곳하지 않고 혼자서 이곳까지 나온다니.

"거의 매일 나와요." 드루가 말했다. "날씨가 최악이었던 이틀 정도만 빠졌어요. 그래도 소냐는 이 일을 정말 좋아해요. 이게 일일 산책이래요."

나는 고글을 벗고 눈을 비비며 소냐가 야외 장비로 무장하고 이 오두막까지 터덜터덜 걸어오는 모습을 상상했다. 그녀를 향한 존경심이 솟았다. 내게는 그런 용기가 없을 것 같았다. 그런 불굴의 끈기도.

"괜찮아요?" 드루가 나를 살피며 물었다.

"그런 거 같아요."

"나도 전에는 무서워서 정신 못 차렸어요. 처음 얼음 벌판에 나왔을 때 정말 극심한 공포에 질려버렸죠."

"정말요?" 그를 마주 보며 나를 위로하려고 과장하는 건 아닐까 궁금했다.

"정말이라니까요. 얼마나 무서웠는지 토할 뻔했어요. 끝을 알 수 없는 광대함이라는 게……가끔 사람을 질리게 하죠. 어디를 봐도 살기 힘든 적대적인 환경이잖아요." 그가 내 마음을 읽은 것처럼 말했다. "누가 강자인지 제대로 깨닫게 하는 곳이죠."

나는 다시 한번 장-뤼크를 떠올렸다. 이 얼어붙은 세상 어딘가에서 죽어갔을 그의 모습을 상상하지 않을 수 없었고, 사고에 대해 드루에게 자세히 묻고 싶은 마음이 굴뚝같았지만, 꾹 참아야 했다.

지금은 그럴 때도, 장소도 아니었다.

우리는 앨리스가 공기 표본 추출을 위해 많은 시간을 보낸다는 대기과학관을 방문하고 나서 여러 가지 다양한 실험을 위해 세운 다른 곳들도 둘러보았다.

대부분의 하계 대원들이 떠나서 비어 있는 곳도 있었지만, 기지에서 남쪽에 있는 둥근 얼음 동굴처럼 1년 내내 사용하는 곳도 있다고 드루가 설명해주었다.

우리는 오메가로 향했다. 비행기에서 본 알루미늄 타워였다.

"남극에서 가장 높아요." 드루가 바닥에 고정된 일련의 버팀줄 사이를 누비듯 지나며 나를 향해 외쳤다. "높이는 50미터고 알파에서 1

킬로미터 떨어져 있어요. 대부분 기상 관측에 필요한 기구들이 설치돼 있죠."

"소냐가 여기도 매일 와야 해요?" 설마 그렇진 않겠지.

드루가 고개를 저었다. "일주일에 한 번 정도, 스키두를 타고 와요."

드루가 속도를 줄여 서행하면서 타워를 힐끗 올려다보고 나를 돌아보았다. "위에서 보는 경치가 어떤지 궁금하지 않아요? 혹시 몰라서 안전띠랑 등반 장비도 챙겨왔어요."

나는 얼음이 뒤덮인 철제 대들보들을 올려다보았다. 그 너머로 보이는 하늘이 파랗다 못해 검게 보일 정도였다. "그건 다른 날 하는 게 좋겠어요. 아직은 체력을 자신할 수 없네요."

"아무래도 그게 낫겠죠." 그가 동의했다. "경치는 끝내주는데 꽤 위험하거든요. 특히 바람이라도 불면 더하죠. 컨디션이 안 좋을 땐 무리예요."

거기서 우리는 반대 방향으로 틀어 지평선 위로 보이는 커다란 돔 모양의 텐트들로 향했다. 이제 점점 추위가 심각하게 느껴지기 시작했다. 얼어붙을 듯한 바람이 내 옷의 두꺼운 솜털층까지 뚫고 들어와 발가락과 손가락이 욱신거리며 쑤셨다.

"저건 뭐예요?" 빙판 위에 서 있는 작은 돔을 지날 때 내가 물었다.

"이글루요." 드루가 속도를 높여 지나가며 외쳤다. "몇 년 전 겨울에 대원들 몇 명이 만들었어요."

"무슨 용도예요?"

"별거 없어요." 드루가 웃었다. "비어 있어요. 하계 대원 몇 사람이 모험 삼아 한 번 저 안에서 잔 적이 있어요."

생각만 해도 몸이 떨렸다. 여름이라 해도 언제나 영하의 온도를 기록하는 곳인데.

1, 2분 정도 더 울퉁불퉁한 빙판을 달린 후 드루는 본 기지에서 0.5킬로미터 정도 떨어진 텐트들 앞을 지나며 속도를 줄였다. "감마에 온걸 환영해요." 그가 말했다. "다시 말하면 여름 기지죠. 자체 급수시설도 있고 인터넷도 되고 심지어 커피 머신이랑 세탁 시설도 있어요."

"몇 명이나 지낼 수 있어요?"

"30명 정도요. 좀 북적거릴 수도 있어요. 만약 알파나 베타에 긴급 상황이 생기면 우리가 대피할 공식 대피소기도 해요. 한번 둘러볼래요?"

그가 입구 앞에 멈춰섰고 그를 따라 안으로 들어갔다. 아직 남아 있는 하계 대원들도 지금은 본 기지로 옮겼기 때문에 특별히 볼 건 없었다. 나란히 배치된 2층 침대들이 놀랄 만치 좁은 간격으로 다닥다닥 붙어 있었다. 작은 화장실 2개와 식당도 좁았다. 그걸 보고 있자니 폐소공포증이 생길 것처럼 작은 내 방이 호화롭게 느껴졌다.

"10분만 기다려줄래요?" 드루가 물었다. "점검해야 할 시설이 하나 있어서요."

느닷없이 메스꺼움이 훅 밀려들었다. 나는 깊이 숨을 들이마셨다. 오 하느님, 제발 여기서 토하지 않게 해주세요. 드루가 보는 앞에서 절대 그럴 수는 없었다.

"기지까지 걸어가볼게요." 내가 서둘러 말했다. "몸을 좀 움직여야 할 것 같아요."

"정말요?" 드루가 긴가민가한 표정으로 얼굴을 찡그렸다.

"그렇게 멀진 않잖아요. 다리 운동하는 셈 치죠."

"알았어요. 그 대신 무전기 가져가요." 그가 자기 무전기를 내밀며 고집했다. "혹시 무슨 문제라도 생기면 바로 기지로 연락해요. 그럼 알파에서 봐요."

나는 무전기를 재킷 주머니에 잘 챙겨넣고 텐트를 나와 본 기지로 향했다. 그러나 몇 초도 지나지 않아 숨쉬기도 힘들어졌다.

젠장. 정말 잘못 생각했다. 이런 고도에서 몇 걸음 걷는 것도 얼마나 힘든 일인지 깜빡 잊었다. 조금이라도 더 산소를 들이마시기 위해 잠시 멈춰섰고 드루 앞이 아니라는 사실에 안도했다.

숨을 가다듬고 나서 다시 걸음을 옮기며 평소보다 훨씬 더 속도를 늦춰 걷다 보니 마침내 감당할 수 있는 적당한 속도를 찾게 되었다. 희한하게도 천천히 움직이다 보니 요동치던 속이 가라앉고 메스꺼움을 달고 온 어지럼증도 잦아들었다. 스키두에 앉아 고스란히 맞아야 했던 찬바람이 없어서 코까지 끌어올렸던 목도리를 내리고 구름 한 점 없는 하늘에서 쏟아지는 햇볕의 온기를 얼굴에 느낄 수 있었다. 한여름에는 오존이 부족해서 꼭 선크림을 두껍게 발라야 한다고 어젯밤에 소냐가 말했지만, 겨울이 가까워지고 있으니 괜찮을 것 같았다. 그래봐야 몇 분 안 걸릴 테니까.

기지에 반쯤 가까워졌을 때 알파의 왼쪽 하늘에 강렬한 후광이 떠 있고 그 양쪽 옆으로 선명한 두 개의 무지개가 보였다. 나는 그 자리에 멈춰서서 바라보았다. 무리해(태양 빛이 공기 중에 떠 있는 얼음 결정에 반사, 굴절되어 일어나는 현상/옮긴이)였다. 들어는 봤지만 실제로 본 적은 한 번도 없었다. 지평선이 어른거리고 빛의 파동으로 인해 그 아래 빙판도 미묘하게 색깔이 바뀌고 있었다.

아름답고 황홀한 광경이었다.

문득 어디선가 가벼운 바람이 불어왔다. 자그마한 얼음 결정들이 눈보라처럼 일어나 빙글빙글 작은 소용돌이를 이루며 울퉁불퉁한 빙판 위에서 춤을 추듯 흔들렸고, 드러난 내 얼굴 피부를 콕콕 찔렀다.

저렇게 빙판에 울퉁불퉁하게 솟은 것을 뭐라고 부른댔지? 어젯밤에 아크가 마치 파도처럼 눈밭에 생긴 이런 평행선들을 러시아어로 뭐라고 하는지 알려주었다.

사스트루기. 맞다. 나는 소리 내어 크게 말하며 내 입안에서 느껴지는 감각을 즐겼다.

사스트루기.

갑자기 이곳 남극까지 온 것이 잘못된 선택이었는지도 모른다던 의심이 모조리 사라졌다. 혹독하고 적막하긴 했지만 광활하고 끝을 알 수 없는 텅 빈 이곳에는 뭔가 마법 같은 데가 있었다. 대기오염에 찌든 도시에 비해 공기는 더없이 깨끗하고 쨍하게 맑았다. 기지 안팎에서 끊임없이 이어지는 소리에서 멀어지자 정적이 마치 담요처럼 부드럽고 차분하게 나를 감쌌다.

깊이 숨을 들이쉬며 폐를 찌르는 듯한 차가운 공기와 꽁꽁 언 손가락과 발가락의 통증을 잠시 잊고 깊이를 헤아릴 수 없는 푸른 하늘을 올려다보았다. 구름 한 점 없고 비행기가 남긴 흔적 따위도 없었다. 우리는 위성도 거의 지나가지 않을 만큼 아주 먼 곳에 떨어져 있었다.

평화롭다는 생각이 들었고, 고요와 적막을 받아들이자 마음이 홀가분해졌다.

이곳은 선물 같은 곳이며 특권이었다.

지금, 이 순간 이 세상 어느 곳과도 바꾸고 싶지 않았다.

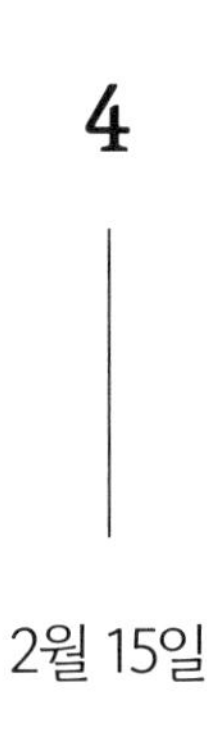

4

2월 15일

“어때요? 적응은 좀 됐어요?”

“네, 좋아요.” 실제 기분보다 더 경쾌한 목소리로 대답했다. 혈중 산소포화도가 올라갔고 맥박수도 좀 느려졌지만, 두통과 메스꺼움은 끈질기게 나를 괴롭혔다. 게다가 창문마다 넘치게 쏟아져 들어오는 눈 부신 햇살에 생체 리듬마저 엉망이 되어 밥 먹을 시간인지, 잘 시간인지 분간하기 힘들었다.

앨리스가 걱정스러운 듯 이마를 찌푸리며 눈을 가늘게 떴다. “정말 괜찮은 거예요? 솔직히 좀 피키해 보여요.”

“피키?” 아크가 얼굴을 찡그렸다. “그게 무슨 뜻이요?”

“별로 안 좋아 보인다는 거예요. 건강해 보이지 않는다고요.” 내가 설명을 덧붙였다. 아크가 투덜거리며 수염을 긁적였다. “곧 나아질 거예요. 그 뭐냐.” 그가 적당한 단어를 찾다가 말했다. “고도병인가요?”

“고산병이요. 맞아요. 하루이틀 지나면 괜찮아지겠죠.”

“그래야죠.” 그가 침울하게 말했다. “당신도 잃고 싶진 않아요.”

소냐가 그를 보고 이마를 찌푸렸지만, 아크는 본체만체하며 파파담(딱딱하고 짭조름한 인도식 크래커/옮긴이)을 잘라 카레에 찍었다.

"하계 대원들이 모두 떠나고 나면," 그가 마치 다른 사람들도 들으라는 듯 목소리를 높여 말했다. "당신은 꼼짝없이 우리랑 갇히는 거예요. 그걸 버틸 수 있다면 다른 건 아무 문제 없을 거예요." 그는 자기가 한 농담에 껄껄 웃으며 사람들의 반응을 둘러보았다.

몇 사람이 미소를 지었지만, 곧 잠잠해졌다. 도착한 지 4일째. 일부 월동 대원들은 나를 대하는 태도가 좀 편해졌다. 나의 도착을 환영하며 명랑해 보이던 분위기도 뭔가 다른 분위기로 바뀌었는데……뭐라고 할까? 딱 꼬집어 말하기 어렵지만 신중함이랄까, 어쩐지 대원들 모두 살얼음 위를 걷는 것처럼 조심스럽게 서로를 대하는 것 같은 느낌이었다.

갑자기 대화가 끊어지면서 어색한 정적이 감돌았다.

"이거 정말 맛있는데요." 카로가 라지브를 향해 와인이 담긴 유리잔을 들며 말했다. 라지브의 얼굴은 부엌의 열기 때문에 여전히 발그스름했다. 그는 오늘 진한 오렌지색 터번을 하고 있었는데 '시간관념을 잃지 않으려고' 매일 다른 색의 터번을 두른다고 들었다.

"별말씀을." 라지브가 콧수염을 씰룩거리고 카로에게 윙크로 화답하자 카로가 웃음을 터뜨렸다.

하루 중 저녁 시간이 점점 기다려지고 좋아졌다. 대원들의 숫자가 급격히 줄어든 까닭에 다 같이 모여 앉을 수 있게 드루와 롭이 테이블을 붙여 큰 사각형으로 배치했다. 앨리스가 저녁마다 식당의 블라인드를 내리고 세 개의 촛불을 밝힌 덕분에 늘 떠나지 않던 밝은 햇살이 가려져 훨씬 더 아늑한 분위기가 만들어졌다.

카로가 나를 보며 물었다. “지금까지 먹은 음식들은 어땠어요?”

“훌륭해요. 기대했던 것보다 훨씬 더 좋아요.”

“남극에 오면 식욕에 묘한 변화가 생겨요.” 그녀가 생각에 잠긴 듯 한 목소리로 말했다. “늘 배가 고프거나 먹고 싶은 생각이 거의 없거나 둘 중 하나죠. 안타깝게도 난 전자예요.” 카로가 배를 두드리며 씩 웃었다. 그러나 그녀가 즐겨 입는 헐렁한 상의와 작업복 바지 때문에 그녀의 체형을 짐작하기는 어려웠다.

“전에도 여기 온 적 있어요?” 내가 물었다.

“딱 한 번이요. 오스트레일리아 기지인 모슨에 갔었어요. 핼리도 방문할 예정이었는데 폐쇄됐죠.”

나는 고개를 끄덕였다. 영국의 주요 남극 기지였던 핼리는 브런트 빙산이 붕괴하여 남극 본토에서 떨어져 나가기 시작하면서 철수했다. “그럼 고참이네요?”

“그렇다고 볼 수 있죠. 모슨에 있었을 때 그게 처음이자 마지막이라고 맹세했는데 여기 또 와 있잖아요. 참 이상하죠.”

“안 좋은 경험이었어요?” 나는 최대한 가벼운 말투로 물었다.

카로가 생각에 잠긴 듯 고개를 갸우뚱했다. “나름 흥미로웠다고 해두죠, 좀 지루하긴 했지만. 겨울이 되면 남자들은 대개 성숙한 사람과 철이 덜 든 사람으로 나뉘더라고요. 성차별적인 발언이라 미안하지만 내 경험상 여자들이 더 잘 적응하는 것 같아요.”

“왜요?” 루크가 의자 뒤로 몸을 기대고 손으로 맥주병을 흔들거리며 물었다. 뭔가 이의를 제기하는 표정이었고, 논쟁이라도 벌일 것처럼 도전적으로 보였다. 나는 기본적으로 모든 대원들과 잘 지내고 싶었지만 루크에게는 본능적으로 묘한 거부감이 들었다. 거만함에 근접한 무관심 같은 것이 느껴졌다.

카로가 그의 시선을 맞받으며 주눅 들지 않고 말했다. “잘 모르겠어요. 그냥 경험에 의한 내 생각이에요.”

루크가 잠시 그녀를 쳐다보더니 별 말없이 다시 먹는 데 집중했다. 나는 테이블 주변을 둘러보았다. 며칠 후에 떠날 예정인 여섯 명의 하계 대원이 있었지만, 그 비행기가 뜨고 나면 딱 우리 열세 명만 남을 것이다.

내가 불길한 숫자 운운하는 미신을 안 믿는 게 얼마나 다행인지.

그동안 비록 조금씩이나마 월동 대원들에 대해 더 알게 되었다. 식사 시간에 나누는 대화와 진료실에서의 검사를 통해서였는데, 기본적인 검진을 위해 진료실에 들러달라고 부탁한 덕분이었다. 라프가 꼼꼼히 정리한 기존 자료가 있긴 했지만, 나만의 기본 자료를 만들고 싶었다.

그러나 지금까지 검진을 위해 진료실에 들른 사람은 딱 둘 뿐이었다. 나와 적극적으로 거리를 두려고 애쓰는 듯한 알렉스, 그리고 여전히 친해지기 어려운 샌드린. 나는 테이블 끝에 앉아 톰과 소냐와 대화 중인 샌드린을 살펴보았다. 그녀는 무표정하게 대화에 집중하고 있었다. 눈 밑의 다크서클과 이마에 파인 깊은 주름은 화장으로도 가려지지 않았다. 업무는 과도하고 잠이 부족한 탓이겠지.

짧은 순간 샌드린과 눈이 마주쳤지만, 그녀는 아는 척도 하지 않고 시선을 돌렸다. 처음부터 줄곧 그녀가 나를 좋아하지 않으며 내가 여기 온 걸 못마땅해한다는 느낌을 지울 수가 없었다. 다시 기지에 상주할 의사가 왔는데, 마음이 놓이지 않을까?

“빌어먹을 난 때문에 진짜 열 받네요.” 나는 롭을 쳐다보았다. 그는 머리를 위쪽으로 올려서 묶었는데 제법 잘 어울렸다. “미안해요.” 그가 내 시선을 느끼고 말했다.

“뭐가요?”

“욕해서요. 늘 이 욕 때문에 엄마한테 잔소리를 들었어요. 사실 엄마는 영어랑 대만어 욕이란 욕은 전부 꿰고 있으면서도 나한테만 뭐라고 했거든요.”

내가 웃음을 터뜨렸다. “신경 쓰지 말아요. 정신없는 응급실에서 일하다 보면 반 이상이 욕이에요. 그런데 난이 어떻게 됐는데요?”

“얘기 못 들었어요?” 앨리스가 과장된 목소리로 말했다. “바구미가 생겼어요!”

“바구미요?”

“밀가루에 생겼어요.” 라지브의 얼굴이 어두워졌다. “그래서 배송품의 반을 못 쓰게 됐는데 더 가져올 방법이 없어요. 이제부터는 빵도 정해진 양으로 제한할 거예요.”

이 일로 모두가 크게 실망할 게 분명했다. 여기 온 지 겨우 며칠밖에 되지 않았지만, 건조 양파와 마늘, 캐러웨이(미나릿과의 한두해살이 풀로 주로 단맛을 내기 위해 씨앗을 사용하는 향신료/옮긴이)를 비롯해 각종 견과류를 올려 갓 구워낸 라지브의 빵은 기지에서 먹는 음식 중에 단연 손꼽히는 것이었다.

“바구미가 어때서요?” 아크가 끼어들었다. “단백질이야 많을수록 좋잖아요!” 그는 주변 사람들의 표정이 일그러지는 걸 보며 또 한 번 웃음을 터뜨렸다. “그래가지고 어디 강제 수용소에 잡혀가면 며칠이나 버티겠어요!”

“여기가 바로 강제 수용소지, 안 그래?” 알렉스가 혼잣말처럼 중얼거렸다.

루크가 비웃는 듯한 표정으로 코웃음을 쳤지만, 알렉스는 그를 무시했다. 나는 궁금해하며 그를 살펴보았다. 그게 무슨 뜻일까? 하지만 알렉스는 누구와도 시선을 마주치지 않고 식사에 집중했다.

나는 친밀해 보이던 알렉스와 장-뤼크의 사진을 떠올리며 장-뤼크의 죽음 때문에 그가 여전히 힘들어하고 있을 거라고 짐작했다. 아무래도 다른 대원들에 비해 그의 죽음을 받아들이는 게 훨씬 더 어려울 수도 있었다.

나는 담아온 카레를 남기지 않고 다 먹으려 했다. 카로 말이 맞았다. 얼마 남지 않은 채소를 최대한 활용한 카레는 아주 맛이 좋았다. 내일 들어오는 비행기에 실린 보급품 상자들이 마지막이었다. 그리고 나면 남은 8개월 동안 먹을 수 있는 신선한 채소라고는 드루가 키우는 얼마 안 되는 샐러드가 전부일 터였다.

사람들이 각자 일어나서 디저트를 가지러 갈 때 내가 앨리스에게 목소리를 낮추며 말했다. "뭐 좀 물어봐도 돼요?"

그녀가 푸른 눈동자를 내게 고정했다. "그럼요. 물어보세요."

"장-뤼크에게 정확히 무슨 일이 있었어요?"

"아무도 얘기 안 했어요?" 그녀가 놀랍다는 듯 눈썹을 치켜올렸다.

"자세히는 못 들었어요. 그냥 빙판에서 사고를 당했다는 정도밖에 몰라요."

앨리스가 입술 한쪽을 깨물었다. 그리고 와인을 한 모금 쭉 들이켜고 나서 나처럼 목소리를 낮춰 나직하게 말했다. "단체로 남극 횡단 산지로 탐험을 떠났다가 변을 당했어요. 여기서 스키두로 3일 정도 떨어진 거리예요. 그쪽에 아주 큰 크레바스들이 있거든요. 우린 빙벽 등반 연습을 하고 있었어요. 그런데……그가 크레바스 위쪽에서 레펠 하강(암벽이나 빙벽에서 고정된 로프를 사용하여 하강하는 방법/옮긴이)을 했는데 장비가 제대로 작동하지 않는 바람에 그대로 추락했죠."

"세상에." 나는 깜짝 놀라서 길게 숨을 내쉬었다. "시신은 어떻게 꺼냈어요?"

앨리스의 얼굴에 불편한 기색이 떠올랐다. 그녀는 테이블 주변을 휙 둘러보고는 목소리를 낮춰 중얼거리듯 말했다. "못 꺼냈어요."

나는 주먹으로 복부를 얻어맞은 것 같은 충격을 받았다. "그러니까……시신이 아직도 거기 그대로 있다고요?" 나는 복도에서 보았던 사진을 다시 떠올렸다. 카메라를 향해 환하게 웃고 있는 친절하고 잘생긴 얼굴.

맙소사. 생각하기조차 힘든 일이었다.

"시신을 꺼낼 방법이 없었어요." 앨리스가 설명했다. "생각해봐요, 케이트. 여기 빙산은 깊이가 6킬로미터나 될 정도로 깊은 곳도 있어요. 그런 크레바스들은 끝도 보이지 않아요. 아주, 아주 깊거든요."

"세상에." 나는 이 끔찍한 상황을 이해하려고 애썼다. "그럼 어떻게……그가……." 나는 차마 말을 잇지 못했다.

"그가 추락해서 죽었는지 어떻게 아냐고요?"

나는 갑자기 끼어든 알렉스의 목소리에 깜짝 놀라 고개를 들었다. 이런, 내 얘기를 듣고 있었다. 나를 쳐다보는 그의 눈빛에 얼굴이 달아올랐다. 아니, 좀더 정확히 말해서 그는 나를 노려보고 있었다.

테이블 주변에서 이어지던 대화가 잠잠해지고 모두 우리에게 이목이 쏠렸다. "대답은 말이죠, 노스 박사님, 우리도 모릅니다." 알렉스가 말했다. "다만 장-뤼크가 상처를 입고 그 안에서 죽기 전까지 몇 시간을 버텼을 수도 있다는 건 알죠. 빌어먹을 몇 시간이나 말이에요." 그가 감정에 북받쳐 큰 목소리로 반복했다.

영하의 온도를 고려하면 그럴 리는 없었을 거라는 생각이 들었지만 그 점을 따질 마음은 전혀 없었다. 그는 화가 난 것 같았다. 마치 벼랑 끝에 선 사람 같았다.

"알렉스, 지금은 그럴 얘기를 할 때와 장소가 아니에요." 샌드린이 그에게 경고의 눈빛을 보냈다.

알렉스가 그녀를 향해 고개를 휙 돌렸다. "빌어먹을, 그럴 때와 장소가 있기는 합니까, 샌드린?"

샌드린이 눈을 가늘게 뜨며 입을 꽉 다물었다. 분노 때문인지 다른 감정인지 판단할 수 없었다.

곁눈질로 흘깃 보니 톰의 창백한 얼굴은 긴장감으로 일그러진 미소를 띤 채 굳어 있었다. 그는 마치 뭔가에 억눌린 듯 잠시 눈을 감았다.

의자가 바닥에 끌리는 소리에 정신이 번쩍 들어 다시 알렉스를 보았다. 그는 벌떡 일어나 식당에서 나갔고 일제히 그의 뒷모습을 지켜보았다.

테이블 끝에서 애써 감정을 억누르며 누구와도 시선을 맞추지 않는 샌드린을 얼핏 보았다.

나는 극심한 죄책감과 당혹감에 휩싸여 떨리는 손가락으로 잔을 들고 와인을 크게 한 모금 삼켰다. 입을 다물고 있었어야 했다. 좀더 신중했어야 했는데.

하지만 한 가지만은 분명했다.

장-뤼크의 죽음이 이 남극 기지에 어떤 저주처럼 감돌고 있다는 것.

5

2월 16일

새벽 4시 2분.

언제부터였는지도 모르게 잠에서 깨어 한참을 좁아터진 방에서 불편한 2층 침대에 누워 수술실에 있는 강력한 수면제의 유혹과 싸우고 있었다. 엊저녁 일로 혼란스러워진 마음을 진정시킬 수만 있다면 무엇이든 상관없었다. 갑작스러운 알렉스의 폭발과 입술을 앙다문 샌드린의 힐책. 어쩌다 지뢰밭에 들어간 것 같은 내 기분.

그리고 그 밑바닥에는 저 멀리 어딘가 얼음 무덤에 갇혀 있는 내 전임자 장-뤼크의 이미지가 깔려 있었다.

아마도 영원히 얼어붙어 있겠지.

블라인드 틈새로 새어드는 빛에 눈을 질끈 감았고, 차 사고가 나기 몇 달 전에 벤과 함께 보았던 빙벽 등반에 관한 다큐멘터리를 떠올렸다. 등반가가 크레바스 쪽으로 떨어져 두 다리를 위태롭게 버둥거리며 컴컴한 심연 위에 매달려 있을 때, 우리도 그 자리에서 꼼짝할 수가 없었다. 그가 끝을 알 수 없는 짙푸른 심연으로 조금씩 내려갈 때마다

들쑥날쑥 짧게 끊어지던 그의 호흡에서 느껴지는 두려움이 바로 옆에 있는 것처럼 생생했다.

등반용 로프의 팽팽한 장력이 사라지면서 끝없이 깊은 얼음 속으로 곤두박질칠 때 장-뤼크는 무엇을 느꼈을까?

얼마나 두려웠을까? 믿기지 않았겠지?

그가 뭔가에 머리를 세게 부딪혀 정신을 잃었기를, 그의 고통이 짧았기를 기도했다. 그래서 구조될 가능성이 전혀 없다는 사실을 깨닫고 뼛속까지 밀려드는 추위에 시달리며 오래 고통받지 않았기를.

머릿속에서 그런 이미지를 밀어내며 피곤하고 힘없는 팔다리를 움직여 겨우 침대에서 몸을 일으켰고 벽장 속에 있는 약을 찾았다. 약병은 벌써 가벼워지고 있었다. 이곳에 도착하고 나면 약을 끊겠다던 다짐을 떠올리며 침울하게 약병 속을 들여다보았다.

남극보다 더 좋은 곳이 어디 있겠어라고 생각했었다. 규칙적인 일상에서, 처방전의 유혹에서 벗어날 수 있는 곳이었으니까.

그러나 지금은 그렇게 쉬울 것 같지 않았다. 이런 나 자신이 한심하고 짜증스러워 잠시 망설이다가 결국 빠른 효과를 위해 하이드로코돈 두 알을 씹어 삼키고는 옷을 걸쳐 입고 식당으로 향했다.

식당에는 톰이 한쪽 구석에 앉아 창밖을 내다보고 있을 뿐 아무도 없었다. 그는 고개를 끄덕여 인사하고 시선을 돌렸다. 나는 그의 뒤통수를 보며 잠시 망설였다. 짧고 단정하게 자른 머리, 주름 하나 없는 셔츠와 검정 바지를 보며 내가 먼저 나서서 관심을 보이고 말을 걸어볼까 고민했다.

그러나 구부러진 어깨와 애써 시선을 피하는 모습에서 그가 방해받지 않고 혼자 있고 싶어한다는 느낌을 받았다. 나는 커피를 내리고 토스트 한 쪽을 만들어 진료실로 향했다. 일이야말로 거의 모든 문제의 해결책이 될 수 있다는 사실은 진즉 알고 있었다.

벤을 잃고 나서 내가 살아남을 수 있었던 것도 결국 일 덕분이었다.

다행히 일거리는 많았고, 기지 상주 의사로서 물려받은 다양한 의학 실험에 관한 자료를 몇 시간에 걸쳐 검토했다. 장-뤼크와 라프가 월동 대원들로부터 수집한 자료는 상당히 방대했다. 평상시 혈압, 체온, 산소포화량과 호흡수, 더불어 콜레스테롤과 헤모글로빈 수치를 확인하기 위해 매주 혈액 검사를 했다. 게다가 우리가 생활하는 작은 보호막 바깥에서는 어떤 바이러스나 박테리아, 곰팡이도 살아남을 수 없다는 사실을 고려하고 폐쇄된 환경에서 우리의 면역계가 어떻게 반응하는지 확인하기 위해 수시로 소변과 대변 샘플 검사도 했다.

그것도 모자라 월동 대원들 모두가 꼭 차고 있어야 하는 손목 밴드에서 얻은 행동 자료도 풍부했다. 손목 밴드는 각자의 활동 수준과 심장박동수, 수면시간을 비롯해 기지에서의 위치 확인 및 누구와 함께 있는지까지 알 수 있도록 고안된 장치였다. 설문지와 동영상 일지를 포함해서 이런 모든 검사의 목적은 어둠과 고립이 개인의 감정과 사회적 상호작용에 어떤 영향을 미치는지 알아보기 위한 것이었다. 솔직한 진짜 감정, 그러니까 우리가 겉으로 드러내는 사회적인 겉모습이 아니라 진짜 속마음 말이다.

어떻게 보면 약간 빅 브라더(정보를 독점하여 사회를 통제하는 관리 권력 혹은 그런 사회체계를 일컫는 말로 영국 소설가 조지 오웰의 소설 『1984』에서 비롯된 용어/옮긴이) 같은 면이 있는 게 사실이다. 하지만 대원들 모두가 익히 알고 자원한 것이었다.

나는 실험 결과들을 훑어보며 기지에서 목격한 긴장감의 정체를 파악할 수 있기를 바랐다. 그러나 그것만으로 일정한 패턴을 알아차리기는 불가능했고, 더 깊게 파고들 에너지도 없어서 다른 화면을 클릭해서 검사 스케줄을 확인했다.

젠장. 혈액 검사가 이틀이나 밀려 있었다. 오자마자 뒤처지고 있다니. 나는 자리에서 일어나 의약품 벽장을 열고 새 주사기와 바늘을 찾았다. 소독 티슈가 든 상자를 꺼내는데 그 아래 끼어 있던 봉투가 눈에 띄었다. 나는 봉투를 집어들고 앞면에 쓰인 글씨체를 살펴보았다. 손으로 쓴 독특한 필기체는 학교에서 프랑스어를 배울 때 본 것 같았다.

니콜 베르나라는 이름과 릴(프랑스 북부의 도시/옮긴이)의 주소가 적혀 있었다. 장-뤼크의 아내인 것 같았다. 아니면 어머니, 혹은 여동생이나 누나일 수도.

그러나 편지 봉투 한 귀퉁이에 또박또박 영어 대문자로 적힌 글귀를 보고 숨이 턱 막혔다. **만약 내가 죽으면**

이게 무슨……? 나는 믿기지 않는 마음에 뚫어지게 글씨를 쳐다보다가 봉투를 뒤집었다. 아무것도 적혀 있지 않았지만, 봉투는 단단히 봉해져 있었다.

도대체 이런 게 왜 의약품 벽장에 있는 거지? 장-뤼크가 일부러 숨겨 놓았나?

나는 가만히 봉투를 쳐다보며 그가 언제 이 편지를 썼을까 궁금했고, 뜯어보고 싶은 유혹과 실랑이를 벌였다. 그러는 와중에 더 뻔한 질문의 답을 찾느라 머리를 굴리고 있었다. 도대체 장-뤼크는 왜 이런 사후 편지를 남겨야 한다고 생각했을까?

탐험에서 무슨 일이 일어날지도 모른다고 생각했을 리는 없을 텐데, 설마?

그때 어디선가 들리는 낯선 웅웅 소리에 정신이 들어 장-뤼크에 관한 생각에서 잠시 깨어났다. 서둘러 창가로 가서 밖을 내다보니 멀리 구름 한 점 없이 푸른 하늘에 작은 점 하나가 눈에 들어왔다.

마지막 비행기다. 마침내 왔구나.

내가 마음을 바꿔 이곳을 떠날 수 있는 마지막 기회를 실은 작은 비행기가 점점 커지는 것을 지켜보면서 예상치 못한 불안감에 사로잡혔다. 지금이 유일한 기회였다. 비행기가 다시 이륙하고 나면 나는 꼼짝없이 이곳에 남아야 한다. 앞으로 8개월 동안은 기지를 떠날 방법이 없었다.

손에 들고 있는 편지를 힐끗 쳐다보는데 갑작스럽고 불길한 예감이 들었다. 이곳에 온 지 고작 일주일밖에 되지 않았지만, 기지에 감도는 긴장감과 간신히 감추고 있는 불안감은 부정할 수 없었다.

도대체, 어쩌다 내가 여기까지 왔을까?

비행기가 선회해서 임시 활주로에 나란히 방향을 맞추는 모습을 지켜보면서 관자놀이께에서 또다시 두통이 느껴졌다. 나는 브리스틀에서의 단조로운 생활을 떠올려보았다. 장시간의 병원 근무, 집에서 보내는 고독한 저녁 시간, 전자레인지에 데운 인스턴트 음식으로 때우고 소파에 웅크리고 앉아 넷플릭스를 보는 일상.

그게 사고 이후의 내 삶이었다.

혼자인 삶.

정말 그 생활로 돌아가고 싶은가?

비행기 바퀴가 지면에 닿으면서 튀어오른 작은 얼음 조각들이 햇빛에 반짝거렸고, 바슬러가 속도를 줄이고 베타를 향해 회전할 때 햇빛을 받은 조종석 유리가 번쩍거렸다.

선택의 여지가 없었다. 지금 내가 집으로 돌아간다면 기지 사람들은 의사 없이 겨울을 나야 한다. 아무리 서둘러도 유나가 다시 새로운 사람을 뽑아서 훈련을 시키기에는 늦은 시기라 다른 의사가 이곳에 오는 것은 거의 불가능한 일이었다. 게다가 겨울이 가까워질수록 비행기가 뜨는 것도 점점 더 위험해져서 행여 여기서 누구를 데리고 나가야 하는 위급 상황이라도 생기면 큰일이었다. 어쩌면 할 수 없이 모든 대원들을 대피시켜야 할 수도 있었다.

그렇게 되면 의사로서의 내 평판은 어떻게 될까? 내 양심은 말할 것도 없고.

등 뒤에서 노크하는 소리가 들렸다. 재빨리 편지 봉투를 청바지 주머니에 구겨넣을 때 야외 장비를 갖춘 카로가 나타났다. "케이트, 작별 인사 하러 안 갈래요?"

"조종사가 잠시 머물렀다 가지 않나요?"

카로가 고개를 저었다. "오늘 날씨가 너무 추워서 엔진을 계속 켜놓지 않으면 얼어버릴 거래요."

나는 진료실 문을 잠그고 나와 내 방에서 따뜻한 옷을 챙겨입고 알약 두 개를 삼키고는 서둘러 부트룸으로 갔다. 마지막으로 떠나는 하계 대원들이 작별 인사를 나누고 있었다. 나를 포함해 남아 있는 월동 대원들과 포옹을 하는 그들의 얼굴에는 슬픔과 안도감이 섞여 있었다. 나는 야외 장비를 갖추고 계단을 내려갔다. 차가운 공기가 폐를 찌르며 숨이 턱 막혔고 눈에 눈물이 고였다. 가슴에 찌르르한 통증이 느껴졌다.

이런 추위는 도저히 익숙해질 것 같지 않았다.

급유 장치를 준비하느라 모두 분주하게 움직였다. 터벅터벅 빙판을 걸어갈 때 벌써 스키두를 타고 돌아오는 루크와 드루를 지나쳤다. 그들은 스키두 뒤에 사과와 감자, 아보카도와 키위 상자를 실은 썰매를 매달고 와서는 마지막으로 도착한 귀한 신선 재료들이 얼어버리기 전에 서둘러 안으로 옮겼다.

저 앞에 비행기를 향해 걸어가는 자그마한 몸집의 여자가 보였다.

"샌드린!"

기지 대장이 자신을 부르는 소리에 뒤를 돌아보고는 내가 가까워질 때까지 기다려주었다. 나는 장갑을 벗고 청바지 주머니에 손을 찔러넣어 이미 구겨진 봉투를 꺼냈다.

내가 건넨 편지 봉투의 이름을 읽던 그녀의 눈이 휘둥그레졌다. "이걸 어디서 찾았어요?" 그녀가 이맛살을 찌푸리고 나를 보았는데 어쩐지 책망하는 듯한 표정이었다.

"의약품 벽장에서 발견했어요. 아마 장-뤼크가 거기 둔 것 같아요."

샌드린이 봉투 앞면에 쓰인 글씨를 내려다보았다. 그녀의 손이 떨리고 있었다. 추위 때문인지 내 전임자의 죽음을 상기시키는 달갑지 않은 편지 때문인지 알 수 없었다.

"읽어보진 않았어요?" 그녀가 물었다.

"당연하죠!" 내가 화가 나서 말했다. "처음 발견한 그대로예요."

샌드린은 잠시 주변을 돌아보고 나서 편지를 주머니에 넣고 비행기를 향해 고갯짓했다. "다들 기다리고 있어요."

우리는 트윈오터(캐나다에서 개발한 중, 단거리 운송용 소형 여객기로 주로 격오지에서 사용한다/옮긴이) 주위에 모여서 하계 대원들이 비행기에 올라 자리에 앉을 때까지 기다리며 온기를 잃지 않으려고 제자리에서 종종거리며 위아래로 팔을 흔드는 사람들과 합류했다.

“괜찮아요?” 서둘러 빙판을 걸어오느라 헐떡거리는 내게 아르네가 물었다. 그의 얼굴은 대부분 드러나 있었는데도 매서운 추위에 별로 영향을 받는 것 같지 않았다. 그는 전에 앨리스가 그랬듯이 염려하는 표정으로 가만히 나를 살폈다. 마치 내가 부서지기라도 할까봐, 아니면 나도 갑자기 그들을 놔두고 사라지기라도 할까봐 걱정하는 듯.

“그럼요.” 대답은 했지만 목소리는 불안정했다. 나는 샌드린과의 대화 때문에 아직 속이 상한 상태였다. 왜 그녀를 만나고 나면 늘 곤경에 처한 느낌이 드는 거지?

이제 정말 이곳에 남겨진다는 생각에 다시 한번 두려움이 몰려왔다. 두꺼운 목도리를 칭칭 감고 고글을 써서 얼굴을 가리고 있지만, 사람들이 내 기분을 읽을 수 있을 것만 같았다. 한편으로는 내가 짐을 챙겨 하계 대원들과 함께 비행기에 오르고 싶은 유혹에 흔들리고 있다는 걸 알아차릴까 봐 불안했다. 주변을 둘러보았지만, 모두의 관심은 떠나는 대원들에게 집중되어 있었다. 오로지 톰만이 무리에서 조금 떨어진 곳에 서 있다가 나와 시선이 마주치자 황급히 다른 곳을 보았다.

문득 그가 내가 무슨 생각을 하는지 정확히 알고 있다는 느낌이 들었다.

“참, 이것도 가져가야죠!” 카로가 편지 봉투 뭉치를 조종사 한 사람에게 전해주며 말했다.

앞으로 8개월 동안 가족이나 친구에게 편지를 전할 유일한 기회가 바로 지금이라는 걸 그제야 깨달았다. 젠장. 언니와 조카들 생일 카드라도 챙겼어야 했는데.

이제 너무 늦었다.

나는 힐긋 샌드린을 보며 장-뤼크가 쓴 편지를 꺼내기를 기다렸다.

그러나 기지 대장은 조종사들이 비행기 문을 닫고 다시 조종석으로 올라갈 때까지 그 자리에서 꼼짝도 하지 않고 가만히 서 있었다.

뭐 하는 거지? 당연히 샌드린은 그 편지를 유나로 보내야 했다. 그래야 그의 아내에게 전달될 텐데?

샌드린을 뚫어지게 쳐다보았지만, 그녀는 나를 외면한 채 비행기에서 시선을 떼지 않았다. 조종사들이 엄지손가락을 치켜 보였다. 곧 비행기가 움직였고 하계 대원들이 작은 창문을 통해 손을 흔들었다.

"잘 가요!" 앨리스가 크게 팔을 흔들며 팔짝팔짝 뛰면서 외쳤다. "다른 세상에서 다시 만나요."

비행기가 활주로에 들어설 때 드루와 루크가 스키두를 타고 도착했다. 비행기는 굉음을 내며 속도를 높이더니 빙판을 가로지르며 정면으로 돌진하다가 천천히, 거침없이 허공으로 날아올랐다.

우리는 그 자리에서 비행기가 점점 작아지다가 검은 점으로 줄어들고 마침내 눈부시게 푸른 하늘에서 자취를 감출 때까지 지켜보았다.

마지막 비행기가 떠났다는 사실을 받아들이며 모두 아무 말 없이 서 있었다. 흰 눈밭 위에 늘어선 빨간 재킷들. 반경 수백 킬로미터 내에 존재하는 유일한 생명체들.

우리 열세 명. 딱 우리만 남았다.

"자, 다 끝났습니다." 아크가 수염에 붙은 눈가루를 털며 엄숙하게 말했다. "이제 싫으나 좋으나 나랑 붙어 있는 거예요."

소냐가 한숨을 쉬었다. "그 말을 들으니 술 생각이 나네요."

그녀가 천천히 알파를 향해 걷기 시작했고, 나는 그녀의 뒤를 따라 걸어가며 방금 내 인생에서 가장 끔찍한 실수 중 하나를 저질렀다는 기분을 털어내려 애썼다.

6

3월 30일

6주일 후

"잘 잤어요?" 아침 식사를 하고 있는데 드루가 빈 의자를 끌고 오며 물었다.

"아니요. 복도에서 계속 사람들 소리가 들려서요." 나는 뮤즐리를 먹으며 신선한 과일과 진한 그리스식 요구르트를 곁들이면 얼마나 좋을까 싶었다.

아르네가 하품을 했다. "아마 톰이나 롭일 거예요. 그 사람들 점점 그……뭐라고 하더라……야광성인가요?"

"야행성이요?" 앨리스가 말했다. "밤엔 깨어 있고 낮엔 자는 거요."

"맞아요, 그거." 아르네가 고개를 끄덕였다.

오늘은 아침 식사를 하는 사람이 꽤 많았다. 드루와 아르네, 앨리스와 루크가 식탁 한쪽 끝에 앉아 있고 알렉스는 반대쪽 끝에 앉아 잡지에 코를 박고 있었다. 일주일 전 첫 번째 일몰이 있고 난 뒤부터 조금씩 밤이 길어지면서 식사 시간에 보이는 사람들의 숫자도 들쑥날쑥했다. 마치 점점 줄어드는 햇빛이 원시적인 동면 본능을 자극하기라도 한 것 같았다.

“그건 그렇고.” 드루가 나를 보고 말했다. “타워에 올라가보는 거 어때요? 너무 어두워지고 추워지기 전에 그 경치는 꼭 한번 봐야 해요. 마침 오늘 날씨도 괜찮다는 예보가 있었고 나도 소냐에게 몇 가지 기상 장비를 점검해주겠다고 약속했거든요.”

나는 망설였다. 정말 가고 싶은가? 딱히 높은 곳을 두려워하지는 않지만 그건 정말 높은 타워인데다 꼭대기까지 올라가는 건 좀 위험해 보였다.

게다가 나는 기력도 달렸다. 갑작스러운 계절의 변화로 그렇지 않아도 이미 엉망인 수면 패턴이 더 나빠져서 줄곧 그로기 상태였다.

늘 피로감에 절어 있다 보니 눈이 아프고 머리도 멍했기 때문에 그 타워에 올라간다는 생각만 해도 썩 내키지 않았다.

“어이, 오늘밖에 기회가 없어요.” 드루가 부추겼다. “오늘이 아니면 봄이 오기 전까지는 그 경치를 못 볼 거예요.”

드루는 예의 그 탐색하는 듯한 시선으로 내 얼굴을 살폈다. 내가 처음 도착하던 날도 드루의 그런 시선 때문에 바보 같은 자의식을 느꼈다. 그러나 6주일이 지난 지금은 굳이 흉터를 가리려고 애쓰지도 않았고, 가끔 대원들이 던지는 질문에 대해서는 간단한 대답으로 피해갔다. 자동차 사고였다고.

“알았어요.” 내가 마지못해 동의했다. “점심 전에 갈까요? 오후엔 혈액 검사를 해야 해요.”

문득 곁눈질로 아르네가 드루와 나를 관심 있게 지켜보는 걸 느꼈다. “나도 갈게요.” 그가 말했다. “신선한 바람 좀 쐬야겠어요.”

드루가 눈썹을 치켜올리며 물었다. “자꾸 속 썩이는 스키두 점검하느라 바쁜 거 아니었어요?"

"그건 좀 있다 해도 돼요." 아르네가 식탁 반대편에 있는 알렉스를 흘낏 보았다. 알렉스는 여전히 잡지를 보고 있었지만 어쩐지 우리 얘기에 귀를 기울이고 있다는 느낌이 들었다. "같이 갈래요?"

알렉스가 고개를 들었다. "고맙지만 사양할게요. 셋이서 서로 잘 챙길 수 있을 거예요."

"등반 장비가 필요할 거예요." 루크가 토스트를 씹으며 끼어들었다. "사전에 한 번 더 점검해보는 게 좋겠죠." 분명 드루에게 하는 말이었지만, 그의 시선은 알렉스에게 붙박여 있었다.

아르네가 루크에게 경고의 눈빛을 보냈고 나는 영문을 몰라 얼굴을 찌푸렸다. 별로 악의 없는 말인 것 같은데. 역시나 알렉스의 얼굴이 굳어졌다. 그는 몸을 뒤로 기대며 우리를 찬찬히 둘러보며 말했다. "어디에 있는지 알잖아요, 드루. 점검을 마친 상태니까 들고 나가면 돼요."

드루는 고개를 끄덕였지만, 루크가 입을 씰룩거리며 히죽 웃었다. 주위에 명백한 긴장감이 감돌았고 분명히 뭔가 말하지 않는 것이 있다는 강한 느낌이 들었다. 그러나 알렉스는 그를 무시하고 다시 잡지로 시선을 돌렸다.

"케이트 잘 챙겨주세요." 앨리스가 곤란한 상황을 무사히 넘기려는 듯 과하게 밝은 목소리로 말했다. "추울 땐 그 타워가 진짜 더럽게 미끄러우니까요."

아르네가 손목시계를 보고 말했다. "정오에 부트룸에서 만날까요?"

드루가 다시 고개를 끄덕이고 일어섰다. "단단히 챙겨 입어요." 그 말을 남기고 드루는 사라졌다.

등반에 대비해 평소보다 더 많이 껴입은 탓에 부트룸에 도착했을 때 나는 이미 땀을 줄줄 흘리고 있었다. 아직 야외 장비도 안 챙겼는데.

"얼굴이 재킷 색깔이랑 똑같네요." 드루가 씩 웃었다.

나는 얼굴을 찡그렸다. "미쉐린 맨(타이어를 여러 개 쌓아서 만든 미쉐린 타이어 광고 모델/옮긴이)이 된 기분이에요." 당연히 볼품도 없겠지라는 생각에 기분이 좀 우울했다.

"미 뭐요?" 아르네가 어리둥절한 표정을 지었다.

"너무 많이 껴입었다는 뜻이에요." 내가 부츠를 신으며 중심을 잡기 위해 선반에 손을 올리는데 손가락 끝에서 찌릿하게 정전기가 일었다. "아얏!" 내가 비명을 질렀고 드루와 아르네가 웃음을 터뜨렸다.

간신히 재킷을 입고 주머니를 뒤져 장갑 안감을 찾아 꺼내는데 뭔가 바닥에 툭 떨어졌다.

내 약.

나는 재빨리 몸을 숙여 집으려고 했지만 드루가 한발 빨랐다. "꽤 강한 건데요." 그가 포일 포장 용기에 붙은 표를 힐끗 보고 내게 건네주었다.

"내가 먹는 거 아니에요." 나는 황급히 약을 주머니에 쑤셔넣었다. "다른 사람 약이에요."

얼토당토않은 거짓말이라는 건 우리 모두 알고 있었다. 나는 얼굴이 달아오르는 걸 느끼며 발라클라바(머리와 얼굴을 완전히 덮어씌워 눈만 보이게 만들어진 방한용 모자/옮긴이)와 고글을 써 당혹스러움을 감추려 했다. 차마 두 사람을 쳐다보지도 못하고 그들 뒤를 따라 격납고로 가며 모멸감을 느꼈다.

"자, 준비됐나요?" 두 사람은 등반 장비를 아르네의 스키두에 실었고 드루와 나는 다른 스키두를 타고 빙판으로 나섰다. 우리를 태운 스키두가 울퉁불퉁한 눈밭을 덜컹거리며 달려나갔고, 떠오르는 태양의 햇볕이 따뜻한 황금빛으로 퍼졌다.

부속 건물들을 지나 오메가로 향하며 이제 곧 이 햇살이 그리워질 거라는 생각이 들었다. 앞으로 몇 주만 지나면 빛이 완전히 사라지고 24시간 내내 암흑이 지배할 터였다.

그것도 4개월이라는 긴 시간 동안.

명치 깊숙한 곳에서 불안감이 파닥거렸다. 과연 내가 잘 적응할 수 있을까? 다른 대원들은? 오늘 아침 식사 자리에서 느껴진 긴장감이 앞으로 우리끼리 보내게 될 겨울에 대한 불길한 징조처럼 느껴졌다.

아르네가 타워 아래 스키두를 세우고 등반 기어를 내렸다. 우리도 그 옆에 멈췄다.

"이런 거 사용해본 적 있어요?" 아르네가 안전띠를 착용하는 걸 도와주며 물었다.

느닷없이 어떤 기억이 훅 떠오르며 나를 덮쳤다. 브리스틀에서 몇 킬로미터 떨어진 에이번 고지에서 벤과 내가 레펠 하강을 배웠던 기억. 오랫동안 내 버킷 리스트에 있었던 이틀짜리 코스였고 내 생일 선물로 벤이 준비한 것이었다.

그러나 나는 첫 번째 하강 직전에 극도로 신경이 예민해졌다. "아무래도 못 할 것 같아." 나는 강사가 듣지 못하게 작은 소리로 벤에게 소곤거렸다.

"쓸데없는 소리." 벤이 말하고는 내 입술에 가볍게 입을 맞췄다. 그가 여전히 나를 사랑하고 있을 때 그랬던 것처럼 부드럽게.

그가 떠나던 날처럼 생생하고 날카로운 슬픔과 간절함이 다시 한번 걷잡을 수 없이 솟아올랐다. 몰래 주머니에서 약을 꺼내 두 알을 삼키고 싶은 마음이 간절했지만 참아야만 했다. 특히나 좀 전에 부트룸에 서 있었던 일을 생각하면 너무 위험했다.

그 대신 몇 차례 깊게 호흡을 하고 아르네와 드루를 따라 첫 번째 계단 아래쪽으로 향했다. 알루미늄 대들보를 힐끗 올려다보는 순간 아찔한 현기증이 밀려들었다. 정말 올라가고 싶은 거니? 어처구니없이 높아 보였다.

그렇다고 그냥 여기 서 있다가는 얼어붙기 안성맞춤이었다. 나는 족히 1킬로미터는 떨어져 있는 알파를 흘낏 돌아보았다. 혼자서 걸어가기에는 어려운 먼 거리였다.

"마음이 바뀌었어요?" 아르네가 나를 물끄러미 바라보았다. "내가 데려다줄 수도 있어요."

맨살이 드러난 이마에 걱정스러운 듯 주름이 팬 그를 보며 아이슬란드에 있는 아르네의 여자친구가 부러워졌다. 처음 느낀 건 아니었다. 드루처럼 잘생기거나 활동적인 성향은 아니었지만 차분한 자신감을 풍기는 사람이라 가까이 있으면 좋은 기운을 느낄 수 있었다.

벤과 비슷하다는 생각이 들자 뒤이어 뼈아픈 후회가 되살아났다. 모든 게 어긋나버리기 전의 벤.

"잘 할 거예요." 드루가 장난스럽게 내 팔을 치며 말했다. "안 그래요, 케이트?"

"자, 가죠." 나는 씩씩한 척하며 말했다. 사고 후 내 뺨에 난 상처를 처음 봤을 때 엄마가 뭐라고 했더라? 죽을 만큼 아픈 고통을 겪고 나면 더 강해지는 법이라고 했지.

그리고 추해지지. 비록 내게 대놓고 말은 하지 않았지만, 엄마의 눈빛에서 느낄 수 있었다. 내가 드레싱 붕대를 뗐을 때 엄마가 움찔하던 모습.

"자, 준비됐습니다." 드루가 로프와 카라비너(암벽 등반 시에 쓰는 로프를 연결하는 금속 고리/옮긴이)를 단단히 고정했다. "케이트, 먼저 갈래요?"

"그러지 말고 먼저 출발하죠?" 아르네가 제안했다. "케이트가 그 뒤를 따르고 내가 맨 마지막에 갈게요."

드루가 고개를 끄덕이고 출발했다. 나는 이를 악물고 사다리의 가로대를 있는 힘껏 붙잡으며 그의 뒤를 따라 올라가기 시작했다. 한층 한층 올라갈 때마다 금속 가로대에 방한 부츠가 부딪치는 소리가 귀를 울렸고, 얼마 후 작은 플랫폼을 가로질러 옆으로 옮겨갔다. 천천히, 조심스럽게 우리는 지그재그로 위를 향해 올라갔고 중간중간 드루가 등반 기어를 조정했다.

반쯤 올라갔을 때 두꺼운 털장갑까지 뚫고 들어오는 추위 때문에 손가락이 욱신거리고 감각이 없었다. 그러나 점점 위로 올라갈수록 커지는 불안한 긴장감에 비하면 그건 아무것도 아니었다.

넌 잘하고 있어, 나는 아래를 내려다보지 않으려 애쓰며 계속 되뇌었다. 넌 안 떨어져.

하지만 장-뤼크는 떨어졌잖아, 머릿속에서 반박하는 목소리가 들렸다. 등반 장비도 그를 살리지 못했어, 안 그래?

내 전임자가 추락하는 모습이 다시 머릿속에 그려졌다. 그러자 다리가 뻣뻣해져서 거칠게 숨을 몰아쉬며 그대로 사다리에 얼어붙었다. 당장이라도 공황 상태에 빠질 것 같았다.

"괜찮아요?" 뒤에서 아르네의 목소리가 들렸다. "내려가고 싶으면 내려가도 돼요."

"아니에요." 내가 고집했다. "그냥 숨이 좀 차서 그래요."

나는 깊이 숨을 들이쉬며 다시 발을 움직였고 멀리 보이는 지평선에 시선을 고정했다. 우리 주위로 점점 더 넓게 경치가 드러나기 시작했다. 드루 말이 맞았다. 반경 몇 킬로미터 주위에 경치를 가리는 안개도, 낮은 구름도 한 점 없이 날이 맑게 갰다. 저 멀리 알파와 베타가 작게 보였고 소형 바슬러 비행기에 앉아 처음으로 남극 기지를 어렴풋이 내려다보던 기억이 떠올랐다.

겨우 몇 주전 일인데 백만 년은 훌쩍 지난 기분이었다.

몇 분 후에 우리는 정상 플랫폼에 도착했다. 아르네와 내가 드루 뒤를 따라 올라가자, 드루가 길고 낮게 휘파람을 불었다. “근사하지 않아요?”

나는 360도로 펼쳐진 풍경을 눈에 담으며 타워가 바람에 휘청거리는 건 무시하려 했다. 그의 말대로 과연 빼어난 풍경이었다.

어디를 봐도 물결치는 듯한 눈밭, 드넓은 바다 같은 새하얀 눈밭이 잔물결을 일으키고 있었다. 그리고 그 위로 맞닿은 시퍼런 하늘. 사람들이 왜 겨울마다 이곳으로 돌아오는지 이해할 수 있을 것 같았다. 텅 비어 있는 공허함은 매혹적이었고 최면을 거는 듯한 효과가 있었다.

나는 난간을 단단히 붙들고 시선을 떨어뜨려 아래를 내려다보았고 눈밭 위에 드리워진 타워의 그림자와 우리 세 사람의 실루엣이 보였다. 내가 한 손을 들어 손을 흔들자 내 그림자가 내게 손을 흔들었다.

“저 사람들 뭐 하는 거지?”

아르네의 목소리에 내가 다시 시선을 들었다. 그는 알파 뒤쪽으로 몇백 미터쯤 떨어진 곳을 손으로 가리켰다. 눈부신 햇빛에 눈을 가늘게 뜨고 바라보니 기지에서 원호를 그리며 멀어지는 작은 스키두가 보였다. 스키두 뒤에는 빨간색으로 무장한 형체가 아주 빠른 속도로 얼음 위를 미끄러져 가고 있었다.

순간 내가 보고 있는 게 무엇인지 이해할 수가 없었지만, 곧 스키두에 연결한 스노보드라는 걸 깨달았다.

"루크 같은데요." 드루가 그쪽을 보며 말했다. "아마 롭이 운전할 거고요."

"속도가 너무 빨라요." 그들이 흔들거리며 단단하게 다져진 눈밭의 파도들을 넘어 감마로 휙 방향을 틀 때 아르네가 말했다.

바로 그때, 어떤 마법에 의해 마치 우리의 우려가 현실로 나타난 것처럼 갑자기 스노보드가 빙판의 울퉁불퉁한 부분에 걸리면서 보드를 타던 사람이 공중으로 붕 떠올랐다가 묵직하게 쿵 하고 빙판 위로 떨어졌다.

나는 혼비백산해서 그게 누구든 다시 일어나기만을 기다렸다. "빌어먹을." 그가 일어나지 않자 나는 숨이 턱 막혔다. 나는 비틀거리며 계단 쪽으로 움직이려다 얼어붙은 철제 플랫폼에 발이 미끄러졌다.

드루가 나를 잡아당겼다. "케이트, 기다려요! 내가 먼저 내려갈게요. 아르네, 당신이 로프를 잡고 케이트가 안전하게 내려갈 수 있게 해줘요."

드루가 등반 기어를 벗고 믿을 수 없을 정도로 신속하게 타워를 내려가더니 재빨리 스키두를 타고 출발했다. 나는 최대한 빨리 뒤따라 내려갔고 아르네가 등반 장비를 조정하느라 잠시 멈출 때마다 초조한 마음에 새어나오는 탄식 소리를 삼켜야 했다. 내려가면서 루크에게 일어날 수 있는 상황을 짚어보았다. 머리 부상, 다리 골절, 어깨 탈골.

어느 것 하나 가볍지 않았다.

"꽉 잡아요!" 마침내 바닥에 내려와 스키두에 올라탄 후 아르네가 외쳤다. 그는 시동을 걸고 빠른 속도로 나아갔다. 초조하고 고통스러운 몇 분이 흐른 뒤 우리는 마침내 눈밭에 모여 있는 사람들 옆에 도착했고, 루크가 일어나 앉아서 머뭇머뭇 오른쪽 다리를 움직이는 걸 보고 마음이 놓였다.

"어디 다쳤어요?" 그의 옆에 주저앉으며 물었다.

놀랍게도 그는 발라클라바를 벗고 씩 웃었다. "고글이 박살 난 것뿐이에요. 놀랄 것 없어요, 노스 박사님."

"정말이에요? 아주 심하게 떨어졌는데요."

"아니에요, 호들갑 떨지 마요." 마치 내가 분위기를 망치기라도 한 것처럼 짜증 섞인 목소리였다. 나는 그를 보며 얼굴을 찡그리다가 그의 동공이 팽창된 것을 알아차렸다.

세상에, 그는 약에 취해 맨정신이 아니었다.

나는 가까이에서 서성이고 있는 롭을 돌아보았다. 고글이 눈을 가리고 있었지만, 그도 루크와 같은 상태라는 걸 짐작할 수 있었다.

마치 단거리 선수처럼 이곳을 향해 뛰어오고 있는 알렉스가 이 상황에 어떤 반응을 보일지 궁금했다. 비록 얼굴이 가려져 보이지는 않았지만, 머리끝까지 화가 났다는 것을 느낄 수 있었다. 샌드린도 가쁜 숨을 내쉬며 서둘러 오고 있었다.

"도대체 무슨 짓이에요?" 알렉스가 롭과 루크를 번갈아보며 소리쳤다. "심지어 헬멧도 안 썼잖아요. 빌어먹을, 당신들 지금 제정신이에요?" 알렉스가 루크의 얼굴과 얼굴에 들러붙기 시작한 자잘한 얼음들, 모자 밑으로 드러난 머리카락을 성난 눈초리로 쏘아보다가 한 걸음 앞으로 다가섰다.

"장-뤼크가 경고했었죠." 그가 손가락으로 루크의 가슴팍을 찌르며 말했다. “유나에 꼭 보고할 겁니다.”

“정말이지.” 루크가 비웃었다. “당신이 그런 말을 하다니 좀 어처구니가 없는데?”

알렉스가 장갑을 낀 손으로 주먹을 쥐었다. 순간 나는 몸싸움이 벌어지겠구나 싶었지만 잠시 망설이던 알렉스가 그대로 홱 뒤를 돌아 기지로 향했다.

“이러는 건 아니죠, 이건 정말 아니에요.” 아르네가 루크에게 말했다.

루크가 어깨를 으쓱했다. “저 친구 곧 잊어버릴 거예요.” 그는 끙하는 소리와 함께 몸을 일으켰고 드루가 내미는 손을 거절했다.

“다시 그 다리로 걷기 전에 꼭 엑스레이를 찍어봐야겠어요.” 내가 말했지만 루크는 마다하는 손짓을 하고는 절룩거리며 스노보드를 가지러 걸어갔다. 짜증스러움과 안도감이 동시에 느껴졌다. 아마 근육이 놀랐거나 무릎을 삐끗한 정도인 것 같았다.

나는 샌드린이 어떻게 처리할지 궁금해하며 그녀를 돌아보았다. 어쨌거나 심각한 안전 위반인데다 심지어 두 사람이 맨정신이 아니라는 사실도 명백했다.

그러나 그녀는 나를 무시하고 드루를 보며 말했다. “따라가서 괜찮은지 봐줄래요?” 그녀가 알렉스가 사라진 곳을 향해 고갯짓하며 말했다. “두 사람은 기지로 걸어가요.” 그녀는 루크와 롭에게 이렇게 말하고는 스키두에 올라타 시동을 걸고 시끄러운 소리를 내며 사라졌다.

나는 믿을 수가 없어 그녀의 뒷모습을 바라보았다. 아니, 이게 뭐야? 정말 아무런 조치도 취하지 않을 작정인가?

그때 누군가가 내 팔을 가볍게 잡았다. “잊어버려요.” 아르네가 조심하라고 일러주는 듯한 목소리로 말했다. “그만 돌아가죠.”

"두 사람을 여기 두고 가도 될까요?" 나는 스노보드를 어떻게 할 건지 의논하는 루크와 롭을 힐끗 보았다. "다친 다리로 걷기에는 먼 거리예요."

"샌드린 말 들었잖아요." 아르네가 돌아서며 중얼거렸다. "그건 저 사람들 문제예요."

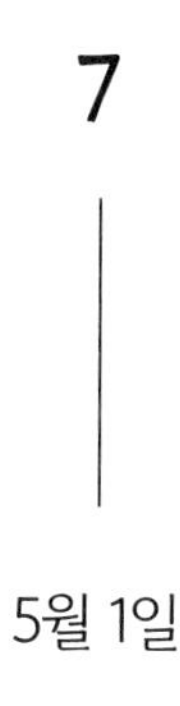

7

5월 1일

온몸이 얼어붙은 것 같았다. 머리를 마비시키고 이가 아프고 턱이 아릴 만큼 매서운 추위였다. 임시 대피소 안에 등유 난로가 있는데도 손가락이 얼어서 작업을 하는 동안 표본을 담은 통을 들고 있기도 힘들 정도였다.

"아직 많이 남았어요?" 드루가 내 손 쪽으로 손전등을 비춰주며 물었다.

"두 개 남았어요." 나는 다음 통의 뚜껑을 더듬으며 왜 주간 눈 표본 수집에 자원했는지 후회막심이었다. 9주 전 마지막 하계 대원들이 떠나고 누군가 이 작업을 맡아야 했을 때는 24시간 내내 햇빛이 쨍쨍했기 때문에 어둠 속에서 작업하는 것이 얼마나 힘들지 미처 생각도 하지 못했다.

게다가 오늘 밤이 지나면 한동안은 어둠이 계속될 거라는 사실을 떠올리며 침울하게 눈을 통에 담았다.

"제네바에 있는 샌님들이 눈에서 뭔가 흥미로운 걸 발견했으면 좋겠네요." 드루가 체온을 유지하려고 발을 구르며 중얼거렸다. "최소한 외계 생명체 정도는 돼야죠."

나는 웃음을 터뜨렸다. 드루의 그런 점이 좋았다. 그는 언제나 내 기분을 풀어주는 재주가 있었다. 점차 줄어드는 일조 시간이 흐릿한 어스름 정도에 그치고 태양이 지평선 위에 간신히 걸리기 시작했고, 기지에 감도는 긴장감도 점점 더 커지는 요즘 같은 때에 더 빛을 발하는 능력이었다. 나는 길게 늘어지는 어둠이 인간의 생물학적 주기와 일상적인 감각에 미치는 부정적인 영향을 과소평가했음을 몸소 깨닫는 중이었다. 늘 피곤하고 머릿속은 흐리멍덩했으며 아주 단순한 일과를 처리하는 것도 만만치 않았다.

"젠장." 추위에 곱은 손가락이 너무 아파서 마지막 통을 떨어뜨렸는데 눈 속 어딘가에 파묻혔다. 내가 통을 찾는 동안 드루가 전등을 땅바닥에 비춰주었다.

나는 짜증스럽게 불평하지 않으려고 애썼다. 앞으로 4개월 동안 이어질 암흑 속에서 무슨 수로 이 작업을 계속할 수 있을까? 나 혼자서는 할 수 없고, 그렇다고 내 고질적인 어둠 공포증을 대원들에게 알리고 싶은 마음은 추호도 없었다. 하지만 드루에게 동행을 부탁하는 데도 한계가 있었다. 그가 내 부탁을 거절하진 않겠지만 친구라는 이유로 부담스럽게 하고 싶지 않았다.

지난 몇 달간 드루는 내게 가장 가까운 동지가 되었다. 겨울이 깊어지면서 정기적인 검사에 응해달라는 나의 정중한 독촉에도 대원들이 회피와 무관심으로 반응하자 드루가 나서서 대원들에게 혈액과 대변 샘플을 요구했고, 대원들이 비디오 일지나 설문지에 대해 불평을 쏟아내면 내 편을 들며 옹호해주었다. 또 수술 보조 훈련을 받는 데 자원했고, 심지어 계속해서 의료 시스템에 데이터를 업데이트하는 일도 도와주겠다고 제안했다.

그것도 자기 원래 업무는 모두 그대로 하면서.

"찾았다." 나는 마침내 잃어버린 통을 찾아 눈을 채웠다. "이제 빨리 여기서 나가요."

드루가 안도의 한숨을 쉬었다. "진짜 맥주 생각이 간절하네요. 샤워도 좋겠지만 그보단 맥주를 택하겠어요."

나도 툴툴대며 동의하긴 했지만 사실 카로가 안쓰러웠다. 배관에 또 문제가 생겼지만 카로도 며칠째 이유를 찾지 못해 원망이 쏟아지고 있었다. 할 수 없이 모두가 부엌에서 끓인 물을 가져다 씻어야 했고, 덕분에 안 그래도 편치 않은 기지의 분위기는 더 험악해졌다.

드루가 난로를 끄는 사이 나는 표본 통들을 배낭에 챙겨넣고 두꺼운 장갑을 끼고 밖으로 나와서 얼어붙은 내 입김이 유릿가루처럼 바닥으로 흩어지며 희미하게 차르랑 거리는 소리를 듣고 있었다. 드루와 다시 터벅터벅 알파로 걸어갈 때 손가락과 발가락이 욱신거리며 아팠지만, 감각이 마비된 것보다는 나았다. 아무것도 느낄 수 없는 게 훨씬 더 심각한 상태니까.

"앗!" 눈썹에 얼음 결정들이 엉겨붙어 앞을 똑바로 볼 수가 없어서 울퉁불퉁한 눈밭에서 발을 헛디뎌 앞으로 고꾸라졌다.

순간 드루가 손을 뻗어 나를 잡았다. "조심해요." 그가 나를 붙잡아 세웠고 그의 손이 잠시 내 팔에 머물렀다. 나는 당황해서 그를 돌아보았지만, 그는 고개만 까딱하고 손을 놓았다.

우리는 계단을 올라 알파로 들어갔다. 나는 부트룸 의자에 털썩 주저앉아 야외 장비를 벗으며 앞으로 일주일간은 나가지 않아도 된다는 사실에 감사했다.

"내가 냉장실에 넣어둘게요." 야외 장비를 모두 벗고 다시 티셔츠와 청바지 차림으로 돌아온 드루가 눈 표본 통이 들어 있는 배낭을 집어 들며 말했다. "점심시간에 봐요. 우리가 제일 좋아하는 별을 보내주는 환송회니까 예쁘게 차려입고 와요."

이게 무슨 꼴이람?

나는 옷장 문 안쪽에 붙은 작은 거울 앞에 서서 얼굴은 외면한 채, 라이크라 소재의 검정 원피스를 입은 내 모습을 살펴보았다. 목이 깊게 파인 원피스는 한때 몸에 딱 맞았지만, 지금은 가슴과 엉덩이 쪽이 헐렁했다. 혐오감을 느끼며 원피스를 벗어 던지고 청바지와 새 티셔츠를 꺼내 입고는 옷장에서 약병을 꺼냈다. 나는 두 알을 삼키고 추가로 한 알을 더 삼켰다.

제정신이야, 케이트?

언니의 목소리가 머릿속에서 울려퍼졌지만 나는 눈을 질끈 감고 그 소리를 무시했다.

조만간. 스스로 다짐했다. 조만간.

나는 해가 지기 한 시간 전에 휴게실에 도착했다. 바로 옆에 붙은 게임룸에서는 앨리스와 롭이 테이블 축구 경기에 열중하고 있었다. 앨리스의 의기양양한 환호성이 들리는 걸 보니 그녀가 이기고 있는 것 같았다.

소냐는 한쪽 구석에 귀에 이어폰을 꽂고 앉아서 뭔가를 뜨고 있었다. 목도리인가? 둥글둥글한 체형과 회색 곱슬머리 때문에 소냐는 영락없이 온화한 남부 할머니처럼 보였지만, 그녀를 조금이라도 아는 사람은 그런 겉모습에 속지 않았다. 나는 의료 파일을 통해 그녀의 높은 아이큐를 익히 알고 있었는데 소냐는 기지에서 단연코 가장 총명한 사람이었다. 토론토 대학교의 기상학과 교수인 그녀는 그 분야에서 촉망받는 중요한 인물이었다.

그녀는 똑똑한 흑인 여성이면서도 평생 과소평가를 받고 인내하는 삶을 살아내며 터득한 초연한 참을성도 갖추고 있었다.

"어서 와요," 레드와인을 한 잔 따르는 나를 발견한 소냐가 이어폰을 빼고 옆자리를 손으로 두드리며 말했다. "내 옆으로 와요."

나는 그녀의 친절한 관심에 고마워하며 자리에 앉았다. "뭘 듣고 있어요?"

"『클레이 머신건』이요. 빅토르 펠레빈 책이에요."

"난 잘 몰라요."

"한번 들어봐요. 아주 특별한 책이에요. 아크가 오디오 북을 다운로드해줬어요. 아크 덕분에 러시아 문학의 대작들을 배우고 있어요."

내가 눈썹을 치켜올리자 소냐가 미소를 지었다. "아크를 과소평가하지 말아요. 아마 발전기만큼이나 러시아 소설에 대해서도 잘 알고 있을 거예요. 그러니까 아주 빠삭하게 알고 있다는 거죠."

"그나저나 아크는 어디에 있어요?" 내가 주위를 둘러보았다. "다른 사람들은요?"

"아크와 아르네는 부엌에서 라지브를 돕고 있어요. 알렉스와 카로는 옷을 갈아입으러 갔고 샌드린은 아직 베타에서 스트레스를 푸는 중이에요."

그녀의 마지막 말에 웃음이 났다. 알고 보니 우리의 기지 대장은 아주 열정적인 골프광이었다. 여름 내내 그녀는 빙판 위 매끈한 부분에 자기만의 골프 코스를 만들어 즐겼고 눈 위에서 잘 보이게 골프공을 붉은색 마커로 칠했다. 그러나 점점 밀려드는 어둠에 실내에만 머물게 되자 샌드린은 할 수 없이 베타의 창고들 가운데 가장 큰 곳에 모형 퍼팅 그린을 꾸며놓았다.

"루크와 롭은……." 소냐가 냉소적으로 눈썹을 치켜올렸다. "글쎄요, 아마 당신도 나랑 같은 생각일 거예요."

그녀가 무슨 말을 하는지 두 번 물을 필요도 없었다. 카로가 '비비스와 벗헤드'(1990년대 미국 MTV에서 방영한 성인용 애니메이션의 주인공들로 사건 사고를 몰고 다닌다/옮긴이)라고 부르기도 하는 루크와 롭은 한동안 자취를 감췄다가 저녁 시간에 해롱해롱한 모습으로 나타나기 일쑤였고, 베타의 어느 구역에 가면 특정한 풀냄새가 맴도는 건 말할 것도 없었다.

이 얘기를 샌드린에게 꺼내야 할지 고민한 적도 있었지만, 그녀가 눈치채지 못했을 리가 없었다. 특히나 스노보드 사건까지 있었으니. 아마도 그녀는 크게 해가 될 건 없다고 결론을 내린 듯했다. 아크가 입버릇처럼 말하듯이 무사히 겨울을 나는 데 도움이 된다면 뭐든 상관없다고 생각하는 것 같았다.

더구나 내가 누굴 비난할 입장도 아니었다.

"그래서 요즘 어떻게 지내요?" 소냐가 실뭉치에서 실을 더 풀어 새로운 줄을 뜨기 시작했다.

"바빠요. 그래서 다행이죠. 만약 할 일이 별로 없었다면 제정신이 아니었을지도 몰라요." 그래도 눈 표본을 수집하는 건 기꺼이 그만두고 싶다고 덧붙일 뻔했다.

"우리 모두를 상대해야 하니 아주 힘들 거예요. 장-뤼크도 그랬어요. 쉴 새 없이 사람들한테 잔소리를 해야 하는 게 가장 내키지 않는 일이라고요."

나는 놀라서 눈을 가늘게 떴다. 여기에 도착하고 몇 주가 지나는 동안 내가 묻지도 않았는데 먼저 장-뤼크를 언급한 사람은 소냐가 처음이었다. "장-뤼크는 어떤 사람이었어요?" 이때다 싶어 내가 물었다. "모두 그에 대해 얘기하길 꺼리는 것 같아서요."

소냐는 잠시 아무 말이 없었고 나는 또 실수했나 싶어서 걱정이 앞섰다. 그때 소냐가 뜨개질 거리를 내려놓고 양쪽 팔걸이에 팔꿈치를 세우고 손에 턱을 괴고는 나를 보았다.

"그는 좋은 사람이었어요, 케이트. 친절하고, 앞장서서 다른 사람들을 도왔죠. 또 아주 똑똑했어요. 항상 다른 사람들이 하는 일에 관심을 가졌고 늘 일기장, 아니 자칭 남극 모험 일지에 부지런히 뭔가를 기록했어요. 그는 여기서 보낸 시간에 관한 책을 쓸 계획이었거든요."

"정말요?" 나는 또 한 번 사진 속 얼굴을 떠올리며 안타까움을 느꼈다. 나 역시 장-뤼크를 많이 좋아했을 것 같았다.

얼마나 아까운 죽음인지.

소냐가 뭔가를 떠올렸는지 미소를 지었다. "그 책에 내 얘기도 넣을 생각이면 꼭 20년은 더 어리고 날씬한 여자로 그려달라고 했죠. 안 그러면 고소할 거라고요."

나는 웃음을 터뜨렸다. "많이 그립겠어요." 내가 조심스럽게 말했다.

그녀는 잠시 생각에 잠겼다 말했다. "맞아요. 가끔은 그 사람도……꽤 심각할 때도 있었지만 대체로 사람들과 담백한 관계를 유지했고 민감한 상황에선 늘 농담으로 긴장감을 누그러뜨릴 줄 아는 사람이었죠." 그녀의 얼굴에 파문처럼 그리움이 번졌다. "나쁜 뜻으로 하는 말은 아니지만, 그가 죽은 후로 여기도 예전 같지 않아요."

"얼마나 큰 충격이었을지 짐작도 못 하겠어요." 그 없이 돌아온 탐험대가 기지에 남아 있던 사람들에게 어쩔 수 없이 장-뤼크를 빙판에, 얼음 속에 남겨두고 돌아올 수밖에 없었다는 소식을 전할 때 어땠을까 상상해보았다. 시간이 꽤 흘렀는데도 여전히 얼음 속에 남아 있을 그의 모습이 계속 떠올랐다. 그 순전한 적막감. 끔찍한 고립. 비록 그는 죽었지만, 우리가 모두 어떤 식으로든 그를 저버린 것만 같았다.

"많은 사람들이 그를 그리워하겠죠." 나는 바늘 코를 꿰는 소냐의 손가락을 바라보았다. 마치 시각적인 명상에 빠져드는 것처럼 경이로웠다.

"그런 사람도 있고 아닌 사람도 있죠." 그녀가 아리송하게 말했다.

나는 얼굴을 찌푸렸다. "왜요?"

소냐가 말을 멈추고 생각에 잠겼다. "글쎄, 장-뤼크가 언제나 모든 사람과 의견이 일치했던 건 아니었다고 말해두죠. 그리고……." 소냐가 망설이다가 덧붙였다. "의견 충돌도 있었고요."

"무엇 때문에요?"

그러나 다른 대원들이 들어오면서 우리의 대화는 끊어졌다. 두 병의 와인을 들고 있는 라지브는 긴 검정 셔츠에 멋진 빨간색 터번을 둘렀고 턱수염과 콧수염은 기름까지 발라 새로 다듬었다. 드루는 말쑥한 베이지색 면바지에 빳빳한 흰 셔츠를 입었고, 진홍색 시프트 드레스(허리에 이음선이 없이 일직선으로 내려오는 심플한 원피스/옮긴이)를 입고 같은 색 립스틱을 바른 샌드린은 평소보다 더 세련된 모습이었다.

청바지에 평범한 티셔츠를 입은 내가 촌스럽게 느껴지고 나 자신에게 화가 날 정도였다. 다시 방으로 가서 옷을 갈아입을까 망설이는데 카로가 평소와 같은 옷차림으로 나타났다. 루크와 롭, 알렉스도 뒤따라 모습을 드러냈다. 알렉스는 부스스한 모습에 피로감에 젖어 게슴츠레한 표정이었다. 카고 반바지를 입은 루크는 예의 냉소적이고 다소 무관심한 얼굴이었다.

"아르네는 어디 있죠?" 샌드린이 물었다.

"씻으러 갔어요." 라지브가 말했다. "곧 올 거예요."

마치 그 말이 신호라도 되는 듯 아르네가 도착했다. 비록 샤워기가 고장 났지만 어떻게 머리는 감았는지 아직도 물기에 젖어 반짝거렸다. 그는 깔끔한 회색 바지와 얇은 스웨터 차림이었고 스웨터 위로 체육관에서 꾸준히 단련하는 근육이 드러났다. 일부 대원들은 매일 규칙적으로 운동을 했는데 아르네에게서는 제대로 운동하는 티가 났고, 드루도 마찬가지였다.

"시간이 거의 다 됐어요." 샌드린이 손목시계를 보며 말했다. 겨우 오후 2시 무렵이었는데도 이미 태양과 작별을 고할 시간이었다.

불을 끄고 빙판이 보이는 넓은 창문 주위로 모여들 때 아크가 서둘러 들어왔고 롭과 앨리스도 하던 게임을 멈추고 합류했다. 우리는 운이 좋았다. 하늘은 구름 한 점 없이 맑았고, 지평선 위로 간신히 고개를 내밀고 있는 은빛 태양 주위로 분홍색 줄무늬가 선명하게 보였다.

나는 물끄러미 창문 너머 풍경을 바라보며 묘한 불안감을 느꼈다. 지난 몇 주 동안 습관처럼 매일매일 석양을 관찰했고 생명력의 원천인 태양이 북부 지평선과의 싸움에 밀려 하루가 다르게 힘을 잃어가는 모습을 지켜보았다. 태양은 매일 빙판 위로 힘겹게 떠 올랐고 날이 갈수록 싸움을 포기하는 속도가 조금씩 빨라졌으며 구름은 주황색으로, 눈밭은 보라색으로 물들여 마치 하늘에 피와 멍 자국을 남기는 것 같았다.

우리는 몇 분간 그 자리에 서서 황금빛이 천천히 사라지며 점점 희미해지다가 완전히 자취를 감출 때까지 말없이 지켜보았다.

"자, 끝났습니다, 여러분." 드루가 선언하며 불을 켰다. "겨울에 오신 걸 환영합니다."

그는 활기찬 목소리로 말했지만, 휴게실 안의 분위기는 어수선했다. 비록 하루가 점점 짧아지고 어둑해지긴 했어도 지금까지는 해가 잠깐이라도 얼굴을 내민다는 사실이 이상한 안도감을 주었는데.

이제는 왠지 버림받은 느낌이었다.

라지브가 잠시 사라졌다가 스낵이 가득 담긴 쟁반을 들고 다시 나타났다. 설탕에 조린 레몬과 튀긴 할루미 치즈로 속을 채운 붉은 올리브와 초록 올리브, 각종 견과류와 다양한 맛의 감자 칩이 쟁반을 채우고 있었다. "곧 저녁 식사가 준비될 거예요." 라지브가 말했다. "하지만 부엌에 더 있으니 그때까지 못 참겠으면 알아서들 먹어요."

우리는 각자 마실 것을 들고 스낵을 오물거리며 의자와 소파에 자리를 잡았다. 보통은 각자 맡은 일을 하며 하루를 보내는 게 일상이었지만, 샌드린이 오늘은 다 같이 모여서 함께 시간을 보내자고 결정했다. "유대감 형성"이라는 샌드린의 말 때문에 즐길 수 있는 시간이라기보다는 어색하기 짝이 없는 단체 훈련 행사처럼 느껴졌지만.

나는 드루와 얘기하려고 고개를 돌렸는데 그는 여전히 창가에 서 있는 알렉스를 보고 있었다. 알렉스는 칠흑 같은 어둠 속에서 뭔가를 찾기라도 하는 듯 어둠을 응시하고 있었다.

"어이, 무슨 일 있어요?" 드루가 알렉스를 향해 물었다. "집에 무슨 문제라도 생겼어요?"

알렉스가 숨을 들이쉬고 머리를 문지르며 우리를 향해 돌아섰다. 얼굴은 굳어 있었고 우울해 보였다. "방금 여동생이 결혼한다는 소식을 들었어요." 그가 중얼거렸다. "몇 달 뒤에요."

"이런." 아르네가 안타까운 목소리로 말했다. "너무 갑작스런 소식이에요?"

알렉스가 한숨을 쉬었다. "그럴 수도 있죠. 얼마 전에 임신했다는 사실을 알았대요. 내가 갈 때까지 기다리면 출산을 한 후라서요."

"속도위반 결혼인가?" 롭이 농담을 던졌고, 나는 소냐가 그의 발을 툭 치는 것을 보았다.

"사실 약혼은 2년 전에 했는데 이 일로 모든 게 앞당겨졌죠." 알렉스가 화를 내지 않으려는 듯 입술을 꾹 다물었다. "성대한 결혼식이 될 거예요. 미국에 있는 친척들도 참석한다니 격식도 다 갖추겠죠."

나는 안쓰러운 마음이 들었다. 그는 정말 낙심한 것 같았다. 야외활동 지도사로 훈련받은 알렉스는 몇 년 동안 뉴질랜드에서 일을 하기도 했지만, 가족을 매우 소중히 여기는 사람임이 틀림없었다.

"실망이 크겠군요." 아크가 그에게 다가가 힘차게 안아주었다. 마치 알렉스가 우는 것처럼 보여 어색해진 순간이었다.

"그래도 다행이죠." 그가 우울하게 말했다. "최소한 죽은 사람은 없잖아요."

휴게실 안에 팽팽한 정적이 내려앉았고 곧 앨리스가 과하게 밝은 목소리로 말했다. "그래도 나중에 집으로 돌아가면 예쁜 조카가 반겨줄 거라고 생각해봐요."

그 말에 알렉스의 얼굴에 미소가 떠올랐다. "맞아요. 집안에 첫 번째 손주죠. 부모님도 아주 많이 들떠 계시고 어머니는 벌써부터 아기 옷

사기 바쁘시대요."

"아기 옷!" 소냐가 환한 얼굴로 기쁘게 외쳤다. "그거야말로 내게 꼭 필요한 핑곗거리예요. 실을 많이 가져오길 정말 잘했네요."

"빵이다!" 카로가 꺅 소리를 내며 빵 한 쪽을 집어 버터를 잔뜩 발랐다. 라지브는 우리의 첫 번째 겨울 저녁 식사를 위해 온갖 정성을 다했다. 그는 따뜻한 호두빵과 함께 바닷가재 라비올리, 말린 포르치니 버섯과 그물버섯으로 만든 버섯 리소토를 내왔다. 심지어 드루의 수경재배 덕분에 약간의 샐러드까지 먹을 수 있었다. 입 안에서 느껴지는 여린 잎의 감촉에 저절로 탄성이 새어나왔다. 우리에게 보급된 신선한 채소 중에서 남은 거라고는 감자 몇 개와 퍼석한 사과 몇 알이 전부였고 그나마 모두 쭈글쭈글해지고 무른 상태였다.

"더 드릴까요?" 드루가 테이블 주위로 샴페인 몇 병을 돌렸고 모두 한 잔씩 따랐다. 아크만 제외하고. 아크는 러시아인임에도 불구하고 술은 한 방울도 입에 대지 않았다. 그의 아버지가 폭력적인 알코올 중독자였다고 내가 이곳에 온 첫째 주에 그가 말했다. "결국 술 때문에 죽었어요. 덕분에 우린 더 참고 견딜 필요가 없었죠."

"우리의 훌륭한 요리사를 위해 건배할까요." 샌드린의 얼굴은 벌써 살짝 붉어져 있었다. 나는 그녀를 향해 미소를 지었지만 못 본 척하는 그녀의 반응에 신경이 예민해졌다. "라지브를 위해서."

우리는 모두 잔을 들었고 라지브가 일어서서 고개를 숙였다.

"이번엔 드루를 위해서요." 내가 나의 친구를 향해 잔을 들었다. "맛있는 샐러드를 제공해줘서 고마워요."

우리는 또 한 모금씩 마셨고 드루가 내게 윙크로 동지애를 표했다.

나는 곁눈질로 아르네가 나를 지켜보는 것을 느꼈고 갑자기 그의 시선을 의식하게 되었다. 그 이유를 딱 꼬집어 설명할 수는 없었지만.

술이 돌기 시작하자 분위기가 조금씩 느슨해지기 시작했다. 알렉스와 루크는 한눈에도 취했다는 걸 느낄 수 있었고, 롭과 드루는 기분 좋게 수다를 떨며 웃고 있었다. 심지어 항상 주변을 맴도는 것 같은 톰도 오늘만큼은 최고의 스타워즈 영화가 무엇인지를 놓고 아크와 열띤 토론을 벌였고, 앨리스와 카로가 재미있다는 듯 미소를 띠고 듣고 있었다.

나는 앨리스의 얼굴을 찬찬히 들여다보았다. 쉽게 눈을 떼기 어려운 빼어난 외모로 줄곧 몇몇 남자 대원들의 속을 태웠는데, 특히나 완전히 접근 불가의 대상이라서 더 그랬다. 그녀는 이탈리아인 여자친구와 브라이턴에서 살고 있었고, 두 사람 사이에는 다섯 살 난 딸 리디아가 있었다.

나는 그렇게 어린 딸을 두고 어떻게 12개월이나 떨어져 지낼 수 있는지 궁금했었다. 하지만 이미 답도 알고 있었다. 앨리스는 기후 변화의 영향을 연구하고 있었고, 남극은 사람들의 활동이 지구에 미치는 영향에 관한 데이터를 수집할 수 있는 매우 귀중한 원천이었다.

그녀는 자기 자신보다도 딸의 미래를 생각해서 이렇게 멀리 와 있는 것이었다.

"샴페인 더 줄까요?" 드루가 내 잔 위로 샴페인 병을 대며 물었다.

나는 손으로 잔을 덮었다. "좀 조절해야겠어요. 이 기지의 의사는 나 하나뿐이잖아요." 만약 무슨 일이 벌어졌을 때 내가 적절한 처치를 할 수 없는 상태라면 어떻게 될까?

"긴장 풀어요." 드루가 나를 안심시켰다. "다들 괜찮아요. 좀 즐겨요, 케이트. 앞으로 긴긴 겨울이 계속될 거예요."

나는 그의 말에 수긍하며 잔을 채우게 두었고, 천천히 음미하겠다고 다짐했다.

롬과 라지브가 설탕에 조린 과일 조각을 올린 초콜릿 무스를 디저트로 내왔을 때 샌드린이 수저로 테이블을 두드리며 조용해지기를 기다렸다.

"이 자리에 없는 가족과 친구들을 위해." 샌드린이 건배를 제안하며 부자연스럽고 인위적인 미소를 띤 채 묘하게 우울한 표정으로 한 사람 한 사람을 응시했다.

각자 나지막이 중얼거리며 잔을 들어 건배했고 곧이어 꽤 긴 침묵이 이어졌다. 장-뤼크를 떠올리는 사람이 얼마나 많을까, 나는 궁금했다.

만약 내가 죽으면

진료실에서 발견한 이후로 뇌리에 박혀 있는 그 편지를 다시 떠올렸다. 그 이상한 느낌. 물론 남극이 위험한 곳인 건 맞지만 목숨을 잃는 경우는 드물었다. 무엇이 그에게 그런 편지를 쓰게 했을까? 왜 편지를 그렇게 감춰놓았을까?

내 시선이 소냐와 얘기를 나누고 있는 샌드린에게 향했고, 그녀가 편지를 유나로 보내지 않은 이유가 무엇일까 다시 한번 자문했다. 비행기가 떠난 지 2개월이 지나도록 수도 없이 생각해보았지만 그럴듯한 이유를 찾지 못했다.

그 때문에도 기지 대장과 거리를 좁히기가 쉽지 않았다. 게다가 그녀의 태도는 어쩐지 냉담하고 뻣뻣하고 고집스러운 데가 있었다. 자기 주변의 성인들도 마치 다루기 힘든 어린이 취급하는 권위적인 여교장처럼 절대 자기 역할에서 벗어나는 일이 없는 것 같았다.

그러나 그녀의 경력은 흠잡을 데가 없었다. 소르본 대학에서 환경과학 박사를 취득하고 프랑스와 이탈리아 합작 시설인 콩코르디아 남극 기지에서 2년간 근무했다. 카로에 의하면 두 명의 조카를 제외하고는 가족이 없다고 했다.

나는 와인을 한 모금 마셨고 아르네와 눈이 마주쳤다. 뺨이 달아올랐다. 설마 내가 샌드린을 어떻게 생각하는지 눈치챘나? 그래도 내가 좀더 노력해야겠다고 마음먹었다. 그녀와 좀더 가까워지기 위해 노력하고, 일단 그녀를 믿어보자고 결심했다.

"가족들은 어떻게 지내요?" 아르네가 아크를 보며 물었다.

아크가 쾌활하게 고개를 끄덕였다. "잘 있어요. 그 피즈다를 밀어낼 기회만 엿보고 있죠."

"피즈다가 뭐예요?" 내가 이맛살을 찌푸렸다.

카로가 나를 도와주었다. "비열한 놈이라는 뜻이에요, 푸틴이요."

아크가 고개를 끄덕였다. "맞아요. 그놈은 사기꾼이에요."

나는 눈썹을 치켜올리며 카로에게 물었다. "러시아어도 하는 줄은 몰랐는데요?"

"아크가 가르쳐주고 있어요." 카로가 씩 웃었다. "온갖 욕부터 먼저 배우죠."

아크가 웃음을 터뜨렸지만 그리움이 묻어나는 표정은 그대로였다. 집 생각을 하는 게 틀림없었다. "가족들이 많이 보고 싶겠네요." 내가 그에게 말했다.

"그럼요. 내 나라도 그립고요." 그가 말끝에 깊은 한숨을 쉬었다. "모든 러시아 사람들에게 내려진 저주와도 같죠. 아무리 그 나라가, 그 체제가 지긋지긋하고 싫어도 내 핏줄에, 바로 여기에 박혀 있거든요." 그가 커다란 주먹으로 가슴을 쾅쾅 쳤다. "난 항상 그곳이 그리워요. 나샤 로디나, 내 조국이요."

그가 코를 훌쩍이고는 다시 길게 껄껄 웃었다. "그런데 그놈의 돈이 문제거든요!"

모두가 웃었지만 샌드린은 못마땅한 듯 입술을 오므렸다.

나는 대화를 시도해볼 작정으로 그녀를 향해 몸을 기울였지만, 갑자기 쿵 하고 주먹으로 테이블을 치는 큰 소리와 테이블 위의 접시들이 서로 부딪치는 소리가 내 말을 가로막았다.

"그게 무슨 개소립니까?" 알렉스가 드루를 노려보며 소리쳤다. "진심이에요?"

"진정해요, 별다른 뜻은 없었어요." 드루가 허공으로 두 손을 들며 말했다.

알렉스가 잠시 드루를 노려보다가 갑자기 벌떡 일어서는 바람에 의자가 넘어질 뻔했다. 그는 비난의 눈초리로 한 명씩 쳐다보았다. 우리는 영문을 몰라 아무 말 없이 그를 마주 보았다.

"다들 내 잘못이라고 생각하는 거죠." 알렉스가 혀 꼬부라진 소리로 말하며 살짝 비틀거렸다. "그렇죠?"

아크가 자리에서 일어나 진정시키려는 듯 알렉스의 어깨에 손을 얹었지만, 그것마저 뿌리쳤다.

"내 말이 맞잖아요." 알렉스가 소리쳤다. "빌어먹을, 나도 알아요. 다들 내 잘못이라고 생각한다는 거. 내 앞에서 대놓고 말은 안 하지만 다들 그렇게 믿고 있잖아요."

그가 그대로 휙 뒤돌아서 주먹을 쥐었다 폈다 하며 걸어나가다 갑자기 오른팔을 들어 주먹으로 벽을 세게 쳤다. 벽에 금이 가는 소리가 들릴 정도였다. 알렉스가 문을 쾅 닫고 나가자 부서진 회벽 조각이 바닥으로 떨어졌고 벽에 움푹 팬 자국이 제법 크게 드러났다.

많이 아플 텐데.

아주 많이.

카로가 당혹스러운 얼굴로 드루를 보았다. "무슨 말을 한 거예요?"

"별말 안 했어요." 드루가 눈을 크게 뜨고 말했다. "그냥 술에 취했고 동생 결혼식 때문에 속상해서 그러는 거예요."

"내가 가서 괜찮은지—." 내가 자리에서 일어섰다.

"아니에요." 카로가 끼어들었다. "내가 갈게요. 혹시 손을 다치기라도 했으면 데리러 올게요."

"나랑 같이 가요." 샌드린이 냅킨을 접어놓고 카로를 따라 문밖으로 나갔다.

잠시 아무도 말이 없었다. 갑자기 앨리스가 눈물을 터뜨리더니 꽤 오래 꺽꺽거리며 울었다. 소냐가 그녀의 어깨에 팔을 두르고 진정될 때까지 가만히 안아주었다.

"미안해요." 그녀가 냅킨으로 얼굴을 닦으며 말했다. "그냥 감정이 북받쳐서 그래요. 그것뿐이에요."

드루는 난처한 것 같았지만 그가 유난히 길게 맥주를 쭉 들이켜는 모습을 지켜보았다.

도대체 알렉스에게 무슨 말을 한 거지?

궁금했지만, 묻지 말아야 할 것 같은 분위기였다. 하룻저녁에 이미 너무 많은 사건이 터져버렸다.

5월 1일

"술. 말다툼. 꼭 집에 온 거 같네요."

아바의 노래를 들으며 휴게실에 어색하게 앉아 있을 때 아크가 몇 번 힘없는 미소를 지으며 말했다.

몇 분 후에 톰이 머리를 흔들며 자리에서 일어났다. 긴장감으로 몸이 뻣뻣했고 혼란과 실망이 뒤섞인 묘한 표정이었다. "지긋지긋하네요." 독일 악센트가 약하게 섞인 말투로 말했다. "난 가서 할 일이 좀 있어요."

나는 조금 남은 와인 잔을 들고 무엇을 할지 고민했다. 알렉스를 보러 가야 할까? 아니면 카로가 데려올 때까지 기다려야 하나?

다들 내 잘못이라고 생각하는 거죠, 그렇죠?

그게 무슨 뜻일까? 스노보드 사건 직후 빙판에서 루크가 조롱하듯 던진 말을 떠올렸다. *당신이 그런 말을 하다니 좀 어처구니가 없는데?*

나는 알 수 없는 불안감을 달래려 했다. 뭔가 이상했다. 그게 뭔지 정확히 알 수는 없었지만.

도대체 이게 무슨 일이에요?

앨리스에게 물어보고 싶었지만, 또 그녀가 울음을 터뜨릴까 조심스러웠다. 죽은 동료에 대한 슬픔인지 알렉스의 감정 폭발로 인한 괴로움 때문인지 알 수 없었지만, 그녀를 더 자극하고 싶은 마음은 조금도 없었다. 힐끗 아르네를 보았지만, 그는 안락의자에 기대어 앉아 천장에 시선을 고정한 채 생각에 빠져 있었다.

나는 지금을 기회 삼아 그를 찬찬히 살펴보았다. 시간이 지날수록 점점 끌리는 스타일이라는 생각이 들었다. 가까이에서 자꾸 볼수록 매력이 더해지는 그런 외모랄까. 그의 평정심과 자족감, 나머지 대원들로부터 약간 초월한 듯한 그의 태도가 부러웠다.

벤도 그런 스타일이었는데. 잘 알게 되기 전까지는 쉽게 모르고 지나칠 수 있는 그런 사람.

그렇다고 아르네가 어떤 사람인지 잘 아는 것도 아니잖아? 조바심이 나기 시작했다. 곧 약을 갈망할 때가 올 조짐이었다. 옷장 안에 있는 약병을 떠올리며 몇 알 챙겨오지 않은 걸 후회했다. 그러나 부트룸에서 약을 떨어뜨린 사건 이후로 위험을 무릅쓰고 싶지는 않았다.

"아무래도 알렉스에게 가봐야겠어요." 내가 둘러댔지만 드루가 손을 들어 나를 막았다.

"자고 나면 나아질 거예요." 드루가 일어나서 와인 병을 가지러 갔다. "자, 그 대신 한 잔 더 해요."

그 대신? 순간 나는 이 친구가 내 속마음을 알아차린 건가 의아했다. 그날 부트룸에서 대충 다 파악해버린 건지 궁금했다. 하지만 그의 말대로 레드와인을 한잔 더 받았다. 내일 아침 알렉스가 좀 차분해진 다음에 살펴보는 편이 나을 것 같았다. 술이 깨고 나서.

애석하게도 알렉스의 폭발로 저녁 분위기가 칙칙해졌다. 어느새 한 명 한 명 사라지고 드루와 앨리스, 루크와 롭만 남았다.

"참 무거운 저녁이었네요." 아르네가 저녁 인사를 남기고 사라진 뒤 드루가 말했다. "이런 저녁을 기대한 건 아니었는데 말이에요."

롭이 한숨을 쉬었다. "다 술 때문이에요. 고도 때문에 더 빨리 취한다니까요. 살짝 취기가 오르는가 싶은데 순식간에 일어서기도 어려워지죠."

"그게 다가 아니지, 단순히 술 때문에 과대망상에 빠진 게 아니에요." 루크가 코웃음 쳤다.

나는 얼굴을 찌푸렸다. 알렉스도 마리화나를 피우나? 하지만 그는 몽롱해 보이기는커녕 화난 사람처럼 보였는데. 나는 내일 카로에게 물어봐야겠다고 마음에 새겼다. 기지에 있는 모든 대원들 가운데 카로가 알렉스와 가장 가까워 보였다.

나는 롭과 대화를 시도했다. 내가 여기 도착한 후로 친절하게 대하긴 했지만, 좀 형식적이고 거리를 두는 것 같아 그에 대해 아는 게 별로 없었다. 그는 카멜레온 같은 데가 있었고 루크의 들러리 역할에 충분히 만족하고 있는 것 같았다.

비비스와 벗헤드. 가끔 카로가 그렇게 부르는 2인조.

그러나 내가 뭐라고 말을 꺼내기도 전에 앨리스가 다시 한번 게임을 제안했고, 롭과 루크가 적극적으로 동조하며 게임룸으로 가는 바람에 드루와 나만 남게 되었다.

"무슨 생각해요?" 게임룸에서 서로를 부추기고 놀리는 소리를 들으며 몽상에 잠겨 있을 때 드루의 목소리가 끼어들었다.

나는 한숨을 쉬고 말했다. "별 생각 안 해요. 내일 할 일을 생각하고 있었어요."

"접어둬요. 일요일이잖아요. 아무것도 안 해도 돼요."

맞는 말이긴 했다. 비록 우리의 일이라는 게 대체로 일상적인 근무 시간에 매여 있지 않다 보니 주말이라고 별로 다르지는 않았다. 그래도 일주일에 하루는 뭔가 다른 일을 하는 걸 목표로 삼았고, 그게 주로 일요일이었다. 내 경우에는 딱히 하는 일도 없었다. 엄마나 언니와 영상통화를 하는 정도거나 최대한 집중력을 발휘해서 책을 읽는 게 전부였다.

"정말 괜찮아요?"

드루가 내 얼굴을 살폈다. 그러나 일상적인 시선이 아니라 내 흉터에 시선이 고정되어 있었다. 마치 나에 대해 뭔가 알아내기라도 하려는 것처럼 꿰뚫어보는 시선이었다.

"괜찮아요. 그냥 좀 피곤해서 그래요." 나는 시계를 확인했다. 아직 잘 시간은 아니었다.

"너무 열심히 일하는 거 같아서요."

그 말에 쓴웃음을 짓는 것 말고는 딱히 대답할 말이 없었다. 그건 사실이었다. 나는 일에 몰두했다. 일은 사고 이후 내 유일한 도피처였고, 나는 최대한 서둘러 병원에 복귀했었다. 다른 사람들에게 일어난 불행한 일에 집중하다 보면 내게 벌어진 불행한 사건에 빠져 있을 여유가 없었다.

"또 그러네요." 드루가 웃었다. "공상에 빠졌어요."

"미안해요." 나는 와인을 꿀꺽 삼켰다. 제법 괜찮은 이탈리아산 레드와인이었다. 라지브는 질 좋은 와인이 어떤 건지 잘 아는 게 분명했고 유나 역시 대충 싸구려로 때우지 않는 센스가 있었다.

"오늘 게임은 이걸로 끝." 앨리스가 나머지 두 사람과 게임룸에서 들어오며 말했다. "내가 졌어요. 일찍 들어가 잘래요." 앨리스가 우리 각자와 포옹을 하고 뺨에 뽀뽀했다. "좋은 시간 고마워요."

우리도 작별 인사를 했고 롭과 루크는 방에서 나가는 앨리스의 뒷모습을 지켜보았다.

"택도 없어요." 드루가 과장된 말투로 우스갯소리를 하자 두 사람 모두 웃음을 터뜨렸다.

우리 네 사람은 길고 두서없는 대화를 이어갔다. 뜻밖에 루크는 위트레흐에서 미술을 공부했지만, 다시 전기기사 교육을 받았다고 했다. 농담이 오가는 와중에 그런 생각이 들었다. 그래서 루크가 그렇게……적대적인 건가? 좌절된 예술적 야망에서 오는 불만일까?

롭에 대해서도 좀더 알게 되었다. 굳이 물어보려 하지는 않았지만, 그는 오스트레일리아에서 아시아 출신 이민자의 자식으로 자란 어린 시절을 얘기했고, 오스트레일리아식 악센트와 대만식 악센트가 뒤섞인 어머니의 영어 발음을 흉내 내서 루크와 드루는 눈에 눈물이 고일 정도로 격하게 웃었다.

비록 머릿속 한편에는 여전히 알렉스의 돌발행동에 관해 의문점이 남아 있었지만 나도 점점 긴장이 풀려가고 있었다. 그의 말은 무슨 뜻이었을까? 다들 무엇을 그의 잘못이라고 생각한다는 거지?

드루에게 물어볼까?

아니, 그건 아니라고 생각했다. 알렉스에게 직접 물어보는 게 맞다. 내일 해결하자. 그리고 톰도 만나봐야지.

"자, 난 그만 자야겠어요." 마침내 롭이 말했다. 루크도 남아 있는 맥주를 다 마시고 따라나섰다. "너무 늦게 자지 말아요." 그가 슬쩍 웃으며 드루와 나에게 말했다. 나는 휴게실에서 나가는 두 사람을 바라보며 또 마리화나를 피우러 가는지 궁금했다. 십중팔구 그럴 것 같았다.

"나도 자러 가야겠어요." 내가 한숨을 쉬었다. "정말 내일 할 일이 많거든요. 일요일이지만요."

"에이, 아직 초저녁이에요." 드루가 놀리듯 말했다. "앞으로 4개월은 계속 밤일 텐데요, 뭐. 그동안 진료실에만 숨어 지낼 순 없잖아요."

나는 잠시 머뭇거렸다.

"가지 말고 옆에 좀 있어줘요." 그가 고집했다. "생체 리듬이 뒤죽박죽이라 난 어차피 잠자긴 틀렸는데 억지로 자려고 애쓸 필요 있나요?"

그의 말이 옳았다. 나도 과연 얼마나 잘 수 있을까 싶었다. 특히 오늘 저녁에 있었던 일을 생각하면 더 그랬다. 그래서 내일 아침이면 후회할 걸 알면서도 드루가 내 잔을 다시 채우는 걸 막지 않았다. 더는 신경 쓰고 싶지도 않았다. 아까 있었던 일로 적잖이 놀랐던 터라 잠시라도 그걸 잊을 기회를 고맙게 생각하기로 했다.

"당신 얘기는 별로 안 했어요." 드루가 채근했다. "아까 말이에요. 그러고 보니 한 번도 얘기한 적이 없네요. 난 당신에 대해 아는 게 거의 없어요."

내가 웬만해선 말을 잘 하지 않는다는 걸 그가 알고 있다는 것에 놀라며 고개를 끄덕였다. 한때는 기꺼이 내 인생에 대해서 미주알고주알 떠들어댔지만, 요즘은 가능한 피하고 있었다. 무슨 얘기를 해도 늘 결국에는 벤에게로, 그날 밤 사고로 이어지기 때문이었다.

"글쎄요, 난 뭐 흥미로운 얘깃거리가 없어서 그런 것 같아요." 내가 슬쩍 말을 돌렸다.

"자기 검열이 심한 편이군요, 그렇죠?" 드루가 땅콩을 한 움큼 집어 천천히 씹으면서 나를 빤히 쳐다보았다. 나는 살짝 취기가 오르는 걸 느끼며 그가 기막히게 잘생겼다고 생각했다. 또렷한 갈색 눈동자와 가볍게 그은 피부. 딱 적당히 까칠하게 자란 수염.

내가 넘볼 수 있는 상대가 아니었다. 그런 생각이 들자 묘하게 마음이 놓였다. 굳이 잘 보이려고 애쓸 필요가 없다는 생각이 들어서일까.

"그럼 하나만 딱 집어서 말해봐요." 드루가 끈질기게 물었다. "마지막으로 행복했던 때가 언젠지 얘기해줘요."

내가 마지막으로 행복했던 때? 나조차 실망스럽게도 기억이 나지 않았다.

지금은 행복이란 건 불가능하게 느껴졌다. 마치 내가 연주회를 여는 피아니스트가 되거나 달에 가는 것만큼이나 가능성이 없었다. 행복은 다른 사람들의 얘기였다. 내가 원하는 것은 그저 무감각, 고통을 느끼지 않는 것뿐이었다.

그때 한 가지 대답이 떠올랐지만 드루에게 말할 수는 없었다. 사고 후 모르핀을 맞다가 처방 진통제로 바꾸고 나서 처음 며칠간이 떠올랐다. 일반 슈퍼에서 쉽게 살 수 있는 허술한 가짜가 아니라 확실한 성분의 진짜 진통제였는데 그걸 먹으면 아주 편안한 행복감이 밀려왔다. 단순히 부서진 무릎과 목뼈 손상으로 인한 신체적 통증뿐만 아니라 모든 슬픔과 죄책감, 트라우마까지 몽땅 잊을 수 있었다.

물론 더없이 행복한 그 이탈의 느낌은 실제가 아니라 내 몸과 두뇌의 수용체에 작용하는 아편 성분의 화학적 영향에 불과했다. 그러나 그걸 알면서도 끊지 못했고 늘 마음을 진정시키는 그 멍한 느낌을 좇았다.

그러나 지금은 그것도 거의 효과가 없었다.

눈을 들자 드루가 얼굴을 찌푸리고 나를 보고 있었다. "그럼 좋아요, 마지막으로 술에 취한 때가 언젠지 말해봐요. 그냥 좀 '거나하게' 마신 거 말고 진짜 정신 못 차리게 흠뻑 취했던 때요." 그가 영국식 말투를 흉내 내서 웃음이 났다.

나는 한숨을 쉬며 기억을 더듬었다. 아마도 그날 밤이었을 것이다. 6년 전 벤과 내가 병원 동료들과 함께 클리프턴에서 여름 바비큐 모임을 했던 날. 나 혼자서 고급 진 한 병을 거의 다 비우고는 사람들을 전부 끌고 도심에 있는 클럽으로 가서 미친 듯이 춤을 췄다.

드루에게 그때 얘기를 하면서 내게도 그렇게 쾌활한 면이 있었다는 사실에 스스로도 놀랐다. 내가 정말 그런 행동을 했었다고? 지금 같아선 내가 그런 사람이었다는 걸, 한때는 그렇게 태평하고 근심 걱정 없는 사람이었다는 걸 상상조차 할 수 없었다.

더구나 그때는 진통제 같은 것에는 손도 안 댔는데.

드루가 나를 어떻게 구슬렸는지 몰라도 결국 가족 얘기까지 했다. 부모님도 모두 의사. 언니 클레어는 케임브리지에서 의학이 아닌 법을 전공해서 틀을 깨는 데 성공했고, 오빠 리처드는 순종적으로 부모님 뒤를 이어 결국 오스트레일리아의 일류 병원에서 외과 과장이 되었다.

"아주 똑똑한 집안이군요." 드루가 한마디 했다.

나는 눈살을 찌푸렸다. "우리 집은 하나같이 성취욕이 지나쳐요. 서류상으로는 흠잡을 데 없이 완벽해 보이지만 마음속으로는 공허함을 느낀다고나 할까요. 최저 기준조차 완벽함일 때는 뭘 해도 만족스럽지 않거든요."

"가족들하고 관계가 별로예요?"

나는 고개를 끄덕였다. "아빠는 5년 전에 돌아가셨고 엄마는 지금 인도에 있어요. 델리에서 정신과 고문 의사를 맡고 있죠. 오빠는 멜버른에서 일하는데 연락 안 한 지 오래됐어요."

"보고 싶지 않아요? 엄마 말이에요."

"가끔은요." 나는 애매한 목소리로 말했다. "엄마는 한 번도 전업주부인 적이 없었어요. 육아에 전념하는 스타일은 아니죠. 엄마보다는 언니 클레어랑 더 가까워요."

드루가 생각에 잠긴 것 같았다. 동정 어린 표정을 보자 마음이 불편했다. "외로운 어린 시절을 보낸 것 같네요."

뜻밖의 말에 눈을 가늘게 뜨고 그를 보았다. 그렇게 빤히 보이나? 아니면 내가 그를 과소평가했는지도 몰랐다. 근육질의 건장한 남자라고 해서 정서적으로 섬세하지 말라는 법은 없는데.

"맞아요, 그런 것도 같아요. 하지만 그게 내 인생인데요. 뭐."

"그 인생을 같이 나누고 있는 특별한 사람은 있어요?" 그가 별 뜻 없다는 듯 가볍게 물었고, 내가 이곳에 온 후로 몇 번이나 교묘히 대답을 피했던 질문이기도 했다.

"이젠 없어요."

드루가 뜻 모를 표정을 하고 나를 살폈다. "그럼 싱글이에요?"

"너무 내 얘기만 했네요." 나는 재빨리 화제를 돌렸다.

"당신은 어때요? 당신 얘기 좀 해봐요. 그러고 보니 당신도 별로 얘기한 적이 없잖아요."

드루가 어깨를 으쓱했다. "별로 할 얘기가 없어요. 중부에서 나고 자랐고 부모님은 곡물 농사를 지으셨어요. 형은 대학에 가자마자 재까닥 탈출했죠."

"재까닥 탈출? 집에서 나갔다고요? 별로 행복하지 않았어요?"

드루가 한숨을 쉬었다. 순간 내가 아픈 데를 건드렸나 걱정했다. "형은 곧장 네브래스카를 떠났고 난 몇 년 더 걸렸어요. 부모님이 농장을 팔고 은퇴해서 플로리다로 옮기셨을 때, 난 시내에 방을 얻어 지내면서 한동안 타겟(미국의 대형 수퍼마켓 체인/옮긴이)에서 일했어요. 그러다 어느 순간 내가 지금 정신 차리지 않으면 평생 그렇게 살 것 같은 생각이 들었어요. 그래서 군에 입대해서 엔지니어 훈련을 받았어요."

"얼마나 있었어요?" 진작 알지 못한 것에 미안한 마음이 들었지만 여기서는 남의 사생활에 대해 너무 관심을 두지도 않고, 자세히 묻지도 않는다는 불문율 같은 것이 있었다. 이곳에서는 우리가 원하는 누구라도 될 수 있고, 또다른 새로운 모습으로 지낼 수 있는 것 같았다. 최소한 여기 머무르는 동안이라도.

"군대에 4년, 아니 5년 정도 있었어요." 드루가 대답했다. "아프가니스탄에 두 번 다녀오고 나니 그만둬야겠더라고요."

그가 입술 한쪽을 잘근거리는 걸 보니 별로 떠올리고 싶지 않은 기억을 건드렸다는 생각에 서둘러 화제를 바꾸려 했다. "그럼 당신도 집에서 기다리고 있는 특별한 사람은 없어요?"

이런 젠장, 케이트. 나는 그 말을 하자마자 내 입을 꿰매고 싶었다. 도대체 드루에게 그런 걸 왜 물어봐?

취했으니까, 나는 흐릿한 정신으로 생각했다.

드루가 나를 보았다. 다행히도 그는 웃고 있었다. "왜 그런 질문을 해요, 케이트? 관심 있어요?"

"당연히 아니죠." 다급하게 둘러댔지만, 뺨이 붉게 달아올랐다. "미안해요……그러니까 내 말은, 당신같이 잘생긴 사람이 왜 혼자인지 그냥 궁금하다는 거예요."

기가 막히는구나, 케이트. 점점 더 꼬이고 있잖아.

드루가 장난기 섞인 미소를 지으며 말했다. "참고로 말하자면, 노스 박사님. 관심도 없으시겠지만, 미국에 5년간 사귄 여자친구가 있었어요. 작년에 헤어졌지요."

"아." 나는 딱히 뭐라고 할 말을 찾지 못했다.

"여자친구는 내가 남극으로 사라지는 걸 달가워하지 않았어요. 그리고 아이를 원했는데 난 썩 내키지 않았거든요." 그가 남아 있던 맥주를 다 마셨다. "당신은요?"

"내가 뭐요?"

"아이를 원하냐고요."

나는 어깨를 으쓱했다. "아니……별로요."

솔직히 말하면 더는 생각하지도 않는 문제였다. 벤과 내 일이 좀더 안정되면 언젠가는 당연히 아이를 가지게 될 거라 생각했지만, 이제 그가 없으니 아무 상관도 없는 문제였다.

게다가 지금의 나를 누가 좋다고 할까? 얼굴의 흉터를 떠올리며 이런 대화를 하고 있는 것조차 어리석다는 생각이 들었다. 자리에서 일어서는데 방 안이 빙글빙글 돌았다. "자러 갈래요." 내일 아침 겪게 될 숙취에 대해서는 생각하고 싶지도 않다.

"기다려요." 드루가 맥주를 마저 들이켜고는 휴게실의 불을 껐다. 우리는 다른 사람들을 방해하지 않게 조심하면서 조용히 복도를 걸어갔다.

"혹시 위스키 좋아해요?" 드루가 그의 방이 가까워질 때 내게 물었다. "침대 밑에 위스키 한 병 있는데."

"침대 밑에요?"

"조심해서 나쁠 건 없잖아요." 그가 나를 바라보았다. "어때요? 자기 전에 한 잔만 더?"

모든 상황에도 불구하고, 나는 마음이 동했다. 알코올 때문에 평상시 내가 억누르던 것들, 조심스럽게 쌓아올린 보호막들이 녹아버린 것 같았다. 그리고 그 자리에 전혀 다른 감정, 이제는 행복만큼이나 낯설게 느껴지는 다른 감정이 들어섰다. 저 밑바닥에 흐르는 욕망.

바보같이 굴지 마, 거칠게 스스로를 다그쳤다. 드루 같은 남자가 너한테 관심을 가질 리가 없잖아. 여기처럼 선택의 여지가 별로 없는 곳이라 해도 말이야.

"싱글 몰트 위스키예요." 그가 몸을 기울이며 속삭였다. "그 말에도 솔깃하지 않다면 무슨 말을 해야 좋을지 모르겠네요."

그가 손을 들어 내 얼굴에 흘러내린 머리카락을 걷었다. 그의 집게 손가락이 뺨 위쪽부터 턱까지 흉터를 쓸어내렸다. 내 의지와 상관없이 그의 손길이 닿은 피부가 찌릿했다.

어쩌다가 생긴 흉터인지 그가 묻기를 기다렸다. 피할 수 없는 질문이었다. 오히려 그가 이렇게 오랫동안 묻지 않았다는 사실이 놀라울 정도였다.

"케이트." 그가 중얼거리며 내 턱을 가볍게 들어올려서 어쩔 수 없이 그와 눈이 마주쳤다. "별 차이 없어요. 당신이 생각하는 것처럼 그렇게 흉하지 않아요."

나는 할 말을 잃은 채 그를 응시했다. 그리고 순순히 그의 손에 이끌려 방으로 들어가 문을 닫았다. 방 안에 들어서자마자 그가 내게 키스했다. 처음에는 머뭇거리며 부드럽게, 그러다 곧 갈구하듯 다급하고 격렬하게 키스했다. 누구와 키스를 해본 게 너무 오랜만이라 놀랄 만큼 강렬한 욕망이 솟구쳤다.

이런 일은 다시 없을 거라 생각했는데.

"당신도 괜찮은 거죠?" 드루가 한발 뒤로 물러나 내 눈을 보며 물었다. "술에 취한 숙녀분을 내 마음대로 이용하는 게 아닌지 확인하고 싶어요."

"말은 그만." 내가 다시 그에게 키스하며 말했다. 잠시 후 우리는 서로의 옷을 벗기고 있었다. 나는 상의를 벗는 드루를 쳐다보지 않으려 했다. 그의 몸은 건장하고 탄탄했고 복부 아래쪽으로 희미하게 그은 피부와의 경계선이 보였다. 아마도 집에서는 상의를 벗고 지내는 시간이 많은 모양이었다.

"이리 와요." 그가 2층 침대의 아래쪽으로 나를 이끌었다.

그러나 이런 침대는 절대 섹스에 적합하지 않다는 걸 곧 깨달았다. 공간이 좁아서 정상 체위 외에는 어떤 것도 불가능했다. 그러나 그런 건 중요하지 않았다. 너무 오랜만이라 평범한 섹스조차 이국적으로 느껴졌다.

드루가 내 안으로 들어올 때 그동안 잊고 있었던 것들이 떠올랐다. 누군가의 손길이 닿는 느낌, 맨살과 맨살이 맞닿을 때의 감촉, 쾌락의 썰물과 밀물, 이 모든 것이 얼마나 좋았는지 그동안 잊고 있었다.

그런데 문득 바보처럼 내가 울고 있다는 사실을 깨달았다. 나는 얼굴을 벽으로 돌리고 울음을 삼키면서 드루가 알아차리지 못하기를 바랐다. 갑자기 이 모든 일이 빨리 끝났으면 했다……이건 아니라는 느낌이 들었다.

너무 빨리, 너무 많이 왔다.

벤의 얼굴이 떠올랐다. 그의 눈빛, 나를 향하고 있지만 나를 보고 있지 않던 눈빛.

이미 가버린 사람.

"그만요!" 나는 드루를 밀어냈다.

그가 당황한 얼굴로 나를 보았다. "왜 그래요?"

나는 고개를 저었다.

"케이트, 당신도 원하는 줄 알았어요. 난 다른 뜻이 아니—."

나는 손을 들어 그의 입을 막았다. "당신 잘못이 아니에요. 나 때문이에요……미안해요. 그냥 안 되겠어요……설명할 수도 없어요."

나는 이불을 끌어 덮었고 우리는 잠시 그렇게 가만히 누워 있었다. 그러는 동안 내가 얼마나 상황을 복잡하게 만들었는지 점점 더 분명하게 깨달았다.

"알렉스 때문에 마음이 좀 그래요." 느닷없이 드루가 말을 꺼냈다.

나는 놀라서 그를 보았다. "왜요?"

"그를 화나게 할 생각은 전혀 없었어요. 그건 알아줬으면 해요."

"그런데 알렉스에게 무슨 말을 한 거예요?" 멈출 새도 없이 질문이 터져나왔다. 술기운 탓에 혀가 제멋대로 움직였다.

드루가 숨을 들이마셨다. 팔꿈치에 머리를 얹고서 나를 응시했다. "별말 아니었어요. 그냥 현장 안전 감사와 위험 평가에 관해 물어봤을 뿐이에요. 그가 책임자거든요."

나는 얼굴을 찌푸렸다. "왜 그런 얘기를 꺼냈어요?"

다들 내 탓이라고 생각해요.

"왜냐하면 제대로 진행이 안 됐으니까요, 케이트. 장-뤼크가 죽은 후 알렉스가 보고서를 작성하고 모든 안전 절차를 점검했어야 했는데 그걸 안 했어요." 드루가 몸을 돌려 똑바로 누웠다. "저기……나도 분란을 일으키고 싶지 않아요." 그가 무슨 말을 할지 말지 망설이는 듯 침묵했다.

나는 그가 말하기를 기다렸다.

"알았어요, 말할게요. 이번이 처음이 아니에요." 그가 마지못해 얘기했다.

"무슨 뜻이에요?"

"처음이 아니라고요. 알렉스는 그러니까……전에도 어떤 사건에 관련된 적이 있어요."

"사건이요? 난 도통 무슨 말인지 모르겠어요."

드루가 이마를 찌푸리며 나를 보았다. "무슨 일이 있었는지 아무도 말 안 했어요?"

나는 어깨를 으쓱했다. "다들 그 얘기는 하고 싶지 않은 거 같아요."

"장-뤼크가 레펠 하강을 할 때 카라비너 중 하나가 부러졌어요. 그래서 그대로 50미터 아래 크레바스로 떨어졌죠. 나도 딸려 들어갈 뻔했어요."

"그게 정말이에요? 그런데 그게 알렉스랑 무슨 관련이 있어요?"

"생각해봐요. 알렉스는 모든 현장 장비를 담당하고 있어요. 우리가 출발하기 전에 모든 장비가 이상 없는지 확인하는 게 알렉스 책임이라고요."

드루 말이 맞았다. 하지만 알렉스가 그 사고에 어떤 식으로든 책임이 있을 거라는 생각이 든 적은 한번도 없었다. 만약 그에게 책임이 있다면 지금 여기 있을 리가 없지 않나? 최소한 집으로 돌려보내기라도 했을 텐데.

나는 내 생각을 말했다.

"우리 중 일부는 그러길 바랐어요. 그런데 샌드린이 딱 잘라 거부했어요. 알렉스가 업무에 소홀했다는 증거가 충분치 않다고 믿었죠."

"그러니까 사고였다는 거죠?"

드루가 살짝 몸을 기울여 우리는 서로를 마주 보았다. "그런데요, 케이트. 아까도 말했지만 그게 처음이 아니었어요. 알렉스가 퀸스타운에서 일할 때도 죽은 사람이 있어요. 번지 점핑 사고였는데 알렉스가 근무 중이었대요. 그때도 장치 고장이었다더군요."

나는 뒤로 조금 물러나며 똑바로 드루의 얼굴을 쳐다보았다. "정말이에요?"

그가 어깨를 으쓱했다. "정확히 밝혀진 건 아무것도 없지만 젊은 여자가 죽었어요. 신문에도 나왔고요."

"그러니까 알렉스가 고의로 그랬다는 거예요?"

"아니요, 절대 그런 건 아니에요. 내 말은……그가 좀 대충한다는 거죠. 장비를 꼼꼼하게 확인하지 않고 다른 사람들 탓으로 돌리려고 해요."

나는 그의 말을 곰곰이 생각해보았다. 만약 그게 사실이라면 유나는 애초에 왜 알렉스를 고용했을까? 적어도 장-뤼크가 죽은 후에라도 샌드린의 결정을 뒤집고 알렉스를 집으로 돌려보냈을 텐데.

"당신은 어떻게 아는 거예요?" 드루에게 물었다.

"루크가 말해줬어요. 어쨌든 다들 알고 있는 얘기예요."

다들 내가 그랬다고 생각하잖아요.

세상에, 알렉스가 왜 그렇게 피해망상에 사로잡혀 있는지 이해할 만했다. 그의 등 뒤에서 이런 얘기를 하는 것도 마음이 불편했다.

"탐험에는 누가 참여했어요?" 내가 물었다.

"거의 다 갔어요. 월동을 대비해 무슨 유대감 형성을 목적으로 하는 팀 훈련 같은 거였거든요. 소냐는 안 갔어요. 하계 대원에게 날씨 풍선을 맡기는 걸 영 내켜하지 않았거든요. 그리고 라지브와 카로도 남아서 기지를 지키겠다고 자원했고요."

나는 잠시 침묵하다가 어쩌면 묻지 말아야 할 질문을 던졌다. "아까 루크가 알렉스에 대해서 했던 말이요, 그게 알렉스도 마리화나를 많이 피운다는 뜻이에요?"

드루가 어깻짓을 했다. "전부터 쭉이요."

"당신도요?"

"난 별로 안 좋아해요. 사람들이 약물 중독으로 폐인이 되는 걸 하도 많이 봐서 절대 그러고 싶지 않거든요."

그가 한동안 나를 응시했고 나는 주머니에서 약이 떨어지던 장면이 떠올라 얼굴이 붉어지는 걸 느꼈다. 나한테도 심각한 문제가 있다고 생각하는 걸까?

정말 문제가 있나?

나는 조심스럽게 침대에서 빠져나와 어둑한 방 안에서 옷을 입었다. "가서 좀 자야겠어요. 그 침대에서 둘이 자는 건 불가능하니까요."

"맞아요. 2층 침대가 딴생각을 억제하는 데 탁월한 효과가 있다는 걸 당신도 알았을 거예요."

나는 고개를 돌려 그를 보았다. "있잖아요, 드루." 나는 잠시 말을 멈추고 복잡한 내 생각과 감정을 정리하려 했다.

그의 얼굴에서 미소가 사라졌다. "불길하게 들리네요."

나는 머뭇거리며 신중하게 말을 골랐다. "오해하지 말아요. 난 정말 당신이 좋아요. 관심을 받아서 기쁘기도 하고요. 하지만 이런 일은 없었어야 했어요. 난 기지 의사고 모든 사람을 사심 없이 공평하게 대해야 하니깐 거기에 방해되는 일은 없어야 한다고 생각해요."

몇 초간 침묵이 이어졌다. "조금 전까지는 별로 신경 쓰는 거 같지 않던데요." 그가 내 시선을 피한 채 말했다. "당신도 원하는 거 같았어요, 최소한 처음에는요."

"내가……술을 많이 마시지 말아야 했는데 똑바로 생각하지 못했어요. 미안해요."

"그러니까 취해서 그랬다는 거네요. 그렇게 말해줘서 고맙군요." 드루가 눈을 깜빡였고 상처받은 표정이었다.

이게 아닌데. 상황이 더 나빠지고 있잖아. "드루, 그런 뜻이 아닌 거 당신도 알잖아요."

그가 잠시 내 얼굴을 살폈다. "걱정 말아요, 케이트. 그냥 친구로 잘 지내요."

"그래도 괜찮아요?" 비록 그가 말은 그렇게 했지만, 마음이 풀어진 것 같지 않아서 그대로 서 있었다. 하지만 그렇다고 뭘 기대했을까?

그가 아무렇지도 않을 거라 생각했었다. 이런 일은 지루한 기지 생활에서 즐기는 순간적인 일탈일 뿐 그 이상의 의미가 있을 거라는 생각은 전혀 못 했다.

그런데 그는……상처를 받은 것 같았다. 나는 내 경솔함을 자책했다. 어리석은 내 추측. 잘생긴 남자라고 해서 감정이 없는 건 아닐 텐데. 우리의 우정을 이렇게 즉흥적인 섹스로 연결한 건 정말 어리석은 짓이었다. 우리 사이가 틀어지는 건 절대로 원하지 않았다.

"미안해요." 내가 진심으로 말했다.

드루가 내게 유감스러운 미소를 지었다. "나도요. 하지만 괜찮아요. 이 일로 문제를 만들지는 말자고요, 알겠죠?"

"알았어요." 나는 그를 가볍게 안아주고 방을 나왔다. 아무도 마주치지 않기를 바라며 조심조심 복도를 걸어오는데 그제야 문득 전에도 이런 적이 있었을까 궁금해졌다.

드루의 꼬임에 넘어간 여자들 중 내가 가장 최근인 건가? 어쨌거나 여름 내내 기지에서 지낸 여자대원들이 꽤 많았으니까.

그러나 그런 건 중요하지도 않다고 생각하며 내 방으로 들어와 약을 두 알 삼키고 침대에 누웠다. 관자놀이께에서 첫 번째 두통이 욱신거리기 시작했다.

이러든 저러든 두 번 다시 저지르지 말아야 할 어리석은 실수였다.

9

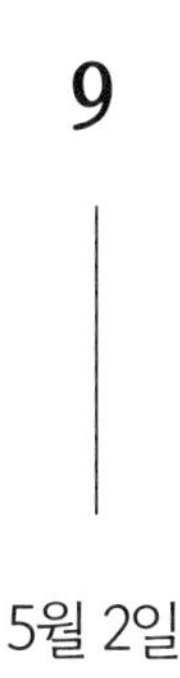

5월 2일

가장 먼저 가슴 위에 얹혀 있는 무게가 느껴졌다. 두 개의 갈색 눈동자가 나를 노려보고 있다. 눈 중심에 있는 검고 길쭉한 구멍.

좁다란 여우의 얼굴.

입을 벌려 비명을 지르려고 했지만 아무 소리도 나오지 않았다.

여우는 사라졌다. 나는 잠에서 깼고 심장이 벌렁거렸다. 벌떡 일어나 앉은 채로 여전히 악몽으로 인한 공포에서 벗어나지 못했다. 머리가 욱신거렸다. 지독한 숙취가 몰려올 것을 알리는 기분 나쁜 통증이었다.

그리고 어젯밤 일이 기억났다.

나는 끙 소리를 내며 탄식했다. 도대체 무슨 생각으로 그런 짓을 했지? 사방이 온통 얼음뿐인 황량한 이곳에서 이런 소그룹 안에서 살아남으려면 꼭 지켜야 할 첫 번째 규칙이 누구와도 엮이지 않는 거야, 케이트. 우정이 틀어질 수 있는 위험을 감수하지 말고 쓸데없는 소문의 주인공이 되지 말아야 해. 만약 그때 복도를 지나가던 사람이 있었다면 우리 소리를 들었을 수도 있는데.

어쩌자고 그렇게 황당하고 기막히고 어처구니없이 어리석게 행동했을까? 그냥 꼼짝 않고 침대에 눌러 있을까 잠시 고민했다. 맹세코 컨디션이 엉망진창이라 하루 정도 쉴 수도 있었다. 그러나 그건 비겁한 행동이고 피할 수 없는 일을 잠시 미루는 꼴밖에 되지 않았다. 더구나 알렉스의 상태도 확인해야 하고, 카로와 할 얘기도 있었다.

어젯밤 일을 아무도 모르길 바라는 수밖에.

나는 하이드로코돈 두 알을 삼키고 블라인드를 걷어 깜깜한 어둠을 내다보았다. 일출은 기대할 수도 없고 그저 정오 무렵에 몇 시간 정도 어둑어둑한 어스름이 전부일 터였다. 지금부터는 기지를 밝히는 LED 전구의 강한 불빛만 보고 살아야 했다.

뜻밖에 식당에는 뮤즐리를 먹으며 아이패드를 보고 있는 아르네뿐이라 안도감을 느꼈다.

"방해하지 않을게요." 나를 올려다보는 그에게 말했다.

"괜찮아요. 벌써 세 번이나 봤는걸요." 그가 아이패드를 끄며 말했다.

"뭔데요?"

"「솔라리스」라는 영화예요."

"안드레이 타르콥스키군요. 그 사람 걸작들 가운데 하나죠." 내가 미소를 지었다.

아르네의 얼굴에 반가운 기색이 스쳤다. "그 감독 영화 좋아해요?"

"아주 좋아해요." 내가 타르콥스키를 알게 된 것은 벤 덕분이었다. 약혼하고 얼마 지나지 않았을 때 벤은 나를 브리스틀에 있는 독립영화관으로 데려가서 타르콥스키 회고전을 보여주었다. 나는 잊을 수 없는 이미지들과 길게 머무는 카메라 숏, 형언할 수 없는 집요한 감각의 마법에 금세 빠져들었다.

「솔라리스」 역시 똑똑히 기억한다. 외딴 우주 정거장에 거주하는 세 명의 과학자가 말할 수 없이 깊은 정서적 위기에 빠지게 되자 그들을 돕기 위해 우주 정거장으로 파견되는 심리학자에 관한 우울한 이야기를 담은 영화이다. 심리학자는 곧 그곳에 외계 생명체가 있음을 발견하고, 이 생명체들은 지각이 있는 행성이 과학자들의 무의식 속에 잠겨 있던 요소들을 건져내서 형체를 부여한 것임을 깨닫게 된다.

지금 이곳과의 유사점은 생각하고 싶지 않았다.

"기분은 좀 어때요?" 그가 내 얼굴을 유심히 살폈다. 그러나 단순한 염려가 담긴 시선일 뿐이라고 단정했다. 그는 다른 사람들을 관찰하기 좋아하는 성향인 것 같았다.

"숙취가 좀 있어요." 내가 말했다. "어제 와인을 많이 마셨거든요."

"좀 곤란한 상황이긴 했죠." 그가 사려 깊은 표정으로 입술을 꼭 다물었다. "알렉스 상태가 안 좋아 보여서 걱정이에요."

나는 커피를 한 모금 삼켰다. "평소에 알렉스랑 얘기를 자주 하나요?" 그러고 보니 카로 외에 알렉스가 그나마 자주 어울리는 사람은 아르네가 유일했다.

"조금요. 하지만 그는……글쎄요, 전형적인 블록이에요."

"블록이요?" 내가 무슨 말인지 몰라 얼굴을 찡그렸다.

"그거 남자라는 뜻 아니에요?"

"아." 내가 작게 웃었다. "블로크요. 속 얘기를 별로 안 한다는 뜻인가요?"

"바로 그거예요."

나는 좀 놀라서 그를 보며 눈을 깜빡였다. 솔직히 내가 보기에는 아르네도 딱 그런 사람이었다.

"그럼 알렉스가 무엇 때문에 괴로워하는지 말 안했겠네요?"

아르네가 가만히 나를 보았다. "그런 뜻은 아닌데요."

그것이 무슨 뜻인지 물어보려는 찰나, 앨리스가 들어왔고 뒤따라 롭이 들어왔다. "좋은 아침이에요." 그녀가 차를 만들기 위해 주전자를 올리면서 쾌활하게 인사했다. 롭은 나를 향해 고개를 까닥하고 아침 식사를 가지러 갔다.

아무도 의심하는 기색이 없는 거 같아 안심했다. 나는 빈 그릇을 들고 부엌으로 가서 설거지를 하고 오늘 할 일을 생각했다. 우선 알렉스를 만나봐야 했고 톰도 마찬가지였다. 어젯밤 서둘러 자리를 뜬 그가 마음에 걸렸다.

하지만 하필 일요일이라 그들이 어디에 있을지 분명치 않았다. 소냐는 쉬는 날이면 휴게실에 앉아 UV 램프를 쪼이며 뜨개질하기를 즐겼는데, 햇빛이 없는 최악의 상황에 조금이나마 도움이 되도록 유나에서 제공한 램프였다. 샌드린은 십중팔구 베타에 만들어놓은 임시 퍼팅 그린에 가면 만날 수 있었다. 하지만 알렉스는? 톰은? 그들이 쉬는 날 어디에서 뭘 하는지 잘 몰랐다. 아마도 각자 방에서 빈둥거리며 시간을 보내지 않을까 생각했다.

그리고 내 생각대로 자기 방 침대에 비스듬히 기대어 앉아 있는 알렉스를 발견했다. 내가 방문을 노크하고 얼굴을 들이밀었을 때 알렉스는 꼼짝하지 않았다.

"들어가도 돼요?"

그가 책상 의자를 향해 고갯짓을 했고 나는 문을 닫고 들어가 앉았다. "괜찮아요?"

알렉스는 아무 말 없이 잠시 나를 보다가 창문 쪽으로 시선을 돌렸다. 나와는 다르게 그는 바깥에 도사린 어둠을 막기 위해 늘 블라인드를 내리고 있지는 않은 모양이었다.

아무것도 분간할 수 없는 캄캄한 어둠을 힐끗 보기만 해도 소름이 돋아서 시선을 돌렸다. 깊은 바다 한가운데 떠 있는 배 위에서 끝을 알 수 없는 바닷속을 들여다보는 것과 비슷한 느낌이었다. 눈에 보이지 않는 대상에 대한 공포감. 이성적으로는 밖에 얼음과 공기밖에 없다는 것을 알지만 내 두뇌의 원시적인 부분은 저 바깥에 무엇이 있을지 모른다고 속삭였다.

"무슨 일이죠, 케이트?"

알렉스의 목소리에 정신이 들었다. 나는 그의 오른손을 힐긋 내려다보았다. 멍든 자국으로 얼룩덜룩하고 관절 부분에는 살갗이 찢어져 피가 엉겨붙어 있었다.

"다친 부분을 소독하고 제대로 검사해보는 게 좋겠어요." 내가 말했다. "진료실로 같이 갈래요?"

분명 거절할 거라 예상했지만 뜻밖에도 그는 순순히 일어나 나를 따라왔다. 나는 진료실의 불을 켜고 알렉스를 책상 옆 의자에 앉도록 했다. 그리고 소독솜을 가져와 그의 맞은편에 웅크리고서 조심스럽게 마른 피를 닦아냈다.

"손가락을 구부려볼래요?"

알렉스는 시키는 대로 했다.

"주먹을 쥐어봐요."

그는 얼굴을 찡그리며 주먹을 쥐었다. 그래도 많이 부어오르지 않은 것을 보니 부러진 곳은 없는 듯했다. 나는 벽장에서 드레싱 붕대를 가져왔고 소독솜으로 상처를 좀더 소독하고 가볍게 두드려 물기를 제거했다.

붕대를 감고 테이프를 붙이는 데 그의 손가락이 떨렸다. 아마도 통증 때문이겠지만 혹시 다른 이유가 있는 건 아닐까? "진통제 줄까요?" 내가 물었다.

알렉스가 고개를 저었다. "아무것도 필요 없어요."

그의 얼굴을 올려다보았다. 정말 몰골이 말이 아니었다. 숙취 탓만은 아니었다. 내가 이곳에 온 후로 늘 괜찮은 척했지만, 지금은 완전히 무너진 것 같은 모습이었다. 낙심하고……체념한 듯이 보였다.

도대체 무슨 일이 있는 걸까?

나는 심한 스트레스를 견디다 못해 정신착란을 일으킨 사람들의 얘기를 다시 떠올렸다. 한겨울에 스키나 설상차를 타고 극지를 떠나겠다고 무모한 시도를 했다는 사람들도 있었고, 아침을 먹다가 갑자기 울음을 터뜨리는 사람들과 자기 방에 들어앉아 밖으로 나오기를 거부하는 사람들도 있었다.

자기만의 세계에 갇혀 있는 남극 사람들의 공허한 시선을 뜻하는 '토스트'는 흔히 볼 수 있었고, 잦은 싸움과 말다툼은 물론 그로 인해 멍든 주먹과 깨진 턱도 심심치 않았다.

극단적인 고립상태와 소수의 사람과 갇혀 있는 느낌에 잘 대처할 만큼 모두가 강인한 정신력을 가진 것은 아니다. 사소한 문제들이 큰 싸움으로 번지는 경우도 허다하고 가벼운 오해가 적개심으로 발전하기도 한다.

"어제는 무슨 일 때문이었는지 말해줄래요?" 내가 상냥하게 물었다.

그는 대답이 없었다.

내가 다시 물었다. "알렉스, 제발 나한테 말해봐요. 무슨 문제가 있는지 얘기해봐요."

마침내 그가 고개를 들었다. 그가 나를 재며 망설이는 듯 하더니 곧 결심한 것 같았다.

"사람들은 내 잘못이라고 생각해요." 그가 중얼거렸다. "장-뤼크 사고 말이에요."

나는 조용히 그가 계속 말을 이어가기를 기다렸다.

그는 다치지 않은 손으로 이마를 문지르더니 잠시 눈을 감았다. "우리가 장-뤼크를 꺼내려고 네 시간 동안 얼마나 애썼는지 알아요? 하지만 머리부터 거꾸로 곤두박질친 바람에 그가 어디 있는지 보이지도 않았어요. 그는……." 알렉스가 침을 꿀꺽 삼키고 숨을 들이마셨다. "우린 그를 꺼낼 수가 없었어요. 어떻게든 해보려고 애써봤지만, 도저히 꺼낼 수 없었어요."

"알렉스, 정말 유감이에요." 나는 다치지 않은 그의 손을 잡았다.

"하……아마 당신만 그럴 거예요. 당신하고 카로요. 다른 사람들은 다 나를 탓해요."

"알렉스." 나는 신중하게 말을 골랐다. "내 생각엔—."

"어떤 일로든 빙판으로 나가기 전에 모든 장비에 이상이 없는지 확인하는 게 내 책임이에요. 난 정말 다 확인했어요, 케이트. 언제나 꼼꼼하게 모든 장비를 확인한다고요. 뭔가 이상한 조짐은 전혀 없었어요. 그렇지만 그런 문제는……."

그가 다시 침묵했다.

"어떤 문제요?" 내가 물었다.

"그 카라비너들은 엄청난 중량을 견딜 수 있게 만들어졌어요. 장-뤼크보다 훨씬 더 무거운 사람도 사용할 수 있는 거라고요. 그런 장비가 그렇게 갑자기 부러질 리가 없어요. 그런 일이 생기려면 그 전에 뭔가 이상한 점이 분명히 눈에 보였을 거예요. 그런데 내가 확인할 땐 전혀 이상이 없었어요."

"확인해봤어요? 사고 후에 말이에요."

"확인해보고 말고 할 수도 없었어요. 몽땅 장-뤼크와 함께 크레바스로 떨어졌으니까요."

나는 얼굴을 찌푸렸다. "그러니까 무슨 얘길 하고 싶은 거예요?"

알렉스가 고개를 저었다. 그가 말을 아끼는 것이 느껴졌고, 더 자세한 얘기를 털어놓을 만큼 나를 믿지 못한다는 느낌이 들었다.

"내 말 잘 들어요." 내가 설득했다. "난 의사예요. 그러니까 당신이 여기에서 한 말은 모두 비밀로 지킬 거예요, 알겠죠?"

알렉스가 대답처럼 투덜거렸다.

나는 한숨을 쉬었다. "알렉스, 내 말을 오해하지 말고 들어요. 혹시……그러니까 혹시 당신도……." 내가 잠시 말을 멈췄다. "대원 중에 마리화나를 피우는 사람이 있다는 거 알고 있어요. 혹시 당신도 그러는지 궁금해요."

알렉스의 눈이 휘둥그레졌다. "그게 무슨 뜻이에요, 케이트? 그러니까 내가 빌어먹을 피해망상에 사로잡혔다는 거예요? 아니면 정신이 몽롱해서 장비를 제대로 확인하지 못했다는 겁니까?" 그의 목소리가 점점 커졌고 얼굴에 분노가 떠올랐다.

나는 그를 진정시키려고 두 손을 들었다. "아니에요. 다만 혹시라도 피운다면 별 도움은 안—"

"집어치워요!" 그가 나를 노려보았고 마치 내가 뺨을 때리기라도 한 것처럼 두 뺨이 붉게 달아올랐다. "당신도 다른 사람들과 똑같아요."

"알렉스, 기다려요—."

그러나 진료실 문이 쾅 하고 닫히는 소리가 내 말을 잘랐다.

10

5월 2일

나는 진료실 문을 잠그고 서둘러 방으로 돌아와 창가에 서서 블라인드를 올리고 용기를 내 깜깜한 바깥을 내다보았다. 그러나 끝없는 어둠과 청정 지역의 유일한 장점인 무수한 별들마저 두꺼운 구름에 가려서 창문에 비치는 내 모습 외에 아무것도 보이지 않았다.

다시 한번 그 차디찬 얼음 속에 있을 장-뤼크를 상상했다. 이런 열악한 환경에서 실수는 용납되지 않는다는 생각이 들었다. 단 하나의 실수도 치명적인 결과를 낳을 수 있었다.

그런데도 나는 방금 알렉스에게 중요한 실수를 저질렀다. 도대체 어쩌자고 마리화나 얘기를 꺼냈을까? 좀더 기다렸어야 했는데.

어리석은 짓이었어, 케이트.

복도에서 사람들의 목소리가 가까워졌다 사라졌다. 얼음에 갇힌 이 작은 오아시스에서 우리를 지켜주는 디젤 발전기가 돌아가는 소리가 어디에선가 희미하게 들려왔다. 나는 잠시 그 소리를 듣고 있다가 옷장 뒤쪽에서 비타민 병을 꺼냈다. 내 숙취는 이제 깨질 듯한 두통으로 바뀌었고 아까 먹은 약은 아무런 효과도 없었다.

뚜껑을 열고 속을 들여다보는 순간 속이 울렁거리며 메스꺼움이 온몸을 휘감았다.

텅 비었다.

남아 있던 알약이 감쪽같이 사라져버렸다.

나는 점점 커지는 공포감을 느끼며 어쩌다 병이 넘어져 약이 쏟아졌을지도 모른다는 생각에 옷장을 뒤졌다. 그러나 어디에도 알약은 보이지 않았다. 단 한 알도.

이게 어떻게 된 일이지?

배낭을 뒤져 옆 주머니에서 휴지에 쌓인 하이드로코돈 두 알을 찾았다. 나는 두 알을 씹어 삼키며 얼른 두통이 가라앉아서 좀더 또렷하게 생각할 수 있게 되기를 바랐다.

어디 다른 곳에 두고 잊어버렸을까? 설마 약의 부작용으로 무슨 실수라도 했나?

나는 열렬하게 현실을 부정하는 사람은 아니었다. 처방전이 필요한 강한 진통제를 너무 오랫동안 많이 복용해왔다는 사실을 누구보다 내가 잘 알고 있었다. 물론 사고로 인한 목뼈 손상과 무릎 골절로 만성적인 통증에 시달렸기 때문에 처음 약에 의존하기 시작한 데는 정당한 이유가 있었다. 그러나 시간이 갈수록 그 이유가 완전히 다르게 변질되었다는 사실은 부정할 수 없었다. 사고가 난 지 6주일 후에 재활용 쓰레기통에서 비어 있는 알약 포장 용기를 무더기로 발견하고 내게 들이대던 언니 덕분이었다.

"제정신이니, 케이트?"

클레어는 더 길게 말할 필요도 없었다. 나 자신만큼이나 언니에게 거짓말을 둘러대는 건 소용없는 짓이었다.

그렇지만 지금까지 잘 살아올 수 있었다. 집중력이 눈에 띄게 약해지거나 쇠퇴하지도 않았다. 오늘 아침 기억을 되살려 정확히 내가 무엇을 했는지 곰곰이 되짚어보았다. 분명히 병에서 하이드로코돈을 꺼내고 옷장 뒤쪽 외출용 옷 밑에 넣어둔 것을 똑똑히 기억했다.

머릿속으로 상상한 것이 아니었다. 내게 문제가 있는 것은 맞지만 정신이 이상해진 것은 아니다.

그러나 그게 아니라면 문제는 더 심각했다. 내가 잃어버렸거나 잘못 둔 것이 아니라면, 그렇다면 이것은……누군가 다른 사람의 소행이라는 뜻이었다.

누군가 내 방에 들어와서 내 약을 가져갔다.

그렇지만 왜? 나는 침대에 앉아 숙취 때문에 뿌연 머리로 곰곰이 생각했다. 약이 필요한 사람이 있다면 기꺼이 처방해줄 터였다. 남극의 혹독한 겨울을 나기가 신체적으로나 정신적으로 매우 힘들다는 사실을 잘 알고 있는 유나는 필요하다면 약물의 도움을 받는 것에 크게 개의치 않았다.

그러니 자기가 먹으려는 게 아니라면 왜 내 약을 훔쳐갔을까? 샌드린에게 알리려고?

생각이 거기에 미치자 오싹해졌다. 유나는 자기가 복용하던 약물을 남극으로 가져오는 것을 금지하지 않기 때문에 엄밀하게 말하면 규칙을 위반한 것은 아니지만, 내가 약을 숨겼다는 자체를 기지 대장이 부정적으로 생각할 것 같았다.

그래도 선뜻 이해가 가지 않았다. 물론 이 일을 폭로하는 게 목적일 수도 있지만 그렇다면 약통은 왜 안 가져갔을까? 그거야말로 내가 약을 먹는 사실을 감추려 한다는 확실한 증거인데.

다시 침대에 누웠다. 불안감이 커지면서 두통이 더 지독해졌다. 잠시 눈을 감고 마음을 진정시키려 했다. 다시 눈을 떴을 때 뭔가 이상한 점이 눈에 띄었다. 책상 왼쪽에 두었던 노트가 오른쪽에 놓여 있었다. 일어나서 다시 확인했다. 이전에 방을 쓰던 사람이 책상 왼쪽에 큼지막한 컵 자국을 남겨서 일부러 노트로 그 자국을 가린 터라 분명 내가 옮긴 것은 아니었다.

나는 천천히 세면도구를 넣어두는 서랍부터 시작해서 조심스럽게 방 안을 살피기 시작했다. 모든 게 그대로인 듯했지만 마치 누군가 내 소지품들을 뒤져보고 서둘러 흔적을 감추기라도 한 것처럼 어딘가 이상했다. 침대 옆 탁자와 물건을 올려둔 2층 침대 위도 마찬가지였다. 딱 꼬집어서 말할 수는 없지만 내가 아침에 방을 나간 이후로 물건들의 위치가 조금씩 움직인 것 같은 오싹한 느낌이 들었다.

다시 옷장을 열고 옷들을 점검했다. 긴 팔 티셔츠의 소매 부분이 안쪽으로 들어가지 않고 다르게 접혀 있었다. 속옷 역시 다시 정리되었고 지금은 양말이 전부 선반 앞쪽이 아니라 뒤로 옮겨져 있었다.

결론은 분명했다. 누군가 내 방에 들어와 내 소지품을 뒤졌다.

그렇지만 왜?

그럼 나는 이제 어떻게 해야 하지?

아무것도 할 수 없다는 생각에 기분이 가라앉았다. 내가 할 수 있는 건 아무것도 없었다. 당연히 알약이 없어졌다고 신고할 수도 없고, 다른 물건이 없어진 것도 아니었다.

누가 이런 짓을 했는지 찾아낼 다른 방법은 없을까? 활동 밴드의 데이터를 추적하면 알 수 있지 않을까?

하지만 그러려면 도와줄 사람이 필요했다. 이전에 기록된 데이터를 본 적은 있었지만 나는 그게 무슨 의미인지 도무지 알 수가 없었다. 게다가 이런 짓을 한 사람이 누구든 간에 활동 밴드를 풀어놓고 움직였을 것 같았다.

세상에. 나는 다시 누워서 또 한 번 밀려드는 공포감에 맞서야 했다. 누군가 알고 있다. 누군가 내 추한 비밀을 알고 있다.

나는 이를 악물었다. 지금은 그런 생각을 할 수 없었다. 지금은 그저 자중하면서 평소처럼 행동하고 누가 가져갔든 혼자만 알고 있기를 바랄 수밖에. 하지만 그 사람이 나를 폭로하기로 작정한다면 나도 솔직하게 다 털어놓고 샌드린의 처분에 맡길 수밖에 없었다.

젠장. 그렇다고 그녀가 날 해고할 수는 없잖아, 안 그래? 내년 봄에 다시 비행기가 들어올 때까지는 내가 유일한 의사니까.

마침내 두통이 잦아들고 카로를 만나러 갈 수 있을 정도가 되자 차라리 이렇게 된 것이 잘된 일일지도 모른다는 생각이 들었다. 어쨌거나 내게 문제가 있다는 걸 인정하는 것과 극복하기 위해 맞서 싸우는 건 전혀 다른 얘기이고, 나는 지금껏 그 싸움을 다음날로 미뤄왔다.

아이러니하지만 어쩌면 이것이 정확히 나한테 필요한 압박인지도 몰랐다.

나는 도서실에서 혼자 편지를 쓰고 있는 카로를 찾았다. 앞으로 6개월 동안은 수신인에게 전달할 방법이 없다는 점을 생각하면 이상한 일이었다.

"일주일에 한 번씩 부모님께 편지를 써요." 그녀가 어리둥절한 내 표정을 보고 말했다. "내가 무슨 일을 하고 있는지, 기지에 어떤 일이 있는지 등등요. 물론 한꺼번에 몰아서 받으시긴 하지만 부모님이 아주 좋아하세요."

카로의 부모님이 크라이스트 처치 부근의 산에서 소 목장을 운영하고 있다는 것을 떠올렸다. 외동딸로 본인 자신도 인정한 말괄량이로 자란 카로는 배관공 훈련을 받았다.

솔직히 화장도 안 하고 언제나 낡은 셔츠와 헐렁한 작업복 바지 차림인 그녀는 지금도 선머슴 같은 데가 많았지만 분명 동성애자는 아닌 것 같았다. 반면 천성적으로 매우 여성스러운 앨리스는 분명한 동성애자였다.

내가 입술을 깨물며 잠시 머뭇거렸다. 어떻게 접근해야 할지 고민했다. "카로, 뭐 좀 물어봐도 돼요?" 누군가 우리 얘기를 엿듣고 있지는 않은지 주변을 획 둘러보았다.

"그럼요." 그녀가 펜을 내려놓고 내게 집중했다.

"어제 있었던 일에 대해 설명 좀 해줄 수 있어요? 알렉스가 아무 얘기도 안 했나요?"

카로가 입술을 잘근거렸다. "조금요. 알렉스는 대원들이 장-뤼크의 사고를 자기 탓으로 여긴다고 생각해요. 하지만 알렉스 잘못이 아니에요, 케이트." 카로가 진지한 얼굴로 나를 보았다. "알렉스는 아주 주의 깊은 사람이에요. 무척 꼼꼼하고요."

어젯밤 드루에게 들은 얘기와는 달랐지만 카로의 말이 맞는 것 같았다. 만약 뉴질랜드에서 죽었다는 여자의 경우처럼 어떤 식으로든 누군가의 죽음과 관련이 있다면, 아니, 그 자리에 있었다고만 해도 그런 끔찍한 경험을 하고 나면 달라질 수밖에 없을 것이다. 그리고 드루의 말과는 반대로 오히려 다시는 그런 일이 일어나지 않도록 훨씬 더 각별히 주의를 기울이게 되지 않을까? 더 신중하게?

그러나 또 한편으로 생각하면 번개가 같은 장소에 두 번 떨어지는 법은 없는데, 알렉스의 관리하에 두 사람이 죽었다는 것이 단순히 우연일까?

혹시 카로가 그 번지 점프 사건에 대해 알고 있는지 물어보고 싶었지만 먼저 신문 기사부터 찾아보기로 마음먹었다. 더구나 그런 건 알렉스 본인에게 물어볼 일이었다.

그가 내게 한 번 더 기회를 준다면.

"알렉스가 나 때문에 화가 난 것 같아요." 내가 솔직하게 털어놓았다. "마리화나를 피우는지 물어봤는데 자기를 비난하는 것처럼 들렸나 봐요."

카로가 얼굴을 찌푸렸다. "알렉스는 안 피워요. 더는 안 해요. 장-뤼크가 죽은 다음부터요. 사실 그전에도 잘 안 피웠고요."

"알았어요."

"알렉스는 좋은 사람이에요." 카로가 강력하게 우기듯 말했다. 마치 내가 그렇지 않다고 말하기라도 한 것처럼. "정말이에요, 케이트. 지금까지 내가 만난 사람 중에 가장 친절하고 온화한 사람이에요. 알렉스는 장-뤼크 일로 정말 큰 충격을 받았어요. 두 사람은 친구였거든요. 알렉스가 처음 여기 와서 힘들어할 때 장-뤼크가 감싸줬어요. 여름에는 같이 빙판으로 트래킹도 나가고, 포커도 하고, 일할 때를 제외하곤 많은 시간을 함께 보냈어요."

뜻밖에도 카로의 눈에 눈물이 고였다. 카로가 진심으로 알렉스를 걱정하고 있다는 걸 알고 마음이 놓였다. 알렉스에게는 여기서 가능한 많은 친구가 필요할 거라는 느낌이 들었다.

"난 걱정돼요." 그녀가 감정이 북받쳐 약간 쉰 목소리로 속삭였다. "알렉스가 잘 극복하지 못하는 것 같아서요."

"나도 알렉스를 관심 있게 지켜보면서 최대한 많이 도울게요, 알겠죠?" 내가 그녀의 팔을 꼭 쥐었다. "괜찮을 거예요."

카로가 고맙다는 듯 미소를 지었다. "고마워요." 그녀가 내 손가락을 내려다보고 다시 얼굴을 보며 물었다. "괜찮아요, 케이트? 얼굴이 창백해 보여요. 그리고 좀 떨고 있잖아요. 별일 없는 거예요?"

나는 그녀의 팔에서 손을 떼고 방금 일어난 일을 털어놓고 싶은 충동을 꾹 눌렀다. 내 충격적인 발견을.

"숙취 때문이에요." 내가 가볍게 대답했다. "어젯밤에 와인을 좀 많이 마셨거든요. 과하게 마시고 나면 좀 떨리고 그래요."

"나도 그래요." 카로가 공감한다는 표정을 지었다. "부엌에 가서 뭘 좀 먹어요. 숙취에는 지방이랑 탄수화물을 넉넉히 먹어주는 게 최고거든요."

나는 자리에서 일어섰다. "좋은 생각이에요. 먼저 톰을 만나고 나서 당신 말대로 할게요."

톰은 아무도 없는 통신실에 혼자서 노트북 컴퓨터를 열어놓고 책상 앞에 앉아 있었다. 내가 노크를 하고 얼굴을 들이밀자 깜짝 놀라는 기색이었다.

"괜찮아요?" 내가 물었다. "어제 좀 언짢아 보이던데요."

"언짢아 보여요?" 그가 우두커니 나를 보다가 고개를 돌렸다. 마치 내 눈을 마주 보기가 힘들다는 듯이.

"기분이 좀 별로인 것 같았어요." 내가 설명했다. "미안해요." 월동 대원들 사이에서 가장 흔히 쓰이는 언어가 영어이기는 하지만 가끔 무심코 쓰던 표현들이 잘 전달되지 않을 때가 있었다.

"난 아무 문제 없어요." 그가 무뚝뚝하게 대답했다.

"당신한테 무슨 문제가 있다는 뜻은 아니었어요, 톰. 그냥 당신이 괜찮은지 확인하고 싶은 것뿐이에요. 기지에 있는 사람들 모두가 별 탈 없이 잘 지내도록 돕는 게 내 책임이니까요."

"난 괜찮아요, 케이트." 그가 화면에 시선을 고정하고 말했다. "물어봐줘서 고마워요."

"그렇다면 됐어요." 내가 덧붙였다. "하지만 얘기하고 싶으면 언제든 찾아와요. 참, 그리고 혈액 검사와 비디오 일지를 마무리하러 진료실에 들러줄래요? 지난 몇 주간 빠졌더라고요." 덧붙여 그런 것이 왜 필요한지 설명하려다가 참았다. 데이터 매니저인 톰이 누구보다 그 중요성을 잘 이해하고 있을 테니까.

"그럴게요." 톰이 흘깃 내게 시선을 주었다가 다시 고개를 돌렸다. 그만 나가달라는 명백한 신호였다.

톰의 뜻을 눈치채고 방에서 나와 부엌으로 향하면서 그가 그랬을까 궁금했다. 혹시 내 방을 뒤진 게 톰이었을까?

그만해, 케이트. 그런 생각은 하지도 마. 누구라도 될 수 있어.

나는 카로의 말을 따랐다. 치즈와 피클을 넣은 큼직한 샌드위치를 만들고 차를 준비하기 위해 주전자를 올렸다. 그리고 복잡한 생각들을 밀어내며 새로운 티백 상자를 꺼내러 창고에 갔다가 돌아오는 길에 팔꿈치가 스테인리스스틸 카운터 위에 놓여 있던 쟁반에 부딪혔다.

그 바람에 쟁반이 부엌 바닥으로 떨어지며 큰 소리를 냈다.

어머나 세상에. 나는 너무 놀라서 사방으로 흩어진 허여멀건 생선 조각들을 쳐다보았다. 오늘 저녁 식사를 위해 해동하고 있었던 것임이 분명했다. 나는 서둘러 쟁반을 올려놓고 생선 조각들을 집어 하나하나 수돗물에 헹구기 시작했다. 제발 아무도 눈치채지 않기를. 어쨌거나 이곳은 얼룩 하나 없이 깨끗하니 탈이 날 리는 만무했다.

"뭐 하는 거예요?"

고개를 돌리자 라지브가 나를 보고 있었다. "정말 미안해요." 내가 당황해서 말했다. "티백을 가지러 갔다가 실수로 그만 떨어뜨렸어요."

그는 아무 말 없이 쟁반 위에 널브러진 생선들을 보고만 있었다. "그냥 둬요." 그가 날카롭게 말했다.

"라지브, 내가—."

"사과할 필요 없어요." 그가 쟁반을 들어 내용물을 모두 쓰레기통에 쏟았다. "톰에게 다른 걸 해주면 돼요."

아차. 오늘이 톰의 생일이라는 걸 까맣게 잊고 있었다. 방금 그와 얘기를 하면서도 그 말을 꺼낼 생각조차 못 했다니. 라지브가 준비하고 있던 특별한 메뉴를 내가 다 망쳐버린 게 틀림없었다.

"나도 도울게요." 나는 뭔가 할 거리를 찾아 부엌을 둘러보았다.

"아니에요." 라지브가 뻣뻣한 목소리로 말했다. 애써 화를 억누르는 티가 역력했다.

눈물이 핑 돌았다. "그러지 말고 내가—."

"됐어요, 케이트. 제발요."

라지브의 진심이 느껴졌다. 나는 차와 샌드위치를 그대로 둔 채 도망치듯 서둘러 진료실로 돌아와 문을 잠갔다. 의자에 털썩 주저앉아 두 손에 머리를 묻고 울지 않으려고 꾹꾹 참았다.

정신 차려, 나는 깊이 숨을 들이마시고 내쉬며 감정을 억누르려고 호되게 자신을 다그쳤다. 그러나 효과가 없었다. 내 감정은 이미 내리막길로 치닫고 있었고 한없이 곤두박질치고 있었다. 숙취, 망쳐버린 알렉스와의 대화, 약이 사라진 사실을 발견한 것과 부엌에서의 사건, 이 모든 일이 뒤얽혀 나를 벼랑으로 내몰았다.

내가 미처 통제하기도 전에 머릿속에 벤과의 다툼이 떠올랐다. 사고가 있기 전 일요일에 느닷없이 터진 그 말다툼.

그는 한동안 냉담했고 집에서도 거의 말 한마디 없이 빈둥거렸다. 그런 그를 보며 내 안에서 커져만 가던 당혹스러움과 불만이 생각났다. 나는 일주일에 70시간씩 병원에서 근무하면서 동시에 아파트 수리와 다가올 결혼 준비까지 챙기느라 정신이 없었다. 물론 그도 근무 시간이 길기는 했지만 도와주겠다는 말조차 꺼낸 적이 없었다.

그날 오후 내가 불만을 쏟아내며 그에게 화를 냈을 때, 그의 얼굴에 떠오르던 분노를 절대 잊을 수가 없었다.

"그래, 나도 알아, 당신은 그야말로 천사지." 그가 쏘아붙였다. "노스 집안은 하나같이 완벽해서 누구도 그 기대에 부응할 수 없는데 뭘. 당연한 거잖아."

나는 놀라서 그를 빤히 쳐다보았다. 도대체 갑자기 이게 무슨 말이지? 지금까지 벤은 한번도 우리 집안 흉을 본 적이 없었다. 아주 가끔 온 가족이 모일 때면 오히려 모두와 사이가 좋아 보였다.

"그게 무슨 말 같지도 않은 소리야, 벤? 난 동시에 이것저것 다 챙기면서 하나라도 빠뜨릴까봐 노심초사하고 있는데 당신은 할 말이 고작 그거야?"

그가 한숨을 쉬며 고개를 돌렸다.

"그래서 이제는 날 무시하겠다는 거야?"

벤이 휙 돌아섰다. "난 더는 못 하겠어, 케이트. 내가 뭘 해도, 다른 사람이 뭘 해도 당신 성에 안 차잖아. 한 번도 만족한 적이 없어. 당신은 정말……." 그가 말을 멈추고 잠시 눈을 감았다 뜨더니 그길로 집에서 나가 차를 몰고 사라져버렸다. 그리고 그날 밤 늦게 집으로 돌아왔을 때는 아무 일도 없었던 것처럼 행동하는 게 더 쉬운 것 같았다.

당신은 정말……. 그 말이 머릿속을 울렸다. 그가 무슨 말을 하려고 했었는지는 끝까지 알아내지 못했다.

갑자기 새로 생긴 상처처럼 날카로운 통증이 심장을 찔렀다. 나는 슬픔과 분노로 목놓아 울고 싶었다.

꺼져버려, 벤. 나쁜 자식.

나는 서랍에서 열쇠를 꺼내 들고 자리에서 일어나 벤조디아제핀이 들어 있는 벽장을 열었다. 선반 위에 일렬로 정돈된 상자들, 손대지 않은 매혹적인 새 상자들을 점검했다.

가장 가까이 있는 바륨(신경안정제/옮긴이) 상자에서 포장 용기 하나를 꺼내 작은 알루미늄 포장 팩을 손으로 만지작거리며 강렬한 열망을 느꼈다.

제정신이야, 케이트?

언니의 목소리를 밀쳐내며 약 두 알을 꺼내 꿀꺽 삼켰다. 잠시 망설이다가 추가로 두 알을 더 삼키고는 포장 팩을 주머니에 넣었다. 그러고는 벽장을 닫고 책상에 머리를 대고 앉아서 모든 것이 흐릿해지고 멀어질 때까지 천천히 숨을 쉬었다.

11

5월 27일

“내가 진작 말했잖아요, 배관 문제가 아니라니까요! 그건 이미 오래 전에 확인했어요.”

몹시 화가 난 듯한 카로의 목소리가 들렸다. 나는 영상통화를 하러 스카이프 통화실로 향하던 발걸음을 돌려 세탁실로 향했고 잠시 문 밖에 서서 듣고 있었다.

“내가 볼 땐 배수관이 막힌 것 같아요.” 카로가 말했다.

“언제나 그럴듯한 핑계만 둘러대잖아요.” 루크의 목소리도 공격적이었다. “여기선 제대로 되는 게 아무것도 없어. 샤워도 그렇고, 세탁기도 그렇고. 이것 좀 보라고요!”

“알아요, 나도 봤어요. 바닥에 물이 흥건하네요, 루크. 걸레 어디 있는지 당신도 알잖아요.”

“난 빌어먹을 옷을 빨고 싶다고요. 그게 그렇게 힘든—.”

나는 나머지 얘기를 듣지 못했다. 화가 난 얼굴로 나타난 알렉스가 어깨로 나를 밀치다시피 하며 문을 확 열어젖히고 성큼성큼 안으로 들어갔다. 나만 이 소리를 들은 건 아닌 모양이었다. 상황이 험악해질 것을 예감하며 그를 따라 안으로 들어갔다.

잿빛 물이 고여 있는 세탁실의 타일 바닥에 무릎을 꿇고 있는 카로의 작업복 바지 무릎 주위가 젖어들고 있었다. 그녀는 세탁기 한 대의 뒤쪽에 있는 배관 고리를 점검하고 있었다.

"무슨 일이에요?" 알렉스가 카로와 루크를 번갈아 보면서 따져 물었다.

"배수관이 꽉 막혔어요." 카로가 대답하며 우리 두 사람을 보았고 얼굴에 안도하는 기색이 역력했다. "누구 양동이 좀 줄래요?"

나는 벽장에서 양동이를 가져와 건넸고 카로가 호스를 풀면서 양동이를 받치기는 했지만 쏟아지는 물을 다 받아내지는 못했다. 쏟아져 나온 물이 바닥에 고인 물과 합쳐졌다.

"썅!" 루크가 신고 있던 신발에 물이 튀자 펄쩍 뛰며 외쳤다. "우라질, 완전히 개판이 됐잖아요."

"당신 때문에 개판이 됐죠." 카로가 호스 안을 들여다보며 말했다. 그녀가 호스를 기울여서 세게 흔들자 뭔가가 바닥으로 떨어졌다.

알렉스가 바닥에서 초록색 마리화나 이파리 그림이 그려진 일회용 라이터를 주워 루크에게 건넸다. "당신 거 같은데요."

루크는 아무 말 없이 라이터를 받았다. 카로에게 사과도 하지 않았고 딱히 당황하는 기색도 없었다.

"도대체 세탁기에 옷을 넣기 전에 꼭 주머니를 비우라고 몇 번을 얘기해야 하나요?" 카로가 짜증 섞인 목소리로 불평했다. "그리고 옷을 너무 많이 넣으면 안 돼요. 몇 주일 내내 신경도 안 쓰고 쌓아놨다가 한번에 다 쑤셔넣으니까 문제가 생기잖아요."

루크가 뭐라고 중얼거렸지만 나는 알아듣지 못했다. 갑자기 알렉스가 앞으로 튀어나가 루크의 티셔츠를 잡아채고 그의 머리를 향해 주먹을 날리려고 했다. 루크가 몸을 돌려 반격하며 주먹으로 알렉스의 턱을 강타할 때 카로가 비명을 질렀다. 알렉스가 비틀거리는 틈을 타 루크가 팔로 알렉스의 목을 감았다.

"그 사람 놔줘요!" 카로가 외쳤다. 눈 깜짝할 사이에 카로가 양동이를 들어 세탁기 호스에서 쏟아진 더러운 물을 루크의 얼굴에 확 뿌렸다. 루크가 놀라서 카로를 쳐다보았고, 머리와 수염에서 물이 뚝뚝 떨어졌다.

"당신 미쳤어!"

그때 루크에게서 벗어난 알렉스가 밑에서 루크의 다리를 발로 걷어찼다.

"그만들 해요!" 루크가 물이 고인 바닥에 쿵 주저앉을 때 내가 소리쳤다. 젠장, 이제 어떻게 하지? 몇 초 후 소동에 놀란 아르네와 드루가 뛰어 들어왔다. 아르네가 다시 루크의 배를 발로 걷어차려는 알렉스를 붙잡아 벽에 밀어붙였다.

"그 사람 잘못이 아니에요!" 카로가 울면서 외쳤다. "알렉스는 내 편을 들어준 것 뿐이에요."

드루가 비틀거리며 일어나려는 루크를 쏘아보았다.

"도대체 무슨 일이에요?"

모두가 문간에서 들린 샌드린의 목소리에 뒤를 돌았다. 빌어먹을. 여기서도 나쁜 소식은 순식간에 퍼지는군. 작은 문제만 생겨도 기지 전체 인원의 반 이상이 금세 모여들었다.

이것이 지난 몇 주일 동안 처음 목격한 싸움은 아니었다. 남극의 겨울이 깊어질수록 기지 내의 긴장감도 점차 높아져서 사소한 말다툼과 험담이 벌어지는 날들이 점점 많아졌고, 가끔은 전면전으로 번지기도 했다. 2주일 전에는 드루와 롭이 음식 쓰레기통을 비우는 당번이 누구인지를 놓고 정면으로 대립했고 주먹질이 오가기 직전에 아크와 아르네가 물리적으로 저지했다. 그 며칠 뒤에는 소냐가 휴게실에서 볼륨을 최대한 크게 틀어놓고 스래시 메탈(매우 빠르고 불협화음을 내는 헤비메탈의 일종/옮긴이)을 듣는 루크 때문에 크게 화를 냈다.

"루크가 카로를 위협하잖아요." 알렉스가 일어서는 루크를 무섭게 노려보며 말했다. 루크의 수염에 핏자국이 보였지만 별건 아니었다.

"난 그런 적 없어요." 루크가 화난 목소리로 반박하며 손으로 젖은 머리를 빗어넘겼다. "카로가 나한테 무슨 짓을 했는지 좀 봐요!"

샌드린이 카로에게 물었다. "당신이 그랬어요?"

"카로 잘못은 하나도 없어요!" 알렉스가 항의했다. 그는 분노로 떨고 있었고 격한 감정으로 눈이 이글이글 타고 있었다. "당신!" 그가 이를 악물고 루크를 향해 한발 다가섰다. "당신이 그랬지, 맞지?"

곁눈질로 보니 카로가 알렉스를 향해 고개를 젓고 있었다. 하지 말아요, 눈을 크게 뜬 그녀의 표정이 말하고 있었다. 그와 동시에 나는 알렉스에게서 풍기는 위스키 같은 냄새를 맡았고 그가 술을 마시고 있었음을 깨달았다.

이런, 아직 정오도 안 된 시간인데.

"여기서 끝냅시다." 아르네가 경고의 의미로 한 손을 들었지만 루크는 그를 무시했다.

"내가 뭘 어쨌다는 거요?" 루크가 알렉스를 노려보았다. "당신이 무슨 얘기를 하는지 모르겠는데."

알렉스가 손가락으로 루크의 얼굴을 가리키며 말했다. "당신도 그 탐험 원정대에 있었잖아요. 당신은 장-뤼크를 좋아하지 않았어요, 그렇죠?"

루크가 비웃었다. "도대체 지금 뭔 헛소리를 지껄이는 거죠?"

"내가 무슨 말을 하는지 잘 알잖아요." 알렉스가 루크에게 쏘아붙일 때 또 한 번 술 냄새를 맡았다.

"이봐," 드루가 끼어들었다. "그만 진정하고—."

"놔둬봐요, 속에 있는 얘기 좀 들어보게." 루크가 말했다. "알렉스가 비난의 화살을 다른 사람한테로 돌리려는 모양인데 그 한심한 변명이 뭔지 들어나 보죠. 보나마나 장-뤼크의 죽음이 자기 탓이라는 걸 인정할 수가 없어서 다른 희생양을 찾으려는 거잖아요."

샌드린이 얼굴을 찌푸렸다. "정확히 무슨 말을 하고 싶은 거예요, 알렉스? 누군가 장-뤼크의 장비에 손을 댔다는 거예요?" 그녀의 이마와 입가의 주름이 일주일 전보다 더 뚜렷해진 것 같았다. 마치 내가 헤아릴 수 없는 어떤 감정에 의해 점점 마모되어 우리 눈앞에서 하루가 다르게 나이를 먹는 것 같았다. "설마 진심은 아니겠죠. 도대체 누가 왜 그런 짓을 하겠어요?"

"나도 잘 몰라요." 알렉스가 머리를 흔들었다. "카라비너를 망가뜨렸을 수도 있고 로프에 손을 댔을 수도 있죠. 하지만 영원히 알 수 없을 거예요, 안 그래요 샌드린? 그 장비들 모두 장-뤼크와 함께 800미터 넘는 깊은 크레바스로 추락했으니까요."

지난 3개월 내내 나를 괴롭힌 똑같은 영상이 기지 대장에게도 덮친 듯 그녀의 얼굴에 고통스러운 표정이 스쳐 지나갔다.

"그건 의도적인 훼손이 분명해요." 알렉스가 주장했다. "그것 말고는 설명할 길이 없어요. 아무리 생각하고 또 생각해봐도 그것밖에 없어요. 출발 전에 내가 확인했을 땐 아무 문제 없이 멀쩡했다고요. 하지만 내가 줄곧 그것만 보고 있을 순 없었으니 내가 못 본 사이에 누군가가—."

"하지만 왜요?" 아르네가 혼란스러운 표정으로 끼어들었다. 나는 불가사의하게도 그에게 끌렸고, 직접 그의 옆으로 가까이 가고 싶었다. 마치 그가 이 폭풍 속에서 안전한 피난처라도 되는 듯. "왜, 누가 그런 짓을 하겠어요?"

"그래요, 왜요?" 샌드린도 따져 물었다. "누가 무슨 이유로 장-뤼크를 해치려 하겠어요?"

알렉스가 믿을 수 없다는 듯 천천히 고개를 저었다. 술을 얼마나 마셨을까 궁금했다. 습관처럼 마시는 걸까?

3주 전에 알렉스를 잘 지켜보겠다고 카로에게 한 약속은 말만 앞선 꼴이 되고 말았다. 알렉스는 갈수록 점점 혼자 고립되었고 카로와 아르네를 제외한 다른 사람들은 피했다. 의료 검사와 비디오 일지도 완전히 무시하고 진료실에도 나타나지 않아서 어쩔 수 없이 그의 활동 모니터를 확인하는 것이 그를 관찰할 수 있는 유일한 방법이었다.

비록 데이터의 의미를 이해할 수 없다고 해도 최소한 심장 모니터를 통해 그가 살아 있다는 건 확인할 수 있었다.

"루크한테 물어보지 그래요?" 알렉스가 샌드린에게 말했다. "숨겨놓은 마리화나 때문에 두 사람이 여러 번 말다툼을 했다는 거 당신도 잘 알잖아요."

루크가 몹시 화가 난 얼굴로 이를 악물었고 금방이라도 다시 알렉스에게 달려들 것처럼 보였다. "지금 장난하는 거죠." 그가 씩씩거리며 말했다. "정말 내가 사람을 죽일 수 있다고 생각하는 건가요? 그런 일 때문에?"

"장-뤼크가 당신을 폭로하겠다고 협박했잖아요, 안 그래요?" 알렉스가 집요하게 밀어붙였다.

"알렉스, 제발." 카로가 무거운 목소리로 그를 말렸다.

"당신 생각은 어때요?" 알렉스가 아르네에게 호소했다. "당신은 날 믿죠, 안 그래요?"

아르네는 아무 말 하지 않았고 루크가 사나운 얼굴로 주위를 돌아보았다. "도대체 이게 뭡니까? 빌어먹을 무슨 재판이라도 하는 거예요?" 그가 샌드린에게 말했다. "무슨 조치를 취해야 할 거 아닙니까? 그렇게 옆으로 비켜나 있을 건가요?"

기지 대장은 경직되었고 얼굴이 딱딱하게 굳었다. 마치 마비된 것처럼 보였다.

"저 사람은 어떻고요?" 루크가 아르네를 향해 고갯짓했다. "저 사람도 박사와 불화가 있었던 걸로 기억하는데요. 소위 살인이라는 이 설정에 왜 아르네는 빠져 있는 겁니까?"

"이러는 건 아무 도움이 되지 않아요." 아르네가 루크와 알렉스를 향해 냉담한 목소리로 말했다. "앞으로 6개월 동안 여기서 함께 지내야 하잖아요."

"제발 그만들 해요. 살인 따윈 없어요." 샌드린이 쏘아붙였다. 이제 정신이 들어 자기가 책임자라는 사실을 깨달은 것처럼. "장-뤼크의 죽음은 사고였어요. 단순하고 명백한 사실이에요. 이런 일은 더 없어야 해요."

"알렉스, 나랑 진료실로 같이 가죠." 나는 어떻게든 그와 얘기를 나누고 그를 진정시키고 싶었다.

“고맙지만, 케이트.” 샌드린이 딱 부러지는 목소리로 말했다. “내가 알아서 할게요. 당신은 개입하지 않아도 돼요.”

순간 열기가 뺨으로 솟구쳤다. 화가 나고 어이가 없어서 그녀를 빤히 쳐다보았다. 내가 알렉스의 정신 건강을 염려하고 있다는 걸 모르나? 그는 누가 봐도 알 수 있을 만큼 만신창이가 되었고 모든 사람을 의심하고 있었다.

평소보다 더 심한 것 같았다. 겨울의 남극 기지는 폐소공포증과 외로움이 뒤엉킨 기이한 혼합체가 되었다. 프라이버시는 꿈도 꿀 수 없고, 늘 모든 말과 행동을 감시받고 평가받으며 어항에 갇혀 사는 듯한 느낌을 떨쳐버리기 힘들었다.

누구라도 피해망상에 시달리기에 십상이었다.

“루크, 내 사무실에서 얘기 좀 하죠.” 샌드린이 나를 무시하며 말했다. “알렉스, 술이 깰 때까지 방에서 좀 쉬어요.” 그 말을 남기고 그녀는 사라졌다. 그때 나는 톰이 출입구 쪽에서 서성거리며 우리를 관찰하고 있는 걸 발견했다. 나는 그와 시선을 맞추려 했지만, 그는 몸을 돌려 샌드린을 따라 사라졌다.

누군가 내 어깨를 한번 꾹 잡았다. 드루였다. “마음에 담아두지 말아요.” 그가 벽장에서 걸레를 꺼내 카로를 도와 바닥을 치우며 말했다. “샌드린이 스트레스를 많이 받아서 그래요.”

나는 고맙다는 뜻으로 그에게 미소를 짓기는 했지만, 화가 나고 굴욕감이 느껴지는 건 어쩔 수 없었다. 샌드린은 내가 최선을 다하고 있는 걸 모르나? 빌어먹을. 도대체 나한테 왜 저러는 거지?

아무리 애를 써도 기지 대장은 내가 여기에 있는 것 자체를 달가워하지 않는다는 느낌을 지울 수가 없었다. 그러나 다행히 내 방에서 사라진 약에 관한 얘기는 없었다. 누가 가져갔는지는 몰라도 자기가 필요해서 가져간 모양이었다.

나는 힐긋 한쪽 구석에 서 있는 아르네를 보았다. 무척 괴로운 표정이었다. 그는 한마디 말도 없이 돌아서서 세탁실을 나갔다. 스카이프 통화실 쪽을 향해 복도를 걸어가는 그의 발걸음 소리를 들었다. 아마 여자친구에게 전화하려는 거겠지.

그런 생각이 들자 이상하게 괴로웠다. 벤을 잃고 난 후 처음으로 옆에 누군가가 있었으면 좋겠다는 생각이 들었다. 속마음을 털어놓을 수 있는 사람, 나를 달래주고 안심시켜줄 수 있는 그런 사람이 있다면. 비록 멀리 떨어져 있더라도.

내 평생 지금처럼 내가 혼자라는 사실을 사무치게 느껴본 적은 없었다.

12

6월 12일

"기분이 안 좋아 보이네."

화면이 떨리는 바람에 언니 얼굴이 잠시 깜빡거렸다. 나는 또 통신이 끊기지 않기를 간절히 바랐다. 주파수의 대역폭이 한정되어 있다 보니 가장 상태가 좋을 때도 스카이프 통화는 불안정했고 각자 일주일에 1번, 10분간의 통화만 허용되었다.

그렇다고 내게 할당된 시간을 자주 쓰는 것도 아니었다.

"난 괜찮아." 언니가 속지 않으리라는 걸 알면서도 거짓말을 했다. 1만6,000킬로미터도 넘게 멀리 떨어져 있고 고르지 않은 인터넷 상태에도 불구하고 클레어의 감정 레이더는 결코 틀리는 법이 없었다.

"안 괜찮아 보여." 언니가 모니터로 선명하지 않을 내 모습을 찬찬히 살피며 말했다. "솔직히 말하면 너 지금 몰골이 말이 아니야."

"엄청 고맙네." 언니의 말이 맞는다는 것을 알면서도 투덜거렸다. 라지브와 소냐를 제외한 다른 대원들과 마찬가지로 햇빛을 받지 못한 피부는 핼쑥하고 창백했으며, 분홍빛 흉터 자국이 그 어느 때보다 보기 흉하게 도드라졌다. 게다가 생체 리듬이 뒤엉킨 이후로 살도 빠졌다. 머리는 자야 할 시간이라고 우길 때 뭘 먹는 일이 생각보다 쉽지 않았다.

"잠은 잘 자니?" 사고 이후 자주 보던 익숙한 표정이 언니 얼굴에 떠올랐다. 염려와 억누르기 힘든 화가 뒤섞인 표정.

"많이 자봐야 몇 시간이지 뭐." 이런 화상통화를 위해 마련된 작은 방의 플라스틱 의자에 고쳐 앉으며 고분고분 대답했다. "햇빛이 없어서 그래." 처음 도착했을 때는 24시간 내내 이어지던 낮 때문에 혼란스러웠지만, 자고 일어나도 깜깜한 밤이라는 사실은 더욱 견디기 힘들었다. 의욕이 꺾이고 신체적으로도 힘이 빠졌다. 여기에 오래 있을수록 몸이 점점 안 좋아지는 것 같은 느낌이 들었다.

"그럴 때 필요한 건 안 먹는 거야?" 언니가 의미심장한 목소리로 물었다.

"약 말하는 거야?"

언니가 퉁명스럽게 고개를 끄덕였다.

나는 대답할 말을 생각하며 숨을 들이마셨다. 클레어는 재활용 쓰레기통에서 약봉지 더미를 발견했을 때 나를 호되게 몰아붙이며 병원에 알리겠다고 협박했다. 그러나 영국에서는 의사가 자신에게 필요한 처방전을 쓰는 것이 불법은 아니었다. 사람들의 빈축을 사기는 했지만. 게다가 나는 언니가 내가 해고당할 수도 있는 위험을 감수하지는 않을 것임을 알고 있었다. 내게 남은 것이라고는 일뿐이었으니까. 벤이 떠난 후 내 월급만으로는 대출을 감당할 수 없어서 집을 팔아야 했고, 어쩔 수 없이 더 작은 곳에 세를 들어야 했다.

"아니, 안 먹어." 또 거짓말을 둘러대면서 온몸을 휘감는 수치심이 드러나지 않게 최대한 무표정을 유지했다. 만약 언니가 진실을 알게 된다면, 기지의 귀중한 보급품을 내가 개인적인 이유로 축내고 있다는 사실을 알게 된다면, 아마도 나와 인연을 끊을 것이다.

금세 눈치챌 거라 생각했지만, 언니는 그래봐야 도움이 안 된다고 생각한 모양이었다. "식사는 제대로 하니?" 언니가 말을 돌렸다.

언니가 옆에 정신 상태 점검표를 펼쳐놓고 있는 상상을 했다. 수면 – 확인, 중독 – 확인, 식사 습관 – 확인. 다음에는 신선한 공기를 충분히 마시고 있는지 물으려나. 물론 그에 대한 대답은 당연히 '아니요'였다. 한 치 앞을 분간할 수 없는 어둠 속으로 나가는 일은 최대한 자제하고 있으니까.

"응, 잘 먹어." 나는 짜증을 감추며 말했다. 최소한 클레어에게는 인내심과 공손함을 갖춰야 할 의무가 있었다. 아빠가 돌아가시고 엄마는 멀리 있었기 때문에 사고 후 처음 얼마간 내 병실을 지키며 간호하는 것은 고스란히 언니 몫이었다. 거울을 보여달라는 끈질긴 내 요구에 응하기 전에 먼저 내 상처가 얼마나 깊은지 미리 알려준 것도 언니였다. 내가 새 집을 찾고 다시 일에 복귀하기 전까지 몸을 추스를 곳이 필요했을 때도 안 그래도 북적거리는 자기 집으로 데려갔다.

"정말이야?" 클레어는 믿지 못하는 눈치였다. 나는 그 질문을 못 들은 척했다. "그래서 언니는 어떻게 지내?" 우리 대화의 중심을 '케이트 프로젝트'에서 다른 곳으로 돌리고 싶었다.

"늘 똑같지 뭐." 그녀가 한숨을 쉬었다. "엘리노어는 새로 옮긴 학교를 싫어하고, 토비는……너도 토비 성격 알잖아. 내가 할 수 없이 엑스박스를 숨겼더니 요새는 저 혼자서 심리적인 소모전을 벌이며 반항하는 중이야."

그 말에 슬며시 미소가 지어졌다. 나의 조카는 자기 엄마의 고집과 끈기를 그대로 빼닮았고 그래서 두 사람은 자주 부딪혔다.

"형부는?"

클레어가 얼굴을 찡그렸다. "바레인에 있어."

나는 이해한다는 표정을 지었다. 외교부에서 근무하며 성공 가도를 달리고 있는 형부는 국내에 있는 시간보다 외국에 나가 있는 시간이 훨씬 더 많아서 인권 변호사로서 과중한 업무에 시달리는 언니가 각종 집안일과 육아까지 도맡고 있었다.

가끔은 언니가 어떻게 참아내고 있는지 의문이었다. 그렇다고 내가 남녀관계에 관해 현명한 조언을 해줄 수 있는 처지도 아니었다.

"게다가 여기 말도 못 하게 더워." 클레어가 투덜거렸다. "빌어먹을, 또 불볕더위야. 네 형부가 귀국하자마자 일주일간 다 같이 여행을 가기로 약속했어. 애들 데리고 바닷가 가려고."

나는 사방이 얼음으로 뒤덮이지 않은 세상, 눈을 녹이지 않아도 물이 액체 상태로 존재하는 세상, 티셔츠와 반바지만 입고 밖에 앉아 있을 수 있는 세상을 그려보았다. 불가능한 세상 같았다. 언니는 다른 행성, 다른 우주에 살고 있구나.

통화 상태에 또 문제가 생기면서 화면이 잠시 사라졌다. 다시 통화가 연결되었을 때는 언니가 하는 말의 마지막 부분만 들을 수 있었다.

"……무슨 문제가 생기면 나한테 말할 거지, 그렇지?"

"물론이지." 나는 세 번째로 거짓말을 했지만, 느닷없이 눈물이 고이면서 감정을 드러내고 말았다. 언니는 어떻게 저렇게 잘 알까? 어떻게 단박에 내 불행의 핵심을 파악하는 걸까? 어쩌면 직업 탓인지도 몰랐다. 그래서 본능적으로 다른 사람의 고통을 알아보는 능력이 발달한 것도 같았다.

클레어가 입술 한쪽을 잘근거리며 다시 한숨을 쉬었고, 나는 언니에게 다 털어놓고 싶었다. 누군가 내 약을 훔쳤고 내 소지품을 뒤졌으며, 그 사건이 내게 어떤 영향을 미치고 있는지. 아무리 애써 노력해도 거의 모든 사람을 자꾸 의심하게 된다는 걸 다 얘기하고 싶었다.

물론 그럴 수는 없었다. 그 대신 기지의 분위기가 어떤지 얘기할까 생각했다. 2주일 전 세탁실 사건 이후로 직접적인 싸움은 없었지만, 기지의 전반적인 분위기는 조금도 나아지지 않았다. 다들 긴장 상태였고 서로 어울리는 것을 피하거나 이미 잘 아는 사이끼리만 어울렸다. 루크와 롭은 늘 붙어다녔고 카로는 앨리스와 알렉스와 잘 모였다. 알렉스는 여전히 나를 피했다. 나는 시간이 나면 주로 드루와 어울렸으며 다행히도 그는 우리가 친구 사이로 남는 것에 별 불만이 없는 것 같았다. 아르네도 같이 어울렸지만, 그는 대부분 혼자 지냈다.

하지만 굳이 이런 얘기들로 언니에게 걱정거리만 더 안겨줄 필요는 없겠지? 언니가 지금보다 더 내 걱정을 하며 노심초사하는 건 원하지 않았다.

"지난번에 리사한테 연락이 왔었어." 갑자기 언니가 말했다. "네 안부를 묻더라. 얼마 전에 너한테 이메일을 보냈는데 답이 없다고 궁금해하던데."

뺨이 달아올랐다. "좀 바빴어."

언니가 눈을 가늘게 뜨고 나를 보았다. "너랑 가장 친한 친구잖아, 케이트. 네 걱정 많이 하고 있어. 그러지 말고 제발 답장 보내. 엄마한테도 소식 전하고. 엄마도 너한테 두 번이나 메일 보냈는데 아무 소식이 없다고 하셨어."

그때 언니 뒤쪽이 소란스러워졌다. 누나에게 소리를 지르는 토비의 화난 목소리가 들렸다.

언니가 눈알을 굴리며 말했다. "그만 끊어야겠다. 내가 끼어들지 않으면 전투가 벌어질 거야."

"애들에게 사랑한다고 전해줘." 내가 서둘러 말했다. "언니 말 안 들으면 갈 때 펭귄 알 안 가져간다고 토비한테 일러주고."

"너 있는 곳엔 펭귄 없잖아." 상상력이라고는 하나도 없는 언니가 지적했다. "있어도 가지고 나올 수도 없을 거고."

"그렇지. 하지만 토비는 거기까지는 모르잖아."

언니가 씩 웃으며 작게 손을 흔들었다. "엄마한테 전화해." 언니는 또 한 번 일러주고 통화를 끝냈다.

나는 통화를 끝내고도 10분 정도 스카이프 통화실에 앉아서 손바닥으로 눈을 문지르며 마음을 가다듬으려 애썼다. 언니와 통화를 하고 나자 그 어느 때보다 외로움이 사무쳤다. 마치 언니가 바깥세상과 나를 이어주는 유일한 연결 고리라도 되는 것처럼.

젠장. 사실 내게는 언니가 거의 유일한 연결 고리였다. 이렇게 된 데에는 내 책임이 컸다. 의대 시절부터 친구였던 리사를 제외하고 친구 대부분은 사라졌다. 아니, 내가 밀어냈다는 것이 정확했다. 사고 이후 첫 만남에서 동료 한 사람이 흉터가 남은 내 얼굴을 보고 충격을 받아 눈물을 보이고 난 뒤로는 사람들과 거리를 두는 것이 더 편했다.

나는 사람들의 위로와 관심을 받을 자격이 없었고 사람들이 내 앞에서 조심하며 벤의 얘기를 피하는 것도 참기 힘들었다.

그와는 반대로 엄마는 드물게 나와 얘기할 기회가 생길 때마다 벤의 얘기를 꺼냈다. 늘 벤에 대해 꼬치꼬치 캐물었고 나를 딸이라기보다는 마치 엄마의 환자처럼 대했다. 엄마는 내가 참기 어려운 방법으로 나를 이해하려고 했다.

나는 시계를 흘깃 보고 내일 엄마에게 이메일을 쓰겠다고 다짐했다.

저녁 시간이 가까웠다.

"오늘 저녁은 장관일 것 같은데요." 아크가 만든 맛있는 비프 스트로가노프(볶은 쇠고기에 러시아식 사워크림인 스메타나로 만든 소스를 곁들인 요리/옮긴이)를 먹으며 소냐가 말했다.

"정말 그럴까요?" 앨리스가 기대감에 찬 표정으로 말했다.

"날씨 조건이 완벽해요. 구름도 없고 달빛도 밝지 않으니 멋진 구경을 할 수 있는 기회예요. 그게 아니라도 별만 구경하기에도 아주 좋을 거예요. 유성들을 볼 수 있는 확률도 높고요."

"좋아요, 식사를 끝내고 다 같이 나가죠." 샌드린이 들뜬 목소리로 말했다. 남극 사교활동 일정의 하이라이트인 미드윈터 페스티벌(Midwinter Festival)이 2주 앞으로 다가오면서 샌드린은 유대감 결속으로 사기를 높일 기회가 있을 때마다 적극적으로 나섰다.

모두 중얼중얼 찬성하는 소리가 들렸고, 나는 알렉스만 아무 말이 없는 것을 눈치챘다. 예상대로 부트룸에서 나갈 준비를 할 때도 알렉스의 모습은 보이지 않았다.

"혹시 알렉스도 오는지 아는 사람 없어요?" 내가 물었다. 세탁실에서 그가 장-뤼크에게 일어난 일에 대해 맹렬하게 비난을 쏟아낸 후로 관심을 가지고 그를 지켜보려 했다. 그러나 그는 식사 시간 외에는 모습을 드러내지 않았고, 베타의 이곳저곳에 몸을 숨기며 거의 모든 사람을 피했다.

카로가 고개를 저었다. “아마 안 올 거예요.”

“내가 확인해볼게요.”

그의 방으로 가서 방문을 두드렸지만 아무 대답이 없었다. 휴게실에도 모습이 보이지 않아 포기하고 부트룸으로 돌아와 황급히 방한복을 입었다. 장비를 착용하고 나면 땀이 나기 전에 빨리 밖으로 나가는 것이 상책이었다. 영하의 날씨에 축축한 옷이 피부에 들러붙는 느낌보다 더 싫은 것도 없었다.

숨이 차서 헉헉거리며 폐가 찌릿한 것도 무시하고 서둘러 전등을 들고 다른 사람들의 뒤를 따라 나섰다. 이 어둠 속에 혼자 남겨지는 건 생각만 해도 끔찍했다.

기지의 불빛이 방해될 수 있어서 소냐가 앞장서서 우리를 기지에서 좀 떨어진 곳으로 인솔했다. 우리는 대충 모여 서서 전등을 끄고 기다렸다. 머리 위 하늘에는 셀 수 없이 많은 별들이 떠 있었고 창백한 은하수가 그 어느 때보다 더 뚜렷하게 보였다. 자그마한 초승달이 지평선에 걸려 있었다.

소냐의 말이 맞았다. 오늘 밤은 별 구경에 더없이 좋은 날이었다. 좀 더 자주 나와야겠다는 생각이 들 정도였다. 별자리를 잘 아는 사람과 함께.

10여 분쯤 지났을까, 손가락이 마비되는 것 같아서 전등을 발 옆에 내려놓고 장갑 낀 손을 두꺼운 오리털 재킷의 주머니에 깊이 쑤셔넣었다. 내 왼쪽 어디에선가 희미하게 마리화나 냄새가 풍겼다.

샌드린도 알아챘을까? 그랬다면 애써 무시하고 있는 것이 틀림없었다. 간섭하지 않기로 작정한 모양이었다.

다시 5분 정도 지났을까. 오늘은 운이 없나보다 생각하려는 참에 앨리스가 외쳤다. "저기 봐요!" 그녀가 내 왼쪽 어깨 너머를 가리켰다.

나는 고개를 돌렸다. 처음에는 지평선 위에 일렁이는 희미한 빛으로만 보이더니 점차 커지면서 보라색과 초록색 불길이 뒤엉켜 물결 모양으로 오르내리며 하늘 전체를 뒤덮었고, 밝게 빛나기도 하고 때로는 거의 암흑에 가깝게 희미해지기도 했다.

오로라 오스트랄리스. 남극광.

"와!" 나는 탄성을 질렀고 루크도 낮고 길게 휘파람 소리를 내며 감탄했다. 오로라는 남동쪽에서 북서쪽으로 돌며 점차 커졌고 보라색과 초록색이 섞인 거대한 기둥을 이루며 위로 솟아올랐다. 온 하늘이 찬란한 색깔의 아름다운 천으로 변해 부드럽게 너울거렸다.

나는 재킷에서 휴대전화를 꺼내 추위에 얼어붙지 않도록 소매 속에 넣고 후다닥 사진 몇 장을 찍은 다음 다시 주머니에 넣고 그 자리에 서서 장관을 감상했다. 진정 황홀한 광경이었고 천상의 아름다움을 보는 것 같았다. 물론 물리학적으로 남극광이 전기를 띤 입자가 지구의 대기 중에서 원자와 부딪쳐 빛의 광양자를 방출하면서 발생하는 현상이라는 것은 알고 있었다.

그러나 그런 이론적인 원리를 알고 있다고 해도 감동이 줄어들지는 않았다.

나는 넋을 잃고 푹 빠져 있었다. 극심한 추위도 잊었고 모든 시간 감각이 사라졌으며, 제자리를 빙빙 돌며 빛의 기둥이 춤을 추듯 흔들리면서 하늘을 가로질러 사라질 때까지 잠시도 눈을 떼지 못했다.

갑자기 황홀한 행복감이 밀려왔다. 마치 내 인생에서 일어난 모든 일이 지금 이 자리에 있기 위해 겪어야 했던 과정인 것 같았다.

주위에서 사람들이 하나둘 기지로 돌아가기 시작했지만 나는 쉽게 발을 뗄 수가 없었다. 마치 마술 쇼를 본 것 같았다. 다섯 살 생일에 아빠가 마당에서 준비한 불꽃놀이를 보았을 때와 똑같은 경이감에 빠져 있었다. 그때는 그 불꽃놀이가 내가 본 것 중에서 최고로 멋지다고 생각했었다.

아빠가 이 광경을 보았다면 정말 기뻐했을 거라는 생각이 들었고 천문학을 동경했던 아빠가 구름 한 점 없는 밤이면 밖으로 나가 별을 보자고 나를 꾀던 생각이 떠올라 마음 한편이 찌르르했다. 그럴 때도 어김없이 아빠는 내가 무서워할까봐 늘 집 안에 불을 몇 개씩은 켜두었다.

"들어가죠?" 앨리스가 물었다.

"조금만 더 있다 갈게요." 드루 목소리였다.

"나도요." 루크였다.

잠시 후 또 한 번 보석 같은 색을 띤 아름다운 깃털이 아까보다 훨씬 더 밝게 빛나며 물결을 수 놓았다. 나는 시간이 가는 것도 잊은 채 황홀경에 빠져 있었다. 마침내 오로라가 희미해지기 시작하고 발과 손가락이 쿡쿡 쑤시는 걸 느꼈을 때 나 혼자 남았다는 걸 깨달았다.

"드루?" 내가 어둠을 향해 외쳤다. "거기 있어요?"

아무 대답이 없었다.

다들 어디로 갔지? 분명 나만 남겨두고 가진 않았을 텐데.

몸을 굽혀서 전등을 집으려고 했지만, 손에 닿은 건 텅 빈 빙판뿐이었다. 나는 무릎을 구부리고 희미한 오로라 불빛에 의지해 자세히 살폈다.

젠장. 어디 있지?

나는 손으로 주변을 더듬으며 두려움에 휩싸였다. 내 손전등이 어디

갔지? 여기 있었는데. 분명히 있었는데. 아까부터 여기서 한 발자국도 움직이지 않았으니까.

어떻게 손전등이 감쪽같이 사라졌지?

휴대전화. 나는 다시 일어서서 주머니에서 전화기를 꺼내 장갑 낀 손으로 단단히 쥐고 추위를 막으며 불을 켰다. 한심할 정도로 약한 빛이었지만 주변을 확인할 정도는 되었다. 나는 조심스럽게 다른 월동 대원들이 남긴 발자국을 따라 움직이면서 내 손전등을 찾아 전화기 불빛으로 이쪽저쪽을 비추었다.

어디에도 없었다.

내 발자국을 되짚어가며 두려움은 점차 공포로 바뀌고 있었다.

대체 어디 있는 거지?

다음 순간 휴대전화가 꺼졌다. 추위 때문인지, 배터리가 다 된 것인지 알 수가 없었다. 나는 그대로 멈춰서서 쿵쾅거리는 심장 소리를 들으며 어떻게 해야 할지 생각했다. 기지가 있을 법한 방향을 돌아보았지만, 이쪽에서는 아무 불빛도 보이지 않았다. 천천히 제자리에서 돌면서 어두운 하늘에 비치는 알파의 실루엣이라도 찾으려고 했지만, 아무것도 보이지 않았다.

빌어먹을.

어디가 어디인지 방향감각마저 잃었다는 사실을 깨달으며 엄청난 공포에 휩싸였다. 구름 한 점 없는 하늘과 잔뜩 몰려 있는 무수히 많은 작은 별들을 올려다보았지만, 이제는 모든 것이 황량하고 적대적으로 느껴져 아찔했다. 갑자기 강한 현기증이 덮쳤고 마치 거꾸로 매달려 금방이라도 아래로 떨어질 것 같은 느낌이 들어서 바닥에 누워 얼음에 매달리고 싶은 충동이 일었다.

젠장, 케이트. 정신 바짝 차려.

나는 호흡을 가다듬으려 애쓰면서 그 자리에서 한 바퀴 돌며 주위를 둘러보았다. 어디를 봐도 완벽한 어둠에 둘러싸여 있었고 어디로 가야 할지 전혀 감을 잡을 수 없었다. 어떻게 할지 방법을 생각하는 동안 맥박이 빨라졌다. 추위가 점점 위협적으로 느껴졌고 한시라도 빨리 움직여야 했다.

행여 엉뚱한 방향으로 걷기 시작하면 어떡하지? 오히려 기지에서 멀어지기라도 하면? 그때는 정말 길을 잃고 얼어 죽는 건 시간문제였다.

딱 하나 합리적인 방법은 내가 돌아오지 않았다는 걸 누군가가 깨달을 때까지 이 자리에서 기다리는 것이었다. 하지만 그때까지 얼마나 걸릴까? 만약 아무도 눈치채지 못한다면, 혹시 내가 자러 들어갔다고 생각한다면?

바보같이. 두려움과 초조함으로 신음하며 생각했다. 왜 그렇게 경솔했을까? 다른 사람들과 함께 돌아갔어야 했는데. 이런 어둠 속에 누구도 밖에 혼자 나가는 건 금지였지만 대부분의 기지 규칙이 그렇듯이 겨울이 깊어갈수록 규칙을 지켜야 한다는 생각이 느슨해졌다.

"도와줘요!" 발을 구르며 캄캄한 어둠을 향해 소리쳤다. 발가락이 마비되어 거의 느낌이 없었고 몸이 얼마나 격하게 떨리는지 가만히 서 있기조차 힘들었다.

이대로 여기서 죽을 것 같다는 생각에 또 한 번 공포가 몰려왔다. 망할 지옥 같은 이곳에서 꼼짝없이 얼어 죽겠구나.

"도와주세요!" 나는 다시 한번 크게 외치고 대답을 기다렸다. 소용없는 짓이었다. 내 목소리가 전달되기에는 기지에서 너무 멀리 떨어져 있었다. 더구나 건물들은 완벽하게 절연처리가 되어 있어서 밖에서 나는 소리가 거의 안으로 전달되지 않았다.

절박한 심정으로 기지가 있는 방향이라고 생각되는 곳을 향해 앞으로 불쑥 움직였다. 이 자리에 더 오래 있어도 죽기는 마찬가지였다. 그러나 발을 앞으로 내딛자마자 울퉁불퉁한 빙판에 발을 헛디뎌 중심을 잃고 비틀거렸다. 날카로운 통증이 사고로 다친 무릎을 관통했고 비명을 지르며 그대로 앞으로 고꾸라졌다. 머리가 빙판에 부딪히며 쩍 하고 고글에 금이 가는 소리가 크게 났다.

"빌어먹을." 본격적으로 울음이 터졌지만, 순식간에 얼어붙은 눈물이 눈썹에 매달려 오히려 앞을 보기가 더 어려웠다.

나는 힘주어 눈을 감으며 눈물을 그치려 했고, 그 순간 불가능한 각도로 꺾인 채 꼼짝도 못하고 끼어 있던 그때 그 차 안으로 돌아간 듯한 착각이 들었다. 시간이 멈췄고 엔진이 식으며 탁탁 소리가 났다. 기묘하게 평화로운 느낌.

마침내 모든 것이 해결되었다.

모든 것을 용서받았다.

얼어 죽는 건 잠드는 것과 비슷하다고들 했던가? 그냥 모든 걸 포기하고 놓아버리고 피할 수 없는 운명에 굴복하면 얼마나 쉬울까?

그때 무슨 소리가 들렸다. 빙판 어디에선가 소리가 났다.

목소리, 내 이름을 부르는 목소리였다.

나는 비틀거리며 일어서서 어둠 속을 주시했다. "여기예요!" 목청껏 소리치고 대답을 기다렸지만 아무 소리도 들리지 않았다. 헛소리를 들은 것인지 분명치 않아 주변을 둘러보았다. 어쩌면 얼어 죽는 게 이런 건지도 몰라, 천천히 꿈속으로 빠져드는 것처럼.

"케이트?" 다시 목소리가 들렸다.

꿈이 아니다. "여기 있어요!" 나는 있는 힘껏 큰 소리로 외쳤고 바보처럼 손을 흔들었다. 아무도 나를 볼 수 없는데도. 마침내 멀리서 희미한 전등 불빛이 보였고 그쪽을 향해 절뚝거리며 걷기 시작했다.

"어떻게 된 거예요, 케이트?" 아르네가 내게 다가오며 말했고 그 뒤에 드루가 있었다. "여기서 뭐 하는 거예요? 좀 전에야 당신이 없다는 걸 알았어요."

"손전등을 찾을 수가 없었어요." 내 말이 울음소리와 뒤섞여 나왔다. "누군가 가져갔어요."

"정말이에요?" 드루가 들고 있던 손전등으로 빙판을 비추었지만, 이제는 아까 내가 서 있던 자리에서 떨어져 있었다.

"분명히 가지고 있었는데." 딱딱 소리가 나게 이가 맞부딪쳤다. "그런데 없어졌다고요."

"잊어버려요." 아르네가 내 다리를 보았다. "다리는 왜 그래요?"

"넘어져서 무릎을 다쳤어요."

"우리가 부축해줄게요." 드루가 내 어깨 밑으로 팔을 걸었고 아르네에게도 똑같이 하라고 몸짓했다. "저체온증으로 죽기 전에 빨리 안으로 들어갑시다."

13

6월 12일

우리가 알파 기지에 도착해서 계단을 올라 부트룸으로 들어갔을 때는 서 있기도 힘들 정도로 온몸이 덜덜 떨렸다. 얼굴은 피부에 붙었던 얼음 결정체들 때문에 수천 개의 작은 바늘이 찔러대는 것처럼 따끔거렸다. 거울을 보지 않아도 가벼운 동상에 걸린 내 얼굴은 홍조를 띠고 있을 터였다. 조금만 더 있었으면 동상이 심각해질 뻔했다.

"고마워요." 나는 드루와 아르네의 팔에서 벗어나 스르르 벤치에 주저앉으며 더듬더듬 말했다.

"괜찮은 거예요?" 드루가 잠시 내 눈을 바라보았다.

"그런 것 같아요."

"뭐 필요한 거 없어요? 뜨거운 음료나 아니면 더 강한 거라도?"

"아니에요, 정말 괜찮아요. 고마워요, 드루."

그가 고개를 끄덕했다. "샌드린을 찾아서 당신이 무사하다고 알려야겠어요. 뜨거운 물로 샤워라도 해요. 그럼 금방 몸이 따뜻해질 거예요."

브리스틀의 아파트에 있는 욕조 생각이 간절했다. 뜨거운 물을 받아 오랫동안 몸을 담글 수 있다면 무슨 짓이든 할 것 같았다. 방한복을 벗으려고 했지만, 손가락이 얼어서 말을 듣지 않았다. 재킷의 지퍼와 실랑이를 벌이는데 아르네가 도와주러 다가왔다.

"자요, 내가 도와줄게요."

나는 힘없이 그가 내 재킷을 벗겨주고 부츠까지 벗기도록 가만히 있었다. 발이 시리다 못해 아플 지경이었다. "작업복 바지는 그냥 입고 있어요." 그가 조언했다. "좀더 따뜻해질 때까지는요."

나는 고개를 끄덕이고 그를 따라 내 방으로 향했다. 다친 무릎이 욱신욱신 쑤셨다. 아르네가 이불을 걷어주었고 나는 여전히 옷을 다 입은 채 침대에 털썩 주저앉았다. "샤워는 나중에 해요. 내가 뜨거운 음료 좀 가져올게요. 내 말대로 해요."

그가 시키는 대로 했다. 이불을 덮고 누워서도 덜덜 떨었다. 주저하며 왼쪽 다리를 들어 무릎을 구부려보았다. 찌르르한 통증이 지나갔지만 인대는 괜찮은 것 같았다. 사고 이후로 완전히 전처럼 회복되지 않았는데 빙판에 넘어지면서 더 악화된 것 같았다.

매트리스 아래로 손을 넣어 숨겨두었던 진통제를 꺼내 재빨리 삼켰다. 그리고 다시 누워서 불편한 다리는 생각하지 않고 여운이 가시지 않는 불안감에 집중했다.

내 손전등은 도대체 어떻게 된 거지? 어떻게 손전등을 잃어버릴 수가 있지?

몇 분 후에 돌아온 아르네는 양손에 머그잔을 하나씩 들고 버번 위스키 병을 겨드랑이에 끼고 있었다. "당신이 무사하다고 사람들에게 알렸어요." 그가 머그잔을 책상 위에 올려놓고 술을 넉넉히 부었다.

"여기요."

머그잔을 받으려고 했지만 온몸이 덜덜 떨렸다.

"잠깐만요." 그가 다시 사라졌다가 이번에는 금속 빨대와 커다란 담요를 가지고 돌아왔다. 그는 머그잔에 빨대를 꽂아 침대 옆 탁자에 올려놓고 담요를 펼쳐 이불 위에 덮어주었다.

나는 상체를 구부려 한 모금 마셨다. 독한 술이 섞인 달콤한 핫초콜릿은 아주 맛있었다. 얼마 후 따뜻한 기운이 온몸으로 퍼졌다.

아르네가 책상 의자를 끌고 와서 앉았다. 그는 걱정스러운 눈빛으로 나를 살폈다.

"좀 괜찮아요?"

"그럴 거예요. 구하러 와줘서 고마워요."

그가 고개를 끄덕이고 계속 조심스럽게 내 얼굴을 살폈다. 큰 키와 건장한 체격에도 불구하고 공간을 많이 차지한다는 느낌이 없었다. 어떤 내적 평형감이랄까, 그의 몸가짐에서 느껴지는 차분한 자신감 때문인 것 같았다.

"누군가 내 손전등을 가져갔어요." 내가 말했다. "발 옆에 내려놨고, 내내 그 자리에서 한 발자국도 움직이지 않았어요."

아르네가 얼굴을 찌푸렸다. 내 말이 헛소리처럼 들리겠구나 싶었다. "케이트." 그가 부드럽게 말했다. "밖에 있으면 아주 쉽게 혼란에 빠지기도 하고 잊어버리기도 해요. 잠깐이라도 당신을 혼자 두지 말았어야 했어요. 당연히 뒤에서 따라오고 있다고 생각했거든요."

나는 음료를 한 모금 더 마시고 베개에 머리를 대고 눈을 감았다. 그의 말이 맞을 수도 있다. 그 순간에 내가 무엇을 하고 있는지 잊어버렸을 수도 있다. 정신이 다른 데 팔려 있으면 쉽게 일어날 수 있는 일이니까.

그러자 감쪽같이 사라진 약이 떠올랐다. 그건 쉽게 설명할 길이 없었다.

"원한다면 내가 내일 스키두를 타고 나가볼게요." 아르네가 제안했다. "나가서 손전등을 찾아볼게요."

"그래줄래요?" 나는 그에게 감사의 미소를 지었다. 혼자는 도저히 다시 나갈 자신이 없었다. 사방을 뒤덮은 어둠과 그 무시무시한 품속에 혼자 남겨졌던 공포가 다시 떠올랐다.

그만해, 케이트. 나는 지금 이 자리에 집중하려 애썼다. 나는 따뜻하고 안전하다.

핫초콜릿과 진통제의 마비 효과로 마음이 풀어졌다. 나는 아르네가 가져온 담요를 손가락으로 매만졌다. 손으로 뜬 담요는 희미하게 양털 냄새가 났고 자연스러운 회색과 갈색을 섞어 뜬 복잡한 기하학적 무늬가 있었다.

"소냐가 이 담요 봤어요?" 내가 물었다. "정말 예뻐요. 그리고 아주 따뜻하고요."

아르네가 씩 웃었다. "아이슬란드 양털로 만든 실로 짠 거예요. 아이슬란드 양털이 보온성이 뛰어나기로 유명하거든요."

"어디서 났어요?"

"여자친구가 떴어요. 몇 달이나 걸렸죠. 거의 다 완성될 즈음에는 나한테 악담을 퍼부을 정도로 고생했어요."

"그럴 만하겠어요. 정말 정성이 가득 담긴 선물이에요."

나는 의자에 몸을 기대며 내 방을 둘러보는 그를 훔쳐보았다. 또 한번 그의 외모에 감탄했다. 드루처럼 대놓고 잘생기지는 않았어도 더

잔잔하고, 더 마음을 끌었다.

지금쯤 여자친구는 그를 무척 그리워하고 있겠지.

"기분은 좀 나아졌어요?" 침대 끝자락에 닿을 정도로 다리를 쭉 펴며 그가 물었다.

나는 고개를 끄덕였다. 드디어 떨리는 것이 멈췄고 따뜻한 온기가 뱃속에서 손발까지 퍼져나갔다. "그런데 혹시 알렉스 봤어요?"

아르네가 고개를 저었다. "저녁 내내 안 보이던데요."

나는 남아 있는 핫초콜릿을 다 마시고 머그잔을 침대 옆 탁자에 내려놓았다. "뭐 좀 물어봐도 돼요?"

"그럼요."

"혹시 알렉스가 그거 피우는 거 봤어요? 마리화나 말이에요."

아르네가 질문의 의도를 파악하려는 듯 나를 보았다. 뭐라고 대답할까 고민하는 게 분명했다. "난 못 봤어요. 그걸 왜 물어요?"

"그럴 만한 일들이 있어서요." 알렉스와 카로 모두 알렉스가 마리화나를 피우지 않는다고 부인하긴 했지만, 가능성이 전혀 없지는 않았다. "만약에 알렉스가 마리화나를 피운다면 평상시 행동이나 장-뤼크의 장비에 누군가 일부러 손을 댔다는 확신에 어느 정도 영향을 줬을 거라는 생각이 들어서요." 또 그것 때문에 알렉스가 뭔가 빠뜨리고 지나갈 수도 있고, 여러 문제가 발생할 수도 있다고 생각했지만 아르네에게는 말하지 않았다.

"그럴 수도 있죠." 아르네가 동의했다. "알렉스랑 얘기해봤어요?"

6주 전에 알렉스에게 그 얘기를 꺼냈을 때 분노하던 알렉스를 떠올리며 움찔했다. 그 이후 몇 번이나 그와 대화를 시도했지만, 그는 대번에 나를 거부했다. 내가 계속 애써봐야 별 소용이 없을 것 같았다.

"그런데 사람들은 어디서 그걸 구하는 거예요?" 내가 그의 질문에 대답을 피하며 물었다.

그가 어깨를 으쓱했다. "아마 루크가 가져왔거나 누군가 보내줬겠죠. 기지 어디에선가 수경 재배한다는 소문도 있지만 그건 남극에 떠도는 괴담일 뿐이에요. 어느 기지에나 그런 얘기는 있잖아요."

나는 드루를 떠올렸다. 그가 수경 재배하는 샐러드용 채소. 영국 우리 집에서 얼마 떨어지지 않은 곳에 살던 한 이웃은 지붕에서 마리화나를 재배하다가 체포된 적이 있었다. "불가능할 것 같진 않은데요." 내가 말했다.

"여기서는 뭐든 그렇게 오래 숨겨두는 건 불가능해요. 샌드린이 마리화나를 피우는 사람들은 눈감아주고 있지만, 이곳에서 재배하는 건 절대 용납하지 않을 거예요."

곰곰이 생각해보니 그의 말이 맞는 것 같았다.

"당신은 상관없어요?" 그가 나를 보며 물었다. "사람들이 여기서 마리화나를 피워도 괜찮아요?"

나는 어깨를 으쓱했다. "아마 술에 취하는 것보다는 나을 거예요."

"장-뤼크는 아주 싫어했어요." 아르네가 말했다. "자기 실험에 지장을 줄 뿐만 아니라 여기서는 더 위험하다고 했죠. 특히 스컹크 같은 독한 마리화나에 아주 안 좋은 거부반응을 보이는 사람들도 있거든요."

내 전임자의 말도 일리가 있었다. 응급실에서 근무할 때 정신병자 같은 환자들을 여러 번 경험했는데 그중 몇 명은 거리에서 파는 아주 독한 마리화나가 원인이었다.

"어쨌든 나도 당신 의견에 동의해요." 그가 말을 이었다. "하지만 장-뤼크는 루크든 누구든 약물을 사용하다 들키면 무조건 기지에서 추방해야 한다고 믿었어요."

"그래서 당신도 장-뤼크와 사이가 안 좋았던 거예요?" 내가 물었다. "루크가 두 사람도 의견이 안 맞을 때가 있었다고 한 게 생각나서요."

아르네가 길게 숨을 내쉬었는데 곧 한숨이 되었다. 의자에서 몸을 세우고 수염이 얼마나 자랐는지 확인하듯 뺨을 비볐다. "그는 매우……뭐라고 할까요. 독……."

"독단적이라고요?"

"맞아요. 융통성이 없었어요."

우리는 각자 생각에 잠겨 말없이 앉아 있었다. 나는 그가 방에서 나가지 않기를 바라며 어떻게 대화를 이어갈까 궁리했다. "알렉스가 세탁실에서 왜 그런 얘기를 했는지 혹시 짚이는 거라도 있어요? 장-뤼크가 살해됐다는 주장 말이에요."

아르네가 자기 핫초콜릿 잔에 버번위스키를 더 넣고 꿀꺽꿀꺽 마셨다. "두 사람은 아주 가까웠어요. 장-뤼크는 알렉스에게 일종의 아버지 같은 존재였어요. 그래서 장-뤼크의 죽음에 큰 충격을 받았죠."

"그러게요, 정통으로 6점타를 맞은 것 같아 보였어요."

"6점타요?" 아르네가 이마를 찌푸렸다.

"미안해요, 영국에서 일상적으로 쓰던 말이라 무심코 나왔어요. 크리켓 경기에서 나온 말인데……경기에서 큰 점수를 내줬다는 의미죠. 아주 큰 충격을 받았다는 뜻이에요."

"그렇군요. 맞아요, 알렉스는 6점타를 맞은 셈이에요."

"누군가 장-뤼크가 죽기를 바랄 이유가 뭐가 있을까요?"

아르네가 입꼬리를 내리고 어깨를 으쓱했다. "나도 모르겠어요." 그가 다시 한숨을 쉬고 나서 나를 빤히 응시했다. 그가 어떤 결심을 하는 것이 느껴졌다. "혹시 알렉스가 장-뤼크의 소지품에 대해 말한 적 있어요? 그의 일지라든가."

"아뇨."

"크레바스에서 돌아오는 데 며칠이 걸렸어요. 그런데 기지에 돌아와서 알렉스는 누군가가 장-뤼크의 방에서 그의 노트북과 일지를 훔쳐 갔다고 주장했어요."

"누가 죽은 사람의 소지품을 훔쳐가겠어요?" 나는 믿을 수 없어서 눈썹을 치켜올렸다. "그런데 알렉스는 그게 사라졌다는 걸 어떻게 알았죠?"

"글쎄요, 아마 장-뤼크의 방을 치우기 전에 알렉스가 확인해본 것 같아요. 장-뤼크는 죽었으니 가져다 써도 될 거라고 생각한 사람이 있을 수는 있죠."

나는 이마를 찌푸렸다. 노트북은 그럴 수 있다고 쳐도 박사의 일지까지? 대체 무엇 때문에 그걸 갖고 싶어할까?

"어쨌든 알렉스가 그 일로 매우 당혹스러워했고 샌드린에게 강력하게 조사를 요구했죠."

"그래서 조사했어요?"

"간단하게요. 샌드린은 빨리 후임 의사를 찾아야 하고 사고 이후의 여파까지 처리하느라 정신없이 바빴거든요. 내가 듣기로는 하계 대원 중 누군가가 가져간 걸로 결론 내렸다고 하더군요."

내 방에 도둑이 들었다는 얘기를 꺼내는 게 좋을지 고민하며 하계 대원이 아닐 수도 있다는 생각이 들었다. 그러나 그건 곤란했다. 그러려면 무엇을 훔쳐갔는지도 털어놔야 하니까.

“알렉스가 엄청 분개했죠.” 아르네가 계속 말했다. “알렉스는 샌드린에게 유나에 보고해야 한다고 주장했지만, 샌드린은 거절했어요.”

샌드린의 딱 부러지는 태도와 냉랭함이 떠올랐다. 그런 겉모습 뒤로 피로감과 불안감을 가까스로 감추고 있을지도 모른다는 생각이 들었다. 기지 전체와 그 안에 사는 모든 사람의 안전을 지키는 것이 오롯이 그녀의 책임이었고, 아무리 모든 일이 순조롭다고 해도 절대 가벼운 책임은 아니었다.

“장-뤼크의 다른 소지품들은요?” 내가 물었다. “집으로 보냈나요?”

“베타에 있는 벽장에 자물쇠로 잠가 보관하고 있어요. 아마도 봄이 되면 보내겠죠.”

나는 얼굴을 찡그렸다. “왜요? 가족들이 그의 물건을 빨리 받고 싶지 않을까요?”

“나도 모르겠어요. 그건 샌드린에게 물어봐야 할 거예요. 샌드린이 결정한 거니까.”

그러나 아르네의 표정에서 그가 얼버무리고 있다는 걸 눈치챘고, 내 눈을 마주 보지도 못했다. 내게 뭔가 말하지 않는 게 있다고 느꼈지만 더 캐묻지 않기로 했다.

“알렉스는 어떤 사람이었어요?” 내가 화제를 돌렸다. “사고가 나기 전에는요.”

그가 입술을 잘근거리며 생각에 잠겼다. “그게 말이죠, 평소엔 느긋하고 여유가 있는 편이었어요. 지금의 모습과는 완전히 달랐죠.”

나는 장-뤼크와 나란히 서서 그의 어깨에 팔을 두르고 있던 사진 속 알렉스를 떠올렸다. 그런 성격일 것 같았다.

“근데 사고 후에 왜 집으로 가지 않았죠? 여기 남아 있기가 무척 힘들었을 텐데."

"내 생각엔 알렉스가……그렇게 되면 사고가 자기 탓이라는 걸 인정하는 꼴이 되는 거라고 느낀 것 같아요. 꼭 남아 있어야 한다고 생각한 이유는……알렉스가—." 아르네가 말을 멈췄다. 무슨 말인가 하려다 마음을 바꾼 것 같았다.

"그렇게 생각한 이유가 뭔데요?"

아르네가 다시 한숨을 쉬었다. "알렉스는 장-뤼크에게 일어난 일의 진상을 규명하고 싶다고 말했어요."

나는 잠시 그 말에 대해 생각하다가 큰맘을 먹고 과감하게 나가기로 했다. "뉴질랜드에서도 사고가 있었다고 들었어요." 얼마 전에 인터넷에서 좀더 자세한 내용을 찾아보려고 했지만 지역 신문에 실린 짧은 기사가 전부였다. 두 단락짜리 기사에는 죽은 여자의 이름 외에 드루에게 들은 얘기보다 더 자세한 내용은 없었다.

"알아요. 불쌍하죠."

"여자요? 아님 알렉스요?"

"둘 다요. 어떻게 보든 모두에게 비극적인 일이잖아요."

"당신은 알렉스 잘못이라고 생각하지 않나요? 장-뤼크에게 일어난 사고 말이에요."

아르네가 다시 고개를 저었다. "알렉스와 함께 작업한 적이 있는데 그는 모든 걸 세 번씩 확인하고 또 확인했어요. 헛점이 생기지 않도록 지나칠 만큼 과하게 집착했죠."

나는 혼란스러워하며 그를 보았다. "그럼 그게 고의적인 훼손이었다고 생각해요? 누군가 일부러 그 장비에 손을 댔다고요?"

"아뇨, 케이트." 아르네가 잠시 말을 멈추고 신중하게 말을 골랐다.

"여긴 남극이에요. 별별 일이 다 일어나는 곳이죠. 모든 게 집에서와는 아주 다르게 돌아가죠. 우리는 구석구석 위험이 도사리고 있는 환경 속에서 일하고 있어요. 난 아주 불운한 사고였다고 생각해요."

"뉴질랜드에서 목숨을 잃은 그 여자는요?"

아르네가 자세를 고쳐 앉으며 불편한 기색을 내비쳤다. "뭔가가 잘못될 가능성이 적다고 해서 그런 일이 두 번 일어나지 말라는 법은 없어요. 어쨌거나 번지 점프도 큰 위험성을 안고 있잖아요."

그의 말이 옳은 것도 같았고 알렉스에게 딱한 마음이 들었다. 어쩌다 그렇게 끔찍한 일들을 겪었는지, 그가 어떻게든 모든 것을 털어버릴 수 있기를 바랐다.

내일은 꼭 그를 만나야겠다고 새롭게 다짐했다. 약 처방에 관해 의논할 수도 있다. 항우울증약이 진료실 벽장 속에 가득하니까.

"알렉스는 괜찮아질 거예요." 아르네가 내 마음을 읽기라도 한 듯 말했다. "빙판을 멀리하고 이 모든 것에서 좀 벗어나 있는 시간이 필요할 뿐이에요." 그가 다리를 쭉 펴고 자리에서 일어났다. "당신도 좀 자는 게 좋겠어요."

"이거 가지고 가세요." 나는 담요를 내밀었다.

"필요한 만큼 가지고 있어도 돼요." 그가 머그잔을 들고 문간에서 잠시 머뭇거렸다. "그리고 앞으로는 조심해요, 알겠죠? 의사 한 사람을 잃은 건 불행이라고 쳐도 둘을 다 잃는 건 부주의해 보이니까요."

그 말을 남기고 그는 방에서 나갔고, 나는 놀라서 멍하니 그의 뒷모습을 바라보았다. 타르콥스키의 영화를 보고 오스카 와일드의 말을 인용할 줄 아는 차량 정비공이라니.

분명 흔히 볼 수 있는 보통 사람은 아니었다.

14

6월 15일

오후에 혈액 검사 결과를 업데이트하고 있는데 진료실 문을 노크하는 소리가 들렸다. 대원들 대부분이 비타민 D의 수치가 좀 낮은 걸 빼면 그외에 특이한 점은 없었다. 모두 건강보조제를 잘 챙겨 먹는지 확인할 필요가 있었다.

문을 열고 들어온 카로의 얼굴을 보고 반가움이 앞섰지만, 눈과 코 주위가 붉어진 걸 보고 미소가 사라졌다. 울었던 게 분명했다.

"바빠요?" 그녀가 물었다.

"아니요. 들어와서 앉아요."

그녀가 구겨진 휴지를 움켜쥐고 맞은편 의자에 앉았다. 불안한 느낌이 들었다. 무슨 일일까?

"무슨 일 있었어요?" 나는 그녀의 팔에 손을 올렸다.

카로가 휴지를 만지작거리며 울먹울먹하다가 갑자기 눈물을 터뜨렸다. 발작적인 울음 때문에 온몸이 떨리고 호흡이 들쑥날쑥했다. 그래도 그녀는 여전히 말을 꺼내지 않았다.

평소 침착하던 그녀가 이러는 이유가 뭔지 점점 초조해졌다. “카로, 도대체 무슨 일이에요?”

그녀가 휴지로 눈가를 닦은 후 숨을 들이마셨다. “나 임신했어요.”

순간 나는 무슨 말인지 이해가 안 가서 입을 벌린 채 그녀를 쳐다보았다. “임신이요?” 나는 바보처럼 같은 말을 반복했다. “확실해요?”

그녀가 고개를 끄덕였다. “한동안 생리가 없어요.” 그녀가 시선을 돌렸다. “사실은 좀 됐어요.”

이런. 나는 그 자리에 앉아 잠시 숨이 막혔고, 놀라움을 감추지 못했다.

임신이라니.

빌어먹을.

이곳으로 파견되기 전에 받았던 모든 의학적 응급 상황 중에, 아니 한밤중에 느닷없이 떠오르는 응급 상황 중에도 임신은 들어 있지 않았다.

유나는 모든 여성 대원들에게 반드시 확실한 피임 도구를 사용할 것을 분명히 밝혔다. 한겨울에 이곳에서 임신이라도 하게 되면 심각한 문제가 발생할 수 있어서였다.

“세상에.”

카로의 얼굴이 붉어지는 것을 보니 내가 머릿속으로 생각만 한 게 아니라 입 밖으로 꺼낸 게 분명했다.

“미안해요.” 그녀가 낮게 중얼거렸다. “내가 정말 바보였어요.”

“뜻밖이라 놀라서 그런 거예요.” 나는 얼른 상황을 수습했다. “당신 잘못이 아니에요.”

“그게 정확한 말은 아니죠, 안 그래요?” 카로가 얼굴을 찡그렸다.

“두 사람의 책임이죠.” 나는 아빠가 누구일지 궁금해하며 대꾸했다. 지금 기지에 있는 사람일까, 아니면 하계 대원? 물어볼까 잠시 고민하다가 내가 참견할 일이 아니라고 생각했다. “마지막 생리일이 언제였는지 기억해요?”

카로의 얼굴에 불안한 기색이 돌았다. “솔직히 말하면 정확히는 몰라요. 한동안 피임용 패치를 사용했기 때문에 늘 양이 적었고……그냥 조금 비치는 정도였어요. 그래서…….” 카로의 뺨 위로 눈물이 흘러내렸다. “그래서 이렇게 오랫동안……알아차리지 못한 거예요.”

그녀의 배를 흘낏 보았지만 헐렁한 작업복 바지 탓에 짐작조차 불가능했다.

젠장. 어떻게 해야 하지?

“그렇군요.” 나는 숨을 돌리며 정신을 차렸다. “우선 확실하게 테스트부터 해봐요, 알겠죠?”

자리에서 일어나는데 3일 전 빙판에서 다친 후 지지붕대로 감아둔 무릎에 찌르르한 통증이 느껴졌다. 나는 의약품 벽장 안을 뒤지며 생각했다. 임신 테스트기가 있기나 할까? 본 적이 있는지 기억이 나지 않았다.

분명 어딘가에 하나쯤은 있을 텐데.

조용히 앉아서 기다리는 카로를 뒤로 하고 의약품들을 다시 확인하며 마음을 가다듬었다. 그녀가 오늘 여기까지 오는 데 얼마나 많은 용기가 필요했을지, 내 반응을 보고 얼마나 두려울까 싶었다. 그녀가 바보도 아니고 이 일로 우리 두 사람이 매우 난감한 상황에 처했다는 걸 모를 리 없었다.

“찾았다.” 나는 넉넉한 양의 콘돔과 생리대 뒤에 숨겨져 있던 작은 임신 테스트기 한 상자를 발견하고 안도감을 느꼈다. 내가 먼저 사용설명서를 꼼꼼히 읽어보고 그녀에게 작은 테스트기를 건넸다. "소변을 묻히면 돼요. 2분 후면 결과를 알 수 있대요."

카로가 복도 아래쪽 화장실로 사라진 후 나는 수많은 궁금증으로 복잡한 마음을 안고 멀쩡한 무릎에 힘을 싣고 서 있었다. 임신한 지는 얼마나 되었을까? 테스트기는 임신 여부만 알려줄 뿐이라 정확한 마지막 생리일을 알지 못하면 분만 예정일을 가늠하기 어려웠다. 세상에, 산전 관리는 어떻게 한담? 학생 때 산부인과에서 순환 실습을 한 건 꽤 오래 전 일이었다.

그보다도 그녀를 최대한 빨리 밖으로 보낼 수 있는 게 언제일까? 과연 시간에 맞출 수 있을까?

나는 눈을 꼭 감고 믿지도 않는 신에게 조용히 기도했다. 제발 카로의 오해이기를. 제발 다이어트 같은 다른 이유로 겪는 증상이기를. 어떤 호르몬 장애이거나.

그러나 다시 진료실로 들어온 그녀의 침울한 표정을 보자마자 최악의 두려움이 현실로 나타났음을 확인할 수 있었다. 그녀는 말없이 테스트기를 내게 내밀었고, 작은 표시창에 임신임을 알리는 푸른 줄이 눈에 들어왔다.

나는 천천히 숨을 내쉬었고 점점 커지는 두려움을 내비치지 않으려 애썼다.

"그렇군요." 책상에서 종이 달력을 집으며 씩씩하게 말했다. "언제 임신을 했을 가능성이 있는지 혹시 알아요?"

카로의 얼굴이 붉어졌다. "음……글쎄요, 잘 모르겠어요." 그녀가 머뭇거렸다. "딱 한 번이 아니라서요."

"피임용 패치를 사용했다고 했죠. 그게 잘 안 된 거라고 생각해요?"

"여기 올 때 가져온 건데, 그것 때문인지 몸이 좀 안 좋았어요. 그래서 프로게스테론 알약으로 바꿨어요."

"잊지 않고 매일매일 복용했어요?" 비난조로 묻지 않으려 조심했지만, 그녀의 얼굴이 더 빨개졌다.

"거의 매일요."

나는 고개를 끄덕였다. 계속 캐물어야 소용없는 일이었다. 이미 엎질러진 물이니 이제 와서 카로나 누군지 모를 그녀의 상대가 경솔했다고 몰아가서 얻어질 것은 없었다.

나는 다시 한번 깊이 숨을 들이쉬며 집중했다. "개인적인 부분을 물어봐도 괜찮겠어요, 카로?"

"네."

"아이 아빠는 알고 있어요?"

그녀는 머리를 세차게 흔들며 시선을 피했고, 어깨를 들썩이며 한바탕 더 눈물을 쏟아냈다. "솔직히 말하면, 나도 정확히는 모르겠어요……." 그녀가 잠시 말을 멈추고 감정을 억누르듯 손가락으로 자기 입을 막았다. "이런 세상에. 정말 엉망진창이네요."

나는 할 말을 잃고 그녀를 바라보았다. 이런 상황에서의 임신은 재앙이나 다름없었다. 오래 전에 받았던 산부인과 실습의 기억을 더듬어 있을 수 있는 합병증을 꼽아보았다. 최소한 자궁외임신의 가능성은 사라졌을 것 같았다. 그래도 다른 가능성이……뭐가 있지? 뒤늦은 유산, 고혈압과 전자간증, 심각한 출혈. 그리고 태아의 선천적 기형.

"진찰대에 누워봐요." 최대한 차분하게 대처하려고 노력하며 부드럽게 말했다. "얼마나 됐나 알 수 있는지 한번 볼 게요. 작업복 바지 좀 벗어줄래요?"

그녀가 끈을 풀어 바닥에 바지를 벗어놓고 진찰대에 누워 티셔츠를 위로 올렸다. 옷을 벗으니 분명히 작게 부풀어오른 배가 보였다. 이 정도라면 집으로 돌아간 하계 대원 중 하나일 수도 있고 더는 같이 자는 사이가 아닐 수도 있었다. 그녀의 벗은 몸을 본 사람이 배를 보고 눈치채지 못할 리가 없었다.

집중해, 나는 그녀의 배를 촉진하며 자신에게 말했고, 자궁 위쪽으로 단단하고 불룩한 부분을 손가락으로 만져보았다. 줄자를 가져와 치골까지의 길이를 재어보았다. 거의 26센티미터에 이르렀다. 청진기를 끼고 청진판을 배에 올리고 움직이며 귀를 기울였다.

들렸다. 희미하지만 빠르게 뛰는 태아의 심장박동 소리가 들렸다.

"어때요?" 카로가 내 표정을 살피며 초조하게 다그쳤다. "다 괜찮은 거예요?"

"그런 것 같아요. 옷 입어도 돼요. 난 뭘 좀 확인할 게 있어요." 그녀가 작업복 바지를 입고 끈을 조절하는 동안 나는 컴퓨터를 켜고 '커닝페이퍼'를 찾았는데, 우리 같은 남극 기지 의사들이 접할 수 있는 거의 모든 의학적 상황을 모아놓은 요약판이었다. 거기서 임산부의 배길이 차트를 확인하고 달력을 놓고 출산 예정일을 추정해보았다. 배길이를 재서 가늠하는 것은 어디까지나 추정치일 뿐이라서 2, 3주 정도의 차이가 발생할 수 있으므로 쉽지 않았다.

심장이 쿵 내려앉았다. 빠듯했다. 아무리 빨라도 10월 중순 이전에는 비행기가 들어올 확률이 낮았다.

"안 알려줄 거예요?"

나는 상체를 세우고 그녀를 마주 보았다. "좋아요. 아무래도 임신

24주에서 28주 정도 된 것 같아요. 하지만 마지막 생리일을 정확히 모르고 초음파도 할 수 없어서 정확하진 않아요."

카로가 입술 안쪽을 잘근거렸다. "그럼 예정일이 언제쯤 되죠? 대강이라도요."

"보통 임신 기간이 40주 정도니까 예정일은……." 나는 확실히 하기 위해 다시 달력을 확인했다. "9월 중순에서 10중 중순이 될 것 같아요. 하지만 임신 기간은 예정일에서 앞뒤로 몇 주 정도 차이가 날 수 있어요."

카로의 얼굴이 굳어졌다. "망했네요."

나는 잠시 아무 말도 하지 않았다. 카로나 나나 상황의 심각성을 점차 크게 느끼고 있었다.

"어떻게든 방법을 찾을 수 있을 거예요." 나는 지금 기분을 감추고 자신 있는 척하며 말했다. "유나에서도 기상 조건이 나아지는 대로 기지에서 당신을 데리고 나가기 위해 가능한 모든 방법을 동원할 게 틀림없어요. 그리고 내 추측이 틀릴 수도 있어요. 생각만큼 임신 주 수가 오래되지 않았을지도 몰라요. 아까도 말했듯이 대략적인 예상치에 불과하니까요."

카로가 고개를 끄덕거렸지만, 여전히 충격에 휩싸인 표정이었다. "이렇게 금방 닥칠 줄은 꿈에도 몰랐어요. 배도 많이 안 나왔잖아요, 안 그래요?"

나는 고개를 끄덕였다. 그 말은 맞았다. 임신한 티가 많이 나지는 않았지만 첫 아이임을 고려하면 특별한 일은 아니었다.

카로가 헛기침을 하고 시선을 바닥으로 떨어뜨렸다. "아무래도 어떻게 하기에는 너무 늦었겠죠." 그녀가 중얼거렸다.

"낙태 말인가요?"

그녀가 고개를 끄덕였다.

"여기서 그런 수술은 불가능해요. 특히 임신이 이 정도로 진행된 상황에서는요." 나는 잠시 말을 멈췄다. "혹시 아이를 낳고 싶지 않은 거예요?"

그녀는 다시 고개를 저었다. "아니요. 낳고 싶어요. 아이를 지키고 싶어요." 그녀의 뺨 위로 또 눈물이 흘렀다. "그냥 내가 너무……한심해서 그래요. 좀더 빨리 진료실에 왔어야 했는데, 정말 까맣게 몰랐어요. 설마 임신했을 거라곤 꿈에도 생각 안 했거든요. 그냥 몸무게가 좀 늘었구나 싶었지만, 그게 그리 놀랄 일은 아니니까요……물론 당신은 새처럼 조금 먹지만요." 그녀가 코를 훌쩍거리고 울먹이며 내게 미소를 지었다. "라지브는 훌륭한 요리사고 늘 먹을 게 많잖아요. 그러다 뭔가 의심이 들기 시작했을 때는 그냥 아니라고 부정했던 것 같아요. 절대 그럴 리가 없다고 생각하면서 말이에요."

"다른 증상은 없었어요? 속이 메스껍거나 피곤하다거나? 유방이 민감해지는 증상은요?"

"속이 좀 안 좋긴 했어요. 하지만 약 때문이라고 생각했죠. 피곤하긴 했지만 여기서 피곤하지 않은 사람은 없잖아요? 바이오 리듬이나 뭐 그런 게 안 좋은가 보다 했죠."

나는 안타까운 눈빛으로 그녀를 보았다. 그녀를 탓할 수는 없었다. 나였다면 증상을 눈치챘을까? 다행히 내가 걱정할 필요는 없었다. 사고가 있기 전에 자궁 내 피임장치를 했고 드루에게도 분명히 콘돔을 사용하도록 했으니까.

만전을 기울였다.

"지금도 프로게스테론 약을 먹고 있어요?" 내가 물었다.

카로가 고개를 끄덕였고 얼굴에 불안한 기색이 떠올랐다. "아이에게 나쁜 영향을 줬을까요?"

나는 고개를 저었다. "유나 의학팀에 확인해볼게요. 하지만 그렇다는 증거는 아직 본 적이 없어요. 그래도 이젠 그만 먹는 게 좋겠어요."

"알았어요."

"술도 마시지 말고요."

"알았어요." 그녀가 반복했다.

나는 잠시 말을 멈추고 이제 무슨 일이 남았나 생각했다. "잘 들어요. 기지에 있는 사람들에게 언제 알릴 건지 생각해봐야 해요. 하지만 그 전에 샌드린에게 알리고 상의하고요. 괜찮죠?"

그녀가 머뭇거렸다.

"그렇게 하는 게 최선이에요." 내가 덧붙였다. "당신과 아이를 위해서요. 샌드린이 최대한 빨리 당신을 밖으로 보내려면 모든 게 순조롭게 돌아가야 해요. 그리고 내가 여기서 할 수 있는 최상의 산전 관리를 해주려면 유나의 협력이 꼭 필요하고요. 무슨 뜻인지 이해하겠죠?"

카로가 한동안 아무 말 없이 진료실 유리창에 걸려 어둠을 막고 있는 블라인드를 응시했다. 그녀가 아주 어려 보인다는 생각이 드는 건 어쩔 수 없었다. 너무 연약해 보였다.

"제발 아직은 알리지 말아줘요." 그녀가 나지막이 말했다. "나라는 거 말이에요. 당신이 샌드린에게 이 상황을 알려야 하는 책임이 있는 건 알지만 샌드린에게 비난을 받기 전에 이 상황에 어떻게 대처할지 생각할 시간이 좀 필요해요."

나는 잠시 고민했다. "좋아요. 이틀 정도는 기다릴 수 있어요. 하지만 카로, 이 기지에 다섯 명뿐이에요. 여성 대원 말이에요. 한 사람은 동성애자고 소냐는, 음, 소냐는 그럴 만한 나이대가 지났고요. 그러니 샌드린이 누군지 알아채는 건 어렵지 않아요."

카로가 고개를 끄덕이며 또 입술을 잘근거리다가 자기 옷을 힐끗 내려다보았다. "그래도 아직 눈에 띌 정도는 아니죠, 그렇죠? 다른 사람들이 봤을 때요?" 그녀가 자신 없는 미소를 지었다. "내가 배관공이라서 다행이에요? 헐렁한 작업복으로 감출 수 있으니까요."

"얼마 못 갈 거예요." 내가 부드럽게 상기시켰다. "사람들이 온갖 추측을 하기 전에 직접 알리는 게 좋을 거예요. 이 안에서 소문이 돌면 어떤지 잘 알잖아요."

카로가 얼굴을 찡그렸다. "그러게나 말이에요. 유치하게 애들처럼 말 전달하기 놀이라도 하는 거 같다니까요. 내가 루크의 화를 돋우려고 일부러 세탁기를 고장 냈다는 소문 들었어요?" 그녀가 어이가 없다는 듯 얼굴을 찌푸렸다. "설마 내가 그랬겠어요. 정작 세탁기는 루크의 개떡 같은 라이터 때문에 고장이 났는데 말이에요."

"그래서 되도록 빨리 알리는 게 좋을 거라고 하는 거예요. 하지만 먼저 아이 아빠와 상의해봐요, 카로. 그도 알고 있어야죠."

"알았어요." 카로가 다시 창가로 시선을 돌렸다가 한숨을 쉬며 자리에서 일어났다.

"어쨌든 지금은 가서 할 일이 있어요. 샤워기가 또 말썽이에요."

"문제가 뭔지 알아냈어요?"

"내가 보기엔 보일러 급수 문제인 거 같은데 두고 봐야죠."

그녀가 너무나 지치고 쓸쓸해 보여서 나는 직업적으로 지켜야 할 경계를 잠시 밀어두고 일어서서 그녀를 안아주었다. "괜찮을 거예요." 내가 말했다. "며칠 뒤에 다시 와요. 산전 관리에 대해 좀더 자세히 상의하기로 해요."

그녀가 고개를 끄덕였지만, 여전히 착잡한 표정이었다. 나는 그녀가 문에 다가갈 때까지 기다렸다가 말했다. "참, 카로?"

그녀가 발을 멈추고 돌아보았다.

"축하해요. 당신은 아주 멋진 엄마가 될 거예요."

"고마워요." 카로가 희미하게 미소를 짓고 문을 닫고 나갔다.

그녀가 가고 난 후 나는 두 손에 얼굴을 묻었다.

빌어먹을. 난 이제 어떻게 하지?

6월 17일

"지금 농담하는 거예요?" 샌드린은 절대 믿을 수 없다는 표정이었다. "케이트, 농담이라면 정말 형편없군요."

나는 고개를 저었다. "아니에요. 임신 테스트기를 같이 확인했어요. 내 말을 정 못 믿겠다면 테스트 결과를 직접 보여줄 수도 있어요."

그녀가 자리에서 일어나 방안을 서성거리기 시작했다. 그러다 멈춰 섰다. "정말 확실한 거예요? 잘못될 수도 있잖아요?"

"테스트기의 정확도는 99퍼센트예요. 그리고 자궁을 직접 촉진했는데 분명 확장돼 있었고 청진기로 태아의 심장박동 소리도 들었어요. 확실해요."

샌드린이 의자에 털썩 주저앉았다. "메르데"라고 프랑스어로 욕을 중얼거렸다. "그럼 결국 어떻게 되는 거죠?"

"산모도 아기도 건강하길 바랄 뿐이죠."

기지 대장은 내 가벼운 대답을 무시하고 냉담한 시선으로 나를 보았다. "그래서 그게 누구예요?"

"아까도 말했다시피 내겐 환자의 비밀 유지 책임이 있어요. 그리고 그녀도 이름을 밝히길 원치 않아요."

샌드린이 경멸에 가까운 표정을 지으며 입술을 꼭 다물었다. 우리 둘 다 터무니없는 소리라는 것을 알고 있었고, 나는 그저 시간을 버는 중이었다.

"당신인가요?" 그녀가 비난의 눈초리로 나를 보았다.

본능적으로 웃음이 터지려 했지만 카로를 위해 참았다. 샌드린이 며칠 동안 고민한다고 해도 문제 될 것은 없었다. 아마도 결국에는 카로를 의심하겠지만, 확신할 수는 없을 터였다.

"케이트?" 그녀가 잠시 나를 쏘아보았지만 내가 계속 침묵하자 코웃음을 쳤다. "어쨌거나 나는 아니니까요." 그녀가 역겹다는 투로 말했다.

나는 맞은편에 앉아 그 사람이 누구인지 밝히는 데 관심을 두는 샌드린을 설득해서 당장 우리가 할 일을 모색하게 만들 방법을 궁리했다. 그러나 샌드린은 내 배를 흘낏 보고는 스스로 결정을 내린 것 같았다. 남극에 도착한 후로 살이 빠진 탓에 내 배는 눈에 띌 만큼 홀쭉했다. 나는 그녀가 머리를 굴리는 걸 지켜보았다. 간단하게 얻을 수 있는 결론이었다.

54세인 소냐가 후보일 가능성은 거의 없으니, 결국 앨리스와 카로가 남는다.

명백한 결론에 도달한 그녀가 숨을 들이마셨다. 나는 카로가 안쓰러웠지만 어쩔 도리가 없었다. 그녀에게 경고는 미리 했다.

"이런 멍청이!" 샌드린이 화를 냈다. "왜 피임을 하지 않았대요?"

"피임했어요." 나는 대뜸 카로를 옹호하고 나섰다. "하지만 어떤 피임법도 100퍼센트 완벽하지는 않아요."

기지 대장이 몹시 화가 난 듯한 소리를 냈다. 도무지 받아들이기 어려운 모양이었다. 그러더니 갑자기 그녀의 분노가 푹 사그라들었다. 내 앞에 앉은 여자는 많이 지쳐 보였다. 그리고 매우 심각한 표정이었다. 눈 밑에 선명한 다크서클과 홀쭉한 볼만 봐도 이 겨울이 얼마나 무겁게 그녀를 짓누르고 있는지 짐작할 수 있었다.

평소 군더더기 하나 없이 딱 부러지는 그녀의 효율성은 종종 상대를 무시하는 것처럼 느껴지고 유머 감각이라고는 없는 사람이었지만, 지금은 마치 사면초가에 몰린 것처럼 보여서 위안의 손길을 내밀고 싶은 마음이 들기까지 했다.

그러나 본능적으로 샌드린이 그런 제스처를 달가워하지 않을 것임을 알기 때문에 자제했다. 나를 대하는 그녀의 태도는 달라진 것 같지 않았고, 여전히 장-뤼크의 어정쩡한 대타에 불과하다는 느낌을 지울 수 없었다. 적어도 그녀의 눈에는 그렇게 보이는 것 같았다.

"좀더 정확하게 알 수 없어요?" 샌드린이 물었다. "출산 예정이 언제라는 거예요?"

나는 고개를 저었다. "초음파 검사 없이는 정확히 알 수 없어요. 그리고 정확히 안다 해도 언제 진통이 시작될지는 아무도 몰라요."

샌드린은 내면의 악마와 싸우기라도 하는 듯 잠시 눈을 꾹 감았다. "내가 유나에 얘기할게요. 출산을 위해 뉴질랜드로 이송할 방법이 있는지 알아봐야죠."

샌드린은 아무 대꾸도 하지 않았다. 그저 낙담한 표정으로 책상 위에 쌓인 서류 뭉치만 보고 있었다. "아빠가 누군지 말하던가요?"

나는 다시 고개를 저었다.

그녀는 혀로 이를 훑으며 뭔가 생각하는 것 같았다.

"짐작 가는 사람이 있어요?" 내가 물었다.

"짚이는 사람이 있긴 해요."

"누군지 말해줄 수 있어요? 지금 여기 있는 사람인지, 아니면 하계 대원인지?"

그녀가 약간 냉소적인 미소를 띠었다. "당신은 내게 알려줬나요, 케이트?"

"난 선택의 여지가 없어요!" 더는 짜증스러움을 견디지 못하고 쏘아붙였다. "그녀가 말하지 말아달라고 특별히 부탁했어요. 그저 필요하다는 이유로 히포크라테스 선서를 깰 수는 없어요, 샌드린."

기지 대장은 아무 말이 없었다.

"좋아요. 마음대로 해요." 나는 입을 다물고 자리에서 일어나 그녀의 사무실을 나왔다.

제네바에 있는 유나 의학팀의 고문 산부인과 의사와 영상으로 상담을 하는 동안 자꾸 화면이 멈춰서 거의 매번 같은 말을 두 번씩 반복해야 했지만, 샌드린보다 그녀와 대화하는 게 훨씬 더 수월했다. 하지만 고르지 못한 통화 상태와 늦은 시간 때문에 피로감이 더 커졌다.

샌드린에게 그랬던 것처럼 아네트 뮬러에게도 환자의 이름을 알리지는 않았지만 내가 누굴 말하는지 아마 짐작이 가고도 남았을 터였다. 그러나 샌드린과 달리 아네트는 그 점을 강조하지도, 신경 쓰지도 않았다.

"음, 우리가 할 수 있는 한 최선을 다하는 수밖에 없죠." 그녀의 긍정적인 미소 덕분에 내 불안감이 조금은 누그러졌다. "26주 정도 된 것 같다고 했죠? 보통 지금쯤이면 초음파로 태아와 태반의 발달 상태를 확인하는데, 거기서 그건 당연히 불가능하니까 계속 자궁의 크기를 재도록 해요. 태아가 잘 자라고 있는지 짐작할 수 있는 중요한 정보니까요. 그리고 혈압을 눈여겨보고 혹시 요단백(단백질이 포함된 소변/옮긴이)이 있는지 잘 확인하세요. 참, 비타민 보조제를 더 챙겨주고 엽산을 충분히 섭취하라고 일러주세요."

"알겠습니다."

"적어도 산모의 혈액형이 Rh 마이너스는 아니니까 행여 거기서 출산을 하게 되더라도 Rh 감작(산모와 태아의 Rh 요소가 다를 경우 일어나는 위험 반응/옮긴이)을 걱정할 필요는 없겠군요. 만약 그런 경우였다면 기지에 항 D 면역 글로불린이 없어서 정말 문제가 심각해졌을 거예요."

"그거라도 참 다행이죠?"

아네트가 한숨을 쉬며 동정 어린 표정을 지었다. "너무 걱정하지 말아요, 케이트. 그녀는 아픈 게 아니라 임신을 한 것뿐이에요. 전 세계적으로 어떤 의학적 관리를 받지 않고도 임신 기간을 무사히 잘 넘기는 여성들도 많아요. 혹시 잘못될지 모른다는 생각에 집착하지 말고 모든 게 다 잘될 거라는 가능성에 초점을 맞추자고요."

나는 차분하게 대처하는 그녀의 태도에 용기를 얻었고 고개를 끄덕였다. 그녀 말이 옳았다. 다음에 카로를 만나기 전에 내가 먼저 정신을 똑바로 차려야 했다. 그녀가 지금보다 더 많은 스트레스를 받지 않도록 하는 게 중요했다. 그러나 샌드린과의 대화 때문에 나는 여전히 신경이 곤두서 있었다. 내가 잘 대처하지 못한 부분도 있지만, 화해하기에는 아직 화가 누그러들지 않았다.

유나와 통화를 끝내고 책상 앞에 앉아 곰곰이 생각했다. 카로뿐만 아니라 알렉스에 대해서도 생각했다. 지난 며칠 동안 그는 저녁 식사 자리에도 나타나지 않았다. 알렉스가, 그의 정신 상태가 점점 더 염려되었다.

문득 비디오 일지를 점검해보자는 생각이 들었다. 어쩌면 그가 일지를 입력했을지도 모르니까. 유나에서 전용 장비를 제공해준 덕분에 대원들은 각자 자기 방에서 영상을 찍어서 곧장 시스템에 올릴 수 있었다. 누군가 비디오 일지를 올릴 때마다 내게 알림이 오기는 하지만, 미처 못 보고 그냥 지나쳤을 수도 있었다.

알렉스의 이름 밑으로 입력 날짜들을 살펴보았지만 지난 6주 동안 한 번도 올리지 않았다. 나는 그가 이전에 올린 목록들을 물끄러미 바라보았다. 비디오 일지의 내용이 전적으로 비밀이라는 건 알고 있었지만, 이번만큼은 규칙을 깨고 싶은 유혹에 사로잡혔다. 직접 알렉스와 얘기할 수 없으니 일지라도 보면 그의 감정을 파악할 만한 정보를 얻을 수 있을 것 같았다.

마우스의 커서가 가장 최근의 비디오 일지 위에서 머뭇거렸다. 별문제가 되진 않겠지? 어쨌거나 아무도 모를 텐데.

안 돼.

나는 다시 본 화면으로 돌아와서 목록에 있는 이름들을 살펴보았다. 오직 아르네와 샌드린, 라지브, 앨리스와 소냐만 최근까지 비디오 일지를 올려놓았다. 다른 대원들에게 상기시키고 다시 한번 비디오 일지의 중요성을 설명해야 했다. 힘들게 실험을 준비한 사람들에게 우리가 어떻게 보답할 수 있는지, 자료를 통해 얼마나 많은 것을 배울 수 있는지, 그리고 비디오 일지가 다른 사람을 돕는 데 사용될 수 있는 방법 등에 대해 구구절절 설명해야 했다.

사실 지겹고 힘든 일이라는 건 나도 잘 알고 있었다. 나 역시 매주 카메라 앞에 앉아서 얘기하는 게 고역이니까. 왠지 내가 느끼는 감정에 대해, 지난 한두 달 동안 기지에서 관찰한 것들에 대해, 부족한 햇빛으로 인해 사람들의 감정이 어떻게 나빠지고 있는지에 대해 솔직히 털어놓는 건 불가능했다. 그래서 실명은 언급하지 않고 사실만을 얘기했고, 단순히 내가 무엇을 했는지, 무엇을 할 계획인지 설명하고 각종 실험 내용을 업데이트하는 정도였다.

물론 목록에는 앞으로 더는 비디오 일지를 올릴 수 없는 사람도 한 명 있었다. 나는 장-뤼크의 이름을 물끄러미 바라보며 왜 시스템에서 삭제할 생각을 아무도 하지 않았는지 궁금했다. 그의 파일을 클릭해 입력 날짜를 살펴보았다. 총 26개의 일지가 있었고 맨 위에 있는 가장 오래된 일지는 작년 10월에 녹화한 것이었으니 그때는 아마 남극의 늦봄이었을 터였다. 나는 충동적으로 그 일지를 클릭했다.

죽은 사람에게는 비밀 유지 규칙이 적용되지 않겠지?

그의 일지를 보는 게 다른 사람에게 해가 되지는 않을 거라고 생각은 했지만, 그의 일지가 궁금한 이유는 분명히 떠오르지 않았다.

내가 왜 이렇게 궁금해하지?

병적인 집착? 아니면 그저 머리를 식힐 게 필요해서?

얼마 후 나는 화면에 나타난 잘생긴 얼굴을 보고 있었다. 까칠한 은색 수염에 관자놀이 주변은 흰머리로 덮여 있었다. 검게 그은 피부로 보아 바깥에서 많은 시간을 보내는 것 같았다.

그가 입을 여는 순간, 그가 프랑스어로 말하고 있음을 깨달았다. 그럼 그렇지. 카메라 앞에서 혼자 얘기할 때 사람들은 자연스럽게 모국어를 사용했다. 나는 조금 실망했다. 학교 때 프랑스어를 A 레벨까지 공부했지만 유창한 정도는 아니었다.

그래도 비디오를 그대로 재생시켰고 이 남자의 실물을 보고 목소리를 들으며 매료되었다. 그의 몸가짐과 버릇, 카메라를 보고 웃는 모습 등 그의 모든 것이 장-뤼크가 너그럽고 자존감이 높은 사람이라는 걸 말해주고 있었다. 그는 친근함과 권위를 동시에 풍기고 있었다. 사람들이 그를 좋아하는 게 당연했다.

적어도 대원들 대부분이 그랬다.

뜻밖에 기대했던 것 이상으로 그의 말을 알아들을 수 있었다. 그의 프랑스어는 또렷했고 강한 악센트도 없었으며 속어도 쓰지 않았다. 듣는 사람을 배려해서인지 남극에 도착했으며 이곳에 와서 얼마나 행복한지를 천천히 설명하고 있었다. 남극에서 보낼 시간이 얼마나 기대되는지, 얼마나 가족이 보고 싶은지 말했다.

"이곳, 이 백색 제국"이라고 그가 프랑스어로 말했다. "세상에서 가장 아름다운 곳이다. 말할 수 없이 광활하며 고요하다. 놀라운 장관이다. 길들지 않은 야생의 땅인 이곳은 내가 여기 있지 않을 때도 내 가슴속에, 내 머릿속에 살아 숨 쉬고 있다. 우리가 얼마나 작고 연약한 존재인지 깨닫게 하는 곳이지만 그렇다고 우리의 존재가치를 깎아내리지도 않는다. 여기에 있을 수 있다는 것 자체가 기적이다."

나는 복잡한 감정을 느끼며 침을 삼켰다. 하지 말아야 할 행동을 하고 있음을 잘 알지만 멈출 수가 없었다. 나는 좀더 최근의 일지들을 클릭하고 발췌 부분을 재생했다. 장-뤼크가 실험에 관해 얘기하는 내용이 가장 많은 시간을 차지했다. 그리고 그가 기지에 있는 사람들의 이름을 전혀 언급하지 않고 있음을 깨달았다. 그야말로 전문가다운 신중한 태도라는 생각이 들며 그의 일지를 엿보고 있는 것에 대한 죄책감이 더 커졌다.

내가 이러고 있는 이유가 도대체 뭘까?

다시 본 목록 화면으로 돌아갔고, 마지막 일지의 날짜를 보고 전율을 느꼈다. 죽기 4일 전이었다. 그 운명적인 탐험을 떠나기 직전에 녹화한 것이 틀림없었다. 나는 링크를 열었고 화면을 보고 너무 놀라서 눈을 깜빡거렸다. 장-뤼크는 이전의 비디오에서 본 것과는 완전히 다른 사람이 되어 있었다. 우울하고 지쳐 보였고 실의에 빠진 목소리였다. 그의 태도가 전체적으로 변했고, 마치 몇 달 사이에 세상의 모든 걱정거리를 짊어진 것 같았다.

도대체 무슨 일이 있었던 거지? 이 일지를 기록한 건 작년 여름이었으니 과하게 넘쳐나는 햇빛에 수면 스케줄과 바이오 리듬이 엉망이 되었다고 해도 끝없는 어둠이 지배하는 겨울에 비하면 훨씬 덜 힘든 시기였다. 그런데 박사의 몰골은 형편없었고 며칠이나 제대로 잠도 못 잔 사람 같았다.

“Je ne sais pas quoi faire.” 박사가 화면에 보이지 않는 부분에서 뭔가를 만지작거리며 한참 침묵을 지킨 후에 말했다. 전에는 계속해서 카메라와 시선을 맞췄지만, 지금은 몇 초 동안 카메라를 응시하는 것조차 힘들어 보였다. “peut-être rien à ce moment.”

어떻게 해야 할지 모르겠다. 아마 지금은 아무것도 할 수 없겠지.

그의 시선이 또다른 곳을 향하며 뭐라고 중얼거렸는데 잘 알아들을 수가 없었다. 나는 앞으로 돌려서 한 번 더 재생시켰다. “Cette pauvre fille. Je dois être certain que nous ne sommes pas vraiment en danger, que celui-ci c’est le même personne. Je dois convaincre Sandy, de parle à UNA sans délai. Il faut vérifier les échantillons d’ADN.”

그러고 나서 갑자기 박사가 몸을 앞으로 기울이며 카메라를 껐다.

나는 머릿속으로 박사가 한 말을 해석하고 다시 화면을 재생해서 제대로 이해했는지 확인했다. 그 불쌍한 여자. 나는 우리가 위험에 처한 건 아닌지 반드시 알아야 해. 이것이 똑같은 사람인지 반드시 확인해야 한다. 샌디를 설득해서 당장 유나에 보고하도록 해야 한다. 꼭 확인해야 한다……. 뭘 확인한다는 거지? 나는 échantillon이 무슨 뜻인지 인터넷에서 검색했다.

'샘플'이라고 온라인 사전에 나와 있었다. 아마도 DNA 샘플 같은 걸 의미하는 듯했다.

나는 컴컴해진 화면을 보며 얼굴을 찌푸렸다. 장-뤼크의 말이 무슨 뜻이지? 왜 샌드린을 설득해서 당장 유나에 보고해야 한다고 했을까? 무슨 DNA 샘플?

위험에 처한 건…….

어떤 불길한 예감이 밀려와 머릿속이 윙윙거렸다. 나는 그대로 앉아서 방금 들은 얘기를 곰곰이 생각해보았다. 장-뤼크는 분명 뭔가로 고통받고 있었다. 그것만은 확실했다. 다른 누구에게서도 본 적 없을 만큼 불안해 보였고, 이전과는 극단적으로 비교되는 모습이 심히 마음에 걸렸다.

그런데 도대체 무슨 일이 있었던 걸까?

물어볼 사람은 단 한 사람뿐이었다.

16

6월 18일

알렉스의 방문을 두드렸지만 아무 대답이 없어서 베타에 있는 작업장을 일일이 확인하는 것을 시작으로 기지 전체를 돌았다. 마침내 그를 발견한 곳은 전혀 예상치 못한 장소였다. 그는 텅 빈 식당의 한쪽 구석에 웅크리고 앉아 노트북을 보고 있었고, 옆에는 반쯤 먹다 남은 샌드위치가 접시에 놓여 있었다.

"안녕." 정말 피곤한 하루였고 새벽 1시가 다 된 시간이었지만 가능한 밝은 목소리로 말을 건넸다.

알렉스가 가볍게 고개를 까딱였다.

"잘 지내요?" 나는 맞은편 의자에 앉아 금방 나갈 생각이 아님을 분명히 했다.

"네." 그가 노트북을 끄고 덮개를 닫았다.

나는 알렉스의 얼굴을 살폈다. 그는 피곤하고 수척해 보였는데 요즘 이곳에서는 예사 모습이었다. 원기를 북돋우는 충분한 수면은 신선한 채소만큼이나 드물고 귀해졌다. 그러나 그외에도 알렉스에게는 마치 억지로 버티고 있는 듯한 불안한 체념 같은 것이 느껴졌다.

"정말 잘 지내는 거 맞아요?" 다시 물었지만, 대답 대신 멍한 시선만 되돌아왔다. "별로 그래 보이지 않아요." 내가 집요하게 물었다.

그는 한숨을 쉬며 등을 기대고 머리를 쓸어 넘겼다. 전보다 머리가 자란 걸 알 수 있었다. 샤워기에 반복적으로 문제가 생기기 시작한 뒤로 대부분의 남자 대원들은 아크와 그의 전기 클리퍼 덕분에 수염을 깎고 머리도 주기적으로 자르는 습관이 생겼다. 알렉스는 짧은 머리를 좋아하지 않거나 부탁하는 게 내키지 않는 모양이었다.

"나한테 원하는 게 뭐예요, 케이트?"

나는 잠시 장-뤼크가 비디오 일지에서 말한 내용에 관한 얘기를 어떻게 꺼낼까 고민했다. 비디오 일지를 봤다는 사실을 알리는 건 아무래도 조심스러웠다. 아무리 내게 그럴 권리가 있다고는 해도 알렉스에게 자기 비디오도 봤을까 하는 의심을 사고 싶지는 않았다.

"뭐 좀 물어봐도 돼요?"

그는 눈에 보일 듯 말 듯 작게 고개를 끄덕였다.

"장-뤼크와 친구처럼 지냈죠, 그렇죠?"

그 이름에 알렉스의 얼굴이 조금 굳었지만, 다시 고개를 끄덕였다.

"혹시 장-뤼크가 한 번이라도 당신한테……." 나는 말을 멈추고 다시 할 말을 정리했다. "혹시 그가 여기 있는 누군가가 우리 모두의 안전을 위협할 수도 있다는 말을 한 적이 있나요?"

알렉스가 예민한 반응을 보였다. "왜 나한테 그런 걸 물어요?"

"그의 파일에 남아 있던 메모 때문이에요." 나는 거짓으로 둘러댔다. "좀더 알아봐야겠지만, 우리가 위험해질 수도 있다고 생각했더군요. 자세한 얘기는 없었고요."

"그의 의료 파일에요?"

나는 고개를 끄덕였다. 어쨌거나 완전히 거짓말은 아니니까.

"이름은 없고요?"

"이름이요?"

"그게 누군지는 안 밝혔어요?"

"누구라뇨? 무슨 말인지 모르겠어요."

"뻔하지 않아요?" 알렉스가 초조한 듯 말했다. "장-뤼크를 죽인 사람이 누군지 말이에요. 장-뤼크가 조사하던 사람, 장-뤼크의 노트북과 일지를 훔쳐간 그 사람이요."

나는 그를 바라보았다. "당신은 정말 장-뤼크가 살해당했다고 믿어요?"

"그래요." 그는 화난 듯 낮게 말하고 주변을 둘러보며 주위에 아무도 없는지 확인했다. "장-뤼크가 죽기 2주 전에 이 기지에 있는 누군가가 심각한 범죄를 저지른 것 같다고 나한테 말했어요. 그는—."

나는 손을 들어 그의 말을 막았다. "잠깐만요. 무슨 범죄요?"

"그런 얘긴 안 했어요. 그냥 아주 심각하다고만 했죠. 뭔가 의심스러운 걸 발견했는데 증거가 필요하다고 했어요."

"그럼 그게 누군지……어떤 범죄인지는 말 안 했어요?"

"네."

나는 그의 시선을 피하며 생각을 정리하려 했다. 신중해야 해, 케이트. 알렉스를 도우려는 거지 그의 피해망상을 키우려는 게 아니니까.
"장-뤼크가 어떻게 그걸 증명하려 했는지 얘기했나요?"

"정확하게는 말 안 했어요. 그냥 유나에 몇 가지 확인해보고 싶다고 했어요. 결과가 나오면 자기 생각이 맞는지 틀렸는지 알 수 있댔어요."

장-뤼크가 언급했던 DNA 샘플들, 그가 샌드린과 상의했다던 그 샘플들이 분명했다.

"그래서 유나에서 확인해줬나요?"

알렉스가 어깨를 으쓱했다. "나도 몰라요. 그래서 장-뤼크의 일지랑 노트북을 찾으러 갔던 거예요. 그가 우연한 사고를 당한 게 아니라는 걸 알고 있었으니까, 과연 그가 뭘 알아냈는지 확인하고 싶었죠."

"하지만 찾지 못했군요."

"맞아요. 샌드린이 유나에 보고하는 데 필요한 내용을 전달하자마자 곧장 그의 방으로 갔는데 이미 없어진 후였어요."

나는 숨을 들이쉬며 모든 내용을 이해하려 애썼다. "그러니까…… 그 사람……당신은 그 사람이 누군지는 전혀 모르고, 장-뤼크가 무엇을 염려했는지도 모르는 거예요?"

"아직은요."

"그게 무슨 뜻이에요?"

"내가 찾아낼 거예요."

"어떻게요?"

알렉스가 머리를 세차게 흔들었다. "나도 몰라요. 하지만 생각나는 것들을 종합하고 있어요. 우리 둘만 있을 때 가끔 장-뤼크가 했던 얘기들이 있거든요. 그는 이전에 남극에 왔을 때 발생한 사건 때문에 무척 상심해 있었어요. 빙판에서 목숨을 잃은 여자가 있었대요."

"누구요?"

알렉스가 어깨를 으쓱했다. "그건 말 안 했어요."

"그럼 당신은 장-뤼크의 죽음이 그 사건과 연관이 있다고 믿어요?" 나는 회의적인 눈빛으로 알렉스를 응시했다. 어쩌다 보니 어디쯤에서 우리의 대화는 다른 곳으로 빠져버렸고, 어떻게 받아들여야 할지 몰랐다. 다만 이 상황이 알렉스의 상태에 전혀 도움이 되지 않는다는 것만은 확실했다. 어리석은 짓이었어, 케이트.

"그렇다고 생각해요."

"알렉스, 내 말 들어봐요. 당신이 한 얘기가 전부 맞는 건지 난…… 잘 모르겠어요. 하지만 당신이 많이 힘들어하고 있고 어쩌면 좀 우울할 수도 있다는 건 알아요. 내일 우리 둘 다 좀 덜 피곤할 때 다시 얘기할 수 있게 꼭 진료실로 와줬으면 해요. 혹시 도움이 될 만한 약이 있는지 같이 의논할 수도 있고요."

내 말이 끝나기가 무섭게 알렉스의 표정을 보고 나는 큰 실수를 저질렀음을 깨달았다. 마리화나에 관해 물어보았을 때 분개하던 그의 모습이 다시 떠올랐다. 난 왜 자꾸 같은 실수를 반복하는 거지?

"알렉스, 제발, 난 다만—."

"지금 무슨 수작을 부리는 겁니까, 케이트?" 그가 벌떡 일어나서 나를 노려보았다. "당신이 제 발로 여길 찾아왔고, 당신이 먼저 얘기를 꺼내놓고는 이제 와서 내 말을 안 믿는다는 겁니까?" 그의 얼굴이 분노로 달아올랐고 사람들을 깨울 만큼 쩌렁쩌렁한 목소리로 외쳤다.

"아니에요." 나는 초조하게 문 쪽을 힐끗거리며 더듬거렸다. "알렉스, 미안해요. 그런 뜻은 아니에요. 이 모든 상황 때문에 당신이 무척 힘들어하고—."

"그래요, 힘들어 죽겠어요!" 그가 고함을 쳤고 화가 극에 달해 무서울 정도였다. "함께 일하던 최고의 동료 중 하나가 살해됐어요. 그래요, 살해됐다고요. 게다가 그게 내 탓이라는 비난을 받고 있는데 누구 짓인지 밝혀내는 걸 도와주기는커녕 당신은 나한테 망할 우울증 치료제나 쑤셔넣으려고 하잖아요!"

"아니에요, 그게 아니라—."

"**빌어먹을 약 따위 필요 없어요!** 난 이 일을 해결해야 해요. 장-뤼크에게 이런 짓을 한 새끼를 찾아서—."

"알렉스, 그만해요!"

그녀의 목소리는 크고 위압적이었다. 우리는 고개를 돌려 문간에 서 있는 샌드린을 보았다. 그녀 뒤로 파자마와 헐렁한 가운을 걸친 카로가 보였고, 드루와 아르네, 그리고 루크도 있었다.

젠장. 정말 기지 사람들 절반을 깨우고 말았다.

"이런 미친 놈!" 루크가 알렉스를 노려보았다. "지금 뭐라고 지껄이는 겁니까?"

알렉스는 아무런 대꾸하지 않았다. 대신 갑자기 성큼성큼 문을 향해 걸어갔고 모두 당황해서 옆으로 비켜섰다.

샌드린이 복도를 걸어가는 알렉스의 뒷모습을 바라보다가 고개를 휙 돌려 나를 보았다. "이게 무슨 일이죠?"

나는 머리를 저었고 뺨이 달아올랐다. "나도……나도 잘 모르겠어요. 그냥 알렉스와 얘기를 하려던 것뿐이에요."

"지난번처럼 말인가요?" 기지 대장이 뚫어질 듯한 눈빛으로 나를 쏘아보았다. "이 정도면 하룻저녁에 충분한 분란을 일으킨 것 같군요, 안 그래요? 그만 방으로 돌아가고 내일 아침 사무실로 와요."

그 말을 남기고 그녀는 사라졌다.

나는 그 자리에 서서 눈을 껌뻑이며 울음을 참으려 애썼다. 카로가 다가와 내 어깨에 팔을 둘렀고, 나머지 대원들은 어색하게 나를 보았다. "마음에 두지 말아요, 케이트. 샌드린이 스트레스를 많이 받아서 그래요."

나는 울음을 삼키고 고개를 끄덕였다. 하지만 샌드린 말이 옳았다. 내가 이 상황을 악화시킨 것이 분명했다.

17

6월 18일

새벽 3시.

벤의 목소리가 머릿속을 울렸다. "난 지쳤어, 케이트. 모든 걸 다 잘하려고 애쓰는 거 이제 지긋지긋해. 늘 다른 사람들을 기쁘게 하고 완벽하게 하려고 기를 쓰는 거 더는 못 참겠어. 우리는 도대체 언제까지 이래야 해?"

'우리'라고는 했지만 물론 나를 가리키는 말이었다.

그래서 결국 그는 다른 인생을 택했다. 다른 사람, 좀더 자극적이고 즉흥적인 사람을 택했다.

벤이 있었다면 지금 상황을 어떻게 생각할까? 어젯밤 알렉스와의 참담한 대화와 샌드린의 신랄한 비난을 떠올리며 궁금해졌다. 지구의 끝 인적 드문 외진 곳까지 와서 말썽만 일으키고 있는 나.

이렇게 완벽과는 거리가 먼 사람인데.

나는 침대에서 억지로 몸을 일으켰고 기진맥진해서 정신이 혼미할 정도였다. 진료실의 잠긴 벽장 속에 보관된 강한 수면제가 생각났다.

손대지 않은 새 포일 포장 용기 속에 들어 있는 희고 둥근 알약들. 두 개만 먹으면 그래도 몇 시간은 잘 것 같은 생각이 들었다. 좀더 맑은 정신으로 대처하려면 그래야 했다.

샌드린 말이 맞았다. 내 판단력이 흐릿했고 수면 부족이 그걸 더 악화시켰다.

나는 가운을 걸치고 진료실을 향해 조용히 복도를 걸어가며 누구도 마주치지 않기를 바랐다. 손잡이에 열쇠를 넣고 돌렸으나 아무 소리도 나지 않았다. 나는 얼굴을 찡그리고 한밤중에 복도에 드는 어둑한 빛에 문을 보고 서 있다가 손잡이를 돌렸다.

놀랍게도 문이 그냥 열렸다.

어리둥절해서 그대로 서 있었다. 분명히 어젯밤에 열쇠로 잠갔는데. 언제나처럼. 진료실 안에는 매우 귀하고 심지어 위험하기까지 한 약이 많았고 민감한 장비들도 적지 않아서 문을 열어놓고 다닐 수 없었다.

빌어먹을, 내 방에서 사라진 약들이 떠올랐다. 진료실 안으로 들어가 문을 닫았다. 다행히 약품 벽장에는 손을 댄 흔적이 없었다. 벽장 안을 들여다보았지만 모든 것들이 원래대로인 것 같았다. 사람들이 유혹을 느낄 만한 물품들은 두 번씩 확인했고, 신경안정제와 아편 성분의 진통제가 든 통들도 모두 그대로이고 사라진 건 없어 보였다.

나는 의자에 주저앉았다. 어떻게 된 거지? 어젯밤 알렉스를 찾아 나서기 전에 분명히 진료실 문을 잠갔는데. 그의 방을 향해 진료실을 나서면서 실제로 열쇠로 문을 잠그고 청바지 주머니에 열쇠를 집어넣던 장면이 선명하게 떠오를 정도였다.

문득 빙판에서 없어진 손전등이 생각났다. 누군가 가져간 것이 틀림없다고 확신했던 것. 그다음 날 드루가 이미 손전등을 찾아왔으며 우리 모두가 서 있었던 자리에서 발견했다고 아르네가 전해주었다. 어떻게 된 영문인지 내가 휴대전화 불빛으로 찾아봤을 때는 보이지 않았는데.

내가 미쳐가는 건가? 나는 진지하게 생각했다. 내가 정말 있지도 않은 일을 상상하고 있는 걸까? 심지어 사라져버린 내 약들도? 다 먹어버리고 어쩌다 까맣게 잊어버린 건가?

어쩌면 드디어 내가 현실을 부정하기 시작한 것인지도 모른다.

너무 지쳐서 그러는 것뿐이야, 또다른 목소리가 반박했다. 그저 진료실 문을 잠그는 걸 깜빡했겠지. 응급실에서 연달아 교대근무를 하던 시절에 차를 몰고 집에 와서도 어떤 길로 어떻게 왔는지 기억나지 않을 때도 있었다. 마치 운전하는 동안 내 머리의 절반은 잠들기라도 한 것처럼.

나는 책상에 머리를 박고 눈을 꼭 감은 채 생각을 정리하려 했다. 느닷없이 눈 부신 헤드라이트 불빛에 얼어붙은 채 앞 유리를 통해 빤히 나를 쳐다보던 여우가 떠올랐다. 여우와 내 시선이 마주치는 순간 나는 운전대를 확 틀었고 눈앞에서 나무와 바위와 별이 총총한 하늘이 뒤죽박죽 섞여버렸다.

속도와 운동 에너지. 충돌의 물리학 법칙.

의식불명의 법칙.

나는 환각의 힘에 충격을 받고 눈을 떴다. 젠장, 정말 어떻게든 잠을 좀 자야만 했다. 나는 자리에서 일어나 강한 수면제가 보관된 벽장을 다시 열고 가까이 있는 통에서 두 알을 꺼내 방으로 돌아갔다.

아침을 먹으러 식당에 갔을 때는 거의 텅텅 비어 있었다. 롭과 루크만 몸을 웅크려 머리를 맞대고 얘기 중이었다. 그들은 내가 들어서는 걸 보고는 조용해졌다.

나는 못 본 척했다. 그들이 무슨 얘기를 하는지 뻔했다. 어젯밤 알렉스와의 참사에 관해 떠들고 있겠지.

커피와 토스트 두 개를 들고 방으로 돌아와 오늘 할 일에 집중했다. 먼저 샌드린을 만나서 화해를 시도해야 했다. 어쩌면 함께 알렉스를 도울 방법을 찾을 수도 있다. 둘이서 힘을 합해 그를 제압하든 무슨 방법이라도 찾아야 했다. 우리가 이 모든 상황을 받아들일 수 있는지 알아봐야 했다.

우리가 위험에 처한 건 아닌지 반드시 알아야 해.

장-뤼크는 왜 그런 말을 했을까? 혹시 전혀 다른 얘기를 한 것은 아닐까? 내가 오해를 했거나 그가 의미하는 바가 잘못 전달된 것은 아닐까? 비디오 일지를 다시 확인해야겠다는 생각이 들었다. 대낮에 생각해보니 내가 실수했다는 느낌도 들었다.

지금이 가장 좋은 기회였다. 나는 작은 거울을 놓고 침대에 앉아 엷게 화장했다. 오늘 아침만큼은 좋은 인상을 주고 싶었고, 솔직히 도움의 손길이 절실하기도 했다. 피부는 병적일 만큼 창백했고 머리는 손질이 필요했다.

사고 후에 나는 최대한 작은 거울로 얼굴 전체를 보는 대신 필요한 부분만 나눠서 보는 요령을 터득했다. 엷은 색조가 들어간 수분 크림을 얼굴에 바르고 손가락 끝으로 뺨에 난 흉터를 따라 그렸다. 나도 모르게 부러진 이에 자꾸 혀를 가져다대듯 흉터에 끌렸다. 매혹적인 동시에 소름이 끼쳤다.

내게 남은 흔적.

벤의 비난과 반대로 내가 완벽과는 거리가 멀다는 사실을 일깨우는 또 하나의 흔적이었다.

"지금 시간 괜찮아요?"

샌드린 방의 문을 열고 얼굴을 내밀며 애써 친근한 태도로 말했지만 내 노력에 돌아온 대답은 퉁명스러운 고갯짓이었다.

"문 닫고 들어와요."

나는 단단히 마음먹었다. 이제부터 제대로 질책이 이어질 모양이었다. 대원들이 자기 방이 아닌 다른 곳에 있을 때는 문을 닫지 않는 것이 기지의 의례였다. 하던 일을 언제라도 중단할 수 있고, 아무것도 숨길 게 없다는 뜻으로 생각했었다.

샌드린이 책상 맞은편에 있는 의자를 가리키기는 했지만 몇 분간 아무 말이 없었다. 할 말을 생각하는 건지, 일부러 나를 불안하게 만들려는 목적인지 짐작할 수가 없었다. 나도 굳이 침묵을 깨려 하지 않았다. 그녀의 속셈이 무엇이든 반응하지 않고 두고 볼 셈이었다.

"케이트, 당신이 이곳으로 파견된 게 실수라는 건 우리 둘 다 알고 있어요."

순간 나는 어안이 벙벙해서 입을 벌리고 그녀를 바라보았다. 지금 내가 제대로 들은 건가? 침착하자고 다짐에 다짐을 거듭했지만 충격과 분노로 가슴이 답답해졌다. 나는 호흡을 가다듬으며 차분하고 신중한 말투를 유지하려 애썼다. "뭐라고 답해야 좋을지 모르겠군요, 샌드린. 좀 자세하게 얘기해주겠어요?"

기지 대장의 얼굴에 놀라는 빛이 스쳐지났다. 그녀가 기대했던 대답이 아닌 모양이었다. "뭐라고 말해야 할지 모르겠네요……글쎄요, 그럼 우선 어젯밤에 뭘 하고 있었는지 얘기해보세요."

"보고도 몰라요? 알렉스와 얘기하고 있었어요. 난 그가 걱정돼요."

하지만 그게 다는 아니잖아, 안 그래? 최소한 나 자신에게는 솔직하게 인정할 수밖에 없었다. 순전히 그의 상태를 염려해서만은 아니었다. 내 질문에 답을 찾기 위해서 그를 찾아간 것이었다.

그런 면에서 그를 더 자극하고 말았지만.

"알렉스는 당신 때문에 극도로 화가 난 것 같던데요." 샌드린이 못박았다. "그리고 이번이 처음도 아니라면서요."

"의도적으로 그런 게 아니에요." 나는 신중하게 말했다.

"정확히 그와 무슨 얘기를 하고 있었죠?"

나는 어떻게 대답할지 고민했다. 솔직히 털어놓을 것인가? 장-뤼크의 비디오 일지를 봤다고 고백하고 그가 비디오에서 뭐라고 했는지 알려줄까? 그녀는 분명 거기에 대해 뭔가 알고 있을 듯했지만, 기지 대장은 내가 규칙을 어기고 장-뤼크의 개인 생활을 엿본 것을 탐탁지 않게 생각할 것 같았다.

사실 매우 탐탁지 않게 여길 것이 분명했다.

"난……그가." 나는 잠시 말을 멈추고 다른 방향을 선택했다. "알렉스가 그때 세탁실에서 한 얘기가 계속 마음에 걸렸어요. 그는 전임 의사의 죽음이 사고가 아니라고 확신하는 것 같았어요." 나는 샌드린의 얼굴에 시선을 고정하고 반응을 기다렸지만, 그녀는 눈도 깜짝하지 않고 내가 말을 계속하기만 기다리고 있었다. "당신도 동의하나요?"

그녀가 눈을 가늘게 떴다. "내가 무엇에 동의하냐는 거죠, 케이트? 장-뤼크의 장비가 고의로 훼손되었다는 주장에 동의하냐고요? 내가 대답할 가치가 있는 질문이라고 생각해요?"

"네."

또다시 그녀의 얼굴에 놀라는 기색이 스쳤다. 기지 대장은 나를 다시 보고 있었다. 분명 나는 그녀가 생각했던 것만큼 호락호락한 사람은 아니었다.

"다르게 얘기해보죠, 샌드린. 그 일에 대해 당신도 알렉스에게 잘못이 있다고 생각하나요? 만약 그렇다면 그는 왜 아직 여기에 남아 있는 거죠?"

그녀는 내 질문을 곰곰이 생각했다. 나는 그녀가 거의 눈을 깜빡이지 않는다는 걸 깨달았다. 마치 고양이처럼 눈을 깜빡이지 않고 빤히 나를 쳐다보았다. "아니요, 난 알렉스를 탓하지 않아요." 그녀가 마침내 입을 열었다. "그건 사고였어요. 그 이상도, 그 이하도 아니에요."

아르네가 한 말과 거의 똑같다고 생각하며 도대체 나는 왜 이 일에 집착하는지 생각했다. 어쩌다 보니 사고가 아니라는 알렉스의 주장에 설득당한 걸까?

샌드린에게 DNA 샘플에 관해 물어보라고 내 안의 다른 목소리가 부추겼다. 비디오 일지에서 장-뤼크가 한 말이 무슨 뜻인지 물어보라고 채근했다. 그리고 말이 나온 김에 그의 편지는 어떻게 했는지도 물어보라고.

그러나 나는 꾹 참았다. 그래봐야 지금 이 불길에 기름을 붓는 꼴이었다.

"내가 보기에 당신은 아주 의심스러운 결론에 도달한 것 같군요." 냉담하고 신중한 목소리였다. "솔직히 말할게요, 케이트. 우리는 이미 훌륭한 의사를 잃었고 어쩔 수 없이 미심쩍은 후임을 받아들여야 했어요. 지금은 임신한 대원까지 생겼고 누가 봐도 정신적으로 힘들어하고 있는 대원도 있는 마당에 당신까지 분란을 일으키는 건 전혀 도움이 되지 않아요."

나는 그녀의 말에 움찔했고 충격을 받아서 다시 침묵했다. 미심쩍은 후임이라고? 그러나 그녀의 말에 어느 정도 일리가 있다는 사실은 인정했다. 내가 분란을 일으키긴 했으니.

빰이 달아오르고 혼란스러운 감정이 드러났다. "난 실력 있는 의사예요." 단호한 목소리로 샌드린에게 말했다. 나 자신에게도 하는 말이었다.

"당신은 그렇게 말하지만, 내가 알아본 바로는 좀 다르던데요." 샌드린이 눈썹을 치켜올렸다.

"뭘 알아봤다는 거예요, 샌드린?" 내가 쏘아붙였다. 걷잡을 수 없이 화가 치밀어올랐다. "도대체 무슨 얘기를 하는 거예요?"

기지 대장은 말없이 가만히 나를 응시했다. 결국 나를 곤경에 빠뜨렸음을 아는 것 같았다. "의료 과실로 고발당한 적이 있던데, 맞죠? 어떤 할머니 환자와 문제가 있었더군요."

입이 떡 벌어졌다. 그녀가 어떻게 그걸 알고 있지?

"당신이 뭘 잘못 알고 있는 것 같은데 잘 들어요." 나는 떨리는 손을 감추려고 주먹을 꽉 쥐었다. "난 혐의를 완전히 벗었어요. 내가 잘못 처치한 건 하나도 없어요. 오히려 말 그대로 의례를 따랐을 뿐이죠."

당신 잘못이야!

응급실 한복판에 서서 나 때문에 자기 어머니가 죽었다고 고래고래 소리를 지르던 딸의 비난은 그 말이 가진 모든 효력을 발휘했다. 환자는 맹장에 구멍이 뚫려 복막염으로 번진 70세 여성이었다. 그녀가 복통과 구토를 호소하며 병원에 실려왔을 때 나는 위장 장애로 오진하고 그녀를 집으로 돌려보냈다.

그러나 그 상황에서 내가 할 수 있는 것은 전부 확인한 결과였다. 당시 그녀를 검진했을 때는 미열이 있었을 뿐 혈압과 심장박동수는 정상이었고, 맹장염일 수도 있다는 징후는 찾아볼 수 없었다.

아무리 그래도 그 모든 소란이 업무에 복귀한 지 얼마 되지 않아 벌어진 탓에 나는 충격을 받았고 치욕스러웠다. 상관이 나서서 내게 책임이 없다고 밝혀 혐의는 벗었지만 나 자신을 용서하는 것은 별개의 일이었다. 언제나 마음 한편에는 내가 복용하는 약들이 판단력을 흐리게 한 건 아닌지 의문이 떠나지 않았다. 그렇게 생각하지는 않지만, 그걸 확신할 수 있을까?

분노의 눈물이 솟아 눈이 따끔거렸다. 나는 샌드린의 책상 쪽으로 몸을 기울이고 떨리는 목소리로 말했다. "유나에서 나를 선택했고 내 기록을 전부 확인했어요. 당신이 누구와 얘기를 했는지 모르겠지만 한 가지는 분명히 해두죠. 우리는 앞으로 8개월 동안 싫든 좋든 붙어 있어야 하고 각자 할 일이 있어요. 그러니 경고하는데 내 일에 신경 쓰지 말아요. 그럼 나도 당신 일에 상관하지 않을 테니까."

기지 대장의 눈이 휘둥그레지며 표정이 굳었다. "도대체 그게 무슨 뜻이—?"

"모르는 척하지 말아요, 샌드린." 나는 문을 쾅 닫고 그녀의 사무실을 나와 진료실로 향했고 복도에서 앨리스를 지나쳤다. "케이트, 괜찮—?"

목이 메어 그녀에게 손짓만 하고 지나쳤다. 진료실로 들어가 문을 걸어 잠갔다. 감정이 가라앉지 않아 부들부들 떨렸다.

방금 무슨 일이 벌어진 거지?

곧장 벽장으로 가서 두 번 생각할 새도 없이, 나 자신을 말릴 겨를도 없이 또다른 바륨 상자를 꺼내서 캡슐 두 개를 물과 삼켰다. 그리고 책상에 기대어 수치심과 분노, 격노에 휩싸였다.

대체 어떻게 그럴 수 있지?

샌드린이 어떻게 나를 그렇게 비난할 수 있지?

나는 빨리 약효가 퍼지기를, 빨리 화학성분의 효과가 나타나 마음이 가라앉기를 기다렸다. 이번이 마지막이라고 되뇌며 그 말을 믿으려 안간힘을 썼다. 정말 이번이 마지막이야.

특별한 상황이니까.

나는 활발하고 지적이던 장-뤼크를 생각하려 했다. 그 비디오 일지들 안에서 살아 있는 모습을 보고 그의 목소리를 들으니 저 멀리 얼음 속 어딘가에 갇혀 있다는 그의 모습이 떠올라 더욱 끔찍했다.

우리가 위험에 처한 건 아닌지 반드시 알아야 해.

머릿속으로 계획을 세우며 노트북을 켜고 시스템에 로그인했다. 장-뤼크가 한 말을 모두 기록해서 샌드린에게 맞설 생각이었다. 그녀가 어떻게 반응할지는 알 바 아니었다. 갑작스럽기도 하고 딱히 설명하기는 어려웠지만, 분명히 이곳에서 뭔가가 잘못되어가고 있다는 확신이 들었다.

비디오 일지를 검색해 장-뤼크의 이름을 클릭했다. 그리고 화면을 응시했다. 바륨을 먹었음에도 심장이 벌렁거렸다.

그의 비디오 일지. 총 26개의 일지.

모두 감쪽같이 사라졌다.

미친 듯이 뒤로가기를 클릭했다가 다시 열어보았다. 아무것도 나타나지 않았다. 다른 사람들의 파일을 확인하자 평소처럼 모두 그대로였다.

나는 한동안 그대로 앉아 있었다. 머리가 핑핑 돌았지만, 머릿속은 모든 것이 흐릿하고 느렸다. **잘 생각해봐**, 케이트. 나를 채근했다. 혹시 내가 실수로 모두 삭제했나?

애써 기억을 되살려보았다. 정확히 내가 어떻게 했더라? 마지막 비디오 일지를 닫고 파일에서 나와 시스템에서 로그아웃했다. 확실했다.

그럼 사고라고? 어쩌다 모두 지워졌다는 거야?

알아보는 방법은 딱 하나였다. 나는 시스템을 끄고 진료실을 나와 통신실에서 롭을 찾았다. 다행히 혼자였다. 톰은 어디에도 보이지 않았다.

롭은 경계하는 눈빛으로 나를 보았고 염려하는 눈치였다. 어젯밤 일에 대해 어떤 얘기를 들었는지도 모를 일이었다.

"뭐 좀 물어봐도 돼요?" 나는 그의 노트북 화면을 가리키며 일에 관한 질문임을 암시했고 그의 표정이 풀어지는 것을 눈치챘다. "비디오 일지 일부가 사라진 것 같은데 무슨 일이 있었는지 알고 싶어요. 확인해줄 수 있어요?"

"의료 시스템에서 말이죠?"

내가 고개를 끄덕였다. "장-뤼크의 비디오예요. 안 보여서요."

롭이 자판을 두드려 화면을 띄웠다. "맞아요. 삭제됐네요."

"삭제됐다고요?" 놀라서 그를 쳐다보았다. "어떻게……? 언제요?" 내가 화를 내며 샌드린의 사무실에서 나온 후에 그녀가 미처 삭제할 틈이 없었을 텐데?

그가 자판을 몇 개 더 두드렸다. "오늘 새벽 2시 18분에 삭제된 걸로 나오는데요?"

"누가 삭제했어요?"

그가 화면을 응시했다. "당신이요."

나는 고개를 저었다. "그건 불가능해요. 난 자고 있었어요."

롭이 어깨를 으쓱했다. "당신 터미널에서 삭제한 걸로 나와요."

그를 쳐다보며 머리를 굴리려 했지만, 바륨 때문에 힘들었다. "분명한 거예요? 무슨 에러가 난 건 아니고요?"

"접근이 허용되는 사람은 아무도 없어요. 샌드린 말고는요."

"그리고 당신도 허용되고요?"

롭의 표정이 굳었다. "그래요, 나도 가능해요. 하지만 난 이 파일들을 삭제하지 않았어요, 케이트. 샌드린이 그랬을 리도 없고요."

그때 진료실 문이 잠겨 있지 않았던 것이 떠올랐다. 그러니까 결국 내가 깜빡 잊고 안 잠근 게 아니었다는 생각과 동시에 낭패감이 들었다. 누군가 내 사무실에 몰래 들어와서 내 터미널을 이용해 장-뤼크의 비디오 일지들을 지웠다는 거였다.

그렇지만 왜?

그 질문에는 대답할 수 없었다. 특히 여기서, 롭 앞에서는. 그래서 대신 한 가지를 더 물었다. "혹시 백업 파일이 있는지 알아요? 그 파일들이 제네바에 있는 유나에도 업로드됐나요?"

롭이 고개를 저었다. "파일 용량이 너무 커서요. 인터넷 대역폭을 엄청나게 잡아먹거든요."

"그럼 완전히 없어졌다는 거예요?"

"그런 것 같아요." 그가 한숨을 쉬며 내 시선을 피했다. 그는 내가 했다고 짐작하는 것이 분명했다. 아마도 실수였겠지만 내가 삭제해놓고 은폐하려 한다고 생각하는 것 같았다.

“롭, 할 말이 있어요.” 내가 목소리를 낮췄다. “부탁 좀 들어줄래요? 이 일을 샌드린에게 말하지 말아요, 알겠죠?”

그는 잠시 내 부탁을 생각하더니 말했다. “알았어요.”

“고마워요. 정말 고맙게 생각해요.” 나는 돌아섰다.

“혹시 토요일 일을 잊은 건 아니죠, 그렇죠?” 그가 등 뒤에서 말했다. “파티 장식하기로 했잖아요, 기억나요?”

내 멍한 표정을 보면 뻔히 짐작했을 터였다. 맞다, 이번 주말이 미드윈터 페스티벌의 시작이었고 롭과 앨리스, 내가 함께 휴게실을 장식하기로 한 사실을 까맣게 잊고 있었다. 장식에 사용할 수 있는 물품이 제한되어 있으니 그리 힘든 일은 아니었다.

파티의 주제는 하와이언이었다. 하고많은 것들 중에 왜 하필. 이곳이 열대의 파라다이스에서 가장 멀리 떨어진 곳이라는 의미에서 농담처럼 정한 것이었다. 내가 맡은 임무는 베타에 있는 재활용 쓰레기통에서 종이와 끈을 확보해 필요한 화환을 만드는 것이었다.

“그럼요, 물론이죠. 알고 있어요.”

“알았어요.” 롭이 알 수 없는 표정으로 나를 보았다. “그냥 확인한 것뿐이에요.”

18

6월 20일

"케이트?"

내가 깜짝 놀라서 눈을 크게 뜨고 휙 뒤돌아보자 문간에 톰이 서 있었다.

"미안해요." 나는 방금 의약품 벽장에서 꺼낸 알약을 황급히 삼키며 더듬거렸다. 세상에, 내가 약 먹는 걸 봤을까?

"지금 바빠요?" 톰이 힐끗 내 눈을 보고 책상에 널브러진 종이 더미와 끈 뭉치를 살피며 물었다.

알약이 목에 걸려 대답을 할 수가 없었다. 서둘러 싱크대에서 물을 받아 꿀꺽 삼켰고 현장을 들켰다는 충격에 손이 다 떨렸다. "미드윈터 페스티벌 준비를 하는 중이에요." 내가 목쉰 소리로 말했다. "앉아요."

"저게 뭐예요?" 단조로우면서 약간 정중한 독일식 악센트가 섞인 말투로 물었다.

"화환이요. 휴게실 장식에 쓰려고요." 환자를 맞은 의사다운 미소를 띠고 맞은편 의자를 손짓했다. "자, 어디가 불편하신가요?"

의자에 앉은 톰은 내 무릎과 바닥 사이 어딘가에 시선을 고정하고, 불안한 듯 왼쪽 다리를 떨었다.

"통 잠을 잘 수가 없어요." 그가 기어들어가는 목소리로 말해서 알아듣기 힘들었다. "그리고 두통도 있어요."

"두통이요? 얼마나 자주요?"

톰이 어깨를 으쓱했다. "거의 매일이요."

"두통 때문에 먹는 약은 있어요? 여기 올 때 진통제를 챙겨왔나요?"

"파라세타몰만 가져왔어요. 그런데 별 효과가 없어요."

"다른 증상은요?" 내가 물었다. "시각 전조 증상이나 메스꺼움, 혼미함 같은 증상도 있어요?"

"그냥 통증만, 이쪽 부근에서요." 톰이 관자놀이께를 가리켰다.

그의 머리를 만지려고 손을 뻗었지만, 그가 피했다. "괜찮아요." 내가 안심시키며 말했다. "내가 한번 봐야 해요."

그가 주저하다가 안경을 벗고 머리를 내 손에 맡겼다.

"여기를 부딪치거나 넘어진 적은요? 상처를 입은 적도 없고요?"

"없어요."

"두통은 언제부터 시작됐어요?"

그는 계산하는 듯 천장을 올려다보았다. "3주 정도 됐어요."

"통증은 얼마나 심한가요? 1부터 10까지라고 할 때요."

톰은 입술을 꾹 다물고 생각에 잠겼다. "5, 아니 4 정도요. 아주 심한 건 아닌데 그보다는……통 집중을 할 수가 없어요."

나는 노트에 기록을 하고 다시 그를 보았다. "잠시 간단한 신체검사를 해도 될까요? 진찰대에 누우면 내가 검사할게요."

"무슨 문제라도 있는 거예요?" 그가 걱정스러운 얼굴로 물었다.

"심각한 병인 것 같지는 않아요." 나는 컴퓨터에 로그인해서 그의 기록과 최근 혈액 테스트 결과를 훑어보았다. 가장 최근의 검사가 일주일 전이었다. "다 괜찮아 보이는데, 그래도 한번 살펴볼게요."

그가 뻣뻣하게 진찰대에 올라갔다. 나는 그의 목 주변과 상체에 이상이 있는지 촉진했다. 특별한 점은 없었다. 혈압과 심장박동수도 확인했지만 모두 정상이었다. 진단을 위해서라기보다는 그를 안심시키기 위한 검사였다. 적절한 영상 장비와 검사 장비가 없어서 그런 증상들의 배후에 어떤 질병이 숨어 있는지 확인하는 것은 불가능했다.

그렇다고 특별히 걱정되는 점은 없었다. 모든 대원들이 그렇듯이 톰도 여기 오기 전에 의학적으로 광범위한 검사를 통과했기 때문에 지난 몇 달 사이에 심각한 질병이 진행되었을 가능성은 낮았다.

"아마 편두통일 기예요." 진찰을 마치고 다시 자리에 앉았을 때 내가 말했다. "음식이나 고도와 관련이 있을 거예요. 심각하게 걱정할 건 아닌 것 같아요. 좀 강한 진통제를 줄게요. 하지만 처방전에 정해진 양보다 더 많이 복용하지 않도록 주의하세요."

그런 말이 나와, 케이트?

"그럼 뇌종양은 아니라는 거죠?" 톰의 목소리가 떨리고 있었다.

"솔직히 뇌종양일 가능성은 매우 낮아요. 더구나 만약 뇌종양 때문에 통증을 느끼는 거라면 다른 증상들도 있어야 해요."

"어떤 증상이요?" 그가 조심스러운 목소리로 물었다.

"메스꺼움과 구토, 그리고 발작이나 근력 저하, 다른 감각 증상이 동반되죠."

"환청이 들리거나 환영이 보이는 증상 말인가요?"

나는 눈을 가늘게 떴다. "혹시 그런 증상을 겪고 있나요?"

그가 손바닥의 땀을 바지에 문질러 닦으며 아주 잠시 나와 눈을 마주쳤다. "가끔씩……." 그가 더듬거렸다.

"가끔씩 뭐요?"

"가끔씩 외부에 있거나 빙판에 나가 있을 때, 밤에 혼자 방에 있을 때 환청이 들려요. 환영이 보이기도 하고요. 불가능한 것들이요."

나는 관심이 커지는 동시에 어떤 불길한 예감이 들었다. "예를 들면 어떤 거요?"

톰이 다시 한번 침을 삼키고 책상 위에 있는 가위들을 보았는데, 마치 가위들이 날아올라 그를 찌르기라도 할까봐 염려하는 것 같았다. "말소리가 들리지 않는 곳에서 사람들이 말하는 소리가 들려요. 가끔은 개가 고통스러운 듯 울부짖는 소리도 들리고요."

"환영도 보인다고 했나요?"

그는 눈을 감았다. 순간 울음을 터뜨릴 것만 같았다. "어렸을 때 레나라는 이름의 셰퍼드를 키웠어요. 때때로 레나의 모습이 저 멀리서 보일 때가 있어요. 아니면 어둠 속 어딘가에 레나가 가까이 있는 듯 느껴지기도 하고요."

마치 내 눈에 보이는 여우처럼. 그런 생각이 들자 가슴이 뻐근했다.

"무슨 일이 있었어요?" 행복한 결말이 아닐 거라고 직감하며 부드럽게 물었다.

톰이 안경 밑으로 눈물 한 방울을 훔쳤다. "차에 치였어요. 아버지가 우리 집으로 이어지는 길에서 속도를 줄이지 않고 달리다가 그만……." 그는 목이 메어 말을 잇지 못하고 고개를 돌렸다. 나는 무한한 동정심을 느꼈다. 내가 들은 바로는 루르 지방의 소도시 시장인 톰의 아버지는 루터교 신자였고, 톰이 동성애자라고 밝혔을 때 그와 연을 끊었다고 했다.

휴지를 꺼내 톰에게 건넸다. 처음으로 톰이 나를 정면으로 바라보았고 두려운 표정이었다. "환영이 보이고, 환청이 들리니……어쩌면 뇌종양에 걸렸을지도 모른다고 생각했어요."

"정말 고통스러웠겠군요." 내가 잠시 생각할 시간을 벌기 위해 말했다. "무섭기도 하고요."

톰이 고개를 끄덕였다. 지난 두 달 동안 그가 별로 말이 없었고 잘 보이지 않았던 것을 떠올렸다. 눈에 띄게 침울한 분위기. 긴 겨울과 햇빛 부족, 수면 장애의 부작용일 거라고 짐작은 했지만, 지금 그의 얘기를 들으며 종합해보니 마음에 걸리는 것이 있었다.

여기서 내가 할 수 있는 치료는 매우 제한적인 탓에 이것은 뇌종양만큼이나 심각한 문제였다.

"혹시 마리화나 같은 걸 피우는지 물어봐도 돼요, 톰?"

그는 단호하게 고개를 저었다. "전혀요."

나는 조심스럽게 말을 고르며 잠시 신중했다. "혹시 집안에 유전적인 정신질환이 있나요?"

톰의 얼굴이 굳었다. "그게 무슨 말이에요? 내가 미쳤다는 거예요?"

"그럴 리가요. 다만 가족력이 있는지 궁금해서 그래요. 그러니까 우울증 같은 거요."

그가 고개를 돌려 어둠을 가리고 있는 블라인드를 응시했다. 마치 블라인드를 꿰뚫고 바깥에 도사린 어둠을 볼 수 있는 것처럼. "여동생이요," 톰이 마침내 대답했다. "쌍둥이 여동생이 아팠어요."

"어떤 진단을 받았는지 알아요?"

그가 숨을 들이마시고 천천히 내쉬었다. "조현병이요."

나는 그 말을 머리에 새겼다.

"나도 같은 병이라고 생각해요?"

"단정 지어 말할 수는 없어요, 톰. 그러나 가능성은 있어요. 당신이 설명한 증상들에 부합하기도 하고 가족력이 있다면 생각해볼 만한 문제예요."

그가 다시 눈을 감았다. 마치 나와 나머지 세상을 모두 차단하려는 듯이.

"하지만 여동생을 봐서 알겠지만, 요즘은 아주 효과적인 약이 많이 있어요. 치료를 잘 받으면 얼마든지 관리할 수 있는 질병이에요."

우리는 벽에 걸린 시계의 시곗바늘의 희미한 째깍 소리를 들으며 침묵했고, 마침내 톰이 입을 열었다. "여동생은 자살했어요." 그가 무덤덤하게 말했다. "3년 전에 목을 맸죠. 동생에겐 관리할 수 있는 병이 아니었어요."

나는 충격에 휩싸여 그를 마주 보았다.

빌어먹을. 전혀 몰랐던 사실이었다. 기지에서 그런 얘기를 귀띔해준 사람은 없었다. 아마 톰이 아무에게도 말하지 않은 것 같았다. 어쩌면 유나의 의사들에게도.

생각이 복잡해졌다. 이 상황을 어떻게 헤쳐나가야 하지? 내가 또 실수를 저질렀다는 생각과 잘 대처하지 못하고 있다는 생각이 들었다. 내가 본능적으로 위로의 손길을 내밀었지만, 그는 온몸이 굳었다.

"잘 들어요, 톰." 내가 손을 거두고 말했다. "내가 당신의 두통과 다른 증상들을 잘 관찰할게요. 그리고 당신만 괜찮다면 유나에 있는 정신의학 팀과 상담할 수 있게 주선할 수도 있어요. 그들이 훨씬 더 철저하게 진단을 내릴 수 있을 거예요. 지나친 고립과 햇빛 부족으로 생체 리듬이 엉망이 되는 바람에 나타난 단순한 부작용일 가능성이 커요."

"하지만 그들은 날 미워해요." 그가 불쑥 말했다.

"누가요?" 내가 어리둥절해서 물었다.

"여기 있는 모든 사람이요. 그들은 다 날 싫어해요."

"아니에요," 내가 황급히 말했다. "절대 그렇지 않아요."

그것은 진심이었다. 조용하고 진지하고 양심적인 톰은 모두에게 좋은 평판을 얻고 있었다. 그는 드루에게 홀딱 반해 있었지만, 드루는 모르는 척하며 계속 친근하게 대했다.

"우리 모두 그런 기분이 들 때가 있어요." 내가 계속 말했다. "다 같이 좁은 곳에 갇혀 있다 보니 사소한 일들이 지나치게 과장되기도 하고, 하나같이 점점 퉁명스럽고 짜증스러워지죠. 그래서 모두가 나만 미워한다는 생각이 들기 쉽지만, 사실은 그들도 각자 자기만의 세상에 갇혀서 자기만의 문제에 대처하느라 바쁜 것뿐이에요."

그는 눈을 깜빡이며 더 많은 눈물을 쏟았고, 나는 생각할 겨를도 없이 그가 앉아 있는 의자 옆에 무릎을 꿇고 내켜하지 않는 그를 끌어당겨 안아주었다. "여동생 일은 정말 유감이에요." 감정이 북받쳐 내 목소리도 갈라졌다. "하지만 약속할게요, 톰. 당신에게는 그런 일이 일어나지 않을 거예요."

톰이 잠시 그대로 참고 있다가 몸을 뺐다.

"고마워요." 우리 둘 다 자리에서 일어설 때 그가 말했고, 잘 가라는 인사를 하기도 전에 황급히 문을 열고 사라졌다.

6월 21일

망할. 내 방 책상 위에 놓인 초라한 작은 꾸러미를 살펴보았다. '시크릿 산타' 게임에서 내가 뽑은 롭을 위해 직접 수제 위스키 트러플을 만들어 인쇄용지로 대충 만든 상자에 담아놓고 보니 아무리 봐도 볼품이 없었다. 내가 준비한 선물은 어디를 봐도 막판에 급조한 티가 났다. 준비할 시간이 한 달이나 있었지만, 오늘 오후에야 온라인을 뒤져 레시피를 찾아내고 라지브에게서 얻은 재료들로 허둥지둥 만든 결과물이었다.

그래도 어쩔 수 없었다. 다른 걸 만들 시간도 없었다.

나는 검정 원피스로 갈아입고 재빨리 옅은 화장을 했다. 흉터에 가볍게 컨실러를 바르고 눈 밑에는 어두운 아이섀도를 칠했으며, 뺨에는 블러셔를 넉넉히 발랐는데 오히려 창백함을 강조한 꼴이 되고 말았다.

거울에 비친 내 모습은 모티샤 애덤스(영화 아담스 패밀리의 등장인물/옮긴이)를 연상시키는 데가 있었다. 파티 주제가 핼러윈이었다면 딱 어울렸을 텐데. 그랬다면 우리 대부분이 쉽게 고스나 뱀파이어로 변신할 수 있었겠지.

진료실에 들러서 의약품 벽장에서 트라마돌(중추신경에 작용하는 아편성 진통제/옮긴이) 봉지를 꺼내 두 알을 삼키고 나머지는 브래지어 속에 숨겼다. 이 밤을 무사히 넘기기 위해서일 뿐이라고 다짐하면서. 모두가 기대하는 오늘 저녁 식사는 동지를 축하하는 자리였다. 내일이면 기나긴 어둠의 터널을 반쯤 지나온 것이고, 이제부터 공식적으로 빛을 향해 나아가는 셈이었다.

개과천선해서 새로운 사람이 되고 이 습관을 완전히 끊어버리기에 딱 적절한 시기였다. 식사 전 가볍게 한잔하기 위해 휴게실에 도착했을 때는 거의 다들 와 있었다. 알렉스와 톰을 제외한 모두가 보였다. 나는 잠시 두 사람에 대한 염려를 밀어놓고 주변을 둘러보며 변신한 휴게실 모습에 감탄했다. 앨리스는 색색의 작은 알전구가 연결된 줄에 내가 만든 종이 화환들을 꼬아 벽에 걸어 장식했고, 천장에 달린 환한 전구에는 옷감을 이용해 임시로 만든 전등갓을 씌워 조금 어둑하게 만들었다. 큼지막한 기둥 모양의 양초 덕분에 삭막한 휴게실이 아늑하고 친밀한 분위기로 바뀌어 한층 분위기를 돋웠다. 하와이안 기타 연주 소리가 잔잔하게 흐르고 있었다.

"이제 왔군요!" 내가 커피 테이블에 쌓여 있는 선물들 사이에 내 선물을 올려놓을 때 앨리스가 다가왔다. 그녀는 내 목에 화환을 걸어주고 안아주었다. 다른 남자 대원들처럼 밝은 하와이안 셔츠에 헐렁한 카고 반바지를 입고 들어오는 알렉스를 보고 마음이 놓였다.

저 사람들은 어디서 저런 옷을 구했을까 궁금했다. 처음부터 이 파티를 계획하고 있었나?

"오늘 아주 근사하네요." 엘리스가 긍정적으로 말했지만 착한 앨리스가 예의상 하는 말임을 알고 있었다. 오히려 그녀가 입고 있는 밝은 청록색 블라우스와 귀여운 노란색 반바지가 정말 잘 어울렸고, 짧은 반바지 아래로 드러난 길고 가는 다리가 남자 대원들의 마음깨나 어지럽힐 것 같았다. 톰을 제외하고. 소냐도 파티 주제에 맞게 길고 하늘하늘한 치마와 코바늘로 뜬 밝은색 레이스 장식이 달린 조끼를 입고 있었다. 심지어 카로도 무지개 패턴의 레깅스 위에 다른 남자 대원에게 빌린 게 분명한 하와이안 셔츠를 매치했고, 헐렁한 셔츠 덕분에 부푼 배가 완벽하게 가려졌다.

오로지 샌드린만 나처럼 파티 주제와 어울리지 않게 말쑥한 검정 정장 바지와 붉은색 쉬폰 블라우스를 입고 역시 붉은색 립스틱을 바르고 있었다. 나와 시선이 마주쳤지만, 그녀는 무표정한 얼굴로 몸을 돌렸다.

그녀의 뒷모습을 보며 생각했다. **장-뤼크의 비디오를 삭제한 사람이 샌드린일까?**

하지만 그럴 만한 이유가 있을까? 그리고 굳이 내 터미널에서 삭제할 이유는 뭘까? 앞뒤가 맞지 않는 얘기였다.

잊어버리자, 단호하게 내게 말했다. 오늘 밤은 즐겨야지.

나는 멀리 보이는 벽을 뒤덮은 각종 카드와 메시지들을 발견하고 가까이에서 보려고 그쪽으로 다가갔다. 50여 개가 넘는 메시지들은 다른 남극 기지에서 보내온 것으로 미드윈터 페스티벌을 축하하는 내용이었다. 손을 흔들며 활짝 웃는 얼굴로 다 같이 모여 찍은 다른 팀들의 단체 사진이 주를 이루었는데 롭이 이메일로 받은 사진들을 출력해서 붙여놓은 모양이었다. 그 사진 아래쪽에는 6개의 언어로 메시지가 적혀 있었다. 영어와 러시아어, 스페인어, 프랑스어, 독일어, 일본어, 그리고 중국어도 보였다.

"칵테일 마실래요?"

뒤를 돌자 아르네가 유리잔을 내밀며 서 있었다. 테두리에 설탕을 묻힌 유리잔 속에는 호박색 액체가 담겨 있고 앙증맞은 청록색 우산이 비스듬히 꽂혀 있었다.

"고마워요." 한 모금 맛보자 달콤한 과일 향과 따뜻한 알코올 기운이 퍼졌다.

"음……이게 뭐예요?"

"리키 티키요. 파인애플과 망고 주스에 코코넛과 스파이스 럼을 섞은 음료예요."

"와……정말 열대 칵테일이 맞네요."

"최선을 다했죠."

내가 벽에 걸린 사진을 향해 고갯짓하며 말했다. "남극에 있는 사람들이 저렇게 많다니 정말 놀랍네요."

"다 합하면 천 명 정도 될 거예요." 아르네가 말했다. "하지만 여름엔 그 다섯 배 가까이 늘어나죠."

그들 모두가 우리처럼 한 계절에서 다른 계절로 넘어가는 걸 축하하며 느리지만 멈추지 않고 조금씩 어둠으로부터 풀려나고 있다는 사실을 환영하는 모습을 상상했다.

"남극에서 미드윈터 페스티벌을 시작한 게 백 년도 넘었다는 사실 알고 있어요?" 아르네가 칵테일을 한 모금 마셨다. "아주 중요한 행사죠. 내가 맥머도에 근무했을 때는 일주일 내내 파티가 이어졌어요."

"정말요?"

"네." 그가 씩 웃었다. "별걸 다 했어요. 코스튬 파티, 살인 추리극,

게임 토너먼트, 술 마시기 대회 등등 끝도 없었죠."

"재미있었겠네요."

"숙취만 빼면요. 파티가 끝나고 이틀 동안 침대에서 못 나왔어요."

나를 바라보고 있는 드루가 힐끗 보였다. 내게 윙크를 날리는 그에게 미소로 답하고 칵테일을 한 모금 마셨다. 정말 맛있는 칵테일이었고 지난 며칠 동안의 스트레스가 조금 풀리는 것 같았다. 말쑥한 검정 정장을 입은 톰이 소냐와 얘기하는 걸 발견하고는 한층 기분이 좋아졌고, 그에게 다가가 안아주고 싶은 충동을 억지로 눌렀다.

"참, 오늘 아주 멋져요." 아르네가 덧붙였다.

고마운 마음을 미소로 전했다. 3일 전 내가 샌드린과 맞붙은 이후로 사람들이 내게 잘 해주려고 애쓰는 게 느껴졌다. 그들이 어디까지 알고 있는 건지 궁금했다.

우리 얘기가 밖에까지 들렸나? 아니면 우리 둘 사이의 분위기에서 뭔가 감지한 걸까?

"당신도 잘 어울려요." 내가 말했다. "이런 셔츠는 다들 어디서 구한 거예요?"

"내 건 크리스틴이 보내줬어요."

"여자친구가요?" 아르네가 여자친구의 이름을 얘기한 적이 있는지 정확히 기억나지 않지만 적어도 나는 들은 적이 없었다.

"이젠 아니에요." 아르네가 좀 쑥스럽다는 듯 코를 찡긋했다. "몇 주 전에 헤어졌어요."

나는 놀라서 그를 쳐다보았다. "어머나, 이런. 미안해요."

"있을 수 있는 일이죠." 그가 한숨을 쉬었다. "특히 여기 나와 있으면요. 그걸 뭐라고 하죠, 원거리 연애……?" 아르네가 궁금한 얼굴로 나를 보았다.

"장거리 연애요?"

"맞아요, 장거리 연애. 어쨌든 그거 쉬운 게 아니에요. 특히 남극에서는요." 그가 어깨를 으쓱했다. "얼굴 보러 잠깐 집에 갔다 올 수 있는 게 아니잖아요."

"그렇긴 하지만, 정말 유감이에요. 서로가 합의했어요?"

"합의요?"

"두 사람 다 그게 최선이라고 동의한 거예요? 헤어진 거 말이에요."

"그렇다고 볼 수 있죠. 아이슬란드에선 일상적이에요."

나는 얼굴을 찌푸렸다. "일상적이요?"

"아이슬란드 여자들은 그렇게 진지하지 않아요. 뭐랄까 좀……." 그가 적당한 말을 찾았다. "가볍게 생각하는 편이에요. 안 좋은 관계에 굳이 매달리지 않죠."

"그럼 두 사람 사이가 별로 안 좋았어요?" 나는 또 한 모금 마셨다. 벌써 술기운이 머리로 퍼지는 게 느껴졌고 혀가 풀리고 있었다. "미안해요. 대답하지 않아도 돼요. 내가 좀 취했나 봐요."

취기가 오르는 내 모습에 아르네가 미소를 지었다. "뭐 나쁘지는 않았어요. 그런데 시간이 지나면서 뭐랄까……." 그가 또 한 번 적절한 표현을 찾는 듯 코를 긁적이며 한숨을 쉬었다. "……어떤 구덩이에 빠진 것 같아요. 지금 생각해보면 내가 좀더 노력했어야 했다는 생각이 들어요."

"그렇군요."

"지금도 서로 좋아하긴 해요. 다만 우리 관계를 한 단계 더 진전시키는 데 필요한 약속을 하고 싶지 않은 거죠."

"자녀 계획 같은 거 말인가요?" 빌어먹을 케이트, 그만 입 좀 다물어.

아르네가 뜻밖이라는 듯 나를 보고 미소를 지었다. "음, 크리스틴에게는 이미 아이가 한 명 있어요. 그게 친구 사이로 남는 게 좋겠다고 결정한 이유 중 하나기도 해요. 이름이 마거릿인데 날 잘 따르거든요. 물론 내가 가까이에 있을 때 말이죠. 사실 그게 가장 큰 문제였어요. 크리스틴은 내가 오랜 시간 만날 수도 없는 곳으로 사라져버리는 게 어린 딸을 혼란스럽게 한다고 느꼈나봐요. 그녀가 원하는 건 좀 더……." 그가 다시 적절한 단어를 찾았다.

"안정된 생활이요?" 내가 물었다.

"맞아요. 바로 그거예요." 그가 잔을 다 비우고 말했다. "그건 그렇고 당신은 어때요? 당신은 어떤 상황인지 한 번도 말 안 했잖아요. 영국에 기다리는 사람이 있어요, 케이트?"

나는 고개를 저었다. "지금은 없어요."

아르네는 내가 좀더 설명해주기를 기다렸다. 그의 표정에서 진심으로 내 대답에 관심을 보인다는 걸 느낄 수 있었다. 우리의 대화가 단순한 잡담이 아니라는 느낌이 들었다. 그러자 마치 어떤 교차로에 서 있는 것 같은 기묘한 기분이 들었고, 지난 18개월 동안 내 인생을 송두리째 집어삼킨 어둠을 뚫고 가느다란 빛이 비치는 것 같았다.

내 심장을 뒤덮은 얼음이 쩍 하고 갈라지는 것인지도 몰랐다.

막 대답을 하려는데 라지브가 놋쇠로 만든 작은 징을 힘차게 두드리며 등장했다. 도대체 저건 또 어디에서 구했을까?

"음식이 준비됐습니다!" 그가 외쳤다.

의미심장했던 순간은 사라지고 아르네와 다른 사람들을 따라 식당으로 이동할 수밖에 없었다. 식당을 꾸미는 건 드루와 소냐가 맡았는데 정말 근사한 마법을 부린 것 같았다.

꼬마전구들이 벽을 가로질러 걸려 있고 식탁 위에는 새하얀 식탁보와 부채모양으로 접은 냅킨은 물론 와인 잔까지 놓여 있었다. 뿐만 아니라 여러 개의 촛불과 생화처럼 보이는 작은 꽃다발들이 어우러져 배치되어 있었다.

조화일 거라고 생각하며 꽃을 들여다보았더니 무명실로 코바늘뜨기한 꽃에 철사로 줄기를 엮어 만든 작품이었다.

"직접 만든 거예요?" 내가 감탄을 금치 못하며 소냐를 보았다.

그녀가 고개를 끄덕였다.

"와, 정말 근사해요."

"별로 어렵지 않아요." 소냐의 얼굴이 기쁨으로 빛났다. "인터넷에서 아주 다양한 패턴을 찾을 수 있거든요."

카로가 코웃음을 쳤다. "맞아요, 나도 몇 번 해봤어요. 그런데 내가 만든 건 꼭 고양이가 알록달록 화려한 색깔의 쥐를 잡아먹고 토해놓은 것처럼 보이던데요. 농담 아니에요." 그녀가 꽃다발을 향해 고갯짓하며 말했다. "저 정도 되려면 정말 숙달된 전문가의 기술이 필요해요."

모두 자리에 앉고 음식이 나오고 나서 샌드린이 샴페인이 담긴 잔을 들어 건배를 제안했다. "미드윈터 페스티벌을 위해 건배!" 그녀가 미소를 띠고 모두를 둘러보았고 나와 시선이 마주쳤을 때는 스치듯 지나갔다.

나는 모욕감을 외면하며 잔을 들어 사람들과 합류했다. 카로만 편두통이 있다고 둘러대며 술에 손을 대지 않았다.

"태양을 위해서도 건배!" 아크가 말했다. "이제 딱 50일만 더 지나면 다시 볼 수 있어요."

"나도 거기에 건배해요." 소냐가 덧붙였고 우리 모두 한 모금씩 마셨다.

그러고 나서 식사가 시작되었다. 라지브와 아크, 루크가 최고의 솜씨를 발휘한 음식이었다.

채식주의자인 톰과 앨리스에게는 너트 로스트(각종 견과류와 채소, 곡물 등을 넣어 구운 베지터리언 음식/옮긴이)가 제공되었고, 나머지 대원들을 위한 메뉴는 비프 웰링턴(소고기에 푸아그라와 버섯 반죽을 바르고 페이스트리 반죽을 입혀 구운 영국 요리/옮긴이)이었다. 타임과 호두를 넣어 구운 신선한 빵. 그리고 무엇보다 상큼한 라즈베리 발사믹 소스를 곁들인 드루의 샐러드는 정말 훌륭했다. 나는 입안 가득 행복감을 만끽하며 두 번 만에 먹어 치웠다.

"훌륭해요." 맞은편에 앉은 드루를 보고 활짝 웃으며 말했다. "고생했어요."

"고마워요." 그가 미소로 답했지만 어쩐지 뻣뻣한 느낌이 있었다. 조금 냉랭하게 느껴졌다.

아까 내가 아르네와 얘기하는 걸 봤나?

우리 둘 사이에 무슨 일이 있다고 생각하는 걸까?

마지막 일몰을 보고 난 밤, 좁은 침대에서의 어설픈 몸짓을 떠올렸다. 또 한 번 수치심과 죄책감이 밀려왔다.

절대 그러지 말았어야 했다. 또다시 그런 위험을 감수할 수는 없다고 생각하며 건너편에서 카로와 앨리스와 얘기를 나누는 아르네를 슬쩍 엿보았다.

아무리 내가 간절히 원한다고 해도.

식사가 끝난 후 과일 타르트와 톰이 집에서 만든 식후 입가심용 민트향 사탕까지 먹은 우리는 부른 배를 안고 다시 휴게실에 모였다. 우리가 자리를 잡고 앉자, 카로가 "선물 교환 시간"이라고 외치며 각자 이름이 붙은 선물을 건넸다. 나는 갈색 포장지 전면에 포스터 물감으로 찍은 파스텔 별무늬와 꽃무늬를 살펴보았다. 내 선물을 준비한 사람이 누구인지 몰라도 정말 공들여 준비했음을 알 수 있었다.

롭이 맨 처음으로 선물을 푸는 걸 지켜보았다. 위스키 트러플이 꽤 마음에 드는지 주변 사람들에게 권하며 흡족해했다. 그다음 내 선물의 예쁜 포장지를 풀었다. 안에 담긴 선물을 보자마자 누가 준비했는지 알 수 있었다. 아름다운 하늘색 바탕에 작고 흰 눈꽃 송이들을 정교하게 수놓은 손뜨개 양말 한 켤레였다. 나는 감탄을 금치 못하며 선물을 살펴보다가 고개를 들어 소냐에게 고마움을 전했다.

"정말 너무 아름다워요." 내가 감탄하며 말했다.

"신어봐요." 소냐가 내 발을 가리키며 말했다.

나는 신발을 벗고 아름다운 양말을 신어보았다. 딱 맞았다.

"휴." 소냐가 안도의 한숨을 내쉬었다. "부츠만 보고 사이즈를 어림짐작했거든요."

"우와, 정말 예뻐요!" 앨리스가 소냐를 보며 말했다. "나도 만들어줄 수 있어요?"

"물론이죠." 소냐가 기꺼운 미소를 지으며 답했지만 내가 보기엔 좀 부담스러운 부탁인 것 같았다. 이렇게 작고 정교한 바늘땀으로 봐서는 시간이 아주 오래 걸리는 작업임이 분명했다.

"정말 고마워요!" 나는 일어서서 소냐를 안아주었다. "소중하게 간직할게요."

"충분히 받을 자격 있어요"라며 다정하게 내 손등을 토닥거리는 그녀 때문에 왈칵 눈물이 솟았다.

"좋아요." 롭이 나섰다. "지금부터 쇼타임이에요!" 그가 잠시 사라졌다가 바퀴 달린 커다란 TV를 밀고 들어와서 TV 아래 있는 장치에 DVD를 넣었다. 몇몇 사람이 불평하는 소리가 들렸다. 존 카펜터 감독의 「괴물」을 관람하는 것이 남극 미드윈터 페스티벌의 전통인지도 모르지만 이미 여러 번 본 사람들도 있는 모양이었다.

"다들 술잔 채웠어요?" 드루가 손을 들어올린 사람들에게 와인과 맥주를 나눠주며 물었다. 그러고 나서 롭이 조명을 어둡게 하고 자기 자리에 앉았고, 톰이 이 자리를 위해 직접 만든 토피 팝콘이 담긴 작은 바구니를 돌렸다.

그가 내게 바구니를 건네주며 조심스럽게 시선을 피하는 걸 느꼈다. 저녁 내내 그랬다. 어제 진료실에 찾아온 걸 후회하고 있나? 걱정거리만 더 안겨줬다고 나를 원망하는 걸까? 나중에 기회를 봐서 그를 잠시 불러내 괜찮은지 확인해봐야겠다는 생각이 들었다.

팝콘을 먹으며 오늘 저녁은 적절한 때가 아니라고 생각했다. 내일 만나봐야지.

영화를 보며 드물게 만족감이 들었다. 맛있는 식사와 이런 오붓한 느낌……뭐랄까? 가족 같은 느낌? 그간의 모든 긴장감과 균열, 딜레마와 의심들이 사라진 것 같았다. 적어도 지금 이 순간 만큼은. 우리는 함께 겨울의 반을 견뎌냈고 이제 두 달만 더 어둠을 버텨내면 다시 태양을 맞이할 수 있었다.

그것은 지금까지 달성한 아주 중요한 업적임이 틀림없었다.

“더 줄까요?” 영화 중간쯤 휴식 시간을 가질 때 드루가 권했다. 화장실에 가려고 일어서는데, 소파에 엎드려 잠들어 있는 알렉스가 보였다. 카로가 그 옆에 무릎을 세우고 앉아 손에는 오렌지 주스가 담긴 잔을 들고 있었다.

“괜찮은 거예요?” 내가 알렉스를 향해 고갯짓하며 낮은 목소리로 물었다.

그가 내 목소리에 눈을 뜨고 어리둥절한 얼굴로 주변을 둘러보며 눈을 깜빡거렸다.

“일어나요, 기상.” 카로가 그를 쿡쿡 찌르며 말했다.

알렉스가 카로를 마주 보았지만 뭔가 불안정한 눈빛이었다. “자러 가야겠어요.” 그가 중얼거렸다. “몸이 안 좋아요.” 그가 힘들게 몸을 일으켰고 잠시 비틀거리며 서 있었다.

“도와줄까요?” 드루가 일어나며 그를 부축하려 했지만, 알렉스가 손을 저었다. “내일 아침에 봐요.” 그는 사람들의 잘 자라는 인사 속에 비틀거리며 사라졌다.

다행히 알렉스의 이른 퇴장이 저녁 분위기를 깨지는 않았다. 우리는 영화의 후반부를 마저 보고 몇 시간 동안 귀신 얘기를 나눴다. 밤이 깊어갈수록 심지어 샌드린도 긴장이 풀렸는지 자기 할머니 얘기를 들려주었다. 아르덴(프랑스 북동부, 벨기에와 접한 삼림지대/옮긴이)에 있는 할머니의 집에 나타났다는 어린 소녀 귀신 얘기였다.

“그래서 식사 시간마다 할머니는 식탁에 그 소녀를 위한 자리를 마련했어요.” 우리의 기지 대장이 할머니 집에서 벌어졌다는 기묘하고 으스스한 현상들을 한참 들려주고 나서 말했다. “그래야 더 문제를 일으키지 않는다면서요.”

"실제로 본 적도 있어요?" 앨리스가 눈을 동그랗게 뜨고 물었다. 모든 과학적 이성주의는 잠시 옆으로 밀어놓은 것 같았다.

"딱 한 번이요. 이른 새벽에 잠에서 깼는데 정원 그네에 앉아 있었어요. 흰 원피스를 입고 있어서 바로 그 소녀란 걸 알았죠."

"흰 원피스요?" 톰이 이해가 안 된다는 듯 얼굴을 찌푸렸다.

"마을에 내려오는 전설에 의하면 소녀는 성찬식 날 죽었다고 해요." 샌드린이 진지하게 말했다. "말에 머리를 차였대요."

우리는 모든 이야기가 진실이기는 한지 궁금해서 기지 대장의 얼굴만 바라보았다. 그러나 평소처럼 아무것도 짐작할 수 없는 그녀의 표정을 보고는 도저히 알 수가 없었다.

"난 무서워서 잠자긴 틀렸어요." 카로가 몸을 떨며 속닥거렸다.

아크가 코웃음을 쳤다. "물론 괴물들이 존재하긴 해요. 하지만 밖에, 어둠 속에 있는 게 아니에요."

"무슨 말이에요?" 루크가 물었다.

"바로 이 안에 존재하는 것들." 아크가 자기 옆머리를 톡톡 치며 말했다. "우리가 걱정해야 하는 대상은 바로 여기 있는 괴물들이에요."

샌드린이 날카로운 눈빛으로 그를 쳐다보았지만 다른 사람들은 웃었다.

"괴물과 싸우는 사람은 그 과정에서 자신이 괴물이 되지 않도록 조심해야 한다." 아르네가 말했다. "니체가 그랬죠, 아마?"

소냐가 고개를 끄덕였다. "그리고 심연 속을 충분히 오래 들여다본다면 심연이 당신을 마주 볼 것이다. 그렇게 끝나는 인용문이죠."

그 말에는 아무도 웃지 않았다. 잠시 침묵이 흘렀고, 그 이유는 뻔했다. 모두가 그리워 마지않는 동료인 장-뤼크가 얼어붙은 심연 어딘가에 있는 모습을 상상하고 있을 터였다.

카로가 먼저 입을 열었다. "모두에게 할 말이 있어요."

열한 명이 일제히 그녀 쪽으로 고개를 돌렸다. 나는 힐끗 샌드린을 보았고, 그녀는 잠시 멍한 얼굴로 나를 쳐다보았다. 물론 우리 둘 다 무슨 얘기가 나올지 알고 있었다.

카로의 얼굴이 붉게 달아올랐고 그녀가 중대 발표를 위해 용기를 끌어모으며 애쓰는 모습을 지켜보았다. 그녀가 말을 꺼내기도 전에 앨리스가 몸을 기울여 그녀의 어깨를 꾹 쥐었다. "난 알아요." 그녀가 조용히 말했다.

"정말요?" 카로의 눈이 휘둥그레졌다.

"임신했잖아요."

샌드린이 앨리스를 보며 얼굴을 찡그렸다. "그걸 어떻게 알았어요?"

"나도 겪었으니까요." 앨리스가 어깨를 으쓱했다. "증상을 보고 짐작했죠."

"임신했다고요?" 드루가 깜짝 놀라서 카로를 쳐다보았다. "뭐라고요? 도대체 그 얘길 언제 하려고—"

"지금 말했잖아요." 아르네가 끼어들었다.

"괜찮을 거예요." 샌드린이 단호하게 말했다. "케이트와 내가 잘 챙기고 있어요."

"예정일이 언제예요?" 소냐가 걱정스러운 목소리로 물었다.

"출산할 때쯤이면 이미 떠나고 없을 테니 걱정 마세요." 카로가 힐끗 나를 보며 말했고, 내가 고개를 끄덕였다.

나는 모두를 훑어보았다. 대부분 뜻밖의 소식에 우왕좌왕했다. 다만 아르네만 담담해 보였다.

혹시 그는 이미 알고 있었던 걸까? 나는 카로가 그가 여자친구와 헤어진 진짜 이유인지 궁금했다.

그가 관련되었을지도 모른다는 생각이 들자 마음이 내려앉는 것 같았지만 애써 그런 생각을 밀어냈다. 내가 상관할 일이 아니라고 다짐했다. 내가 할 일은 카로와 아기가 안전하고 건강할 수 있게 돕는 것이었다.

드루가 자리에서 일어서 맥주 한 병을 더 따고 목청을 가다듬었다. "자, 남자 혹은 여자 아기의 건강을 위하여." 그가 카로에게 병을 내밀며 건배했다. "당신은 정말 멋진 엄마가 될 거예요."

모두 중얼거리며 드루를 따라 했고 카로는 멋쩍은 미소를 지었다. 갑작스러운 소식이 분위기를 어색하게 만든 것만은 분명했다. 상황이 상황인지라 그럴 만도 했다.

"고마워요, 모두." 카로가 일어서며 말했다. "난 그만 좀 쉬어야겠어요. 모두 기겁하지 않고 잘 받아줘서 정말 고마워요."

"같이 가요." 나도 작별 인사를 하고 카로를 따라서 그녀의 방으로 갔다.

"잘했어요." 문간에 서 있는 그녀에게 말했다. "쉽지 않았을 텐데."

그녀가 어깨를 으쓱하고는 눈을 들어 답을 구하는 표정으로 나를 보았다. "케이트, 정말 괜찮을까요? 아기랑 말이에요."

"물론이죠." 나는 내 안의 불안감을 밀쳐내며 그녀를 안아주었다. "괜찮을 거예요, 약속해요. 이제 들어가서 눈 좀 붙여요."

20

6월 22일

소음. 가까이에서 크게 들리는 소음.

나는 반쯤 잠에서 깨어 무슨 소리인지 영문도 모른 채 어스름한 빛 속에 누워 있었다.

"케이트!" 내 이름을 부르는 다급한 목소리가 들리고 뒤이어 방문을 두드리는 소리가 났다. "일어나요!"

힐끗 시계를 보았다. 새벽 6시 2분. 도대체 무슨 일이지?

"잠깐만요." 내가 자리에서 일어나 가운을 걸치고 문을 열자 붉은 오리털 재킷과 바지, 야외 장비를 전부 갖춘 아르네가 서 있었다. 더 이상한 건 그의 표정이었다. 망연자실해서 납빛을 띠고 있었다.

"무슨 일이에요?" 날카로운 불안감이 치솟으며 정신이 번뜩 들었다. 불이 났나? 누가 다치기라도 했나? 아, 젠장……카로. 카로와 아기에게 무슨 일이라도 생긴 걸까?

"옷 갈아입어요." 아르네가 대답을 피했다. "빨리요."

나는 꼼짝도 안 하고 서서 물었다. "왜요?" 끈질기게 대답을 요구했다. "말해봐요!"

아르네가 절망적이라는 듯 문설주에 이마를 기댔다. "빙판 위에 시신이 있어요." 마치 자기도 자기 말을 못 믿겠다는 듯 경직되고 낮은 목소리였다. "타워 근처에요."

"시신이요?" 나는 그의 말을 이해하려 애썼다. "그게 무슨 뜻……누가……?"

그러나 질문을 하는 순간 답을 알 것 같았다. 마치 몇 주 동안 이런 순간을 기다리기라도 한 것처럼.

"알렉스예요." 아르네가 확인해주었다. 그가 눈을 껌뻑이며 시선을 돌리고 깊이 숨을 들이마셨다.

"세상에." 나는 충격으로 숨이 턱 막혔고 비틀거리며 방안으로 뒷걸음질 쳤다. "정말 죽은 게 확실해요?"

"그런 것 같아요."

의자에 걸쳐진 청바지를 잡아채서 가운 밑으로 입었다. "누가 발견했어요?"

"앨리스요." 내가 옷을 갈아입는 동안 아르네가 시선을 피하며 말했다. "잠이 오지 않아서 날씨 풍선을 띄우러 나갔나 봐요. 소냐가 아침에 늦잠을 잘 수 있게요. 그런데 타워 옆 눈밭에서 그를 발견했고, 도저히 일으킬 수가 없었대요."

나는 여전히 상황을 이해하려 애쓰며 입을 벌리고 아르네를 보았다.

"지금 데려오고 있어요." 그가 덧붙였다. "당신이 준비하고 있어야 해요."

나는 고개를 끄덕이고 그를 뒤따라 복도로 나갔다. "수술실로 데려와요."

어쩌면 너무 늦지 않았을 수도 있다. 나는 진료실 문을 열며 생각했다. 밖에 오래 있지 않았다면 알렉스가 아직 살아 있을 가능성도 있었다. 잠시 후 양쪽에서 들것을 들고 들어오는 루크와 드루가 보였고, 샌드린이 뒤를 따르고 있었다. 두 사람은 들것을 진료실 문안으로 들여오느라 잠시 실랑이를 해야 했다. 복도가 워낙 좁아서 쉽지 않은 일이었다.

그를 보자마자 알았다. 의심의 여지가 없었다. 뜨고 있는 두 눈과 파랗게 변한 피부로 보아 알렉스는 이미 숨이 끊어진 게 분명했다.

"수술실로 옮겨주세요."

두 사람이 들것에서 알렉스를 들어 진찰대에 올리는 동안 샌드린은 내 옆에서 기다리고 있었다. 문간에는 앨리스가 발작적으로 오열하는 카로를 팔로 감싸고 서 있었다.

"나도 그를 보게 해줘요!" 카로가 울부짖으며 외쳤다.

"안 돼요." 내가 조금은 냉정한 목소리로 말했다. "카로, 내 일을 할 수 있게 해줘요." 그리고 앨리스에게 말했다. "식당으로 데려가서 차를 한 잔 주세요."

앨리스가 고개를 끄덕이고 카로의 어깨를 돌려 복도로 사라졌다. 나는 깊이 숨을 들이마시고 수술실로 들어갔다. 잠시 알렉스의 시신을 멍하니 응시했다. 공포와 슬픔, 후회가 뒤섞여 머릿속이 먹먹했다. 나는 흘낏 의약품 벽장을 쳐다보고 잠시 혼자 있을 수 있는 구실이 없을까 궁리했다.

"아무것도 안 하고 가만있을 건가요?" 샌드린이 쏘아붙였다. 왜 이 귀중한 시간을 낭비하고 있는지 알 수 없다는 말투였다.

그러나 소생시키기에는 너무 늦었다. 영하의 기온에서 사후 경직이 일어나 빳빳해진 팔다리의 각도로 보아 알렉스는 이미 죽은 지 조금 된 것 같았다.

얼어붙은 그의 표정은……정확히 표현하기 힘들었다. 혼란스러움이랄까. 찡그린 얼굴에 입술은 말려 올라가고 눈은 똑바로 앞을 보고 있었다. 마치 손에 닿을 수 없는 어떤 대상에 시선이 고정된 것처럼. 위로 솟은 머리카락이 경악의 감정을 더욱 악화시켰다.

그러나 그게 전부가 아니었다. 내 앞에 있는 시신에는 그보다 훨씬 더 이상하고 괴이한 점이 있었다. 알렉스는 어젯밤에 입었던 얇은 하와이안 셔츠와 반바지 차림 그대로였고, 발 역시 뭉쳐진 눈이 뒤엉켜서 잘 보이지는 않지만 얇은 양말이 전부였다. 이렇게 가벼운 차림으로 저 무자비한 빙판 위를 걸어가는 상상만 해도 움찔했다. 말도 못하게 고통스러웠을 텐데.

지금은 전혀 서두를 필요가 없었다.

나는 우리 뒤에서 서성이고 있는 드루와 아르네에게 말했다. "고마워요. 지금부터는 내가 알아서 할게요." 진료실에서 나가며 아르네가 내 어깨를 꼭 쥐며 기운을 북돋았다. 문이 닫히기 직전 복도에 서 있는 톰이 보였는데, 두려움과 혼란스러움이 뒤섞인 표정이었다.

샌드린을 보고 물었다. "남아서 도와줄 건가요?"

기지 대장은 입술을 꼭 다물고 고개를 끄덕였다. 창백하고 겁에 질린 표정을 보고 행여 기절하기 직전의 상태는 아닐까 궁금했다. 시신을 보고 압도당하는 사람이 당연히 그녀가 처음은 아니었다. 의과대학 시절과 병원에서 수도 없이 봐온 일이었다.

"괜찮아요?" 내가 물었지만 샌드린은 대답하지 않았다.

"전혀 어떻게 해볼 도리가 없는 거예요?" 그녀가 조용한 목소리로 물었다.

마지못해 생존 가능성을 살폈다. 맥박을 짚어보고 눈동자에 빛을 비추어 반응이 있는지 확인했다. 그러고 나서 고개를 저었다.

"죽었어요."

샌드린이 의자에 털썩 주저앉았다. 얼음 여왕 같던 가면은 사라지고 없었다. 가면 아래에 있는 것은 감당하기 버거운 상황에 맞닥뜨린 작고 겁에 질린 여자였다. "얼마나 된 것 같아요?"

"그건 이제부터 알아내야죠." 나는 알렉스의 나머지 신체 부분을 확인했다. 그의 창백한 피부는 섬뜩하리만치 희고 푸른색이 돌았고, 손과 코, 발가락에는 명백한 동상의 흔적이 보였다. "몇 시간 정도요."

"이해를 못 하겠어요." 샌드린이 속삭였다. "한밤중에 밖으로 나갈 이유가 없잖아요."

나는 뻔한 사실을 지적하려다 참았다. 아무리 기지에서 나가야 할 이유가 있었다고 해도 그의 얇은 옷차림을 보면 도저히 말이 안 되는 얘기였다.

"사망 원인은 노출에 의한 동사가 거의 확실해요." 나는 그동안 훈련된 전문적인 태도로 슬픔과 공포를 감추며 결론지었다. "전체 부검을 할 만한 기술도, 장비도 없긴 하지만 일단 옷을 벗겨야 해요. 좀 도와주겠어요?"

꼭 그녀의 도움이 필요한 것은 아니었지만 큰 충격을 받았을 때는 계속 바쁘게 움직이는 게 도움이 된다는 걸 경험상 잘 알고 있었다. 우리는 힘을 합해 알렉스의 옷을 벗겼다. 셔츠 옆부분이 마치 뭔가 날카로운 것에 걸리기라도 한 것처럼 찢어져 있었다.

어제 저녁 식사 자리에서도 찢어져 있었나? 그런 것 같지 않은데.

흘낏 그의 손목을 보고 뭔가가 사라진 것을 눈치챘다. 그의 활동 밴드. 기지를 나가기 전에 벗어둔 것이 분명했다.

그 점은 별로 중요하지 않다고 생각했다. 나는 충전을 위해 활동 밴드를 풀었다가도 꼭 다시 차라고 끊임없이 사람들에게 잔소리를 했다.

"분명 자살한 거예요." 샌드린이 결론에 도달한 목소리로 말했다. 그녀의 얼굴에는 다시 무표정한 단호함이 떠올랐다. 그녀가 불쾌하지만 꼭 필요한 일을 처리할 때마다 늘 짓는 표정이었다.

자살이라고? 그녀 말이 맞을까?

알렉스가 스스로 목숨을 끊겠다고 결정했을까? 솔직히 말하면 우울증에 시달렸거나 정신 상태가 불안정해 보이기는 했다. 아니면 두 가지 모두에 해당할 수도 있고.

호놀룰루의 여름날에나 어울리는 옷차림으로 문을 열고 밖으로 나가 치명적인 추위 속으로 걸어갈 정도의 절망감이 과연 어떤 것일지 상상해보려고 했다. 살을 에는 영하의 온도에 무력화되기 전까지 얼마나 멀리 갈 수 있을까? 타워는 알파에서 500미터 정도 떨어져 있었고, 그가 거기까지 갔다는 사실이 매우 놀라웠다.

집중해, 케이트. 네가 알고 있는 것만 생각해.

얼음이 엉겨붙은 알렉스의 양말을 벗기려고 하는데 문에서 노크 소리가 들렸다. 잠시 후 드루의 얼굴이 나타났다.

"케이트, 카로에게 좀 가볼 수 있어요? 다시 자기 방으로 가긴 했는데 너무 힘들어해서요. 카로를 진정시킬 수가 없대요."

나는 힐끗 샌드린을 보았다. "10분만 줄래요?"

기지 대장이 다시 고개를 끄덕였다. "나도 유나에 연락해야 해요. 카로에게 가봐요. 나중에 나도 갈게요."

카로는 앨리스와 소냐 사이에 끼어 울면서 침대에 앉아 있었다. 내가 방으로 들어가자 양쪽에서 카로를 달래고 있던 두 사람이 안도의 표정으로 나를 보았다.

"좀 어때요?" 내가 입 모양으로 소냐에게 물었고, 소냐는 그저 눈썹만 치켜올렸다.

안 좋다는 뜻이었다.

나는 어떻게 하는 게 좋을지 궁리했다. 진료실에서 카로를 보면 좋겠지만 알렉스의 시신이 있으니 불가능한 일이었다.

"카로와 단둘이 얘기 좀 해도 될까요?" 두 사람에게 말했고 그들은 자리에서 일어났다. 소냐가 걸치고 있던 아름다운 손뜨개 숄을 벗어서 카로의 어깨에 둘러주었고 방을 나가면서 엄마처럼 내 손 위에 손을 올려놓았다. 나 역시 심하게 충격을 받았다는 게 보였을 터였다.

나는 카로를 마주 보고 앉았다. 그녀의 뺨 위로 쉴 새 없이 눈물이 흘러내렸다. 누군가 방에 가져다놓은 휴지에서 몇 장을 뽑아서 그녀에게 건넸다.

카로가 휴지로 눈을 꾹꾹 눌렀다. 그녀가 얘기를 할 수 있을 만큼 진정될 때까지 기다렸다.

"그 사람한테 무슨 일이 생긴 거예요?" 그녀가 마침내 눈을 들어 나를 보면서 더듬거렸다.

나는 어떻게 대답할지 고심했다. "우리도 정확히는 몰라요. 우선 지금 상황으로는 그가……자살을 결심했던 것 같아요."

내 말을 들은 그녀는 나도 깜짝 놀랄 만큼 갑작스럽고 격렬한 반응을 보였다.

"아니에요!" 그녀가 벌떡 일어섰고 그녀의 표정은 순식간에 슬픔에서 분노로 변해 있었다. "절대로 그런 일을 할 사람이 아니에요. 절대로 아니에요!" 그녀가 격노한 얼굴로 나를 내려다보았다.

"카로!" 내가 일어서서 그녀를 마주 보았다. "진정해요. 앉아서 차근차근 얘기해봐요, 알겠죠?"

그녀가 잠시 서성거리다가 마지못해 침대에 주저앉았다.

"그렇게 확신하는 이유가 뭐예요?" 그녀가 호흡을 고르느라 애쓰는 동안 내가 부드러운 목소리로 물었다. 점점 아기가 걱정되기 시작했다.

카로가 숨을 내쉬었다. 다시 입을 열었을 때는 좀 누그러진 목소리였지만 여전히 완강했다. "알렉스가 절대 자살했을 리 없어요."

나는 잠시 말을 멈췄다. "어떻게 확신해요? 내가 보기엔 한동안 우울증에 시달리는 것 같았어요."

그녀가 나를 쏘아보았다. "난 알아요, 알겠어요?" 그녀가 턱을 내밀며 완강하게 말했다. 우리는 잠시 침묵을 지켰고 얼마 후 그녀가 다시 말을 꺼냈다.

"케이트. 제발 말해줘요……얼마나 오래……?" 그녀가 말을 멈추고 침을 꿀꺽 삼켰다. "얼마나 걸렸을까요?"

알렉스가 죽기까지 얼마나 오래 걸렸겠냐고? 나는 손을 뻗어 그녀의 손을 잡았다. "오래 걸리지 않아요. 기껏해야 몇 분 정도요."

그녀가 나를 보았다. "정말이에요?"

"그래요. 아마 순식간에 혼수상태에 빠졌을 거예요."

그녀가 내 말을 생각하는 동안 또 한 번 침묵이 이어졌고, 정확히 얼마나 빨리 진행되었을까 생각해보았다. 5분? 10분? 그보다 더 길게?

카로가 목청을 가다듬고 속삭이듯 낮게 말을 이었다. "알렉스가 아빠예요, 케이트."

나는 그녀를 응시했다. "분명해요?" 지난주에 처음으로 내게 임신 사실을 알렸을 때 내가 물어보자 잠시 주저하던 것을 떠올렸다.

그녀가 고개를 끄덕였다.

"알렉스와 사귀고 있었어요?" 나는 여러 차례 두 사람이 함께 있는 모습을 본 것을 기억했다. 역시 단순한 친구 사이가 아니었구나.

그녀가 고개를 끄덕였다. "여름이 끝날 무렵부터요."

"그럼……알렉스도 아기에 대해 알고 있었어요?"

"몇 주 전에 말했어요."

"알렉스가 뭐라고 하던가요?"

카로가 눈을 들어 나를 보았다. 부어오른 두 눈이 맹렬히 나를 쏘아보았다. "좋아했어요. 처음엔 놀랐지만, 충격이 가시고 나서는 정말 기뻐했어요. 하지만 알렉스도 걱정하긴 했어요. 나에 대해, 다른 사람들이 어떻게 반응할지 말이에요. 그는 아무에게도 알리고 싶어하지 않았어요. 그냥 우리 둘이서 기지를 빠져나갔으면 좋겠다고 했어요."

그녀가 두 손에 머리를 묻고는 길고 긴 울음을 토해냈다. "알렉스는 내게 청혼했어요, 케이트. 이틀 전에요."

나는 그 말에 충격을 받아 그대로 앉아 있었다.

"당신도 청혼을 받아들였어요?"

카로가 고개를 끄덕거렸고 또다시 눈물이 뺨을 타고 흘러내렸다. 다시 입을 열었을 때 그녀의 말은 마치 내 생각을 그대로 읽는 것 같았다. "당신이 보기엔 그런 사람이 자살을 했을 것 같아요?"

뭐라고 말해야 좋을지 몰랐다. 논리적으로 생각해보면 알렉스는 살아야 할 이유가 분명한 것 같았다. 그렇지만……혹시라도 아빠가 된다는 사실로 인한 스트레스와 적절한 관리를 받기 어려운 곳에서 임신한 여자친구에 대한 걱정이 그의 불안정한 정신 상태를 더 악화시키지는 않았을까? 벼랑 끝으로 그를 밀어내지는 않았을까?

"정말 알렉스가 자살했다고 믿는 거예요?" 카로가 그럴 리 없다는 표정으로 나를 빤히 쳐다보았다.

나는 주저하다가 대화의 방향을 바꾸었다. "영화를 보다가 알렉스가 먼저 나가고 난 후엔 본 적 있어요?" 내가 대답 대신 물었다.

그녀가 고개를 저었다. "자러 간 줄 알았어요. 우린 늘 각자 방에서 따로 자거든요." 그녀가 덧붙였다. "이런 침대는 우리 두 사람……아니, 셋이 함께 있긴 너무 좁아요." 그녀가 슬프게 미소를 짓다가 곧 턱을 떨며 다시 울음을 터뜨렸다. "그때 내가 가봤어야 했어요, 케이트. 하지만 깨우기 싫었어요. 그는 거의 잠을 못 잤거든요. 늘 인터넷으로 뭘 확인하느라고요."

"뭘 확인해요?"

"나한테는 말 안 했어요. 그냥 장-뤼크와 관련된 일이라고만 했어요. 그는……." 카로가 말을 멈췄다. "장-뤼크의 죽음이 단순한 사고가 아니라고 확신했어요—나한테는 그렇게만 말했어요."

"어젯밤 일 중에 뭐든 좋으니 뭐 기억나는 거 없어요? 아니면 지난 며칠간 그의 행동에서 뭐 특별한 건 없었어요?" 나는 요동치는 죄책감을 느꼈다. 내가 좀더 강하게 밀어붙여서 그와 얘기를 하고 그를 괴롭히는 게 무엇인지 끝까지 파봤어야 했는데.

카로가 잠시 생각에 잠겼다. "알렉스가 그랬어요……며칠 전에 내가 그에게 좀더 자라고 다그치면서 필요하면 당신한테 수면제라도 받으라고 했을 때……점점 가까워지고 있다고 했어요. 무엇에 가까워지냐고 물었더니, 샌드린에게 보여주고 확실한 조치를 요구할 수 있는 분명한 증거를 찾으면 꼭 내게도 말해주겠다고 약속했어요. 그전까지는 내가 모르는 게 낫다고, 그러는 편이 더 안전하다고요."

"더 안전하다고요? 알렉스가 그렇게 말했어요?"

"네. 그게 무슨 뜻이냐고, 겁난다고 했더니 그 이상은 말하기를 거부했어요. 자기에게 우선순위는 먼저 그 문제를 해결하는 거고, 그런 다음 나를 기지에서 데리고 나가 아기를 낳는 거랬어요."

나는 입술을 잘근거리며 생각에 잠겼다. 그때 방문을 노크하는 큰 소리에 더 이상의 얘기는 중단되었다. 샌드린이 문을 열고 고개를 내밀어 카로를 보았고, 카로는 시선을 피했다.

"좀 괜찮아요?" 기지 대장이 씩씩하게 물었다. 수술실에서 받았던 충격에서 완전히 벗어난 모습이었다.

카로가 감정을 삼키려고 애를 쓰는 모습이 역력했다. 샌드린이 눈물로 얼룩진 카로의 얼굴을 살피다가 내게 말했다. "유나에서 당신과 얘기하길 원해요. 확인할 게 있대요. 5분 뒤에 내 사무실로 올래요?"

"알았어요." 관자놀이 뒤에서 두통이 몰려오는 게 느껴졌다. 엄청나게 무거운 것에 깔리기라도 한 것처럼 뼛속까지 사무치는 피곤함도 함께 밀려왔다.

한 가지만은 분명했다. 오늘은 무척 긴 하루가 될 것이었다.

6월 22일

나는 초기 보고를 하느라 유나와 벌써 1시간 넘게 통화 중이었다. 샌드린이 이미 자살로 보고한 것이 분명했다. 어쨌거나 실수로 그런 옷차림을 하고 얼음판으로 나가는 사람은 없으니까.

다시 진료실로 돌아왔을 때는 머리가 깨질 것처럼 아팠고 간절한 갈망에 사로잡혔다. 나는 문을 잠그고 의약품 벽장에서 여러 가지 약을 넉넉히 삼켰다. 그러고 나서 책상 앞에 앉아 옆방에 누워 있는 알렉스를 과도하게 의식하며 불안감을 느꼈다. 상세한 보고서를 작성해 유나에 보내야 했고, 그러기 위해서는 시신을 좀더 정밀하게 검사해야 하는데 지금은 도저히 그럴 자신이 없었다. 의사 생활을 하면서 적지 않은 시신을 보았지만 몇 달을 함께 지낸 사람이라는 사실이 매우 힘들었다.

화학성분이 온몸을 감싸며 천천히 마음이 가라앉자 나는 노트를 들고 휴대전화의 카메라를 켜고서 작업에 착수했다. 시신을 머리끝에서 발끝까지 꼼꼼히 검사하며 사진을 찍고 조금이라도 이상한 점은 일일이 기록했다. 의대생 시절에 몇 번 부검하는 과정을 지켜본 적은 있지만 직접 해본 적은 없었다.

사실에만 집중하자. 나는 혼잣말을 했다. 본 대로 기록하는 거야.

그래도 알렉스의 얼굴에 남아 있는 놀란 표정은 애써 외면했다. 뻣뻣하고 동상을 입은 얼굴에 남아 있는 혼란과 두려움이 뒤섞인 표정에는 뭔가 아주 끔찍한 데가 있었다. 힐긋 그의 얼굴을 보았다가도 금세 눈길을 돌려야만 했다.

추위가 그의 피부 속을 깊숙이 뚫고 들어가 모든 장기를 마비시키는 동안 생의 마지막 순간에 그의 마음속에는 어떤 생각이 지나갔을까? 아무도 없는 밖에서 홀로 어둠 속에서 죽어간 그를 생각하다가 나도 모르게 몸서리를 쳤다.

그만해, 케이트. 할 일을 해야지.

다시 시신을 살피며 피부의 온도와 계속 진행 중인 사후 경직 상태를 기록했다. 그의 무릎과 팔꿈치에 생긴 동상으로 인한 홍반을 살펴보았는데, 붉은빛을 띠는 자주색에서 보라색을 띠어 흡사 멍든 것처럼 보였다.

알렉스의 양말에 엉겨 붙었던 얼음이 다 녹아서 양쪽 발에서 흘러내린 물이 진찰대 위에 고여 있었다. 그의 발이 어떤 상태일지 짐작하며 긴장한 채로 한쪽 양말을 벗겼다. 아니나 다를까, 그의 발은 동상으로 인해 검푸른 빛이 도는 자주색과 보라색으로 뒤덮여 있었다.

바륨의 신경안정 효과에도 불구하고 나는 또 한 번 움찔했다. 달랑 양말만 신고서 타워 근처까지 걸어가는 동안 도대체 어떻게 그 고통을 견뎠을까? 얼마나 밑바닥까지 자포자기해야 그런 행동을 할 수 있을까?

사실 자살하려고 마음만 먹으면 더 쉬운 방법들도 있는데.

이것이 사고일 가능성도 있을까? 알렉스가 야외 장비를 모두 갖추고 기지에서 나갔는데 어쩌다 길을 잃고 안전한 기지로 돌아오는 길을 찾지 못했을 수도 있을까? 언젠가 '이상탈의' 현상에 대해 들은 적이 있다. 이는 저체온증으로 죽은 사람들이 발가벗고 있는 경우를 말하는데, 혈관 확장으로 인해서 극심한 더위를 느끼게 되면서 스스로 옷을 벗는 현상이라고 했다.

알렉스에게도 그런 일이 일어났을까? 하지만 그랬다면 앨리스나 드루, 아르네가 근처에서 알렉스의 야외 장비와 방한복들을 발견했을 텐데?

다른 쪽 양말도 벗기고 발을 살폈지만, 첫 번째와 거의 똑같았다.

잠시 눈을 감고 밀려드는 중압감과 피로감을 버텨내려고 애썼다. 다시 눈을 떴을 때 뭔가 이상한 것이 눈에 들어왔다. 나는 몸을 숙이고 알렉스의 왼쪽 발목을 자세히 들여다보았다.

대체 이게 뭐지?

그 순간 문이 열리고 샌드린이 들어왔다. "뭐 하는 거예요?" 그녀가 약간 비난조로 물었다.

"여기 와서 이것 좀 봐요." 나는 알렉스의 다리를 가리켰다.

샌드린이 찬찬히 보며 물었다. "뭔데요?"

나는 최대한 그의 다리를 들어올리고 아래쪽을 살폈다. "봐요, 여기요." 그의 발목을 빙 둘러싸고 있는 가느다란 멍 자국 같은 흔적을 가리켰다. 다시 조심스럽게 그의 다리를 내려놓고 다른 쪽 다리도 확인했다. 거기에도, 좀더 희미하지만 비슷한 자국이 남아 있었는데 아까는 동상의 흔적 때문에 미처 확인하지 못한 것이 분명했다.

"알렉스는 묶여 있었어요." 나는 충격에 휩싸여 들릴락 말락 작은 소리로 결론을 내렸다.

샌드린이 잠시 입을 벌리고 나를 바라보다가 고개를 저었다. "부츠 때문에 생긴 자국일 거예요."

그녀의 말을 곰곰이 생각했다. 과연 스노부츠가 저런 멍 자국을 남길 수 있을까? 전혀 터무니없는 소리는 아니었다. 어쩌면 피부가 부츠에 쓸렸을지도 모르니까. 일을 마치는 대로 부트룸에 가서 이렇게 기묘한 자국을 남길 수 있는 신발이 있는지 확인해봐야겠다고 머릿속에 새겼다. 물론 그의 스노부츠가 여전히 밖에 있는 것이 아니고 드루와 루크가 발견해서 가져왔다면 가능한 얘기였다.

나는 샌드린을 힐끗 보았다. "유나에는 뭐라고 말했어요?"

"우리 대원 중 한 명이 빙판 위에서 사망한 채 발견됐다고요. 자살로 추정된다고 했어요."

"다른 사람들에게는 뭐라고 말할 거예요?" 문 쪽으로 걸어가는 샌드린에게 물었다.

"아무 말 안 할 거예요." 오만할 정도로 퉁명스러운 말투였다. "그가 죽었다고 알리고 자살인 것 같다고 할 거예요. 그게 다예요." 그녀가 내게 의미심장한 표정으로 말했다. "어떤 소문이나 추측에 기름을 붓는 행동은 절대 하면 안 돼요, 케이트. 앞으로 4개월은 더 버텨야 해요. 그게 가장 중요해요."

나는 대꾸하지 않았다. 어떻게 대답해야 할지 몰랐다.

"당신도 동의하는 거죠, 그렇죠?" 샌드린이 되물었다.

마지못해 고개를 끄덕였다. 좀더 시간을 두고 차근차근 생각해보기 전에는 이 일로 논쟁을 벌일 준비가 되지 않았다. "시신을 시체 운반용 자루에 넣고 냉장실로 옮겨야 해요." 내가 말했다. "봄이나 되어야 부검을 할 수 있을 거예요."

"아르네와 드루를 보낼게요. 그리고 나머지 대원들은 모두 휴게실에서 기다리라고 할게요. 전부 다 이 모습을 볼 필요는 없으니까요." 샌드린은 그 말을 남기고 문을 닫고 나갔다.

우리가 위험에 처한 건 아닌지 반드시 알아야 해.

장-뤼크의 말이 머릿속에 떠올랐다. 샌드린이 틀렸을 수도 있을까? 알렉스의 죽음이 자살이 아닐 수도 있을까? 혹은 사고거나.

다시 한번 발목에 난 자국을 좀더 꼼꼼히 살펴보았다. 신발에 의해 생긴 것도 아니고 그럴듯한 다른 설명도 불가능하다면……그렇다면 이건 무슨 의미일까?

행여 그가 묶여 있었다고 가정한다 해도 도대체 누가 그를 밖으로 끌고 나갈 수 있을까? 알렉스는 180센티미터 정도의 키에 80킬로그램이 넘는 체구였고, 아무리 아크처럼 힘센 사람이라고 해도 혼자서 들 수 있는 무게가 아니었다. 그렇다고 두 명이 같이 이런 음모를 꾸몄을 가능성은 고려할 가치도 없을 만큼 터무니없게 느껴졌다.

그렇다면 단 한 명의 가해자가 혼자서 알렉스를 끌고 나갈 수 있을 만큼 그를 꼼짝 못 하게 만든 방법이 무엇일까? 때려눕혀서? 아니, 그랬다면 타박상의 흔적이 있어야 했다. 알렉스의 머리를 꼼꼼하게 살펴보았지만, 뭔가에 맞은 흔적은 없었다.

문득 어제 저녁 마지막으로 그를 보았을 때가 떠올랐다.

몸이 안 좋아요. 알렉스는 마치 술에 취한 것처럼 비틀거리며 서 있었다.

하지만 술을 그렇게 많이 마셨나? 샴페인 몇 잔에 맥주 두 잔. 그가 요즘 들어 술을 줄인 것을 눈치채고 있었다. 곧 아빠가 될 거라는 사실을 알고 있었다니 이해할 수 있는 일이었다.

그리고 4일 전 진료실 문이 잠겨 있지 않았던 사실이 떠올랐다. 그때 의약품 재고를 확인하기는 했지만 대충 훑어봤을 뿐이었다.

설마…….

나는 열쇠를 찾아 벤조디아제핀이 보관된 가장 가까운 벽장을 열고 상자의 개수를 세어보았다. 그리고 컴퓨터를 켜고 기록된 재고의 숫자와 확인해보았다. 지난 몇 주일 동안 내가 가져간 양은 제외하고.

마찬가지로 항히스타민제(알레르기 질환의 한 원인인 히스타민의 작용을 억제하는 약물/옮긴이)도 확인하고, 그외에 졸음을 유발할 수 있는 약들도 다 확인했다. 사라진 약은 없는 것 같았다.

그런 생각은 이쯤에서 그만하자.

나는 책상 의자에 푹 주저앉았다. 아까 약을 먹었는데도 시커먼 먹구름이 몰려오는 게 느껴졌다. 내 잘못이다. 만약 알렉스가 자살한 거라면, 내가 진작에 그를 막았어야 했고 그의 정신 상태가 얼마나 피폐해졌는지 알아차렸어야 했다. 항우울제를 복용할 것을 끈질기게 주장했거나 최소한 유나에 있는 정신과 의사와 상담하도록 설득했어야 했다.

만약 알렉스가 자살한 게 아니라면……그렇다면 내가 좀더 귀 기울였어야 했다. 좀더 빨리 무슨 조치든 취했어야 했다.

어느 쪽이든 내가 그를 저버렸다.

22

7월 2일

"여기서 장례식을 하자고 한 게 누구예요?"

아르네가 장례식을 위해 비워놓은 베타의 냉장창고에서 부르르 몸을 떨며 발을 굴렀다. 우리는 아크와 드루가 임시로 만든 관과 그 위에 놓인 소냐의 아름다운 손뜨개 꽃다발을 바라보았다. 이 침울한 장소의 유일한 장식이었다.

"샌드린은 시신을 안으로 옮기면 부패할까봐 염려했어요." 내가 속삭였다. "기지 밖으로 보내기 전까지 영하의 온도에서 보관해야 해요."

아르네가 입술을 꾹 다물고 아무 말도 하지 않았다. 잠시 후 기지대장이 헛기침을 하고 출력한 종이를 보며 조문을 읽기 시작했다. 독창성은 부족했지만 빈틈없는 내용으로 언제나 성실하고 헌신적으로 기지와 유나, 프로젝트에 열정을 다했던 알렉스를 높이 평가하며 추모했다.

"알렉스의 가족들 말로는 어렸을 때부터 늘 남극에 관심을 가졌다고 하더군요." 그녀가 말했다. "스콧과 아문센, 새클턴 등 위대한 탐험가들의 얘기를 읽으며 자랐고, 남극에 와서 모든 걸 직접 경험해보는 게 일생의 꿈이있다고 해요."

세상에, 지난 몇 달간의 알렉스를 떠올렸다. 그가 품었던 꿈이 오히려 그에게 등을 돌린 셈이었다.

샌드린이 말을 이었다. "작가 토머스 핀천에 의하면, 모두가 남극을 가지고 있다고 해요. 정도에 상관없이 우리는 어떤 해답을 찾아 이곳에 오고, 단지 과학이나 기후 연구만을 위해서가 아니라 우리 내면에, 그리고 타인의 내면에 잠재된 뭔가를 찾기 위해 온다고요."

아르네가 내가 있는 쪽을 보며 눈썹을 치켜올렸고 나는 갑자기 철학적인 내용으로 방향을 튼 샌드린의 말에 피식 웃지 않으려 꾹 참았다. 어쩌면 단순한 피로감 때문이었는지도 몰랐다. 우리 대부분은 빙판에서 알렉스의 시신이 발견된 후로 평소보다 더 잠을 이루지 못했다.

"그는 좋은 사람이었어요." 샌드린이 의미심장한 눈빛으로 카로를 보며 말했다. "그리고 멋진 아빠가 됐을 거예요. 그를 아끼고 사랑했던 이들이 알렉스가 그토록 중요한 의미를 두었던 이곳에서 생을 마감했고, 그의 일부가 영원히 이곳에 남아 있을 거라는 사실에 위안을 얻기를 바랍니다."

기지 대장이 출력된 종이를 내려놓고 깊이 숨을 들이마셨다. "하고 싶은 말 없어요?" 그녀가 카로에게 말했다.

카로는 휴지로 눈물을 훔치며 고개를 저었다.

다행이다. 나는 안도하며 생각했다. 특히 카로를 포함해 모두가 그만 이곳에서 나가야 했다. 냉기가 이미 부츠와 재킷을 뚫고 들어와 사지를 기어오르고 있었다. 실제로 알렉스가 어떻게 죽었는지 생각하게 하는 반갑지 않은 느낌이었다.

관 주변에 서서 2, 3분 정도 어색한 침묵이 흐른 뒤 우리는 터덜터덜 식당으로 이동했다. 식당에는 라지브가 추모식을 위해 준비한 뷔페가 차려져 있었다. 다행히 술은 보이지 않았다. 알렉스의 죽음 이후 기지 전체에 떠도는 온갖 자극적인 소문과 추측에 알코올까지 보탤 필요는 없었으니까.

한쪽 구석에 모여 있는 드루와 롭, 루크가 눈에 띄었고, 살짝 혼란스러운 표정으로 근처를 서성이고 있는 톰이 보였다. 조만간 톰을 만나봐야겠다고 머릿속에 새겼다. 드루는 특별히 지쳐 보였다. 이 모든 혼란에 타격을 입을 만도 했다. 시신을 운반하고, 관을 만들고, 장례식을 위해 창고 비우는 걸 도와주는 등 누구보다 열심히 움직였다.

루크만이 평소의 태평한 모습을 되찾은 것 같았고, 이 심각한 상황을 별로 개의치 않는 것처럼 보였다. 달라진 게 있다면 남을 얕보는 듯한 비웃음이 조금 줄어들었고, 머리를 빗었다는 정도였다.

"여기요." 아르네가 옆으로 다가와 음식이 담긴 접시를 내밀었다. "먹어요. 그러다 쓰러져요."

나는 고분고분 접시를 받아 사모사(감자와 채소 등을 넣고 간을 해서 삼각형으로 빚어 기름에 튀기는 인도식 만두/옮긴이)부터 먹었다.

"좀 어때요?" 그가 물었다. "어떻게 지내는지 안부를 묻고 싶었는데 당신이 늘 바빠서요. 아니면 내가 바쁘거나."

"이런저런 일을 처리하고 있어요." 유나의 의학팀에 보낼 광범위한 보고서를 작성하고 카로를 챙기는 와중에 내가 받은 충격과 슬픔, 알렉스를 실망시켰다는 지속적인 자책감에 시달리느라 그 일이 있고 난 뒤 거의 아무와도 말을 섞지 않았다. "그동안 사람들과 어울리는 게 별로 내키지 않았어요."

"사과할 필요는 없어요." 아르네가 중얼거리며 주위에 우리 얘기를 듣고 있는 사람은 없는지 힐끗 둘러보았다. "두 사람이 죽었어요. 나머지 미드윈터 페스티벌 행사는 전부 취소됐고요. 사람들이 우리 기지가 저주받았다고 믿기 시작한 것 같아요."

"저주를 받아요? 여기 있는 사람 모두가 과학적인 이성주의자인 줄 알았는데요."

"다는 아니죠." 그가 얼굴을 찌푸렸다. "더구나 그렇다고 다들 미신을 안 믿는 건 아니잖아요?"

나는 그 말을 곰곰이 생각해보았다. 특히 아크가 침울해 보였고, 러시아어로 혼잣말을 중얼거렸다. 라지브와 앨리스도 최근의 사건들로 충격을 받은 듯 평소보다 말수가 없었다. 오로지 소냐만이 평소와 변함없는 태도를 유지하며 어떤 소문이나 추측에 합세하기를 거부했다.

"혹시 무슨 짐작 가는 거라도 있어요?" 아르네가 내 마음속을 들여다보는 듯한 시선으로 나를 살폈다. "알렉스에 대해?"

"별로요." 나는 대답을 피하며 둘러댔다. 누군가에게 터놓고 얘기하며 이 상황을 차근차근 이해하고 싶은 마음이 간절했지만 그랬다가는 자칫 상황을 더 악화시킬 수도 있었다.

더구나 여기서는 절대 그럴 수 없었다.

아르네가 다시 눈썹을 치켜올렸다. 내 말이 그다지 설득력 없는 모양이었다.

나는 수그러들어서 목소리를 낮추고 사람들에게 내 입 모양이 보이지 않게 등을 돌렸다. "나도 모르겠어요, 아르네. 무엇을 믿어야 할지 모르겠다고요. 샌드린이 대원들을 다 만나봤는데 그날 밤 알렉스가 휴게실에서 나간 후로 그를 보거나 알렉스한테 무슨 얘기라도 들은 사람은 아무도 없었어요. 그러니 무슨 일이 일어났는지 아무도 모르죠."

머릿속으로 생각하고 또 생각해보았다. 알렉스는 절대 자살할 사람이 아니라던 카로의 말이 맞을까? 누가 알겠나. 그리고 알렉스의 발목에 남아 있던 자국들도 그의 죽음과 상관없이 생긴 것일 수도 있다. 비록 알렉스의 모든 신발을 다 조사하고도 아무런 실마리를 찾지 못했지만. 아르네가 한숨을 쉬었다. 그가 무엇인가 더 말하고 싶은 게 있는 것 같았지만, 나도 지칠 대로 지친 상태였다. 지금으로서는 약이나 두 알 삼키고 단 몇 시간이라도 이 모든 긴장 상태에서 벗어나고 싶은 마음뿐이었다.

"아무래도 카로에게 가봐야겠어요." 내가 자리를 피할 구실을 찾아 둘러댔다. 알렉스의 죽음 이후 앨리스와 소냐가 거의 매일 그녀 곁을 지키고 있었지만.

"카로는 방에 있나요?"

내가 고개를 끄덕였다. "그녀는 몸을 따뜻하게 하고 안정을 취해야 해요. 의사의 지시죠."

나머지 식사는 포기하고 진료실에 들러서 트라마돌 두 알을 삼키고 빠른 효과를 위해 디아제팜(정신 안정제나 골격근 이완제 등으로 쓰이는 약물/옮긴이)도 몇 알 삼키고 나서 카로의 방으로 가서 문을 두드렸다.

"들어와요." 힘없는 목소리가 들렸다.

그녀는 장례식을 위해 입은 검정 치마와 상의 차림 그대로 침대에 누워 있었다.

나는 그녀 옆에 앉았다. "좀 어때요?"

금세 그녀의 눈에 눈물이 차올랐다. "묻지 말아요, 알았죠?"

그녀는 두 손을 상의 안으로 넣어 손바닥을 배에 올리고 있었다. "혹시 태동은 안 느꼈어요?"

"어제 처음 느꼈어요." 카로가 잠깐 미소를 지었지만 목소리가 잠겼다. "알렉스가 태동을 느껴볼 기회조차 없다는 게 믿어지지 않아요."

나는 그녀의 뺨을 어루만졌다. 뭐라고 해줄 말이 없었다.

카로가 옆으로 누워서 눈을 감았다. "나 혼자서 해낼 자신이 없어요." 그녀가 흐느끼며 말했다.

"그럴 필요 없어요. 내가 있잖아요, 앨리스와 소냐도 있고요. 그후엔 집으로 돌아갈 거고 친구와 가족들이 있잖아요."

그녀도 끙 소리를 내며 안다는 표시를 했다.

"말했어요?" 내가 물었다. "가족들에게?"

"며칠 전에요."

"아기에 대해서요? 아님 알렉스에 대해서?"

"둘 다요."

"가족들은 뭐래요?"

카로가 어깨를 으쓱했다. "다들 몹시 걱정해요. 내가 당장 집으로 오길 바라고요. 왜 그럴 수 없는지 한참 설명해야 했어요." 그녀가 일어나 앉아서 티셔츠를 끌어내렸다. "엄마가 울기 시작했는데 그러다 통신이 끊어졌어요. 오늘 밤에 다시 해봐야 하는데 할 수 있을지 모르겠어요. 때로는 혼자서 감당하는 게 쉬울 때가 있는 거 아시죠?" 카로가 동의를 구하는 듯 힐끗 나를 보았다. "내 감정만 내가 알아서 잘 처리하면 되는데 다른 사람들의 반응까지 신경 쓰려면 훨씬 더 힘들어지죠."

나는 그 말에 진심으로 공감하며 고개를 끄덕였다. 사고 후 혼자

고립되고 싶었던 시기를 떠올리며 늘 주위를 맴도는 언니와 동료, 친구들의 끝없는 동정심과 염려 속에서 버티는 것이 얼마나 힘들었는지 기억했다. 물론 모두 좋은 의도로 그런다는 건 잘 알고 있었다. 나를 걱정해서 그러는 것뿐이었다.

그러나 때로는 그 모든 선의 때문에 비명을 지르고 싶어질 때도 있었다.

"아무래도 다시 검사하는 게 좋겠어요." 내가 말했다. "당신과 아기가 다 괜찮은지 확인해야겠어요."

"하지만 괜찮을 리 없잖아요, 케이트. 안 그래요?" 새로운 눈물이 솟아 카로의 뺨 위로 흘러내렸다. "알렉스 일은 어떻게 되고 있어요?"

나는 무슨 말인지 모르겠다는 시늉을 하려다 카로에게 너무 가혹한 일이라는 생각이 들었다. "나도 모르겠어요." 내가 순순히 말했다.

"샌드린에게 얘기하려 했어요. 알렉스는 절대 자살할 사람이 아니라고 했죠. 누군가 알렉스에게 이런 짓을 한 게 틀림없다고 말이에요."

"그랬더니 샌드린은 뭐라고 하던가요?"

"별말 안 했어요. 유나가 이곳으로 팀을 파견하는 대로 철저한 조사가 이뤄질 거라고만 했어요."

카로가 넌더리가 난다는 듯 고개를 흔들었다. "하지만 그때까지 우리는 뭘 하면 되죠? 알렉스를 죽인 사람이 누구든 아직 여기 있잖아요. 어떻게 우리의 안전을 보장할 수 있겠어요?"

"하지만 카로……." 나는 한숨을 쉬고 일주일 내내 나를 괴롭히던 질문을 입 밖으로 꺼냈다. "도대체 누가 왜 알렉스를 죽였겠어요?"

"뻔한 거 아니에요?" 마치 내가 이해가 느리다는 듯 카로가 빤히 나를 쳐다보았다. "알렉스는 뭔가 알고 있었어요, 케이트. 장-뤼크의 죽음을 파헤치고 있었잖아요. 빌어먹을, 그날 밤 알렉스가 휴게실에서 당신에게 소리 지르던 거 기지 사람들 대부분이 들었어요. 다들 그가 한 얘기를 놓고 수군거렸다고요."

이런 세상에. 도대체 나는 왜 그렇게 공개적으로 알렉스를 내몰았을까? 카로의 말이 맞다면 내가 그를 찾아가지 않았다면, 장-뤼크에 대해 그런 질문을 하지 않았다면, 어쩌면 그는 아직 살아 있을 수도 있었다. 수치심과 죄책감으로 눈물이 차올라 고개를 돌렸다. 당혹스러웠다.

"그리고 지금껏 다들 손 놓고 가만히 있잖아요." 내가 느끼는 고통은 까맣게 모르는 카로가 계속 말했다. "알렉스의 시신이 발견된 곳에 가서 주변을 확인한 사람이 한 명이라도 있나요? 눈밭에 생긴 흔적을 찾아보긴 했을까요? 단서라도 찾아봤냐고요?"

"드루와 루크가 다시 갔었어요." 나는 마음을 가다듬으려 헛기침을 했다. "내가 물어볼게요." 알렉스의 발목에 생긴 멍 자국에 대해 말해야 할까? 나는 고민했다. 그의 셔츠 한쪽이 찢어져 있었던 것도? 아니. 더는 카로를 흥분시키고 싶지 않았다.

"알렉스의 활동 밴드는요?" 카로가 물었다. "거기 어떤 기록이 남아 있어요?"

"손목에 없었어요. 어디 있는지 우리도 몰라요."

"하지만 데이터는 확인해볼 수 있잖아요, 안 그래요?"

"시도 중이에요." 내가 말했다. 사실 어제 파일에 접속해보았지만 나 혼자서는 무슨 의미인지 도무지 종잡을 수가 없었다. 그래서 톰이나 롭에게 도움을 청해야 하지만 조심해야 했다. 내가 자기 몰래 이런 걸 조사하고 있다는 사실을 샌드린이 알아차리면 어떤 반응을 보일지는 불을 보듯 뻔했다.

카로가 몸을 기울여 내 손을 잡고 힘껏 꼭 쥐었다. "난 반드시 진실을 밝혀야 해요, 케이트. 알렉스를 위해서 꼭 해야 하지만 나 혼자서는 불가능해요. 당신 도움이 필요해요. 알렉스에게 무슨 일이 일어났는지 밝혀낼 수 있게 돕겠다고 약속해줄래요?"

나는 망설이며 그녀를 응시했고, 불안감을 억누르며 말했다. "내일 데이터를 추적해보고 드루나 루크와도 얘기해볼게요. 하지만 당신도 꼭 약속해줄 게 있어요. 절대 혼자서 이 일을 처리하려 하지 말고 당신의 건강을 가장 우선시하겠다고 약속해줘요."

그녀가 고개를 끄덕였지만 나는 그녀의 손을 꼭 쥐며 다시 강조했다. "정말 중요한 얘기예요. 당신은 이미 많은 스트레스에 시달리고 있고, 그건 당신에게나 아기에게 좋지 않아요. 그걸 꼭 염두에 둬야 해요. 알렉스는 당신이나 아기에게 나쁜 일이 생기는 걸 절대 원치 않을 테니까요. 무슨 말인지 알겠죠?"

카로가 뭔가 반박하려는 듯 머뭇거렸다. 그러다 어깨가 푹 꺼졌고 그녀가 내 말에 수긍했음을 알 수 있었다. "알았어요. 그럼 뭔가 찾는 대로 바로 알려줘요, 알겠죠?"

나는 고개를 끄덕이며 과연 그 약속을 지킬 수 있을까 고심했지만, 카로를 더 불안하게 할 엄두가 나지 않았다.

그것은 그때 가서 생각하기로 마음먹고 그녀를 한번 안아주고 방을 나왔다.

23

7월 3일

나는 방 안의 불빛을 어둡게 하고 온종일 침대에 누워 있었다. 트라마돌의 양을 두 배나 늘렸는데도 사그라지지 않는 강한 두통 때문에 꼼짝할 수가 없었다. 그러나 통증보다 더 끔찍한 건 끝없이 가라앉는 기분이었다. 이전의 생활은 꿈처럼 사라지고 아주 오래 전부터 폐소공포증에 걸릴 것 같은 이 좁은 방 안에 갇혀 산 것 같은 기분이 들었다. 절대 여기서 살아 나가지 못할 거라는 섬뜩한 느낌이 들었다.

물론 말도 안 되는 얘기였다. 하지만 쉽게 털어지지 않았다.

어찌어찌하다 결국 잠이 든 덕분에 아침에는 알렉스의 죽음 이후 열흘 동안 밀린 일들을 처리할 수 있을 정도의 기력은 생겼다. 알렉스의 활동 밴드 기록을 확인하겠다고 한 카로와의 약속을 지켜야 했지만, 우선 밀린 주간 혈액 테스트부터 처리해야 했다. 언제나 기꺼이 응하는 앨리스가 첫 번째였다. 그녀는 다른 대원들처럼 마뜩잖은 표정을 짓지도 않았고 불평하지도 않았다.

“잘 지내요?” 내가 주삿바늘과 주사기를 준비하며 물었다.

"그럭저럭요." 그녀가 어깨를 으쓱했다.

눈 밑에 보이는 희미한 다크서클은 그녀의 대답과 다르다는 걸 암시했지만 굳이 캐묻지 않았다. 쓸 만한 의사라면 사람들이 제 발로 찾아오게 행동하는 법이고 그 반대로 하는 건 바람직하지 않다는 정도는 알고 있다. 나 역시 그랬다.

"뭐 좀 물어봐도 돼요?" 내가 다른 얘기를 꺼냈다.

앨리스가 고개를 끄덕였다.

"알렉스를 발견했을 때 상황이 어땠는지 다시 얘기해줄 수 있어요?" 그녀의 소매를 걷어올리고 소독약이 묻은 거즈로 그녀의 팔꿈치 안쪽을 문질렀다.

내가 주사기를 창백한 피부에 찔러넣을 때 그녀가 움찔하며 물었다. "왜요?"

"유나에 정식 보고서를 제출해야 해서요." 나는 거짓말을 둘러대며 그녀가 샌드린에게 확인하지 않기를 바랐다.

정맥에 주삿바늘을 꽂을 때 그녀가 고개를 돌렸다. "샌드린이 이미 다 끝낸 걸로 알고 있는데요." 천천히 주사기 플런저를 당겨 주사기 안에 혈액이 차오르기 시작할 때 그녀가 말했다. "유나에 제출하는 보고서 말이에요."

"맞아요. 그런데 나도 의학적인 관점에서 빠뜨린 게 없는지 꼼꼼히 확인해야 해서요."

내가 주삿바늘을 빼고 자그마한 상처에 밴드를 붙여줄 때 사랑스러운 그녀의 얼굴은 무표정했다. 때때로 앨리스는 무슨 생각을 하는지 짐작하기 아주 어려운 사람이었다. 지금도 그랬다.

마침내 그녀가 한숨을 내쉬며 마음을 정한 것 같았다. "그날 밤 소냐가 자러 갈 때 컨디션이 썩 좋지 않았어요." 그녀가 소매를 내리며 말했다. "와인을 많이 마셔서 속이 불편한 것 같길래 소냐 대신 내가 날씨 풍선을 띄우러 가야겠다고 생각했죠."

"어떻게 하는지 알고 있었어요?"

"사실 별로 복잡하지 않아요. 소냐가 혹시 자기가 못 하게 될 경우를 대비해 예전에 가르쳐줬거든요. 기상학관에서 자료를 읽는 법도 알려줬고요."

"그건 자동으로 수집되는 데이터 같은 거 아니에요?"

"맞아요." 앨리스가 동의했다. "하지만 아무 결함이 없는지 확인하기 위해 한 번 더 직접 점검하는 거예요."

나는 고개를 끄덕였다. 타당한 얘기였다. 우리가 기지에서 하는 일들의 절반은 필수적이라기보다는 끝없는 어둠 속에서 어떤 일상을 유지하는 데 유용한 것들이었다. 모든 대원들이 어떻게든 각자 바쁘게 움직일 수 있는 일거리를 찾아 움직였다.

"그래서 어떻게 됐어요?" 내가 물었다. "어떻게 당신이……?" 굳이 '시신을 발견했냐'는 말을 입에 담고 싶지는 않았다. 너무 냉혹하고 쓸데없이 임상적인 물음처럼 느껴졌다.

"그날도 손전등으로 빙판을 비추며 가고 있었어요. 언제나처럼요."

왜냐고 물을 필요는 없었다. 깜깜한 어둠 속에서 밖에 나와 있는 그 기묘한 기분을 너무 잘 알고 있었기 때문에 충분히 공감할 수 있었다. 특히 달빛조차 없을 때는 더욱 심했다. 혼자가 아닌 것 같은 그 끈질긴 공포감.

물론 유치한 것은 알지만 가장 원시적인 공포감이었다.

"그때 알렉스를 발견했어요?" 내가 물었다.

"타워 근처 바닥에 뭔가 어두운 물체가 눈에 띄었어요. 처음엔 그게 뭔지 몰랐죠. 좀더 가까이 다가가서야 알았어요……그를 일으키려고도 해보고 무선으로 도움을 요청했어요. 하지만 아무도 무전을 받는 사람이 없어서 할 수 없이 기지로 돌아와야 했죠. 그의 몸에 이미 바람에 날린 눈더미가 쌓여 있었어요. 그래서 짐작했죠……." 그녀의 뺨이 붉게 달아올랐고 헛기침을 했다. "그가 거기 누워 있은 지 좀 됐다는 걸 알 수 있었고 내가 할 수 있는 건 아무것도 없었어요."

그녀는 자기 행동이 옳았음을 확인받고 싶은 눈길로 나를 바라보았다. "알렉스는 죽은 지 몇 시간이 지난 상태였어요." 내가 말했다. "당신이 잘못한 건 아무것도 없어요."

앨리스의 얼굴이 조금 편안해졌다. 그녀는 내가, 혹은 다른 대원들이 그녀를 비난할까봐 걱정했던 모양이다. 선뜻 얘기를 꺼내지 못할 만도 했다.

"다른 건 어땠어요?" 내가 물었다. "눈밭에 자국 같은 건요?"

그녀가 고개를 저었다. "바람이 제법 세게 불어서 어떤 자국이 남았다 해도 금방 덮였을 거예요. 다시 기지로 돌아올 때도 앞을 보기 힘들었거든요."

"특별히 이상한 점은 없었고요?"

앨리스가 내 질문에 대해 잠시 생각하는 동안 나는 혈압 측정기를 꺼내 그녀의 팔에 둘렀다. "알다시피 알렉스가 무척 가벼운 옷차림이었다는 사실을 빼고 말이에요." 내 말에 갑자기 얼굴이 일그러지더니 앨리스가 울기 시작했다. "정말 끔찍했어요, 케이트." 그녀가 흐느끼며 말했다. "알렉스가 사실상 맨몸이나 다름없는 상태로 바닥에 누워 얼어붙은 모습을 보니 정말 무서웠어요. 그 생각 때문에 잠을 잘 수가 없어요."

나는 혈압 측정기를 부풀리며 그녀에게 휴지를 건넸고 머릿속으로 자신을 책망했다. 이 불쌍한 여자도 엄청난 정신적 충격을 받았는데, 누가 뭐라고 그녀를 탓할 수 있을까? 진작에 그 사실을 깨달았어야 했고 그녀가 잘 이겨내고 있는지 확인했어야 했는데.

드루는 괜찮은지 만나봐야겠다고 생각했다. 루크도. 시신을 수습하는 건 두 사람 모두에게 큰 충격이었을 테고, 그런 정신적 충격의 영향은 한참이 지난 후에 나타날 수도 있었다.

"정말 힘들었을 거예요." 나는 혼자 빙판 위에서 죽은 동료의 시신을 맞닥뜨리는 것이 얼마나 끔찍했을지 상상하며 앨리스를 위로했다.

"앨리스, 그 상황에서 당신이 할 수 있는 일은 아무것도 없었어요."

그녀가 고개를 끄덕이며 휴지로 눈을 훔쳤다.

"나중에 한 번 더 들러요, 알겠죠?" 내가 그녀에게 말했다. "잠을 좀 잘 수 있게 수면제를 몇 알 줄게요. 그리고 언제든 얘기하고 싶으면 망설이지 말고 찾아와요."

그녀가 고마워하며 나를 안아주었다. "고마워요, 케이트"

나는 체육관에서 이어폰을 귀에 꽂고 러닝머신 위에서 전력 질주를 하고 있는 드루를 찾았고 러닝머신 앞으로 다가가서 그에게 손을 흔들었다.

"케이트." 그가 속도를 줄여 걸으며 내게 미소를 지었다. "별일 없는 거죠?"

나는 고개를 끄덕였다. "잠깐 얘기 좀 할 수 있어요?"

"물론이죠." 그가 러닝머신을 끄고 내려와 거친 숨을 몰아쉬며 수건으로 이마와 목의 땀을 닦았다. 기진맥진했을 텐데도 불구하고 좋은 컨디션을 유지하고 있는 그에게 감탄했다. 대원들 대부분이 지쳐서 눈에 띄게 흐트러진 모습을 보이는 것과는 대조적으로 드루는 내가 그를 처음 만난 날처럼 여전히 건강하고 탄탄해 보였다.

"무슨 일이에요?" 그가 물통에서 한참 물을 마시고 나서 물었다. 내가 앨리스에게 했던 것과 똑같은 질문을 하는 동안 그는 가만히 서서 나를 찬찬히 뜯어보았다. 그러나 드루 역시 그녀의 말에 더 보탤 게 없는 것 같았다.

"뭔가 좀 이상한 점은 없었어요? 나중에 루크와 다시 나가봤을 때도요?"

그가 고개를 저었다. "그런 걸 왜 물어요?"

"그냥 시간대를 좀 맞춰보려고요. 시신이 그 정도로……얼어붙었을 때는 사망 시간을 정확히 예측하기가 어렵거든요. 혹시 눈밭에서 뭔가 이상한 흔적을 발견했다면 그날 밤 바람에 눈이 날렸는지, 얼마나 쌓였는지 측정해서 대략적으로나마 알렉스가 밖으로 나간 시간을 짐작할 수 있을지도 몰라서요."

"그럴 수도 있겠네요. 우리가 알렉스에게 갔을 때 확인했어야 했군요. 루크와 난 최대한 빨리 알렉스를 기지 안으로 옮겨야 한다는 생각밖에 없었어요. 혹시나 어떤 조처를 할 수 있을지도 모르니까요. 그래도 그런 생각도 했어야 했는데. 미안해요."

"괜찮아요. 자책하지 말아요." 내가 고개를 끄덕이고 숨을 들이마셨다. "당신은 알렉스에게 무슨 일이 일어났다고 생각해요?"

그가 어깨를 으쓱했다. "샌드린 말에 동의해요. 자살인 것 같아요."

무슨 말을 해야 할지 몰라 그를 바라보았다. 드루의 자신감 있는 표정을 보자 어쩌면 두 사람의 말이 맞을지도 모른다는 생각이 들기 시작했다. 알렉스가 카로가 알고 있던 것보다 훨씬 더 심한 고통에 시달렸다면? 그의 발목에 생긴 자국들이 그의 죽음과는 전혀 상관이 없는 이유로 생긴 거라면?

"왜요?" 그가 얼굴을 찌푸리며 물었다. "당신은 동의하지 않나요?"

"아니에요." 나는 좀 다급하게 대답했다. "우리가 뭔가 놓치고 있는 건 없는지 확인하고 싶은 것뿐이에요."

드루가 말없이 나를 살폈다. "실은 당신하고 얘기를 좀 하고 싶었어요." 그가 부드럽게 말했다. "당신이 걱정돼요. 괜찮은 거예요, 케이트?"

"네, 괜찮아요."

드루가 못 믿겠다는 듯 나를 들여다보았다. "오해는 하지 말아요. 하지만 당신이 좀……." 그가 말을 얼버무렸다.

"내가 뭐요?"

그가 어깨를 으쓱했다. "좀 버거워하는 것 같아서요. 두 어깨에 온 세상을 다 짊어지고 있는 사람처럼요."

물론 드루의 말이 맞았다. 그 순간 그에게 마음을 열고 알렉스에게 일어난 일에 대해 의심스러운 부분들을 털어놓고 상의하고 싶었다. 카로가 아닌 다른 누구와 얘기를 하면서 그녀의 의심이 정당한 것인지, 아니면 잘못 생각하고 있는 것인지 짚어보고 싶었다.

그가 한 발짝 앞으로 다가왔다. 순간 드루가 키스하려는 줄 알았지만, 그는 그저 내 눈을 들여다보았다. "언제든 얘기하고 싶으면 나한테 와요. 잊지 말아요."

그가 말을 멈추고 뺨에 난 까칠한 수염을 문지르며 할 말을 찾았다. "난……난 정말 그때 있었던 일이 우리의 우정에 걸림돌이 되지 않았으면 해요. 당신이 나랑 거리를 둬야 한다고 생각하지 않았으면 좋겠어요. 우리 사이를 더 진전시키고 싶지 않았던 이유를 충분히 이해해요. 당신이 옳아요. 여기서 연인관계를 맺는 건." 드루가 기지 전체를 의미하듯 주변을 가리켰다. "정말 안 좋은 생각이에요. 나도 알아요, 케이트. 하지만 누구나 솔직하게 자기 생각을 터놓고 말할 수 있는 상대가 필요한 법이잖아요. 난 그냥 그 말을 하고 싶었어요."

그는 내 어깨에 팔을 두르며 꼭 안아주었고 나는 거부하지 않았다. 우리가 아직 친구라고 말해주는 그가 고마웠다.

"고마워요, 드루." 그가 나를 놓아줄 때 좀 불안정한 목소리로 말했다. "그렇게 말해줘서 정말 고마워요."

그가 크게 씩 웃었다. "어이, 별말씀을 다." 그가 내 머리를 헝클며 말했다. "언제든 대환영이에요."

24

7월 3일

"특별히 이걸 보고 싶어한 이유가 있어요?"

롭이 진료실에 있는 내 책상 컴퓨터 앞에 앉아 주위를 둘러보았다. 유니폼처럼 늘 입고 다니는 딱 붙는 검정 티셔츠와 청바지를 입고 있었지만, 이제 젤은 바르지 않는지 머리카락이 볼품없이 납작하게 꺼져 있었다.

"확인 절차예요." 내가 모호하게 대답했다. "알렉스가 죽음에 이르기까지 그의 정신 상태에 관해서 유나에 의학 보고서를 제출해야 하거든요."

모두 맞는 말은 아니었다. 나는 이미 브뤼셀에 있는 정신과 의사 요한 해너에게 상세한 보고를 마친 후였다. 정말 고통스러운 인터뷰였다. 알렉스가 그렇게 된 데는 내 잘못이 컸고, 내가 좀더 빨리 좀더 강하게 개입했더라면, 그가 아직 살아 있을지도 모른다는 생각을 떨쳐버릴 수 없었다. 해너가 어떤 결론을 내렸는지 몰라도 내게는 알려주지 않았다. 그뿐 아니라 알렉스의 발목에 생긴 알 수 없는 자국을 찍은 사진을 의학팀에 보냈는데도 아직 아무런 소식을 듣지 못했다.

"그렇군요……." 롭이 무슨 지도처럼 보이는 것을 클릭하자……기지의 평면도 위에 무수한 일련의 점들이 나타났다. 그 점들은 지그재그로, 앞으로 뒤로 움직이며 온 사방에 찍혀 있었다. 그것만 보고 무슨 의미인지를 파악하는 건 불가능했다.

"마지막 24시간 동안 알렉스의 움직임을 알 수 있는 모든 데이터예요." 롭이 설명했다. "뭘 알고 싶은 거예요?"

뻔하지 않나? 나는 불쾌감을 억누르며 말했다. "시간대를 그날 저녁으로 좁힐 수 있나요?"

롭이 자판을 두드렸다. 점 대부분이 사라졌다. 나는 스크린을 뚫어져라 보며 남아 있는 점들이 의미하는 것이 무엇인지 이해하려 애썼다. "이게 움직인 경로인가요?"

그가 고개를 끄덕였다.

"언제 이 경로로 움직였는지도 알 수 있나요?"

"잠깐만요." 롭이 몇 개를 더 클릭하자 점들 위에 시간이 떴다. "여긴 저녁 7시 24분에서 10시 41분까지 있었어요. 앞쪽은 식당이고 그다음은 휴게실이죠."

"그러고 나서는요?"

롭이 데이터를 살폈다. "방에 가서 계속 거기 있었던 거 같은데요."

"그의 심장 박동수를 확인해줄래요?"

롭이 또다른 화면을 띄웠다. 나는 그래프를 살펴보았다. 알렉스가 방으로 돌아간 직후 맥박수가 느려졌다. 아마도 잠이 들었겠지. 그러다 두 시간 후에 맥박수가 갑자기 치솟았지만 겨우 몇 분간만 지속되었다.

나는 영문을 몰라 얼굴을 찌푸렸다. "알렉스의 데이터 중 가장 마지막 데이터는 언제죠?"

"새벽 2시 53분이요."

"그 이후로는 아무것도 없어요?"

롭이 고개를 끄덕였다. "그게 알렉스의 활동 밴드에 남아 있는 마지막 기록이에요. 최소한 마지막으로 메인 시스템과 동시에 연결된 시간이 그때예요."

"얼마나 자주 연결되죠?"

"두 시간마다 업로드되도록 설정돼 있어요. 아니면 기지 인트라넷에 연결되는 순간이에요."

"그럼 만약 그의 활동 밴드를 찾으면 메인 시스템에 업로드되지 않은 데이터가 남아 있을 수도 있겠네요?"

"그럴 수도 있죠." 롭이 의자를 돌려 나를 보았다. "그를 기지 안으로 옮겨왔을 때 밴드는 없었다고 들었는데요."

"맞아요. 없었어요." 내가 말했다. 그걸 숨길 이유는 없었다.

"그가 밴드를 어떻게 했다고 생각해요?"

나는 그 질문을 곰곰이 생각했다. 솔직히 말하면 알렉스의 죽음에 의한 직접적인 여파에 대처하느라 정신이 없어서 사라진 활동 밴드에 대해서는 충분히 생각해볼 겨를이 없었다.

그래서 활동 밴드는 어떻게 된 건지 지금 나 자신에게 묻는다면? 만약 샌드린의 말대로 알렉스가 자살했다면 왜 굳이 활동 밴드를 풀었을까? 누군가 그가 사라졌다는 걸 알아차렸다고 해도 이런 수고를 감수하면서까지 그의 행방을 찾으려 했을 가능성은 적었다.

더구나 자살을 결심한 사람이 그 직전에 금방 잠이 들 수 있을까?

머릿속에서 목소리가 물었다. 그 정도로 극도의 스트레스에 시달리는 사람이라면 수면이 불가능하지 않을까?

카로의 말이 맞았다. 뭔가 이상했다. 최소한 샌드린의 관점으로 생각해보면 뭔가 앞뒤가 맞지 않았다.

나는 컴퓨터를 가만히 응시했다. 누군가 알렉스 인생의 마지막 몇 분 동안 무슨 일이 있었는지 증거를 남기지 않으려고 알렉스의 활동 밴드를 제거해서 부서뜨렸다면? 찢어진 알렉스의 셔츠와 발목 주위의 묶인 흔적을 떠올렸다. 모두 어떤 몸부림이 있었음을 보여주는 증거였고, 그렇다면 데이터에도 나타날 터였다.

갑자기 치솟은 그의 심장 박동수도 누군가 그의 방에 들어가 갑작스럽게 그를 잠에서 깨웠기 때문이라고 생각해볼 수 있었다.

Cette pauvre fille.

그 불쌍한 여자. 장-뤼크가 했던 말이 머릿속에 떠올랐다. 그날 밤 식당에서 내가 알렉스에게 물었을 때 그가 뭐라고 했었지. 빙판에서 목숨을 잃은 한 여자 때문에 박사가 많이 상심했다고 했다.

세 사람이 밖에서 죽었고, 세 사람 모두 석연치 않은 죽음을 맞았다. 물론 남극이 위험한 곳임에는 틀림없지만 단순한 우연 이상의 더 큰 뭔가가 있는 것 같았다.

"더 물어볼 게 있나요?" 롭의 목소리에 다시 정신을 차렸다.

나는 숨을 들이쉬고 내쉬며 커지는 불안감을 달래려고 했다. "그날 밤……다른 사람들의 데이터도 다 접속해볼 수 있어요? 혹시 뭔가 이상한 건 없는지?"

"어떻게 이상하다는 거예요?" 롭이 얼굴을 찌푸렸다.

"나도 모르겠어요. 그냥 확인해보고 싶어서요."

그가 한숨을 내쉬었다. 도대체 이런 걸 확인해서 뭘 하려는지 의아한 게 분명했다. "좋아요. 하지만 밤에는 활동 밴드를 풀어놓는 사람들도 있으니 그런 데이터는 별로 볼 게 없을 거예요."

롭의 말이 맞았다. 수면 데이터 기록을 위해 잘 때도 차고 자라고 누누이 당부했음에도 불구하고 그대로 따르는 사람들의 숫자가 확 줄었다. 그들 탓을 할 수도 없었다. 플라스틱 밴드가 피부를 자극할 때도 있고 밴드 때문에 늘 땀이 찬다고 불평하는 사람들도 있었다.

"알았어요. 그래도 한번 봐줄래요?"

롭은 또다른 화면을 띄우고 찬찬히 살폈다. 나는 최대한 인내심을 가지고 기다렸다. 약을 먹은 지 세 시간이나 지났고 또 먹어야 할 때가 다가오면서 점점 강렬한 욕구를 느꼈다. 벅벅 긁고 싶어 미칠 것 같은 가려움증처럼.

"이게 뭐예요?" 일 분 후 내가 물었다. 롭이 혼란스러운 얼굴로 화면을 응시하고 있었다.

그는 마지못해 내가 볼 수 있게 화면을 옆으로 틀었다. 아까와 똑같은 평면도가 떠 있었고 잠자는 공간이 확대되어 있었다. "여기가 알렉스의 방이에요. 새벽 2시 15분에요. 여기에 그의 활동 밴드 신호를 볼 수 있어요." 롭이 방 한쪽 구석에 있는 침대에 모여 있는 점들을 가리켰다. "여기서 몇 분 정도 앞으로 돌리면 두 번째 신호를 볼 수 있어요."

나는 복도에 또다른 일련의 점들이 나타난 것을 보고 심장이 빠르게 뛰기 시작했다. 잠시 후에는 그 점들이 알렉스의 방에 모여 있었다.

"누구인지 몰라도 이 방에서……." 롭이 스크린 샷을 살짝 앞으로 돌렸다. "3분 13초간 머물렀어요."

나는 숨을 죽였다. "그게 누구죠?" 내가 물었다.

롭이 묘하게 당황하는 것 같았다. 나는 그가 결정을 내리지 못하고 머뭇거리는 것을 지켜보았고, 그가 윤리적인 선을 넘었다고 말하며 대답을 거부할지도 모른다는 생각이 들었다.

그러나 마침내 그가 입을 열었다. 딱 한 마디. 딱 한 사람의 이름.

"루크요."

25

7월 3일

루크를 찾는 데 한참 걸렸다. 베타에 있는 모든 작업장과 창고를 포함해 온 기지를 샅샅이 뒤졌지만 허탕을 치고 난 후에 소냐에게 정보를 얻었다.

"이글루도 찾아봤어요?" 부트룸에서 나오는 그녀와 마주쳤을 때 그녀가 말했다.

"이글루요?" 내가 되물었다. "루크가 왜 거기 있겠어요?"

소냐가 어깨를 으쓱했다. "그냥 그런 예감이 들어요."

"고마워요." 가슴이 철렁했다. "한번 가볼게요."

"내가 같이 갈까요?"

나는 그녀의 제안을 고려했다. 그게 좋을 것도 같았다. 나 혼자 어둠 속으로 나가는 게 무서워서만이 아니라 기지에서 멀리 떨어진 곳에서 혼자 루크와 맞서는 것이 썩 좋은 생각 같지는 않았다.

"괜찮아요. 나도 길을 알아요."

소냐가 한동안 나를 바라보았다. "혼자 거기 가면 안 돼요, 케이트."

나는 그녀를 마주 보았다. 그게 무슨 뜻이지? 그냥 바깥을 말하는 건가? 아니면 루크가 정말 어떤 위험할 수도 있다는 의미일까?

"괜찮을 거예요." 나는 짐짓 자신 있는 척하며 그녀를 안심시켰다. "오래 걸리지 않을 거예요. 그리고 내가 어디에 가는지 당신이 알고 있잖아요."

"알았어요." 그녀가 식당 쪽으로 향하며 말했다. "잊지 말고 무전기 꼭 챙겨가요."

보온 내의를 단단히 챙겨 입고 진료실에 들러서 긴장감을 가라앉히려고 바륨을 넉넉히 먹었다. 그런데도 부트룸에서 야외 장비를 챙기는데 두려움이 온몸을 휘감았다. 오로라 사건 이후 혼자서 밖으로 나가는 건 어떻게든 피했는데, 다시 어둠 속으로 나갈 순간이 가까워지자 점점 불안해졌다.

알렉스의 모습을 지울 수가 없었다. 그의 얼굴에 남아 있던 그 표정.

나는 이를 악물었다. 오리털 재킷 주머니에 무전기를 집어넣고 큰 손전등을 챙겼고, 만약을 위해 작은 손전등도 주머니에 쑤셔넣었다. 혹시 하나를 잃어버려도 또 하나가 있으니까.

차가운 바람이 몰고 올 충격에 대비해 단단히 마음을 먹고 문을 열고 조심스럽게 계단을 내려갔다. 계단을 다 내려가 빙판에 섰을 때에야 이글루로 가는 길을 정확히는 모른다는 사실을 깨달았다. 최소한 어둠 속에서는 그랬다. 드루와 내가 눈 표본을 수집하는 작업은 주로 기지의 서쪽 경계 바로 너머에서 이루어졌지만, 이글루는 기상학관과 감마 사이 어딘가에 있었다. 대낮이라면 금세 찾을 수 있겠지만, 한 치 앞도 보이지 않는 캄캄한 어둠 속에서도 가능할까?

점점 빨라지는 심장박동을 느끼며 거기 서서 손전등을 켜고 어둠을 비췄다. 달빛도 없이 사방이 새카맸다. 이건 어리석은 짓이야. 다시 기지 안으로 들어가서 소냐에게 마음이 바뀌었다고, 함께 가줬으면 좋겠다고 부탁해야 했다. 아니면 아르네나 드루에게 스키두로 태워다 달라고 부탁할 수도 있었다.

그러나 주위에 엿듣는 사람이 없는 곳에서 루크와 나 단둘이 해야 할 얘기였다. 끝나지 않는 말 전달하기 놀이처럼 기지에 맴도는 온갖 소문과 추측에 나까지 기름을 붓고 싶은 마음은 추호도 없었다. 더구나 알렉스의 기이한 죽음으로 더욱 흉흉해진 마당에.

나는 잠시 망설이며 자신을 책망했다. 스키두 작동법은 왜 안 배웠을까? 아르네가 가르쳐주겠다고 제안했고 드루도 그랬지만, 난 늘 핑계를 대며 미뤘다. 솔직히 말하면 겁이 났다. 스키두가 뒤집혀서 운전하던 사람이 그 밑에 깔렸다는 얘기를 너무 많이 들은 탓이었다.

뒤집힌 차 안에 두 시간이나 갇혀본 경험은 평생 한 번이면 족했다.

나는 독하게 마음먹고 감마 쪽으로 연결된 가이드 로프를 잡고 이글루로 가는 방향이 맞기를 간절히 빌며 길을 나섰다. 머뭇거리며 발걸음을 내디딜 때마다 당장 뒤로 돌아 안전한 기지로 돌아가고 싶은 마음이 커져만 갔다. 기지 근방을 벗어날 즈음에는 내 숨소리에도 신경이 곤두서고 불안했다.

마치 아무것도 없는 텅 빈 공간 속으로 발을 들이는 것 같았다.

몇 분 정도 지난 후 거친 호흡을 가라앉히고 빠르게 뛰는 심장을 안정시키기 위해 잠시 멈춰섰다. 깊이 숨을 들이쉬며 억지로 자신을 진정시켰다. 그렇다고 오래 서 있을 수도 없었다. 어느새 겹겹이 입은 두꺼운 옷을 뚫고 들어온 추위에 피부가 따끔거리고 근육이 쑤셨다. 나는 맨몸이나 다름없는 상태로 빙판에 누워 있던 알렉스를 생각하지 않으려고 애쓰며 루크의 행동에 대해 곰곰이 생각했다.

그날 밤 루크는 왜 알렉스의 방에 있었을까? 지난주에 샌드린이 모든 대원을 한 사람씩 만났을 때는 왜 그런 사실을 털어놓지 않았을까? 그가 작정하고 거짓말을 했다는 사실, 적어도 진실을 숨기려 했다는 것 자체가 명백한 위험 신호였다.

이런 내용을 샌드린에게 알릴 수도 있잖아. 머릿속에서 목소리가 들렸다. 샌드린이 알아서 하게 맡기면 돼. 샌드린한테 루크에게 다시 물어보라고 하면 되잖아.

그러나 알렉스의 시신을 살펴보던 당시를 떠올리며 샌드린을 믿을 수 없다는 결론을 내렸다. 알렉스의 발목에 남아 있는 이상한 자국에도 불구하고 성급하게 자살이라고 결론 내리던 샌드린. 우리의 기지 대장은 모든 상황을 깔끔하고 빠르게 마무리 짓고 싶어하며 분명하게 설명되지 않는 모호한 상황을 못 견뎌한다는 느낌이 들었다.

그리고 지금이야말로 모호한 상황이었다.

갑자기 가이드 로프가 끝나면서 허공에 헛손질했다. 나는 다시 멈춰서서 손전등 불빛 너머 빽빽한 어둠을 보며 침착하려 무진 애를 썼다.

넌 할 수 있어. 마음속 치어리더가 기운을 북돋웠다. 루스벨트가 뭐라고 했더라? 두려움 자체 말고는 두려워할 게 없다고 했던가.

다시 한번 깊이 숨을 들이마시고 맞는 방향이기를 바라며 발을 내디뎠고 부츠 밑에서 얼음 결정들이 부서지는 소리가 들렸다. 찬 바람을 막으려고 파카 모자를 단단히 조인 탓에 심장박동 소리가 귓가를 울렸고, 캄캄한 어둠을 향해 걸어가며 뱉어내는 거친 숨소리에 귀가 먹먹할 지경이었다.

점점 멀리 나아갈수록 두려움은 커져만 갔다. 주위를 둘러싼 어둠 속에 뭔가가 도사리고 있을 것만 같은 이름 모를 공포감이 끈질기게 달라붙어 떨어지지 않았다. 내가 혼자가 아니라는 느낌. 수시로 뒤를 돌아보고 뒤를 확인하고 싶은 충동과 끊임없이 싸워야 했다.

"정신 차려!" 이번에는 큰 소리로 스스로 다그쳤다. 손전등을 얼마나 힘주어 잡고 있는지 손이 아플 정도였다. 아크의 말대로 괴물들은 자기 머릿속에만 있는 거야.

괴물들은 진짜가 아니야.

마침내 저만치 앞에 어렴풋이 흰 반구형 지붕이 보였고 무한한 안도감이 밀려왔다. 울퉁불퉁한 빙판 바닥 때문에 비틀거리며 걸음을 재촉했다. 이글루에 가까워지자 바깥에 세워진 스키두 한 대가 눈에 들어왔고, 이글루의 벽을 이루는 커다란 얼음 벽돌들 사이로 희미한 불빛이 새어나오고 있었다. 바닥에 떨어져 있는 몇 벌의 붉은 재킷이 마치 새하얀 눈밭 위에 남은 붉은 핏자국처럼 으스스하게 보였다.

나는 멈춰서서 또 한 번 갑작스럽고 비이성적인 두려움에 사로잡혔다. 저 안에 누가 있는지도 모르잖아. 내가 불쑥 나타난 걸 반기지 않으면 어쩌지?

쓸데없는 소리 마, 케이트.

손전등을 끄고 아치형 입구로 다가가서 임시로 만든 나무 문을 밀어 열었고, 이글루 안의 두 사람을 멍한 얼굴로 바라보며 서 있었다. 루크와 아크, 두 사람 다 상의를 젖힌 채 일광욕 의자 같은 것에 큰 대자로 누워 있었다. 최대로 틀어놓은 두 대의 파라핀 히터가 뿜어내는 뜨거운 열기가 좁은 내부를 가득 채웠고, 지붕에 난 작은 구멍으로 연기가 빠져나가고 있었다. 두 개의 등유 전등이 아늑한 오렌지빛으로 내부를 밝히고 있었다.

“우라질, 이게 뭔 일이야?” 나를 본 루크가 기겁을 하며 재빨리 뭔가를 빙판 바닥에 떨어뜨리고 부츠 뒤꿈치로 짓밟았다. 그게 뭔지는 뻔했다. 독한 마리화나 냄새가 파라핀 냄새보다 더 진하게 이글루 안을 채우고 있었다.

“케이트.” 내가 고글을 벗자 아크가 환하게 웃었다. “우릴 만나러 오다니 정말 반가워요.” 천장에서 큼지막한 물방울이 코 위에 떨어지자 그가 얼굴을 찡그렸다.

“사실은.” 놀라움과 추위 때문에 내가 떨리는 목소리로 말했다. “루크를 만나러 왔어요.”

아크가 눈썹을 치켜떴다. “잘 찾아왔어요. 안 그래도 난 가려던 참이에요.” 그가 몸을 일으켜 보온용 상의를 챙겨 입고 의자 옆에서 손전등을 집어들었다. “앉아요.” 그가 내 옆으로 비집고 지나가며 일광욕 의자를 가리켰다. “난 기지까지 걸어갑니다.” 그가 루크를 향해 말했다.

아크가 어둠 속으로 사라지자 루크는 꼼짝도 하지 않고 앉아서 나를 쏘아보았다. 그의 눈동자를 볼 수는 없었지만, 상당히 몽롱한 상태일 거라고 짐작했다.

나는 머뭇거렸다. 아크와 같이 돌아갈까? 루크가 알파로 돌아온 뒤에 얘기하는 게 좋을까?

아니, 지금이 아니면 안 된다고 결심했다.

“뭡니까?” 그가 경계하는 표정으로 물었다.

“물어보고 싶은 게 있어요.”

“좀 기다리면 안 되는 겁니까? 여기까지 오기가 쉽지 않았을 텐데.”

“기다릴 수 없는 거예요. 유나에 보낼 보고서를 끝내기 전에 몇 가지 확인해야만 해서요."

루크가 눈을 가늘게 뜨고 쳐다보며 내 말을 기다렸다.

"드루와 같이 알렉스가 발견된 장소에 다시 가서 주변을 살펴봤죠, 그렇죠?"

그가 고개를 끄덕였다.

"뭔가 발견한 건 없나요?"

"예를 들면요?" 그가 적대감을 숨기지 않고 물었다. "예를 들면 알렉스가 어떻게 죽었는지 짐작할 만한 단서요."

"아무것도 없었어요. 주변도 확인하고 타워 주위까지 둘러봤어요."

"그럼 눈밭에서 알렉스의 흔적도 보지 못했어요?"

루크가 예의 퉁명스러운 태도로 어깨를 으쓱했다. "그 주변에는 널린 게 흔적이에요, 케이트. 사람들이 늘 오메가를 오가니까요."

그의 말에도 일리가 있었다. 나는 깊이 숨을 들이마시고 계속 말했다. "아까 활동 밴드에 기록된 데이터를 확인했는데……." 잠시 말을 멈추고 그의 표정을 살폈지만 아무런 변화가 없었다. "그날 밤 당신이 알렉스 방 근처에 있었다는 걸 알게 됐어요."

"그날 밤이라. 알렉스가 죽은 밤을 말하는 겁니까?"

내가 고개를 끄덕였다. "새벽 2시경에요. 알렉스가 사망한 시간을 정확히 알 수는 없지만, 그가 살아 있는 모습을 마지막으로 본 사람이 당신일 가능성이 있어요."

그는 무표정하게 내 말을 곰곰이 생각했다. 무슨 말이라도 꺼내길 기다렸지만 묵묵부답이었다. "그래서 궁금해서요. 알렉스 상태는 어땠어요? 당신이 알렉스를 봤을 때 말이에요."

루크의 입술에 보일락 말락 희미한 미소가 떠올랐다가 금세 사라졌다. "그러니까 케이트, 당신 말뜻은 내가 거기서 뭘 하고 있었는지 궁금하다는 거 아닌가요?"

"그것도 맞아요." 내가 동의했다.

루크가 의자 뒤로 기대며 말했다. "앉지 그래요?" 그는 손으로 얼굴을 비비며 뭔가를 생각하는 것 같았다.

"그냥 서 있을게요." 솔직히 이글루 내부의 열기에 너무 질려서 더 안으로 들어가고 싶지 않았다. 그리고 문 가까이에 있고 싶었다.

만약을 위해서.

"좋으실 대로." 루크가 한숨을 쉬었다. "까놓고 말하면 그때 전자담배를 빌리러 알렉스 방에 갔었어요. 당장 피워야겠는데 내 건 어디 있는지 모르겠더라고요. 그리고 알렉스가 좀 걱정되기도 했어요. 그날 자러 들어갈 때 상태가 아주 안 좋아 보였어서 괜찮은지 확인하고 싶기도 했고요."

"알렉스 방에 얼마나 있었어요?"

"이미 알고 있잖아요?" 그가 비웃었다. "데이터를 확인했다면서요?"

나는 대답하지 않고 그의 말을 기다렸다.

"케이트, 문득 드는 생각인데 도대체 왜 이런 거에 관심을 두는 겁니까? 이런 게 당신의 의학 보고서와 무슨 관계가 있어요?"

나는 장갑을 벗고 이마의 땀을 닦았다. "난 기지의 담당 의사예요, 루크. 알렉스가 죽었고 난 그 원인을 찾으려는 거예요. 왜 내가 관심을 가질 일이 아니라는 거죠?"

그가 물끄러미 나를 바라보았다. "좋아요, 한 5분 정도 있었어요. 문을 두드려도 답이 없길래 그냥 열고 들어가서 이름을 불렀어요. 알렉스는 제대로 대답도 못 하고 간신히 신음 소리만 냈어요. 완전히 정신이 나간 거 같더군요. 그래서 수면제 같은 걸 먹은 줄 알았죠." 루크가 궁금해하는 얼굴로 나를 보았지만 나는 아무 대꾸도 하지 않았다. 알렉스는 끈질기게 약 처방을 거부했었다. "그래서 방 안을 한번 둘러보고 서랍에서 전자담배를 찾았어요."

"가져갔어요?"

"네." 루크가 또 어깨를 으쓱했다. "알렉스가 별로 상관하지 않을 거라고 생각했어요. 그 부분에선 내가 알렉스에게 호의를 베푼 적이 많으니까요."

"예를 들면요?"

"내 마리화나를 나눠주기도 하고, 뭐 그런 거요." 그가 도전적인 표정으로 나를 보았다. 마치 불법 약물에 관한 유나의 규칙을 읊어보라고 자극하는 것처럼.

"당신을 비난하러 온 게 아니에요, 루크. 그렇지만 알렉스에게 마리화나를 준 게 호의를 베푼 거라고 생각할 수도 없어요."

"왜요?"

내가 한숨을 쉬었다. "알렉스는 여러 문제로 고통받는 것 같았어요. 피해망상에 시달렸다고 해도 과언이 아니겠죠."

루크가 코웃음을 쳤다. "그래서 그게 마리화나 때문이라는 겁니까?"

"분명 도움이 되지는 않았을 거예요."

루크의 얼굴에 분노가 스쳤고, 감정이 격해지는 듯 턱에 힘을 주었다. "이건 분명히 짚고 넘어갑시다. 지금 나한테 어떤 혐의가 있다는 겁니까, 케이트?"

그의 말을 곰곰이 생각했다. 그에게 어떤 혐의가 있다고 생각하는 건가? 나도 분명하지 않았다.

"알렉스에게 무슨 일이 일어났는지 이해하고 싶은 것뿐이에요. 알렉스에게 그 정도는 해줘야 한다고 생각해요. 우리 모두 그래야 한다고 생각해요."

루크가 머리 위의 천장으로 시선을 돌렸다. 갑자기 그의 어깨가 축 처졌다. "나도 몰라요." 그가 담담하게 말했다. "나도 어떻게 생각해야 할지 모르겠지만 마리화나를 좀 피운 게 알렉스를 죽음으로 몰았다고는 생각 안 해요. 게다가 알렉스는 오랫동안 피우지도 않았어요. 장-뤼크가 찬성하지 않았고 알렉스는 죽은 우리 전임 의사를 거의 신처럼 따랐으니까요." 그가 한숨을 쉬었다. "안타까운 일이죠. 오히려 마리화나가 그를 진정시키는 데 도움이 됐는데 말이에요. 알렉스는 기이한 생각에 사로잡혀 있었거든요."

"예를 들면요?"

"기지에 위험한 사람이 있다고 생각했어요. 우리가 믿을 수 없는 사람이요. 장-뤼크가 그 사람을 조사하고 있었다고 주장했죠."

"당신한테 그런 말을 했어요?" 나는 뜻밖의 얘기에 얼굴을 찡그렸다.

"조금요. 나랑 가까이 지내봐야 건강에 해로울 뿐이라고 장-뤼크가 알렉스를 설득하기 전까진 꽤 친하게 지냈어요."

"알렉스가 다른 얘기는 안 했나요? 장-뤼크가 조사하고 있다는 내용에 대해서?"

루크가 고개를 저었다. "알렉스가 대원들과 완전히 거리를 두기 전에 우리 둘만 있을 때 몇 번 정도 구슬려서 알아내보려고 했는데 꿈쩍도 안 했어요." 그가 몸을 앞으로 기울이고 수염을 긁적거렸다. "솔직히 말하면 난 별로 중요하게 생각 안 했어요. 사람들은 몽롱해지면 별별 이상한 얘기를 늘어놓기 마련이죠, 그리고 시간이 좀 지나면 매번 그런 얘기를 진지하게 받아들일 필요가 없다는 걸 알게 되거든요. 게다가 알렉스는……글쎄요……장-뤼크가 살해당했다는 망상에 사로잡혀 있었어요. 당신도 어떤지 봤잖아요. 제정신이 아니었어요."

"당신은 알렉스에게 무슨 일이 일어났다고 생각해요?"

루크가 곰곰이 생각했다. "나도 모르겠어요. 어쩌면 다 포기해버렸는지도 모르죠. 진절머리가 났을지도 몰라요. 물론 그렇게 생각하는 사람이 알렉스가 처음은 아니겠지만요. 이곳은 정말 사람을 돌아버리게 하는 데가 있거든요."

그 말을 마지막으로 그가 의자에서 일어섰다. "알파까지 태워다줄게요."

"괜찮아요. 나도 가는 길 알아요."

루크가 눈썹을 치켜올렸다. "오로라 보러 나갔던 날처럼요? 쓸데없는 소리 말아요, 케이트."

나는 조롱 섞인 그의 말을 무시하고 이 대화를 더 이어갈 방법을 궁리했다. 루크가 뭔가 숨기고 있다는 느낌을 지울 수가 없었고, 내가 정곡을 찌르는 질문을 던지지 못했다는 느낌이 남아 있었다. 머릿속 한구석에 도사리고 있는 질문을 포함해서.

루크가 내 방에도 들어온 적이 있을까?

선을 넘지 마, 케이트. 머릿속에서 목소리가 제지했다. 그가 더 적대심을 품어서 도움 될 건 하나도 없었다. 알렉스의 방에 들어간 이유도 충분히 그럴듯하게 들렸다.

"좋아요." 내가 패배를 인정하며 말했다. "같이 가요."

26

7월 4일

"케이트, 나랑 얘기 좀 할까요?"

언니와 스카이프 통화를 하러 샌드린의 사무실 앞을 지나가는데 문이 열리고 불쑥 그녀가 얼굴을 내밀었다. 도대체 어떻게 알았을까 궁금해하며 그녀를 따라 안으로 들어갔다. 책상에 앉아서 복도에 누가 있는지 보일 리가 없는데.

대원들의 발걸음 소리를 기억하는 걸까? 아니면 어떤 잔향이라도 있나? 그것도 아니면 어딘가에 감시 카메라가 설치되어 있나?

바보 같은 소리 마, 케이트. 그거야말로 피해망상이야.

책상 뒤쪽에 미끄러지듯 앉으며 그녀가 나를 빤히 응시했다. "점점 일상적인 습관이 돼가는 것 같지 않아요?"

"뭐가요?"

"이런 대화 말이에요. 내가 당신에게 정확히 뭘 하느냐고 묻는 거요. 당신이 대원들에게 뭘 물어보고 다닌다면서요."

샌드린이 도대체 어떻게 그걸 알았지? 나는 살짝 유치한 배신감을 느꼈다. 루크나 앨리스가 말했을까? 드루가?

"이유가 뭔지 나한테 설명해줄 건가요?" 샌드린이 채근했다.

"알렉스의 죽음에 관해 전체적으로 파악하려는 것뿐이에요." 나도 밀리지 않고 차가운 눈초리로 그녀를 마주 보았다. "기지의 의사로서 모든 가능성을 조사해야 하는 게 내 책임이에요. 특히 부검이 이루어지려면 몇 달이나 기다려야 하는 상황이니 더욱 그렇죠."

샌드린과 내가 교착상태에 빠졌다는 사실을 깨달았다. 동료가 동료의 권위에 도전하고 있는 상황. 그녀의 적대적인 표정에서 그녀도 나와 같은 생각임을 알 수 있었다.

"기지의 담당 의사로서 당신의 역할은 살아 있는 사람들을 치료하는 거지, 죽은 사람에 관한 소문을 퍼뜨리고 다니는 게 아니에요."

"내가 할 일은." 내가 천천히 말했다. "이곳에 있는 모든 사람의 안녕을 책임지는 거예요. 무엇 하나 간과하고 빠뜨린 건 없는지 분명히 하는 게 내 임무죠. 난 꼼꼼하게 맡은 일을 하는 것뿐이에요, 샌드린."

"그 사진들은 왜 유나에 보냈죠? 알렉스 사진 말이에요. 그건 우리가 동의한 일이 아니잖아요."

"발목에 난 자국 말인가요?" 지나치게 냉담한 말투였지만 나도 상관하지 않았다. 나는 치솟는 분노와 불만에 휩싸여 있었다. "당신이 묵살한 거죠, 샌드린. 당신이 간단히 알렉스의 죽음을 자살로 추정했어요. 당신은 어떤 노력도—."

"만약 유나도 의심스럽게 생각했다면 벌써 당신에게 무슨 소식이 오지 않았겠어요?"

그녀의 말을 생각하며 잠시 말을 멈췄다. "난 확실히 해야 해요." 내가 이 논쟁에서 졌다는 걸 느끼며 한마디 덧붙였다.

샌드린이 숨을 들이마시고 뭐라고 말하려는 순간 그녀의 무전기에서 소리가 났다. 샌드린이 잠시 듣고 있다가 마이크로폰에 대고 말했다. "당장 그쪽으로 갈게요."

그녀가 나를 힐끗 보았다. "가봐야겠어요. 나중에 다시 얘기하기로 하죠, 케이트. 하지만 그동안 당신의 추측은 당신 혼자만 갖고 있도록 해요. 더는 들쑤시지 말아요, 내 말 알겠어요?"

그녀가 책상 뒤에 있는 벽장을 열어 열쇠 꾸러미 한 세트를 꺼내 들고 나를 지나쳐갔다.

나는 망연자실하게 그 자리에 서 있었다. 불쑥 느닷없이 과거의 한 장면이 떠오르며 나를 덮쳤다. 차 안에서 다투고 있는 벤과 나. 숲속, 그리고 비.

"지금 나랑 끝내려는 거구나." 질문이 아니라 단정이었다. 그리고 그는 반박하지 않았다.

고통. 모멸감. 어떻게 난 까맣게 몰랐을까?

지금은 안 돼, 케이트. 강하게 나를 다그치며 숨을 깊이 들이마셨다.

지금은 안 돼.

사무실에서 나가려고 돌아서서 잠시 머뭇거렸다. 샌드린의 책상 뒤에 있는 벽장을 힐끗 보았고 그녀가 서둘러 나가느라 벽장을 잠그지 않은 걸 눈치챘다. 벽장 안에는 기지의 모든 마스터키가 보관되어 있었다.

나는 문 쪽을 확인하며 무슨 소리가 들리는지 귀를 기울였다. 어떤 발걸음도, 말소리도 들리지 않았다.

급히 책상 뒤로 돌아가 개인 사물함의 열쇠를 찾기 시작했다. 거기, 고리에 매달린 열쇠에 'JL-사물함 9'라고 연필로 적힌 꼬리표가 붙어 있었다. 열쇠를 낚아채서 주머니에 넣었다.

시간이 얼마나 있을까? 누가, 왜 무전으로 샌드린을 불렀는지는 모르지만, 그녀가 당장 가봐야 할 만큼 긴급한 일임이 틀림없었다. 제발 그녀가 천천히 돌아오기를.

나는 서둘러 베타에 있는 개인 사물함으로 향하며 재빨리 머리를 굴렸다. 그리고 9번 사물함을 찾아 열쇠로 문을 열고 살짝 열어놓은 채 황급히 샌드린의 사무실로 돌아가 가만히 문을 두드렸다.

정적.

문을 열고 사무실 안으로 들어가 열쇠를 벽장에 되돌려놓았다. 당장이라도 그녀가 들어와 현장을 들킬 것 같은 상상에 시종일관 심장이 벌렁거렸다.

무사히 진료실로 돌아온 나는 문을 잠그고 잠시 기대어 서서 숨을 고르려 했다.

젠장. 지금 내가 무슨 짓을 한 거지?

내 평생 이런 불법 행위는 처음이었다. 사고 이후 나를 위해 발급했던 무수한 처방전을 제외하면.

내가 생각해도 내가 선을 넘었다는 건 명백한 사실이었다. 다른 월동 대원들에게 몇 가지 질문을 하는 건 그렇다 쳐도, 열쇠를 훔쳐 개인 공간을 침범하는 건 전혀 다른 문제였다.

게다가 발각될 가능성이 아예 없는 것도 아니었다. 누군가 보관함이 열린 걸 발견하고 샌드린에게 보고한다면, 그녀는 당장 내가 한 짓임을 눈치챌 터였다. 손목에 차고 있는 활동 밴드를 힐끗 보며 롭이 보여주었던 알렉스의 동선이 표시된 도표를 떠올렸다. 같은 방법으로 내 동선도 쉽게 확인할 수 있었다.

내 행동을 뭐라고 설명할 것인가?

심지어 나 자신에게조차 어떻게 설명해야 좋을지 몰랐다. 그야말로 기회를 보자마자 충동적으로 행동으로 옮긴 것뿐이었다.

갑자기 격렬한 불안감이 나를 통째로 집어삼켰다. 도대체 내가 여기서 뭘 하고 있는 거지? 그런 생각이 들자 무릎에 힘이 풀렸고 그대로 바닥에 주저앉았다.

세상이 핑핑 돌았다. 나무와 도로와 축축한 땅. 아수라장 뒤에 찾아오는 정적.

눈을 질끈 감고 모든 것들을 간신히 억눌렀다. 어떻게든 정신을 차려야만 했다.

이미 벌어진 일은 돌이킬 수 없다. 그때나 지금이나.

되돌릴 수 없다.

27

7월 5일

나는 새벽 3시까지 기다렸다가 방에서 빠져나왔다. 그렇다고 안전이 보장되는 것도 아니었다. 요즘은 대원들 절반 정도가 기묘한 야행성 행적을 보여서 한밤중이라도 얼마든지 누군가와 마주칠 수 있었다.

그러나 위험을 감수하는 수밖에 없었다. 행여 누군가와 마주친다고 해도 최소한 그 시간에 돌아다니는 걸 이상하게 보지는 않을 테니까.

침대 옆 서랍에서 초소형 전등을 챙긴 후 신경은 안정시키되 경계심은 느슨해지지 않을 정도의 약을 털어넣고 베타를 향해 방을 나섰고, 토끼 사육장 같은 복잡한 복도를 지나 장비 보관 창고로 향했다. 본능적으로 손을 더듬어 스위치를 찾았지만, 생각을 바꿨다. 문 밑으로 새어나간 불빛 때문에 누군가에게 들킬 수도 있었다.

대신 작은 손전등으로 비추며 장-뤼크의 소지품이 보관된 사물함을 찾았다. 다행히 사물함은 아직 열려 있었다.

지금까지는 모든 게 순조로웠다.

손전등으로 사물함 안쪽을 비추자 바닥에 커다란 검정 비닐봉지 몇 개가 쌓여 있었다. 샌드린이 도대체 왜 이것들을 가지고 있는 걸까?

아마도 그 편지를 가지고 있는 것과 같은 이유겠지.

나는 가장 가까이에 있는 봉지를 열어 들여다보았다. 봉지 안에 든 옷가지 사이에서 희미하게 고급 애프터셰이브 로션 향이 퍼졌다. 마음이 점점 불편해졌다. 아무리 죽은 사람이라도 사생활 침해는 잘못이라는 생각이 들었다. 장-뤼크는 품위 있게 죽지도 못하고 크레바스에 머리부터 거꾸로 박혀 있는데, 나라는 사람은 지금 여기서 그의 유품을 뒤지고 있다니. 정말 이래야 하나?

잠시 손을 멈추고 영상에서 본 박사의 얼굴을 떠올렸다. 절박하고 근심스럽게 모두의 안전을 염려하던 그의 표정.

장-뤼크는 내가 어떻게 하길 바랄까?

그도 나의 행동을 지지할 거라고 생각하며 계속 움직였다. 다른 봉지들도 살펴보았다. 역시 옷가지들과 프랑스어로 쓰인 두 권의 책, 소설책 한 권과 얇은 시집 한 권이 들어 있었다. 빗과 갖가지 세면도구도 보였지만, 노트나 장-뤼크가 일지로 사용했을 만한 것은 보이지 않았다.

사물함 윗부분에 있는 선반을 확인했다. 개봉하지 않은 박하사탕 몇 봉지와 여러 자루의 펜과 같은 개인 소지품들이 뒤죽박죽 섞여 있었다. 거기 사진이 끼어 있는 액자가 보여서 꺼내 들고 손전등을 비췄다. 아내인 듯한 밝은 밤색 머리의 예쁜 여자와 박사가 함께 찍은 사진이었는데, 어린 두 소년이 양옆에 서서 카메라를 보며 환하게 웃고 있었다. 장-뤼크의 검은 머리와 주름살 없는 얼굴로 보아 꽤 오래 전에 찍은 것 같았지만, 여전히 찡한 슬픔을 느꼈다. 프랑스에 있을 그의 가족을 생각했다. 남편을 잃은 여자와 아버지를 잃은 아이들. 아마 지금도 슬픔에 잠겨 있을 것 같았다.

나는 아버지를 잃었을 때 느꼈던 고통을 기억했다. 방향을 잃고 망망대해에 떠 있는 듯한 느낌. 불행의 충격을 완화하는 보호막 같은 아버지가 이 세상에 살아 계시기를 얼마나 바랐는지 아버지가 돌아가시기 전까지는 미처 깨닫지 못했었다. 내 인생에 함께하는 한결같은 존재였는데.

사진 속 두 소년의 모습이 내 결심을 새롭게 했다. 지금의 내 행동이 비록 옳은 일이 아닐 수도 있지만, 아무것도 하지 않고 가만히 있는 것만큼 나쁘지는 않았다. 샌드린은 어떻게 생각할지 모르지만.

사진을 다시 선반에 올려놓고 마지막으로 내가 미처 확인하지 못한 것은 없는지 손전등 불빛에 한 번 더 살폈다. 분명 노트북이나 노트는 보이지 않았다.

나는 사물함 문을 밀어 닫고 다시 열쇠를 가져와 잠글 때까지 문이 열려 있다는 사실을 아무도 발견하지 못하기를 바랐다. 그런 다음 창고에서 나와 조용히 방으로 향했다.

얼마 후 복도를 돌자마자 덩치 큰 남자와 정면으로 부딪쳤다. 나는 깜짝 놀라 외마디 비명을 지르며 뒤로 물러섰다.

밤에 기지를 밝히는 어둑한 조명 아래에서 톰이 나를 빤히 쳐다보았다. 아니, 내 눈과 마주치는 것을 피해 살짝 내 옆쪽을 보고 있다는 표현이 더 맞았다. 그런 모습이 어딘가 수상하고 찔리는 데가 있어 보였다. "미안해요." 그가 중얼거렸다.

"괜찮아요?"

"식당에 가는 길이에요. 허브차 마시려고요." 그가 마침내 내 눈을 마주 보았다. "어디 가요?"

빰이 달아올랐다. “화장실에 비누가 떨어져서요. 창고에 좀 가지러 갔었어요.” 내가 둘러댔다.

톰이 어리둥절한 표정으로 물었다. “그래서 어떻게 됐어요?”

“뭐가요?”

“비누요.” 그가 내 빈손을 가리켰다. “손에 아무것도 없잖아요.”

나는 멍하니 그를 바라보았다. “내 방에 몇 개 있는 게 생각났어요.”

“그렇군요.” 톰은 다른 말 없이 식당 쪽으로 사라졌다.

나는 당혹감과 어리석음을 동시에 느끼며 벤이 여기 있었다면 어떤 반응을 보였을까 상상했다. 내가 한심한 행동을 하거나 그가 동의하지 않는 일을 할 때면 눈알을 굴리던 모습이 떠올랐다.

멍청이 케이트.

나는 잠시 서성거리며 톰이 돌아오지 않는 걸 확인하고 생활관 쪽으로 향했다. 그대로 내 방을 지나쳐 알렉스의 방으로 들어가 조용히 문을 닫고 방안의 전등 대신 손전등을 켰다. 바륨을 먹었는데도 요동치는 심장을 느끼며 그대로 서 있었다.

뭘 그렇게 두려워하는 거지? 나 자신에게 자문했다. 톰이 되돌아오거나 다른 월동 대원에게 들키는 것만은 아니었다.

그보다 더한 것이 있었다. 이 기지에 뭔가 잘못된 게 있다는 느낌이 들었다. 아니……그보다 훨씬 더 심각한 문제였다.

매우 위험한 사람이 여기에 있다.

갑자기 내가 품었던 모든 의문과 의혹이 사라지고 알렉스가 했던 얘기가 모두 진실이라는 확신이 들었다. 너무 많은 것들이 하나둘씩 앞뒤가 맞아 들어가기 시작했다. 자취를 감춘 일지와 노트북. 사라진 장-뤼크의 비디오 일지. 알렉스의 발목에 남아 있던 멍 자국.

누군가 장-뤼크의 컴퓨터와 일지를 훔친 것이 분명했고 하계 대원의 짓이라고 하기에는 말이 되지 않았다. 노트북이라면 또 모르지만, 굳이 장-뤼크의 일지를 가져갈 이유가 있을까? 딱 한 가지 설명만이 가능했다. 도둑은 그 두 가지의 값어치를 노린 것이 아니라 그것 때문에 폭로될 수 있는 어떤 사실을 염려한 것이 분명했다.

그리고 그 사람이 누구든 이 기지 안에, 우리 사이에, 바로 여기에 있는 것이 확실했다.

게다가 더욱 오싹한 결론이 내 눈앞에 있었다. 내가 대원들에게 이런저런 질문을 던지며 뒷조사를 하고, 활동 밴드에 기록된 데이터를 확인하고 있다는 사실을 샌드린이 알고 있다면, 그 사람……그 살인자……도 알고 있을 가능성이 컸다.

내가 내 무덤을 판 격이었다. 나는 책상 옆 의자에 주저앉았다. 둘 중 하나를 골라야 하는 선택의 갈림길에 섰음을 깨달았지만, 선뜻 결정을 내릴 수 없었고 두려웠다. 하나는 첫 번째 비행기가 들어와 무사히 집으로 돌아갈 때까지 조용히 입 다물고 기다리는 것이었고, 다른 하나는 너무 늦기 전에 진실을 밝힐 수 있기를 바라며 계속 밀어붙이는 것이었다.

또다른 누군가가 다치기 전에.

이럴 수가. 마치 살아 있는 악몽 속에 붙잡혀서 온몸으로 고스란히 악몽의 감촉을 느끼고 있는 것 같았다.

바로 그때, 마치 내가 느끼는 공포와 혼란이 불러오기라도 한 것처럼 복도에서 발소리가 들렸다. 너무 무섭고 떨려서 그 자리에 얼어붙었다. 누군가 내 소리를 들었으면 어쩌지? 비누 얘기가 거짓말이라는 걸 깨닫고 톰이 나를 찾으러 돌아온 건 아닐까?

간신히 몸을 움직여 손전등을 끄고 벽과 방문틀 사이에 바짝 몸을 붙였다. 만약 누군가가 방에 들어와도 나를 보지 못하도록.

발걸음 소리가 점점 더 문에 가까워졌고 나는 겁에 질려서 숨을 참고 다리를 떨며 기다렸지만 멈추지 않고 그냥 지나갔다. 곧이어 화장실 불을 켜는 찰칵 소리와 환풍기 돌아가는 소리가 들렸다. 나는 천천히 숨을 내쉬었지만, 그 자리에서 꼼짝하지 않고 그 사람이 다시 방으로 돌아가는 소리가 들릴 때까지 기다렸다.

정말 누군가에게 들키기 전에 어서 나가자고 나를 재촉했다. 마지막으로 다시 손전등을 켜고 방을 비춰보았다. 알렉스가 죽은 후 아무도 건드리지 않은 것 같았다. 헝클어진 침대, 2층 침대에 걸쳐 있는 옷가지들, 작은 침대 옆 탁자 위에 놓인 빈 커피잔이 보였다. 책상 위에는 막대기 모양 탈취제, 다양한 잡지와 책, 열쇠고리에 매달린 열쇠들, '아이 러브 골웨이(아일랜드 서부의 항구도시/옮긴이)'라고 쓰인 티셔츠를 입은 곰 인형 등 잡동사니가 모여 있었다.

다행히도 사진은 하나도 없었다. 알렉스는 사진을 모두 휴대전화에 저장했다.

알렉스의 휴대전화. 비록 전화를 걸거나 받지는 못하지만, 우리는 여전히 휴대전화로 사진을 찍고, 음악을 듣고, 게임을 했다. 알렉스가 휴대전화를 사용하는 모습을 여러 차례 본 적이 있었다.

휴대전화가 어디 있지?

조용히 조심스럽게 침대 옆 탁자와 책상의 서랍들을 열어 신속하게 내용물을 확인했다. 없었다. 옷장도 확인했지만 거기에도 없었다. 내일 카로에게 물어봐야겠다고 다짐했다. 아니면 혹시 샌드린에게. 그의 전자담배도 보이지 않았다. 루크가 아직도 가지고 있는 모양이었다.

그외에 내가 놓치고 있는 건 없을까? 방 안을 다시 둘러보았지만 계속 여기 있다가는 들키기 십상이었다. 손전등을 끄고 방을 나와 소리를 내지 않고 조용히 문을 닫았다.

나는 곧장 방으로 가지 않았다. 잠을 자기에는 신경이 너무 곤두서서 대신 진료실로 갔다. 책상 의자에 푹 주저앉아 손으로 머리를 감싸고 피로에 지쳐 멍한 머리로 생각을 하려 애썼다. 그러나 갖가지 생각들이 눈보라에 휘날리는 눈처럼 소용돌이치며 진정이 되지 않았다.

병원에서 진단을 내리는 것과 다르지 않다고 생각했다. 내가 가지고 있는 증거들을 조사하자. 그 증거들이 어떤 결론을 가리키고 있는가?

내가 실제로 알고 있는 건 뭐지?

알렉스는 장-뤼크가 장비를 훼손한 누군가에 의해 의도적으로 살해당했다고 믿었다. 그 탐험에 참여했던 누군가가 저질렀을 가능성이 있다.

또 뭐가 있지? 알렉스의 죽음은 자살이 아니라는 것. 누군가 한겨울 어둠 속으로 그를 꾀어냈거나 강제로 끌고 나갔다. 몸싸움 후 알렉스를 묶었고 빙판 위에서 얼어 죽도록 내버려두었다. 영하의 날씨와 얇디얇은 알렉스의 옷차림을 고려하면 몇 분도 채 걸리지 않았을 터였다. 나는 눈을 감고 그 장면을 떠올려보려 했다. 마지막 몇 분간 얼음 위에 누워 알렉스가 느꼈을 공포의 소용돌이에 빨려 들어가보았다. 도와달라고 외쳐도 들을 사람 하나 없고 무시무시한 추위에 굴복하지 않으려 절망적으로 몸부림쳤겠지.

살인자는 거기에 서서 죽어가는 그를 지켜보며 다시 줄을 풀고 범죄의 흔적을 없애기 위해 숨이 끊어질 때까지 기다렸을까? 알렉스에게 입마개를 했을까? 아니면 그가 살려달라고 애원하는 소리를 듣고 있었을까?

세상에……감정이 북받쳐 목이 죄어들었다. 도저히 생각조차 할 수 없는 일이었다.

도대체 누가 그런 짓을 할 수 있을까?

그리고 어떻게? 키가 크고 힘이 세며 건장한 체격의 알렉스를 제압하려면 한바탕 싸워야 했을 텐데.

나는 몸을 곧추세우고 똑바로 앉아 호흡을 가다듬었다. 증거가 어디를 향하고 있지, 케이트?

잘 생각해봐.

그러나 머릿속을 가득 채우는 건 나 자신을 진정시키고 무뎌지게 해줄 뭔가에 대한 갈망뿐이었다. 자리에서 일어나 벽장을 열고 의약품을 확인했다.

트라마돌 한 상자를 꺼내 새 포장을 뜯고 포일 포장 용기에서 알약 두 개를 꺼낸 후 상자를 다시 제자리에 두었다. 그래야 내가 개인적으로 손을 대고 있다는 사실이 쉽게 눈에 띄지 않을 터였다.

흠칫 그 자리에 멈췄다. 쉽게 눈에 띄지 않게…….

첫 번째 진정제 상자를 꺼내 열어보았다. 알약이 들어 있는 캡슐이 뚫리지 않은 것을 확인하고 천천히 다음 상자들도 확인했지만 없어진 것은 보이지 않았다.

잊어버려, 케이트. 이건 시간 낭비야.

그러나 다 확인하지 않고는 마음 편히 쉴 수 없음을 잘 알기에 스스로를 다그치며 하나하나 포장을 열어보고 내용물을 일일이 확인했다. 스물네 상자를 확인했는데도 아무것도 발견하지 못했다. 지칠 대로 지쳐서 머리가 지끈거리고 자고 싶은 생각이 간절했지만 나는 중단하지 않고 계속해서 수면제들도 확인했다. 처음 스물네 상자는 손을 댄 흔적이 없었지만, 그다음 상자를 열었을 때 밀봉 부분을 뜯었다가 조심스럽게 다시 붙여놓은 흔적을 발견했다. 나는 상자를 열고 알약 포장 용기를 감싸고 있는 설명서를 잡아당겼다. 심장이 멈추고 손이 떨리기 시작했다.

알약이 들어 있는 캡슐 두 개가 뚫려 있고 내용물이 사라졌다.

빌어먹을.

나머지 다섯 상자를 확인했다. 각 상자에서 두 개씩 알약이 사라졌지만, 캡슐 포장은 그대로 설명서 안에 감싸여 있고 상자의 스티커 밀봉이 그대로 붙어 있어서 그냥 쓱 훑어보면 아무런 이상을 발견할 수 없는 상태였다. 다른 상자들보다 가볍다는 사실 역시 알아차리기 어려웠다.

나는 알약이 두 알씩 사라진 여섯 개의 포장 용기를 꺼내놓고 빤히 쳐다보았다. 총 열두 알이 사라졌다. 180밀리그램. 그 정도면 알렉스 정도의 몸무게인 사람이 의식을 잃고도 남을 만한 양이었다. 아니면 최소한 극도로 나른한 상태에 빠질 수 있었다.

다 같이 미드윈터 페스티벌 기념 저녁 식사를 하고 영화 「괴물」을 보던 그 날 저녁을 떠올렸다. 불분명하던 알렉스의 말소리와 방으로 돌아갈 때 비틀거리던 걸음걸이.

누군가 그의 술잔에……아니면 그의 음식에 약을 넣었을까? 이런 약은 거의 냄새가 없고 약효가 체내에서 몇 시간이나 지속된다는 사실은 누구보다 내가 잘 알고 있었다.

성급하게 결론 짓지 마, 케이트. 어쩌면 다른 월동 대원이 피로와 수면 부족에 시달리다 못해 진료실에 몰래 들어와서 가져갈 수도 있잖아? 하지만 왜? 자문하며 내 방에서 사라진 약을 떠올렸다. 원한다면 내가 기꺼이 처방해줄 거라는 건 누구나 알고 있는데.

나는 의자에 몸을 기대고 지끈거리는 이마를 문질렀다. 이게 정말 사실일까?

누군가 알렉스에게 약을 먹인 후 그를 빙판으로 꾀어내거나 끌고 나갔을까?

그래도 여전히 가능할 것 같지 않았다.

그렇다 해도…….

딱 하나 작은 위안은 있었다. 만약 내 추측이 맞다면 알렉스는 걱정했던 것처럼 오래 고통받지 않았을 것이고, 거의 아무것도 느끼지 못했을 가능성도 있었다.

그럼 이제 난 어떻게 해야 하지? 책상 위에 올려놓은 포장 용기들을 빤히 쳐다보았다.

그러나 해답을 생각할 시간이 없었다. 잠시 후 복도에서 발걸음 소리가 났다. 나는 놀라서 문 쪽으로 몸을 휙 돌리고 그대로 얼어붙었고 겁에 질려 눈이 휘둥그레졌다. 곧이어 문손잡이가 돌아가고 누군가 진료실 안으로 들어왔다.

28

7월 5일

"뭐 하는 거예요?"

아르네가 책상 위에 놓인 약 더미에 시선을 고정한 채 문간에 서서 물었다. 잠시 둘 다 말이 없었고 그가 눈을 들어 나를 보았다. "무슨 일이에요?" 그가 다시 물었다.

나는 놀라서 아무 말 못 하고 그를 마주 보았다.

"도대체 무슨 일이에요, 케이트?" 세 번째 묻는 목소리에 실린 냉랭함과 표정에 담긴 어떤 느낌에 서늘한 공포가 밀려왔다.

아르네. 아르네가 범인일까?

아닐 이유는 없지? 누구나 범인일 수 있는데.

그가 성큼성큼 내 책상을 향해 다가왔다. 나는 움찔하며 몸을 피했지만, 그는 나를 잡지 않았고 책상 위에서 포장 용기를 집어 라벨을 읽었다. 순간 시간이 멈춘 듯했다. 아르네가 자신이 목격한 상황을 파악하는 동안 나는 어떻게 할 것인가 고심했다.

의자에서 벌떡 일어나 문을 향해 움직였지만, 한발 늦었다. 아르네가 내 팔을 붙잡아 잡아당겼다. 팔을 비틀며 빼내려 했지만, 그는 단단히 나를 잡았다.

"이거 놔요!" 내가 외쳤고 그 말에 아르네가 갑자기 손을 놓았다. 나는 거칠게 숨을 쉬며 그 자리에 서서 달아날 것인지 소리를 지를 것인지 고민했다.

그러다 그의 얼굴에 떠오른 표정을 보았다. 당혹스러운 표정.

"케이트? 무슨 일이에요?" 아르네의 목소리는 화가 났다기보다는 불안하고 걱정스럽게 들렸다. "이 약들 당신이 먹은 거예요?"

그의 시선이 책상 위에 놓인 포장 용기들에 잠시 머물렀다가 다시 내게 향했다. 나는 어떻게 할지 고민하며 그를 빤히 쳐다보았다. 무슨 말을 할까.

"케이트, 제발 말해봐요. 다 삼킨 거예요?"

그는 분명 두려워하고 있었다. 아니면 아주 연기력이 뛰어나거나. 나는 목청을 가다듬었다. "내가 먹은 게 아니에요." 단호한 목소리로 말했다.

오늘 밤엔 안 먹었지, 어쨌거나.

"확실해요?" 그의 얼굴에 안도감과 믿기지 않는다는 표정이 뒤섞였다. "거짓말하는 거 아니죠? 만약 거짓말을 하는 거라면 당장 샌드린을 깨워서 토하게 할 거예요."

순간 웃음이 터질 뻔했다. 과연 어떻게 토하게 하겠다는 건지 궁금했다.

"내 말 들어봐요. 이건……." 나는 숨을 들이마시며 좀더 차분하게 말하려 애썼다. "보이는 것과 달라요."

이제 이 상황이 어떻게 보일지 분명히 이해할 수 있었다. 진료실에서 한밤중에 위험한 약 더미에 둘러싸여 있는 나. “자살하려는 거 아니에요.” 내가 강조했다. “약속해요.”

아르네가 의아한 시선으로 나를 살폈다. “그럼 도대체 무슨 일이에요?” 그가 포장 용기들을 꼼꼼히 살폈다. “왜 하나 같이 몇 개씩 빠져 있죠? 당신이 그렇게 처방하진 않았을 텐데, 안 그래요?”

내가 이마를 문질렀다. “맞아요. 내가 처방한 게 아니에요.”

“그럼 이게 뭐예요?”

나는 한숨을 쉬며 시간을 벌려 했다. “얘기하자면 길어요.” 그가 그 정도에서 멈추기를 바라며 말했다. 물론 그렇게 쉽게 물러나지 않을 것임을 알았지만.

아르네가 책상 의자에 앉았다. “밤이 길잖아요.” 그가 벽에 걸린 시계를 보며 덧붙였다. “최소한 남은 시간만큼은 충분해요.”

“당신은 이 시간에 왜 안 자고 있어요?” 내가 물었다.

“잠이 안 와서요. 술 한잔 가지러 식당으로 가는데 여기 문 아래로 불빛이 보였어요.”

그럴듯하게 들리긴 했지만, 사실인지 아닌지 확인할 길은 없었다.

“이렇게 하죠.” 아르네가 목소리를 누그러뜨리며 말했다. “당신 것도 가져올 테니까 내 방에 가서 얘기 좀 해요.”

나는 그의 제안을 고려했다. “아무래도 자러 가는 것이 좋겠어요. 내일 할 일이 많아요.”

아르네가 고개를 저었다. “지금부터 두 시간 동안 당신 혼자 두지 않을 거예요. 내가 확신이 설 때까지는…….” 그가 다시 약 더미를 힐끗 쳐다보았다. “……당신이 엉뚱한 짓을 하지 않았다는 게 확실해지기 전까지는요.”

얼마 만인지 기억할 수도 없을 만큼 아주 오랜만에 내 입꼬리가 올라가며 슬며시 미소가 지어졌다. 이 남자는 아주 똑똑했고 진심으로 걱정하는 것 같았다.

진심인 것 같은 거지, 경고하는 목소리가 들렸다.

"좋아요. 난 차를 마실게요." 약을 모아서 다시 벽장에 넣고 잠그며 말했다. "그 대신 내 방에서 마셔요."

"좋아요." 그가 자리에서 일어나 문으로 향했다. "그리고 정확히 무슨 일인지 말해주기예요."

29

7월 5일

"자요." 아르네가 차가 담긴 머그잔을 침대 옆에 놓았다. "카페인이 없는 거예요. 그래야 좀 잘 수 있을 테니까요."

"고마워요."

"이제 말해봐요." 그가 의자에 앉으며 말했다. "그 약을 가지고 뭘 하고 있었어요?"

나는 어떤 실마리를 찾아 그의 얼굴을 살폈다. 이 남자를 믿을 수 있을까? 상식적으로 따지면 조심성 있게 접근하는 편이 옳았다. 그러나 한편으로는 알렉스의 죽음에 관한 내 생각을 누군가에게 터놓고 얘기하고 싶어서 미칠 지경이었다. 그리고 아르네가 지금 여기에 있다.

"분류 중이었어요. 장-뤼크가 좀 뒤섞어놔서요."

아르네는 미심쩍은 얼굴로 내 표정을 살폈다. 그 역시 내 말을 믿어야 할지 고민하는 게 분명했다. "알렉스의 죽음과 관련이 있는 건가요?"

"왜 그렇게 묻죠?" 나는 놀라움을 감추지 못하고 물었다.

그는 침묵했다. 마치 답을 찾기라도 하듯 머그잔을 들여다보았다.

"당신은 알렉스의 죽음이 자살이라고 믿어요?" 마침내 그가 물었다.

나는 어떻게 대답할지 망설였다. "샌드린은 꽤 확신하는 것 같아요." 내가 대답을 회피하며 말했다. "유나에도 그렇게 보고했고요."

"나도 알아요." 아르네가 얼굴을 찡그렸다.

"당신은 샌드린을 믿지 않나요?"

"샌드린이요? 존경해마지 않는 우리의 리더를요?" 그가 평소답지 않게 비꼬는 투로 말했다.

뜻밖의 반응에 나는 이마를 찌푸렸다. "샌드린을 안 좋아하는군요, 그렇죠?"

아르네는 대답하지 않고 청바지를 만지작거렸다. 그러고 보니 그는 옷을 제대로 갖춰 입고 있었는데 좀 이상하다는 생각이 들었다. 잠이 오지 않아서 술을 가지러 가던 길이라고 하지 않았나? 그냥 가운만 걸치고 가도 될 텐데?

"아르네?" 내가 채근했다.

"그녀를 안 좋아하는 게 아니에요." 그가 한숨을 쉬며 뺨을 문질렀다. 며칠간 면도를 하지 않은 게 분명했다. "사실 내가 장-뤼크와 그냥 사이가 안 좋았던 게 아니에요."

나는 얼굴을 찡그렸다. "무슨 뜻인지 모르겠어요."

"몰라요?" 그가 나를 보며 눈썹을 치켜올렸다. "장-뤼크와 샌드린에 대해서요?"

나는 빤히 그를 쳐다보았다. "무슨 말이에요? 설마 두 사람이 연인 관계였다는 거예요?"

아르네가 고개를 끄덕였고 나는 그가 한 말을 제대로 들은 건지 의심스러웠다. 샌드린과 장-뤼크가 사귀었다고?

"하지만 그는 유부남이잖아요." 불쑥 내뱉고는 곧바로 한심하다는 생각이 들었다. 남극에서 근무하는 동안 아이스 허즈번드 혹은 아이스 와이프라고 부르며 연애를 하는 남극 기지만의 분위기가 있었다. 파견 기간이 끝나면 각자 가족들에게 돌아갔는데, 남극에서 생긴 일은 남극에서 끝난다는 거였다. 최소한 이론상으로는.

아무리 그래도 장-뤼크와 샌드린이? 여러 감정이 복잡하게 뒤얽혔다. 충격. 헌신적이고 가정적인 남자라고 생각했던 전임자에 대한 실망. 당혹스러움도 있었다. 언제나 내가 맨 마지막에 알게 되는 것만 같았다.

"왜 진작 말해주지 않았어요?" 진심으로 서운함을 느끼며 아르네에게 물었다.

그가 나를 바라보았다. 순간 그의 시선에서 말하지 않은 뭔가가 느껴졌지만 금세 지나가버렸다.

"난……." 그가 머뭇거렸다. "나도 모르겠어요. 미안해요. 그냥 괜한 얘길 꺼내고 싶지 않았어요. 기지 안에서 갖가지 소문과 험담이 떠도는 거 정말 질색이거든요."

아니면 그냥 나를 못 믿어서가 아니었을까? 나는 실망감에 가슴이 먹먹했고, 이 남자가 나를 어떻게 생각하는지에 많은 신경을 쓰고 있다는 걸 깨달았다.

"그래서 장-뤼크랑 문제가 있었던 거예요?" 내가 감정을 자제하며 물었다. "마리화나 때문만이 아니라 장-뤼크가 바람을 피워서요?"

아르네가 의자에서 자세를 고치며 몸을 움직였다. "맞아요. 우리 아버지가 어머니 몰래 몇 년 동안이나 외도를 저질렀거든요. 그래서 케이크를 다 가지려는 사람들에게 반감이 생기는 것 같아요."

“케이크를 다 가지려는 사람이요?” 내가 되물었다. “케이크를 가지고 있고 먹기도 하면서 독차지한다는 뜻이에요?”

“맞아요. 그리고 샌드린에게 부당하다는 생각도 들었고, 기지 전체에 좋지 않은 영향을 미치기도 했어요. 두 사람의 관계는 여름 내내 대원들 사이에서 공공연한 비밀이었지만 모두 모르는 척했거든요.”

나는 곰곰이 생각했다. 세상에, 장-뤼크의 죽음에 샌드린이 엄청난 충격을 받았을 것이 분명했다. 도대체 그녀는 어떻게 계속 버틸 수 있는 걸까? 그녀에 대한 불편한 감정에도 불구하고 기지 대장에게 일말의 동정심을 느꼈다.

“문제는.” 아르네가 말을 이었다. “샌드린이 여기서 나간 후에도 두 사람의 관계를 이어가길 바랐다는 거예요. 샌드린은 장-뤼크의 아내를 매우 질투했다고 해요. 심지어 아내에게 연락해서 두 사람의 관계를 폭로하겠다고 협박도 했대요.”

“정말요?” 나는 놀라서 입을 벌린 채 그를 바라보며 방금 들은 얘기를 생각했다. 두 사람의 외도가 정말 사실일까, 아니면 기지에 떠도는 소문에 불과할까? 아침에 카로를 만나 알렉스의 휴대전화의 행방과 이 일에 관해 물어봐야겠다고 작정했다. 하지만 비디오 일지에서 장-뤼크가 그녀를 샌디라고 친근하게 표현했던 것과 맞아떨어지는 얘기였다. 누구도 그녀를 그렇게 부르지 않았다.

나는 베타의 보관함에 처박혀 있는 장-뤼크의 소지품들을 떠올렸다. 그래서 샌드린이 그걸 가지고 있는 걸까? 그 소지품들이 어떤 식으로든 그녀의 비밀을 폭로할까봐?

아니면 그저 그의 마지막 유품마저 떠나보내고 싶지 않은 것일 수도 있다. 달리 생각하면 노트북과 일지가 사라진 것도 설명이 되었다. 그녀는 둘 중 어딘가에 두 사람의 외도 증거가 남아 있을 수도 있다고 생각한 게 틀림없었다. 그가 아내에게 남긴 편지 역시 같은 이유일 터였다.

만약 내가 죽으면.

장-뤼크는 자신의 목숨이 위험하다는 걸 알았을까? 궁금했다. 살인자가 그를 노리고 있다는 걸 느꼈을까?

"샌드린도 크레바스로 가는 탐험에 동참했죠, 그렇죠?" 나는 아르네에게 확인했다.

그가 고개를 끄덕였다. "우리 대부분 다 갔어요. 함께 겨울을 보낼 대원들을 위한 일종의 전체 팀워크 행사였거든요. 어……그걸 뭐라고 하죠, 바인딩 훈련?"

"본딩이요. 유대감을 기르기 위한 훈련이죠. 그럼 하계 대원들은 아무도 안 갔어요?"

아르네가 고개를 끄덕였다.

그의 얘기를 곰곰이 생각해보려 했지만 피곤해서 머리가 지끈거렸다. 나는 뒤로 기대어 눈을 감았다. 얼마나 지났을까, 뺨에 닿는 손길이 느껴졌다.

아르네가 나를 내려다보고 있었다. "그만 자도록 해요." 그가 말했다. "이제 당신이 괜찮다는 걸 확인했으니까 됐어요." 그가 머그잔 두 개를 들고 문으로 향했다. "잘 자요."

나는 그대로 침대에 누워 있었지만 잠은 달아났다. 수많은 의문과 가능한 연결 고리들이 머릿속을 가득 채웠다. 특히 누가, 어떻게 흔적도 남기지 않고 내 진료실에 몰래 들어와 의약품 벽장에 손을 댔는지.

내가 한 것과 똑같은 방법으로 했을 거라는 생각이 들었다.

어떻게든 마스터키를 손에 넣은 것이 틀림없었다.

나는 처음부터 모든 것을 되짚어나가기 시작했다. 내가 확실하게 알고 있는 것들을 바탕으로. 장-뤼크는 빙벽에서 죽었고 알렉스는 그것이 살해라고 확신했다. 장-뤼크의 노트북과 일지가 사라졌다. 알렉스는 샌드린에게 조사를 요구했지만, 거절당했다. 그리고 누군가가 장-뤼크의 비디오 일지를 삭제했고, 알렉스는 자기도 모르게 약물을 먹고 줄에 묶여 빙판에서 동사했다.

그러나 두 사람의 죽음이 서로 연관되어 있다는 증거는 없었다. 장-뤼크는 장비 오작동으로 인한 단순한 사고사였을 수도 있다. 알렉스는 누군가 전혀 다른 이유로 죽였을 수도 있다.

카로가 했던 말이 떠올랐다. 알렉스는 박사의 죽음이 이곳 남극에서 목숨을 잃은 한 여자의 죽음과 관련이 있다고 믿었다고 했다. 그 부분에 관해 온라인에서 좀더 자세한 내용을 찾을 수 있는지 검색해봐야겠다고 다짐했다.

매트리스 밑에 숨겨둔 수면제를 꺼내려던 순간, 또다른 가능성이 머릿속에 떠올랐다. 샌드린이 장-뤼크의 장비를 훼손했을 가능성도 있을까? 질투에 사로잡혀서, 혹은 이혼을 거부하는 장-뤼크에게 화가 나서? 그리고 노트북과 일지를 가져가서 혹시 남아 있을지도 모를 두 사람의 관계에 관한 증거를 숨기려 했을까?

나는 알약을 씹어 삼켰다. 그리고 잠이 쏟아지기를 기다리며 기지 대장에 대해 생각했다. 어제 내게 따질 때 그녀의 작고 강단 있는 체구에서 뿜어져 나오던 적대감. 아니다, 샌드린이 알렉스를 죽였다고 생각하는 건 터무니없는 추측이었다. 약을 먹였든 다른 방법을 쓰든 그녀가 알렉스 정도 되는 체격과 무게의 남자를 옮기는 건 불가능했다.

분명 그녀는 나를 경멸했지만, 아르네의 얘기를 듣고 나니 그녀에게 동정심을 느낄 수밖에 없었다. 샌드린이 이번 임무에서 큰 어려움을 겪고 있는 것만은 확실했다. 우리 사이의 의견 차이는 미뤄두어야겠다고 생각했다. 그녀에게 사라진 수면제에 대해 알리고 알렉스의 죽음이 의심스럽다고 유나에 보고하도록 종용해야겠다고 마음먹었다.

만약 그녀가 내 말을 믿지 않는다면? 보고하기를 거부한다면?

내가 직접 유나에 연락해서 우리 중에 살인자가 있다고 알릴 수도 있었다. 그러나 그들이 내 말을 믿는다고 해도 도대체 그들이 뭘 할 수 있을까? 그들이 경찰을 투입할 수 있는 것도 아니었다. 사실상 기지 대장인 샌드린이 기지의 유일한 법률 집행관이었다.

최소한 다른 대원들에게 경고할 필요가 있었지만, 더 큰 위험이 따를 것임이 분명했다. 살인자에게 정체를 폭로하겠다고 위협하는 꼴이니까. 그랬다가는 무슨 일이 벌어질지 누가 알까?

세상에. 나는 공포와 절망감으로 신음하며 베개에 얼굴을 묻었다. 내가 약을 과다복용 했다고 오해하고 깜짝 놀라던 아르네가 떠올랐다. 또 내가 빙판에서 길을 잃고 헤맨 그날 밤 그가 보여준 친절함도 기억했다.

아르네도 조금 전에 알렉스의 죽음에 대해 의혹을 드러내지 않았나? 그러나 내가 너무 경계하는 바람에 더 깊이 파고들지는 못했다. 누군가에게 다 털어놓고 어떻게 해야 할지 의논하고 싶은 마음이 굴뚝같았다. 이 복잡하게 뒤얽힌 상황을 풀어가기 위해서는 다른 누군가의 도움이 간절했다.

그러나 아르네를 믿어도 될까?

더 중요한 건, 그 누구라도 믿을 수 있을까?

30

7월 5일

끔찍한 기분으로 잠에서 깼다. 불안감과 수면 부족으로 몸이 무겁고 눈이 아팠으며 머릿속은 흐릿하고 둔했다. 강한 블랙커피를 내려 진료실로 가져왔고 의약품 벽장의 유혹을 애써 외면하고 있었다. 어젯밤 그 알약들을 꺼내놓고 있는 걸 아르네가 목격했으니, 지금 약을 먹는 건 정말이지 좋은 생각이 아니었다.

나는 마음을 다잡고 컴퓨터를 켜 간밤에 생각했던 대로 비디오 일지를 불러왔다. 그러나 알렉스의 파일을 찾아 클릭하기도 전에 이미 지워졌을 거라는 예감이 들었다.

아니나 다를까, 알렉스의 모든 비디오 일지가 사라지고 없었다. 진료실에서 약을 훔친 사람이 알렉스가 남겼을지도 모를 모든 증거를 삭제할 기회를 잡은 것이 분명했다.

나는 꿈틀거리는 분노와 실망감을 느꼈다. 곧장 샌드린을 찾아가 텅 빈 파일을 직접 눈으로 확인해보라고 들이밀까 생각해보았지만 소용없는 짓이었다. 컴퓨터 기록에는 비디오 일지를 삭제한 사람이 나라고 떡하니 나와 있을 테니까. 그녀의 지지를 얻으려면 훨씬 확실한 증거가 필요했다.

그래서 대신 인터넷에 접속해 남극에서 보고된 죽음들을 확인했다. 이렇게 험난한 장소임에도 불구하고, 지난 몇 년간 보고된 숫자는 뜻밖에 적었고, 여성인 경우는 더욱 드물었다. 가장 눈에 띄는 건 모슨에서 있었던 이본 핼리데이라는 기후과학자였는데, 그녀의 설상차 사고는 모든 신문에 기사화되었다. 완다라는 이름의 여성 기술자는 영국 기지에서 패혈증으로 의심되는 병으로 목숨을 잃었다. 28세의 행정 보조, 나오미 페레스는 2년 전 맥머도에 있는 스콧의 오두막(남극 로스 섬의 에번스 곶에 있는 오두막으로, 영국 스콧 탐사대의 제2차 남극 탐험 원정대가 세웠다/옮긴이)에서 멀리 떨어지지 않은 빙판에서 죽은 채 발견되었는데, 이상하게도 그에 관한 내용은 거의 없었다.

뉴스 기사에 실린 페레스의 얼굴 사진을 보고 안타까운 마음을 금할 수 없었다. 두꺼운 니트 비니 모자 아래로 긴 갈색 머리를 늘어뜨린 예쁜 아가씨였다.

이 사람이 장-뤼크가 말한 'pauvre fille'일까?

그가 말했던 불쌍한 여자?

그러나 단순 사고사였다는 말 외에 별다른 내용이 없었다. 사망 원인은 노출이었는데 그녀가 어둠 속에서 길을 잃고 헤매다가 안전한 기지로 가는 길을 찾지 못하고 영하의 기온에 목숨을 잃은 것으로 추정된다고 했다.

나는 오로라를 보러 나갔다가 허허벌판에 혼자 남아 방향감각조차 잃었다는 사실을 깨달았을 때 느꼈던 감당할 수 없는 공포감을 떠올렸다. 추위가 점점 옥죄어오고 혈관 속의 피를 얼어붙게 할 때, 그녀가 얼마나 무서웠을지 짐작할 수 있을 것 같았다.

정말 끔찍한 죽음이 아닐 수 없었다. 무자비한 밤에 혼자서 죽어갔다니.

남극에서 일어난 최근의 사망 사건을 확인하는데 느려터진 인터넷 속도 때문에 한 번씩 검색 결과가 뜨는 데만 몇 분은 기다려야 했다. 아르헨티나 기지 중 한 곳에서 폭발 사고로 남자 두 명 사망. 러시아 연구기지에 있는 발전동에서 화재가 발생해서 남자 한 명 사망. 맥머도에서 쌓인 눈에 깔려 요리사 사망. 독일 기지에서 비행기 사고로 또 남자 두 명 사망.

답답해져서 검색을 중단했다. 하지만 무엇을 발견할 거라고 기대했을까?

남아 있는 커피를 마시고 식당으로 가서 더 가져올까 고민했지만 그래봐야 신경만 더 곤두서고 초조해질 것이 뻔했다. 그래서 대신 의료 기록들이 보관된 파일들을 살펴보았다. 이곳에 도착했을 때는 대충 훑어봤지만, 여기 있는 대원들 거의 모두가 아주 건강하다는 것은 기정사실이나 다름없었다. 가끔 과거에 팔이나 다리가 부러진 적이 있다거나 한바탕 위염을 앓은 기록이 전부였다. 별로 중요하지 않은 것들이었다.

그러나 딱히 더 좋은 아이디어가 떠오르지도 않아서 나는 좀더 꼼꼼히 살펴보기로 했다. 먼저 장-뤼크의 파일을 확인하며 그가 70개의 남극 기지들 가운데 어디에서 근무했었는지 찾을 수 있을까 궁금했다. 그러나 그의 비디오 일지와 마찬가지로 건강 기록들도 시스템에서 아예 삭제된 것 같았다.

이것도 의심스러운 부분인가? 확실치 않았다. 어쩌면 사망자의 경우 그렇게 하는 것이 의례인지도 몰랐다.

그러나 알렉스의 기록은 아직 남아 있었다. 나는 내용을 자세히 살피며 혹시라도 특별한 것은 없는지 확인했다. 그러나 일곱 살 때 수두를 앓았다는 기록 외에는 특별한 점은 없었다. 죽음에 이를 때까지 알렉스는 유난히 건강하고 활동적인 사람이었던 것 같았다.

다음은 누가 있을까? 즉각적으로 마음속에 아르네가 떠올랐다. 나는 그의 파일을 열고 처음부터 읽어내려갔다. 아기 때 귓병을 앓았고 10대 시절에 손목 골절을 입었다. 20대에는 한차례 식중독을 앓았고 맥머도에서 근무할 때는 접촉성 피부염을 앓았다. 특별한 점은 없었지만, 날짜가 내 눈길을 사로잡았다. 나오미 페레스가 죽기 6개월 전이었다.

입력된 날짜를 응시하며 간장이 오그라드는 것 같았다.

단순한 우연일까?

아무런 의미 없어, 나는 단호하게 말했다. 아르네는 미국 기지에서 근무하던 시절에 관해 공공연하게 얘기했으니까. 루크도 마찬가지였고 하계 대원들 중에도 미국 기지에서 근무했던 사람이 몇몇 있었다는 사실이 생각났다. 월동 대원들 중에는 콩코르디아에서 근무한 경험이 있는 사람들도 있었지만, 그가 누구였는지는 기억나지 않았다. 시간이 조금 지난 후에는 그들이 떠들어대는 다른 기지에서의 경험담이나 모험담을 귀담아듣지 않게 되었는데, 대부분 과장되었거나 심지어 지어낸 얘기도 있을 거라는 의심이 들어서였다.

나는 나머지 대원들의 의학 기록을 샅샅이 훑었지만 별 소득은 없었다. 이마를 문지르며 골똘히 생각했다. 장-뤼크가 그렇게 걱정한 것이 무엇이었는지 어떻게 알아낼 수 있을까? 그리고 그가 DNA 테스트를 원했던 이유는 무엇이었을까.

내가 생각할 수 있는 방법은 두 가지뿐이었다. 샌드린에게 직접 물어보는 방법, 아니면 그녀의 개인 파일에서 찾아보는 방법이었다. 그러나 내게는 IT 시스템 중에서 그 부분에 접속할 수 있는 권한이 없었고, 출력본은 샌드린의 사무실에 있는 서류 캐비닛에 자물쇠로 잠가 보관하고 있었다.

젠장. 베타에 있는 사물함을 잠그기 위해 다시 그 열쇠를 꺼내야 한다는 사실이 기억났다. 머리가 맑아지면 샌드린의 사무실에 다시 들어갈 방법을 궁리해야 했다. 어쩌면 그때 서류 캐비닛을 엿볼 기회를 잡을 수도 있었다.

진심이야, 케이트?

나는 깊이 숨을 들이쉬고 내쉬면서 언제부터 남의 사무실에 몰래 들어가서 열쇠를 훔치고 민감한 개인 자료를 엿볼 생각을 하는 사람이 되었나 싶었다.

그런 행동을 무슨 수로 정당화할 거야?

하지만 그렇다고 다른 대안도 없잖아? 이런 상황이 더 악화될지도 모를 위험을 감수해? 아니면 별일이 없기만을 바라면서 남은 겨울이 지나가기를 기다려?

나는 힐긋 시간을 확인하고 카로를 보러 나섰다. 그러나 그녀의 방문을 두드렸을 때 아무 대꾸가 없어서 잠시 기다렸다가 문을 열고 고개를 들이밀었다. 그녀는 침대에 누워 있다가 몸을 움직이기 시작했다.

"미안해요. 깨우려던 건 아닌데."

"어서 와요, 케이트." 카로가 일어나 앉아 눈을 비비며 말했다. "괜찮아요. 내가 늦잠을 잤어요."

"지금 산전 관리하러 올래요? 원한다면 나중에 해도 좋고요."

"아니에요. 지금 해요." 그녀가 일어나서 나를 따라 진료실로 왔고 따로 말하지 않아도 체중계 위로 올라갔다. 결과를 기록하며 알렉스의 죽음으로 인한 모든 고통과 드라마에도 불구하고 체중이 500그램 정도 증가한 것을 보고 마음이 놓였다. 다음은 자궁의 크기를 재고 지금쯤 정확히 어느 정도 크기여야 하는지 확인했다. 혈압도 확인했다. 비록 위험한 수준은 아니지만 정상보다 살짝 높은 편이었다. 상황을 고려하면 그럴 수도 있었다.

청진기를 꺼내 태아의 심장박동 소리를 확인했다. 특별히 이상한 점은 없었다.

"괜찮은 것 같아요." 나는 유나에서 이메일로 보내준 산전 관리 용지에 내용을 기록하며 카로를 안심시켰다. "둘 다 아주 잘하고 있어요."

그녀가 애써 희미한 미소를 지었다.

"좀 어때요?" 내가 물었다. "당신 말이에요."

카로가 어깨를 으쓱했다. "엉망진창이에요."

그녀의 솔직한 말에 마음이 아팠다. "조금씩 나아질 거예요." 내가 부드럽게 말했다.

"과연 그럴까요? 그래봐야 미혼모가 돼서 집으로 돌아가게 생겼는데요 뭐."

딱히 할 말이 없었다. "알렉스의 가족들도 알고 있어요? 아기에 대해서요."

가족들에게 알렉스의 죽음을 알리는 건 샌드린이나 유나에 소속된 누군가가 했을 거라고 짐작했다. 그 소식이 여동생의 결혼식에 먹구름을 드리웠을 것을 생각하니 모두가 안쓰러웠다.

"아직이요. 알렉스가 가족들에게 알릴 참이었어요. 먼저 모든 게 다 괜찮은지 확인하고 나서 알리고 싶어했는데."

"당신이 얘기할 거예요?"

"이메일을 보내야 할지." 카로가 말했다. "전화로 얘기할지 아직 고민 중이에요. 결정을 못 하겠어요."

"이메일이 더 나을 것 같아요. 가족들과 직접 얘기하기 전에 그쪽에서 소식을 듣고 마음의 준비를 할 수 있을 테니까요."

"어떻게 말해야 좋을지 모르겠어요……이게 도움이 될지 아니면 상황만 더 악화시킬지 판단이 안 서네요."

"분명히 도움이 될 거예요. 그분들은 손주와 좋은 관계를 이어가고 싶을 거예요."

"두 번째 손주예요. 로지가 저보다 예정일이 빠르거든요."

"알렉스의 여동생이요?"

카로가 고개를 끄덕였다. "알렉스가 가족들 얘기를 자주 해서 나도 이미 알고 지낸 것 같은 기분이에요."

"가족들에게 당신 얘기를 했대요?"

"네. 알렉스 어머니께서 내가 하카(마오리족의 전통 전투춤/옮긴이)를 출 줄 아냐고 물으셨대요. 채소밭을 넘보는 토끼들을 쫓아버리는 데 도움이 될지도 모른다면서요."

내가 미소를 지었다. "좋은 분 같네요. 유머 감각도 있으시고."

"맞아요." 카로가 생각에 잠겨 창문을 바라보았다. 밖에는 희미한 빛이 보였는데 거의 보름달에 가까운 달빛이었다. 그러고는 그녀가 나를 보았다. "알렉스의 활동 밴드는 아직 못 찾았어요?"

나는 고개를 저었다. "하지만 데이터는 확인했어요."

"그래서요?"

"특별한 건 없었어요……기록은 그날 새벽 2시 53분에 멈췄어요."

카로의 얼굴에 고통스러운 표정이 지나갔다. 감정을 억누르는 그녀의 어깨가 뻣뻣했다. "다른 건 못 찾았어요?"

루크가 알렉스의 방에 찾아갔던 것과 사라진 수면제에 관해 얘기할까 고민하다가 전하지 않기로 마음먹었다. 이미 약해질 대로 약해진 카로의 마음에 더 이상의 스트레스와 걱정거리를 안겨줄 필요는 없다고 판단했다.

"확실한 건 없어요. 하지만 전에 약속한 대로 내가 계속 알아보고 있어요."

그녀가 나를 가만히 바라보았다. 거짓말을 둘러대는지 아닌지 가늠하는 것 같았다.

"사실 당신이 알렉스의 휴대전화를 가지고 있는지 물어보려고 했어요." 내가 말했다. "아니면 어디에 있는지 알고 있는지요."

카로가 고개를 저었다. "나도 휴대전화를 찾으려고 여기저기 다 뒤졌어요. 아마 샌드린이 가져갔나 봐요."

"그럴 수도 있죠. 내가 확인해볼게요."

"왜 그걸 물어봐요? 휴대전화가 중요한 것 같아요?"

"그런 건 아니에요." 내가 한숨을 쉬었다. "그냥 누가 가지고 있나 궁금해서요."

"그럼 당신도 이제 나를 믿는 거예요? 알렉스의 죽음이 사고가 아니었다는 거 말이에요." 카로의 시선은 흔들림 없고 단도직입적이었다. 그녀는 내가 생각했던 것보다 훨씬 더 강하다는 생각이 들었다. 비록 어리고 지독한 곤경에 처해 있었지만, 그녀는 강했다.

아무리 그래도 문제를 키우지 않기로 마음먹었다. "당신을 안 믿는 건 아니라고 해두죠, 알겠죠? 난 끝까지 진상을 밝히고 싶어요."

"내가 보기엔 샌드린이 딱히 협조적일 거 같지 않아요."

"맞아요, 협조적이지 않아요." 내가 인정했다. "말이 나온 김에…… 혹시 샌드린과 장-뤼크에 대해 들은 거 있어요?"

"두 사람의 불륜관계 말인가요?"

결국 사실이었구나. "맞아요. 난 그걸 어제 알게 됐어요."

"누가 말해줬어요?"

"아르네요."

카로가 한숨을 쉬었다. "샌드린이 나쁜 년인 건 맞지만 장-뤼크에게 일어난 일로 엄청난 충격을 받은 건 확실해요. 며칠 동안 거의 말 한마디도 안 했고, 그 이후론 예전 같지 않아요."

"어떤 면에서요?"

카로가 또 어깨를 으쓱했다. "전에는 지금처럼 그렇게……뻣뻣하지 않았어요."

"당신은 왜 같이 가지 않았어요? 그 탐험 말이에요."

"별로 가고 싶지 않았어요. 빙판 위에서 닷새나 지내야 하고 등반은 젬병이에요. 고소공포증이 있거든요." 그녀가 나를 보며 웃었다. "한심하죠? 알렉스가 그걸 극복하게 도와준다고 했었는데."

나는 공감의 미소를 지으며 말했다. "전혀요. 난 사실 어둠을 무서워해요."

"정말이에요?"

내가 고개를 끄덕였다. "옛날부터 그랬어요. 지금도 잘 때 불을 켜놓고 자요."

"세상에." 카로가 휘파람을 불었다. "사람들이 바깥에서 손전등도 없이 헤매는 당신을 발견했을 때 제정신이 아니었을 만도 했군요."

나는 얼굴을 찡그렸다. 창피해서만이 아니라 드루나 아르네가 당시 내가 어떤 상태였는지 사람들에게 말했다는 사실을 알게 되어서였다.

"맞아요. 바보 같죠?"

"누구나 그런 게 있는걸요. 알렉스는 뱀을 무서워했어요. 그래서 우리가 천생연분이랬죠. 어디에서 살아도 우린 괜찮을 거라고요. 아일랜드나 뉴질랜드에는 뱀이 없거든요."

그녀가 다시 시무룩해졌다. 우리는 잠시 그렇게 조용히 앉아 있었다. 서로 말은 안 했지만, 우리 둘 다 카로와 알렉스가 영원히 행복하게 살았을 잃어버린 미래를 생각하고 있었다.

그것이 얼마나 고통스러운지 나는 너무 잘 알고 있었다.

"그만 가봐야겠어요." 카로가 한숨을 쉬었다. "아크한테 보일러 급수를 다시 한번 확인해본다고 약속했거든요. 루크가 절대 전기 문제는 아니라고 맹세했지만, 그가 제대로 확인하긴 했는지 내가 직접 살펴봐야겠어요."

"루크 말을 못 믿어요?" 내가 물었다.

카로가 오만상을 찌푸렸다. "믿죠. 몽롱하게 마리화나에 취하지 않을 때는요."

나는 이글루에서 루크와 나눈 대화를 떠올렸다. 두 사람이 피고 있던 마리화나에도 불구하고 내게는 꽤나 말짱해 보였다. 그러나 그를 알고 지낸 지 카로만큼 오래되지 않았기 때문에 확신할 수는 없었다.

"루크가 알렉스의 전자담배를 돌려줬나요?" 문득 생각이 나서 물었다. 어쩌면 카로가 어딘가에 잘 보관하고 있을지도 몰랐다.

"알렉스의 뭐요?" 카로가 어리둥절한 얼굴로 물었다.

"전자담배요. 루크가 빌려 갔다던데요."

카로가 이맛살을 찌푸렸다. "알렉스한테는 전자담배가 없어요. 전에도 말했지만, 장-뤼크가 피우지 말라고 말리기 전에도 별로 안 피웠거든요."

나는 당황해서 그녀를 보았다. "확실해요?"

"물론이죠. 확실해요. 왜요?"

"그냥요." 내가 중얼거렸다. 그리고 벽에 걸린 시계를 확인하는 척하며 말했다. "미안하지만 가봐야겠어요. 누구랑 만나기로 했는데 깜빡 잊고 있었네요."

카로가 일어서며 또 어리둥절한 얼굴로 나를 보았다. "정말 괜찮은 거예요, 케이트? 좀 불안해 보여요."

"괜찮아요." 그녀를 내보내기 위해 거짓말을 했다. "조만간 또 봐요."

카로가 나가자마자 나는 열쇠로 벽장을 열고 이것저것 약을 털어넣었다. 금단 현상 때문인지 충격 때문인지 손이 벌벌 떨렸다.

루크가 내게 거짓말을 했다. 알렉스의 방에 갔던 이유를 거짓말로 둘러댔다.

어떻게 대처해야 할지 앞이 캄캄했다.

31

7월 5일

나는 차량 정비 작업장에서 스키두 한 대 위로 몸을 숙이고 있는 아르네를 찾았고 잠시 그대로 서서 작업 중인 그를 지켜보았다. 그의 움직임에서 효율성과 자신감이 묻어났다. 그에게는 뭐랄까……매우 믿음직하고……매우 든든한 분위기가 있었다.

갑자기 격렬한 감정이 밀려들었고 더는 부정할 수 없는 원초적이고 노골적인 매력에 빠져들었다. 그 뒤로 두려움이 뒤따랐다. 누구에게도 이런 감정을 느끼고 싶지 않았다. 특히나 이곳에서는.

특히나 벤 이후로는.

그때 고개를 돌려 나를 발견한 아르네의 얼굴에 미소가 가득 번졌다.

"어서 와요." 그가 내 외투를 향해 고갯짓하며 물었다. "밖에 나갔었어요?"

나는 고개를 저었다. "나한테는 여기도 너무 추워서요." 정비소도 난방 중이었지만 알파의 훈훈한 기운에 비하면 어림도 없었다. 반면에 아르네는 겨우 검정 반소매 티셔츠와 낡은 청바지 차림이었다. 아이슬란드에 살아서 그런지 추위에 익숙한 모양이었다.

그가 몸짓으로 정비소를 가리키며 말했다. "내 구역에 온 걸 환영해요. 당신은 여기서 시간을 보낼 일이 별로 없죠?"

내가 고개를 끄덕였다. "처음 이곳에 도착했을 때 드루가 안내해줬어요."

"뭐 별로 신나는 건 없어요. 특히 엔진에 별 관심이 없다면 더 그렇죠." 그가 내 얼굴을 살폈다. "오늘은 좀 어때요? 간밤에 잘 못 잔 것 같은 얼굴이네요."

"별로 못 잤어요." 내가 말을 멈추고 어떻게 얘기를 꺼내야 할지 고민했다. "저기, 할 얘기가 좀 있어요."

아르네가 들고 있던 렌치를 내려놓고 작업대에 기대며 궁금한 눈빛으로 나를 보았다. "말해봐요."

"지난번에 내가 뭔가 발견한 게 있어요……아니, 그건 사실이 아니에요. 그동안 알렉스에게 무슨 일이 있었는지 알아내기 위해 뒷조사를 하고 있었어요. 그의 죽음에 좀 우려되는 점이 몇 가지 있어요."

아르네가 눈썹을 치켜뜨며 내가 말을 이어나가기를 기다렸다.

"그날 밤 기록된 활동 밴드의 데이터를 확인해봤는데 알렉스가 죽기 얼마 전에 알렉스의 방에 들어갔던 사람이 있어요." 나는 천천히 숨을 들이마시며 생각을 정리했다. 이런 얘기를 모두 아르네에게 털어놓는 게 맞는 걸까? 나는 다시 고민했다.

정말 그를 믿을 수 있을까?

"그게 누군지 말해줄 건가요, 케이트?"

나는 큰맘 먹고 과감하게 말했다. "루크요."

"루크요? 확실해요?"

"데이터는 거짓말을 하지 않아요." 내가 어깨를 으쓱했다. "그리고 루크도 인정했어요."

아르네가 이맛살을 찌푸렸다. "그 얘기를 루크에게 했다는 거예요? 언제요?"

"이틀 전에요."

"루크가 뭐라던가요?"

"알렉스가 괜찮은지 보러 갔다고요. 그의 전자담배도 빌릴 겸요." 내가 잠시 말을 멈췄다가 덧붙였다. "그런데 문제는 알렉스에겐 전자담배가 없었다는 거예요. 카로가 알려줬어요."

아르네가 잠시 생각에 잠겼다. "그러니까 루크가 거짓말을 한 건가요?"

"그런 것 같아요."

"루크에게 이유를 물어봤어요?"

"아직이요. 어떻게 해야 할지 확신이 서지 않아서요. 아마도 샌드린에게 알려야겠지만, 그렇지만……." 나는 말끝을 흐리며 아르네가 내가 하려는 말을 알아차리기를 바랐다.

그가 길고 느리게 휘파람 소리를 냈다. "이럴 수가. 무슨 말을 해야 할지 모르겠네요. 그럼 당신은 루크가 알렉스의 죽음과 어떤 연관이 있다고 믿는 거예요? 그러니까 지금은 자살이 아니라고 생각한다는 거예요, 케이트?"

나는 이번에도 그의 질문을 피하며 대신 그에게 물었다. "맥머도에서 근무한 적 있죠, 그렇죠?"

아르네가 고개를 끄덕였다.

"정확히 언제예요?"

"몇 년 전에요. 한 석 달쯤 있었어요. 그건 왜 물어요?"

"나오미 페레스라는 여자 알아요?"

아르네가 알 수 없는 표정으로 잠시 아무 말이 없었다. "빙판에서 발견된 여자요? 아니요. 난 그 일이 있기 몇 달 전에 나왔어요."

찡한 안도감이 들었다. 그런데 그가 진실을 말하고 있는 걸까?

젠장, 내가 자꾸 왜 이러는 거지? 혼란스러워서 어지러울 지경이었다. 도대체 내가 언제부터 이렇게 의심이 많아졌을까……거의 모든 사람에 대해.

"케이트." 아르네가 헛기침을 했다. "당신이 어떤 의도로 이런 얘기들을 하는지 난 잘 모르겠어요. 그녀의 죽음도 수상하다고 생각해요? 밖에서 길을 잃었다고 들었는데요."

"아니요, 난……" 하려던 말을 삼키고 바꿔 말했다. "나도 모르겠어요. 그냥 우연의 일치인 것 같아서요. 당신이 그 여자와 비슷한 시기에 거기에 있었다는 게요."

아르네가 어깨를 으쓱했다. "규모가 큰 기지예요. 직원이 천 명도 넘고 미국인만 있는 것도 아니에요. 남극에서 일하고 싶어하는 사람들 대부분이 맥머도에서 일정 기간 근무를 하죠. 좀더 규모가 작은 기지에 지원하기 전에 남극을 경험해볼 수 있는 좋은 기회거든요. 나 같은 경우는 맥머도에서 영하의 기온에서 차량을 관리하는 방법을 배우는 유익한 트레이닝 프로그램에 참여했어요. 거기서 같이 근무했던 대원들 몇 사람은 지금 여기에도 있고요."

"그게 누군데요?"

"우선 소냐가 있고." 아르네가 천장을 보며 기억을 더듬었다. "장-뤼크하고 루크도 있었을 거예요."

"장-뤼크요? 확실해요?"

아르네가 고개를 끄덕였다. "몇 번 그때 얘기를 한 적이 있거든요. 근무 기간이 나랑 몇 주 정도 겹치긴 했는데 한번도 직접 만난 적은 없었어요. 그래서 한번은 내가 너무 건강해서 탈이라고 그가 농담을 한 적도 있죠."

"그렇군요." 나는 그 얘기를 곰곰이 생각했다. 그러니까 나오미 페레스가 장-뤼크가 비디오 일지에서 언급했던 여자가 분명했다.

"케이트?"

눈을 들자 아르네가 이맛살을 찌푸리고 나를 보고 있었다. "나한테 털어놔봐요. 여기서 무슨 일인가 벌어지고 있다는 거예요? 맥머도에는 왜 그렇게 관심이 많아요?"

나는 그를 마주 보았다. 만약 아르네에게 털어놓고 말할 기회가 있다면 지금이 그 바로 순간이었다. 지금이 유일한 기회였다. 그를 전적으로 믿거나 여기서 나가거나. 나는 조금 더 망설이다가 밀고 나가기로 마음먹었다. "나도 잘 몰라요." 내가 인정했다. "그렇지만 장-뤼크의 죽음이 사고였다고 생각하지 않아요. 알렉스의 죽음도요."

아르네가 침묵하며 내가 좀더 자세히 설명하기를 기다렸다.

"그 약들……그 약상자들은 벽장 뒤쪽에 감춰져 있던 거예요. 누군가 각 포장 용기에서 알약을 몇 개씩 꺼내고 눈에 띄지 않도록 공들여 숨겨놨어요. 난 그게 누구든 그 약을 알렉스에게 썼다고 생각해요."

다시 깊이 숨을 들이마시고 애써 얘기를 이어갔다. "난 알렉스가 약물에 취해 있었다고 생각해요, 아르네. 그래서 제대로 저항도 하지 못하고 밖으로 끌려나간 거죠. 그의 발목에 어떤 자국이 있었어요. 아마 얼어 죽을 때까지 묶여 있었던 흔적 같아요. 그런 다음에 살인자가 자살처럼 보이도록 증거를 없애버린 거죠."

여전히 아무 반응도 없었지만 아르네는 아주 진지한 표정으로 나를 보고 있었다.

"다른 것도 있어요." 내가 계속 말했다. "장-뤼크가 녹화한 비디오 일지에서 그는 이 기지에 위험한 사람이 있는 것 같아 걱정된다고 말했어요. 그러고 나서 그의 비디오 일지들이 모두 사라져버렸죠. 그냥 시스템에서 감쪽같이 사라졌어요. 알렉스의 일지도 마찬가지고요. 내가 오늘 아침에 확인해봤어요."

"장-뤼크의 비디오 일지를 봤어요?" 아르네의 이마에 있는 주름이 깊어졌다. "그런 건 비밀인 줄 알았는데요?"

뺨이 붉게 달아올랐다. "알아요." 내가 순순히 대답했다. "아마 보지 않았어야 했을 거예요."

"맞아요. 보면 안 되는 거예요."

나는 난처해져서 시선을 떨구었다. 이건 내가 원하던 방향이 아니었다.

"당신 말이 맞아요." 내가 시인했다. "하지만 알렉스에게 무슨 일이 있었는지 알아내려고 그랬던 거예요. 그가 했던 말들이 사실인지 아닌지 확인하기 위해서요."

아르네가 한숨을 쉬며 손으로 머리를 쓸어넘겼다. "그러면 그 사람이, 그가 정말 있다고 가정했을 때요, 왜 알렉스를 죽였죠? 그리고 그 사람이 장-뤼크도 죽였다는 뜻이에요?"

"그런 것 같아요. 내 생각엔 장-뤼크를 죽인 사람이 미드윈터 페스티벌 직전에 내가 알렉스와 언쟁을 벌인 얘기를 들은 것 같아요. 그래서 알렉스가 이 모든 일을 캐고 있다는 사실을 알게 된 거죠."

“어떤 모든 일이요?”

“장-뤼크에게 일어난 일이요.”

“그렇군요…….” 아르네는 영문을 모르겠다는 표정이었다. “하지만 이 일이 맥머도의 그 여자와 무슨 관계가 있다는 건지 이해가 안 돼요.”

“알렉스 말로는 장-뤼크는 남극에서 누군가 사망했는데 단순한 사고사가 아니라고 믿었대요. 그리고 비디오 일지에서도 기지에 위험한 사람이 있는 것 같다고 말했고요. 만약 그 말이 사실이고 그 사람도 눈치챘다면, 장-뤼크를 없애버릴 동기가 될 수 있지 않을까요? 알렉스도 그렇고요. 만약 알렉스가 진실에 아주 근접했다면 말이죠.”

내가 말을 하는 동안 아르네의 시선은 줄곧 내 얼굴에 붙박여 있었다. “케이트, 지금 이 모든 얘기가 얼마나 황당하게 들리는지 알아요?”

나는 그의 반응에 몹시 당황해서 눈만 깜빡거렸다. 이곳에 온 것을, 그에게 모든 얘기를 털어놓은 것에 후회가 몰려왔다.

어리석었어, 케이트. 아주 어리석은 짓이었어.

“미안해요. 난 당신이 도와주고 싶어하는 줄 알았어요.” 내가 돌아섰지만, 그가 나를 잡아당겼다.

“케이트.” 아르네가 달래는 목소리로 말했다. “제발요……당신을 비난하려던 게 아니에요. 그냥…….” 그가 더듬거렸다. “받아들이기 너무 엄청난 얘기라서 그래요, 알겠어요?”

나는 고개를 끄덕이며 흉터가 있는 뺨으로 흘러내린 눈물을 훔쳤다.

“여태까지 한 얘기들에 관해 어떤 증거라도 있어요?” 아르네가 물었다. “활동 데이터 말고 다른 건요?”

나는 고개를 저었다. “아니요. 알렉스의 발목에 남은 자국을 찍은 사진 몇 장이 전부예요.”

“적어놓은 건 없어요? 장-뤼크가 했다는 말들은요?”

다시 고개를 저었다. “그러려고 했어요. 프랑스어로 얘기해서 내가 정확히 이해한 게 맞는지 확인하고 싶었거든요. 그래서 샌드린에게 보여주려고 했는데, 다시 보려고 했을 때는 누군가 그의 일지를 몽땅 시스템에서 삭제해버린 후였어요.”

“프랑스어요?” 아르네가 입술을 깨물었다. “그럼 당신이 잘못 들었을 수도 있잖아요? 프랑스어를 유창하게 하진 않잖아요, 안 그래요?”

“맞아요, 유창하지는 않지만 그가 한 얘기를 이해할 정도는 된다고 자신해요. 우리가 위험에 처해 있는 건 아닌지 확인해야 한다고 말한 거요. 그런 얘기였어요.”

“그럼 그 비디오를 제외하면 증거가 없는 거예요? 확실한 증거말이에요.”

“없어요. 알렉스의 발목을 찍은 사진 말고는요. 그리고 약이 사라진 것도 증거라고 할 수 있겠죠.”

아르네가 묘한 눈빛으로 나를 보았고, 잠시 후 나는 깨달았다. 그는 알고 있다. 내 문제에 대해 알고 있는 게 분명했다. 내 주머니에서 떨어진 약들을 보고 알아차린 것이 틀림없다.

이런 세상에. 그는 내 말을 믿지 않는다. 내가 습관적인 약물 복용 사실을 덮으려 한다고 생각하는구나.

그를 보고 눈을 깜빡거리며 할 말을 생각하는데, 그가 먼저 입을 열었다. “케이트, 정확히 내가 어떻게 했으면 좋겠어요?”

나는 그 자리에 서서 흔들리고 있었다. 모르겠다. 나도 이 상황에서 어떻게 대처해야 좋을지 아득하기만 했다. 느닷없이 스트레스와 탈진, 카로에 대한 걱정, 샌드린과 나 사이의 갈등에 대한 걱정, 그리고 모든 것에 대한 걱정이 한꺼번에 나를 덮쳤다.

"난……." 목소리가 갈라졌고, 눈물이 터져 나왔다.

"케이트, 이리 와요." 그가 나를 안아주며 주머니에 손을 넣어 휴대용 휴지를 꺼냈다.

나는 눈물을 닦고 깊이 숨을 들이마셨다. 쉽게 진정이 되지 않아 호흡이 거칠었다. 그가 내 손에서 휴지를 가져가 내 뺨을 닦아주었다. 그리고 뜻밖에도 몸을 기울여 내게 입을 맞췄다.

우리의 입술이 마주 닿기가 무섭게 나는 정신을 차리고 몸을 뺐다.

"미안해요." 그가 중얼거렸다. "옳지 않았어요. 내가 오래 전부터 원했던 거라서 그랬나 봐요. 알아요. 지금은 전혀 그럴 때가 아니라는 것도요."

"괜찮아요." 내 안의 복잡한 감정을 헤아리며 말했다. 아르네에 대한 내 진심은 뭐지? 이것이 어떤 의미일까?

"젠장." 그가 투덜거리며 돌아섰다. "이 기지 말이에요. 빌어먹을, 진짜 거슬려요."

내가 헛기침을 했다. "우리 모두 비슷한 심정일 거예요, 아르네. 어쩌면 이 기지가 저주받았다는 아크의 말이 맞는지도 모르겠네요."

"저기요." 그가 다시 나를 보았다. "방금 일은 다 잊어버려요, 알겠죠? 난 당신이 좋아요. 그것뿐이에요. 그리고 당신이 힘들어하는 거 보기 싫어요." 그가 다시 한숨을 쉬었다. "크리스틴에게 이메일을 보내서 내가 맥머도에서 나온 게 정확히 언제였는지 확인해볼게요. 그래야 마음이 놓인다면요."

"알았어요." 나는 마음을 정하지 못하고 잠시 미적거렸다. 그가 나를 잡아당겨 다시 키스해주기를 바랐다. 이번에는 제대로.

그러나 나는 기지의 담당 의사이다. 이미 드루와 한 번의 실수를 저질렀고 또다른 위험을 감수할 수는 없었다.

"그만 가봐야겠어요." 그에게 나머지 휴지를 건넸다.

"그래요. 나도 이 일을 마무리 지어야 해요." 내가 거기서 나올 때 그가 씁쓸한 미소를 지으며 렌치를 다시 집어들었다.

나는 올 때와 다른 길로 알파로 가려고 차량 정비 작업실의 반대쪽 끝으로 가서 작은 보관 창고로 이어지는 문으로 향했다. 여분의 차량 부품들을 보관해둔 커다란 산업용 선반을 지나는데 바닥에서 은색으로 반짝이는 것이 눈에 띄었다. 각종 밧줄과 쇠사슬을 담아두는 묵직한 플라스틱 통 옆이었다.

몸을 숙여 그것을 집어들었고 자세히 보려고 그 금속 조각을 불빛을 향해 들어올렸다. 내 눈앞에 있는 것이 무엇인지 깨닫는 순간 심장이 얼어붙었다. 알렉스의 활동 밴드였다. 정확히 말하자면 활동 밴드의 중심에 박혀 있는 전자 데이터 기록장치였는데 거의 알아보기 어려울 정도로 부서져 있었다.

도대체 이게 왜 여기 있지?

힐끗 뒤를 돌아보았지만 아르네는 다시 스키두 위로 몸을 숙이고 있었다.

심장이 벌렁거리기 시작했다. 혹시 그가 나를 봤을까?

나는 그 작은 금속 조각을 얼른 주머니에 집어넣고 그가 보기 전에 서둘러 그곳을 나왔다.

32

7월 5일

빌어먹을.

나는 진료실 문을 잠그고 손에 든 작은 데이터 기록장치를 살피며 이게 어떤 의미인지 헤아려보았다. 이것이 왜 정비소에 떨어져 있을까? 그날 밤 알렉스가 사라지기 전에 어쩌다 잃어버렸을 수도 있을까?

그러나 그건 납득하기 어려웠다. 미드윈터 페스티벌 전날 베타에는 아무도 없었다. 우리 모두 식당과 휴게실에 모여 있었으니까.

그건 그렇고 기록장치에 연결된 플라스틱 손목 끈은 어디에 있지?

나는 찬찬히 데이터 기록장치를 살펴보았다. 완전히 납작하게 찌그러져 있었는데 누군가 일부러 그랬는지, 어쩌다 그렇게 된 건지 알 수가 없었다. 기지에서 사용하는 어떤 차량에 깔렸을 수도 있을까? 하지만 기록장치가 떨어져 있던 부품 보관 구역은 사륜 오토바이도 들어갈 수 없을 만큼 매우 좁은 공간이었다. 그렇다고 그냥 누가 밟아서는 이렇게 망가질 수가 없었다.

그러나 만약 누군가 일부러 망치 같은 것으로 내려쳤다면, 왜 쓰레기통에 버리지 않았을까? 아니면 눈밭에 묻어버릴 수도 있었을 텐데?

중요한 증거물을 왜 이렇게 소홀하게 다루었을까?

나는 다시 돌아가 아르네에게 대놓고 따져 묻고 싶은 충동을 억누르며 그 키스를 떠올렸다. 내 얼굴을 그의 얼굴 쪽으로 당길 때 목에서 느껴지던 그의 손길. 그가 알렉스의 죽음과 아무 관련이 없기를 간절히 바랐지만, 그의 작업장에 떨어져 있던 이 금속 장치는 어떻게 설명할 수 있을까?

한 가지 긍정적인 부분이 있다면 이것만은 샌드린도 무시할 수 없을 것이 분명했다. 드디어 유나에 연락해서 도움을 청하라고 요구할 수 있는 구체적인 물증을 손에 넣은 셈이었다.

하지만 어떤 도움을 받을 수 있을까? 앞으로 몇 달 동안은 이 기지에 들어올 수도 없고 여기서 나갈 방법도 없는데.

무슨 일이 벌어지든 우리끼리 대응하는 수밖에 없었다.

나는 샌드린 사무실의 문을 두드렸고 마치 까다로운 인터뷰를 앞둔 젊은 인턴처럼 말할 수 없이 초조했다. 나를 지원사격 해줄 수 있는 누군가를 데려왔더라면 좋았겠지만 지금 상황에서 카로 외에 누구를 믿을 수 있을까? 30분 전만 해도 아르네도 믿을 수 있는 사람에 속했지만, 지금은 아니었다.

다시 문을 두드렸지만 아무런 대답이 없었다. 문에 귀를 대고 샌드린이 컴퓨터로 화상통화를 하는 건 아닌지 확인했지만 아무 소리도 들리지 않았다. 기지에서는 유일하게 그녀와 나만 유나와 직접 연락을 할 수 있는 직통 링크가 있었다. 충동적으로 문손잡이를 돌렸는데 놀랍게도 문이 열렸다. 나는 복도 양쪽을 훑어보고 재빨리 안으로 들어갔다.

신속하게 움직여 곧장 열쇠를 보관하는 벽장으로 가서 개인 사물함의 열쇠를 꺼냈다. 막 사무실에서 나가려는데 가까이 있는 철제 서류 캐비닛이 조금 열린 것이 눈에 들어왔다. 샌드린이 황급히 나간 것이 분명했다.

가까이 다가오는 발소리가 들리는지 신경을 곤두세우며 캐비닛을 열고 잘 정리된 파일들을 훑어보았다. 다행히 유나는 실물 백업 자료로 종이 출력본을 보관하도록 규정하고 있는데 아마도 동력을 상실했을 경우를 대비해서인 것 같았다. 캐비닛 속에는 각 대원의 개인 폴더가 있었다.

나는 아르네의 파일을 찾아 꺼내서 인터뷰 내용과 정신력 테스트 결과가 적힌 페이지들을 넘기며 그가 맥머도에 근무한 적이 있는지 확인할 만한 내용을 찾았다.

빙고. 그의 이력서가 있었다.

이력서의 내용을 재빨리 살피는데 뒤에서 목소리가 들렸다.

"케이트? 지금 뭐 하는 거예요?"

휙 돌아보자 앨리스가 얼굴을 찌푸리고 나를 보고 있었다. 나는 꼼짝없이 그녀를 마주 보며 뻔한 상황을 부정하려 더듬거렸다. "난…… 세상에, 앨리스, 내가 나쁜 짓을 하는 것처럼 보이겠지만 하지만—."

"하지만 뭐요, 케이트?" 앨리스 뒤로 나타난 샌드린을 보자 심장이 덜컹 내려앉았다. 그녀의 표정은 충격에서 분노로 바뀌고 있었다.

이런 젠장. 꼼짝없이 걸렸다.

"내가 알아서 할게요." 샌드린이 무뚝뚝하게 앨리스에게 말했다. "두 남자 대원에게 알려줄래요? 몇 분 전에 휴게실에서 드루와 루크를 봤어요."

앨리스가 고개를 끄덕이고 방을 나가며 문을 닫기 전에 절망적인 눈빛으로 나를 보았다. 샌드린은 아무 말 없이 나를 응시했다. 그녀의 시선이 내 손에 들린 파일과 내 옆에 놓인 사물함 열쇠를 힐끗 살폈다.

이중으로 걸렸다. 도대체 어쩌자고 멍청하게 이런 위험을 감수했을까?

대답은 뻔했다. 이 기지에서 일어나고 있는 일들의 배후에 아르네가 있다고 믿고 싶지 않았기 때문이다. 감정 때문에 판단력이 흐려지는 일이 없도록 하겠다던 다짐은 어디 가고.

"샌드린, 얘기 좀 할 수 있어요?" 간곡히 부탁하는 듯한 어조를 최대한 배제하며 말을 꺼냈다. 들고 있던 파일을 샌드린의 책상에 올려놓고 주머니에서 알렉스의 활동 모니터를 꺼냈다.

"이걸 발견했어요. 당신에게 이걸 보여주려고 왔고—"

"그리고 내 열쇠와 기밀문서를 마음대로 손대기로 작정했군요." 샌드린이 내 말을 자르며 파일을 돌려 라벨을 읽었다.

"좀 봐요." 내가 그녀 앞에 데이터 기록장치를 내려놓으며 말했다. "차량 정비 작업장에서 발견했어요."

샌드린이 부서진 금속 장치를 집어 살펴보았다. 순간 잠시나마 우리가 함께 이 문제를 해결할 수도 있을 거라는 희망을 품었다.

"어디 있었어요?"

"선반이 놓인 쪽에서요. 정확히 어디였는지 보여줄 수 있어요."

"그럴 필요 없어요." 그녀가 기록장치를 책상에 내려놓았다.

"알렉스의 활동 모니터예요." 그녀가 상황을 파악하지 못하는 것 같아서 덧붙였다.

"그게 뭔지는 나도 알아요."

"그럼 이게 왜 의도적으로 훼손됐다고 생각해요, 샌드린? 왜 이게 그 작업장에 떨어져 있었을까요?"

그녀가 냉랭한 표정으로 나를 보았다. "이 일로 당신과 또 똑같은 얘기를 반복하고 싶지 않아요, 케이트. 이게 알렉스의 것인지 확실치도 않아요."

"당연히 확실해요." 내가 식식거리며 말했다. "데이터를 확인해봐요. 활동 밴드를 잃어버린 사람은 아무도 없어요."

샌드린은 말이 없었다.

"만약 알렉스가 자살을 결심했다면 왜 활동 밴드를 풀어놓았고, 굳이 부수려고 했을까요? 그리고 왜 거기에 버리겠어요? 왜 풀어서 자기 방에 두지 않았죠?"

침묵이 계속되었다.

"그뿐만이 아니에요." 점점 커지는 좌절감을 느끼며 계속 말했다. 이 여자는 도대체 왜 이렇게 꽉 막혔을까? "누군가 내 진료실에 몰래 들어와서 수면제 열두 알을 훔쳐갔어요, 샌드린. 수면제 말이에요. 생각해봐요. 어떤 사람을 아무런 저항 없이 밖으로 끌고 나가는데 그 약을 어떻게 사용할 수 있을지 한번 생각해보라고요."

기지 대장이 냉랭한 눈길로 한동안 나를 응시했다. "당신 입으로 직접 그 얘기를 꺼내다니 흥미롭군요, 케이트. 바로 그 부분에 관해 얘기할 참이었는데 말이에요." 그녀가 말을 멈추고 자기가 한 말에 내가 어떤 반응을 보이는지 지켜보았다. 나는 가만히 기다렸다.

"당신이 기지의 의약품을 마음대로 복용하고 있다는 정보가 들어왔어요, 케이트. 의사의 권한을 넘어설 정도로 말이죠."

"누가?" 빰이 달아오르는 걸 느끼며 내뱉었다. "누가 그래요?"

아마도 그 약을 훔쳐간 사람이리라. 자기가 한 짓을 숨기기 위해서. 나를 함정에 빠뜨리기 위해서.

샌드린은 내 질문을 무시했다. "전에 내가 직접 우리가 보유하고 있는 의약품 재고를 확인한 적이 있는데 꽤 여러 건의 이상—."

"확인이라뇨?" 나는 기겁했다. "확인이라니, 그게 무슨 뜻이죠?"

"특정 약품의 개수를 세어봤어요, 케이트, 그리고 당신이 처방한 기록들과 대조했죠. 두 가지가 일치하지 않더군요. 전혀 맞지 않았어요."

"내 진료실에 들어왔다고요?" 내가 말을 더듬었다. "내 허락도 없이? 언제요?" 세상에, 내 방에서 약을 가져간 사람이 샌드린이었나?

그녀가 경멸스럽게 눈썹을 치켜뜨며 말했다. "당신이 내 행동을 비난할 입장은 전혀 아닌 것 같은데요, 안 그래요?"

나는 입을 다물었다. 완전한 패배였다.

"그 약들은 다 어떻게 된 건지 설명해볼래요, 케이트?"

"말했잖아요. 누군가 가져갔다고요."

"그렇군요. 하지만 내가 듣기론 약물 문제가 있는 건 당신이라던데요, 노스 박사님."

빌어먹을. 그녀는 알고 있다.

그녀는 이미 다 알고 있었다.

나는 분노해서 눈을 깜빡거렸다. 울면 안 돼, 케이트. 감히 꿈도 꾸지 마.

"그러고도 지금 내게 당신의 판단력을 믿으라고 말하는군요. 아니, 믿으라고 강요하는군요."

샌드린의 목소리는 단호하고 흔들림이 없었다. "당신은 전혀 전문

가답지 않아요. 더 심하게 말하자면 당신은 골칫거리예요. 여기 오자마자 문제를 일으키기밖에—."

"그럼 장-뤼크와 외도를 저지르고 그의 가족에게 알리겠다고 협박하는 건 전문가다운 행동인가요??"

샌드린의 얼굴이 빨갛게 달아올랐다. 마치 내가 책상 너머로 손을 뻗어 그녀의 뺨을 때리기라도 한 것처럼. 그녀가 무슨 말을 하려고 입을 벌렸다가 다시 다물었다.

"장-뤼크는 알고 있었어요, 샌드린. 그는 모든 대원을 위험에 빠뜨릴 수 있는 사람이 바로 이 기지 안에 있다는 사실을 알고 있었고, 그걸 증명할 수 있도록 당신이 도와주길 원했어요. 그리고 내 생각엔 알렉스도 그 사람을 추적하고 있었고, 그래서 역시 그도 죽음을 맞은 것 같아요. 그리고 당신이." 내가 그녀의 책상 위에 있는 파일과 서류 캐비닛을 향해 고갯짓하며 말했다. "당신만이 유일하게 우리를 도와서 누가—."

그때 문에서 들리는 노크 소리에 나는 말을 멈췄다. 돌아보자 드루가 서 있고 그 뒤에 루크가 있었다.

"잠시 우리 둘만 있게 해줄래요?" 내가 말했다. "할 얘기가—."

"아니에요." 샌드린이 말을 잘랐다. "터무니없는 비난은 그 정도면 충분히 들었어요. 케이트를 방으로 안내해줘요." 그녀가 드루와 루크에게 말하고 나를 보았다. "이 기지의 대행 치안판사로서 추후 다른 통보가 있을 때까지 방에서 나오지 말 것을 명합니다. 만약 그 명령에 따르지 않는다면 당신을 감금할 수도 있어요. 알겠어요?"

"지금 그걸 말이라고 하는 거예요!" 충격으로 숨이 턱 막혔다. "설마 진담은 아니겠죠."

"나는 그 어느 때보다 진지해요. 당신은 이 기지에 있는 모든 사람에게 위험한 존재예요. 유나와 연락해서 당신을 어떻게 하면 좋을지 조언을 요청할 겁니다. 그동안 진료실 열쇠와 의약품 벽장의 열쇠를 내게 넘기세요."

나는 드루와 루크를 돌아보았지만, 그들은 내 시선을 피했다. "당신들도 이 말에 동의해요?" 내가 드루에게 물었다. "그녀가 하는 대로 그냥 가만히 보고 있을 거예요?"

"그녀는 기지 대장이에요, 케이트." 드루가 어깨를 으쓱했다. "그녀의 결정이에요."

다시 샌드린을 돌아보았다. "그래서 어떤 의논도 없이 날 가둬두겠다고요. 지금 여기서 일어나고 있는 일을 그냥 모른 척하겠다는 건가요? 왜죠, 샌드린? 이 상황을 진지하게 고려해서 당신이 손해볼 게 뭔데요?"

"그런 건 없어요." 그녀가 잘라 말했다. "난 이 기지의 모든 대원을 위하는 일이라고 판단해서 행동하는 거예요."

"그리고 결과 따윈 아무 상관도 없겠죠." 내가 쏘아붙였다. "당신은 장-뤼크가 이곳에서 일어나는 일을 걱정하고 있다는 걸 아주 잘 알고 있었어요. 그리고 이제 알렉스도 죽었어요. 그런데도 당신은 빌어먹을 윤리 따위나 들먹거리는 건가요? 도대체 당신은 언제쯤 우리의 안전을 걱정—" 나는 거기서 말을 멈췄다. 스스로 무덤을 파고 있다는 사실을 깨달았다.

조심해, 케이트. 자신에게 경고했다. 다른 사람들 앞에선 안 돼.

"그녀를 데려가요." 샌드린이 또박또박 끊어내듯 말하고는 내게 등을 돌리고 아르네의 파일을 캐비닛에 집어넣었다. 나는 그녀가 머릿속으로 이것저것 추측하며 사물함 열쇠를 살피는 것을 보았다.

드루가 내게 '그만하라'는 표정을 지으며 고갯짓으로 문을 가리켰다. 나는 진료실 열쇠를 샌드린의 책상에 쾅 소리가 나게 내려놓고 내 방으로 향했다. 드루와 루크가 내 뒤를 따랐다.

"아까 그건 무슨 얘기예요?" 내 방에 도착하자 드루가 내 팔을 잡으며 말했다. "케이트, 도대체 무슨 일이에요?"

나는 홱 팔을 비틀어 빼며 화가 머리끝까지 나서 그를 노려보았다.

"미안해요." 그가 중얼거렸다. "나도 어떻게든 도와주고 싶었지만 대놓고 반박하기는—."

"됐어요." 나는 쏘아붙이고 방으로 들어와 문이 열리지 않게 책상 의자를 손잡이 밑에 받쳐놓았다. 그대로 침대에 쓰러져 베개에 머리를 파묻고 걷잡을 수 없이 밀려드는 분노와 치욕감에 무너지고 말았다.

33

7월 5일

"케이트?" 카로의 목소리였다. "나예요. 앨리스도 왔어요. 문 좀 열어줄래요?"

나는 두 사람 다 무시했다. 너무 비참하고 치욕스러워서 누구와도 말을 섞고 싶지 않았다. 게다가 12시간이 넘도록 약을 먹지 못해서 점점 끔찍한 기분이 들고 있었다. 단순한 열망만은 아니었다. 물론 그것만으로도 충분히 힘들었지만, 진땀과 오한이 났고 근육에 이상한 통증까지 느껴졌다.

진통제에 들어 있는 아편 성분 때문에 나타나는 금단 증상이었다.

거기에 흔한 증상인 구토와 설사에까지 시달리지 않기만을 빌 수밖에 없었다. 응급실에 실려오는 중독자들을 겪어봐서 갑작스럽게 약물을 중단하면 신체적으로 얼마나 큰 고통에 시달리는지 익히 잘 알고 있었다.

"저녁을 좀 가져왔어요. 케이트, 제발 문 좀 열어줘요."

나는 침대에서 겨우 몸을 일으켰다. 의자를 치우고 문을 열어주었다.

앨리스가 동정 어린 표정을 지으며 책상에 샌드위치와 물병을 내려놓았고, 카로는 나를 꼭 안아주었다가 풀어주며 눈을 크게 떴다. 앨리스 앞에서는 아무 말 말라는 의미였다.

"괜찮은 거예요?" 앨리스가 머뭇거리며 곤혹스러운 표정으로 물었고, 그것 때문에 더 견디기 힘들었다. 내가 방에 감금되었다는 사실이 퍼지면서 기지 내에 어떤 얘기가 오고 갈지는 불을 보듯 뻔했다. 아르네는 어떻게 생각할까? 분명 그는 나를 만나러 오지 않았다. 몇 시간째 방 안에 혼자 있었지만, 그는 아무 소식이 없었다.

그것도 의심스러운 일인가? 알 수 없는 노릇이었다.

"괜찮냐고요?" 내가 앨리스를 마주 보며 말했다. "아니요." 아닌 척할 필요가 없었다.

"이건 정말 말도 안 되는 처사예요." 카로가 씩씩거리며 말했다. "내일 샌드린이 좀 진정된 후에 우리 몇 명이 찾아가서 따질 거예요."

앨리스는 입술을 잘근거리며 내가 카로의 말을 곰곰이 생각하는 걸 지켜보았다. **우리 몇 명.** 그러니까 내가 이런 취급을 받아 마땅하다고 생각하는 사람들도 있다는 건가?

"혹시 뭐 필요한 건 없어요?" 앨리스가 물었다. "책 같은 거나 부엌에서 뭐 가져다줄까요?" 그녀는 분명 빨리 방에서 나가고 싶은 눈치였다. 나는 상처받고 실망감을 느꼈다. 비밀을 털어놓을 수 있는 대상까지는 아니어도 그녀를 친구라고 생각했는데.

"진통제가 좀 있으면 좋겠네요." 내가 비꼬듯 말했지만, 몹시 당황해하는 그녀의 표정을 보고는 후회가 밀려왔다. "괜찮아요." 거짓말을 둘러댔다. "아무튼 고마워요."

"화장실에 데려다줄까요?"

"괜찮아요." 과하게 참견하는 듯한 그녀의 태도에 짜증이 났다. 나 혼자 화장실에 가게 두면 내가 도망치기라도 할까 봐? "하지만 카로를 검진해야 해요. 카로가 나랑 있는 건 안전하다고 생각해요?"

앨리스의 얼굴이 발그레해지더니 고개를 끄덕이고 방을 나가 문을 닫았다.

카로의 눈에 동정의 눈물이 차올랐다. 나는 그녀를 안아주고 싶은 충동을 자제했다. 더는 그녀가 이 일에 개입하지 않기를 바랐고, 스트레스를 더 얹어주고 싶지 않았다.

어쩌다 이미 그렇게 되어버렸지만. 기지에 만연한 긴장감에 나까지 한술 더 뜬 셈이었다. **도대체 당신은 언제쯤 우리의 안전을 걱정할 건가요?** 내가 샌드린에게 던진 말이 내 귓가를 울렸다. 루크나 드루가 그 말을 퍼뜨리지 않았을 확률이 얼마나 될까?

어리석은 케이트. 정말 한심하기 짝이 없어.

"어떻게 된 거예요?" 카로가 물었다. "샌드린이 왜 이러는 거예요?"

나는 도로 침대에 앉아 그녀에게 어디까지 얘기를 해줄 것인지 고민했다. 온몸이 덜덜 떨려서 진정하느라 무진 애를 써야 했다.

그녀가 내 옆에 앉았다. "이게 다 알렉스 때문이죠, 그렇죠?"

"맞아요. 어느 정도는요." 너무 기진맥진하고 감정적으로 지쳐서 거짓말을 할 여유가 없었다. 나는 베개에 머리를 대고 이불을 끌어 덮었다. "정비소에서 그의 활동 모니터를 발견했어요. 아니, 남은 일부분이라고 해야겠죠. 누군가 의도적으로 훼손한 것 같았어요. 그걸 샌드린에게 보여주러 갔다가……내가 어리석은 짓을 했어요. 샌드린이 기밀로 보관하고 있는 개인 파일을 들춰보다가 샌드린에게 발각됐어요."

"알렉스의 활동 밴드를 찾았다고요?" 그녀가 충격으로 입을 다물지 못했다. “그런데 그게 왜 정비소에 있어요?”

“나도 모르겠어요.”

그녀가 곰곰이 생각했다. “그게 아르네와 어떤 관계가 있다고 생각해요?”

“나도 몰라요. 어쩌면요.”

그녀가 잠시 가만히 앉아 있었다. 그러다 갑자기 움찔했다.

“괜찮아요?”

그녀가 고개를 끄덕였다. “아기가 찼어요. 방광을 제대로 찬다니까요. 매번 그래요.”

우리는 같이 미소를 지었다. 잠시지만 우리는 그녀의 배 속에서 자라는 작은 생명체를 생각하며 임신의 신비로움을 느끼는 평범한 두 여자로 돌아갔다.

“난 이 일이 아르네와 상관있을 거라곤 생각하지 않아요.” 카로가 조용히 말했다.

“어떻게 알아요?” 나는 그녀를 보며 표정을 읽으려 했다.

그녀가 어깨를 으쓱했다. “그냥 그런 생각이 들어요. 아르네는 당신이 이렇게 된 걸 알고 엄청나게 분개했어요. 아까 아르네가 샌드린에게 소리치는 걸 들었거든요. 당신도 알고 있어야 한다고 생각했어요.”

나는 침을 꿀꺽 삼켰다. “고마워요.” 모든 상황과 내 의심에도 불구하고, 그녀의 말에 조금은 기뻤다.

카로가 내 얼굴을 살폈다. 안타까운 표정이었다. 그녀가 알고 있다는 사실을 깨달았다. 내가 아르네에게 어떤 감정인지 알고 있었다.

젠장. 내가 그렇게 속이 빤히 보이나? 카로가 눈치챘다면 다른 사람들은? 드루도 아나?

신체적으로 느껴지는 고통에 죄책감까지 더해졌다. 샌드린의 사무실에서 있었던 일은 유감이지만 그래도 여전히 드루를 친구로 생각하고 있었다. 무심코라도 그에게 상처를 주고 싶지는 않았다.

"그래서 아르네가 당신을 보러 오지 않은 거예요." 카로가 계속 말했다. "만약 그랬다가는 둘 다 감금시키겠다고 샌드린이 으름장을 놨거든요."

"그랬어요?" 나는 놀라서 눈썹을 치켜올렸고 아르네가 무슨 말을 했기에 그녀가 그렇게 반응했을까 궁금했다.

모든 게 엉망진창이었다. 내가 완전히 잘못 행동했다. 장-뤼크의 비디오 일지를 처음 봤을 때 곧장 샌드린에게 알렸어야 했다. 솔직하게 털어놓고 정확히 그가 뭐라고 말했는지 얘기했어야 했다. 분명 그는 샌드린에게 알렸고 자기가 의심스러워하는 부분을 말했다. 어쨌거나 둘은 연인관계였고, 아마도 친구 사이였을 테니까.

만약 장-뤼크와 알렉스의 생각이 맞았다면, 만약 살인자가 이 기지에, 지금 이곳에 있다면 그게 누구인지 밝혀낼 수 있는 사람은 오로지 샌드린뿐이었다. 그녀는 장-뤼크가 정확히 언제 맥머도에 있었는지 알고 있을 게 틀림없었다. 아니면 다른 어느 기지에서 근무했었는지. 어쨌거나 죽은 박사가 말한 여자가 나오미 페레스가 맞는지는 아직 확실치 않았기 때문이다. 혹시 다른 기지에 기사화되지 않은 사망사건이 있었는지는 모를 일이었다.

어느 쪽이든 샌드린이 이 모든 것의 열쇠를 쥐고 있었다. 그러나 그녀가 나와 얘기할 가능성은 거의 없었다.

"혹시 장-뤼크가 언제 맥머도에서 근무했었는지 알아요?" 나는 대수롭지 않은 척하며 물었다. 카로를 개입시키지 않는 편이 나았다.

"전혀 몰라요." 카로가 말했다. "어쩌면 아르네가 알지도 몰라요. 그도 거기 근무했을 거예요."

"또 누가 있었는지 알아요?"

"아마 톰이요? 아니면 루크. 나도 잘 몰라요. 그걸 왜 물어요?"

내가 한숨을 쉬었다. "그냥 좀 확인할 게 있어서요. 내가 알아서 할게요, 알겠죠?" 나는 그녀에게 의미심장하게 캐묻지 말라는 표정을 지었다.

카로가 침묵했다. 우리는 그렇게 각자의 생각에 빠져 잠시 가만히 앉아 있었다. 그러다 갑자기 그녀가 나를 보며 떨리는 목소리로 걱정스럽게 물었다. "케이트, 당신이 그 약을 다 먹었다는 게 사실이에요?"

나는 눈을 감았다. 뺨에 있는 흉터가 간질거리고 따가웠지만 긁고 싶은 충동을 억눌러야 했다. 화학물질이 혈관에서 빠져나가고 나자 익숙한 오랜 고통이 다시 떠오르고 있었다.

"케이트?" 카로가 다시 물었다.

눈을 뜨고 그녀의 질문을 참아냈다. "샌드린이 뭐라고 했어요?"

"당신이 기지의 약물을 남용했다고요. 당신에게 약물 문제가 있다고 했어요. 정말이에요?"

"비슷해요." 내가 인정했다. "차 사고 때문에 크게 다쳤거든요. 그래서 사고 후 몇 주일 동안 강한 약물에 의존해야 했죠. 처음엔 신체적인 고통 때문에 시작됐고 그러다가……글쎄요, 다른 걸로 발전했어요."

카로가 눈도 깜빡하지 않고 차분히 나를 살폈다.

"미안해요." 내가 말했다. "당신을 실망시켰어요. 내가 샌드린과 모두를 실망시켰어요. 나한테 화를 내는 게 당연해요."

카로가 숨을 들이쉬고 잠시 창문 쪽을 바라보다가 다시 시선을 돌려 나를 보았다. "난 실망하지 않았어요. 우리 중 누구도 그렇게 생각하지 않아요. 많은 사람이 겪는 일이에요."

그녀가 잠시 내 흉터에 시선을 주었다. 전에는 조심스럽게 피하던 행동이었다. "당신은 최선을 다했어요, 케이트. 삶이 당신을 곤경에 몰아넣은 거죠." 그녀가 손을 뻗어 내 손가락을 꽉 쥐었다. "하지만 이젠 그만 멈춰야 해요. 당신도 알고 있죠, 그렇죠? 안 그랬다가는 돌이킬 수 없는 결과가 닥칠 거예요."

나는 고개를 끄덕였다.

그녀가 몸을 일으켜 자리에서 일어섰고 살짝 얼굴을 찡그렸다. "절대 그런 일이 일어나지 않도록 하겠다고 약속해요, 꼭이요? 약을 그만 먹겠다고 약속해줘요. 난 당신이 필요해요, 케이트. 당신 없이 혼자는 헤쳐나갈 수 없어요."

나는 그녀를 마주 보며 대답했다. 이번만큼은 꼭 지킬 수 있기를 진심으로 바라면서.

"약속할게요."

"그리고 누가 알렉스에게 그런 짓을 했는지 알게 되면 내게도 말해준다고 꼭 약속할 거죠?"

나는 고개를 끄덕였고 나에 대한 그녀의 믿음에 마음이 찡했다. 카로는 내가 이 일을 해결할 거라고 굳게 믿고 있었다. 그녀가 사랑했던 남자를 되살릴 수는 없지만, 진실은 반드시 밝혀낼 수 있었다.

그러나 이제 내가 어떻게 할 수 있을까, 이 방에 갇혀서?

샌드린이 한 말이 모두 진심이라는 데는 의심할 여지가 없었다. 그녀의 허락 없이 한 발자국이라도 방에서 나가면, 심지어 혼자 화장실이라도 갔다가는 나를 제대로 감금할 것이 틀림없었다.

34

7월 6일

나는 덫에 걸렸고, 숨이 막혔다.

극심한 공포가 물밀듯이 밀려들어 마음과 몸을 휘감았다. 의식의 끝자락에서 탁탁거리며 엔진이 식어가는 소리가 들리고, 저 멀리 어디에선가 높은 소리로 여우가 울부짖는 소리가 들렸다.

여기서 나가야 해, 머릿속에서 재촉하는 목소리가 들린다. 지금 당장 여기서 나가야 해.

하지만 숨을 쉴 수가 없다. 소리를 질러보려고 했지만, 뭔가가 내 입을 막고 있었다. 나는 무턱대고 몸부림을 쳤고 겁에 질려 손으로 허공을 할퀴며 벗어나려고 애썼다.

"케이트!" 누군가 내 귀에 대고 쉿소리를 냈다. "케이트, 일어나요!"

나는 눈을 떴다. 방 안에 켜둔 불빛에 침대 옆에 무릎을 꿇고 있는 사람의 실루엣이 보였다.

"나예요." 아르네가 속삭이며 내 입에서 손을 뗐다. "미안해요, 당신이 잠결에 소리를 질렀어요. 행여 사람들이 깰까봐 어쩔 수 없었어요."

그를 보며 눈을 껌뻑거렸다. 처음에는 겁에 질렸지만 곧 안도했다. 나는 괜찮다고 스스로를 다독였다. 나는 지금 여기에 있다.

뒤집힌 차 안에 갇혀 죽기를 기다리던 그때가 아니다.

"여기서 뭐 하는 거예요?" 목이 말라 목소리가 갈라졌다.

"당신이 괜찮은지 보러 왔어요."

몸을 일으켜 앉았지만 지독한 메스꺼움이 밀려왔다. 마치 독한 감기에라도 걸린 것처럼 열감도 있고 온몸이 아팠지만, 기지의 폐쇄된 환경에서 감기에 걸릴 일은 없었다. 또 한 차례 몰려온 지독한 금단 현상이었다.

"샌드린과 무슨 일이 있었는지 들었어요." 아르네가 목소리를 낮춰 말했다. "그녀가 이러는 건 직권 위반이라고 말했어요."

"고마워요." 나는 잠깐 눈을 감고 메스꺼움을 다독이려 했다. 또다시 고산병이 시작되는 것 같은 느낌이었다. 다쳤던 다리도 욱신거렸고 사고가 난 직후 몇 주간 그랬던 것처럼 심하게 아팠다.

아르네가 눈을 가늘게 뜨고 나를 보았다. "괜찮은 거예요?"

나는 고개를 끄덕였다.

"무슨 일이 있었던 거예요, 케이트? 샌드린이 뭣 때문에 그렇게 화가 났어요? 샌드린 말로는 당신이 개인 사물함 열쇠를 훔쳤고 사무실의 서류 캐비닛도 기웃거렸고, 약을 마음대로 먹었다고 하던데요. 그러면서 당신이 여기 있는 모두에게 위험한 존재라고 주장했어요. 샌드린이 왜 그렇게 생각하는 거죠?"

나는 베개를 세워서 몸을 기대고 어떻게 얘기를 풀어갈지 고민했다. "샌드린에게 약이 사라진 사실을 알렸고, 알렉스에게 일어난 일에 관해 내 생각을 말했어요."

"샌드린의 반응은요?"

"나를 약물 중독자라고 하더군요. 도둑이라고도 했고요."

"제길." 아르네가 눈썹을 치켜올렸다. "자제력을 잃었군요."

"정말 그런 것 같아요."

"그래서 그녀 말이 사실이에요? 당신이 약물 중독이라는 거?"

그를 바라보며 어떻게 말할까 생각했다. 어떤 결과를 초래할지 고려해야 했다. "대부분은요."

"내가 진료실에서 당신을 봤을 때 있던 약들은……." 아르네가 말을 흐렸다.

"아니에요. 그건 내가 손대지 않았어요. 사라진 약이 무엇인지 확인하고 있었던 거예요. 하지만 다른 약을 먹긴 했어요. 몇 번 정도요. 내가 가져온 약이 없어져서요."

"없어졌다고요?"

"누가 내 방에 들어와서 가져갔어요. 두 달 전에."

"그랬군요." 나는 내 말을 되새기는 아르네를 지켜보았다. "미안해요, 케이트. 진심이에요. 정말 힘들 거예요." 그가 더 캐묻지 않는 것에 고마운 생각이 들었다.

"그런데 내가 당신을 만나고 나온 직후에 발견한 걸 샌드린에게 보여줬어요." 나는 말을 해놓고 잠시 멈췄다. 가슴이 옥죄어들었다. 내가 왜 이러는 거지? 왜 위험을 무릅쓰는 거야?

왜냐하면 나는 알아야만 했다. 아르네의 반응을 확인해야만 했다.

"그게 뭔데요?" 아르네가 물었다.

"알렉스의 활동 모니터요. 아니 그 일부라고 해야 정확하겠네요."

그가 얼굴을 찌푸렸다. "활동 모니터요? 그걸 어디서 찾았어요?"

나는 잠시 머뭇거리다가 용기를 쥐어짰다. “당신의 정비소 작업실에서요.”

그가 내 말에 담긴 의미를 생각하는 동안 긴 침묵이 이어졌다. 나는 그의 표정을 살폈다. 그는 정말로 놀란 듯했고, 심지어 혼란스러워 보였다.

“농담이죠.” 마침내 그가 말했다.

“보관용 선반이 있는 쪽 바닥에 떨어져 있었어요. 당신이 작업하던 곳에서 멀지 않아요. 완전히 부서져 있었어요.” 나는 그의 얼굴에 시선을 고정하고 그의 얼굴이 붉어지는 것을 보았다.

아르네가 시선을 돌렸다. 우리 둘 다 몇 분 동안 아무 말도 하지 않았다.

“당신은 내가 그랬다고 생각하는군요, 그렇죠?” 그가 침묵을 깨고 중얼거렸다.

나는 아무 말도 하지 않고 그저 다음에 일어날 일을 기다렸다.

아르네가 일어섰다. 격한 감정의 소용돌이를 느끼는 듯 주먹을 꽉 쥐고 있었다. 그러더니 갑자기 다시 무릎을 꿇고 앉아서 내 어깨를 붙잡았다. “케이트, 당신은 날 믿어야 해요.” 그가 내 눈을 뚫어지게 바라보았다. “분명히 약속하는데 난 알렉스나 장-뤼크에게 일어난 일과 아무런 상관이 없어요.”

“전 여자친구에게 이메일은 보냈어요?” 내가 담담하게 물었다.

그가 내 어깨를 잡았던 손을 놓고는 자세를 가다듬고 얼굴을 문질렀다. “미안해요. 까맣게 잊었어요. 당신에게 무슨 일이 일어났는지 듣자마자 샌드린에게 따지느라 잊고 있었어요.” 그의 표정에 불만스러움이 드러났지만 그건 나한테가 아니라 자신에게 느끼는 감정임을 알 수 있었다.

나는 그를 믿었다. 포기와 안도감이 뒤섞인 감정 속에서 깨달았다. 어쩌면 믿지 말아야 하는지도 모르지만, 그래도 믿었다. 그리고 그가 다시 나를 안아주기를 갈망했고 우리가 여기, 이곳이 아닌 다른 곳에 있다고 생각하고 싶었다.

갑작스럽게, 마치 내가 무의식중에 신호를 보내기라도 한 것처럼 그가 손을 뻗어 나를 끌어당겼다. 우리는 키스를 나눴다. 처음에는 천천히 부드럽게, 그러고는 더 격렬하게. 내 마음속에 욕망이 피어오르며 다른 모든 걸 주변으로 밀어냈다.

내가 원하는 건 이거라고 생각했다. 내게 필요한 건 이거야.

혼자라는 게 몸서리치게 지긋지긋했다.

그러나 시작할 때처럼 갑작스럽게 아르네가 몸을 뗐다. "이렇게는 아니에요." 그가 속삭였다. "여기서는 말고요, 알았죠?"

나는 실망감으로 참담함을 느꼈지만, 그의 말이 옳았다. 이건 좋은 생각이 아니었다.

"잘 들어요. 내가 내일 다시 샌드린을 찾아가서 따질 거예요." 그가 말했다. "소냐도 힘을 합칠 거예요. 당신을 풀어주지 않으면 샌드린을 유나에 보고하겠다고 으름장을 놨어요. 당신은 해명할 기회를 가질 권리가 있어요, 케이트. 당신 자신을 방어할 기회가 필요해요."

나를 어떻게 방어하지? 샌드린에게 했던 말들을 모두에게 알려야 하나? 나는 장-뤼크와 알렉스가 살해당했다고 생각한다고 말하라고?

어느 쪽이 더 문제가 심각해질지 궁금했다. 만약 그들이 내 말을 믿는다면?

혹은 내 말을 믿지 않는다면?

"당신은 나를 믿어요?" 일어서는 아르네에게 물었다. 그리고 고개를 기울여 그의 눈을 똑바로 응시했다. "누군가 장-뤼크와 알렉스를 죽였다고 믿어요?"

아르네가 손으로 머리를 쓸어넘겼다. 적절한 말을 찾는 그의 표정을 지켜보았다. 그리고 주저하는 그를 보고 내가 알아야 할 모든 것을 짐작할 수 있었다.

그렇다고 믿는 사람은 카로와 나, 단 둘뿐이었다.

7월 6일

아르네가 가고 난 후 다시 잠이 들기까지는 아주 오래 걸렸다. 식은땀이 흐르다가 오한이 나기를 반복하며 이리 뒤척 저리 뒤척대느라 밤의 반이 훌쩍 지나가버렸다. 아침이 되어 누군가 내 방문을 두드리는 소리를 들었을 때는 기진맥진해서 녹초가 되어 있었다.

"들어와요." 앨리스나 카로가 아침 식사를 가져왔을 거라 짐작하며 갈라지는 목소리로 말했다. 그렇다고 엊저녁에 가져온 샌드위치를 먹은 것도 아니었다. 겪어보니 아편 성분의 금단 증상에 가장 먼저 타격을 입는 건 식욕인 듯했다.

뜻밖에 방에 들어온 사람은 샌드린이었다. 본능적으로 나는 마음을 다잡았다. 이번엔 또 뭐지? 간밤에 아르네가 다녀간 걸 알아내기라도 했나? 베타에 우리 둘 다 감금할 참일까?

물론 같이 감금하진 않겠지만.

"얘기 좀 할까요?" 그녀가 물었고, 놀랍게도 평소의 퉁명스러운 말투가 아니었다.

“좋아요.” 나는 조심스럽게 대답했다. 파자마를 입고 있는 내 모습이 쓸데없이 과하게 신경이 쓰였다.

보나 마나 심각한 내용일 게 뻔한 대화에 어울리는 모습은 전혀 아니었다. “앉아요.” 내가 책상 옆에 있는 의자를 향해 고갯짓했다.

“여기서 말고요.” 샌드린이 말했다. “도서관으로 올래요?”

나는 멍한 표정으로 눈을 가늘게 뜨고 그녀를 보았다. “내가 도망가지 않을 거라고 믿어요?”

기지 대장이 변함없는 눈빛으로 나를 바라보았다. “10분 후에 거기서 봐요.”

나는 그녀가 방에서 나가고 난 후에도 잠시 그대로 누워서 이 뜻밖의 상황 변화에 대해 곰곰이 생각했다. 샌드린이 웬일이지? 이것도 무슨 함정인가?

이 방에서 나가는 순간 가택연금을 당하는 건 아닐까?

확인할 방법은 한 가지뿐이었다. 나는 몸을 일으켜 갈아입을 옷을 찾았다. 지난 며칠간 대격변을 겪느라 빨래를 할 시간이 없었고 깨끗한 옷이 하나도 없었다. 어쩔 수 없이 좀 지저분한 추리닝 바지와 검정 티셔츠를 입었다. 이 정도면 됐다고 생각은 했지만 그래도 머리를 빗고 거울에 비친 내 모습을 살펴보았다.

윽. 몰골이 말이 아니었고 흉터가 평소보다 더 눈에 띄었다. 나는 기분까지 끔찍했고 속은 텅 비어 휘청거렸으며, 열과 메스꺼움이 지나간 자리에 약물에 대한 강한 열망이 되살아나서 끊임없이 나를 괴롭혔다.

이런 상태가 도대체 얼마나 지속될까 궁금했다. 며칠? 몇 주?

앞으로 평생?

나는 힘겹게 도서실로 향했고 발을 옮길 때마다 아픈 무릎에서 날

카로운 통증이 느껴졌다. 샌드린은 탁자에 머그잔 두 개를 올려놓고 1인용 안락의자에 앉아 있었다. 내가 문을 닫고 맞은편에 앉자 그녀가 머그잔을 내밀었다.

"설탕 없이 블랙으로 마시는 거 맞죠?"

내 커피 취향을 알고 있는 그녀에게 놀라며 고개를 끄덕했다. 내가 한결같이 이 여자를 과소평가하고 있다는 느낌이 들었다.

"왜 여기서 보자고 했어요?" 오래된 「뉴 사이언티스트」와 「내셔널 지오그래픽」 잡지들, 스릴러 소설이 가득 꽂힌 선반들을 고갯짓하며 물었다. "당신 사무실이나 내 방은 왜 안 돼요?"

샌드린이 무심하게 어깻짓을 했는데 오로지 프랑스 사람들만이 소화할 수 있는 몸짓이었다. "중립 지역에서 만나는 게 더 좋겠다고 생각했어요."

아니면 누군가 엿듣는 사람이 없기를 바랐을 수도. 소냐 외에 이 방을 이용하는 사람은 거의 없었다.

나는 커피를 한 모금 마시며 샌드린이 먼저 말을 꺼내고 나를 이곳으로 부른 이유를 알려주기를 기다렸다. 불필요한 잡담을 나누는 사람은 아니었으니 곧장 본론으로 직행할 것이 분명했다.

"내 생각엔 우리가 이제 그만……." 그녀가 적당한 단어를 찾는 듯 잠시 말을 멈췄다.

"무기를 내려놓자고요?" 내가 말했다.

"맞아요. 화해해요."

"좋죠." 나는 갑작스러운 그녀의 변심에 당황하며 조심스럽게 대답했다. "그러면 어떻게 되는 거죠?"

"당신은 다시 평소대로 근무하고, 이 상황은 내게 맡겨두겠다고 동의하는 거예요."

그녀의 말을 곰곰이 생각했다. "정확히 어떤 상황을 말하는 거죠?"

샌드린이 한숨을 쉬었다. "당신이 조사하고 있는 상황이요. 내 입장에서 볼 때 그 일이 걷잡을 수 없이 커졌어요. 당신은 기지 의사예요, 케이트. 카로는 임신을 했고 꾸준한 관리가 필요해요. 그래서 당신과 내가 어떤 식으로든 휴전할 필요가 있어요."

휴전. 흥미로운 단어 선택이었다. 샌드린이 자기가 잘못한 부분도 있음을 인정하는 걸까? 좀 회의적이기는 했지만, 그녀가 얘기를 계속하도록 끼어들지 않았다.

"사라진 약은 당신이 먹었나요?" 샌드린이 내 눈을 똑바로 보며 물었다.

"일부는요." 나는 인정했다. 더는 거짓말을 둘러댈 이유가 없었다.

기지 대장의 얼굴에 안도감이 스쳤다. "솔직하게 얘기해줘서 고마워요. 이유를 말해줄 수 있어요?"

나는 숨을 들이마시고 천천히 내쉬었다. "왜냐하면 난……나한테 문제가 있어서요. 사고 이후 약물 문제가 생겼어요."

"자동차 사고 말인가요?"

내가 고개를 끄덕였다.

"정말 힘들죠." 그녀가 조심스럽게 말했다. "갑자기 전혀 예상치 못한 큰일을 겪으면 말이에요. 아주 엄청난 타격을 입을 수 있죠."

기지 대장이 잠시 생각에 잠겼다 벗어난 듯 헛기침을 했다. "난 그를 사랑했어요, 케이트. 장-뤼크를 사랑했지만, 공개적으로 그의 죽음을 애도할 수도 없었어요. 유일하게 그 상황에 대처하는 방법은 하던 대로 내 일을 계속하는 거였어요."

그녀가 잠시 눈을 감았다 뜨며 감정을 자제하려고 애를 썼다. "내가 내 감정을 현명하게 다스리지 못했다는 거 알아요. 장-뤼크의 자리에 다른 사람이 들어오고 그가 없는 삶이 계속되는 게 힘들었어요. 솔직히 무척 힘들었어요."

결국 나에 대한 그녀의 반감은 온전히 내 개인의 문제가 아니었음을 깨달았다. 그녀는 그의 후임을 원망하는 것으로 연인을 애도한 것이었다. 다시 한번 개인 사물함에 있는 장-뤼크의 소지품을 떠올렸다. 어쩌면 샌드린은 차마 그의 물건들을 보내지 못한 것인지도 몰랐다. 그 소지품들에 관해서, 그 편지에 관해 묻고 싶은 충동을 느꼈지만 지금 우리 사이에 형성된 뜻밖의 긴장 완화 상태를 다시 위태롭게 하고 싶지 않았다.

"장-뤼크도 당신을 좋아했을 거예요." 기지 대장이 깊이 숨을 들이마시고 내 얼굴을 똑바로 바라보았다. "두 사람 다 아주 완강한 성격이에요."

"완강해요? 칭찬으로 받아들일게요."

"그게 그와 내가 부딪친 이유 중 하나였어요. 그가 죽기 하루 전이었나 우리는 아주 심하게 싸웠어요. 지금 와서 내가 정말 사무치게 후회하는 부분이죠."

"DNA 샘플 때문에요?"

샌드린의 얼굴이 굳어졌다. "당신이 그걸 어떻게 알아요?"

"그의 비디오 일지를 봤어요." 내가 고백했다. 이왕 엎질러진 물이었다. 한바탕 분노의 연설을 들을 각오를 했지만 그런 것은 없었다.

"그러니까 당신은 장-뤼크가 내게 뭘 원했는지 알고 있군요?"

"다는 아니에요." 내가 답을 피했다. "단지 어떤 DNA 샘플의 대조

조사를 부탁했다는 것만 알고 있어요."

샌드린이 한숨을 쉬었다. 어디까지 내게 얘기를 할 것인지 고민하는 게 보였다. "당신도 알다시피 유나는 각 월동 대원들의 DNA 샘플을 파일로 보관하고 있어요. 장-뤼크는 대원들의 샘플을 맥머도에서 사망한 나오미 페레스에게서 채취한 샘플과 대조해보길 원했어요. 좀더 정확히 말하면 태아의 샘플이죠."

"태아라뇨?" 나는 놀라서 그녀를 쳐다보았다. "그녀가 임신 중이었어나요?"

"그래요. 장-뤼크는 기지에 있는 사람의 DNA 샘플과 일치하는지 확인해보고 싶어했어요."

나는 이맛살을 찌푸렸다. "그러니까 여기 있는 누군가가 아이의 아빠일 수도 있다는 말이에요?"

샌드린이 고개를 끄덕였다. "나는 그의 요청을 거절했어요. 충분한 이유 없이 유나가 미국의 남극 프로그램 측에 그런 샘플을 요청할 리가 없어요. 그리고 내가 판단할 때는 장-뤼크에겐 그럴 만한 이유가 없었어요. 어쨌든 충분한 이유는 아니었죠. 게다가 만약 여기 있는 누군가가 정말 아이의 아빠라고 밝혀진다 한들, 그걸로 뭘 증명할 수 있겠어요? 더구나 살인을 증명할 수는 없죠."

"그러니까 장-뤼크는 이 기지에 있는 누군가가 그녀의 죽음과 관련이 있다고 의심했군요." 내가 확정적으로 말했다. "왜 그런 생각을 했을까요?"

그녀는 또 한 번 어깨를 으쓱했다. "그건 나한테 말하려고 하지 않았어요. 환자의 비밀 유지 문제라더군요. 그것도 내가 거절한 이유 중 하나예요. 그런 조사에 착수하려면 유나 측에서 분명한 이유를 요구할 텐데 장-뤼크는 내게 아무것도 알려주지 못했어요. 그냥 예감이라고만 했죠."

단순한 예감. 그러니까 장-뤼크는 명확한 증거가 없었다. 그러나 한편으로는 의사들이 특히 진단을 내릴 때 감에 의존하는 경우가 많다는 것도 경험을 통해서 익히 알고 있었다. 더 깊이 파고들어야 할 때는 자신의 직감을 믿어야 했다.

"그래서 당신은 어떻게 할 거예요?" 내가 물었다. "이 상황에 대해서요. 장-뤼크와 알렉스에 대해서."

샌드린이 관자놀이께를 문질렀다. 단정한 화장 아래로 피곤한 모습이 겹쳐졌다. "나도 잘 모르겠어요. 지금 나한테 가장 중요한 건 우리 모두 안전하게 이 겨울을 나는 거예요."

"나도 마찬가지예요." 내가 덧붙였다. "누군가 다치는 건 절대 원치 않아요. 그보다 더한 상황이 생기는 건 말할 것도 없고요."

샌드린이 나를 보았다. "당신은 정말 알렉스의 죽음이 자살이 아니라고 생각해요?"

나는 잠시 머뭇거렸다. "백 프로 확신할 순 없지만 설명할 수 없는 부분들이 너무 많아요."

놀랍게도 그녀가 고개를 끄덕였다. "그렇다면 당신에게 제안을 하나 하죠. 이 일을 내게 맡겨두겠다고 동의하면 아무 제약 없이 하던 일을 계속할 수 있도록 허용할게요. 그러나 어떤 약물에도 의존하면 절대 안 돼요. 내가 이미 문제가 될 만한 약물들은 진료실에서 치워뒀어요."

나는 감정을 억누르며 대답했다. "알았어요."

샌드린의 표정이 풀어졌다. "한시라도 빨리 약물에서 벗어나야 해요, 케이트. 내가 보기엔 여기가 적합한 곳이에요. 그렇게 할 수 있겠어요?"

"그래야겠죠. 비록 지금은 죽을 것 같지만요."

기지 대장이 작게 미소를 지었다. "아마 그럴 거예요."

정당한 처벌이라고 생각했다. 그리고 이 여자가 내게 호의를 베풀고 있다는 것도 잘 알고 있었다. 중독 치료 기관이나 갱생 프로그램과는 달리 남극에서는 체크아웃을 할 수 없으니까.

내 안의 악마, 아니, 아크의 표현대로 내 안의 괴물들과 맞서기에 이보다 더 적합한 곳이 어디 있을까?

"그럼 유나에 상황을 보고할 건가요?" 나는 루크가 전자담배에 관해 거짓말한 것을 얘기할지 말지 고민하며 물었다. 지금은 말하지 않기로 했다. 그녀가 또다른 '황당한 비난'이라고 생각하면 다시 마음을 바꿀 수도 있었다.

기지 대장이 다시 고개를 끄덕이는 모습에 큰 안도감을 느꼈다. "내가 알아서 할게요." 그녀가 말하고 힐끗 시계를 확인했다. "우선 아침부터 먹죠."

36

7월 7일

뭔가가 잘못되었다.

나는 깜짝 놀라 벌떡 일어나서 혼란스럽게 주위를 둘러보았고 어제의 일이 불현듯 생각났다. 샌드린과의 예상치 않은 화해, 조심스럽게 반겨주던 나머지 대원들. 최소한 그들은 내가 복귀한 것에 고마워했다. 그리고 샌드린이 나와 같은 생각이라는 것이 무엇보다 안심이 되었다. 드디어 알렉스의 죽음에 대해 뭔가 조처를 취할 거라는 사실에 안도감이 들었다.

그런데 이 무시무시한 기분은 뭘까? 나는 그대로 멍하게 누운 채 내 눈이 어두운 방 안에 익숙해지기를 기다렸다. 이것도 또다른 금단 현상인가? 슬금슬금 다가오는 이런 공포감도?

그러다 문득 깨달았다. 내 방이 캄캄했다. 밤이면 잊지 않고 켜놓는 야간 등이 꺼져 있었다. 나는 겁에 질려 스위치를 더듬어 몇 번을 연달아 눌렀다.

아무 일도 생기지 않았다.

전구가 나간 걸 거야, 나는 동요하지 않으려고 스스로를 다독였다. 손전등을 찾으려고 서랍을 더듬어 열었지만, 책상 위에 올려두었던 게 생각났다. 침대에서 나와 어둠을 헤치며 더듬더듬 문 옆에 있는 스위치를 찾았다.

으악! 의자 다리에 발가락을 찧었고 통증이 확 덮쳤다. 나는 이를 악물고 통증이 잦아들기를 기다렸다가 다시 먼 쪽의 벽을 더듬어 방 전등 스위치를 찾아 켰다.

아무 일도 일어나지 않았다.

심장박동이 빨라졌다. 다시 스위치를 껐다 켰지만, 여전히 새카만 어둠은 사라지지 않았고 손을 들어도 잘 보이지 않을 정도였다. 감당할 수 없는 공포에 사로잡혀 소리 내어 훌쩍거리기 시작했다. 크게 소리를 질러 도움을 요청하고 싶었지만 숨을 쉬는 것조차 힘들었다.

나는 억지로 천천히 고르게 숨을 들이마시고 내쉬기를 반복했다. 그러고 나서 더듬더듬 책상으로 다가가 손전등을 찾았다. 그러나 내 손가락이 금속 물체에 닿는 순간 손전등이 바닥으로 떨어져버렸다.

빌어먹을, 빌어먹을, 빌어먹을.

바닥에 엎드려 주변을 더듬었지만 어디서도 만져지지 않았다. 창가 쪽으로 기어가서 약간의 달빛이라도 기대하며 블라인드를 열었지만, 밖이나 안이나 깜깜하긴 매한가지였다.

나는 그 자리에 서서 두려움과 추위에 덜덜 떨었다. 불이 나갔다는 사실은 단 한 가지만 의미하는 것이 아님을 깨달았다. 그건 내 어둠 공포증과는 비교도 할 수 없을 만큼 훨씬 더 심각한 문제였다.

동력이 끊겼다.

제발 기지 일부분만의 문제이기를 간절히 바라며 다시 바닥에 엎드려 전등을 찾았다. 어디로 갔지? 나는 마음을 단단히 먹고 침대 밑으로 팔을 뻗었다. 여전히 그 밑에 뭔가가 도사리고 있을지도 모른다는 어린애 같은 유치한 공포에서 벗어날 수 없었다.

아무것도 없어, 케이트. 나는 소리 내어 말했다. 철 좀 들어.

마침내 손끝에 손전등의 매끄러운 손잡이 부분이 만져졌다. 손전등은 벽의 끝 쪽까지 굴러가 있었다. 나는 최대한 팔을 더 깊이 넣어서 손전등을 끄집어내며 제발 망가지지 않았기를 바랐다.

떨리는 손으로 손전등을 켰고 불빛이 내 작은 방을 밝히는 순간 안도감에 머리가 띵할 정도였다. 가운을 걸치고 복도로 나가자마자 곧 누군가와 부딪쳤다. 나는 깜짝 놀라 꺅하고 비명을 지르며 손전등을 위로 향해 비췄고, 어렴풋이 나를 내려다보는 무시무시한 괴물 같은 얼굴이 보였다.

"케이트." 드루가 내 팔을 잡았다. "당신이 괜찮은지 보러 오는 길이에요."

"세상에, 간 떨어질 뻔했잖아요." 나는 숨이 턱 막혔다. "도대체 무슨 일이에요?"

"동력이 끊겼어요." 우리 뒤에서 목소리가 들렸다. 루크와 앨리스가 서 있었고, 앨리스의 얼굴은 하얗게 질려 있었다.

"동력이 끊겨요?" 내가 되물었다. "발전기 문제예요?"

"아크와 아르네가 확인하러 갔어요." 드루가 말했다.

"얼마나 된 거예요?"

"20분 정도요." 루크가 대답했다.

"샌드린은 어디 있어요?"

"방금 우리가 찾으러 갔었는데 방에 없었어요." 앨리스가 불안감으로 팽팽해진 목소리로 말했다.

"옷부터 갈아입고 올게요." 나는 방으로 들어가 옷을 갈아입기 시작했지만, 현기증이 나서 잠시 멈춰야 했다. 제발. 지금 하이드로코돈 두 알만 얻을 수 있다면 무슨 짓이든 할 것 같았다. 그리고 효과를 높이기 위해 바륨까지 손에 넣을 수 있다면.

나는 유혹을 뿌리치며 간신히 레깅스를 입고 양말을 찾았다. 거의 다 입었을 때 앨리스가 불쑥 뛰어 들어왔다. 그녀의 아름다운 얼굴은 충격으로 굳어 있었다.

"무슨 일이에요?" 다시 공포감이 차오르기 시작했다. "앨리스, 무슨 일이에요?"

그녀는 차마 말로 할 수 없다는 듯 고개를 흔들었다. "나랑 같이 가요." 그녀가 문밖으로 나가며 갈라지는 목소리로 말했다.

나는 손전등을 집고 그녀의 뒤를 따라 샌드린의 사무실로 향했고, 가까워질수록 옥신각신하는 소리가 들렸다. 사무실 안에는 톰과 롭, 그리고 소냐가 있었다.

"무슨 일이에요?" 내가 물었다.

모두 나를 돌아보았고 하나같이 앨리스와 마찬가지로 경악과 믿을 수 없다는 당혹감이 뒤엉킨 표정이었다. 롭이 들고 있던 손전등으로 바닥을 비췄다. 처음에는 내 눈에 보이는 게 뭔지 몰랐다. 불빛이 닿는 곳과 짙은 어둠이 뒤섞여 알아보기 힘들었다.

그리고 곧 깨달았다.

바닥에 누군가 널브러져 있었다. 책상에 가려 간신히 보였고, 움직임이 없었다.

샌드린.

이럴 수가. 나는 그녀 옆에 주저앉았다. 맥박을 확인하려고 그녀의 목에 손을 댈 때 머리 옆으로 카펫에 검게 물든 부분이 보였다.

"이쪽을 더 비춰줄래요?" 내가 다급하게 말했다.

여러 개의 손전등 불빛에 검은 부분이 점점 붉게 드러났다. 그녀의 뒷머리에서 흘러나온 피가 왼쪽 뺨 옆으로 고이고 있었다. 피부는 아직 온기가 남아 있었지만, 맥박은 느껴지지 않았다.

내 손전등으로 뜨고 있는 그녀의 눈을 비춰보았다. 동공 반응이 전혀 없었다.

믿을 수 없는 상황에 대한 엄청난 충격으로 심장이 죄어들었다.

그녀가 죽었다.

그녀의 머리를 들어서 뒤쪽을 살펴보았다. 크게 부풀어 있고 피부가 찢어졌으며 그 밑에 두개골이 함몰되었다. 누군가 그녀를 아주 세게 후려친 것 같았다. 그것도 바로 조금 전에.

분명 사고가 아니었다. 자살도 아니었다.

신이시여. 가엾은 샌드린. 슬픔과 공포가 뒤죽박죽 섞이면서 온몸을 집어삼켰다. 단지 그녀뿐만이 아니라 남아 있는 우리 모두 때문이었다.

도대체 우리는 이제 어떻게 하면 좋지?

"미안해요." 내가 일어서며 말했다. "내가 할 수 있는 게 없어요."

앨리스가 훌쩍거리기 시작했고 누구도 내게 이의를 제기하지 않았다. 샌드린을 소생시킬 수 없다는 건 누가 보더라도 자명했다. "누가 샌드린을 발견했죠?" 내가 물었다.

"내가요." 톰이 조용히 말했다. 끊임없이 흔들리는 손전등의 불빛에 비친 얼굴은 창백하게 질려 있고 경악한 표정이었다. 그는 마치 비난을 기다리기라도 하듯 흘낏 다른 사람들을 둘러보았다.

"얼마나 됐어요?" 내가 물었다.

"방금 전에 발견했어요. 샌드린이 방에 없어서 여기 있나 확인하러 왔어요."

"다른 사람들은 어디 있죠?"

"드루와 루크, 아크는 동력에 무슨 일이 생긴 건지 확인하러 갔어요." 롭이 말했다. "라지브는 부엌에서 냉장고를 점검하고 있고요." 그가 얼굴을 찡그렸다. "남극에서 식료품 냉장을 걱정할 필요가 있는지는 모르겠지만. 그리고 아르네는 어디에 있는지 모르겠어요. 난 못 봤어요."

"카로는요?"

"내가 방에 있으라고 했어요." 소냐가 말했다. "여기 나와 있는 것보다 안전할 거예요."

우리는 잠시 말없이 가만히 서서 이 상황을 어떻게 받아들일 것인지 생각했다. 샌드린은 죽었고 동력이 끊겼다. 이것이 과연 우연의 일치일까?

그럴 것 같지 않았다.

"이제 우린 어떻게 하죠, 케이트?" 앨리스가 내 생각을 읽기라도 한 것처럼 물었다. 모두가 나를 보았다. 마치 기지 대장의 부재 시에는 권한이 내게 이양되기라도 하는 것처럼.

"나도 잘 모르겠어요." 내가 솔직하게 인정했다.

롭이 헛기침을 했다. "샌드린이 살해당했다고 생각해요?"

나는 머뭇거렸다. 뭐라고 말해야 할까? "확신할 수는 없지만 뭔가 뭉툭한 물건으로 맞은 것 같아요."

"어쩌면 넘어졌을지도 모르잖아요." 톰이 말했다. 그의 시선은 평소처럼 내 오른쪽으로 살짝 비낀 곳을 향하고 있었다. 마치 눈이 마주치면 신체적인 통증을 느끼기라도 하는 듯. "책상에 머리를 부딪쳤을 수도 있어요."

톰을 가만히 바라보았다. 혹시 그가 한 짓일까? 어쨌거나 처음 발견한 사람도 톰이라니. 그러나 너무 고통스러워 보여서 그가 한 짓이라고 믿기는 어려웠다.

"모르죠." 내가 말했다. "난 의사지 형사가 아니니까요. 하지만 그럴 가능성은 적어 보여요." 다른 사람들을 흘낏 돌아보았다. 모두 마비된 듯 꼼짝하지 않았고, 엄청난 충격에 빠져서 이 상황을 이해하기 힘든 것 같았다.

"이제 우린 어떻게 돼죠?" 앨리스가 공포감이 한층 더 커진 목소리로 재차 물었다.

아무도 대답하지 않았다.

"일단 동력부터 살려야 해요." 아무도 나서지 않는 와중에 내가 말했다. "그런 다음 유나에 연락해서 어떻게 할지 의논해야겠죠."

"비상용 위성 전화를 사용하면 어때요?" 롭이 제안했다.

"그걸 어디에 보관하죠?"

"여기예요." 그가 벽장으로 걸어가 문을 열고 손전등으로 안을 비췄다. "이런……사라졌어요."

"사라져요?" 앨리스가 흐느꼈다. "그게 어디로 사라져요?"

"다른 사람이 가져갔을 수도 있잖아요." 소냐가 침착하고 차분한 목소리를 유지하려 애를 쓰는 게 역력했다. "아크나 아르네가 가져갔을지도 몰라요."

"그건 말이 안 돼요." 롭이 참견을 했다. "만약 아크랑 아르네가 전화를 가지러 여기 왔었다면 샌드린을 발견했을 거예요. 그런데도 샌드린을 놔두고 그냥 갔겠어요?"

아무도 대답하지 않았다.

"그럼 우리는 어떻게……?" 톰의 목이 메었다. 그는 차마 말을 잇지 못하고 그저 고갯짓으로 엎어져 있는 샌드린의 시신을 가리켰다.

"지금은 아무것도 건드려서는 안 돼요." 내가 흐릿한 머리로 생각을 정리하려 애쓰며 말했다. "최소한 그녀를 옮기기 전에 사진이라도 찍어야 하지만 그러려면 더 밝은 빛이 필요해요. 그러니까 빨리 동력부터 살려야 한다는 뜻이죠. 그런 다음 유나에서 우리에게 어떻게 해야 할지 알려줄 거예요."

도대체 뭘 어떻게 할 수 있단 말인가?

샌드린의 시신을 처리하는 것도 문제이지만 우리 중에 있는 정체불명의 살인자를 어떻게 피할 수 있을까? 과연 제네바 팀이 알려줄 수 있는 대처 방안이 있기는 할까? 그들이 구조 비행기를 보낼 때까지 몇 달 동안 각자 바리케이드를 치고 방 안에 들어앉아 있으라고 할까? 아니면 마치 남극의 황무지로 무대를 옮긴 애거사 크리스티의 작품 속 등장인물들처럼 다 같이 휴게실에 모여서 서로를 의심하며 감시하라고 할까?

샌드린의 책상 위에 있는 노트북이 열려 있는 것이 눈에 들어왔다. 화면이 꺼져 있었다. 내가 충동적으로 마우스패드를 건드리자 컴퓨터가 반짝 켜졌고 아직 배터리도 남아 있었다. 로그인 화면을 쳐다보며 그녀가 공격을 받기 직전에 무엇을 하고 있었는지 궁금해졌다.

혹시 샌드린이 유나와 연락 중이었던 건 아닐까? 우리에게 문제가 발생했다는 걸 그들이 알고 있을 수도 있을까?

부질없는 희망이었지만 지푸라기라도 붙잡고 싶은 심정이었다. 그들이 직접 나서서 어떻게 해줄 수는 없더라도 지금으로서는 넓은 세상에 있는 누군가가 곤경에 처한 우리의 상황을 알고 있다는 생각만으로도 훨씬 기운이 났다.

"다른 사람들은 어떻게 하고 있는지 가볼게요." 소냐가 문으로 향하며 말했다.

"아니에요." 내가 재빨리 막았다. "누구도 혼자 다니지 않는 게 좋겠어요. 앨리스와 톰과 같이 가서 카로와 라지브를 먼저 찾아보세요. 롭과 나는 발전기에 무슨 일이 생겼는지 알아볼게요. 다시 휴게실에서 만나기로 하죠."

소냐가 고개를 끄덕였다. "파라핀 난로와 등유 램프가 많이 필요할 거예요."

"이불들도 챙겨갈게요." 앨리스가 덧붙였다. "온기를 유지하는 데 도움이 될 거예요."

두 사람 말이 맞았다. 불길하게도 이미 찬 기운이 스며들고 있었다. 동력이 없으면 어떤 난방 시스템도 작동할 수 없으니 당연한 일이었다. 나는 또 한 번 공포의 전율을 느꼈다. 혹시 발전기에 심각한 문제라도 생겼으면 어쩌지? 등유마저 다 떨어져서 우리 모두 얼어 죽을 때까지 시간이 얼마나 남았을까?

쓸데없는 생각은 집어치워, 나는 베타 뒤쪽 별채에 있는 예비 발전기를 떠올리며 스스로를 다독였다. 만약 아크가 본 발전기를 살리지 못하면 비상 동력으로 전환시킬 수 있을 거야.

"무전기는요?" 톰이 물었다. "그게 있으면 각자 연락을 할 수 있을 거예요."

"좋은 생각이에요. 롭과 내가 부트룸에서 좀 챙겨갈게요. 그리고 아르네를 찾아서 램프와 난로를 모아오라고 전할게요." 나는 그 자리에 서서 또 뭘 해야 할지 생각했다. "손전등 배터리를 아끼도록 해요." 내가 덧붙였다. "한 개씩만 사용하고 사용 시간을 최대한 줄이도록 하자고요." 그 말을 마지막으로 모두 샌드린의 사무실에서 나갔고 나와 롭만 남았다. 그는 시신을 내려다보다가 나를 보았다.

"케이트." 그가 나지막한 목소리로 말했다. "우리 중 누군가가 가서 총을 챙겨야 하지 않을까요?"

나는 휙 고개를 돌려 그를 보았다. "총이요? 무슨 총이요?"

"베타에 자물쇠로 잠가 보관하고 있어요. 권총이요."

"권총이라고요?" 내가 이맛살을 찌푸렸다. "여기에 왜 총이 있어요? 북극곰이나 뭐 그런 것도 없잖아요."

그가 어깨를 으쓱했다. "글쎄요. 하나쯤 보관해두는 게 좋겠다고 생각한 사람이 있었나 보죠."

유나는 이런 상황이 생길 수도 있다고 예상했을까? 터무니없는 얘기 같았지만, 또 한편으로는 그럴 만한 이유가 있을 거라는 생각이 들었다.

롭이 열쇠를 보관하는 벽장으로 가서 문을 열더니 안을 보며 꼼짝하지 않고 서 있었다.

"왜 그래요?" 내가 물었지만 나를 돌아보는 그의 굳은 표정에서 이미 답을 짐작할 수 있었다.

"권총 보관함 열쇠가 없어요. 누군가 이미 가져갔어요." 롭이 말했다.

우리는 서로 마주 보며 같은 생각을 했다. 이 기지에 있는 누군가가, 우리가 아는 누군가가, 지금까지 몇 달 동안 같이 생활하고 같이 음식과 술을 즐기며 대화를 나누던 누군가가 샌드린을 죽이고 비상 위성 전화를 가져갔으며, 치명적인 무기에까지 손을 댔다.

나는 그때서야 서류 캐비닛을 떠올렸다. 캐비닛으로 가서 손잡이를 잡아당겼지만 잠겨 있었다. 손전등으로 열쇠를 보관하는 벽장을 비춰 보았지만 맞을 만한 열쇠가 보이지 않았다.

어쩌면 내가 훔쳐보는 걸 적발한 샌드린이 열쇠를 감췄는지도 몰랐다. 어디 안전한 곳으로 옮겨야겠다고 결정한 건 아닐까. 이 아이러니한 상황이 당혹스러웠다. 서류 캐비닛을 열어 확인하는 것이 우리 앞에 닥칠 위험에 대처하는 유일한 방법일 수도 있는데.

하지만 지금은 그보다 더 급한 문제가 있었다.

"어서 가요." 내가 롭을 돌아보며 말했다. "총이 보관된 곳으로 가서 확인해야죠. 어쩌면 아직 거기 있을지도 몰라요."

37

7월 7일

"빌어먹을." 롭이 텅 빈 권총 보관함을 손전등으로 비추며 말했다.

"그러게요." 나도 같은 심정이었다. "빌어먹을."

"우리 정말 큰일 났네요, 그렇죠?" 그가 손전등을 든 손을 옆으로 툭 떨어트리며 나를 향해 돌아섰다. 롭은 평소 루크 옆에서 보이던 상남자 같은 허세가 완전히 사라지고 겁에 질린 티가 역력했다.

나는 몸을 떨며 어떻게 대답할지 고민하다가 솔직해지기로 했다. "아무래도 그런 것 같네요, 맞아요."

우리는 섬뜩한 침울함에 빠져 망연자실했다. 천천히 우리의 작은 보호막에 스며들고 있는 치명적인 추위와 손으로 만져질 것 같은 짙은 어둠이 우리를 죄어오고 있었다.

"누가 이런 짓을 하는지 짐작 가는 사람 있어요?" 롭이 물었다.

"아직 없어요." 샌드린의 사무실에 있는 개인 파일을 볼 수만 있다면, 그래서 장-뤼크와 나오미와 같은 시기에 맥머도에서 근무한 사람이 누군지 정확히 알 수만 있다면 단서를 찾을 수도 있었다. 그러나 롭에게 그렇게 많은 얘기를 털어놓는 건 신중해야 한다는 생각이 들었다. 혼자 하는 편이 나았다.

그러나 이런 짓을 저지른 범인이 누군지 밝혀낸다 한들 과연 상황이 나아질까? 롭을 따라 어두운 복도를 지나가며 암울한 생각이 들었다. 그게 누구든 총을 가지고 있고, 아마 총알도 넉넉할 터였다.

우리가 무슨 수로 거기에 맞설 수 있을까?

우리는 발전실에서 혼자 작업 중인 아크를 찾았다. 두 개의 손전등을 세워 주변을 밝혀놓고서 한쪽 무릎을 꿇고 기계와 씨름하고 있었다. 드루나 아르네는 보이지 않았다.

"문제가 뭔지 찾았어요?" 내가 물었다.

"냉각팬이 망가졌어요." 그가 금속 부분을 가리켰지만 뭐가 뭔지 알 수 없는 내게는 무용지물이었다.

롭이 이맛살을 찌푸렸다. "어떻게 망가졌는데요?"

"질문이 틀렸어요." 아크가 말했다. "어떻게가 아니고 누가 그랬냐고 물어야 해요."

나는 섬뜩함을 느끼며 그를 쳐다보았다. "그럼 누군가 의도적으로 고장 냈다는 거예요?"

"그렇게밖엔 설명할 길이 없어요." 아크는 마치 누군가가 자신이 가장 아끼는 자식을 공격하기라도 한 듯 허망한 표정으로 발전기를 살펴보았다. "누가 이런 짓을 했는지 몰라도 아주 잘 아는 사람 짓이에요. 그러니까……어떻게 말해야 할까……완전히 작살이 났어요."

나는 꼼짝하지 않고 서서 이 상황을 파악하려 애썼다. 누군가 우리의 동력 공급원을 의도적으로 훼손했다. 이 얼어붙은 땅에서 삶을 가능하게 만드는 원동력을. 제정신을 가진 사람이라면 왜 그런 짓을 했을까?

우리가 유나에 연락해 도움을 청하지 못하게 막으려고. 아니면 오직 생존에만 몰두하게 만들어 다른 생각은 아예 못 하게 하려고.

아니면, 한마디로 이런 짓을 한 사람이 제정신이 아닐 수도 있었다.

"고칠 수 있겠어요?" 내가 아크에게 물었다.

"쉽지 않을 것 같아요. 예비 발전기를 돌려야 해요."

"그건 괜찮을까요?"

"모르죠. 드루와 아르네가 확인하러 갔어요. 다른 사람들을 잘 돌봐줘요, 알겠죠? 그들을 안전하게 지켜줘요."

어떻게라고 반문하고 싶었다. 누구로부터 누구를 보호해야 할지도 모르는 상황에서 무슨 수로 그들을 안전하게 지킬 수 있지?

"비상 발전기를 돌릴 때까지 시간이 얼마나 걸릴까요?" 대신 다른 걸 물었다. 온기와 빛이 돌아온다면 우리를 방어하기가 훨씬 쉬울 테니까.

아크가 일어서서 끙 소리를 내며 등을 쭉 폈다. "그건 발전기 상태에 달렸죠."

나는 고개를 끄덕이며 다른 방향으로 접근했다. "전기 없이 생존할 수 있을까요?"

아크가 수염을 긁적이며 눈을 가늘게 뜨고 나를 보았다. "문제가 많겠죠, 케이트. 난방도, 불빛도 없고, 가장 심각한 건 물이 없다는 거예요."

세상에. 그건 미처 생각도 못 한 문제였다. "밖에서 눈을 가져올 순 없나요?"

"당연히 가져올 수 있죠. 다만 눈을 녹여야 하는데 기지 안의 온도가 영하로 내려가면 쉬운 일이 아니에요. 물론 난로가 있긴 하지만 그건 음식과 난방에 써야 하잖아요." 아크가 이런 상황에 블랙 유머를 날리며 미소를 지었다. "긍정적인 면도 있어요, 케이트. 샌드린을 죽인 게 누구든 우리도 오래 고통받기 전에 그놈 손에 먼저 죽겠죠."

"혹시 당신은 누가……?" 내가 질문의 끝을 흐렸다. 무엇을 묻는지는 뻔했다.

아크가 눈썹을 치켜올렸다. "내가 알았다면, 그 인간은 벌써 이세상 사람이 아니겠죠."

"총이 사라졌어요." 내가 말했다.

그의 표정이 더 어두워졌다. "블라얏." 아크가 러시아어로 중얼거렸다. 굳이 해석하지 않아도 의미를 짐작할 수 있었다. 나는 솔직하게 얘기해준 그에게 고마움의 표시로 그의 팔에 손을 올렸다. 그러자 뜻밖에 그가 나를 품에 감싸며 힘주어 안아주고는 풀어주었다.

"당신은 좋은 사람이에요." 그가 놀란 나를 보고 씩 웃으며 말했다. "늘 당신이 좋은 사람이라고 생각했어요."

나는 서둘러 알파로 돌아왔고, 롭이 내 뒤를 따랐다. 얼마나 심각한 상황에 처했는지 실감하면서 우리 둘 다 말이 없었다. 난방장치나 동력도 끊기고 물도 얼마 남지 않은 상황에서 총을 가진 살인자와 함께 빙판 위에 갇히다니.

이 상황이 아무 탈 없이 무사히 끝나기는 어려워 보였다.

나는 우선 모두가 무사한지 확인하고 나서 서류 캐비닛의 열쇠를 찾아볼 생각이었다. 만약 열쇠를 못 찾으면 누군가에게 부탁해 쇠막

대 같은 걸로 강제로라도 열어볼 작정이었다.

그런데 누구에게 부탁하지? 머릿속에서 속삭이는 목소리가 들렸다. 우리 중 누군가 살인자라면 누굴 믿고 도와달라고 하지?

갑자기 복도가 손전등 빛으로 환해지더니 어둠 속에서 앨리스가 나타났다. "카로가." 그녀가 숨 가쁘게 말했다. "어둠 속에서 뭔가에 걸려 넘어졌어요."

가슴이 덜컹 내려앉았다. "카로는 괜찮아요?"

"자기는 괜찮다고 하는데 가서 직접 확인해보는 게 좋을 것 같아요. 꽤 세게 넘어졌거든요."

나는 깊이 숨을 들이마시고 호흡을 가다듬으며 서둘러 휴게실로 향했다. 이불과 침낭을 두르고 옹기종기 모여 있는 소냐와 루크, 라지브가 보였다. 라지브는 터번을 매고 있지 않았고 길고 검은 머리가 어깨쯤까지 내려와 있었다. 급하게 방에서 나왔다가 다시 돌아가지 않은 모양이었다. 나는 소파에 누워 있는 카로에게 가서 손전등을 비췄다. 그녀가 나를 보고 미소를 지었다.

"어떻게 된 거예요?" 그녀 앞에 쪼그리고 앉아 눈물로 얼룩진 뺨을 보며 물었다.

"식당에 있는 의자 다리에 걸려 넘어지면서 식탁 모서리에 부딪혔어요." 그녀는 자신도 기가 막힌다는 듯 고개를 절레절레 흔들었다.

"언제 그랬어요?"

"한 10분쯤 됐어요." 앨리스가 말했다. "난 당신을 찾으러 가는 길이었어요. 아크가 곧 동력을 살릴 수 있대요?"

"아직요." 나는 대답을 피하며 총이 사라졌다고 알릴지 고민했다. 모두에게 경고하는 게 좋을까? 괜히 상황을 악화시키는 건 아닐까?

어쨌거나 지금 여기 있는 누군가 그 총을 가져와서 어둠 속에 숨겨 놨을지도 모를 일이었다. 괜히 그 사람을 자극해서 총을 사용하게 만드는 불상사는 없어야 했다.

집중하자, 케이트. 자신을 다그쳤다. 우선 눈앞에 있는 응급 상황을 처리하는 게 급선무였다. "통증은 없어요?" 카로에게 물었다.

"별로요. 그냥 좀 숨이 차요."

"그후로 아기가 움직이는 걸 느꼈어요?"

카로가 고개를 끄덕였다. "두어 번 발로 찼어요."

"수술실에 가서 제대로 살펴봐야겠어요."

"난 괜찮아요." 카로가 고집을 부렸다. "괜히 법석 떨 필요 없어요." 카로가 근심스럽게 이맛살을 찌푸리고 그녀를 내려다보는 앨리스에게 미소를 지었다.

"15분만 기다려줘요. 그후에 제대로 확인해보기로 해요, 알았죠? 우선 당장 할 일이 있어요." 나는 주위를 둘러보았다. "톰은 어딨죠?"

"통신실에요." 소냐가 말했다. "건전지로 사용하는 통신 장치를 고쳐본다고 갔어요. 혹시라도 다른 기지와 연락할 수 있는지 시도하려고요."

"혼자서요?"

소냐가 고개를 끄덕였다. "혼자 가지 말라고 했는데도 고집을 부렸어요. 누군가 가서 별일 없는지 확인하는 게 좋겠어요."

"내가 갈게요." 내가 말했다.

"나도 같이 갈까요?" 롭이 물었다.

나는 고개를 저었다. "아르네를 찾아서 같이 갈게요." 나는 혼자 가려고 둘러대고 누가 말을 꺼내기 전에 서둘러 휴게실에서 나왔다.

38

7월 7일

기지 대장의 사무실은 칠흑같이 캄캄했고 죽음처럼 싸늘했다. 나는 바닥에 누워 있는 시신을 내려다보며 정말 딱 맞는 말이라는 생각이 들어 허탈했다. 누군가 최소한의 존엄성을 지켜주기 위해 하얀 이불보를 덮었지만, 오히려 더 섬뜩하게 보였다.

누가 그녀를 죽였을까—그리고 왜?

그 질문에 대한 답은 내가 마주하고 싶지 않은 끔찍한 결론이기도 했다. 만약 장-뤼크가 기지에 있는 살인자를 폭로하려다가 살해당한 거라면 알렉스와 샌드린도 같은 이유로 죽음을 맞은 것 같았다. 그리고 유나에 연락하라고 샌드린을 설득한 사람은 바로 나였다.

죄책감과 슬픔을 삼키며 손전등을 꽉 쥐었다. 그렇게 강하게 밀어붙이지 않았다면 지금 그녀는 살아 있었을까?

그만해, 케이트. 당장 눈앞에 닥친 위험부터 해결해야지. 그러려면 누가 이런 짓을 벌인 건지 밝혀내야 해. 어떻게든 서류 캐비닛부터 열어. 사람들에게 직접 물어보지 않고 누가 맥머도에 근무했었는지 확인할 수 있는 유일한 방법이야. 이 모든 사건의 배후에 있는 사람이 누구든 자기 정체를 숨기기 위해선 무슨 짓이든 서슴지 않는 게 확실하니까 직접 물어보는 건 돌이킬 수 없는 실수가 되고 말 거야.

나는 다시 벽장 속에 걸린 열쇠들을 확인하고 샌드린의 책상 서랍도 뒤졌지만, 각종 문구류가 말끔하게 정리되어 있을 뿐이었고 노트 뒤에 사진 한 장이 꽂혀 있었다.

손전등을 비춰 사진을 살펴보았다. 샌드린과 장-뤼크가 함께 찍은 사진으로 빙판 위에서 밝은 햇살을 받으며 환하게 웃고 있었다. 뭔가가 목으로 치밀어 올랐다. 그녀는 감당하기 힘든 상황을 혼자서 버텨내고 있었고, 사랑하는 사람을 잃은 여자였다.

나도 공감할 수 있었다.

그러나 이제 그녀는 죽었다. 장-뤼크와 알렉스도 죽었다. 납득하기도 받아들이기도 버거웠다. 약 한 움큼만 있으면 화학물질의 힘을 빌려 이 공포와 혼돈의 도가니에서 한 발 떨어져 있을 수 있다는 간절한 갈망에 사로잡혔다.

샌드린이 진료실에서 치웠다는 약을 숨겨둔 장소를 쉽게 찾을 수 있을 거야, 나를 부추기는 목소리가 들렸다. 그 약들이 필요할 경우를 대비해 수술실 가까운 곳에 두었을 게 분명했다.

하지만 안 돼. 그녀의 시신을 내려다보며 마지막으로 그녀를 만났을 때 내가 했던 약속을 떠올렸고, 그녀의 죽음은 그 약속을 깨는 것을 더욱 힘들게 했다.

다시 시선을 돌려 서류 캐비닛의 열쇠를 찾는 데 집중하며 서둘러 사무실 전체를 살펴보았다. 선반에 꽂힌 바인더들을 다 펼쳐보고 모서리에 놓인 작은 책장 뒤까지 확인했다. 혹시 눈에 보이지 않는 곳에 숨겼나 싶어 의자 밑까지 확인하고 책상 아래도 샅샅이 찾아보았다.

어디에도 보이지 않았다. 샌드린의 방에 있는 게 분명하다는 생각이 들었지만 지금 당장은 톰이 잘 있는지부터 확인해야 했다. 그리고 무엇보다 아르네가 어디 있는지 찾고 싶었다. 동력이 끊긴 후로 그를 보지도 못했고, 그가 어디 있는지 듣지도 못했다. 그를 찾아서 무사한지 확인하고 이제 어떻게 해야 할지 의논하고 싶은 마음이 간절했다.

내 입술에 닿았던 그 입술의 감촉과 내 옆에 가까이 있던 느낌, 그에게서 느껴지는 따뜻한 안정감을 떠올리자 잠시나마 마음이 좀 가벼워지는 것 같았다.

만약 그에게 무슨 일이라도 생긴다면 감당할 자신이 없었다.

톰이 몸을 웅크리고 책상 위에 놓인 통신장치를 손보고 있었다. 두꺼운 오리털 재킷을 입은 모습이 어딘가 어설프고 불편해 보였다. 베타는 본관 건물보다 더 추워서 톰은 장갑 낀 손으로 작은 드라이버를 쥐고 손전등에 불빛에 의지해 정교한 전자장치를 고치려 애쓰는 중이었다.

"잘 돼가요?" 내가 물었다.

"아직은 아니에요." 그가 내 쪽을 힐끗 돌아보며 말했다. "사용한 지 꽤 오래돼서요."

"톰, 아무리 그래도 이렇게 혼자 있으면 안 돼요."

톰이 어깨를 으쓱하며 말했다. "다들 휴게실 모여서 서로를 의심하는 분위기를 참을 수가 없었어요. 어떻게든 그 자리를 피해야 했어요."

그들은 날 싫어해요.

톰이 진료실로 나를 찾아왔을 때 했던 말이 귓가를 울렸다. 환영을 보고 환청을 듣는다던 그의 고백이 생각났다. 기계를 앞에 놓고 작업하는 그를 지켜보며 궁금했다. 톰에게 약간의 문제가 있다고 생각했던 내 판단이 정확할까? 그의 병이 피해망상으로 진전되었을 가능성이 있을까?

만약 그랬다면 어떤 행동을 하게 될까?

갑자기 그가 드라이버를 내려놓고 한숨을 쉬었다. 이번만큼은 내 얼굴을 똑바로 바라보았다. "누가 이런 짓을 하는 건지 알고 있어요, 케이트? 누가 샌드린을 죽였는지, 누가 발전기를 망가뜨렸는지?"

나는 고개를 저었다. "당신은 알아요?"

"나도 몰라요. 하지만 다른 기지와 통신할 수 있게 되면 최소한 이곳에서 심각한 일이 벌어지고 있다는 걸 유나에 알릴 수 있을 거예요."

"만약 고치지 못하면." 내가 책상 위에 있는 기계를 고갯짓하며 물었다. "유나에서 이 기지에 문제가 생겼다는 걸 파악할 때까지 얼마나 걸릴까요?"

톰이 어깨를 으쓱했다. "오래 걸리지 않을 거예요. 기껏해야 몇 시간 정도요. 통신 장애를 의심할 수도 있지만 그래도 위성 전화로 연락을 시도할 거예요. 어쩌면 지금쯤 뭔가 이상하다는 걸 눈치챘을지도 몰라요."

나는 거기 서서 그의 말을 생각해보았다. "무슨 진전이 있으면 내게 알려줘요, 알겠죠?" 내가 말했다. "하지만 당신이 휴게실로 돌아갔으면 좋겠어요. 혼자서 여기에 나와 있는 건 위험해요."

톰이 나를 보고 눈을 깜빡였다. "당신도 마찬가지잖아요."

잠시 둘 사이에 침묵이 흘렀고 멀리서 누군가를 부르는 소리에 정신을 차렸다. 복도를 내다보자 다시 똑같은 소리가 들렸다. 내 이름을 부르는 앨리스의 다급한 목소리였다. 불안감이 덮쳤다.

나는 손전등을 들고 그녀를 향해 뛰어갔고 아픈 무릎에 체중이 실릴 때마다 날카로운 통증이 느껴졌다. 베타에서 본관으로 연결되는 복도에서 앨리스와 마주쳤다.

"아, 세상에." 그녀가 숨을 몰아쉬며 헉헉거렸다. "카로가……피를 흘리기 시작했어요. 아래쪽에서요." 앨리스가 몸짓으로 자기 다리 사이를 가리켰다.

빌어먹을, 나는 황급히 휴게실로 향했다.

상황이 이보다 더 나빠질 수 있을까?

39

7월 7일

우리가 휴게실에 도착했을 때, 카로의 얼굴은 고통으로 일그러져 있었다. 손전등에 비친 소파는 피로 검붉게 물들어 있었다. 그 모습이 마치 아직도 사무실 바닥에 엎드려 있는 샌드린과 흡사해서 두려움에 눈앞이 캄캄해졌다.

난 못 해.

나 혼자선 이 상황을 처리할 수 없어.

아크가 인정해주긴 했지만 이 상황을 감당할 자신이 없었다. 내 앞에 펼쳐진 또다른 응급 상황에 적절히 대처할 만큼 장비도 잘 갖춰지지 않은 데다가 나 역시 겁에 질리고 지친 상태였다.

선택의 여지가 없잖아, 나는 감정을 추스르려 애쓰며 냉정하게 다그쳤다. 여기 다른 사람이 어딨어?

나는 숨을 깊이 들이마시고 억지로 마음을 가다듬었다. "수술실로 가는 게 좋겠어요." 그리고 다른 사람들을 돌아보며 말했다. "카로를 좀 도와줘요."

롭과 소냐가 양쪽에서 카로의 팔을 어깨에 걸고 천천히 진료실을 향해 걷기 시작했고, 앨리스가 손전등을 들고 앞장섰다. 나는 뒤쫓아가며 마음속으로 모든 가능성을 꼽아보았다. 좋은 상황은 하나도 없었다.

"출혈이 시작된 것 같아요." 카로가 수술실 진찰대 위에 눕도록 도와주며 소냐가 낮게 속삭였다.

나는 고개를 끄덕이고 그녀에게 손전등을 건네며 롭에게 말했다. "난로 두 개만 가져다줄래요?" 진료실 내부의 공기도 쌀쌀했다. 절연 처리가 되어 있기는 하지만 남아 있는 온기가 빠른 속도로 사라지고 있었다.

내가 카로를 검사하는 동안 소냐가 손전등을 비춰주었다. 카로가 입고 있는 푸른색 레깅스의 사타구니 부근이 피에 흠씬 젖어 있었다. 내가 레깅스를 벗겨낼 때 그녀가 통증이 심한 듯 얼굴을 찡그렸다.

"어디가 아파요?" 벽장에서 흡수 패드를 꺼내서 그녀의 다리 사이에 댔다.

"여기 아래쪽이요." 그녀가 아랫배에 손을 올려놓으며 말했다.

부드럽게 배를 누르며 그녀의 표정을 지켜보았다. 손가락으로 아주 살짝만 눌러도 그녀의 눈에 눈물이 고였다.

지금 몇 주나 됐지? 재빨리 머릿속으로 계산해보았다. 대략 27주에서 31주 사이니까, 출산 예정일까지 적어도 두 달이나 남아 있었다.

청진기를 들어 카로의 배에 대고 아기의 심장박동을 들어보았다. 아무 소리도 들리지 않았다.

나는 아무런 내색하지 않으려 조심하면서 다시 다른 쪽에 청진판을 대보았다.

“다 괜찮은 거예요?” 카로가 힘없는 목소리로 물었다.

“잠깐만요.” 세 번째로 위치를 바꾸며 신중하게 귀를 기울였다. 다행히 희미하게 심장박동 소리가 들렸다. 벽에 걸린 시계의 초침을 보며 6초간 심장박동수를 세었다. 18번에서 19번. 그러면 1분에 180번이 넘는다는 뜻이었다.

너무 빨랐다. 태아가 고통받고 있다는 확실한 징후였다.

서둘러 카로의 팔에 가압대를 끼우고 혈압을 측정했다. 55에 45.

젠장. 이건 낮아도 너무 낮은 수치였다.

진단은 분명한 것 같았다. 넘어질 때의 충격으로 태반 조기 박리가 일어난 것 같았다.

그런데 어떻게 해야 하지? 불면과 금단 현상으로 인해 기진맥진한 데다 불안감까지 덮쳐 머릿속이 텅 빈 것처럼 멍했다. 초음파 기계와 태아의 심장 모니터, 그리고 유나의 전문가로부터 조언이 필요했다. 그러나 어느 것 하나도 가능하지 않았다.

모든 걸 나 혼자 알아서 해야 했다.

“아기는 괜찮은 거예요?” 카로가 불안한 목소리로 물었다.

“심장박동수는 강해요.” 나는 최대한 안심시키는 목소리로 말했다. 다리 사이에 대어놓은 패드를 살피자 벌써 새로 흘러나온 피로 흠뻑 젖어 있었다. 이런 속도로 출혈이 지속되면 카로와 아기 모두 몇 시간 버티지 못할 게 분명했다. 그보다 더 빨라질 수도 있었다.

소냐와 앨리스는 걱정스러운 표정이었지만 내가 해결할 수 있을 거라고 기대하는 것 같았다. 나는 등을 돌리고 내가 할 수 있는 방법들을 생각해보았다. 그러나 떠오르는 유일한 방법은 동력이나 적절한 의료 장비 없이는 매우 위험한 일이었다.

더구나 나는 이 분야에 전혀 경험이 없었다.

생각해, 케이트. 잘 생각해봐.

"앨리스하고 같이 가서 드루를 찾아줄래요?" 막 난로와 몇 개의 등유 램프를 가져와서 수술실 양쪽 구석에 세워두는 롭에게 조용히 말했다. "무전기를 이용해서 그를 찾아봐요. 내가 도움이 필요하다고 말해주세요." 카로 앞에서 굳이 말을 하지 않아도 그들이 상황의 다급함을 알아챌 수 있도록 눈을 크게 뜨고 그들을 보았다.

두 사람이 서둘러 밖으로 나가자 소냐가 진지한 얼굴로 나를 보았다. 소냐는 수술이 필요할 경우 나를 보조할 수 있도록 드루와 함께 훈련을 받았다는 사실을 잘 알고 있었다. "수술할 건가요?" 그녀가 입 모양으로 물었다.

나는 고개를 끄덕이며 단호하고 자신감 있는 표정을 지어 보이려 했지만, 소냐는 속는 것 같지 않았다. 그녀에게 따라오라는 손짓을 하고 진료실로 가서 카로에게 들리지 않도록 수술실로 이어지는 문을 닫았다. "응급 제왕절개 수술을 해야 해요." 내가 빠르게 말했다.

소냐의 눈이 휘둥그레졌다. "그 방법밖에 없겠어요? 상당히 위험할 텐데, 안 그래요? 지금 이런 상태에선 말이에요."

"저렇게 계속 피를 흘리게 내버려두면 더 위험해져요. 다른 선택의 여지가 없어요."

"하지만 어떻게 전신마취를 하죠?" 그녀가 당혹스러운 얼굴로 물었다. "전기가 없으면 산소를 공급할 수 없잖아요."

"엔토녹스(질소산화물과 산소를 50:50로 혼합한 마취제/옮긴이)를 사용하고 부분 마취를 할 수밖에 없어요."

잠시 침묵이 흐른 뒤 소냐가 고개를 끄덕였다. "알았어요."

"정맥 주사를 준비해줄 수 있어요? 내가 어떻게 하는지 보여줬던 거 기억해요?" 내가 소냐에게 물었다.

"준비할게요." 소냐가 벽장에서 식염수 백을 챙겼다.

나는 진료실에서 책상 위 선반에 있는 의료용 설명서를 뒤졌다. 유나에서 예비용으로 준비해둔 출력 자료였다. 태반 조기 박리에 관한 정보를 찾아보았다.

간단한 문제가 아니었다. 신속하게 처치하지 않으면 산모와 아기 모두 목숨을 잃을 확률이 높았다. 빨리 움직여야 했다.

이건 미친 짓이야. 머릿속에서 또다른 울부짖음이 들렸다. 경험도 없고, 필요한 장비도 없잖아.

"당신은 괜찮아요?" 카로의 왼손 정맥에 주삿바늘을 찔러넣으며 소냐가 내게 물었다.

"네." 나는 거짓말을 둘러댔다.

"당신은 할 수 있어요." 소냐가 내 마음을 눈치챈 듯 확고한 목소리로 말했다.

난 할 수 있어. 머릿속으로 되뇌며 악착같이 그 말에 매달렸다. 넌 실력 있는 응급 의사야. 뭘 해야 하는지 잘 알고 있어.

"무슨 일이에요?" 카로가 내 표정에서 뭔가를 눈치채고 힘없는 목소리로 물었다.

나는 그녀를 향해 몸을 숙였다. "잘 들어요. 아까 넘어질 때 태반의 일부가 자궁벽에서 떨어진 것 같아요. 그래서 피를 흘리는 거고요. 이제 곧 마취하고 아기를 꺼낼게요. 알겠죠?"

카로가 잠시 나를 응시하다가 힘없이 고개를 끄덕였다. 그녀는 지쳐 보였다. 지금까지 얼마나 피를 많이 흘렸을지 생각해보았다. 서두르지 않으면 그녀가 쇼크 상태에 빠질 수도 있었다.

잠시 후 문이 활짝 열리고 드루가 나타났다. "앨리스가 당신이 날 찾았다고요."

"카로가 다쳤어요. 수술을 해야 해서 소냐와 당신 도움이 필요해요."

그의 얼굴에 놀라는 기색이 스쳤다. "내가 뭘 하면 되죠?"

"우선 좀더 성능 좋은 손전등을 찾아줄래요? 무엇보다 밝은 빛이 필요해요."

드루가 고개를 끄덕이고는 사라졌다. 나는 소냐를 보았다. "준비됐어요?"

나는 흐르는 물 없이 항균성 젤로 최대한 깨끗하게 손을 소독하고 수술용 장갑과 가운을 입고 수술실로 들어갔다. "카로, 질소와 산소 혼합물을 사용해본 적 있어요?"

"아니요." 카로가 속삭였다. 아까보다 훨씬 더 힘없는 목소리였다.

실린더를 끌고 와서 그녀에게 마스크를 건네며 말했다. "이제 곧 통증을 없애줄 약물을 주입할 거예요. 하지만 더 도움이 필요하면 이걸 얼굴에 쓰고 깊이 숨을 쉬도록 해요. 할 수 있겠어요?"

카로가 고개를 끄덕이고 눈을 감았다. 내가 지금부터 무엇을 하려는지 자세히 묻지 않는다는 걸 깨달았다. 그것도 신경 쓸 수 없을 만큼 제정신이 아니거나 너무 무서워서인 것 같았다.

오히려 다행이었다. 모르는 게 약이고, 최소한 훨씬 더 견디기 쉬울 테니까.

알코올과 소독 패드로 카로의 배를 소독할 때, 드루와 루크가 망원경용 스탠드에 연결한 커다란 전등을 하나씩 들고 왔다. 두 사람은 수술대 양쪽에 전등을 놓고 카로의 배를 비추도록 각도를 조정했다.

카로의 다리 사이에 끼워진 패드가 피에 흠뻑 젖은 것을 보고 루크의 눈이 휘둥그레졌다.

"괜찮은 거예요?"

"아주 건강해요." 내가 씩씩하게 말했다 "발전기 수리 작업을 하는 사람들을 제외하고 나머지는 모두 휴게실에 모여 있게 해줘요. 더 이상의 부상자가 생기면 손을 쓰기 어려워요."

루크가 더 말할 틈도 없이 튀어나갔다. 피를 보기 힘든 모양이었다.

"드루, 가운을 입고 카로의 혈압과 맥박수를 확인해줘요. 그리고 내가 물어볼 때마다 알려주세요. 할 수 있죠?"

"물론이죠."

"소냐, 수술하는 동안 내가 잘 볼 수 있게 옆에서 수술 부위를 자주 닦아줘야 해요."

그녀가 침을 꿀꺽 삼켰다. 처음으로 평소의 냉철한 태도는 사라지고 진심으로 불안한 표정이었다.

나는 펜타닐 병을 집어들었다. 순간 머릿속에서 확 살아나는 간절한 열망을 외면하고 주사기에 부었다. "좋아요, 카로." 나는 침착한 목소리로 조심스럽게 말했다. "이제 통증이 완전히 사라질 거예요. 하지만 뭔가 느껴지는 것 같으면 곧바로 얼굴에 마스크를 대고 깊이 숨을 들이마셔요. 드루, 당신이 마스크를 잡아줘야 할 수도 있어요."

"전에도 해본 적 있어요?" 드루의 시선이 내게 붙박였다.

"수십 번도 넘게요." 카로가 우리의 대화를 들을 수 있었기 때문에 나는 거짓으로 둘러댔다. 사실은 실습 기간에 두 번 정도 제왕절개 수술을 지켜본 게 다였고 실제로 내가 직접 해본 적은 한번도 없었다. 천천히, 조심스럽게 카로에게 강력한 진통제를 주사하고 외과용 메스가 들어 있는 살균 포장을 뜯어 얼음처럼 차가운 금속 기구를 손바닥에 올려놓았다.

빠르게 밀려드는 추위에 맞서 작은 난로들이 맹렬히 타오르고 있었지만, 수술실은 여전히 추웠다. 서둘러야 할 또다른 이유였다.

나는 메스를 잡고 머릿속으로 절개선을 그려보았다. 그리고 그 자리에 서서 잠시 망설였다.

"케이트?" 소냐가 내 손을 보며 물었다. "정말 괜찮겠어요?"

흘낏 내려다보니 손이 가늘게 떨리고 있었다. 잠시 눈을 감고 몇 번 천천히 심호흡을 했다. 가서 약을 먹어, 머릿속에서 목소리가 들렸다. 마음이 가라앉을 거야.

안 돼.

나는 다시 숨을 들이마시고 치골에 가깝게 아래쪽에서 배를 가로질러 깔끔하게 절개했다. 그러면서 행여 고통스러운 비명이나 신음이 들리지 않는지 신경을 곤두세웠다.

다행히 아무 소리도 들리지 않았다.

"소냐, 좀 닦아줄래요? 드루, 혈압과 심박수를 확인해줘요. 직접 손으로 확인해야 할 거예요."

소냐가 피를 닦아내는 동안 나는 자궁까지 들어가서 또 한 번 조심스럽게 가로로 절개했다.

"혈압은 55에 40이에요." 드루가 말했다. "맥박은 98이고요."

달라진 건 없었다. 물론 그것만으로 아기의 상태를 짐작할 수는 없었다.

양막낭을 터뜨리자마자 양수가 걷잡을 수 없이 터져나와 여기저기로 쏟아졌다.

소냐가 재빨리 수건을 가져다 최대한 닦아냈다.

나는 수술용 집게를 소냐에게 건네며 말했다. "내가 수술하는 동안 이걸로 절개 부위를 잡고 있어야 해요."

그녀가 제 위치에 집게를 잡은 후 나는 카로의 자궁 안으로 손을 넣어 둥근 아기 머리를 찾았다. 거기, 작지만 분명히 온기가 느껴지는 머리가 만져졌다. 손바닥으로 머리를 받히고 다른 한 손을 넣어 부드럽게 잡아당겼다.

잠시 저항이 느껴지다가 곧이어 자그마한 아기가 카로의 뱃속에서 빠져나왔다.

"세상에." 드루의 입이 쩍 벌어지고 눈이 휘둥그레졌다. "색깔이 왜 그래요?"

"태아 기름막이에요." 소냐가 설명했다. "예정보다 빨리 태어난 조산아들에겐 일반적인 거예요." 우리는 모두 잠시 내 손에 안긴 작고 흰 갓난아기를 바라보았다. 마치 생명이 없는 자그마한 귀신 같았다.

자그마한 여자 귀신.

"숨을 쉬고 있나요?" 소냐가 속삭였다.

나는 고개를 저으며 새끼손가락 끝부분을 갓난아기의 입에 넣고 기도가 막히지 않았는지 확인했다. 기름막 아래로 산소 부족 때문에 푸르스름해진 피부를 볼 수 있었다. 펜론 백이 필요한데, 나는 다급하게 생각했다. 아기가 숨을 쉴 수 있게 해야 했다. 지금 당장.

"산소 탱크를 가져와요. 다른 마스크도요." 내가 드루를 재촉했다.

그가 두 가지를 가져왔다. 아기의 입을 억지로 벌려 조심스럽게 입 안에 바람을 불어넣고, 산소 마스크를 씌우며 제발 효과가 있기를 바랐다.

효과가 없었다. 다시 해봤지만, 소용없었다.

신이시여, 나는 기도를 하고 있었다. 제발.

"아기를 내게 줘요." 소냐가 손을 내밀었다. "당신은 카로 수술을 마무리해야죠."

나는 자그마한 갓난아기를 소냐에게 건넸고, 그녀가 아기 입에 몇 번 더 바람을 불어넣고 익숙하게 아기를 뒤집어서 어깨 사이를 토닥거리는 것을 보았다.

기적적으로 거의 들릴 듯 말 듯 훌쩍거리는 소리가 들렸고 가느다란 팔이 빳빳해졌다가 움직였다.

마음을 가다듬고 아기 엄마에게 돌아서는데 눈에 눈물이 고였다. 부드럽고 조심스럽게 탯줄을 잡아당기며 태반이 순순히 딸려 나오게 해달라고 또 한 번 기도했다. 만약 자궁이 수축하지 못해서 혈류가 중단되지 않으면 카로는 과다출혈로 몇 분 내에 사망할 수도 있었다.

잠시 아무 일도 일어나지 않더니 곧 태반이 내 손으로 미끄러져 나왔다. 나는 손전등을 들고 조심스럽게 살폈다. 다행히 온전한 상태였다.

"드루, 여기 좀 도와줄래요?" 나는 바늘과 봉합실을 찾아 카로의 배를 봉합할 준비를 하며 면봉을 향해 고갯짓했다. "아기는 어때요?" 내가 소냐에게 물었다.

"아기는 괜찮아요."

"탯줄을 꽉 붙잡고 잘라줄래요? 내가—."

그때 갑자기 카로의 신음이 들렸다. 반은 의식이 있는 상태에서 깨어나는 모양이었다. "엔토녹스 마스크를 얼굴에 씌워주세요." 내가 재빨리 드루에게 지시하고 직접 카로에게 말했다. "조금만 더 참아요, 거의 다 끝났어요. 길게 그리고 깊이 숨을 들이마셔요, 알았죠?"

나는 최대한 빠르게 움직였고, 다행히 이제부터는 내가 가장 잘하는 일이었다. 응급실에서의 오랜 경험 덕분에 봉합이라면 자면서도 할 수 있을 정도였다. 마지막까지 꿰맨 후 실을 자르고 소독약을 바르며 소냐를 고갯짓으로 불렀다.

"아기를 살펴봐야 해요. 자궁 위쪽을 이런 식으로 마사지해서 수축이 빨리 진행되도록 도와주세요. 지혈에 도움이 될 거예요." 나는 그녀에게 방법을 알려주고 다리 사이에 댄 패드를 살폈다. 모두 흠뻑 젖어 있었지만, 혈류가 조금은 잦아든 것 같았다.

아직 안심하기에는 일렀지만 그래도 좋은 징조였다.

소냐에게서 아기를 받아 수건을 젖히고 아기를 검사했다. 피부에 분홍빛이 돌기 시작했고 예정보다 일찍 태어났음에도 불구하고 혼자서 무리 없이 숨을 쉬는 것 같았다. 나는 몇 초간 아기의 완벽한 얼굴과 자그마한 팔다리를 감탄하며 바라보다가 춥지 않도록 다시 수건으로 감쌌다.

"당분간 계속 산소 공급을 해주세요." 아기를 소냐에게 다시 건네주며 말했다. "그리고 꼭 따뜻하게 해주세요."

나는 다시 카로에게 집중했다. 출혈이 눈에 띄게 줄어든 것을 확인하며 비로소 안도감을 느꼈다. 내가 그녀의 손을 꽉 잡자 그녀가 눈을 뜨고 엔토녹스 마스크 위로 게슴츠레하게 나를 보며 눈을 깜빡거렸다.

"다 끝났어요." 내가 마스크를 벗기고 말했다. "통증이 줄어들도록 모르핀 주사를 놓을 거예요. 그러면 졸릴 테니까 그 전에 아기 먼저 만나게 해줄게요."

카로는 내 말이 이해가 안 가는 듯 눈만 깜빡거리더니 곧 깨어나는 것 같았다.

"네." 그녀가 갈라진 소리로 대답하며 몸을 일으켜 세우려 했지만 내가 그녀의 가슴에 손을 얹으며 단호하게 말했다. "안 돼요. 움직이지 말아요. 아직은 안 돼요."

나는 베개 두 개를 가져와 카로의 머리 뒤에 대주고 소냐에게 아기를 받아 카로의 팔에 안겨주었다.

"세상에." 그녀가 꺽꺽거리는 목소리로 놀라며 말했다. "너무 작아요." 그녀가 나를 올려다보며 물었다. "아들이에요, 딸이에요?"

"딸이에요."

아기를 응시하는 카로의 눈에서 눈물 한 방울이 뺨 위로 흘러내렸다. 나는 잠시 둘을 그대로 두었다가 부드럽게 아기를 받아 다시 소냐에게 건네고, 카로에게 디아모르핀을 주사했다. 운이 좋으면 앞으로 몇 시간은 그걸로 버틸 수 있었다.

"내가 안아봐도 돼요?" 드루가 물었다.

소냐가 아기를 건넬 때 나는 뜻밖의 표정으로 그를 보았다. 소냐와 나는 갓난아기의 자그마한 얼굴을 세상없이 다정한 얼굴로 들여다보는 드루를 지켜보았다. 지금껏 그에게서 한 번도 본 적 없는 표정이었다. 막상 출산 과정을 지켜보고 나니 부성애가 솟아오르는 모양이었다. 자식을 원치 않는다던 생각을 재고하는지도 몰랐다.

"산소가 더 필요해요." 소냐가 드루의 팔에서 아기를 데려가며 말했다. 그는 아기를 내주고 싶지 않은 듯 마지못해 건네주었다.

"난로 하나 더 가져다줄 수 있어요?" 내가 드루에게 물었다. "그리고 깨끗한 이불도요. 둘 다 따뜻한 온기가 필요하거든요."

드루가 고개를 끄덕이고 사라졌다. 그가 나가고 문이 닫히자 소냐와 나는 미소를 띠고 서로를 쳐다보았다. 드루에게 저렇게 말랑말랑한 데가 있는 줄 누가 알았을까?

나는 카로에게 광범위한 약효의 항생제를 투여하고 그녀가 잠에 빠져드는 걸 지켜보았다. 감염만 되지 않으면 괜찮을 것 같았다.

“잠시 여기 좀 맡아줄 수 있겠어요?” 내가 소냐에게 물었다. “아크가 어떻게 하고 있는지 확인하고 다른 사람들도 괜찮은지 보고 올게요.”

“우유를 먹여야 하지 않을까요?” 소냐가 아기를 향해 고갯짓했다. “아직 카로가 젖을 주긴 어려울 거예요.”

“라지브에게 가루우유라도 좀 가져다주라고 부탁할게요.”

소냐가 이마를 찌푸렸다. “그래도 괜찮아요?”

“그럴 수밖에 없어요. 라지브에게 분유가 있을 리 만무하잖아요. 난로에 데워서 주사기에 넣어 먹이면 돼요. 그리고 카로가 깨어나면 젖을 물리도록 하고요. 아무래도 아기가 너무 작아서 흡입 반사가 강할 것 같진 않지만, 그래도 시도는 해봐야죠.”

나는 모르핀이 들어 있는 작은 유리병 몇 개와 깨끗한 주삿바늘과 주사기를 가져와 카운터에 올려두었다. “주사기 사용하는 법 기억하죠?” 내가 소냐에게 물었다.

“그럼요.”

“카로에게 필요한 것 같으면 한 번 더 놔주세요. 4시간에 한 번씩 20밀리그램을 넘기면 안 돼요.”

소냐가 나를 보고 다시 이마를 찌푸렸다. “왜 직접 놔주지 않고요?”

“난 어떻게든 동력 문제를 해결할 방법을 찾아볼게요.” 눈앞에 마약성 진통제를 두고 손대지 않을 자신이 없다는 사실을 인정하고 싶지 않아 핑계를 댔다. 아니면 뭔가, 혹은 누군가에 의해 진료실로 돌아오지 못할 수도 있다는 두려움을 인정하고 싶지 않았다. "앨리스와 라지브에게 부탁해서 우유와 물을 가져다주라고 할게요. 내가 나가면 문을 잠가요, 알겠죠?"

소냐가 고개를 끄덕였다. 그녀는 카로와 나를 번갈아 보았다. "정말 대단했어요, 케이트. 당신이 두 사람의 생명을 살렸어요. 전에 제왕절개 수술을 해본 적 없죠, 그렇죠? 해봤다곤 했지만 말이에요."

"맞아요." 내가 인정했다. "한 번도 안 해봤어요."

소냐가 물끄러미 나를 보았지만, 그녀의 시선에서 나를 인정해주는 마음이 느껴졌다.

"당신은 아주 용감해요." 그녀가 한 손을 들어서 내 얼굴을 감쌌다. "케이트, 당신이 없으면 우리가 이 상황을 헤쳐나갈 수 있을지 모르겠어요. 그러니까 꼭 조심해요. 절대 영웅처럼 혼자 해결하려고 들지 말아요, 알겠죠?"

40

7월 7일

휴게실로 돌아와보니 앨리스와 라지브는 이불을 뒤집어쓰고 있고, 야외 장비를 갖춘 루크와 롭은 곤두박질치는 온도에 별 영향을 미치지 못하는 작은 난로 두 개를 조작하고 있었다. 톰도 그들과 함께 있는 모습을 보자 마음이 놓였다.

"카로는 괜찮아요?" 앨리스가 물었다. 그녀가 울고 있었다는 걸 금세 알아차릴 수 있었다.

나는 고개를 끄덕였다. "그런 것 같아요."

"드루가 카로가 딸을 낳았다고 했어요." 갑자기 톰의 얼굴에 보기 드문 미소가 반짝 떠올랐다.

"맞아요."

"그래도 많이 빠른 거긴 한 거죠, 맞죠?" 그가 물었다. "잘 살 수 있을까요?"

"카로요 아니면 아기요?"

"둘 다요."

모두가 나를 빤히 바라보며 대답을 기다리고 있었다. 나는 솔직하게 말하는 수밖에 없다고 생각했다. "카로는 괜찮을 것 같아요. 출혈도 잡힌 것 같고요. 아기는 아직 아슬아슬한 상황이에요. 너무 이른 조산이라서요. 적절한 산전 관리팀이 있었다면 생존 가능성이 크겠지만, 여기는……." 나는 말을 멈췄다. 더 말할 필요도 없는 얘기였다.

"두 사람을 위해 기도할게요." 톰이 나지막이 말했다.

나는 뜻밖의 말에 놀라 그를 바라보았다. 톰도 자기 아버지처럼 신앙이 있는지 미처 몰랐었다. 동성애를 혐오하는 아버지 때문에 종교도 거부했을 거라고 생각했는데.

"고마워요." 내가 가볍게 말했다. "두 사람은 지금 가능한 모든 도움이 필요한 상황이에요."

나는 라지브를 보았다. 그는 어느새 터번을 두르고 있었다. 검은색 터번을 보며 우리가 처한 상황에 대한 표현일까 궁금했다. "가루우유 좀 줄 수 있어요?"

"물론이죠. 부엌에서 가져올까요?"

"부탁해요. 하지만 앨리스랑 함께 가요, 알겠죠? 그리고 조심해요."

"그러고 나서 두 사람을 보러 가도 돼요?" 앨리스가 애써 기운을 추스르며 희망적인 목소리로 물었다.

"카로는 지금 잠들었어요. 라지브와 함께 소냐에게 우유를 가져다 주세요. 그리고 작은 냄비와 물병도 챙겨줄래요?"

"벌써 물이 많이 줄었어요." 라지브가 걱정스러운 얼굴로 말했다. "파이프란 파이프는 다 얼어붙기 시작했고요."

"롭과 내가 나가서 눈을 좀 모아올 참이었어요." 루크가 끼어들었다. "그리고 난로에 필요한 연료도요."

그러고 나니 나와 함께 베타로 갈 사람은 한 명도 없었다. 하지만 나는 꼭 아르네를 찾아야 했다. 위험을 감수하는 수밖에 없지. 정신 바짝 차리고 조심하면 돼. "혹시 내가 쓸 수 있는 무전기 하나 있어요?" 내가 루크에게 물었다.

"우리도 없어요. 핸드셋은 절반 이상이 어디 있는지도 모르겠고, 두 개는 배터리가 죽었어요. 유일하게 남아 있는 건 드루와 아르네, 아크가 쓰고 있어요."

빌어먹을, 나는 서둘러 베타의 통신실로 향하며 생각했다. 정말 되는 게 하나도 없군.

발전실에 가보았지만 아크가 보이지 않았다. 아마도 보조 발전기 회수를 도우러 밖으러 나간 것 같았지만 무전기가 없으니 연락할 방법이 없었다. 무전기를 보관하는 부트룸 선반을 찾아보았지만, 루크 말대로 남아 있는 무전기들은 배터리가 죽어 있었다.

젠장. 나는 두꺼운 오리털 바지와 재킷을 입고 아크와 다른 사람들을 찾으러 밖으로 나가야 하나 고민했다. 그러나 그러려면 어둠 속으로 들어가야 했고 문제가 생겨도 도움을 청할 방법이 없었다.

영웅처럼 혼자 해결하려고 들지 말아요.

나는 소냐의 말을, 나를 안전하게 지키고자 하는 그녀의 명령을 떠올렸다. 그녀 말이 옳았다. 너무 위험한 일이었다. 아무리 아르네를 찾고자 하는 마음이 간절하다고 해도.

진료실로 돌아가 카로와 아기를 살피면서 다른 사람들이 안으로 돌아오기를 기다리는 편이 나았다. 내가 베타를 가로지르는 지름길을 택해 알파와 연결된 복도에 다다랐을 때, 창고 어디에선가 요란한 소리가 들렸다.

도대체 저건 무슨 소리지?

나는 오던 길을 되돌아가 손전등으로 창고 안을 비춰보았다. 놀랍게도 바닥에 쭈그려 앉아 있는 사람이 보였다. 그쪽으로 손전등을 비추자 그가 고개를 들었다.

아르네였다.

안도감이 몰려왔다. "괜찮아요?"

"뭔가에 걸려 넘어졌어요." 그가 고통스럽게 신음했다. "빌어먹을, 발가락이 박살 난 거 같아요."

그쪽으로 걸어가서 손전등으로 부츠를 신은 발을 비췄다. "우선 따뜻한 곳으로 가요. 내가 한번 볼게요."

아르네가 고개를 저었다. "잠깐만 기다려요." 그가 손을 뻗어 바닥에 떨어뜨린 손전등을 주워서 작동하는지 확인했다.

"카로와 아기 얘기 들었어요." 아르네가 말했다.

내가 고개를 끄덕였다. "딸이에요."

그가 내게 다가와서 안아주었다. "당신이 두 사람 목숨을 구했다는 얘기도 들었어요, 케이트."

아직 완전히 마음을 놓기에는 일렀지만 그래도 그런 말은 하지 않았다. "그런데 여기서 뭐 하는 거예요?"

"아크에게 실리콘 윤활유를 가져다주려고 왔어요. 보조 발전기를 고치는 중이거든요." 그때 갑자기 아르네의 손전등이 깜빡거리더니 꺼져버렸다. 그가 손전등을 몇 번 쳐보았지만, 다시 켜지지 않았다. "기가 막힐 노릇이군."

"그럼 보조 발전기도 망가졌단 말이에요?" 내가 소스라치며 물었다.

아르네가 고개를 끄덕였다. "누가 그랬는지 아주 제대로 망가뜨려 놨어요."

세상에. 나는 충격으로 몸서리를 쳤다. 조만간 전기가 들어오긴 틀렸다. 우리는 어쩌면 좋지?

도대체 누가 이런 짓을 했을까? 나는 다시 생각해보았다. 여기 있는 우리 모두를 죽이려는 작정일까? 아니면 우리가 생존에 몰두하느라 다른 것에 신경 쓸 겨를이 없으면 정체가 탄로 날 위험이 없다고 생각한 걸까?

도저히 이해할 수 없는 노릇이었다.

아르네가 발가락에 체중을 실으며 움찔했다.

"내가 윤활유를 가져올게요." 야외 장비를 갖추고 있어도 추위에 몸이 떨렸다. 이곳 온도는 영하의 온도로 훌쩍 떨어진 것 같았다. "어디 있어요?"

"세제 옆에요." 그가 창고 한구석을 가리키며 말했다.

나는 그쪽으로 가서 윤활유 한 통을 가져와 아르네에게 건넸다.

"고마워요." 그가 그걸 주머니에 쑤셔넣으며 말했다. 바로 그때 그의 왼쪽 주머니에서 뭔가 불쑥 삐져나온 것이 눈에 들어왔다. 나는 손전등을 들어 자세히 보았다. 그리고 아르네가 막기도 전에 손을 뻗어 그걸 꺼냈다.

잠시 내가 들고 있는 게 뭔지 깨닫지 못했다. 짧고 뭉툭한 안테나가 달린 큼직한 검정 전화기였다.

무선 위성 전화기.

이건 또 뭐지. 나는 눈을 휙 들어 아르네를 보았다. "당신이 위성 전화기를 가져갔어요?"

"안 그래도 당신에게 그 얘길하려던 참이었어요. 차고에서 발견했어요. 작업대 위에 놓여 있더라고요. 어떻게 아무도 그걸 못 봤는지 모르겠어요."

나는 냉담한 시선으로 그를 빤히 보았다. "당신이 샌드린의 사무실에서 가져온 건 아니고요?"

아르네가 황당한 표정으로 나를 보았다. "내가 가져온 게 아니에요, 케이트. 왜 내가 그런 짓을 하겠어요? 아크에게 윤활유를 가져다주고 롭이나 톰에게 전화기를 갖다줄 참이었어요."

"왜요?"

그가 내 손에서 전화기를 빼앗아 버튼을 눌렀다. "직접 봐요. 배터리는 살아 있는데도 작동을 하지 않아요. 둘 중의 하나는 고칠 수 있을지도 모른다고 생각했죠."

나는 혼란스러워서 이마를 찡그렸다. 그럼 위성 전화기도 파손되었다는 건가? 아니면 다른 이유가 있는 걸까?

그보다 위성 전화기가 그의 주머니에 있는 이유에 대한 아르네의 해명을 믿어도 될까?

나는 꼼짝도 안 하고 서서 고민했다. 이해해보려고 했다.

"총이 사라졌어요." 내가 아르네에게 말하고 그의 반응을 살폈다.

그가 눈을 가늘게 뜨고 나를 보았다. "무슨 총이요?"

"베타에 자물쇠로 잠가 보관하던 총이요. 누군가 열쇠를 가져갔고 총이 없어졌어요."

아르네는 충격을 받은 것 같았다. "설마요. 난 기지에 총이 있는지도 몰랐어요."

"나도 몰랐어요." 나는 숨을 들이마시며 숨결에서 나온 입김이 손전등에 엉겨 붙는 것을 보았다. 점점 추워지고 있었다.

결정을 내리지 못하고 망설이며 서 있었고 추위에 이가 딱딱 부딪치기 시작했다. 어떻게 하지? 무엇보다 아르네에게 의지하고 도움을 청하고 싶었지만, 그를 믿어야 할지 더는 확신이 서지 않았다.

힐긋 그를 보았다. 그는 먼 곳을 바라보며 생각에 잠겨 있었다. 그의 머릿속에는 무슨 생각이 오가고 있을까? 정확히 무슨 계획을 세우고 있는 걸까?

나는 활동 밴드를 떠올리며 내가 어리석었다는 걸 깨달았다. 자기는 그것과 아무런 상관이 없다던 아르네의 대답을 받아들였던 이유는 내가 그를 믿고 싶어서였다. 내 감정에 눈이 멀어서 그를 믿었던 것이다.

그때도 똑같았다. 벤과도 그랬다.

나는 마음을 정했다. 이건 내가 알아서 할 일이야.

"가봐야겠어요." 내가 불쑥 말하고는 그가 붙잡을 틈도 주지 않고 그 자리를 떠났다.

41

7월 7일

"나예요." 내가 진료실 문에 대고 낮게 말했다. "문 좀 열어줘요."

잠시 후 소냐가 문을 열었다. 나는 진료실로 들어가 다시 문을 잠그고 이불에 싸여 소냐의 팔에 안겨 있는 아기를 보았다. 자그마한 얼굴이 살짝 보였다. 너무 작고 연약했지만, 얼굴색은 좋아 보였다.

"둘은 좀 어때요?" 내가 물었다.

"괜찮아요." 소냐가 말했다. "아기에게는 계속 산소를 공급하고 있고 피펫(실험실에서 소량의 액체를 재거나 할 때 쓰는 작은 관/옮긴이)으로 우유도 좀 줘봤는데 별로 먹고 싶어하지 않았어요. 카로는 아직 비몽사몽이에요. 혈압은 정상이고 출혈도 거의 멈춘 것 같아요."

나는 그 얘기를 들으며 감정이 뒤섞였다. 아기는 곧 우유나 물을 먹어야 할 터이고, 그렇지 않으면 위험해질 수 있었다. 그러나 카로가 최악의 상황을 벗어난 것 같아서 정말 다행이었다. 잘되면 곧 여기서 나갈 수 있을 것 같았다.

하지만 서류 캐비닛은 어쩌지? 이런 짓을 벌이는 범인이 누군지 서

둘러 찾아야 하고 유일한 단서는 그 서류에 있다는 사실을 상기했다.

"무슨 일이에요?" 소냐가 등유 램프의 부드러운 빛에 드러난 내 표정에서 뭔가를 감지하고 물었다.

"여기서 나가야 할 것 같아요." 내가 말했다. "지금요."

그녀가 나를 보며 이마를 찌푸렸다. "그래서 어디로 가게요?"

"감마요. 거기 가면 안전할 거예요." 두 사람을 여름 캠프에 자리 잡게 해주고 다시 돌아와서 캐비닛을 열 방법을 찾기로 작정했다.

"왜요?" 소냐가 어리둥절한 표정이었다. "무슨 일이에요, 케이트? 누가 또 다쳤어요?"

"아직은 아니에요, 하지만……." 나는 그녀를 보며 뭐라고 말할까 생각했다. 혹시라도 카로가 듣고 있을지도 모르는데 그녀에게 또다른 스트레스를 주고 싶지 않았다.

"아르네가 이걸 가지고 있는 걸 발견했어요." 나는 위성 전화기를 주머니에서 꺼내 소냐에게 보여주었다.

소냐가 얼떨떨한 표정으로 전화기를 응시했다. "아르네가 이걸로 뭘 하고 있었는데요?"

"정비소에 있는 작업대에 놓여 있는 걸 발견했대요."

"그런데 당신은 아르네 말을 믿지 않는군요?" 소냐가 다시 이맛살을 찌푸렸다.

"문제는……." 나는 목소리를 낮춰 거의 속삭이다시피 말했다. "그게 다가 아니에요. 샌드린이 죽기 전에 알렉스의 활동 밴드 일부분도 정비소 선반 밑에서 발견했어요. 누군가 일부러 부순 게 분명했어요."

소냐가 말없이 나를 보고 눈을 깜빡거렸고, 품에 안고 있는 작은 생명체를 부드럽게 어르며 내가 한 얘기를 생각하는 것 같았다.

"그럼 당신 생각엔……." 소냐가 말을 멈추고 고개를 저었다. "아니, 난 못 믿겠어요. 아르네는 아니에요."

나는 깜빡거리는 가스램프 불빛에 비친 그녀의 표정을 살폈다.

"정말이에요, 케이트. 아르네는 절대 이런 짓을 할 사람이 아니에요. 절대."

소냐는 한 손으로 아기를 안고 다른 손을 뻗어 내 손을 토닥거리며 강조했다. 그녀의 표정에서 내가 아르네에게 어떤 마음인지 그녀도 알고 있다는 것이 느껴졌다. 모두가 기지 담당 의사와 차량 정비 기사 사이에 뭔가 있다는 걸 아는 모양이었다.

이곳에 비밀은 없다.

그러나 아르네에 대한 소냐의 생각이 맞을까. 그가 좋은 사람이라는 그녀의 확고한 믿음은 과연 맞는 걸까? 어쨌거나 모두가 그를 좋아하고 믿는 것 같았다. 어쩌면 장-뤼크만 제외하고……처음으로 두 사람 사이의 불화에 대해 아르네가 했던 얘기가 진실인지 궁금했다.

"내 말 들어요, 당신은—." 그녀의 말이 어떤 소음에 중단되었다. 크고 날카로운 소리.

틀림없는 총소리였다.

소냐의 눈이 휘둥그레졌다. "총소리였나요?"

"기지 권총이에요." 나는 휙 몸을 돌려 어디에서 난 소리인지 확인하려 했다.

"빌어먹을." 잠시 후 소냐가 말했다. 이 위엄 있는 숙녀가 욕하는 걸 듣는 건 처음이었다.

신이시여, 나는 마음속으로 기도했다. 제발 또 다치는 사람이 없게 해주세요.

"무슨 일이에요?" 우리 등 뒤에서 지친 목소리가 들렸다. "무슨 소리였어요?"

"아무것도 아니에요." 나는 카로에게 다가가 그녀의 피부에 손을 대고 열이 있는지 확인했다. 다행히 체온은 정상인 것 같았다. "좀 어때요?"

"아파요." 그녀가 신음했다. "온몸이 아프지만 괜찮아요."

"일어나서 옷을 입을 수 있겠어요?" 나는 차분하고 일상적인 목소리로 말했다.

"왜요?" 그녀가 나를 보려고 고개를 들며 통증으로 움찔했다. "무슨 일 있어요?"

"나도 정확히는 몰라요," 내가 솔직히 말했다. "하지만 여기서 나가는 게 좋을 것 같아요." 나는 당장 카로와 아기를 어딘가 안전한 곳으로 옮겨야겠다고 작정했다. 그 총소리는 섬뜩할 정도로 가까운 곳에서 들렸다.

나는 소냐를 돌아보았다. "방금 무슨 일이 있었는지 가서 확인해봐야겠어요. 카로와 여기 있어요. 필요하다고 하면 진통제를 좀더 주시고 옷 입는 걸 도와주세요."

소냐는 내가 제정신이 아니라는 듯한 눈빛으로 나를 보며 말했다. "나가면 안 돼요, 케이트. 너무 위험해요."

"선택의 여지가 없어요." 내가 말했다. "다친 사람이 없는지 확인해야 해요. 내가 돌아올 때까지 아무도 여기 들이지 말아요. 그리고 여기서 대피하는 데 필요한 건 빠짐없이 다 챙기세요."

"케이트—." 소냐가 당혹스러운 목소리로 나를 불렀다.

그러나 나는 이미 밖으로 나온 후였다.

42

7월 7일

복도는 텅 비어 있었다. 온도는 이제 영하로 뚝 떨어져 몹시 추웠다. 진료실에서 나와 머뭇거리며 서 있는데 끔찍한 상상이 머릿속을 가득 메웠다. 손전등 배터리는 하나씩 하나씩 죽어가고 있었고 난로와 등유 램프의 연료도 점점 줄어들고 있었다. 그것도 모자라 어둠이 집어삼킨 남극 기지의 구석구석에서 매서운 추위가 스며들고 있었다.

무엇이 먼저 우리를 공격할까?

살인자, 아니면 추위?

나는 깊이 숨을 들이마시며 가장 하고 싶지 않은 일을 했다. 손전등을 껐다. 폐소공포증을 느낄 것 같은 암흑 속에 갇히자 몸이 덜덜 떨리고 심장이 벌렁거렸고, 다시 손전등을 켜고 싶은 강한 충동을 간신히 억제했다. 어둠은 어쩐지 살아 있는 듯 위협적으로 느껴졌다.

어둠 속에 무엇이 있을지 몰라, 나는 생각했다.

누가 있을지.

정신 바짝 차려, 케이트. 나는 머릿속에 지도를 그리며 휴게실로 가는 길에 집중했고 벽을 더듬거리며 걸어갔다. 손가락 끝의 감촉에 의지해 천천히 이동하며 복도를 따라 걸었고, 출입문의 개수를 확인하며 당장이라도 누군가가 나를 덮칠지도 모른다는 끔찍한 공포감을 억눌렀다.

그들이 다가오는 소리를 들을 수 있을까?

벽이 끝나며 손이 허공을 짚었다. 나는 왼쪽으로 돌아 휴게실로 향했다. 살인자와 맞닥뜨리면 어쩔 건데, 머릿속 또 하나의 목소리가 물었다. 정확히 어떻게 하려고?

손전등으로 후려칠 거야?

잠시 후 뭔가에 걸려 발을 접질렸고 본능적으로 충격을 흡수하기 위해 손을 휘저으며 바닥으로 넘어졌다. 무릎에 엄청난 통증이 느껴져서 정신을 잃을 지경이었다. 나는 어둠 속에서 그렇게 누운 채로 통증이 가라앉기를 기다렸다. 얼마 후 일어서려고 손을 짚는데 손가락에 작고 둥근 공이 만져졌다.

공을 집어들자 표면에 움푹 팬 부분들이 만져졌다. 세상에. 샌드린의 망할 골프공을 밟고 목이 부러질 뻔했다니.

그녀가 보내는 이별의 샷일까. 어처구니가 없어 웃음이 터질 뻔했다.

골프공을 주머니에 넣고 일어나는데 무슨 소리가 들렸다. 탁탁거리는 소리가 들렸고, 뒤이어 아주 잠깐 정전기가 번쩍했다. 바로 멀지 않은 앞쪽에서.

나는 겁에 질려 그 자리에 얼어붙었다.

세상에. 여기 누가 있다. 어둠 속에, 나와 함께.

나는 숨소리를 죽이고 아무 소리도 내지 않으려 애쓰며 귀를 기울였고, 주변의 어둠을 가만히 응시했다. 행여 나도 정전기를 일으켜 내 모습이 드러날까봐 감히 움직일 수도 없었다.

시간이 천천히 늘어졌다. 다시 방아쇠를 당기는 소리, 총알의 충격을 기다렸다. 쿵쾅거리는 내 심장박동 소리가 크게 머릿속을 울렸고 앞에 있는 사람에게도 들릴까 걱정될 정도였다.

갑자기 멀지 않은 곳에서 비명이 들렸다.

앨리스.

나는 과감하게 손전등을 다시 켜고 무릎에서 느껴지는 통증을 무시한 채 휴게실을 향해 뛰었다. 모서리를 돌자마자 앨리스와 라지브가 바닥에 누워 있는 누군가의 옆에 쪼그리고 앉아 있는 게 보였다.

"케이트!" 내가 그리로 달려가자 앨리스가 외쳤다. "빨리요!"

나는 쓰러진 사람 옆에 무릎을 꿇고 앉았다. 놀란 눈을 크게 뜨고 나를 바라보는 톰을 보고 안도감이 밀려왔다.

"세상에." 내가 놀라서 말했다. "어떻게 된 거예요?"

"다리에 총을 맞았어요." 그가 신음했다. "아파 죽겠어요."

나는 손전등으로 청바지를 입은 다리를 비췄다. 왼쪽 허벅지에 넓게 핏자국이 번져 있고 지켜보는 와중에도 계속 퍼지고 있었다. 두려움과 피곤함으로 머릿속이 하얘졌다. 말도 안 돼, 머릿속에서 부정하고 있었다.

어떻게 이럴 수가 있지.

"케이트, 어떻게 하죠?" 두려움에 떨리는 목소리로 앨리스가 물었다.

"휴게실로 옮겨야겠어요." 내가 간신히 정신을 가다듬으며 말했다. "소냐에게 가서 소독솜과 카로에게 주려고 꺼내놓은 모르핀 일부를 가져올래요? 혼자 가야 하니 조심해요."

앨리스가 고개를 끄덕이며 어둠 속으로 사라졌다. 라지브와 나는 톰을 일으켜 세웠고 절뚝거리는 그를 부축해서 복도를 지나 휴게실로 향했다. 나는 서둘러 바닥에 자리를 마련했다. 청바지의 다리 부분을 자를 만한 것을 찾아 주위를 둘러보다가 소냐의 뜨개질 바구니를 발견했다. 바구니 안을 뒤져 소냐가 실의 끝부분을 자를 때 쓰는 무지개 색깔의 작은 가위를 찾았다.

"롭은 어디 있어요?" 톰의 두꺼운 청바지를 잘라내며 내가 물었다.

"눈을 더 가지러 밖에 나갔어요."

"혼자서요?" 나는 낭패감에 이를 악물었다.

라지브가 어깨를 으쓱했다. "어쩔 수 없어요, 케이트. 게다가 누가 이런 짓을 하는지는 몰라도 그는 총을 가지고 있어요. 총 앞에선 누가 누굴 보호해줄 수도 없어요."

일리가 있는 말이었다. 마침내 톰의 허벅지 윗부분이 드러났다. "휴지 상자 좀 줘봐요." 나는 라지브에게 말했고, 한 움큼 휴지를 뽑아 피를 닦아냈다. 손전등을 비추니 넓적다리뼈 바로 옆으로 동그란 구멍이 보였다. 내가 톰의 다리를 들어올려 반대쪽으로 총알이 나간 자리를 확인할 때 톰이 고통스럽게 신음했다.

"천만다행이에요." 내가 말했다. "총알이 뼈와 넓적다리 동맥을 비켜 지나갔어요. 상처를 소독하고 치료한 뒤에 진통제와 감염 위험을 줄일 수 있는 항생제를 줄게요. 괜찮을 거예요."

그가 마른침을 삼키며 고개를 끄덕였다. 사색이 된 얼굴이었다.

"무슨 일이 있었던 거예요? 기억나요?"

"내가……." 그가 충격으로 불안정한 목소리로 더듬거렸다. "다 내 잘못이에요."

나는 그를 바라보았다. "그게 무슨 말이에요?"

톰의 눈에 눈물이 차올랐다. "내가 그랬어요." 그가 소곤거렸다. "내가 권총을 가져갔어요. 너무 무서워서 그랬어요. 자꾸 환청이 들리고……내 방 밖에 있는 사람들 때문에……그런데다 샌드린까지……." 그의 목소리가 갈라졌다. "그래서 그녀를 발견했을 때 몰래 열쇠를 챙겼다가 베타에 가서 총을 꺼내왔어요."

"그럼 당신이 쏜 거예요?" 내가 이마를 찌푸리며 물었다. 실패한 자살 시도라도 되는 건가?

"그건 아니에요." 톰이 신음했다. "누군가 어둠 속에서 나를 덮치고 총을 빼앗아가려고 했어요. 몸싸움을 하다가 총이 발사된 거예요."

"누구였는지 못 봤어요?" 라지브가 물었다.

톰이 고개를 저었다. "손전등을 떨어뜨려서 아무것도 안 보였어요."

"기억나는 게 아무것도 없어요?" 라지브가 초조하고 겁에 질린 목소리로 물었다. "하다못해 냄새라도요? 무슨 소리도 안 냈어요?"

톰이 속수무책으로 어깨를 으쓱했다. "순식간에 일어난 일이라서."

"아직 총 가지고 있어요?" 내가 물었다.

톰이 다시 고개를 저었다. "그가 너무 강했어요."

모두 남자라고 단정 짓고 있다는 걸 알았다. 물론 거의 정확한 추측이긴 했다. 카로나 소냐일 리는 없고, 앨리스가 그랬을 거라고 생각하는 것도 무리였다.

그때 앨리스가 의약품을 들고 돌아왔고 진료실에서부터 뛰어왔는지 두 뺨이 빨갛게 달아올라 있었다. 내가 소독을 하고 지혈을 위해 붕대로 상처를 단단히 감는 동안 앨리스는 놀란 얼굴로 톰의 다리를 바라보았고, 처치가 끝난 후에는 소파로 이동하는 걸 도와주었다.

"다리를 움직이지 말아요. 통증을 줄일 수 있게 진통제를 줄게요."

나는 라지브를 보고 물었다. "혹시 물 있나요?"

그가 바닥에 물이 조금 남은 물병을 가지고 돌아왔다. 톰을 도와 상체를 일으켜 세우고 내가 주사를 준비하는 동안 항생제를 삼키게 했다. 이 상황에 대한 충격과 아름답고 투명한 액체에 대한 갈망으로 손을 떨며 천천히, 조심스럽게 주사기에 모르핀을 빨아들였다. 남은 모르핀을 챙겨뒀다가 모두가 다른 데 정신이 팔렸을 때 내가 사용하는 건 식은 죽 먹기일 텐데.

아주 조금이면 돼. 이 모든 공포로 곤두선 신경을 다독거릴 정도면 충분해.

"자, 받아요." 나는 앨리스에게 모르핀이 들어 있는 작은 유리병을 건네며 말했다. "4시간 후에 톰에게 한 번 더 주사하라고 나나 소냐에게 일러줘요."

"톰은 괜찮은 거예요?" 뒤에서 목소리가 들렸다.

아르네.

나는 휙 몸을 돌렸다. 마치 그도 뛰어온 것처럼 숨이 가빴다. "네." 내가 말했다. "경미한 상처예요."

그가 톰을 힐끗 내려다보고 다시 나를 보았다. "위성 전화기는 어떻게 했어요?"

"진료실에 있어요."

"위성 전화기를 찾았어요?" 앨리스가 희망에 찬 표정으로 물었다.

"작동이 안 돼요." 아르네가 이마를 문지르며 휴게실을 둘러보았다. 지치고 심란한 표정이었다. "빌어먹을, 이건 미친 짓이에요. 뭔가 해야 해요!"

"뭘요?" 라지브가 물었다. "우리가 뭘 할 수 있겠어요?"

우리는 잠시 말없이 그대로 서 있었다.

"다른 사람들을 찾아와요." 내가 결심을 하고 말했다. "모두 여기 모여 있어야 해요. 소냐만 빼고요. 소냐는 카로와 있어도 괜찮아요. 하지만 나머지는 다 불러와요. 그리고 난로도 더 찾아오고요."

"왜요?" 아르네가 물었다. "어쩌려고요?"

나는 정면으로 그를 쳐다보았다. "우리 중 누군가의 짓이에요. 우리 중 누군가가 톰을 공격하고, 샌드린을 죽였어요. 알렉스도요. 그러니까 다 같이 여기 모여 있어야 해요."

아르네와 앨리스, 라지브가 나를 보았다.

"그 방법밖에 없어요." 내가 고집했다. "우리가 안전하게 있을 수 있는 유일한 방법이에요."

"하지만 총은 어떻게 하고요?" 라지브가 어리둥절한 목소리로 물었다. "우리 중 누군가 총을 가지고 있는데 어떻게 안전할 수 있겠어요?"

"서로 몸수색을 하면 돼요." 내가 말했다. "그러고 나서 서로를 감시하면서 기다리는 거예요."

43

7월 7일

기묘한 광경이었다. 아홉 명 모두 온기를 잃지 않기 위해 머리부터 발끝까지 방한복을 갖춰 입고 이불로 단단히 감싸고 앉아 있는 모습이라니. 내 옆에 소파에 푹 쓰러져서 다친 다리를 쭉 뻗고 있는 톰은 충격으로 얼굴이 창백했다. 네 개의 작은 난로가 벽과 바닥을 뚫고 새어 들어오는 무자비한 추위에 맞서 열심히 타고 있었고, 덕분에 파라핀 냄새가 진동해 휴게실 공기가 찐득하게 느껴졌다.

줄줄이 이어진 일련의 사건들에 망연자실해서 모두 아무 말이 없었다. 라지브가 배라도 채워야 한다는 생각에 창고에서 비스킷과 견과류, 칩과 트레일믹스 등을 꺼내왔지만 손을 대는 사람은 아무도 없었다. 나는 휴게실에 모여 있는 사람들의 얼굴을 응시했다. 등유 램프의 어둑어둑하고 노란 불빛에 비친 얼굴이 하나같이 눈이 쑥 들어가고 섬뜩해 보였다. 좀비 같다는 생각이 들어 소름이 끼쳤다.

아크가 말했던 괴물이 정말 살아났다.

그래도 당장 급박한 위험에 처한 건 아니었다. 아르네와 드루가 휴게실로 들어오는 사람들을 일일이 다 확인했고, 아크와 롭이 아르네와 드루를 몸수색했다. 살인자가 권총을 어디에 숨겼는지는 몰라도 여기에 없는 건 확실했다. 나도 의자 뒤쪽과 소파 밑바닥까지 손으로 훑으며 총을 숨겼을 만한 곳은 구석구석 확인했다.

우리는 안전했다. 최소한 지금은.

모두 똑같은 생각을 하며 서로를 슬쩍슬쩍 훔쳐보는 동안 침묵은 더욱 깊어졌다.

우리 중 누가 살인자일까?

누가 알렉스와 샌드린을 살해했을까? 그리고 어쩌면 장-뤼크까지? 누가 톰에게서 총을 뺏어갔을까?

나는 동료 월동 대원들을 하나하나 살폈다. 기름얼룩으로 뒤덮인 방한 재킷과 바지 차림의 아크는 한시라도 빨리 소중한 발전기를 수리하러 가고 싶어 불만스러운 표정이었고, 잘 보이지도 않게 이불을 뒤집어쓰고 소파에 웅크린 앨리스의 얼굴은 불안과 피로감으로 날카로워 보였다. 지난 24시간 동안 충분히 잔 사람은 아무도 없었다. 앨리스 옆에서 침울하게 생각에 잠긴 라지브는 여기만 아니라면 어디라도 좋겠다는 표정이었다.

맞은편 앉은 롭과 루크는 맥주병을 비우고 있었다. 모두가 맨정신이어야 한다는 내 제안을 보란 듯이 무시하고 있는 루크는 온몸으로 이 모든 상황이 지루해 죽겠다는 분위기를 풍겼고, 롭의 시선은 누구에게도 1초 이상 머무르지 않고 휴게실 이곳저곳을 재빨리 옮겨다녔다.

오로지 드루와 아르네만이 평소 모습과 크게 다르지 않았다. 아르네는 천장을 보며 생각에 잠겨 있었고, 드루는 나처럼 찬찬히 사람들을 살피고 있었는데 잠시 우리의 시선이 마주쳤을 때 그는 멍한 표정이었다.

우리 중 누가 이런 짓을 했을까?

잘 생각해봐, 케이트. 머릿속에 다른 생각이 들기 시작하자 나를 다그쳤다. 네가 알고 있는 게 뭐야? 논리적으로 하나씩 따져보았다. 카로와 소냐와 마찬가지로 앨리스도 용의선상에서 제외할 수 있었다. 세 사람 다 알렉스 같은 체구의 남자를 직접 빙판으로 옮기는 일은 불가능하고, 마찬가지로 톰을 제압할 수도 없었을 터였다.

또 하나, 살인자는 충동적으로 행동하는 것이 아니라는 사실을 깨달았다. 이 상황은 아주 용의주도하게 계획된 일이 분명했다. 샌드린을 죽인 살인자가 그녀를 죽이기 직전이나 직후에 동력을 끊어 대원들의 주의를 다른 곳으로 돌리고 유나와 연락하는 것을 막았다.

마찬가지로 단순히 어떤 쾌감을 얻기 위한 목적도 아닌 것 같았다. 만약 그랬다면 톰도 목숨을 잃었을 테니까. 샌드린이 어떤 식으로든 위협이 된 것이 분명했다. 어쩌면 샌드린이 살인자의 정체를 폭로하려고 했는지도 모른다.

내가 분명히 알고 있는 것은 또 뭐가 있지? 해답을 찾기 위해 고단한 머리를 채찍질했다. 루크가 알렉스의 방에 들어갔던 이유를 거짓말로 둘러댄 것. 알렉스의 활동 모니터와 위성 전화기가 아르네의 정비소 근처에서 발견된 것. 그리고 장-뤼크가 품었던 의혹에 대해 알렉스가 했던 얘기를 샌드린이 확인해주었고, 맥머도에서 발생한 여자의 죽음과 관련이 있다는 것도 알고 있다.

그러나 아무리 머리를 굴려봐도 도무지 이해할 수 없었다. 분명한 사실들을 다 모아봐도 최종적인 결론에 가까워지는 것 같지 않았다. 게다가 지금으로선 서류 캐비닛에 접근할 방법이 없었다.

혼자서는 불가능했다.

"그래서 이제 어떻게 할까요?" 드루가 불편한 침묵을 깼다. "누가 한 짓인지 순순히 자수할 사람 없습니까?"

"난 아닙니다." 롭이 맥주를 한 모금 마시고 단호하게 말했다.

"나도 아니에요." 라지브도 보탰고 앨리스와 루크가 동의하며 고개를 끄덕였다.

모두가 비난의 눈초리로 서로를 돌아보는데 아크가 갑자기 껄껄 웃었다. "살인자 손들어봐요." 아크가 기대하는 눈빛으로 주위를 둘러보았다.

정말 말도 안 돼. 알렉스와 샌드린을 죽인 사람이 결백을 가장한 채 아무렇지 않게 이 자리에 앉아 있다는 걸 도저히 믿을 수가 없었다.

생각만 해도 끔찍했다.

상상도 못 할 일이었다.

나는 눈을 감고 이제 어떻게 할지 생각했다. 맥머도에서 발생한 나오미 페레스의 죽음과 관련이 있다고 말해볼까? 여럿이서 그 서류 캐비닛을 열어보자고 해볼까?

하지만 그랬다가는 무리가 갈라지게 될 것이고, 모두가 위험에 노출될 것이 뻔했다. 자신의 정체가 노출되길 가만히 기다리고 있을 살인자는 없으니까.

그런 위험을 감수할 수는 없었다.

"누가 이런 짓을 했든 순순히 인정하지 않을 거라는 건 알겠네요." 서로를 의심하며 금방이라도 폭발할 듯 긴장감이 고조된 분위기를 깨고 아르네가 말했다. "그러니 도움의 손길이 도착할 때까지 안전하게 기다릴 수밖에 없죠."

“무슨 도움의 손길이요?” 롭이 반문했다. “이런 상황에서 비행기가 여기까지 오는 건 불가능한 일이에요. 아르네가 위성 전화기를 발견하긴 했지만 내가 그걸 고쳐서 작동이 된다 해도 별 도움은 안 될 거예요. 지금쯤 유나도 우리에게 문제가 있다는 걸 알아차렸겠지만 그들이 할 수 있는 게 없다는 게 문제죠.”

“그래도 분명 뭔가 할 수 있는 게 있을 거예요.” 앨리스가 또 금방이라도 울 것처럼 흐느꼈다. “최소한 시도는 해보겠죠.”

드루가 고개를 저었다. “남극 역사상 겨울에 비행기를 띄우려고 시도해본 적은 거의 없어요. 잘못될 수 있는 경우의 수가 한둘이 아니잖아요. 거리도 멀고, 끝도 없는 어둠에 갇혀 있는 데다 영하의 기온은 말할 것도 없고요. 연료가 얼거나 비행기 자체가 얼어붙을 수도 있어요. 이 정도 기온이면 강철도 아주 불안정해져서 쉽게 부러질 수도 있거든요. 날씨며 시야, 고도도 그렇고 쓸 만한 활주로도 없잖아요. 더구나 조종사들이 연료도 채워야 할 거예요. 여긴 활주로를 밝히는 불빛도 없으니 안전하게 착륙할 방법조차 없어요.”

나는 드루의 말을 곰곰이 생각해보았다. “그래도 시도는 하지 않을까요? 카로와 아기를 위해서 작은 비행기라도 말이에요.”

부질없는 희망이라는 건 이미 알고 있었다. 스스로 자기 맹장을 절제해야 했던 러시아 의사 얘기가 떠올랐다. 심지어 기지를 벗어나기 전까지 몇 달간 직접 생체 검사를 하고 자신의 유방암을 치료해야 했던 미국인 내과 의사도 있었다.

“그럴지도 모르죠.” 아르네가 말했다. “하지만 먼저 우리와 연락해서 정확히 무슨 일이 벌어진 건지 알기 전까지는 위험을 감수하지 않을 거예요.”

“그러니까 계획이 필요해요.” 내가 강조했다. “우리가 가진 자원을 확인하고 최대한 오래 버틸 수 있는 계획을 세워야 해요.”

라지브가 고개를 끄덕였다. “케이트 말이 맞아요. 우리 모두 머리를 맞대야 해요.”

“음식, 물, 열기, 그래서 발전기가 필요해요.” 아크가 뚱하게 말했다. “난 여기서 한가하게 수다나 떨고 있을 게 아니라 그걸 고치고 있어야 해요.”

“얼마나 걸릴 것 같아요?” 드루가 그에게 물었다.

아크가 어깨를 으쓱했다. “말하기 어려워요. 냉각팬을 고칠 방법을 찾아야 하거든요. 며칠, 아니 일주일이 걸릴 수도 있어요.”

“우리가 그렇게 오래 버틸 수 있을 만큼 등유가 넉넉한가요?” 라지브가 물었다. “눈을 녹여서 물을 만들려면 연료가 꽤 많이 필요해요.”

아크가 머리를 흔들었다. “부족하죠.”

“발전기에 쓰는 디젤은 어때요?” 앨리스가 끼어들었다. “그건 사용할 수 없어요?”

“문제가 많아요.” 아크가 침울하게 말했다. “디젤은 등유처럼 증발하지 않고, 잘 타지도 않고 아주 더러워요. 나쁜 화학물질이 엄청 많이 섞여 있거든요. 게다가 이산화탄소 문제도 있고요. 전기가 없어서 통풍 시스템도 멈췄잖아요. 디젤로 불을 피우려면 신선한 공기가 필요해요. 안 그러면 천천히 죽는 거죠.”

젠장. 나는 두 개의 히터를 세게 틀어놓은 진료실에 갇혀 있는 카로와 아기를 생각했다. 그 생각은 미처 못했다. 두 사람을 최대한 빨리 데리고 나와야 할 이유가 하나 더 생겼다. 감마에 대해 한 가지 확실한 것은 통풍이 잘된다는 점이었다.

반대편 소파에서 크게 흐느끼는 소리에 깜짝 놀랐다. "집에서 기다리는 딸에게 돌아가고 싶어요." 앨리스가 라지브의 어깨에 무너져 울고 있었다. "여기서 죽고 싶지 않아요."

"안 죽어요." 아르네가 침착하게 말했다. "아무도 안 죽을 거예요."

"그럼 무슨 수로 이렇게 남은 겨울 동안 살아남을 수 있을까요?" 롭이 따지듯 물었다. "더구나 누군가는 총을 가지고 있고 아마도 우릴 하나씩 하나씩 없애버릴 생각인지도 몰라요."

"그건 확실치 않아요." 라지브가 쏘아붙였다. "샌드린에게 무슨 일이 있었는지 아무도 모르잖아요. 그녀가 살해된 건지도 확실하지 않아요. 그리고 톰도 살아 있잖아요, 안 그래요?"

시선이 일제히 톰에게 향했다. 그는 아무 말 없이 눈만 깜빡였다.

"그것도 그렇고 우리를 다 죽인다는 건 말이 안 돼요." 드루가 지적했다. "다른 사람들을 다 죽이고 혼자 어디로 도망갈 수도 없잖아요, 안 그래요? 비행기를 타고 경찰이 들어와서 체포할 때까지 기다리는 수밖에요."

톰이 헛기침을 했다. "사고처럼 위장할 수 있다면 얘기가 다르죠." 그가 쉰 듯한 목소리로 말했다. "그러면 그 사람이 유일한 생존자가 되니까요. 결과적으로 그 사람 얘기를 반박할 수 있는 사람은 한 명도 남지 않고, 의심을 살 만한 증거를 없애버릴 시간도 충분하고요."

모두가 톰의 말에 한 방 얻어맞은 것처럼 아무 말도 하지 못했다. 세상에, 정말 살인자가 생각하는 마지막 단계가 그런 것일까? 그것이 그가 가진 '감옥 탈출' 카드(모노폴리 보드게임에서 사용하는 카드로 참여자가 감옥에 갇혔을 때 사용할 수 있는 탈출권/옮긴이)일까?

우리를 다 죽이고, 느긋하게 범행 흔적을 은폐할 계획일까?

"그런 일은 일어나지 않을 거예요." 내가 이불을 당기며 단호하게 말했다. "유나가 이 상황에 개입할 수 있는 방법을 찾을 때까지 우리는 안전하고 따뜻하게 버티는 걸 최우선으로 삼아야 해요. 내 생각으로는 우리가 해야 할 일의 목록을 작성해서 세 명씩 나눠서 움직이는 게 좋을 것 같아요. 누구도 혼자서 행동하지 않는 게 좋겠어요."

"그런데 누가 당신을 사실상 리더로 인정했습니까?" 루크가 도전적인 시선으로 나를 보며 말했다. "왜 갑자기 당신이 명령을 내리는 거죠? 내 기억으로는 기지의 여러 규칙을 어겨서 방에 갇혔던 게 바로 엊그제 같은데 말이에요."

"루크, 나도 책임자가 되고 싶은 생각은 전혀 없어요—무슨 수를 써서라도—."

"그러고 보니까." 그가 내 말을 잘랐다. "당신이 여기 도착한 후로 이런 일들이 벌어졌네요. 당신이 이곳에 온 후로 문젯거리만 생겼어요. 알렉스와 언쟁을 벌이고, 그다음에는 나를 의심하고—."

"그런 게 아니에요." 내가 분개해서 대답했다. "난 단지 알렉스와 얘기를 하려고 했던 거예요. 당신과도 마찬가지고요, 그 문제에 관해 얘기를 하려던 것뿐이라고요."

"난 빌어먹을 취조당하는 기분이었는데요." 루크가 성난 눈초리로 나를 쏘아보았다.

"그만합시다." 드루가 일어서며 말했지만 내가 손을 들어 그를 말렸다. 나는 깊이 숨을 들이마시며 잠시 망설였다.

본격적으로 해보자고 마음먹었다. "루크, 난 당신이 알렉스가 죽기 직전에 왜 그의 방에 갔었는지 이유를 물었을 뿐이에요."

몇몇 사람들이 놀라서 숨을 들이쉬는 소리가 들렸다. 앨리스가 눈을 크게 뜨고 루크를 보았다.

"그래서 내가 이유를 말했잖아요." 루크가 나를 노려보았다.

나는 용기를 냈다. "그건 거짓말이었어요, 루크. 당신은 알렉스의 전자담배를 빌리러 갔다고 했지만, 알렉스에겐 전자담배가 없었어요. 카로 말에 의하면요."

그가 입을 벌리고 나를 보았다. 예상치 못한 나의 공격에 허를 찔린 것이 분명했다.

"대체 어떻게 된 겁니까, 루크?" 아르네가 그를 보았다. "거기서 뭘 하고 있었어요?"

루크가 마른침을 삼켰다. 그는 절박하게 할 말을 찾고 있었다.

"그럼 진짜 이유가 뭐예요?" 드루도 따져 물었다.

사람들의 시선이 일제히 루크에게 고정되었고, 의혹의 눈길이 쏟아지자 그는 눈에 띄게 당혹스러워했다. 괜한 말을 꺼냈다고 후회하는 것 같았다. "내가 숨겨둔 쌈지가 좀 사라졌어요—내가 숨겨둔 장소를 아는 사람 중 한 명이 알렉스여서 물어보러 갔던 거예요."

"마리화나 말이에요?" 앨리스가 물었다.

루크는 그녀의 말을 무시했다.

"그래서 알렉스가 뭐라고 하던가요?" 내가 물었다.

"아무 말도 안 했어요." 루크가 어깨를 으쓱했다. "전에 말했듯이 그는 완전히 제정신이 아니었어요. 거의 한마디도 못 하더라니까요. 그래서 그의 방을 한번 쓱 훑어보고 나왔어요."

나는 루크의 표정을 살펴보았다. 이번에는 진실을 말하고 있는 걸까? 판단할 수 없었다. "당신은 언제 맥머도에서 근무했어요?" 내가 물었다.

그가 나를 보며 이마를 찌푸렸다. "그건 또 무슨 질문입니까?"

"간단한 질문이에요, 루크. 간단히 대답할 수 있는 질문이죠." 나는 곁눈질로 아르네가 나를 보고 있는 걸 느낄 수 있었다. 물론 그는 내가 그걸 묻는 이유를 알고 있었다.

루크가 코웃음을 쳤다. "우라질, 정말 황당하기 짝이 없네요. 샌드린이 당신을 못 믿을 만도 했어요. 그리고 지금은 죽었죠. 대단한 우연의 일치 아닌가요?"

내가 뭐라고 반박할 새도 없이 아르네가 벌떡 일어났고, 루크가 앉아 있는 의자 쪽으로 돌진해서 재킷의 깃을 휘어잡으며 그를 일으켜 세웠다. "빌어먹을, 지금 그게 무슨 소립니까?" 아르네가 루크를 흔들며 얼굴에 대고 소리쳤다.

두 남자가 몸싸움을 시작하자 앨리스가 놀라서 꺅하고 비명을 질렀고, 루크가 간신히 아르네의 손아귀에서 벗어나 머리를 향해 주먹을 날렸다. 아르네가 반격하며 주먹으로 루크의 턱을 치고 발로 그의 다리를 차서 넘어뜨렸고, 비틀거리며 쓰러지던 루크가 난로에 걸리는 바람에 난로도 바닥에 넘어졌다.

"크요르트!" 등유가 카펫에 스며들었고 불길이 일어나자 아크가 외쳤다. 그가 벌떡 일어나 난로를 바로 세우고 가까이에 있는 이불을 덮어 불길을 잡았다. 그러는 동안 내내 러시아 말로 욕을 중얼거렸고, 굳이 해석이 필요하지도 않았다.

"빌어먹을 멍청이들." 불길을 끈 뒤 아크가 루크와 아르네를 향해 고함을 질렀다. "기지를 아예 불 질러버릴 작정이요? 우리를 당장 없애버리시게?"

아르네는 무척 당황한 표정으로 양손을 들며 사과했다. "미안해요.

당신 말이 맞아요. 이 상황이 너무 힘들어서 내가 실수했어요." 하지만 루크는 눈 하나 깜짝 안 했다. "잘들 해보쇼." 루크가 턱을 문지르며 바닥에서 일어나며 말했다. "난 더는 이런 취급 받을 생각 없으니까. 내가 그 망할 총을 찾아낼 거요." 그가 남은 손전등 중 하나를 집어들고 문을 박차고 나갔다.

잠시 후 드루가 일어나서 그를 따라 나갔다.

모두 두 사람이 나간 곳을 바라보는 사이 마음속에서 공포가 소용돌이쳤다. 모든 것이 잘못되어가고 있었다. 아주아주 끔찍하게 잘못되어가고 있었다.

분명한 사실은 단 하나였다. 이 기지에서 안전한 사람은 아무도 없다.

44

7월 7일

"어떻게 운전하는지 알기는 해요?" 가까이 있는 스키두를 살펴보는 내게 소냐가 물었다.

나는 고개를 저었다.

"내가 할게요." 카로가 지친 목소리로 중얼거렸다. 그녀는 방한복으로 갈아입었고 두꺼운 오리털 바지는 수술한 배와 드레싱 붕대를 덮은 수술 부위가 눌리지 않도록 줄을 풀어 허리 부분을 여유 있게 늘렸다. 아기는 소냐가 얇은 이불로 만든 임시 포대에 싸여 카로의 재킷 안쪽 깊숙이 안겨 있었다. 감마까지 가는 동안 제발 두 사람이 온기를 잃지 않기를 간절히 기도했다.

"당신은 운전할 수 있는 상태가 아니에요." 내가 말했다. "의사의 명령이에요."

소냐와 내가 그녀를 도와 조수석에 앉힐 때 카로가 통증으로 얼굴을 찡그렸다. 조금이라도 추위를 막아보려고 이불로 다시 그녀를 감쌌다. 준비된 식료품과 의약품으로 따져봤을 때, 다른 사람이 더 따라

갈 여유는 없었다.

“당신이 데리고 가야 해요.” 내가 소냐에게 말했다.

“아뇨.” 소냐가 세차게 고개를 저었다. “카로에게는 당신이 더 필요해요. 만약 무슨 일이 생기기라도 하면 난 잘 대처하지 못할 거예요.”

나는 망설였다. 그녀 말이 맞았다. 카로가 위험에서 벗어나려면 아직 멀었는데 그 와중에 여름 캠프로 옮겨가야 하는 스트레스까지 더해졌다. 그래도 소냐를 이곳에 두고 가는 것이 마음이 놓이지 않았지만 다른 설상차는 모두 빙판에 나가 있었다. 아마도 비상용 발전기 보관소 옆에 있을 것 같았다.

“어서 가요.” 소냐가 재촉했다. “남은 스키두를 찾는 대로 뒤따라갈게요.”

뾰족한 수가 없어서 일단 운전석에 올라앉았다. 차고 벽장에서 찾은 열쇠를 꽂고 다음은 어떻게 하는지 몰라 잠시 머뭇거렸다.

“중립 상태에 있는지 확인하고 점화 버튼을 눌러서 시동을 켜면 돼요.” 카로가 말했다. “잠시 엔진을 데워야 할 거예요.”

매우 지친 목소리였다. 진통제를 먹이긴 했지만, 이 짧은 여정에도 어떤 고통이 따를지 잘 알고 있었다. 가만히 누워 쉬면서 회복을 해야 할 사람이 지구상에서 가장 춥고 가장 적대적인 환경에서 위험을 무릅쓰고 움직이고 있다니.

그러나 감마로 옮기지 않으면, 총을 가진 살인자와 함께 이곳에 갇혀 있어야 하는 대안은 생각조차 할 수 없었다.

기어를 확인하고 점화 버튼을 누르자 엔진이 살아났다. 나는 초조하게 1, 2분 정도 엔진이 데워지기를 기다렸다. 내가 정말 해낼 수 있을까?

"이제 핸들에 있는 엑셀을 돌려봐요." 카로가 일렀다.

그녀가 말한 대로 하자 스키두가 갑자기 흔들리며 훅 앞으로 나갔고, 그 바람에 카로가 고통스럽게 숨을 들이마시는 소리가 들렸다. "미안해요." 엔진 소리에 묻히지 않게 목청을 높여 말했다.

"천천히 부드럽게 해봐요." 카로가 대답했다. 다시 조심스럽게 시도하자 이번에는 스키두가 문을 향해 미끄럽게 가로질러 나갔다. 잠시 후 우리는 빙판 위에 있었다. 내가 망설이며 속도를 조금 높이고 여름 캠프가 있는 방향으로 돌자 칼바람이 얼굴을 후려쳤다. 걸어가는 길을 표시하는 밧줄을 피해 조심스럽게 스키두를 운전했다.

"괜찮아요?" 내 뒤에 앉아 한쪽 팔로 내 허리를 감싸고 다른 한쪽 팔로 스키두를 붙잡고 있는 카로를 향해 외쳤지만 내 목소리는 바람에 묻혀버렸다. 바람이 바닥에 쌓인 눈을 휘저으며 눈보라를 일으켰고, 그 때문에 몇 미터 앞도 잘 보이지 않았다. 얼마 후에는 내 고글이 얼어붙었다. 장갑 낀 손을 들어 운전하는 데 지장이 없을 만큼만 렌즈를 닦았다.

알파에서 100미터도 채 멀어지지 않았을 때 우리가 얼마나 무모한 시도를 하고 있는지 깨달았다. 어디로 가고 있는지 앞이 거의 보이지 않았고, 스키두를 운전해본 적도 없는 내가 울퉁불퉁한 얼음판 위를 달리고 있으니 언제라도 균형을 잃고 쓰러질 수 있는 위험이 도사리고 있었다.

다시 스키두를 돌려 기지로 돌아가야 했다. 카로와 갓 태어난 아기를 위해 어딘가 안전한 곳을 찾아야 했다.

하지만 어디에? 엔진이 멈춰버리지 않을 정도의 느린 속도로 조심스럽게 빙판을 기어가며 총을 가진 사람으로부터 안전하게 숨을 곳은 없다는 사실을 인정할 수밖에 없었다. 특히 그럴싸하게 부풀려서 말하기는 했지만 그래봐야 텐트 두 개에 불과한 감마는 더욱 그랬다. 살인자가 우리를 찾으러 거기까지 나오지 않기를 바랄 뿐이었다. 소냐가 와서 카로를 돌봐주게 되면 나는 다시 알파로 돌아가 또 누군가가 다치기 전에 방법을 찾아야 했다.

몰아치는 바람에 주위에서 얼음 결정체들이 소용돌이쳤고, 이를 악물고 감마로 가는 동안 살인자의 마지막에 대해 생각하지 않을 수 없었다. 나의 마지막도. 살인자는 체포되지 않고 이 기지에서 나갈 가능성이 희박하다는 사실을 모를 리가 없었다. 샌드린의 죽음으로 모든 것이 바뀌었다. 언제가 되었든 유나의 팀이 이곳에 도착하면, 그녀의 살해범이 누구인지 밝혀지기 전까지는 우리를 집으로 보내줄 리가 없었다.

나는 반드시 살인범을 찾아서 그와 얘기해야겠다고 결심했다. 논리적으로 설명하고 나중에 더 심각한 결과에 맞닥뜨리기 전에 지금 자수하는 게 가장 좋은 방법이라고 설득하는 수밖에 없었다.

어둠 속에서 저 멀리 희미하게 감마 텐트를 발견하자 안도감이 밀려왔다. 그러나 잠시 후 느닷없이 스키두가 딱 멈추는 바람에 나는 핸들 너머로 날아갈 뻔했다. “괜찮아요?” 내 허리를 감싸고 있는 카로의 팔을 확인하며 소리쳤다.

“무슨 일이에요?” 카로가 뒤에서 외쳤다.

“나도 모르겠어요.”

“점화 버튼을 다시 눌러봐요.”

버튼을 눌렀지만 아무 움직임이 없었다. 대체 뭐가 잘못된 거지? 아무 반응이 없는 엔진에 터져 나오는 초조함을 억누르며 다시 시도했다. “엔진이 죽었어요.” 나는 말을 하자마자 하필 그런 말을 썼는지 후회했다.

카로가 생각을 하는 동안 잠시 침묵이 흘렀다. “아마 너무 추워서 그럴 거예요.” 그녀가 맥빠진 소리로 말했다.

“이런 기계들은 영하 30도 이하에서도 문제없이 움직일 수 있게 만들어진 애들이 아니거든요. 출발 전에 엔진을 더 오래 달궜어야 했나 봐요.”

나는 극심한 공포감에 사로잡혀 잠시 그대로 앉아 있었다. 이제 어쩌지?

카로가 대답이라도 하듯 어정쩡한 자세로 스키두에서 내렸다. “걸어갈 수밖에 없죠.” 그녀는 손전등을 잡고 어둠을 향해 비췄지만 스키두의 밝은 헤드램프 없이는 여름 캠프가 보이지 않았다.

나는 침착하려고 애를 쓰며 가던 방향으로 계속 걸어가면 된다고 나 자신을 다독였다. 그렇게 멀리 떨어져 있을 리 없었다.

“거기까지 갈 수 있겠어요?” 그녀의 상태가 걱정스러워 물었다. 영하의 온도에 빙판 위를 터덜터덜 걸을 게 아니라 침대에 누워 있어야 하는 사람이었다. 여러 위험 요소를 고려해서 좀더 신중하게 계획을 세웠어야 했는데.

빌어먹을, 도대체 어쩌자고 이런 생각을 했지?

“가요.” 카로가 스키두를 타고 향하던 쪽으로 걷기 시작했다. 하지만 그녀는 심한 통증과 피로 때문에 아주 천천히 걸을 수밖에 없어서 나는 무거운 배낭을 메고도 몇 걸음 만에 그녀를 따라잡을 수 있었다. 내 어깨에 그녀의 팔을 걸고 우리는 몹시 힘겹게 한 걸음 한 걸음 나란히 발을 내디뎠다. 추위가 옷을 뚫고 들어와 피부와 뼛속으로 스며들었다. 우리는 얼굴을 숙여 바람을 피하고 위험한 곳을 피하며 조심스럽게 걸었다.

걷는 속도는 더할 나위 없이 느렸고, 발을 디딜 때마다 아픈 무릎이 통증으로 달아올랐다. 공포가 조금씩 커져 나를 이기기 시작했다.

우리는 성공하지 못할 거라는 생각이 들었다. 우리 셋 다 여기서 목숨을 잃을 것이고 그건 전적으로 내 잘못이었다.

카로가 울퉁불퉁한 얼음에 걸려 비틀거리며 우리 둘 다 앞으로 고꾸라졌고, 그 바람에 손전등이 손에서 휙 날아갔다. 다행히 불이 꺼지지 않았고, 기어가서 손전등을 집었을 때 겨우 30미터 정도 떨어진 곳에 텐트가 보였다. 나는 손전등을 단단히 쥐고 가방을 들고 카로를 일으켜세웠다. 우리는 발을 끌며 얼음판을 걸어갔다. 마침내 텐트 입구에 도착했을 때는 안도감으로 눈물이 다 날 지경이었다.

텐트 안은 영안실처럼 싸늘했다. 나는 카로를 본관 기숙사의 뒤쪽에 있는 작은 방으로 데려갔고 침대에 앉혔다. 비상 대피 장소이다 보니 감마 전체에 생존에 필요한 모든 것이 갖춰져 있어서 쉽게 난로와 등유 램프를 찾아 불을 피웠다. 나는 찬장에서 침낭을 여러 개 꺼내와 카로와 아기 주위에 걸쳐주었다.

"아기는 괜찮아요?" 카로의 재킷 안쪽에서 살짝 드러난 보송보송한 정수리를 힐끗 보았다. "그런 것 같아요. 가끔 꼼지락거리는 게 느껴져요."

"다시 우유를 먹여봐야겠어요. 일단 여기가 좀 따뜻해지면요."

카로가 고개를 끄덕이고 침대에 누워 눈을 감았다. 그녀는 완전히 탈진한 것 같았고 나는 엄청난 책임감을 느꼈다.

내가 해낼 수 있을까?

소냐가 올 때까지 두 사람을 안전하고, 따뜻하고, 살아 있게 지킬 수 있을까?

나도 맞은편 침대에 몸을 누이고 덜덜 떨면서 난로와 등유 램프가 타오르며 쉭쉭거리는 소리와 텐트 옆쪽에 부딪히는 바람 소리를 들었다. 이번만큼은 방안으로 스며드는 차가운 공기가 고마웠다. 덕분에 질식하지는 않을 테니까. 작은 방 온도가 조금씩 올라가면서 따뜻한 온기에 근육이 풀리고 이도 딱딱 부딪치지 않았다. 나는 기진맥진해서 천천히 잠에 빠져들었다.

45

7월 7일

나는 깜짝 놀라며 잠에서 깼고 갑자기 정신이 말짱해졌다. 몇 분 정도 지나자 여기가 어디고, 어떻게 왔는지 기억이 돌아왔다. 맞은편 침대에 잠들어 있는 카로를 힐끗 건너다보았다. 아기는 여전히 카로의 재킷 안에 안전하게 감싸여 있었다.

도착한 지 얼마나 됐지? 한 시간? 두 시간?

시간을 확인하려고 휴대전화를 찾아 주머니에 손을 넣었지만, 전화기가 없었다. 빙판에 넘어졌을 때 떨어뜨린 모양이었다.

도대체 소냐는 어디에 있지? 텐트로 다가오는 스키두 소리를 듣기 위해 귀를 기울였지만 낮은 바람 소리 외에는 아무 소리도 들리지 않았다.

혹시 그녀가 생각을 바꿨을까? 아니면 다른 스키두를 찾지 못했을 수도 있었다. 나쁜 생각을 하지 않으려고 애썼다. 베타 어딘가에서 총을 휘두르며 소냐를 구석으로 몰아붙이는 살인자……아르네를 공격하는 살인자…….

아르네.

휴게실에서 루크가 나를 비난했을 때 벌떡 일어나 내 편을 들던 아르네의 모습을 떠올리며 죄책감과 불안감으로 날카로운 통증을 느꼈다. 아무리 생각해도 아르네가 이 모든 일에 어떤 식으로든 연관이 되었을 거라는 확신은 생기지 않았다.

하지만 우리가 여기 온다는 말은 아르네에게도 하지 않았다. 아무에게도 알리지 않았다. 곧장 진료실로 가서 카로가 이동할 수 있을 만한 상태인지 확인하고 제발 아무와도 마주치지 않게 해달라고 간절히 기도하며 그대로 차고로 가서 여기까지 왔다.

얼마나 있으면 아르네가 우리가 사라졌다는 걸 눈치챌까? 그보다 더 중요한 건, 살인자가 알아차리는 데 얼마나 걸릴까? 그는 우리 뒤를 쫓아올까? 어쨌거나 우리가 숨어 있는 장소를 알아내는 건 어렵지 않았다. 이글루나 소냐의 기상학관은 숨어 있을 만한 장소가 아니었으니.

기껏해야 이리로 옮겨와서 시간을 조금 더 번 것뿐이라는 생각이 들자 두려움이 밀려왔다. 시간은 총을 가진 사람으로부터 우리를 보호할 수 없고, 길고 긴 겨우내 언제라도 총을 쓸 수 있었다.

그만해.

나는 통제가 불가능해지기 전에 꼬리에 꼬리를 무는 생각들을 잘라버리고 난로에 남은 연료를 확인하기 위해 침대에서 일어났다. 옆에서 카로가 움직이며 깨어났다. 소냐가 챙겨준 약품 가방을 뒤져 모르핀을 찾았다.

"약을 한 번 더 줄까요?" 충분히 시간이 지나서 위험이 적다는 판단이 생겨 내가 물었다.

카로가 고개를 끄덕였다. 그녀는 내가 작은 유리병에 주삿바늘을 찔러넣고 10밀리그램을 주사기 안으로 빨아들이는 것을 물끄러미 바라보았다. 그녀가 상체를 일으켜 앉을 수 있게 도와주고 재킷을 벗겨주었다. 카로는 움직일 때마다 통증으로 얼굴이 일그러졌다. 아기는 이불로 감싸놓고 카로가 소매를 걷고 팔을 내밀었다.

"다 됐어요." 내가 말하고 침대 위에 놓인 이불 포대기로 시선을 돌렸다. 자그마한 갓난쟁이에게서 작게 훌쩍거리는 소리가 들려 마음이 놓였다.

마음이 뭉클했다. 아기가 아직 살아 있는 것은 기적이었다. 카로도 마찬가지였다. 그들 앞에 놓인 온갖 역경에도 불구하고 둘 다 살아 있었다.

"젖을 물려볼까요?" 카로가 눈을 깜빡거리며 물었다. 등유 램프의 부드러운 불빛에 비친 피부에 분홍빛이 돌았다. 나는 그녀의 이마를 만져보았다. 천만다행으로 열은 없었다.

"아직 흡입 반사가 발달하지 않았을 수도 있어요. 하지만 한번 해봐요. 아기가 조금이라도 초유를 먹을 수 있다면 큰 도움이 될 거예요."

"초유요?" 카로는 잘 모르겠다는 표정이었다.

"첫 모유요. 갓 태어난 신생아에게 농축된 영양을 주거든요. 항체들은 물론이고요."

"하지만 안전할까요? 아무래도 내가……." 그녀가 반쯤 사용한 모르핀 약병을 향해 고갯짓했다.

"아주 적은 양이 모유에 들어갈 수도 있어요. 하지만 아기에게 영향을 미칠 만큼은 아니에요. 당신이 느끼는 통증을 완화하는 게 더 중요해요. 안 그러면 어차피 아기에게 모유를 먹이지도 못할 거예요."

카로가 티셔츠를 올리고 가슴을 드러냈고, 배에 힘을 주지 않으면서 아기에게 젖을 물릴 자세를 취하며 몸을 움찔했다. 그녀는 어떻게 할지 모르는 듯 망설였다.

“아기 입을 젖꼭지 근처에 비벼봐요.” 산부인과 병동에서 배운 내용을 떠올리며 말했다. “나머지는 아기가 알아서 할 거예요.”

카로가 가슴께로 아기를 안아올리는 모습을 지켜보았다. 아기가 잠시 어물거리다 곧 입을 벌리고 젖꼭지를 물었을 때 우리의 얼굴에 미소가 번졌다. 아기는 일 분 정도 젖을 빨고 나서 다시 눈을 감고 잠이 들었다.

우리는 그렇게 말없이 앉아서 쌔근쌔근 숨 쉬는 아기를 지켜보았다. 모든 생명체에게 적대적인 이런 곳에서 갓 태어난 소중한 새 생명. 경외심이 느껴지는 동시에 내 어깨를 내리누르는 엄청난 책임감 또한 따라왔다.

“말해봐요.” 카로가 속삭이듯 말했다. 낮고 두려운 목소리였다. 그녀 역시 이 상황이 감당하기 벅찬 것이 분명했다. “무슨 얘기라도 좋으니까 내가……잊을 수 있게요……전부 다.”

전부 다. 그 말이 우리가 처한 곤경을 새삼 깨닫게 했다. 힘없이 무방비 상태로 달랑 우리 셋만 있었다. 바깥 어딘가에 총을 가진 살인자가 있고 우리 주위에는 암흑과 추위만이 드넓게 펼쳐져 있었다.

구하러 올 사람은 아무도 없었다.

그녀가 잠시 다른 생각을 할 수 있고 나 역시 그럴 수 있는 얘기가 뭘까 생각하는데 카로가 먼저 입을 열었다. “사고에 대해 얘기해줘요.”

“무슨 사고요?” 무슨 말인가 싶어 이마를 찌푸렸다.

“당신에게 일어난 사고요.” 그녀가 다시 침대에 누워서 이불을 끌어 아기와 자신을 덮었다. "자동차 사고였죠, 맞죠?"

그 사고. 내가 무슨 짓을 해서라도 잊으려고 했던 과거가 떠올라 심장이 죄어들었다.

"맞아요." 나는 한숨을 쉬고 피로감과 금단 증상에서 벗어나 집중하려 애썼다. "하지만 그 얘긴 별로 듣고 싶지 않을—."

"듣고 싶어요." 카로가 말을 잘랐다. "정말이에요. 당신은 내 목숨을 구했어요, 케이트. 난 당신에게 무슨 일이 있었는지, 무엇이 당신을 불행하게 했는지 알고 싶어요. 어쩌다 얼굴에 그런 흉터가 남았는지 궁금한 게 아니에요. 피부에 남은 흉터와 비교도 할 수 없이 깊은 상처를 마음에 남긴 게 뻔하니까요."

"뻔해요?" 내가 다시 얼굴을 찌푸렸다. "어떻게요?"

카로가 생각했다. "그게……어떻게 말해야 할지 잘 모르겠는데……마치 늘 거기 있는 것 같은 느낌이랄까, 한 번도 당신을 떠난 적이 없는 거 같아요. 아주 드물지만 사고 전에 당신이 어떤 사람이었을지 어렴풋이 느껴질 때가 있어요."

세상에, 내가 그렇게 속이 훤히 보이는 사람이었나?

"당신은 한 번도 그 얘길 한 적이 없어요." 그녀가 설명했다. "그리고 사람들이 물어보는 걸 원치 않는다는 점도 분명하고요. 그러니까 어떤……입에 담을 수 없는 얘기처럼요. 그러니 당신이 아직 그 사고에서 벗어나지 못했다는 건 뻔하죠."

그녀를 바라보았다. 그녀 말이 맞는 것 같았다. "좋아요." 나는 숨을 들이마시며 마음을 가다듬었다. "뭘 알고 싶어요?"

"혼자 있었어요? 사고가 났을 때?"

나는 고개를 저었다. "사실 약혼자와 같이 타고 있었어요."

카로의 얼굴에 놀라는 기색이 역력했다. "약혼했었어요?"

"네." 벤의 모습이 떠올랐다. 그날 밤 각자의 근무가 끝나고 같이 병원을 나설 때의 모습, 눈은 퀭하고 지친 표정이었고 뺨에는 그새 수염이 까칠하게 새로 돋아나 있었다. 우리는 차로 걸어가는 동안 거의 얘기를 나누지 않았다.

"내가 운전할까?" 벤이 특히 까다로운 혈관 우회 수술을 하느라 장장 6시간 동안이나 수술실에 붙잡혀 있었다는 걸 알고 있기에 내가 제안했다.

그가 고개를 끄덕였고, 내가 차를 몰아 병원 주차장을 빠져나와서 브리스틀 거리로 접어들었을 때까지도 아무 말이 없었다. 아마 수술이 잘되지 않았거나 환자가 끝까지 버티지 못했을지도 모른다고 생각했지만, 묻지는 않았다. 그게 우리의 규칙 중 하나였다. 우리끼리 있을 때는 일 얘기를 한 적이 없었고 절대 병원 일을 집까지 가져오지 않았다. 처음부터 머릿속에 아예 자리를 만들지 않아야 가능한 일이었다.

"그래서 어떻게 됐어요?" 카로가 재촉했다.

나는 숨을 들이마셨다. "짧게 얘기해줄까요, 길게 해줄까요?"

"길게요. 아무래도 한동안은 여기 있어야 할 것 같으니까요." 그녀가 유감스러운 미소를 지었다.

"내가 운전 중이었고." 내가 얘기를 시작했다. "벤은 아주 많이 지쳐 있었어요. 벤은 심장외과 전문의여서 일단 수술실에 들어가면 몇 시간씩 걸릴 때가 많았어요……." 나는 거기서 말을 멈췄다. 모든 얘기를 입 밖으로 어떻게 꺼내야 할지 자신이 없었다. 몹시 힘들고……불가능하게 느껴졌다. 난감한 얼굴로 카로를 보았지만, 그녀는 내가 계속 얘기하기만 기다렸다.

나는 다시 깊이 숨을 들이마시고 나를 끌어당기는 과거에 무릎을 꿇었고, 기억나는 대로 최대한 자세하게 얘기했다. 지금까지 누구에게도 그렇게까지 시시콜콜 털어놓은 적은 없었다. 내가 여러 차례 가벼운 잡담을 꺼내며 대화를 시도했음에도 벤이 어떻게 끝까지 침묵을 지켰는지. 그가 라디오에서 나오는 브렉시트와 중동 지역에 대한 정치적인 뉴스에 귀를 기울이고 있는 줄 알았는데, 갑자기 그가 손을 뻗어 라디오를 꺼버렸다.

"괜찮아?" 나는 집으로 가는 뒷길인 레이 우즈 방향으로 차를 틀며 그를 힐끗 살폈다. 좀 돌아가기는 했지만 고속도로보다 한적했다. 그리고 어쩐지 벤이 내게 뭔가 하고 싶은 얘기가 있는 것 같았다. 야심만만한 동료인 디팍과 또 한바탕했는지도 몰랐다.

"케이트." 그가 마른침을 삼켰다. "당신에게 할 얘기가 있어. 그러니까……나 새로운 일자리 제안을 받았어."

"우와." 내가 기뻐하며 외쳤다. "정말 잘됐다! 고문 의사 자리?" 나는 미소 짓고 있을 벤의 얼굴을 기대하며 힐끗 옆자리를 보았지만, 벤은 마치 풍경에 마음을 빼앗기기라도 한 것처럼 뚫어져라 앞만 바라보고 있었다. 늦은 밤이어서 보이는 것도 별로 없는데.

"그건 아니야." 그가 얼마 후 다시 입을 열었다. "다른 병원 일이야."

나는 잠시 도로에서 눈을 떼고 그를 바라보았다. 그의 표정에서 내가 이해할 수 없는 뭔가가 느껴졌고 처음으로 찌르르하게 불길한 예감이 들었다. "어느 병원?"

"미시간에 있어. 홀랜드 병원."

"미시간이라고?" 내가 불쑥 말했다. "미국 말이야?"

"내가 모르는 곳이 또 있으면 모를까 거기 맞아."

나는 운전대를 움켜잡고 그의 말을 되새겼다. 언제부터 벤이 해외에서 일자리를 구하고 있었지? 도대체 왜 내게는 그런 내색을 전혀 안 했지? 나는 화가 나서 가볍게 몸이 떨렸다. 그럼 내 커리어는 중단하고 잠자코 자기를 따라올 거라고 짐작하는 건가?

맙소사, 우리는 그런 가부장적인 문제로 부딪힐 일은 없을 거라고 생각했는데. 나는 이를 악물고 냉정한 목소리를 유지하려 애썼다. "당신이 외국에 나가고 싶어하는지 몰랐어. 솔직히 당신이 새 일자리를 알아보고 있었다는 것도 전혀 몰랐고."

벤이 얼굴을 찡그리고 턱에 난 까칠한 수염을 긁적거렸다. "알아. 당신에게 얘기했어야 했어."

"그런 생각은 들어?" 빈정대지 않으려고 했지만 어쩔 수 없었다.

둘 다 아무 말 없이 1분 정도가 지났다. 나지막한 메르세데스의 엔진 소리만 들렸다. 앞 유리에 비가 한두 방울 떨어지기 시작했다.

"받아들일 생각이야?" 마음이 텅 빈 것 같기도 하고 절망적인 기분도 들었다. "우리 언제 가야 하는데? 결혼식하고 나서?" 하지만 그것도 6개월 후의 일이었다. 피로연을 체셔에 있는 벤의 부모님 댁 정원에서 하기로 한 것 말고는 결혼식 준비도 제대로 하지 못하고 있는데.

벤은 아무 대답도 하지 않았다. 나는 여전히 운전대를 힘껏 움켜쥐고 숲길로 접어들었고, 급하게 굽은 곳이 많은 도로에서 속도를 줄이며 주의를 기울이고 있었다.

"있잖아, 케이트……." 벤이 불안정한 목소리로 조용히 말했다. "나……." 그가 이마를 문질렀다. 나는 또 힐긋 그를 보았다. 단순히 길고 힘든 수술로 인한 스트레스가 아니라 다른 어떤 것 때문에 지쳐 보였다. 그리고 갑자기 곧 좋지 않은 일이 닥칠 것 같은 강한 예감이 들었다.

아주 안 좋은 일.

"케이트." 카로의 목소리가 나를 현실로 돌아오게 했다. "그가 뭐라고 했어요?"

내가 얘기를 멈추고 잠시 다른 생각에 빠져 있었다는 걸 깨달았다. 나는 한숨을 쉬고 얘기를 이어갔다. "벤은 그 일자리를 받아들일 거라고 말했어요. 병원에도 알리고 의무 통지 기간을 채우고 나면 곧바로 떠날 거라고요."

카로의 얼굴에 얼떨떨한 표정이 떠올랐다. 마치 내가 느꼈던 감정이 그녀의 얼굴에 드러난 것처럼. "그게 무슨 망할 경우예요? 당신도 하던 일 다 관두고 당연히 자길 따라올 거라고 생각한 거예요?"

나는 헛기침을 하고 얘기를 계속했다. 그가 했던 말을 기억하며 벤의 모습을 떠올렸다. "난 3월 초에 떠날 거야. 비행기표도 예약했어."

"농담하는 거지." 나는 너무 놀라서 입을 벌리고 그를 보았다.

그는 여전히 내 시선을 피하며 고개를 저었다. 그가 일부러 이 순간을 골랐다는 사실을 깨달았다. 내가 도로에서 시선을 뗄 수 없으니 나를 정면으로 마주 볼 필요가 없었으니까. 통증이 목을 타고 올라오며 숨이 막힐 것 같았다. 질식할 것처럼 목이 졸리는 느낌이었다.

"나는 어쩌고, 벤? 결혼식은 어떡하고?"

벤이 다시 마른침을 삼켰고, 힘들게 말을 꺼냈다. "사실 당신에게 할 말이 또 있어."

그가 그 말을 하자마자 무슨 말을 하려는지 짐작할 수 있었다. "다른 사람이 있구나, 그렇지?" 엔진 소리 때문에 내 목소리가 들릴락 말락 했다.

그러나 벤은 내 말을 들었다. "맞아."

그때 차를 세웠어야 했다고, 끝도 없고 냉랭한 어둠에 둘러싸인 작은 방에서 카로에게 큰 소리로 말했다. 그때 차를 세우고 그와 얘기를 해야 했다고. 하지만 나는 운전을 계속했고, 눈물이 차올라 시야가 흐릿했다. "그 여자가 누군지 말해줄 거야?" 내가 벤에게 물었다.

"그게 중요해?"

"당연히 중요하지, 빌어먹을!" 내가 그를 노려보는 사이 차가 중앙선을 넘어갔다. 벤이 황급히 운전대를 잡았다. "제발, 케이트. 차 세워. 내가 운전할게."

그러나 나는 차를 세우지 않았다. 그러고 싶지 않았다. 그를 때리지 않기 위해 매달리다시피 운전대를 꼭 붙잡았고, 내 안에서 솟아오르는 분노가 쏟아져 나와서 우리 두 사람을 집어삼키지 않도록 기를 썼다. "그게 누구냐고?" 나는 더 큰 소리로 되물었다.

"당신은 모르는 사람이야."

"간호사야?"

벤이 코웃음을 쳤다. "그러면 그렇지. 내가 그 정도밖에 안 되는 빤한 놈이지, 케이트. 사실은 수련의야. 소아과."

나는 찬찬히 소아과 의사들을 하나하나 떠올리려 애썼지만, 워낙 규모가 큰 병원이고 직원 이직률도 높아서 모든 사람을 기억하기란 불가능했다. "그 여자가 당신이 약혼한 건 알아? 곧 결혼한다는 것도 아냐고?"

벤이 다시 고개를 저었다. "우린 결혼 안 해, 케이트. 내가 당신에게 하려는 말이 바로 그거야."

갑자기 눈물이 솟구쳐 뺨을 타고 흘러내렸다. 벤이 당황해서 고개를 돌리고 조수석 창문 밖으로 길가에 늘어선 나무들만 바라보았다. 거의 보름달에 가까운 환한 달빛에 헐벗은 나뭇가지들이 으스스하게 빛났다.

"왜?" 내가 손등으로 눈물을 훔치며 물었다. "왜?"

"이유를 댈 수는 없어, 케이트. 그런 식으로 딱 잘라서 설명할 수 있는 게 아니야."

"그럼 빌어먹을 노력이라도 해봐, 알겠어? 난 알아야겠니까."

그는 눈을 감고 이마를 문지르며 생각에 빠졌다. "그녀는……그냥……새로워, 케이트. 나도 모르겠어. 흥미롭고 즉흥적이야. 우리는, 그러니까 당신과 나는 너무 뻔하고 너무 성실해. 우리가 하는 거라곤 일하고 먹고 자는 게 전부야. 같이 즐기는 건 고사하고 이젠 섹스도 거의 안 하잖아."

차에 탄 이후 처음으로 그가 내 얼굴을 정면으로 바라보았다. 그는 내게 호소하면서 간절히 이해를 구하는 표정이었다.

"나를 떠난다는 거구나." 질문이 아니라 단정 짓는 말이었지만, 그래도 그가 아니라고 말해주기를 기다렸다. "젠장!" 그가 아무 말이 없자 내가 주먹으로 운전대를 내리쳤다. "빌어먹을."

"케이트, 속도 좀 줄여!" 눈물 때문에 그의 얼굴이 흐릿했지만 놀라서 휘둥그레진 두 눈은 보였다. "차 좀 세워봐, 응?"

나는 계속 달렸다.

"정말이야, 속력이 너무 빨라."

"입 닥쳐, 벤."

바로 그때 여우가 나타났다. 숲속에서 튀어나와 도로로 달려든 여우는 갑작스러운 불빛에 놀라서 그 자리에 얼어붙었고, 헤드라이트에 반사된 두 눈이 반짝거렸다. 마치 무슨 얘기라도 할 것처럼 나를 똑바로 바라보았다.

나는 여우를 피해 핸들을 확 꺾었다. 그리고 모든 것이 영원히 달라졌다.

"케이트?" 카로가 걱정스러운 표정으로 나를 살폈다. "케이트, 정말 미안해요."

나는 울고 있다는 걸 깨달았다. 아주 발작적인 울음이었다.

"괜찮아요?" 그녀가 다시 물었다.

나는 다시 헛기침했다. "아니요."

카로가 오랫동안 가만히 나를 바라보았다. "당신 잘못이 아니에요, 알죠."

나는 고개를 저으며 그녀를 외면했다. "최소 95킬로미터 정도로 달렸다나 봐요." 내가 말했다. "벤은 우리 차가 나무를 들이받았을 때 즉사했어요. 나는 다리가 부러지고 비장이 터졌고, 앞 유리를 뚫고 들어온 나뭇가지에 얼굴이 찢어졌죠." 본능적으로 손가락이 뺨을 가로지른 흉터를 더듬었다.

나의 흉터.

평생 내 죄책감을 상기시켜줄 흉터.

"세상에." 카로가 내 말을 듣고 속삭였다. "벤이 죽었다고요?"

"응급 구조대가 우리를 차 안에서 꺼내는 데만 몇 시간이 걸렸어요." 내가 얘기를 계속했다. 그동안 억눌렀던 기억들이 마침내 표면으로 떠오르며 목소리가 갈라졌다. "나는 기절했다가 구급차 안에서 정신이 들었어요. 우리 둘 다 내가 근무하던 응급실로 실려갔죠."

등유 램프의 어둑어둑한 불빛에 카로를 힐끗 보았다. "그게 정말 최악이었어요. 동료들의 얼굴을 봐야 하는 거요. 그들의 표정을 보고 동정과 안쓰러움이 섞인 목소리에서 벤이 죽었다는 걸 깨달았죠."

카로의 눈빛은 흔들리지 않았다. "당신 잘못이 아니라는 거 알고 있죠, 그렇죠?" 그녀가 되물었다.

나는 격렬하게 머리를 흔들었다. "하지만 그게 진실이 아니잖아요, 안 그래요? 아무리 좋게 생각하려고 해도 내가 경솔했던 거예요. 차를 세웠어야 했어요. 정말 나쁘게 생각하면……." 나는 말을 멈췄다. 더는 깊이 들어가지 않는 게 나을 텐데.

그쪽으로 파고 들어봐야 광기만 마주할 뿐.

"나쁘게 생각하면 뭐요?" 카로가 부드럽게 달래듯 말했다. "케이트, 나한테 말해봐요."

나는 눈을 질끈 감았다. 밤이고 낮이고 나를 괴롭히던 그 두려움, 가장 끔찍한 두려움을 입 밖으로 꺼내려고 애를 썼다. 무슨 짓을 해서라도 마비시켰던 그 고통. "만약 그게 사고가 아니었다면요?" 내가 속삭였다. "내가 그런 거라면요? 일부러 말이에요."

카로가 이마를 찡그렸다. "그게 무슨 뜻이에요?"

다시 마른침을 삼키고 눈물을 훔쳤다. "때때로 잠이 오지 않을 때면 가만히 누워서 생각할 때가 있어요. 내가 일부러 그 사고를 일으킨 건 아닌가 하고요."

"일부러 사고를 일으켰다뇨?" 그녀의 이마에 주름이 깊어졌다. "당신과 벤을 다치게 하려고 일부러 그랬다는 거예요?"

나는 고개를 끄덕이며 헤드라이트에 비친 밝은 두 눈을 떠올렸다. 가끔은 내가 그 여우를 상상한 것은 아닐까 궁금했다. 정말 여우가 거기 있었을까? 아니면 사고 후에 나 자신을 용서하기 위해 내가 만들어낸 허상일까? 끔찍한 사고를 설명할 만한 변명거리를 주기 위해.

나는 또 한 번 헛기침했다. "무엇보다 고통스러운 건, 영영 알 수 없을 거라는 사실이에요."

카로가 앞쪽으로 몸을 움직이며 얼굴에 고통스러운 표정이 스쳐갔다. 그녀가 내 손을 잡았다. "케이트, 내 말 잘 들어요." 그녀의 손가락이 내 손가락을 꼭 쥐었다. "난 알아요, 알겠어요? 당신이 절대 의도적으로 누굴 해칠 사람이 아니라는 걸 분명히 알고 있어요. 아무리 화가 나고 분노한 상태라고 해도 말이에요. 당신은 정말이지 그런 마음이 눈곱만큼도 없는 사람이에요."

그녀의 말을 믿을 수 없어서 가만히 바라만 보았다. 갑자기 아기가 가냘픈 울음소리를 내며 얼굴이 일그러졌다. 카로가 내 손을 놓고 아기를 살폈다. 잠시 거의 소리도 내지 않고 울던 아기는 다시 잠에 빠졌다.

가스가 찼구나라고 짐작했다. 그 자그마한 소화기관이 가동되기 시작했구나.

나는 카로를 바라보았다. "이름은 생각해봤어요?"

"네."

"나한테도 말해줄 거예요?"

"그걸 물어봐야 알아요?" 카로가 미소를 지었다. "케이트라고 부를 거예요."

나는 눈이 휘둥그레졌고 목이 메어 침을 삼켜야 했다. "정말 영광이에요. 고마워요."

"케이트 루이즈." 카로가 덧붙였다. "루이즈는 알렉스의 여동생이에요. 알렉산드라라는 이름을 생각해봤는데 뭐랄까……글쎄……좀 거창한 것 같아서요."

나는 잠시 두 사람을 살펴보다가 자리에서 일어났다. "두 사람은 좀 더 쉬어야 해요. 진통제가 더 필요하면 말해줘요."

카로의 얼굴에 불안감이 떠올랐다. "어디 가는 거예요?"

"멀리 안 가요." 나는 그녀를 안심시켰다. "눈을 좀 퍼오려고요. 난로에 눈을 녹여야겠어요. 그러고 나서 먹을 것도 좀 찾아보고 연료가 더 있는지도 확인해야죠."

카로가 베개 위에 머리를 눕혔다. "내가 한 말 진심이에요, 케이트." 그녀가 중얼거렸다. "자신을 용서하고 말고 할 것도 없어요. 그만 잊어야 해요."

잠시 그녀를 마주 보다가 고개를 끄덕였다. "노력하겠다고 약속할게요."

나는 손전등 하나를 들고 얼어붙을 것처럼 추운 본관 텐트를 탐색하러 나섰다. 영하 20, 30도는 되고도 남을 것 같았다. 눈을 담을 만한 것을 찾아 부엌을 뒤졌지만 다 크기가 작았다. 찬장까지 싹 뒤졌는데도 작은 냄비보다 더 큰 것은 없었다.

분명 어딘가에 플라스틱 통이나 그릇은 있겠지? 싱크대 아래 선반의 문을 열었다. 거기도 쓸 만한 건 보이지 않았다. 막 문을 닫으려는데 U자형 수도관 뒤로 어떤 금속 물체가 눈에 띄었다.

나는 쭈그려 앉아 손전등으로 안을 비춰보았다. 은색 물체가 전등 불빛을 반사하고 있었다. 손을 뻗어 숨겨진 공간에서 물건을 꺼냈고, 내 앞에 놓인 물건을 보고 내 눈을 믿을 수가 없었다.

노트북이었다.

얄쌍하고 날렵한 것이 비싸 보이는 노트북이었다. 이번에는 바닥에 엎드려 안쪽에 더 숨겨진 것이 없는지 손전등으로 더 깊숙이 비춰보았다. 불빛에 보라색 표지의 노트와 검정 케이스에 들어 있는 작은 물건이 보였다. 나는 손을 뻗어 그 물건들을 가리고 있던 수도관 옆으로 꺼냈다. 작은 물건은 지갑형 케이스에 들어 있는 휴대전화였다. 알렉스의 휴대전화. 예전에 휴게실에서 휴대전화로 비디오 게임을 하던 알렉스의 모습이 떠올랐다.

장갑을 벗고 노트를 펼쳐 손전등으로 비췄다. 만년필로 적은 작고 단정한 손글씨의 프랑스어였다.

틀림없었다.

장-뤼크의 일지를 찾았다.

46

7월 7일

나는 덜덜 떨면서 일지를 빤히 쳐다보았다. 추위에 손가락은 이미 마비되어 들고 있기도 쉽지 않았다. 뭐라고 쓰여 있는지 당장 읽어야 했지만 절대 카로와 아기를 깨우고 싶지는 않아서 따뜻한 방으로 돌아갈 수도 없었다.

더구나 방해받지 않고 혼자서 집중해야만 하는 일이기도 했다.

결국 침낭을 꺼내 몸에 감고 본관 공동 침실의 침대 중 하나에 앉아 손전등을 켜고 프랑스어로 촘촘하게 적힌 내용을 훑어보았다. 놀랍게도 내용 대부분을 이해할 수 있었다. 장-뤼크는 옛날 방식을 선호한 듯 은어나 어려운 숙어들은 찾아볼 수 없었다.

비디오 일지에서처럼 초반에는 주로 다시 남극에 온 것에 대한 기대감과 기쁨을 표현하고 있었다.

주력 프로젝트! 이곳에 오게 되어서 얼마나 영광인지! 다시 한번 남극에 와서 이 아름답고 오염되지 않은 환경을 마주하게 되니 기쁘기 한이 없다. 세상 그 어느 것도 이렇게 내 마음을 사로잡지는 못한다.

나는 각 일지의 날짜를 확인하며 페이지를 넘겼다. 아니나 다를까, 그가 죽음을 맞은 날짜에 가까워질수록 내용의 분위기도 달라지고 있었다. 전혀 다른 느낌의 장-뤼크였다. 침울하고 심각하고 걱정에 휩싸여 있었다.

N의 죽음을 생각하면 늘 마음이 편치 않았다. 무엇 때문에 젊은 여성이 혼자서 어둠 속을 방황했을까? 그녀의 뺨 위에 얼어붙은 눈물과 옷의 찢긴 부분을 잊을 수가 없다. 그건 어떻게 설명할 수 있을까? 분명 뭔가 더 있을 것 같다는 생각이 들지만 거대한 미국 기지에서 방문 의사에 불과한 나의 느낌은 별로 중요하게 받아들여지지 않았다.

나는 조바심을 내며 계속 일지를 넘겼다. 실험에 관한 내용이 주를 이루었고, 아내 니콜에게 전화를 건 이야기, 아이들의 학교생활에 관한 내용들도 있었다. 그러다 마침내 내가 찾던 내용을 발견했다.

내가 N의 죽음을 언급했을 때 A가 뭐라고 했었는지 지금은 정확하게 기억이 나지 않는다. 그때 왜 그걸 기록해두지 않았는지 한심할 뿐이다. "정말 끔찍한 비극이죠. 특히나 임신 중이었으니까요." 대충 그런 얘기였는데, 그 말을 들었을 때 내 피부에 느껴지던 그 싸늘한 기운은 정확하게 기억하고 있다. 가끔 뭔가 잘못된 상황을 접했을 때 내가 느끼는 육감.

그가 어떻게 그걸 알았을까? 그녀가 임신 중이었다는 걸 그가 어떻게 알고 있지?

나는 의학팀이 보낸 리포트를 샅샅이 읽었다. 그녀는 임신 **8**주가 채 되지 않은 상태였고 기지에 있는 그녀의 친구들도 전혀 눈치채지 못한 모양이었다. 그런데 내가 A에게 맥머도에 근무했을 때 그녀와 아는 사이였냐고 처음에 물었을 때는 그냥 오고 가며 얼굴만 아는 사이라고 했다.

눈앞에서 장-뤼크의 글씨들이 흐릿해지고 꿈틀거렸다.

"A"

알렉스는 죽었고, 아크는 미국 기지에 발을 들인 적이 한 번도 없었다. 그는 심사를 통과하지 못한 사실에 대해 여러 번 농담했었다. 그렇다면 그 알파벳이 나타내는 이름은 오직 한 사람……아르네였다.

세상에, 그가 범인이라니. 눈물이 솟구쳐 목이 메었다.

처음부터 줄곧 아르네였어.

얼음처럼 날카로운 통증이 가슴을 베었고 억지로 계속 읽어내려가며 사력을 다해 고통스러운 울음을 참아야 했다. 그로부터 일주일 후, 크레바스로 가는 운명적인 탐험이 있기 며칠 전에 쓴 단락을 발견했다.

S와 DNA 샘플 확인 문제로 크게 다투었다. 누군가 우리 얘기를 들었을까봐 걱정스럽다. 여기에선 모두가 남의 얘기를 엿듣는다. 그녀는 유나에 요청하지 않겠다고 내 부탁을 거절했다. 이미 N의 죽음이 사고사로 결론이 났으니 뒤늦게 N의 샘플을 요청하는 제안에 동의할 사람이 있을 리 없다며 소용없는 일이라고 했다.

나는 그 말에 동의할 수 없고, 시도해볼 만하다고 주장했다. 그녀는 내가 피해망상에 사로잡혔다고 몰아붙였다. 피해망상이라니! 때때로 그녀 때문에 화가 머리끝까지 치민다. 융통성이라고는 찾아볼 수 없다.

이제 어떻게 해야 할지 모르겠다. 어쩌면 S의 말이 맞을 수도 있다. 내가 이 일을 너무 깊이 파고들었는지도 모른다. 하지만 A에 대해 어떤 예감이 있고, 내 직감을 믿어야 한다는 것도 잘 알고 있다. 그와 같은 사람을 전에도 만난 적이 있다. 그럴듯하게 구는 사람. 절대 자신의 본성을 드러내지 않는 사람.

그래도 그녀에게 계속 확인 요청을 요구할 수는 없다. 내가 유나에 직접 이유를 설명하고 요청할 수도 있겠지. 그러나 결국엔 S의 귀에 들어갈 테고, 이미 사적인 우리 관계도 어렵게 만들고 있는 그녀를 더 몰아붙일 수는 없다. 탐험에서 돌아올 때까지 기다렸다가 다시 그녀를 설득해봐야겠다.

세상에, 엉망진창이군.

마지막 말을 머릿속으로 해석하며 남은 몇 페이지를 마저 훑어보았다. 기록이라기보다는 주로 아내와의 관계를 되새기는 내용이었다. 부부 사이의 친밀한 내용을 대강 읽어보며 개인사를 엿보는 것 같은 기분에 마음이 불편했다.

다시 장갑을 끼고 아까보다 더 심하게 몸을 떨면서 모든 내용을 곱씹었다.

그러니까 아르네가 N, 나오미 페레스와 사귀었다. 그가 아기 아빠임이 분명했다. 그런데 왜 그녀를 죽였을까? 전 여자친구의 아이에 대해 애정을 듬뿍 담아 얘기하던 그의 모습이 떠올랐다. 마거릿이라고 했었지? 아이를 좋아하는 것 같았는데. 아니면 내 앞에서 그런 척한 건가.

그렇다고 그가 한 말을 내가 믿어야 할 이유는 또 무엇일까? **그럴듯하게 구는 사람.** 장-뤼크는 그를 그렇게 묘사했다. 절대 자신의 본성을 드러내지 않는다.

그것은 사실이었다. 아르네는 매우 그럴듯하고, 매우 설득력 있는 사람이었다. 나 자신도 홀딱 넘어가 그에게 빠질 뻔했으니까. **다른 사람들도 다 넘어갔지.** 내가 진료실에서 소냐에게 말했을 때, 아르네를 두둔하던 그녀의 반응이 떠올랐다. 카로에게 알렉스의 활동 밴드를 어디에서 발견했는지 말했을 때 카로도 아르네의 편을 들었다.

나는 손에 들고 있는 노트와 옆에 내려놓은 노트북과 휴대전화를 번갈아 보았다. 이것들을 어떻게 해야 하나? 장-뤼크의 죽음이 단순한 사고가 아니었음을 증명하는 매우 중요한 증거임이 틀림없었다.

알렉스의 죽음도.

아르네가 진료실에 몰래 들어가 수면제를 훔치는 모습을 상상해보았고, 내가 기지에 도착하던 날 드루가 샌드린이 열쇠를 잃어버렸다고 언급했던 얘기를 기억했다. 아르네가 그녀의 사무실에서 열쇠를 훔친 것이 틀림없었다. 어쨌거나 샌드린이 등을 돌리고 있을 때 나도 그랬으니까.

마스터키를 손에 넣은 아르네는 기지의 모든 곳을 마음대로 들락날락했을 것이 분명했다. 진료실에서 원하는 건 뭐든지 꺼내가고, 의료 파일에 접속해 장-뤼크와 알렉스의 비디오 일지를 삭제했겠지. 내가 전임자에게 일어난 일에 대해 이것저것 물어보고 다니며 캐고 있다는 소문을 들었을 것이 틀림없었다. 어쨌거나 그날 밤 식당에서 알렉스와 내가 말다툼하는 소리를 많은 사람들이 들었으니까.

함께 일하던 최고의 동료 중 하나가 살해됐어요. 게다가 그게 내 탓이라는 비난을 받고 있는데 누구 짓인지 밝혀내는 걸 도와주기는커녕 당신은 나한테 망할 우울증 치료제나 쑤셔넣으려고 하잖아요!

알렉스의 말이 머릿속을 울렸고 나는 죄책감에 시달렸다. 처음부터 그가 옳았다. 나는 그를 믿었더라면, 내가 좀더 빨리 움직였더라면, 어쩌면 알렉스, 그리고 샌드린도 아직 살아 있을지도 몰랐다.

죄책감 밑으로 아르네의 배신에 분노가 차올랐다. 내 어리석음에 분노가 치솟았다. 내가 그를 믿었고, 그가 나를 좋아한다고 믿었다.

아마도 나를 사랑하기 시작했을 거라고 믿었다.

그러나 모든 것이 연극이었다. 나는 농락당했고, 감쪽같이 속았다. 아르네는 내 순진함과 사랑받고 싶은 마음을, 벤과의 사고 이후 다시 확인받고 싶어하는 마음을 철저히 이용했다.

내가 얼마나 어리석었는지.

바로 그때 바깥에서 무슨 소리가 들렸다. 텐트로 다가오는 스키두 소리.

소냐가 왔구나. 정말 다행이다.

침대에 놓인 물건들을 보며 그대로 놔두고 보여줘야 할지 고민했다. 하지만 장-뤼크와 마찬가지로 신중해야 한다는 어떤 육감이 들었다. 나는 재빨리 매트리스를 들어 물건들을 밑에다 숨겼다. 그리고 엔진 소리가 점점 커지다가 마침내 멈췄을 때 문을 향해 다가갔다.

문간에 서서 소냐를 반기려고 기다리며 나를 도와 카로를 보살펴줄 사람이 왔다는 안도감을 느꼈다. 모든 것을 털어놓고 이제 어떻게 해야 할지 의논할 수 있는 사람.

그러나 문이 열렸을 때 소냐는 보이지 않았다. 다른 사람도 없었다.

아르네 혼자였다.

47

7월 7일

"케이트." 아르네가 숨이 가쁜 목소리로 내 이름을 부르며 나를 향해 몇 걸음 다가왔다. "천만다행이에요. 중간에 버려진 스키두를 보고 당신이 여기까지 못 온 줄 알았어요."

나는 꼼짝도 못 하고 그 자리에 붙박여 있었다. 입을 벌렸지만 그를 뒤따라 몰아친 차가운 공기에 얼어붙기라도 한 듯 아무 말도 나오지 않았다.

"케이트?" 그가 고글을 벗으며 이마를 찌푸리고 나를 보았다. "별일 없는 거예요? 카로와 아기는 괜찮아요? 당신 걱정을 얼마나 많이 했는데요."

빤히 그를 바라보았다.

그럴듯하게 구는 사람. 그래, 정확히 맞아떨어지는 말이었다.

그러나 아르네가 무슨 짓을 했는지 다 알았고 어떤 짓을 할 수 있는 사람인지 파악했음에도 불구하고, 나는 여전히 그에게 끌렸다. 내 안의 일부는 그가 연기하고 있는 이 모습에 넘어가기를 간절히 바라고 있었다. 다시 그에게 빨려들기를 원했으며, 그가 말했던 모든 것이 다 사실이라고 믿고 싶은 마음이 간절했다. 순순히 그를 따르고 마지막에 어떻게 되든 그 결과에 무릎을 꿇는 편이 훨씬 쉬울 것 같았다.

그러다 카로와 그녀의 작은 딸을 떠올렸다. 내게는 그들을 안전하게 지켜야 할 책임이 있었다.

"물을 만들려고 눈을 가지러 나가던 참이에요." 나는 아무렇지 않게 말하려 애썼다. "카로가 물을 마셔야 해요. 좀 도와줄래요?"

아르네는 이해할 수 없다는 듯 묘한 표정으로 나를 바라보았다. "케이트. 기지는 상황이 나빠지고 있어요. 우린—"

"나가서 얘기해요. 두 사람 다 잠들었어요."

나는 부엌으로 돌아가서 플라스틱 통을 들었다. 힐끗 고개를 돌려 아르네가 보고 있지 않은 걸 확인하고 재빨리 칼 같은 날붙이가 들어 있는 서랍을 열고 가장 큰 칼을 골라 재킷 안에 숨겼다.

"세상에, 여기 정말 춥네요." 내가 다시 그쪽으로 가자 아르네가 말했다. "카로와 아기는 어디 있어요?"

"뒤쪽에 있는 방에 있어요."

내가 문으로 향할 때 그가 내 팔을 잡았다. "잠깐만요, 할 말이—"

"나가서 하죠. 카로와 아기를 깨우고 싶지 않아요."

아르네가 손을 놓고 나를 따라 밖으로 나왔다. 나는 한 손으로 통을 들고 다른 한 손으로 손전등을 움켜쥐고 최대한 멀리 걸어갔다. 카로와 아기로부터 가능한 한 멀리 그를 떼어놓고 싶었다.

그러고 나서 어쩌려고? 참을 수 없는 추위에 이가 딱딱 맞부딪쳤다. 정확히 뭘 어쩔 생각인데, 케이트?

그를 찌르기라도 할 셈이야?

휴게실에서 루크의 턱을 날리던 아르네를 떠올렸다. 능숙하고 결단력 있게 루크를 제압하던 모습. 게다가 부엌칼 따위가 그가 가지고 있는 총에 상대나 될까?

나는 이를 악물고 계속 걸어갔다.

"케이트." 아르네가 뒤에서 나를 불렀다. "왜 그렇게 멀리 가요? 여기 눈도 똑같은 눈인데."

나는 그 자리에 멈춰서서 주위를 둘러보았다. 캠프에서 50미터 정도 떨어져 있었다. 돌아서서 정면으로 그를 보며 재킷 안쪽에 손을 넣어 칼을 찾았다. "난 당신이 나오미 페레스에게 무슨 짓을 했는지 알고 있어요." 내가 단도직입적으로 말했다. "그리고 장-뤼크와 알렉스를 죽인 것도 알아요. 샌드린도요."

나는 그의 표정을 살피기 위해 손전등을 그의 얼굴에 비췄다. 아르네는 얼떨떨한 표정이었다. 그가 내 말을 곱씹는 동안 얼마간의 침묵이 흘렀다.

"무슨 소리를 하는 거예요, 케이트?" 그가 나를 향해 한걸음 발을 떼다가 내 손에 들린 칼을 발견하고 그대로 멈췄다.

"설마 진심은 아니죠." 그가 놀란 표정으로 칼을 빤히 쳐다보았다. "케이트, 농담이라고 말해요. 설마 그 모든 짓을 내가 했다고 믿는 건 아니겠죠."

혼란스러워하는 그의 표정을 살폈다. 홀랑 넘어갈 정도로 진심 어린 표정이었다. 칼을 떨어뜨리고 그에게 다가갈 뻔했다.

"내 말 잘 들어요, 케이트." 아르네가 나를 향해 다가섰고, 나는 뒤로 물러서며 우리 둘 사이의 거리를 지켰다. "난 증명할 수 있어요." 그가 다급한 목소리로 말했다. "난 그 여자의 죽음과 아무런 관련이 없다는 걸 증명할 수 있어요. 동력이 끊기기 전에 크리스틴에게 이메일을 보냈고 그녀가 답장을—."

"거짓말 그만해요!" 나는 그가 다가오지 못하게 칼을 휘두르며 소리쳤다. "아무 소용없어요. 난 당신 말은 단 한마디도 믿지 않아요."

아르네가 얼굴을 찡그리며 당혹스럽다는 몸짓을 했다. 갑자기 그가 앞으로 휙 달려들면서 내 손에서 칼을 쳐냈다.

"케이트, 제발요." 그가 내 팔을 잡으며 외쳤다. "내 말을—."

그때 어둠을 뚫고 큰 소리가 울려 퍼졌다.

나는 영문을 몰라 그 자리에 얼어붙었고, 아르네가 내 쪽으로 쓰러지기 직전 그 짧은 순간에 그와 눈이 마주쳤다. 본능적으로 나는 손전등을 떨어뜨리며 그의 몸을 받치려고 했지만, 너무 무거웠다. 그는 쿵 소리를 내며 빙판 위로 쓰러졌다.

나는 충격과 놀라움에 얼어붙어 꼼짝 못 하고 그를 내려다보았다.

방금 무슨 일이 일어난 거지?

누군가가 그를 총으로 쐈다. 믿을 수 없는 엄청난 상황에 머릿속이 핑핑 돌았다.

그건 총소리였다.

아르네는 눈밭에 엎드린 채 쓰러져 있었다. 나는 그 옆에 무릎을 꿇고 앉아 공포에 질려 훌쩍거리며 그를 돌아 눕히려 했지만 두꺼운 장갑 때문에 제대로 잡을 수도 없었다. 장갑을 벗고 다시 애를 썼다.

뒤에서 눈을 밟으며 누군가 다가오는 소리가 들렸다. 나는 획 몸을 돌려 끝없는 어둠을 향해 손전등을 비췄다. 나를 향해 다가오는 사람이 있었다. 올려세운 재킷 옷깃과 커다란 고글, 큰 털모자가 머리를 덮고 있어서 누군지 잘 알아볼 수 없었다.

체격과 자세로 보아 남자라는 것만 분명했다.

그의 손에 작고 검은 권총이 들려 있었다.

"괜찮아요, 케이트?" 드루가 걱정스러운 목소리로 물었다.

"네……." 나는 다시 아르네를 보았다. 장갑을 벗고 맥박을 찾아 손을 넣어 그의 목을 더듬었다. 약하지만 맥박이 느껴졌다.

아직 살아 있어.

"빨리요." 내가 말했다. "아르네를 안으로 옮겨야 해요."

그러나 드루는 움직이지 않았다. 그냥 거기 서서 아르네와 나를 물끄러미 내려다보고 있었다.

"도와줘요." 내가 채근했다. "자칫하면 과다출혈로 목숨을 잃을 거예요." 나는 이마를 찌푸리고 드루를 보았지만, 그는 고개를 저었다.

"그는 당신을 죽이려 했어요, 케이트. 다른 모든 사람들처럼요."

"지금은 그게 문제가 아니에요." 내가 고집했다. "우선 아르네를 치료하고 난 다음에 다른 사람들을 해칠 수 없게 어디 안전한 곳에 가두면 돼요. 나머지는 경찰이 알아서 할 거예요. 그냥 여기서 이렇게 죽게 내버려둘 순 없어요." 그의 관자놀이께에 닿은 눈이 벌써 붉게 물들기 시작했다. 총알이 두개골에 맞은 모양이었다.

그러나 드루는 여전히 움직이지 않았다.

"드루." 내가 절박한 목소리로 채근했다. "제발요, 도와—."

"시끄러워요." 그가 딱 부러지게 말했다. "생각 좀 해야겠어요."

나는 어리둥절해서 그를 보며 얼굴을 찡그렸다. 뭔가 이상했다. 방금 사람을 쏘고도 드루의 행동은 마치……별일 아닌 것처럼 보였다.

그리고 왜 드루가 총을 가지고 있지? 기지에서 발견했나?

아니면 지금까지 줄곧 총이 어디에 숨겨져 있었는지 알고 있었나?

내가 주저앉아 있는 땅이 기울어지며 빙빙 돌기 시작했고, 나는 갑자기 남극으로 오는 긴 여행의 끝에 작은 비행기에서 내리던 그 순간으로 돌아가 있었다. 손을 내밀며 나를 반갑게 맞아주던 한 남자.

"앤드루예요." 그가 말했다. "하지만 모두 드루라고 부르죠."

앤드루.

A.

"당신이군요." 내 생각이 옳다는 갑작스럽고 분명한 확신과 충격에 몸을 떨며 더듬거렸다.

"내가 뭐요?"

"당신이 맥머도에 근무했었죠, 맞죠? 그 여자가 죽었을 때요. 나오미 페레스."

드루가 고개를 갸우뚱했다. 비록 그의 눈을 볼 수는 없었지만 모든 관심이 내게 오롯이 집중되어 있다는 것을 느낄 수 있었다. "무슨 질문이 그래요?"

그의 목소리가 딱딱하게 느껴졌고 그의 태도에서 꼭 집어 말할 수 없는 어떤 변화가 느껴졌다. 마치 연극을 그만두는 사람처럼.

그럴듯하게 굴고 절대 본성을 드러내지 않는 사람.

내가 비틀거리며 일어서서 할 말을 찾는 동안 전임자의 말이 머릿속을 울렸다. "당신이 나오미를 죽였군요, 그렇죠? 그리고 장-뤼크가 의심하기 시작하자 그도 죽였죠. 알렉스와 샌드린도 마찬가지고요."

나는 드루가 극도로 분개하며 내 말을 부정할 거라고 예상했다. 그러나 아무 일도 일어나지 않았다. 우리는 어둠 속에 그대로 서 있었고 거의 완벽한 침묵이 흘렀으며, 우리의 숨결이 얼어붙으며 거기서 생긴 미세한 얼음 결정이 땅으로 떨어지는 희미한 소리만 들렸다.

영겁처럼 느껴지는 시간이 지나고 그가 입을 열었다.

"당신이 그 말을 하지 않았더라면 정말 좋았을 텐데, 케이트. 진심이에요."

드루가 내 팔을 잡고 아르네를 내려다보며 말했다. "잊어요." 그가 말했다. "살려둘 가치도 없어요."

나는 갑자기 분노를 느끼며 팔을 비틀어 뺐다. 내가 어떤 위험에 처했는지 망각한 채. "왜요?" 나는 가려진 그의 얼굴에 침을 뱉었다. "왜 그랬어요? 도대체 왜 그런 짓을 했어요?"

드루는 아무 말 하지 않았다. 하긴 뭐라고 할 수 있을까? 우리 사이의 모든 연극은 끝났다. 그의 행동에 대한 합리적인 설명은 있을 수 없었다. 해답은 그의 영혼 깊숙한 곳에 존재할 것이고, 내가 이해할 수 없는 것처럼 어쩌면 드루 자신도 이유를 알 수 없는지도 몰랐다.

"좀 걸읍시다." 그가 내 팔을 잡고 나를 빙판으로 끌다시피 잡아당겼다. 저항하려 해봤지만 소용없었다. 그는 나보다 훨씬 크고, 훨씬 강했다.

"이제 어떻게 할 거예요?" 내가 질문을 바꿔 물었다. "이걸 다 어떻게 해명할 작정이죠?"

"아, 그거야 쉽죠." 그가 섬뜩할 정도로 무덤덤한 목소리로 말했다. "내가 여기서 아르네와 마주친 거예요." 그가 우리 뒤에 쓰러져 있는 아르네를 가리켰다. 그의 위로 이미 가볍게 눈이 쌓이기 시작하고 있었다. "그가 당신을 공격하려 해서 내가 그와 몸싸움을 벌여 총을 빼앗았지만, 그 과정에서 총이 발사된 거죠. 내게는 그럴듯하게 들리는데요."

그럴듯한 사람. 나는 혐오감에 진저리치며 그를 노려보았다. "그래서 당신이 일부러 알렉스의 활동 밴드도 정비소에 둔 거군요? 아르네를 의심하게 만들려고?"

드루가 씩 웃었지만 아무 말 하지 않았다.

"그럼 나는요?" 그가 뭐라고 대답할지 마음의 준비를 하고 조용히 물었다. "사람들에게 난 어떻게 설명할 건가요?"

그가 걸음을 멈추고 몸을 돌리며 어깨를 으쓱했다. "당신은 공포에 질려 달아나다가 손전등을 떨어뜨리고 어둠 속에서 길을 잃었죠. 난 사방으로 당신을 찾아 헤맸지만, 당신을 발견했을 땐 이미 너무 늦어버렸고요. 당신의 작은 몸은 온기를 잃지 않으려고 발악하느라 태아처럼 웅크린 자세로 눈에 쓰러져 있을 거예요. 공포에 질린 불쌍한 케이트."

나는 잡히지 않은 손을 뻗어 그의 고글을 잡아 뜯었다. 그의 얼굴을 보고 싶었다. 내가 고글 뒤에 있는 사람을 똑바로 보고 있다는 걸 그에게 알리고 싶었다.

"그때도 당신이 한 짓이죠, 당신이 내 손전등을 가져갔죠? 오로라를 보고 있을 때 말이에요."

드루가 투덜거리며 고글을 집어들고 망가지지 않았는지 확인했다. "나를 화나게 했잖아요, 케이트. 그런 식으로 마음대로 나를 가지고 놀면 안 되죠. 그래서 한번 본때를 보여줘야겠다는 생각이 들던데요?"

"내 방에서 약을 가져간 것처럼요?"

그가 씩 웃었지만 귀찮다는 듯 인정하지도 않았다.

"그리고 진료실에도 몰래 들어갔죠, 그렇죠? 수면제들을 훔치고 장-뤼크의 비디오 일지를 삭제하려고 말이에요."

그가 다시 고글을 쓰며 코를 훌쩍거렸다. "좀더 빨리 그 생각을 못한 내가 경솔했죠."

"진료실 문을 잠그지 않고 나간 것도 당신이 경솔한 탓이었죠."

이상하리만치 확신이 들었다. 그는 자신이 생각하는 만큼 영리하지 않았다. 행여 어떤 기적이 일어나 여기 이 빙판 위에서 벌어진 모든 상황에 대해 드루가 아무 혐의를 받지 않는다고 해도, 언젠가는 자기 발등을 찍는 실수를 할 것이 분명했다.

드루는 다시 내 팔을 붙잡아 나를 끌고 더 깊은 어둠으로 들어갔다. 나는 그가 내 방한복을 벗기고 추위가 구석구석 온몸으로 침투할 때까지 나를 붙잡고 있는 모습을 상상했다.

나오미에게, 그리고 알렉스에게 그랬던 것처럼.

그리고 내가 더는 상관하지 않는다는 사실을 깨달았다. 너무 지쳤다. 모든 노력이 물거품이 되고 말 거라는 사실이 너무 버거웠다. 바로 코앞에 있던 진실을 미처 보지 못하고 너무 늦게 알아차린 건 모두 내 탓이었다.

"한 가지만 약속해줘요." 내가 눈 위에서 비틀거리며 말했다. "카로는 다치게 하지 않을 거죠, 그렇죠? 아기도요?"

그의 손가락이 내 팔을 파고들었다. "아기는 절대 손대지 않아요." 그가 나를 휙 돌려세워 마주 보고 손전등을 내 눈에 비추며 험악한 목소리로 말했다. "그 여자가 당신한테 얘기 안 했어요?"

나는 불빛에 반쯤 눈이 먼 것 같아 눈을 깜빡거렸다. "누구요, 카로요?" 내가 말을 더듬었다. "무슨 말인지 모르겠어요."

"아기는 알렉스의 애가 아니에요." 그가 화난 목소리로 낮게 말했다. "그 작은 아기는 내 딸이에요."

"당신이 아빠라고요?" 내가 의심스럽게 되물었다.

그러고 나자 카로가 임신 사실을 알아차리고 처음 진료실을 찾아왔을 때, 내가 아이 아빠에 관해 묻자 머뭇거리던 그녀의 모습이 떠올랐다. 그때 나는 이유를 더 캐묻지 않았었다. 어쨌든 그녀의 사생활이니까. 나중에 아이 아빠가 알렉스라고 말했을 때는 더 자세히 물을 생각조차 하지 않았다.

"카로가 전에 나랑 재미 좀 봤다는 말 안 했어요?" 드루가 코웃음 쳤다. "그 바보 같은 아일랜드 새끼를 좋아하기 전에요."

그의 목소리에서 증오심이 느껴졌다. 그가 몰래 카로를 좋아하고 있는 건가? 알렉스의 죽음이 그것 때문일까? 단순히 드루의 질투심이 이유였을까?

"그럼 나오미는요?" 나는 드루의 관심을 돌리려고 질문을 던졌다. 최소한 조금이라도 시간을 벌 수 있었다. "그녀는 왜 죽였어요, 임신해서 그런 게 아니라면요?"

그가 말을 멈추고 내 팔을 놓았다. "나오미는 나쁜 년이었어요. 나를 고소해서 양육비를 받아내겠다고 소리를 지르며 협박했다고요. 임신했다는 것도 난 안 믿었어요. 그냥 나랑 섹스나 즐긴다고 생각했으니까요."

"그래서 장-뤼크에게 그 얘길 했군요. 그게 사실인지 확인하고 싶어서요?"

"그랬죠. 지금 생각하면 어리석은 짓이었지만 난 꼭 알고 싶었어요. 기분이 아주 개떡 같았거든요. 나오미 때문이 아니라 내 자식 때문에요. 나도 아무 죄 없는 아이를 해칠 마음은 없어요."

도대체 그의 과거에 어떤 끔찍한 공포들이 도사리고 있을지 오싹했다. 잘은 몰라도 정신의학 교재 한 권은 쓰고도 남을 것 같았다. 정신

병 대부분이 유전적인 영향을 받긴 하지만 이렇게 피도 눈물도 없는 잔인한 살인자로 성장했다면 보나 마나 처참하게 망가진 어린 시절을 보냈을 게 뻔했다.

그리고 나는 결심했다. 카로가 낳은 아기의 아빠가 그가 아니라는 사실을 절대 알리지 않기로. 나는 기지에 있는 모든 대원의 혈액형을 외우고 있었다. 만약 일대일 개인 수혈이 필요한 경우가 발생하면 수혈이 가능한 지원자를 찾아야 하기 때문이었다. 카로의 혈액형은 O형이고, 아기는 A형이었다. 아기가 태어나자마자 진료실에 있는 테스트 장비로 확인한 결과였다. 혈액형이 B인 드루가 아기 케이트의 아빠일 가능성은 생물학적으로 제로였다.

그러나 자기가 아빠라고 믿는 것이 카로와 아기를 보호하는 길이었기 때문에 드루의 오해를 바로잡을 생각은 없었다.

"자, 이쯤이면 되겠네요." 그가 손전등으로 주위를 비췄다. 전등 빛이 몇 초간 주변의 어둠을 꿰뚫으며 황량한 빙판 위를 비추었다. 달빛도 없었지만, 어둠이 무섭지 않았다. 어둠 속 어딘가에 괴물이 언제라도 덮칠 준비 태세로 도사리고 있을 거라는 생각도 없었다.

내 옆에 있는 살아 있는 인간이 더 무서웠다. 그 어떤 괴물보다도 끔찍한 자기 안의 괴물에 사로잡힌 인간.

"두 가지 방법이 있어요." 드루가 내게 말했다. "나한테 저항해서 당신이 더 힘들어질 수도 있어요, 케이트. 그냥 순순히 받아들여요. 그러는 편이 더 빠르고 평화로워요."

그의 말이 맞았다. 그래서 그가 내 모자와 장갑과 재킷을 벗겨도 가만히 있었다. 그가 나를 빙판으로 밀어 넘어뜨리고 두꺼운 오리털 바지를 잡아당겨 벗길 때도 반항하지 않았다.

그는 내 옷을 거의 다 벗기고 내게 몸을 기울였다. “이건 당신 잘못이에요.” 못마땅한 목소리로 그가 말했다. “이것만은 피할 수 있었어요, 케이트. 있는 듯 없는 듯 조용히 지내면서 내 일에 관심을 두지 않았다면 살 수도 있었어요.”

“꺼져요, 드루.” 숨이 턱 막혔다. 벌써 턱이 뻣뻣해졌고 치명적인 추위에 몸이 반응하면서 숨을 쉬기도 힘들어졌다. 그가 나를 때리고 발로 차기를 기다렸지만, 흔적을 남길 정도로 어리석은 사람은 아니었다. 어쨌든 이번엔 그럴 필요가 없겠지. 알렉스는 어떤 제압이 필요했을지도 모르지만, 그의 힘에 비하면 나 정도는 아무것도 아닐 테니까.

“무서워하지 말아요.” 그가 몸을 숙여 내 귀에 대고 속삭였다. “내가 옆에서 지키고 있으니까 혼자는 아니에요. 저항하거나 소란 피우지 않는 게 좋아요. 다들 그냥 잠드는 것 같다고 하잖아요.”

나는 알렉스의 얼굴에 데스마스크처럼 남아 있던 일그러진 표정을 기억하며 말 같지도 않은 소리라고 생각했다. 갑자기 공포감과 적막감, 후회가 몰려들었지만 울지 않으려고, 드루에게 빌거나 애걸하지 않으려고 이를 악물고 참았다. 드루가 손전등을 껐고 우리는 캄캄한 어둠 속으로 빠져들었다.

아주 잠깐 하늘에 구름이 걷혔고 무수한 별이 얼어 붙어가는 내 숨결에 굴절되면서 황금빛 후광이 만들어졌다. 어디선가, 아주 멀고 먼 어디선가 별똥별 하나가 하늘을 가로질러 땅으로 떨어졌다. 나는 조용히 내가 믿지 않는 신에게 감사했다. 죽기 전 마지막으로 이런 아름다운 장관을 볼 수 있어서 한편으로는 기뻤다.

구름이 다시 밀려왔을 때 나는 눈을 꼭 감았고, 눈물이 얼어붙어 눈을 뜰 수 없었다. 이제는 비통함이 몰려왔다. 나 자신을 위해서가 아니라 알렉스와 장-뤼크, 그리고 샌드린을 위해서.

그러나 무엇보다 아르네를 위해서.

그는 나를 도우러 왔다. 나를 구하러 왔지만 내가 그를 미워하고, 무서워한다고 생각하며 죽어갔다. 그를 괴물 취급하며 지워버렸다고 생각하며.

미안해요, 아르네. 정말 미안해요.

나는 어둠 속으로 그 말을 기도처럼 띄워 보냈다. 그에게 들려줄 기회를 찾지 못한 두 마디 말과 함께.

다른 사람에게 다시는 느낄 수 없을 거라고 생각했던 감정이었다.

본능적으로 온기를 빼앗기지 않으려고 내 몸이 작은 공처럼 움츠러들었다. 그러나 너무나 심하게 떨고 있어서 숨도 쉬기 힘들었고 피부의 모세혈관이 수축하면서 손이나 발에는 아무런 감각이 없었다. 심장은 어떻게든 생명을 유지하기 위해 필수 내장기관으로 미친 듯이 혈액을 공급하고 있었다. 너무나 깊고 온몸을 꿰뚫으며 모든 것을 에워싸는 추위가 마치 불처럼 느껴졌다. 노출로 사망하는 사람들은 열이 난다고 믿으며 옷을 벗는다던 얘기가 떠올랐다.

죽어가는 머릿속에서 폭죽이 터지기 시작했다. 나만의 오로라였다. 그 너머로 다른 종류의 어둠이 천천히 나를 향해 다가오고 있었다. 그리고 그 안에 피할 수 없이 여우가 보였다. 여우는 소리도 내지 않고 나를 향해 다가와 내 가슴으로 기어올라와서 그 아름다운 야생의 눈으로 나를 내려다보았다.

"케이트." 여우가 가까이에서, 또 멀리서 들리는 듯한 목소리로 내 이름을 불렀다.

암여우.

나의 작은 갈색 암여우.

"케이트." 여우가 몸을 숙여 주둥이로 내 뺨을 쿡쿡 찔렀다. "일어나 봐요."

나는 여우의 부드러운 숨결을 피부에 느꼈다. 그녀의 젖은 코가 내 머리에서, 내 뺨에서, 내 눈꺼풀에서 얼음 결정체를 털어냈다.

"제발, 케이트, 빌어먹을 눈을 뜨고 나를 좀 봐요!"

순간 내 여우는 어둠 속으로 사라졌다. 내 몸이 위로 끌어올려지고 심하게 흔들리며 무중력 상태가 느껴졌다.

나는 온 힘을 쥐어짜서 간신히 얼어붙은 눈을 떴다. 내 얼굴을 비추고 있는 환한 불빛에 눈을 깜빡거렸다.

"젠장." 카로가 큰 소리로 울먹거렸다. "그 자식이 대체 당신한테 무슨 짓을 한 거예요!"

그녀는 잠시 사라졌다가 내 옷을 가지고 돌아왔다. 빨리, 그리고 서툴게 굳어버린 내 팔에 소매를 억지로 끼워넣으며 재킷을 입혔다. 나를 다시 얼음에 눕혀놓고는 떨고 있는 내 다리에 바지를 입혔다.

"카로?" 내가 꺽꺽거렸다. 말을 할 수 없었고, 생각을 모아보려 애썼다. 내가 어디에 있는 거지? 어떻게 여기에 왔지?

그리고 기억이 났다.

"드루." 내가 절박한 목소리로 거칠게 말했다. "카로, 드루가—."

"알아요." 카로가 끙끙거리며 간신히 내 상체를 일으켜 앉혔다. "그 자식이 당신한테 하는 얘기 다 들었어요." 그녀가 다시 울면서 목이 멨다. "좀더 빨리 도와주지 못해서 미안해요. 그런 짐승 같은 놈에게 들키지 않으려면 아주 천천히 움직여야 해서 어쩔 수 없었어요."

그녀가 손전등을 획 돌렸고 나는 눈을 가늘게 뜨고 그 좁은 불빛이 닿는 곳을 응시했다. 몇 미터 떨어진 곳에 배관용 렌치가 떨어져 있고 그 뒤로 엎어져 있는 드루가 보였다. 그가 죽었다고 생각하려는 순간 그의 다리가 움직였고, 반쯤 눈밭에 묻힌 신음이 뒤따랐다.

"잠깐만요." 카로가 손전등을 눈밭에 꽂아놓고 일어나며 아픈 배를 움켜잡았다. 내가 아드레날린과 추위로 몸을 떨며 지켜보는 동안 그녀는 드루에게 다가갔고 재킷 주머니에서 두꺼운 플라스틱 끈을 꺼냈다. 그녀가 베타에서 헐렁해진 파이프나 케이블 선에 사용하는 것을 여러 번 본 적이 있는 끈이었다. 그녀는 능숙하게 그의 발목과 손목을 붙잡아 마치 황소를 잡듯이 동여맸고 움직일 때마다 통증 때문에 얼굴을 찡그렸다.

그녀가 어린 시절 뉴질랜드의 소목장에서 자랐다는 사실을 떠올리며 경험은 충분하겠다는 생각이 들었다.

그 순간 다른 것이 떠올랐다.

훨씬 더 중요한 일. 그리고 훨씬 더 다급한 일. "아르네." 나는 공포감에 휩싸여 거친 목소리로 카로를 불렀다. "아르네를 찾아야 해요."

48

7월 12일

"준비 다 됐어요?" 스노 장비를 갖춘 루크가 쿵쾅거리며 진료실로 들어왔다.

나는 주위를 둘러보며 한 번 더 확인했다. "만반의 준비가 됐어요." 나는 밀려드는 불안감을 꾹꾹 눌렀다. 어떤 위험이 다가오는지 잘 알고 있었다. 우리에게 백번 불리한 상황이었다.

"당신도 나올 거죠, 케이트? 소냐?" 루크가 우리 두 사람을 번갈아 바라보았다.

나는 머뭇거렸다. 여기 남아서 아르네가 편안하게 있을 수 있게 돌봐야 했다. 지금도 총알에 맞은 관자놀이 옆부분의 통증이 가라앉지 않았지만, 다행히 머리에는 손상이 적은 것 같았다. 게다가 동상을 치료하기 위해 감아놓은 소독 붕대도 새로 갈아야 했다.

하지만 우리의 계획이 제대로 성공하지 않으면 나는 더 큰 문제에 직면할 것이 뻔했다.

"가봐요." 소냐가 내게 말했다. "내가 남아서 그를 잘 살필게요."

"얼마나 걸릴까요?" 내가 루크에게 물었다.

"얼마 안 걸릴 거예요." 그가 대답했다. "길어야 30분? 당신만 괜찮다면 정말 꼭 도와줬으면 좋겠어요. 톰은 무전기를 고치는 데 몰두하고 있어서 우리 여섯 명밖에 없거든요."

아르네를 살펴보았다. 진찰대 위에 누운 그는 모르핀을 한 번 더 맞고 잠들어 있었다.

"가요." 카로가 격려의 미소를 띠고 말했다. 그녀는 안락의자에 앉아 아기에게 젖을 먹이는 중이었다. 누구보다 강하다는 걸 몸소 증명하고 있는 아기 케이트. 감마의 방에서 총소리를 들은 카로가 바깥 상황을 살피러 나간 사이에 혼자 남겨졌을 때도 아기 케이트는 무사했다. 그녀는 엄마만큼이나 강한 아기임이 틀림없었다.

나는 서둘러 부트룸으로 가서 장비를 착용하고 만약을 위해 방한모를 하나 더 챙겼다. 그러고는 또다시 공포감에 사로잡혀 벌렁거리는 심장을 느끼며 멈칫했다.

넌 할 수 있어, 나는 고집스럽게 밀어붙이며 얼마 전 빙판 위에서 겪었던 시련을, 그 끔찍하고 치명적인 추위를 떠올리지 않으려고 애썼다. 당장 뛰어나가 우리의 계획이 성공할 수 있게 돕고 싶은 마음이 간절했지만, 두려움으로 뻣뻣해진 몸이 말을 듣지 않았다.

나는 눈을 감고 호흡을 가다듬었다. 카로의 힘과 용기를 기억하라고 머릿속의 목소리가 말했다.

아르네의 힘과 용기도.

그들이 할 수 있다면 너도 할 수 있어.

깊이 숨을 들이마시고 손전등에 남아 있는 배터리 수명을 확인한 뒤 문을 열고 밖으로 나가 다른 대원들과 합류했다.

"좋아요." 루크가 우리 각자에게 단단히 천을 감은 긴 나무막대기를 나눠주었고, 강한 휘발유 냄새가 진동했다. 그리고 라이터도 하나씩 주었다. 도대체 어디서 그걸 다 찾았는지 아무도 모를 일이었다. "내가 맨 처음에 있는 드럼통 두 개를 맡을게요. 아크, 당신이 그다음 드럼통 두 개, 그다음이 롭, 라지브, 앨리스, 그리고 마지막이 케이트예요. 다들 어떻게 해야 하는지 잘 알고 있죠?"

우리 다섯 명은 일제히 고개를 끄덕였다.

"내가 손전등으로 신호를 보낼게요, 알겠죠?"

우리는 또 한 번 고개를 끄덕였다.

"누구 종교가 있는 사람 있어요?" 루크가 마지막으로 물었다.

아크가 어깨를 으쓱했다. "러시아 정교회도 쳐줍니까?"

"물론이죠. 당신의 신께 우리를 불쌍히 여겨주십사 기도해주세요." 루크가 모두를 둘러보며 말했다. "모두 행운을 빌어요."

우리는 서로 불안한 시선을 교환하고 터덜터덜 걸어 각자의 위치로 이동했다. 자칫하면 모든 것이 실패로 돌아갈 수도 있음을 잘 알기에 어느새 나도 마음속으로 빌고 있었다. 가능한 어떤 도움이라도 다 끌어모아야 할 판이었다.

우리에게 아주 불리한 상황이고, 힘겨운 난관이었다.

이제 그만해, 나는 어둠 속에서 아크와 루크가 얼음판 위로 끌어다 놓은 거대한 연료 드럼통 옆에 서서 자신을 다그쳤다.

다행히 카로와 내가 감마로 몸을 피한 후로 바람이 잦아들기 시작했고 지금은 정적에 둘러싸여 있었다. 나는 추위를 쫓으려 발을 굴렀고, 정적을 깨는 어떤 소리가 들리는지 귀를 기울였지만 50여 미터 떨어진 곳에서 앨리스가 기침하는 소리뿐이었다. 천천히 숨을 고르며 추위를 잊으려 했고 바로 닷새 전에 빙판에서 벌어졌던 끔찍한 사건은 떠올리지 않으려고 애를 썼다.

그리고 그 이후에 벌어진 모든 일도. 반쯤 얼어붙은 채 머리에 총상을 입고 피를 흘리며 거의 죽어가는 아르네를 발견했고, 아크와 루크, 롭까지 세 사람이 달라붙어 드루를 베타까지 끌고 가서 창고에 가둔 일. 아르네의 옆을 지키며 그가 다시 의식을 회복하기를, 제발 머리에 너무 큰 부상을 입지는 않았기를 바라고 바라며 초조하게 기다리던 시간들.

그가 마침내 눈을 뜨고 내 이름을 중얼거렸을 때 느꼈던 기쁨과 안도감. 그것은 기적이었다.

아기 케이트를 생각하면 두 개의 기적이 일어난 셈이었다.

그리고 이제 세 번째 기적이 필요한 순간이었다.

귀를 쫑긋 세웠지만, 여전히 아무 소리도 들리지 않았다. 머리 위 하늘을 보며 다른 생각을 하려 했다. 오늘 밤은 구름 한 점 없었고 수백만 개의 반짝이는 빛이 하늘을 수놓고 있었다. 셀 수 없이 많은 별과 은하수, 그리고 오팔처럼 다양한 색으로 밝게 빛나는 은하계. 아름다운 밤하늘을 만끽했다. 아마도 오늘 밤이 내 평생에 보게 될 가장 맑고 깨끗한 밤하늘이 될 것 같았다.

내가 막 남십자성을 발견했을 때 루크의 손전등이 세 번 켜졌다 꺼졌다 하는 것이 보였다.

신호다.

심장이 벌렁거렸다. 더듬거리며 장갑을 벗고 주머니에서 라이터를 꺼냈고, 손이 너무 떨려서 들고 있기도 힘들었다. 몇 번이나 시도한 끝에 겨우 라이터를 켜고 나무막대기를 감은 천에 불을 붙여 횃불을 만들었다. 타오르는 불꽃에 주변의 빙판이 으스스한 오렌지색으로 물드는 것을 지켜보며 오로라를 떠올렸다.

나는 재빨리 횃불을 연료통에 담갔다가 펄쩍 뛰며 옆으로 비켜섰다. 쉭 소리를 내며 연료통에 불이 붙으면서 붉은빛이 치솟았다. 서둘러 반대쪽으로 가서 두 번째 연료통에도 불을 붙였다. 그러고는 뒤로 물러서서 다른 사람들이 있는 쪽을 보았고, 내 눈앞에서 불타고 있는 두 줄의 기다란 평행선을 감탄하며 바라보았다.

제발 신이시여. 이번에는 좀더 진심으로 기도했다.

제발 성공하게 해주세요.

멀리서 어떤 소리가, 벌레가 윙윙대는 것 같은 희미한 소리가 들렸다. 나는 귀를 기울이며 환청을 듣는 건 아닌가 싶었다.

헛것을 들었나?

그러나 그 소리는 천천히, 조금씩 커지면서 분명하게 윙윙거리는 엔진 소리로 발전했다. 눈을 가늘게 뜨고 하늘을 보며 우리가 임시로 만든 활주로의 북쪽을 살폈다. 두려움과 흥분감이 뒤섞여 심장이 쿵쾅거렸다!

앨리스도 발견하고 함성을 질렀다. 깜빡거리는 불빛과 꺼지지 않는 일련의 불빛들이 수평선 위에 낮게 떠 있었다. 트윈오터 비행기의 모습이 보이자 가슴이 벅찼고, 비행기가 활주로에 맞춰 살짝 옆으로 방향을 틀면서 불빛이 더 강해지고 밝아졌다.

나는 감정을 주체하려고 주먹을 꽉 쥐었다.

제발 무사히 착륙하게 해주세요. 제발.

비행기가 빙판에 착륙을 시도하기 위해 고도를 낮추면서 높은 음조의 엔진 소리와 두 개의 프로펠러가 윙윙거리며 돌아가는 소리가 함성을 지르듯 점점 커졌다. 나는 손으로 두 귀를 막고 숨을 참으며 비행기가 점점 땅에 가까워지는 모습을 지켜보았다.

제발.

순간 비행기가 착륙하지 못하고 다시 하늘로 떠오르는 건 아닌지 걱정했지만, 잠시 후 바퀴가 빙판에 닿으며 몸체가 몇 번인가 들썩거렸고 바퀴 주위에서 날리는 눈 결정체들이 오렌지색 불빛에 반짝거렸다. 트윈오터가 나를 향해 달려오고 있었다. 비행기의 속도가 빠르게 줄어들면서 엔진이 괴성을 질렀고 마침내 내가 서 있는 곳에서 얼마 떨어지지 않은 곳에 완전히 정지했다.

그들이 해냈다.

그들이 정말 해내고 말았다!

어느새 조종석에서 내리는 조종사들을 맞이하기 위해 모두가 환호성을 지르며 달려왔다. 옆문이 열리고 몇몇 사람들이 모습을 드러냈고, 군복을 입은 두 명의 군인은 보기에도 무시무시한 총을 들고 있었다. 그들은 손을 들어 우리에게 인사를 하고 즉시 비행기 뒤편에서 보급품을 내리기 시작했다.

세 번째 승객이 비행기에서 내려 조종사와 함께 다가왔고 활짝 웃으며 우리와 일일이 악수했다. "세상에." 남자가 부드러운 캐나다 악센트가 섞인 말투로 말했다. "솔직히 아슬아슬해서 솜털이 다 곤두섰어요."

당황스럽게도 나는 안도감과 기쁨과 감사함에 휩싸여 눈물을 터뜨리고 말았다. 그들이 해냈다. 목숨을 걸고 한겨울에 이 위험한 여정을 감행한 사람들이었다. 매우 험하고 위험천만한 탓에 지금껏 좀처럼 시도한 적이 없는 여정이었다.

캐나다인이 내 어깨에 팔을 두르며 나를 위로했고 불타고 있는 연료통의 불빛에 내 얼굴을 살피며 말했다.

"당신이 케이트인 것 같군요."

나는 눈물이 얼어붙기 전에 장갑 낀 손으로 눈물을 훔치며 고개를 끄덕였다.

"난 당신의 후임인 존이에요. 당신이 대단한 영웅이라고 들었어요."

시간이 얼마 없었다. 조종사들은 기름과 연료가 얼어붙지 않도록 엔진을 계속 켜놓아야 했다. 존과 아크, 그리고 두 명의 군인이 바퀴가 달린 작은 들것에 아르네를 싣고 나와 비행기에 태웠고, 카로와 아기는 뒷자리에 앉았다.

나는 잠시 빙판에 머물며 작별 인사를 했다. 아크가 전처럼 두 팔을 벌리고 나를 꼭 안아주었고, 나를 보내고 싶지 않은 듯 감정에 북받쳐 어깨가 팽팽했다. 앨리스는 드러내놓고 엉엉 울었고, 그녀 옆에 있는 톰은 내가 진료실에서 찾은 목발에 의지하고 서 있었다.

"다리 잘 관리해요." 내가 그의 팔을 꽉 잡으며 말했다. "완전히 나을 때까지 너무 무리하지 말고요."

그가 고개를 끄덕였다. 소냐가 재킷 주머니에서 뭔가를 꺼내 내 목에 둘러주었다. 그녀가 떠준 예쁜 양말과 똑같은 겨울 색감의 아름다운 손뜨개 목도리였다. "곧 다시 만나요." 그녀가 말하고 입술을 꼭 다물며 눈을 깜빡거렸다.

나는 마지못해 비행기에 올라 아르네의 옆자리에 앉았다. 여기서 겪은 모든 일에도 불구하고 떠나는 것이 아쉬웠다. 끔찍한 일들을 함께 이겨내고 난 후 그들을 남겨두고 나만 떠나는 게 생각보다 훨씬 힘들었다.

하지만 그들은 이제 안전했다. 기지에는 새로운 의사가 왔고, 9월이 되어 모두가 안전하게 여기서 나갈 때까지 군인들이 드루를 감시할 예정이었다. 아크는 발전기를 고치는 데 성공했고 톰의 다리는 잘 아물고 있었다. 톰은 다른 사람들과 남아서 끝까지 겨울을 나고 싶다고 단호하게 말했다. 심지어 루크도 기지에서 벌어진 끔찍한 일을 겪은 후에 많이 달라졌고 아르네와 드루 때문에 생긴 빈틈까지 메우고 있었다.

나는 카로와 아르네 사이에 자리를 잡았다. 아르네는 힘없는 미소를 지으며 엄지손가락을 들어 보였지만 카로는 내 불안한 마음을 눈치채고 있었다. 그녀는 재킷 안에 안겨 있는 아기 케이트를 힐끗 보고는 내 손을 힘주어 꽉 쥐었다.

"다 괜찮을 거예요." 카로가 안심시키며 미소를 지었다. 그녀는 이런 상황은 둘째치고 내가 비행기 타는 것 자체를 싫어한다는 걸 잘 알고 있었다.

"마지막으로 확인하겠습니다." 주 조종사인 마이크가 말했다. "모두 안전띠는 잘 매셨죠?"

우리는 그렇다고 중얼거렸다.

"다음 도착지는 칠레입니다." 부조종사인 샘이 덧붙였다. 나는 비행기가 빙 돌아 다시 활주로와 나란히 방향을 맞출 때 카로의 손을 꽉 잡았다.

잠시 후 우리를 태운 비행기가 앞으로 미끄러져 나갔다. 창문 밖을 쳐다보았다. 내 두려움은 비행기가 속도를 높이며 커지는 엔진 소리에 묻히다시피 했고, 흐릿한 빙판이 쭉 이어졌다.

잘 느껴지지 않을 만큼 부드럽게 비행기가 이륙했고, 곧이어 우리는 하늘에 떠 있었다.

트윈오터가 원을 그릴 때 나는 목을 쭉 빼고 아래를 내려다보았다. 땅에 서 있는 사람들을 겨우 알아볼 수 있을 정도였고, 손을 흔드는 그들의 모습이 아직 꺼지지 않은 연료통 불빛에 희미하게 빛났다.

본능적으로 나도 손을 흔들었지만, 당연히 그들에게는 보이지 않을 터였다. 비행기가 끝없는 남극의 어둠 속으로 날아가면서 남극 기지의 불빛이 점점 작아지고 작아지다가 마침내 완전히 사라지는 것을 나는 넋을 놓고 바라보았다.

감사의 말

작품을 시작해서 마침내 끝이라는 말을 쓰기까지는 꽤 오랜 시간이 걸리는 여정이 되기도 한다. 그 길을 나와 함께 하며 많은 도움을 주신 모든 분께 진심으로 감사의 마음을 전하고 싶다. 나의 에이전트 마크 '스탠' 스탠턴과 줄리 퍼거슨, 편집자인 조 디킨슨을 비롯해서 소르차 로즈, 멜리스 대고글루, 샬럿 웨브, 헬렌 파람과 호더 출판사의 멋진 팀원들 모두에게 고개 숙여 감사의 인사를 드린다.

또 페이스북에서 만나는 멋진 동료 작가들에게도 많은 도움을 받았다. 특히 출간 전 먼저 책을 읽어준 캐럴라인 그린과 줄리-앤 코리건에게 고마움을 전하며 지지와 도움을 아끼지 않는 수지 핼리데이, 에시 폭스, 로즈 왓킨스와 어맨다 제닝스에게도 찬사를 보낸다.

언제나 변함없이 나를 붙잡아주는 매리 애덤스에게 고마움을 전한다. 더불어 가족과 친구들에게 고마운 마음은 말로 다 표현할 수 없다. 특히 제임스 리들리와 헤티 리스-호턴은 초고를 읽어주느라 많은 고생을 했다. 물론 아버지 밥 호턴도 빼놓을 수 없다. 아버지는 이 책에 인쇄된 이름을 보면 굉장히 기뻐하실 것이다.

보다 범위를 넓혀 고마움을 전하고픈 사람들이 있다. 멀리 남극에서 몇 달씩 생활하며 블로그나 비디오를 통해 흥미로운 경험을 생생하게 알려준 용감한 사람들에게 큰 신세를 졌다. 여러분이 없었다면

이 책을 완성하지 못했을 것이다. 그들에게 진심으로 감사의 인사를 전한다. 더불어 이야기 구성을 위해 시간과 장소, 관습 등을 임의로 바꾼 점들에 대해 용서를 구한다. 여러분의 남극 체류가 훨씬 더 무난했었기를 바란다!

마지막으로 중요한 독자 여러분께, 시간과 공을 들여 이 이야기를 읽어주신 모든 분께 고개 숙여 진심으로 고마운 마음을 전한다. 재미있게 읽으셨기를 바라며.

에마

옮긴이 후기

결혼과 커리어를 동시에 잡은 듯했던 의사 케이트 노스는 예상치 못했던 개인적인 비극을 겪으며 몸과 마음에 지울 수 없는 상처를 안게 된다. 이후 응급실 의사로 일에만 파묻혀 살던 케이트는 몇 달간 남극 연구기지의 상주 의사로 지낼 기회를 잡는다. 자신의 과거를 아는 사람이 아무도 없는 곳, 늘 걱정스러운 눈빛으로 자신을 살피는 주변 사람들에게서 벗어나 오롯이 자기 문제에 집중할 수 있는 최적의 장소라고 생각했던 남극은 시간이 지날수록 점차 위협적인 모습으로 다가온다.

사방이 눈과 얼음뿐인 허허벌판에 자리한 탓에 바깥 세계가 쉽게 접근할 수 없어 거의 고립 상태나 다름없고, 생존에 필요한 시설을 모두 갖춘 작은 공동체인 남극 연구기지. 무엇보다 새로운 출발이 간절했던 케이트는 자신의 선택을 의심하지 않았으나, 도착하고 얼마 지나지 않아 기지 내에 드리워진 어두운 그림자를 느끼고 적대적인 남극의 자연 환경보다 폐쇄된 연구기지 안에서 함께 생활하는 사람들이 더 위험하다는 사실을 깨닫는다.

폐쇄적인 기지, 자살을 가장한 살인 사건, 열두 명의 대원 중 살인자가 있다. 그러나 누가 살인자인지 확신할 수 없고 아무도 믿을 수 없다. 제한된 공간 안에서 누구에게 무슨 일이 벌어질지 예측할 수 없으며 탈출할 곳은 없다. 가까이에 도움을 요청할 경찰이나 긴급 구조대도 없어 극적인 구조는 기대할 수도 없는 상황, 케이트는 혹독한 자연환경과 누군지도 모르는 살인자에 맞서 생존을 위한 사투를 벌인다.

2021년 영국 출간 이후 탁월한 밀실 살인 범죄소설로 평가받으며 「선데이 타임스」 이달의 범죄소설로 선정되는 등 독자들로부터 많은 사랑을 받은 작품으로 첫 페이지부터 매혹적이면서도 어딘가 위험이 도사린 듯한 남극의 위험하고 불길한 매력에 빠져들게 된다. 밀실 살인 범죄소설의 특성상 외부 요소가 아닌 등장인물들의 성격과 관계 속에서 모든 이야기와 사건이 전개되는 만큼 세계 각지에서 모인 열두 명 대원들의 각기 다른 배경과 성격, 사연과 비밀은 스토리에 흥미를 더하고 극적 긴장감을 높이는 데도 한몫한다. 평소 쉽게 접하기 힘든 남극 연구기지의 구조와 시설, 분위기와 생활상 등을 알게 되는 재미도 있다. 무더운 이 여름, 꽁꽁 얼어붙은 영하의 남극에서 펼쳐지는 오싹하고 긴장감 넘치는 이야기를 읽으며 잠시 무더위를 잊어보시라 추천한다.

장선하